三个圈经典文库

经典就读三个圈　导读解读样样全

À la recherche du temps perdu
追寻
逝去的时光
第一卷　去斯万家那边
[法]普鲁斯特　著
周克希　译
三个圈经典文库
经典就读三个圈　导读解读样样全
江苏凤凰文艺出版社
JIANGSU PHOENIX LITERATURE AND ART PUBLISHING, LTD

Marcel Proust

献给加斯东·卡尔梅特先生，

以表深挚而热诚的谢意。

目 录

第一部

贡 布 雷

I

有很长一段时间，我早早就上床了。有时，刚吹灭蜡烛，眼皮就合上了，甚至没来得及转一下念头：“我要睡着了。”但过了半小时，我突然想起这是该睡觉的时候呀，于是就醒了。我想把自以为还拿在手里的书放下，把烛火吹掉。方才睡着的那会儿，脑子里仍然不停地想着刚读过的故事，不过想的东西都有点特别。我觉得书里讲的就是我自己：教堂啊，四重奏啊，弗朗索瓦一世和查理五世之争啊，都是在讲我的事情。刚醒来的几秒钟，脑子里还是这么在想；这个想法和我的正常神志并不抵触，但像层雾翳似的遮在眼睛上，让我无从觉察烛火灭了。而后它变得费解起来，就像前世里的种种思绪、念头，经过灵魂转世变得无法理解了。书里的内容跟我脱离了关系，我可以关注其中的内容，也可以不去管它们。视力一恢复，我惊讶地发现周围是一片黑暗，这使我的眼睛感到温柔而惬意，而心灵也许更感到如此。因为对心灵而言，这片黑暗仿佛是一件没有来由、无从了解的东西，一件确确实实看不透的东西。我心想，现在不知是几点钟了；我听见从不算很遥远的远方传来火车鸣笛声，犹如森林中一只鸟儿的鸣啭，凸显了距离感。眼前展现出一片空旷的乡间景象，其中的旅客正匆匆赶往临近的火车站；独在异乡作客，迥非寻常的行止，记忆犹新的晤谈，夜的静谧中浮现脑际的灯下告别，归程前方等待着的温馨和亲情，这一切都使他心绪难以平静，这条小路因此也将深深地镌刻在记忆之中。

我把脸颊温柔地贴在美丽的枕套上，它饱满而清新，犹如我们童年时代的腮帮。我划了根火柴，想看看表。就快到午夜了。这种时分，对漂泊异乡羁留客栈的病中人而言，正是被病痛发作惊醒，骤然瞥见门下透进的亮光，感到欣慰万分的时候。太好了，已经是清晨了！旅馆的服务生一会儿就要起床，可以拉铃叫他们来照应自己了。有了宽慰的指望，也就有了忍受病痛的勇气。不错，他觉得听见了脚步声；脚步由远而近，又渐渐远去。房门下面的那道光线消失不见了。恰是午夜时分，外面的人刚把煤气灯灭了，最后一个服务生也走远了。只剩下他，孤苦无告地彻夜受着病痛的折磨。

我又睡着了，有时只是稍稍醒一醒，可就在醒来的这一会儿，我听见细木护壁板沿着纹理咯咯作响，我睁眼定住黑暗中万花筒般变幻的景象，我还凭借一闪而过的意识之光，感受让家具、房间、所有这一切都浸润其间的睡意。对这一切而言，我只是其中的一小部分，而且很快就会变得跟它们一样失去知觉。有时我在睡梦中身不由己地回到逝去的童年岁月，重又体验到幼时被姨公一把抓住鬈发的恐惧，这种恐惧直到有一天——那在我是新纪元的开始——大人把我的鬈发都剪掉了，方始消失。睡意蒙眬中我把这件事给忘了，可当我挣扎着醒来，想要躲开姨公的手时，马上恢复了这段回忆。不过出于谨慎的考虑，我还是先把整个头深深埋进枕头里面，然后才返回梦的世界。

有时候，就如夏娃从亚当的肋骨里降生一般，一个女人在我睡着时从我大腿一个不自然的姿势里降生出来。她是从我正要品尝的快感幻化出来的，我却以为是她给我带来了这种快感。我的身体在她怀抱中感觉得到自己的体温，我想让自己融合到她的身体里去，可又一下子醒了。跟这位刚刚离我而去的女子相比，这世上所有剩下的人，在我眼里都显得那么遥远；我的脸颊上还有她亲吻的余温，我承受她身躯的分量还疲乏未消。假如，像偶尔的几次那样，她的眉眼之间跟我认识的一位女子有几分相似，那我为此可以在所不惜：找到她，就像那些为了亲眼见到一个日思夜想的城邦而毅然踏上旅途的人们，他们以为在现实里真能领略到梦境中令人销魂的滋味。渐渐地，她的容貌在我的记忆中淡去了，我忘却了梦中的可人儿。

一个人睡着时，时光的系列，岁月和星辰的顺序都围绕着他。他醒来时，会本能地根据这些信息，用一秒钟工夫就得知自己处于地球上的哪一点，度过了多少时间；但是它们的排列可能会发生混乱，甚至出现中断。比如说，夜里没睡好，清晨时分睡意突然在看书的当口袭来，这时他的睡姿跟平时是全然不同的，他只消稍稍抬一下胳膊，就能让太阳停住甚至往后转，结果刚醒来的刹那间，他没有了时间概念，还以为自己刚刚躺下呢。再有，如果他在打盹儿，姿势更随便更出格，比如说是餐后坐在扶手椅里，那时，逸出轨道的日月星辰就整个儿乱套了，这张魔椅载着他飞速地在时间和空间中遨游，等到睁开眼睛时，他会以为自己是在好几个月以前睡过的另一个地方。而我，哪怕是在自己床上，只要睡意很浓，弥漫到了整个脑海，那些序列就会乱套；

这时，我在哪儿这一地点背景，会从意识中飘走，我在夜间醒来，非但不知道自己身在何处，有一瞬间甚至连自己是谁都弄糊涂了。我仅有一种原生态的存在感，一头动物在它的灵魂深处，想必也萌动着这种感觉。我比石器时代的穴居野人还要蒙昧；而这时记忆——不是有关我此刻所在的地方，而是我曾经在过的那些地方，以及我原本说不定会在的地方的记忆——向我而来，犹如高处伸下的援手，把我拉出这片我独自无论如何挣脱不了的虚无的泥潭。我在一秒钟里就越过了人类文明的一个又一个世纪，蒙眬中影影绰绰瞥见的煤油灯的影子，然后是翻领衬衫的轮廓，渐渐地拼凑起了我的自我的本来面貌。

也许，我们周围这些事物的静止状态，只是由我们确信它们就是这些事物而并非其他事物的信念赋予它们的，只是由面对它们时我们思绪的静止状态赋予它们的。情况往往如此，当我像这样醒来的时候，我的思绪非常活跃，枉然地想弄清楚这是在哪儿，一切的一切，事物，地域，岁月，都在黑暗中围绕我旋转。麻木得不能动弹的身体，努力根据不同部位的疲乏状态，来确定四肢的位置，从而推断墙壁的方向、家具的布局，回想这躯体所在的住处的模样，说出这所住处的名称。两肋、膝盖、肩膀，躯体的这些回忆，都相继提供了一个又一个它曾睡过的房间的景象，看不见的墙壁，随着想象中房间的形状不停地变换位置，在黑暗中盘旋。思绪面对时间和形状而犹豫，但就在打量场景，尚未确认这是在哪儿之际，它——我的身体——记起了那些房间的床的式样如何，门的位置在哪儿，窗户的采光好不好，门外有没有一条过道，乃至我入睡前或醒来时在想些什么。压麻了的半边身子，试图猜出它所在的方位，比如说，想象这是冲着墙躺在一张有盖顶的大床上，于是我马上会想："这不，妈妈没来跟我说晚安，可我还是睡着了。"这是在外公乡下的家里，他已经死了好几年了；而我的身体，压在床上的一边，却把那些岁月忠实地保存在那儿，让我看见天花板上用细链悬着的、有波希米亚玻璃灯罩的壶状通宵灯的火苗，回想起我在贡布雷外公外婆家卧室里的那座锡耶纳[1]大理石的壁炉，此刻浮现在我眼前的这些遥远的情景，一下子看不很真切，但待会儿我完全醒过来了，会看得清楚的。

随后，一种新的姿势重又引起了回忆。墙壁朝着一个方向径直移去；我在德·圣卢夫人乡间别墅的房间里。天哪！少说也有十点了，他们一定已经吃完晚餐了！每天晚上陪德·圣卢夫人散步回来，我总要先打个盹儿，然后换好衣服去用餐，可今天这个盹儿可打得太长了。在贡布雷那会儿，我们散步就算回来晚了，我还能在我的窗玻璃上看到落日嫣红的反光，可那是好多年以前的事了。在当松镇德·圣卢夫人府上，我们过的是另一种生活。我觉得晚上出去，在月光中，踏着儿时顶着烈日玩耍过的小路往前走，自有一番别样的情趣。回家的路上，好远就能望见我的那个房间，房间里亮着灯，就像黑暗中孤零零的灯塔。我回屋以后先睡上一会儿，然后换衣服去用晚餐。

这些盘旋、错综的回忆，最多只维持几秒钟；一时没有确定身在何处，就造成了各式各样的假设，而仓促间我往往来不及辨认这一个接一个的假设，正如我们在看连续照片放映机[2]放映的奔马时，来不及分清前后不同姿势的位置一样。住过的房间不

1 意大利中部城市。

2 指早期的电影放映机。

停地浮现在我眼前，一会儿是这个房间，一会儿又是另一个房间，终于，在醒来以后长时间的遐想中，把所有这些房间全都记了起来：冬天的那些房间，我睡下后得把脑袋缩在一个窝里，这个窝是由一些杂七杂八的东西搭配成的，枕头的一角、毯子的上端、披巾的下端、床的边缘和一期《粉红论战》[1]，我得使出鸟儿的本领，把这些劳什子搭配在一起，一遍又一遍地把它们夯实；在那些房间里，碰上寒风刺骨的天气，我品尝的乐趣，就是感觉到自己跟户外的隔绝（就像燕鸥在地洞里做窝，感受到地层的温暖）。还有，那儿的壁炉通宵生着火，没有燃尽的劈柴不时爆出火星，暖意融融、雾气腾腾的空气像一件宽松的大衣裹住睡着的我，让我感到恍如睡进了一间看不见的凹室，置身于房间深处一个温暖的巢，这是一个暖乎乎的、热气形成的轮廓变幻不定的区域，而从四面八方的角落，从靠窗近而离壁炉远的部位，不时吹来沁着凉意的风，拂在脸上让人感到惬意极了。——在夏天的那些房间里，你会向往跟温馨的夜晚融合在一起，月光的清辉照在半开的百叶窗上，把它迷人的黑白相间的影子一直投射到床脚。人们几乎就睡在露天，像晨曦中被微风轻轻吹拂着的山雀。——有时我会想起那个路易十六式的房间，它的格调那么令人愉快，睡在那儿的第一晚我就并不感到很伤感，轻盈地支撑着天花板的立柱，优雅地错落散开，让人一看就知道那个地方是留着放床的；有时我想起那个天花板高得出奇的小房间，形状像金字塔的天花板往上伸去，一直伸到二层楼的高度，下半截覆着红棕色的桃花心木贴面。一进这房间，那股陌生的香根草气味就让我中了

1　19世纪90年代巴黎有一份叫《论战日报》的报纸，从1893年2月起，该报出版印在粉红色纸上的晚报。《粉红论战》当指这一晚报。

毒似的浑身不对劲，紫色窗帘显露着敌意，挂钟在高处旁若无人地聒噪个不停，这种肆无忌惮的漠视，使我心生怯意。——房间的一个角落，斜着一面四角底座的大镜子，模样奇特而蛮横，在我看惯了温情脉脉景象的眼睛跟前，很突兀地出现了这么一个形状。——我一连几小时竭力让思绪先松散开来，再向高处集中，准确地弄明白房间的模样，从而在高处凝聚并充满那巨大的漏斗，但连续好几个难熬的夜晚，我伸直四肢躺在床上，眼睛盯着天花板，耳朵竖起，鼻孔张大，心头怦怦直跳，精神上备受折磨，直到有一天，习惯终于出场了，它变换了窗帘的颜色，止住了钟摆的聒噪，让蛮横而冷酷的镜子懂得了什么叫恻隐之心，即使没有完全驱散，至少掩盖了香根草的大部分气味，尤其重要的是，降低了天花板的高度。习惯！这位灵巧而又姗姗来迟的协调大师，它总是先要让我们情绪低落地在一个临时住处连续几星期饱受恶俗趣味的苦楚，但尽管如此，能找到它毕竟是非常值得庆幸的。因为要不是有习惯上了场，单靠我们自己那几下子，是根本没法让一个房间变得可以住人的。

当然，现在我完全醒了，我最后一次转了个身，司确信的天使让我周围的一切都停了下来，让我安然置身于自己的房间，躺在毯子底下，让衣柜、写字台、壁炉、临街的窗户和两扇房门大致上各就各位。我知道自己并不是在那些房间——刚才在初醒的懵懂中，我眼前即便没有立刻浮现它们清晰的形象，至少以为自己有可能在那儿，——回忆的闸门却已打开了。一般情况下，我并不想马上就再睡着。我把夜的绝大部分时间，用来回想往日在贡布雷姑婆家，在巴尔贝克、巴黎、冬西埃尔、威尼斯，还有在别的地方的生活，回想那些地方和我在那儿认识的人，以及他们留给我的种种印象，或者人家对我讲起的有关他们的事情。

在贡布雷，每天一到下午的向晚时分，虽说离我该上床躺下，看不见妈妈和外婆，又无法入睡的那个时刻还早得很，但我已经在忧心忡忡地想着卧室，变得心思全无了。家里人看我一到晚上就愁眉苦脸，想引我高兴，就设法给我弄来一台幻灯机，在等开晚饭的当口，把它罩在我房里的灯上。于是，如同哥特时代头一批建筑师和彩绘玻璃工匠一样，幻灯机用触摸不到的虹彩斑斓、不可思议的五色缤纷取代了晦暗不明的墙壁，传说故事的画面犹如描绘在恍惚不定、转瞬即逝的彩绘玻璃上。然而我的忧愁有增无已，因为正是这种照明的变化，把我在这间卧室里的习惯全都给毁了。靠着这些习惯，尽管睡觉折磨着我，但卧室本身还是差强人意的。现在，它变得我不认识了，待在里面使我感到不安，就像刚下火车到了一个陌生地方，待在一家旅馆或者山区客栈的房间里一样。

心怀鬼胎的戈洛，骑着马一冲一冲地从山坡上深绿色的三角形小树林里出来，一路颠簸前行，向着可怜的热纳维埃芙·德·布拉邦[1]的城堡而去。这座城堡截止于一条弧线，其实也就是椭圆玻璃片的边框。有了边框，玻璃幻灯片才能在滑槽里推进抽出。画面上只看见城堡的一堵墙，往外是一片荒野，系着蓝腰带的热纳维埃芙站在荒野上冥想。城堡和荒野都是黄色的，我不用等到看见，就能知道它们的颜色，因为在幻灯片打出以前，

1 中世纪传说故事中的女主人公，布拉邦公爵的女儿，特里尔伯爵西格弗里德的妻子。因拒绝总管戈洛的非分之想，遭其诬陷，被西格弗里德下令处死。仆人救下她后，把她和她的儿子安置在荒野的森林中。许多年以后真相终于大白，戈洛受到应有的惩罚。奥芬巴赫根据这一传说创作的轻歌剧首演于1859年。这部轻歌剧后来又被改编成五幕歌剧于1875年上演。

布拉邦这金褐色的响亮名字，已经明确地告诉了我这一点。戈洛停了一会儿，苦着脸听我姑婆大声朗读文体夸饰的解说词，好像全都听得挺明白，带着顺从而又多少不失尊严的表情，一举一动都跟解说词合得上辙。随后他又一冲一冲地往前走，任何东西都挡不住他的策马徐行。要是有人动了动幻灯机，我就看见戈洛的马在窗帘上继续前进，遇到褶裥身子就鼓出来，碰到缝隙就陷下去。戈洛本人的身体，同样具有他的坐骑神乎其神的本事，所有的物质障碍，所有他遇见的麻烦东西，全都不在话下，一概成了衬托他的背景，哪怕遇见的是个门球，他也能说变就变，立刻让那袭鲜红的大氅，或是那张苍白的脸，从容地呈现在门把儿上面，那张脸始终是那么高贵、那么忧郁，对穿越腾挪却从未露出一丝难色。

的确，我觉得这些光彩夺目的投影很迷人，它们仿佛来自悠远的墨洛温王朝，在我周围闪烁着古老历史的反光。但是，神秘和美这样闯入我的卧室，我简直说不清我有多么不自在。要知道，我已经日复一日地让自我充满了卧室的角角落落，以致我每当想到这房间，其实只不过是想到自我而已。习惯成自然的氛围一旦被破坏，我就开始思索、感觉种种令人惆怅的情形。卧室的这个门球，在我眼里不同于世上任何一个别的门球，原因就在于它仿佛是自行开启，根本无须我去转动似的。开门关门在我成了一种无意识的行为，可你瞧，它现在居然成了戈洛的星球。仆人一拉开饭铃，我就赶忙往餐厅跑——那儿的大吊灯不知道戈洛和蓝胡子，却认识餐桌旁的亲人和餐桌上的炖牛肉，每晚洒下它温馨的光亮。一到餐厅，我就扑进妈妈的怀里，热纳维埃芙·德·布拉邦遭遇的不幸，使妈妈的怀抱变得更值得珍爱，而戈洛犯下的罪孽则促使我更严格地反省自己。

晚餐过去了，唉，我又得离开妈妈了，她要留下来聊天，天气晴朗时就在花园，眼看快要下雨，所有的人就都回到小客厅。这所有的人中不包括外婆，她觉得“在乡下还关在屋子里，那真是可悲呀”。每逢下大雨的日子，她总要跟我父亲争论不休，因为他不许我到外面去，要让我回房间去看书。“像您这么做，他是没法长壮实的，”外婆皱着眉头说，“再说这小家伙缺的就是体力和意志。”父亲耸耸肩膀去看气压计，因为他爱好气象学。母亲尽量不弄出声响来影响他；她用一种尊重而爱怜的眼神瞧着他，但避免把目光盯在他脸上，生怕让他感到难堪。而我外婆不管天气如何，哪怕外面下着倾盆大雨，也要到花园里去。弗朗索瓦兹冒着雨，忙不迭地将那几把珍贵的柳条椅搬进屋，生怕它们淋湿，可外婆依然待在空空荡荡、骤雨抽打的花园里，撩起蓬乱、灰白的发绺，昂首接受风雨的洗礼。她大声说着：“啊，总算可以透口气了！”在泥泞的小径上一路小跑——按她的趣味，新来的园丁把这些小径安排得过于对称了；就这么个对大自然缺乏感觉的园丁，我父亲却从早晨起就开始向他咨询天气会不会转好——她兴致很高，连蹦带跳，节奏的律动取决于不同的心灵反应：狂风骤雨的刺激，健身锻炼的益处，我所受教育的愚蠢，花园布局的呆板；至于那条紫色的长裙，她可没想到应该当心别溅上泥浆，她的心思根本没在这上头，结果泥浆总是越溅越高，给她的女仆留下绝望和无奈。

外婆在花园里兜圈子，如果是在晚饭以后，唯有一件事能够让她回屋里来：那就是——当她一溜小跑的散步周期性地到达某个位置，犹如一只飞蛾面对小客厅的灯光，大家正在牌桌旁喝餐后酒——我姑婆朝她喊道："芭蒂尔德！快来呀，你丈夫要喝白兰地了！"为了逗逗她（她在父亲的家里那么不合流，所以大家都要纠缠她，取笑她），姑婆明知道我外公不能喝烈性的餐后酒，却偏要让他喝上一点。可怜的外婆进得屋来，执意恳求丈夫别喝白兰地；外公一赌气，干脆把那点酒一饮而尽。外婆退出去时，伤心而气馁，但脸上仍含着笑意，因为她的心灵是那么谦逊，那么宽厚，她对别人的温柔和对自己以及自己烦恼的不计较，融成了她眼神中的那丝笑意，它跟我们在许多人脸上看到的笑容不同，其中除了自我解嘲以外毫无嘲讽的意味，它对我们大家犹如亲吻：当她看见这些亲爱的人时，她禁不住要用目光去热切地抚爱他们。姑婆欺负她，她白费劲地劝阻外公，她想夺下外公手里的酒杯却又先自心软手软的场景，到后来大家都没心没肺地当作了笑资，一个个开开心心地加入到作弄者的行列，还浑不以为是在作弄人；我当时气得要命，恨不得去打姑婆几下。可是，等我成了个男子汉，一听到"芭蒂尔德，快来呀，你丈夫要喝白兰地了"的喊声，我反而变得懦怯了；也就是说，见到苦难和不平，我的做法就会跟每个成年男子一样：闭上眼不去看它们。我爬到屋子顶层，躲在书房隔壁的一个小间里暗自抽泣，里面有股鸢尾花香，还有一株野生的黑茶藨子树从石墙的缝隙里钻出来，将一条花枝探进半开的窗户，留下它的芬芳。这个原先要派更特殊也更庸俗用处的房间，白天看出去可以一直望到鲁森镇的城堡主塔，在好长一段时间里，它被我用作庇护所，这大概是因为在我需要一种不容侵犯的孤独时，它是我唯一被允许把房门反锁的房间：当我想看书，想做白日梦，想哭上一场或者放松一下紧张的情绪时，我都需要这种孤独。唉！我不知道，最让外婆伤心的，还远不是在饮食规范上稍有越轨的外公，我这个缺乏意志力、身体羸弱、在家人眼里前途堪忧的外孙，让她天天在下午、傍晚小跑散步时，操了多少心啊。而我们却只见她跑来跑去，侧过脸仰望着天空。这张晒得黑黝黝、刻着一条条皱纹的美丽的脸，随着岁月的流逝，变得几乎像秋天耕过的田地那般黑里透紫，她要外出时，用撩起一半的面纱遮着的这张脸上，不知是迎面吹了冷风，还是想到了什么伤心事，总似乎有刚拭干的泪痕。

我上楼去睡觉时，心中感到的唯一安慰，就是躺上床以后，妈妈会来吻我跟我说晚安。可是这段好时光实在太短了，她亲过我马上就要下楼。我等她上楼，听着她从那条有两扇门的过道上走来，那袭去花园穿的、上面有麦秸缏挂饰的薄纱蓝裙的窸窣声越来越近的时候，感到的只是痛苦。它预示着接下去的一幕，她就要离开我下楼去了。这么一来，我心爱的这个吻，我反而希望它来得尽可能晚一些，宁愿让妈妈还没上来的这一刻多延续一会儿。有时，她亲过我，开门要出去的当口，我真想唤住她对她说："再亲我一下。"可是我马上意识到，这会惹她不高兴的，因为她来亲我，给我带来平安的这一吻，已经是对我的忧郁和任性做了让步，父亲觉得这仪式荒唐至极，正憋着一肚子火呢，她巴不得我放弃这种需要、戒掉这个习惯，我在她已经走到门口时要她再给我一个吻，她是说什么也不会答应的。片刻之前，她向我的床俯下身来，像祝祷和平的圣餐上的圣体饼那样，把她慈爱的脸送给我，让我的嘴唇感受她真切的存在，吮吸使我得以入睡的力量；她要是一生气，她带给我的这片宁静转眼间就毁了。这些夜晚，尽管妈妈在我的卧室里只待一小会儿，比起那些有人来吃晚饭，妈妈不能上来跟我道晚安的夜晚来，毕竟是美好的。所谓有人，通常就是斯万先生而已，如果不把几位顺道过访的外地来客算进去，斯万先生差不多就是贡布雷造访我们家的唯一客人，他有时是来和我们共进晚餐的邻居（自从那次糟糕的婚姻之后，这种机会就越来越少了，因为家里人都不愿接待他的妻子），有时则是晚餐后的不速之客。那些傍晚，我们在屋前的大栗树下，围坐在铁条凉桌旁边，只听得花园那一头传来了铃声，那不是自己人不拉铃就进门，碰得铃铛乱摇，冰凉刺耳的铁片敲击让人听得厌烦的声音，而是专供客人拉的门铃怯生生地响了两下，那声音像鹅卵石般润滑，依稀闪着金光，听到这铃声，大家立时面面相觑："有人来了，是谁呢？"其实每个人心里都明白，除了斯万先生不会有别人；我姑婆用一种尽力显得自然的语调，为大家示范似的大声说，别再交头接耳了，这样非常不礼貌，客人会以为，我们正在谈论的事情是他不应该听到的；大家派外婆去侦察情况，她很高兴能有个借口再到花园里去兜一圈，一路还顺手偷偷地拔掉一些玫瑰树苗的撑杆，好让这些玫瑰显得自然一点，就好比母亲觉得理发师把儿子的头发压得太瘪了，伸手把它撸撸松。

我们敛声屏息等外婆回来报告敌情，仿佛可能的来犯者为数众多，到底来者是谁还颇费思量似的，过了一会儿，外公说道："我听出是斯万的声音了。"确实，这会儿也只有听声音了，因为怕招蚊子，花园里光线弄得很幽暗，斯万先生那张鹰钩鼻、蓝眼睛、前额高高、金黄带点红的头发理成布雷桑[1]发型的脸，就谁也看不清了。我悄悄站起身来，吩咐仆人去端饮料；外婆认为有客人来了，不该当着面张罗，做出特别款待的样子；她喜欢不事

1　布雷桑（Jean-Baptiste Bressant，1815—1886）：法兰西歌剧院演员，喜欢理一种前面很短、后面相当长的发型，一时成为时尚。

声张，让客人感到亲切自然。斯万先生虽说比外公年纪小很多，但两人交情很深，当年外公跟他父亲就是莫逆之交。那位老斯万先生人挺好，就是脾气怪，据说有时为了点鸡毛蒜皮的事，就会突然改变主意，满腔激情霎时间烟消云散。有一件往事，我每年总要听外公在餐桌上讲好几次，说的是老斯万先生在他日夜陪在病床边的妻子去世以后，那段有悖常情的表现。当时我外公已经有很久没跟他见面了，听到他妻子的噩耗后连忙赶赴斯万家在贡布雷附近的庄园；在入殓时我外公把泪流满面的斯万拉出灵堂，免得他过于伤心。他俩在阳光明灭交映的园子里走了几步。突然间，斯万先生抓住外公的胳膊，大声说道："哎！我的老朋友，天气这么好，一块儿散散步可真舒服呵！这些大树，这些英国山楂，还有我那个您从不以为然的池塘，您不觉得它们都很美吗？瞧您，脸拉得老长老长。您没感觉到轻轻吹过的这阵微风吗？噢！不管怎么说，生活终究是美好的，我亲爱的阿梅代！"蓦然间，他想起了妻子的死，做了个外公熟悉的手势，手伸在额上，揉揉眼睛，擦擦夹鼻眼镜的玻璃片，这是他心里有什么事委决不下时的手势。想必他自己也不明白，在这种时刻自己怎么竟然会情绪如此愉快，要弄明白这是怎么回事，他觉得实在太难了。老斯万先生终究无法排遣丧妻之痛，过了两年也去世了。在这两年里，他常对我外公说："真奇怪，我常常想起我可怜的妻子，可是我每回都不能想很长久。"于是，"想是常想，每回不长，就像可怜的斯万老爹"，后来就成了外公挂在嘴边的口头禅，不管什么事情，他都拿来往上套。我觉得外公是个了不起的裁判，无论什么事情，他的裁决在我眼里就是法律，而且后来常常被我用来赦免几分钟前判决的罪愆；当时要不是外公大喝一声："谁说的？他有颗金子般的心哪！”我真会以为斯万家的老爹是个恶人呢。

有好多年，特别是还没结婚那会儿，小斯万先生倒是常来贡布雷看望我姑婆和外公外婆的。他们根本想不到，小斯万先生早已跟父辈的世交故旧不相往来，他以斯万的名头来我们家，颇有点微服私访的意味。这样一来，就像是老实本分的店主，对来客身份浑然不知，无意间收留了一名江洋大盗——他们接待了这位举止最优雅的骑师俱乐部[1]成员，巴黎伯爵[2]和威尔士亲王[3]的密友，圣日耳曼区上流社交圈里的红人。

我们对斯万在社交界的辉煌生涯一无所知，固然跟他的矜持谨慎不事张扬的性格有关，但也得归因于当时中产阶级近似于印度种姓制度的等级观念。他们认为整个社会由封闭的种姓亦即社会阶层组成，其中的每个人从出生之时起，就归属于他父母所寄身的阶层，并且几乎无望跻身高一级的社会，除非机缘凑巧他干下了一番大事业，或是攀上了一门好亲事。老斯万先生是证券经纪人，小斯万就注定一辈子属于这个社会阶层，其中成员的财产，就如在一类纳税人中一样，仅在某一幅度的范围内变动。只要知道他父亲当年和哪些人来往，也就知道他的情形，知道他理应和哪些人来往。如果他还认识别的人，那是年轻人的新知，他家的，如我外公这样的故交，是睁一只眼闭一只眼，客客气气

1　1833年在巴黎仿照英国骑师俱乐部的模式成立的俱乐部。在普鲁斯特的年代，该总会位于嘉布遣会修女街和录事街交叉路口的拐角上。

2　即路易-菲利普-阿贝尔（Louis-Philippe-Albert d'Orléans，1838—1894）：法国贵族，因觊觎王位被先后流放德国、英国。1870年回到法国。1886年被终身流放英国。

3　自1301年起，英国王太子又称威尔士亲王（Prince de Galles）。此处当指维多利亚女王的长子，亦即日后的爱德华七世。

不管这个闲事的，何况他在父亲死后，仍然那么诚诚心心地来看我们；不过，蒙他光顾看望的，另有一些人，当着我们的面，十有八九他是不敢跟他们招呼的。如果在境况跟他父亲相当的经纪人的儿子中间，非要给斯万个人评出个社交分数不可，那么他的分数想必是偏低的，因为他举止做派既没有什么风度，平时对古董、油画又一往情深。他现在住的是一处旧宅邸，里面满满当当都是他的收藏品，我外婆挺想去瞧瞧，可姑婆一听是在奥尔良沿河街，就觉得住那儿有失身份。“您到底懂行不？我这么问，可是为您好，要不那些画商都会拿些次货往您这儿塞哪。”姑婆对他说；她根本就料定他不会有什么真本事，肚子里也不见得有学问。这不，他谈起话来往往避免严肃的话题，而说起菜谱则不厌其详，纤悉无遗，而且和外婆的两位妹妹讨论艺术时，也脱不开这种毫无诗意的精确性。她们怂恿他谈谈看法，说说他为什么推崇某幅画，遇到这种时候，他居然会不顾礼节地不谈看法，而是尽其所知提供一大堆琐碎细节，诸如这幅画收藏在哪个博物馆，画于哪一年，等等。不过通常他还是愿意给我们讲个新故事，逗大家乐一乐，故事取材于我们周围的熟人，包括贡布雷药房的药剂师、我们家的厨师和车夫在内。当然这些趣事会引得姑婆哈哈大笑，她弄不清这究竟是因为斯万在故事里总是充当可笑角色呢，还是由于他确实说得风趣逗乐：“我说呀，您可真是个怪人，斯万先生！”

我们家就是姑婆有点儿小市民气，所以每当提到斯万的时候，她总要向不熟悉他的人介绍说，他愿意的话，满可以住在奥斯曼大道或者歌剧院林荫道的，他父亲斯万先生留下的家产大概总有四五百万之多，可他就是喜欢心血来潮，任性行事。不过这种任性，在她看来大家都会觉得好玩，所以元旦在巴黎，斯万带着一小袋香草糖汁栗子来看她时，只要旁边有人，她总少不了会对他说：“哎！斯万先生，您还是挨着红酒关栈[1]住，好让自己乘火车去里昂保险不误点吗？”说着，从那副夹鼻眼镜上面，用眼角扫一扫在场的其他客人。

要是有人告诉我姑婆，这个斯万作为老斯万先生的儿子，完全有资格接受整个富有的布尔乔亚阶层，包括巴黎最显赫的公证人或诉讼代理人的邀请（这个特权他似乎有些不屑一顾的样子），却迹近隐居地过着一种我行我素的生活，还有，在巴黎时，他从我们家告辞说要回家睡觉，结果刚拐个弯，又回头往某个府邸的沙龙而去，这等模样的沙龙，一般的经纪人和他们的合伙人可是连看也休想看一眼，那么，我姑婆听了准会觉得这些事神乎其神，就像一位比她有学问的夫人的奇思异想：比如说，这位文学修养颇高的夫人，把自己想象成阿里斯泰俄斯[2]的闺中女友，知道这位神祇跟她交谈以后就要纵身跃入忒梯斯[3]的王国，而且在那片凡人无法看见的疆域里，据维吉尔[4]诗中的描述，将会受到海中仙女张开双臂的迎接；或者，干脆想象阿里巴巴就在跟大家一起吃晚饭，然后一看没人注意他，就刺棱一下钻进那个叫人意想不到的珠光宝气的洞窟里去了，对姑婆来说，这个画面比较

1　即从前的贝尔西关栈，位于巴黎第十二区，靠近里昂火车站。

2　阿里斯泰俄斯（Aristée，在希腊文中为Aristaios）：希腊神话中的农业之神，阿波罗与海中仙女库瑞涅之子。因追求欧狄迪刻致使后者被毒蛇咬伤而死，神祇动了众怒。他为了寻求母亲保护，纵身投入海中。

3　忒梯斯（Thétis，在希腊文中为Tethys）：希腊神话中海神的妻子，三千海中仙女的母亲。

4　维吉尔（Virgile，公元前70—前19）：古罗马诗人，代表作《农事诗》第4卷中描述了阿里斯泰俄斯的事迹。

容易留下具体的印象，因为她在贡布雷的点心碟上看见过阿里巴巴和他宝窟的图画。

有一回在巴黎，斯万在晚餐后来看我们，为身着晚礼服连声致歉，等他告辞以后，弗朗索瓦兹告诉我们，她听车夫说斯万先生方才是在一位亲王夫人府上进的晚餐——“噢，一位名声不佳的亲王夫人府上！”姑婆耸耸肩膀，用一种从容的讥讽语调应声说，照样打毛线，连眼皮也不抬一抬。

我姑婆对他的态度很不客气。她觉得我们邀请他来，他应该感到受宠若惊才是。对于他夏天来看我们时从不空手，总拎着一篮自己花园里种的桃子或覆盆子，每回从意大利旅行回来也不会忘记给我带些名画的图片，姑婆都认为是理所应当的。

家里办晚宴，需要某种调味醋或菠萝沙拉的配方，姑婆会毫不迟疑地派斯万去找菜谱，虽说他并不在被邀来宾的名单上，因为在这么个有多位贵客首次莅临的筵席上，他连叨陪末座都不够格。谈话间偶尔提到法兰西王室成员，姑婆会对斯万说：“这些人哪，你我这辈子可是甭想认得喽，咱们还是别提为好，不是吗？”可她说这话的当口，说不定他衣袋里正揣着一封来自特威克纳姆[1]的信哩；外婆的妹妹要在晚餐过后一展歌喉，姑婆立时会打发斯万推钢琴、翻琴谱，把这么个在别时别地大家以结交他为荣的人物差来遣去，如此不识好歹，真好比一个孩子拿着件贵重的小古玩，当个便宜玩意儿在瞎鼓捣。不用说，各俱乐部成员所熟稔的那个斯万，肯定跟姑婆脑子里的斯万完全是两码事。每到傍晚时分，贡布雷的小花园里响起两下怯生生的铃声，姑婆就把

1　特威克纳姆（Twickenham）：英国米德尔塞克斯郡的地名，巴黎伯爵流放英国时在那儿有宅邸。

她对斯万家族的了解，浇灌进来人身上，赋予他生命，大家眼看来人从浓重的夜色中影影绰绰登场，后面跟着我外婆，随后就听出了他的声音。其实，即使就生活中最琐细的方面而言，我们也不是一个由物质构成的实体，并非在所有人看来都是一个模样，每个人只消像逐页翻看一本招标细则或一份遗嘱那样就能一目了然的。我们的社会形象，是他人思维的产物。即便只是看见一个熟人这样简单的一件事情，在某种程度上也是一种智力活动的过程。我们用有关此人的全部观念，来充实我们所见到的他的音容体态，我们心目中的他的面貌，无疑在很大程度上正是这些观念所组成的。到头来，这些观念使他的脸颊鼓了起来，把他鼻子的线条准确地勾勒出来，居然还要利索地改变他的声调，仿佛嗓音只是一层透明的外壳而已，所以我们每回看见这张脸、听到这个声音，无非都是在看、在听这些观念。大概，姑婆外公他们在用观念构成这个斯万时，出于无知遗漏了一大批有关他的社交生活的特殊内容。而旁人见到斯万时，却正是凭借着这些内容，从他的眉宇之间看出了优美和雅致，这种优雅到鹰钩鼻打住，有如到了天然的边界；不过，姑婆外公他们还是在这张空阔而被去掉了魅力的脸上，在这双不被欣赏的眼睛深处，模糊而亲切地——介于回忆与忘却之间——想起比邻而居的乡村生活，想起每周一次共进晚餐后，在牌桌旁或花园里度过的那些闲适的夜晚。我们这位朋友的躯壳，因此变得充盈结实起来，有关他的先人的若干回忆，则使它更为丰满，这个斯万成了一个有血有肉的人，许多年以后，当我从已经熟悉得了如指掌的斯万而联想起早年的斯万时，我的印象是完全换了个人——在早年的斯万身上，我可以看到自己在青年时代所犯的那些可爱的过错（不过这个斯万跟后来的斯万一点都不像，反而更像我当时认识的别的一些人），仿佛人生如同一座绘画陈列馆，其中同一时期的作品，总有一种同宗同族的风貌，一种相同的格调——早年这个悠闲自在的斯万，身上散发着那棵高大的栗树，那一筐筐覆盆子，还有一丁点儿龙蒿叶[1]的清香。

然而有一天，我外婆有事去求德·维尔巴里西斯侯爵夫人帮忙，这位著名的布永家族的贵夫人，外婆是在圣心教堂认识的（由于我们家的种姓观念，外婆尽管跟侯爵夫人情趣相投，却不愿意跟她多来往）。谈话间，夫人对她说："我想您跟斯万先生很熟吧，他是我侄子德·洛姆亲王家的要好朋友。"外婆回家时兴冲冲的，一来德·维尔巴里西斯夫人劝她租住的那个住宅挺不错，望下去有好几座花园；二来她碰到的那个做背心的裁缝和他的女儿，让她实在喜欢，当时她在楼梯上把长裙钩了一下，就到大院里的这家裁缝铺去，请他们把脱线的地方缝几针。外婆对这父女俩赞不绝口，声称那女儿是璞玉，是珍珠，而做父亲的是她见所未见的最杰出的人。因为对她来说，杰出是个跟社会等级绝对不相干的概念。那裁缝回答她的有一句话，她觉得真是妙不可言，她对我妈妈说："塞维涅[2]也不会说得比这更好呢！"而后又说到在德·维尔巴里西斯夫人府上见到的她的某个侄子："哦，够俗的！"

关于斯万的那句话，其效果不是提高他在我姑婆心目中的地位，而是贬低了德·维尔巴里西斯夫人的形象。似乎是这样，既

1 龙蒿是一种芳香草本植物，新鲜的叶子可用于拌制沙拉，用龙蒿浸的醋别有风味。

2 指塞维涅侯爵夫人（marquise de Sévigné，1626—1696）。这位法国女作家出身名门，娴于辞令。她给女儿的书简文笔清新隽永，以《书简集》传世。

然我们根据外婆的印象，对德·维尔巴里西斯夫人给予相当的尊重，那么她就有了一项义务，那就是绝不能做任何有失身份的事情，结果她非但知道斯万其人，而且还允许她的族人跟他往来频繁，这岂不是全然置义务于不顾了吗？“怎么！她认识斯万？我们居然还当她是麦克马洪元帅[1]的亲戚呢！”我们家有关斯万的社交关系的这一看法，随后似乎由于他的婚姻而得到了证明，他娶的是一个社会地位很低的女人，一个几乎称得上轻佻的女人，不过，他无意领她来见我们，仍然独自一人来我们家，虽说次数愈来愈少，但由此大家已能断定——假定的前提是，他就是在那儿跟她相识的——他经常出入的是个对我们而言非常陌生的社交圈子。

不过有一次，我外公在报上看到斯万先生是X公爵府星期日午宴的常客，而这位公爵的父亲和叔父曾是路易-菲利普朝中显赫的国务重臣。外公对有助于他遥想当年诸如莫莱伯爵[2]、帕基耶公爵[3]、德·布罗伊公爵三世[4]之类风云人物的私生活的种种秘闻逸事，向来具有浓厚的好奇心。听说斯万常和那些大人物的熟人来往，他不由得喜出望外。可是姑婆却对这一新闻做出不利于斯万的解释：凡是到自己生于斯长于斯的种姓之外，到自己所属的社会阶层之外去结交朋友的人，都是不安本分。她觉得这些年轻

1　麦克马洪（Mac-Mahon，1808—1893）：法国军事将领。1859年受封为元帅。1873年至1875年出任法国总统。

2　莫莱伯爵（comte Molé，1781—1855）：1836—1839年间任路易-菲利普朝中的首相和外交大臣。

3　帕基耶公爵（duc Pasquier，1767—1862）：1837年任路易-菲利普朝中的掌玺大臣。

4　德·布罗伊公爵三世（duc de Broglie，1785—1870）：1832年任路易-菲利普朝中的外交大臣。

人的所作所为令人无法容忍，他们的家长未雨绸缪，早早就为子女开好路子、做好准备，让他们得以结交一批知根知底的朋友，想不到这些做子女的不识好歹，做父母的一番谋算顷刻间被抛诸脑后（我姑婆有个当公证人的朋友，此人的儿子娶了一位亲王府的千金，姑婆认为这个年轻人自辱身份，跌出公证人后裔的体面行列，沦为蝇营狗苟之徒，与昔日蒙王府家眷垂青的贴身男仆、马厩小厮为伍，她就此不见这个年轻人了）。我外公原本打算趁斯万下一天来吃晚饭的机会，打听一些我们刚发现斯万认识的那批朋友的消息，结果遭到姑婆的一顿呵责。再说，外婆的两个妹妹，两位有着外婆高尚天性却没有她风趣才情的老小姐，也声称不明白姐夫怎么会对如此无聊的事情津津乐道。她俩素来志向高远，因此，对所谓的蜚语（即便其中含有某种历史的意味），而且一般地说，对所有不与美学或道德操守直接相关的话题，一概不感兴趣。她俩对所有看上去或多或少与社交生活沾上边的东西，有一种出自内心的反感，以至于她们的感官——席间的谈话一旦出现轻浮的语调，或者只是话题有些乏味，而两位老小姐又没法引出她们心爱的话头——马上就让听觉器官处于休眠状态，任凭它们真真切切地开始萎缩。倘若这时外公想要引起两位小姨的注意，他就只能求助于医生对某些精神无法集中的躁狂症患者的物理刺激疗法：一边用餐刀的刀背连连敲击酒杯，一边瞪出眼珠猛地大喝一声。这些粗暴的手段，精神病医生常常也用于跟身心健康者的人际交往，这在他们是出于职业习惯，要不就是他们相信每个人多少都有点疯。

有一回，斯万在约定来用晚餐的上一天，特地着人给她俩送来一箱阿斯蒂红葡萄酒，这下她俩来了精神。姑婆手里正好拿着一份《费加罗报》，上面刊登了柯罗画展上的一幅画，画的标题旁边注着一行字：夏尔·斯万先生藏品，姑婆冲我们大家说："你们看见吗？斯万上《费加罗报》了。"——"我不是一直对你们说，他是很有品位的嘛。"外婆说。——"你当然啰，你的看法总是和我们不一样。"姑婆回答说。她知道外婆的意见总是和她不一致，可她吃不准我们是不是总认为她有理，所以她想方设法要把我们争取过去，同仇敌忾地反对外婆的意见，但是我们大家都不接这个茬。外婆的两个妹妹表示想跟斯万提提《费加罗报》上的那行字，姑婆劝她们免开尊口。每逢她在别人身上看到一点自己所没有的长处，哪怕是很小的一点，她总相信那不是长处而是短处，她以为自己在可怜对方，也就不觉得人家有什么地方值得妒忌的了。"我看哪，你们这么说不会让他高兴的；事情明摆着，要是我看见自己的名字这么大咧咧地印在报上，准会觉得很讨厌，要是有人跟我提起这事，我不会好受的。"不过她并没坚持说服外婆的两位妹妹；因为她俩怕俗怕到这个份上，即便是影射某人，也会把话说得既巧妙又婉转，结果往往连当事人也没觉察到她们是在说他。至于我母亲，一心只想让父亲答应跟斯万谈话时，少提提他的妻子，多说说他的宝贝女儿（据说当初就是因为这个女儿，他才终于同意结婚的）。"你可以就对他说那么一句，问问她好不好。他的日子想必不好过呢。"可是父亲发火了："瞧你说的！尽是些荒唐念头。这要让人笑话的。"

可是，我们全家人当中，真正让斯万的来访弄得心神不宁、痛苦不堪的人，却是我。因为只要晚上有客人来，哪怕只是斯万先生一个人，妈妈就不会上楼去我的卧室。我独自先吃晚饭，吃完了坐在桌边，到了八点钟，就打发我上楼了；平时临睡前，妈妈在床边给我的那个珍贵而又脆弱的吻，这会儿我必须从餐厅带回卧室，我脱衣服的时候还得小心翼翼地护着它，别碰坏了它的柔情，别让它那易逝的美顷刻间消失殆尽。而就在这些我需要对它倍加小心的夜晚，我又恰恰非得当着大家的面，匆匆地接受它，这个仓促的偷吻。我觉得自己还比不上一个自知有健忘倾向的人，这种人只要在锁门时尽力不去想旁的事情，那么，一旦病态的疑虑冒头，他就能凭锁门时的记忆去消除这种疑虑，而我却根本没有这样做所必需的时间和从容的心境。

我们正在花园里，传来两下怯生生的门铃声。人人都知道是斯万；可大家还是疑容满面地你看我我看你，决定派外婆前去侦察。“记住要把话说清楚了，好好谢谢人家的葡萄酒。你们知道，这可是好酒哪，又是那么一大箱子。”外公关照两个小姨子。“怎么又自管自说话啦？”姑婆说，“客人来了，看见大家都像这样说着悄悄话，他不会感到窘迫吗！”——“啊，斯万先生进来了。咱们来问问他，明天会是晴天吗。”父亲说。母亲想，她对斯万说上一句话，就能让我们家打从他结婚以来可能使他感到过的种种难堪涣然冰释。她设法把他带到离大家远一些的地方。可是我跟在她后面；我下不了决心哪怕离开她一步，因为我知道，一会儿我就得跟她分开，她留在餐厅里，而我要上楼到卧室去，没法像往常的夜晚那样得到她上来亲一亲我的安慰了。“我说，斯万先生，”她对他说，“跟我谈谈您的女儿吧；我相信她已经像她爸爸一样，对杰出的艺术作品很有兴趣了。”——“你们也跟我们一起在阳台上坐坐嘛。”外公走过来说。母亲只得打住话头，但是她情急之下竟然有了个更妙的想法，正如优秀的诗人在格律的束缚下构思出了最美的诗句：“您的女儿，待会儿就咱们俩的时候再谈吧，”她低声对斯万说，“只有做母亲的才能够理解您。我相信她妈妈一定也同意我的看法。”我们大家围坐在那张铁条凉桌旁。我情不自禁地想着独自在卧室无法入眠的揪心时刻；我尽量说服自己，这没什么大不了，一到明天早晨我就会忘掉的，我让自己拼命去想明天，想将来，指望它们能像一座桥那样，载我越过面前那道吓人的深渊。可是我忧心忡忡，整个脑筋绷得紧紧的，像我盯住母亲的眼睛那样鼓着，容不得半点无关的念头钻入脑海。进入脑海的想法也有，但前提是凡能拨动我心弦、松弛我神经的美的元素，或者好笑的东西，一概不得入内。我就像一个上了麻药的病人躺在手术台上，清醒地看到医生施行手术的全过程，但是什么也感觉不到，我能背诵自己心爱的诗句，也能看见外公怎样煞费心思地跟斯万谈起德·奥迪弗雷-帕基耶公爵[1]，但我背诗时无动于衷，看外公讲话的样子也不觉得好玩。外公的心思算是白费了。他刚向斯万提出一个有关那位口才便给的政治家的问题，外婆的一个妹妹马上觉察到这听上去像落在强拍上的休止符，出于礼貌必须避免冷场，于是就对另一个妹妹说：“你猜怎么着，弗洛拉，我认识了一位年轻的瑞典小学老师，她跟我详细讲述了斯堪的纳维亚国家的消费合作社，真是非常有趣。我们改天得请她来吃顿晚饭。”——“好呀！”她的姐姐弗洛拉回答说，“不过我的时间也没浪费。我在凡德伊先生家遇到一位上了年岁的学者，他跟莫邦很熟，莫邦不厌其烦地向他谈了自己塑造角色的体会。真是有趣极了。他是凡德伊先生的邻居，我以前一直不知道；他非常客气。”——“不光是凡

1 德·奥迪弗雷-帕基耶公爵（duc d” Audiffret-Pasquier，1823—1905）：上文中提到的掌玺大臣帕基耶公爵的养子。1876年出任上议院议长，以雄辩著称。

德伊先生才有这么客气的邻居。”我的赛里娜姨婆接口说这话时有些情怯（事先有所准备，倒显得不自然了），所以声音反而特别响，边说边向斯万投去一道她所谓意味深长的目光。弗洛拉姨婆自然明白，赛里娜是在表示对那箱阿斯蒂葡萄酒的谢意，所以这时她也瞧着斯万，目光中兼有致意和讪笑的意味，这也许只是为了让他注意姐姐的俏皮话，也许是因为她羡慕斯万让姐姐开了窍，但也说不定她以为他给将了一军，忍不住想看笑话。“我想这位先生会应邀来吃饭的，”弗洛拉接着说，“只要一跟他提起莫邦或者玛黛尔娜夫人[1]，他可以一口气讲上几个钟头。”——“那想必很有趣啰！”外公叹了口气说。造化弄人，老天爷居然忽略了在外公头脑里植入对瑞典的合作社或莫邦创作角色的体验大感兴趣的可能性，同时也忘了往我外婆这两个妹妹的头脑里配备一点调味品，而要想从莫莱或巴黎伯爵的私生活故事中咂摸出滋味来，是少不得要靠自个儿加调味品的。“噢，”斯万对我外公说，“我要跟您说的事，表面上好像和您问我的事没什么关系，其实并非如此。因为在某种性质上，这两件事其实很接近。我今天早上重读了几页圣西门[2]的著作，其中有些内容您也许会感兴趣的。是在有关他出使西班牙的那一卷里；这并不是最出色的一卷，差不多只能说是本日记，可是它至少写得很生动，仅就这一点而言，它已经跟我们一早一晚非读不可的那些令人生厌的报纸有所区别了。”——“您的观点我不敢苟同，有时候我觉得读

1　阿梅丽·玛黛尔娜（Amélie Materna，1847—1918）：奥地利歌剧女演员。1876年曾在拜罗伊德音乐节上出演瓦格纳歌剧《女武神》的女主角。

2　圣西门（Saint-Simon，1675—1755）：法国作家，曾在路易十四和路易十五宫廷长期供职，所著《回忆录》记述1694—1723年间法国宫闱生活，对后来的法国文学有一定影响。

报真是很愉快的……”弗洛拉姨婆插嘴说，用意自然是表明《费加罗报》上有关斯万收藏柯罗画作的那段文字，她已经看到了。“尤其是提到我们关心的事情或人物的时候！”赛里娜姨婆赶紧接口。“对此我并无异议，”斯万颇感惊讶地回答说，“我批评报纸，是指它每天都把我们的注意力引向一些毫无意义的事情，而我们一生中读到真正能让人终身受益的好书，也不过就三四回吧。既然我们每天早晨都急不可耐地撕开邮寄报纸的封套，那总该换点内容，在报纸上刊登些，我也说不上来，比如……帕斯卡的《思想录》吧（他用一种调侃的语气，有意把最后几个字说得一字一顿，以免显得是在卖弄学问似的），那些切口烫金的典册，我们十年里才不过翻开一次吧，”他说这话时，用的是某些社交圈人士爱用的对俗事不屑一顾的口吻，“里面读到的又尽是些希腊王后莅临戛纳啦，德·莱翁亲王夫人举办化装舞会啦，等等等等。好像只有这样的内容才够气派。”不过，他马上有些后悔，觉得自己未免把严肃的话题轻率对待了：“瞧我们选了个多好的话题，”他自我解嘲地说，“我不明白我们干吗要把话说得这么‘玄’呢。”说着，他转过脸去对我外公说：“圣西门在书里说到，莫莱弗里耶有一次居然厚着脸皮要和他的几个儿子握手。您知道，关于这个莫莱弗里耶，圣西门是这么说的：‘在这只瓶壁厚厚的酒瓶里，我看到的只有任性、粗俗和愚蠢。’”——“瓶壁厚不厚且不说，可我知道有的酒瓶里装的是完全不同的东西。”弗洛拉抢过话头说，她也执意要向斯万表示谢意，因为那箱阿斯蒂红葡萄酒是送给她们俩的。赛里娜笑了起来。受窘的斯万接着说：“‘我不知道他是真的一无所知，还是故作姿态，’圣西门写道，‘他伸出手来，想跟我的孩子握手。幸亏我眼尖，一看不对就马上拦住他。’”外公不住口地赞叹“真的一无所知还是故作姿态”写得妙，可是赛里娜小姐，圣西门——一位文人——的名字还不足以让她的听觉功能完全麻木，她愤愤然地说：“怎么？您居然欣赏这个？哼！好啊！这话是什么意思，难道人跟人不应该是一样的吗？一个人是公爵还是马夫，有什么关系，只要人聪明，心地好，还不都是一样的人？你们的这个圣西门，亏他这么教育自己的孩子，居然不让他们跟上流社会有教养的人握手。简直不像话。你们还好意思拿他的话真当回事？”大为扫兴的外公，经受了这一挫折，眼看无望请斯万说些他爱听的宫廷逸事了，就压低嗓门对我妈妈说：“你上次教我的，让我在这种时候舒舒心的那句诗，怎么说来着？啊！对了：‘主啊，为什么您让我们去憎恶美德呵！’[1]哎！说得多好！”

我的目光始终不离妈妈，我知道只要大家一入席，我就再不能留下来了。妈妈不想惹爸爸生气，当着大家面是不会让我像在卧室里那样亲她好几次的。所以我暗自打算，要在餐厅里，等大家开始用晚餐，我感到那一刻临近的时候，事先为那仓促而悄悄的一吻做好我能做的所有准备，眼睛盯住妈妈的脸颊，选准我要亲的位置，凝聚一下思绪，在妈妈的脸凑近过来时，用心感受我的嘴唇贴在她脸上的这个珍贵的瞬间。这就好比一个画家，他的模特儿每次只能为他摆一小会儿姿势，于是他就每次准备好调色板，根据速写本里的素材，预先回忆形体的细节，尽可能做到万一哪一天没有模特儿在面前也能画下去。可是这当口，尽管晚餐铃声还没响，外公却在无意中说了句很残忍的话：“小家伙看

1 出自高乃依的剧本《庞贝之死》第3幕第4场。原句“天哪，为什么您让我去憎恶美德啊！”为剧中庞贝遗孀高尔内莉的台词，她恨恺撒，但又为他的慷慨大度所折服。

样子困了，该上去睡觉了。再说今晚开饭也晚喽。”父亲本来就不像外婆和母亲那样守信用，他也说：“对，去吧，睡觉去。”我想去亲亲妈妈，可就在这时候，开饭的铃声响了。“好啦，行了，别去缠妈妈了，你不是已经道过晚安了吗，再来一遍多可笑。行了，上楼去！”于是我只好孤苦无告地离开餐厅；每跨一级楼梯，我心里就像俗话说的那样，一百二十个不情愿，我多想回到妈妈身边去啊，因为她还没亲过我，还没让我的心得到随我上楼的许可。这可恶的楼梯，我一走上去就觉得发愁，它散发出的那股油漆味道，在某种意义上说，吸收并凝聚了我每天晚上感到的那种难以言说的忧伤。而且更不幸的是，说不定我的整个感觉都因而变得迟钝了，因为智能一旦处于这种嗅觉形态下，就没法再有作为了。有时我们睡着后牙痛发作，梦里却觉得好像是个姑娘落水了，我们一次又一次地想把她拉上来，弄得筋疲力尽也没成功，或者觉得自己是在没完没了地反复念莫里哀的诗。这时候如果醒来，我们会深深地舒出一口气，智能也会凭着牙痛的知觉，摆脱仗义救人或抑扬顿挫之类的幻象。而当我感到上楼进卧室的忧伤时，我的感觉跟舒气的徐缓正相反，这种忧伤是倏地一下子，几乎在刹那间袭上心头的。它既是久久隐伏的忧虑，又是突如其来的创痛，起因则是吸入——这要比心理上的渗入毒性大得多——这部楼梯的油漆怪味道。一进卧室，就得封住所有的出口，关上百叶窗，抖开被单，穿上裹尸布似的睡衣，钻进自己的坟墓——那是特地给我加放在卧室里的一张铁床，因为夏天再让我睡在挂着平布床幔的大床上，实在是太热了。不过我在把自己埋进这张铁床之前，尝试过一次反抗，施的是囚犯的计谋。我写了封信给母亲，央求她上楼来一下，有件很要紧的事情不能在信上说。但我就怕弗朗索瓦兹不肯为我把信送出去，她是我姑妈的厨娘，我在贡布雷期间由她照顾我的生活起居。我猜想，宴宾席上传张条子给我母亲，在她看来就像让剧场看门人送封信给正在台上演出的演员一样，想都休想。关于某件事可以做还是不可以做，她自有一部专横霸道、内容庞杂、钻牛角尖而又毫不通融的法典，其中条款的区别叫人无从捉摸，或者干脆说就是相互矛盾（它让人想起那些古代的律法，在惨无人道地允许杀戮婴儿的同时，却体贴入微地禁止用母羊的乳汁烹煮它的羔崽，还不许吃动物大腿上的筋[1]）。鉴于她对我们吩咐的某些差遣，有时会断然拒绝执行，想来她的这部法典对社会之复杂和人事之微妙早有预见。然而就凭弗朗索瓦兹所能接触到的人，就凭她这么个乡村女佣的生活经历，她是不可能有这般认识的；于是我们就不得不这么设想，在她身上有着一种古老的法兰西精神，高贵却叫人浑然不觉，好比在一些以加工业著称的城市里，古旧的宅邸见证着昔日宫廷生活的繁华，又好比生产化工制品的工人们，做工时泰然置身于歌颂圣泰奥菲尔奇迹[2]或埃蒙四虎子[3]武功的精美雕像中间。按照她的法典的条款，弗朗索瓦兹几乎不可能（除非失火了）为了我这么个区区小人儿，在斯万先生在场的时候过去打扰妈妈的。在某种特定的场合，这部法典的条款无非就是表达她的一种敬意，她一再申明的这种敬意的对象，不仅有我的长辈们——他们享有与死者、教士和国王同等的待遇——而且包括我家款待的

1　参见《圣经·旧约》。《出埃及记》第23章第19节："不可用山羊羔母的奶煮山羊羔。"《创世记》第32章第27节："故此，以色列人不吃大腿窝的筋，直到今日，因为那人摸了雅各大腿窝的筋。"

2　传说中人物。13世纪游吟诗人吕特勃夫根据传说编成诗体说唱《泰奥菲尔的奇迹》。

3　中世纪英雄史诗《埃蒙四子》的主人公。

客人在内，这种敬意，如果是在一本书里看到的，说不定还能打动我，可是从她嘴里听到我就要生气，因为她说话的时候，总是那副一本正经、细声细气的腔调。尤其在今天，她把这顿晚餐看得如此神圣，当然越发不肯去搅和这盛典了。不过我还是想碰碰运气，所以当即撒了个谎，对她说不是我要写信给妈妈，而是妈妈在我离开餐厅时要我帮她找一样东西，还关照我别忘了给她一个回音；倘若不把这封回信给她送去，她肯定会生气的。我想，弗朗索瓦兹不会相信我，因为她就像原始人那样，感觉要比我们这些人灵敏得多，凭着一些我们无从察觉的迹象，她一眼就能看穿我藏着掖着的事实真相。她对着信封足足看了五分钟，仿佛细细端详纸张和笔迹，她就可以知道信里的内容，也就是说可以明白该援用法典中的那一项条款。临了，她走了出去，脸上的那股委曲求全的神情，意思就像说："有这么个孩子，做父母的还能不倒霉吗！"过了不多一会儿，她回来对我说，先生夫人们这会儿正在吃冰激凌，膳食总管没法当着大家的面把信拿上去，不过待会儿送漱口盅上桌的时候，就可以把信递到妈妈手里了。我的焦虑顿时一扫而光：因为现在跟刚才不一样了，我不用跟妈妈天各一方地苦等明天了；因为我那张短笺（大概会让她不高兴的，何况我这点小伎俩在斯万先生眼里一定会显得很可笑，妈妈想必更要不开心了）至少可以把我隐去身影、满心喜悦地带到妈妈的身旁，在她耳畔跟她说些悄悄话；因为那个不许我留下、对我怀有敌意的餐厅，此刻向我敞开了门扉，刚才我觉得那儿的冰激凌——叫什么"果粒冰糕"——和漱口盅都恶俗不堪、令人作呕，原因是吃冰激凌的妈妈离得我那么远，现在好了，那餐厅就像一个变得饱满柔软的果子，胀破了果皮，等妈妈读我的信时，她对我的关注就会像果浆一样汩汩流出，一直流到我醉了的心田。现在我不再和她分开了；隔离的栅栏已不复存在，充满柔情的丝丝缕缕把我俩联系在了一起。而且还有：妈妈一定会上来看我的！

刚才一度让我感到痛苦的是，万一斯万看到了我的信，猜到了其中的用意，他一定会对我嗤之以鼻的。其实情况恰恰相反，后来我听说，类似的痛苦曾经折磨过他很多年，也许只有像他这样的人，才能够真正理解我。在他，这种痛苦是惆怅地感到心爱的人在一个自己所不在的，或者无法前去的娱乐场所，让他尝到这痛苦滋味的正是爱情，从某种意义上说，这种痛苦是注定跟爱情俱生俱灭，要被它所独揽、所专用的；但一旦它在爱情出现之前，就像我这样，先已进入我们的心灵，它就会飘忽不定，朦朦胧胧，无所不在又无所归依，然而说不定哪一天，或者是明天，或者是以后的某一天，它终将归于一种情感，或是对父母的依恋，或是对同伴的友爱。至于弗朗索瓦兹回来说信会递给妈妈时，我所初次体验到的喜悦，斯万早就尝过这种骗人的喜悦的滋味了。比如说，有一天我们的心上人在某个府邸或剧院参加舞会、宴会或某场首演，她的一个朋友或是亲戚正好路过，瞥见我们在外面转来转去，近乎绝望地等待一个可以跟她说说话的机会，他认出了我们，亲热地走上前来，问我们在那儿做什么。我们呢，就现编瞎话，说是有件很紧急的事情，要告诉他的那位亲戚或朋友，他说区区小事一桩，包在他身上了，他把我们领进前厅，满口答应不出五分钟就把她带出来。我们对他感激莫名——就像这会儿我感激弗朗索瓦兹一样——这位满怀善意的中介人，用一句话就消除了我们的成见，我们原本觉得这种晚会不可思议又难以忍受，以为里面有一股充满敌意、邪恶却又那么容易叫人着迷的旋涡，正裹着我们心爱的人儿远离我们，怂恿她无情地取笑我们，但听了他那句话，这个晚会在我们心目中却变得挺像那么回事，还颇有人情味，几乎很不错了。我们就凭心上人的这位亲戚，这位主动上前来招呼我们，而本身又是门规严峻的秘密社团成员的仁兄，料想这个晚会的其他宾客未必会是凶神恶煞。她正在品尝我们无从知晓的乐趣的那个时段，那段我们不能进入的、折磨人的时段，突然裂开了一道意想不到的缝隙让我们置身其间；蓦地出现了这么一个瞬间，它是组成那个时段的一个时刻，一个跟其他时刻同样真实，对我们来说甚至更为重要的时刻（因为我们心爱的人跟它关系更密切），而此刻我们不仅能想象它，拥有它，而且能在其中起作用，我们几乎创造了它：这就是那人去告诉她我们等在下面的那个时刻。其实呢，这一时刻未必会跟晚会的其他时刻有什么本质的不同，也未必会使我们格外高兴或特别痛苦，既然那位好心的朋友对我们说了："能下楼来，她求之不得呢！待在上面多无聊，她当然很乐意来跟您说说话喽。"唉！斯万有过这种体验，当女人正在因为被她不爱的男人跟踪生气的时候，一个第三者的善良愿望是无济于事的。通常，这位朋友总是单独一人下来。

妈妈没有来，而且毫不顾及我的自尊心（为我编的关于找东西的瞎话打个马虎眼），吩咐弗朗索瓦兹："就说没有回话。"这句话，日后我经常听见豪华宾馆的门卫或赌场的听差转告候在门口的某个可怜的姑娘，姑娘还会很惊讶："怎么，他什么也没说，这不可能呀！您不是把我的信递给他了吗。那好吧，我再等一会儿。"而且——这样的姑娘无一例外都不接受门卫为她们另点一盏小灯的提议，兀自待在那儿，只是偶尔听见门卫和哪个听差聊上几句天气，而后那门卫猛地想起了时间，赶紧打发对方把客人吩咐的饮料拿去冰镇。我的情形大致相仿——我拒绝接受弗朗索瓦兹为我泡杯药茶的提议，也不要她陪在我身边，我让她回厨房去，兀自躺在床上，闭紧双眼，尽力不去听花园里喝咖啡的大人们的说话声。才过了几秒钟，我就感觉到，我写信给妈妈，不顾她会不会生气地去挨近她，而且挨得那么近，几乎觉得再见她的梦想已经成真，其实恰恰排除了见不到妈妈自己也能入睡的可能性。我心头怦怦直跳，每一分钟都变得比前一分钟更痛苦，因为我越是要强迫自己平静下来接受这不幸，就越是激动和烦躁。突然间，我的焦虑消释了，一股幸福感向我袭来，就像一种强效的药剂开始起作用，很快祛除了我们的病痛：我下了决心，不见到妈妈不睡觉，等她上楼睡觉的时候，我无论如何要去吻她一下，哪怕事后她肯定会有好长一段时间不理我，我也要这么做。焦虑消除过后的这种平静，使我处于一种异常欣悦的状态，其强烈的程度，堪与先前的等待、渴求以及临危的恐惧感相比。我悄悄打开窗子，坐在床脚跟前，几乎不敢动，生怕下面听见我的声音。窗外的景物，仿佛也凝固在一种默默的等待之中，唯恐惊扰了月亮的清辉。月光给每个物体投下修长的影子，复制出它的形状，把它往后推，使它显得比本身更浓郁、更具体，整个夜景同时变细变大了，犹如一幅经常折叠着的地图摊了开来。栗树上的某些叶片——在动，但这极其细微的、彼此呼应的颤动，尽管连最精致的色差、最敏感的闪烁都表现了出来，却对其他的枝叶毫无影响，不去牵动它们，始终保持一种低调的局部动态。远处大约是小城另一头的花园传来的声音，落入这片不吸音的寂静之中，听上去清晰极了，仿佛这种遥远的动静，是极轻的演奏所造成的效果，是由音乐学院乐队[1]加了弱音器演奏的音乐动机，虽然每个音符都能听得很清楚，但你总感觉到它们是从音乐厅的远处传来的。而此刻，音乐会的常客们——外婆的两个妹妹也包括在内，如果斯万有位子给她们的话——正竖着耳朵谛听，就像听到了一支还没行进到特雷维兹街[2]拐角的军队远远的步伐声。

我知道，就大人对我的态度而言，我是把自己置于后果最为严重的处境之中了。这种严重的程度外人是想象不到的，他们以为只有真正可耻的过错才可能造成这样的后果。在我所受的教育中，过错程度的排序跟别的孩子的情况有所不同，我现在才懂得，排在最前面的（大概因为再没有什么别的过错，是我更容易犯下的了）是这样一些过错，它们的共性就是当事人没能克制一种神经质的冲动。可当时没人说出来，没人挑明这个根源，让我觉得自己的过失无可原谅，甚至无可避免。但是这些过错，我从发生前的焦虑，或者从发生后受罚的严厉，是能辨认出它们的；我知道自己刚才犯的过错，也是属于这类性质的，但是程度上远远严重得多。倘若我在妈妈上楼睡觉时拦住她，让她看见我为了再跟她道个晚安，居然没有去睡觉，家里人一定不再容我待在家里，第二天就会把我送到学校里去，这是肯定无疑的。也罢！即使五分钟过后我就得从窗口跳出去，我也甘心这么做。现在我满脑子想的，只是看见妈妈，只是跟她说晚安，我追逐这个愿望跑得太远，想要回头为时已晚了。

我听见大人们送斯万出去的脚步声；门铃一响，我知道

1　巴黎最早的交响乐团。团址位于音乐学院街。

2　特雷维兹街是和音乐学院街平行相邻的一条街。

他走了，于是就挨到窗子跟前。妈妈问爸爸，他觉得龙虾味道好不好，斯万先生有没有添一点开心果咖啡冰激凌。“我觉得龙虾的味道不怎么样，”妈妈自问自答，“我看下回得换一种香料。”——“我都不知道怎么说才好了，反正我觉着斯万变了，”姑婆说，“简直成个老头了！”姑婆习惯了把斯万看成一个小伙子，突然间发现他不如她向来认定的那么年轻，就大为惊讶。其他人则七嘴八舌地评论他的显老不正常，太过分，很丢脸，说通常只有那些没有家室的人，那些过一天算一天地打发着日子，老是比旁人觉得白天特别长的人，才会这么容易显老，因为对他们来说，大白天空落落的，从早上起时间就不停地往上加，可是又没有子女，没有孩子来把这么多时间减去一点。“我想哪，他那个放荡的妻子也够他操心的喽，在贡布雷谁都知道她跟一个叫什么夏尔吕的先生混在一起，都闹得满城风雨了。”可妈妈提醒大家说，这一阵斯万先生的脸色看上去倒是开朗多了。“他揉眼睛、摸额头也比以前少了，他这动作真是跟他父亲活脱活像。我看哪，他心里并不爱这个妻子。”——“他当然不会再爱她啦，”外公接口说，“还是好久以前了，他给我写过一封信，谈的就是这件事，当时我并没有怎么太在意。不过他对妻子的感情如何，究竟还有没有爱情，都是明摆着的事了。嗨！我说你们俩，怎么不谢谢人家的阿斯蒂酒呢。”外公后面的话，是对他的两位小姨说的。“怎么，我们没谢过他？说实话，我觉得我把这份谢意表达得挺巧妙的呢。”弗洛拉姨婆回答说。——“没错，你说得非常得体：我为你骄傲。”赛里娜姨婆说。——“可你也说得挺好呀。”——“可不是，我说‘客气的邻居’的那句话，自己都觉得有些得意呢。”——“怎么，就这样你们算谢过人家啦！”外公嚷嚷说，“这些话我都听得挺清楚，可我压根儿没想到那是说给斯万听的。我敢肯定，他一准听不出来。”——“瞧您说的，斯万可不傻，我肯定他是听懂了的。您总不见得要我去对他说一箱有几瓶酒，这箱酒值多少钱吧！”我的父亲和母亲留下来又坐了一会儿，父亲说：“好啦！我们上去睡觉吧。”——“好吧，亲爱的，不过我一点倦意也没有。那点咖啡冰激凌倒算不了什么，还不足以让我这么精神；可我瞧见厨房边上的小间里还有灯光，既然可怜的弗朗索瓦兹在等我，我想还是趁你去换衣服的当口，让她替我把胸褡的搭扣解开吧。”说完，她推开前厅装有花格的大门，楼梯正对着前厅。不一会儿，我就听见她上楼进屋关窗的声音。我悄没声儿地走进过道，心怦怦直跳，几乎连步子都迈不开，但至少这不再是焦躁不安的心跳，而是由于过于兴奋的缘故。我看见楼梯口射上来蜡烛的火光。随后我看见了妈妈，我扑上前去。她先是一愣，惊异地望着我，不明白这是怎么回事。而后她脸上显出怒容，一句话也不对我说，实际上她为了更小的事情，也会好几天不理我。要是妈妈对我说一句话，这固然是理我了，但也许是更可怕的征兆，预示着即将来临的惩罚异常严厉，跟它相比，不理也好，生气也好，都是无足轻重的了。她若说一句话，语气一定会像她已经决定辞退一个仆人，回答他的问话时那么冷静；一个母亲送儿子去服兵役时会跟他吻别，若她只想跟儿子怄两三天气，是不会吻他的。这时，妈妈听见爸爸换好衣服出更衣室上楼来了，她不想看我挨爸爸的训斥，又气又急地冲我说：“快跑，快跑，你像个疯子似的等在这儿，爸爸看见还了得！”可我一个劲儿地说：“来跟我说声晚安吧。”同时惊恐地看着父亲的烛光正在沿着墙壁升上来。这时，我不由得把父亲上楼当作一种要挟的手段，要让妈妈知道她再不答应我，父亲就会发现我待在过道上，指望她为了避免发生这种情况，会软下来对我说：“你先回卧室去，我待会儿来。”但是太晚了，父亲已经站在了我们面前。我脱口而出，嘀咕了谁也没听见的这么一句：“这下完了！”

然而情况并非如此。平日里母亲和外婆对我比较宽容，可是她们允许我做的事情，父亲总是不同意，这是因为他根本不顾什么原则，更不把人权放在心上。出于某个无关紧要的理由，甚至无需任何理由，他就可以临时突然不许我去散步，这样剥夺我已经习惯的例行活动的权利，简直是出尔反尔，还有，比如今晚，离我平时睡觉的时间还早呢，他就对我说了：“好了，上去睡觉吧，不许多嘴！”不过，也正因为他没有原则（按外婆的说法），也就无所谓妥协不妥协了。他一脸惊讶、气恼的表情，盯着我瞅了一会儿，妈妈很尴尬地向他解释是怎么回事，没等她说完，他就对她说：“那你就和他一起去呗，你刚才不是说过你还不想睡，那就在他的房间里待一会儿嘛，我这儿没事。”——“可是，亲爱的，”妈妈有些不好意思地说，“这事跟我倦不倦没有关系，我们不能惯着这孩子……”——“没什么惯不惯的，”父亲耸耸肩膀说，“你也看到了，这孩子挺伤心，愁眉苦脸的。得，我们总不能折磨他吧！等他真病了，不知你会怎么宠他呢！好在他的房间里有两张床，那就让弗朗索瓦兹给你整理一下大床，今夜你就陪他睡吧。好了，晚安，我可不像你们那么多愁善感，我要去睡了。”

我不能对父亲表示谢意，这种他所谓的神经过敏会惹得他恼火。我待在那儿一动也不敢动，他站在我俩面前，高高的，穿着白色的长睡衣，头上缠着浅紫粉红两色的印度开司米头巾，打从他有了头痛的毛病以后，他一直缠这块头巾睡觉。父亲的整个姿势就像画片上的亚伯拉罕[1]在对撒拉说，她得跟以撒分离，这张根据伯诺佐·戈佐利[2]的壁画复制的版画，是斯万先生送给我的。这已经是多少年以前的事了啊。他的烛光在上面慢慢升起的楼梯墙壁，也不在了。在我身上，有许多我原以为会永久存在下去的东西，早就毁于一旦，而许多新的东西耸立在那儿，衍生出许多无法预期的新的忧愁和欢乐，以致旧时的悲欢变得邈远而茫然了。父亲对妈妈说“去陪陪小家伙吧”，已是遥远的往事。对我来说，这样的时刻不可能再现。然而，近来，我只要用心听，就总能清楚地听见那些哭泣声，那些我在父亲面前尽力忍住，直到单独和妈妈在一起时才忍不住的抽泣声。其实这些抽泣始终没有停止过；只是现在我周围沉寂了下来，所以我重又听见了它们，正如修道院的钟声，白天淹没在了城市的喧闹声里，你会以为它不响了呢，可是在夜晚的静谧中，它那清脆的响声又会送到你的耳边。

那天晚上妈妈就在我的房间里过夜；我刚犯了这样一个过错，心想他们一定不许我住在家里了，想不到他们却对我那么开恩，平时我做了好事都没有得到过这样的奖励。但父亲即使在对我表现出这种宽容的时候，他的做法里仍然有一种率性而为、赏罚不明的意味，这是他的性格特点，他的做法往往并不是事先考

---

1 《圣经》人物，希伯来人的祖先。一百岁时妻子撒拉生子以撒，上帝为考验亚伯拉罕，命他将以撒献作燔祭。亚伯拉罕决定从命，上帝遂赐他以公羊代替以撒。

2 伯诺佐·戈佐利（Benozzo Gozzoli，1420—1497）：佛罗伦萨画派画家。以《圣经》中亚伯拉罕的故事为题材，在比萨陵墓画有一组壁画。

虑过的，而是即兴发挥，即使得体也是偶然的。我说过，他打发我去睡觉时，我说过他态度很严厉，其实这两个字用在他身上，恐怕还不如用在我母亲或外婆身上来得恰当，因为他跟我比较隔膜，不如母亲和外婆那么跟我接近。他只怕到今天都不知道，那时候我每天晚上有多么伤心，我母亲和外婆却知道；但她们宁愿让我面对这痛苦，希望我学会控制自己的情绪，克服神经质的多愁善感，使意志变得坚强起来。至于父亲，他对我的感情是另一种类型的，我不知道他是否能像她们那样狠得下心——他一旦弄明白了我在伤心，就会对妈妈说："去安慰安慰他吧。"

且说那天晚上，弗朗索瓦兹瞧见妈妈坐在我床边，捏着我的手，任我哭个不停也不责备我，以为一定是出了什么不寻常的事，就问妈妈："夫人，少爷怎么啦，哭成这样？"妈妈想必也意识到这段时间的价值，不愿意让我在自责中浪费了它，所以这样回答她："他自己也不知道哪，弗朗索瓦兹，他神经太紧张了；您快点给我把大床铺好，上楼睡觉去吧。"就这样，我的忧愁第一次没有被看作一种过错，而被正式承认为一种疾病，一种不能归咎于我的下意识状态；我松了口气，可以不用担心挨训而痛快地哭泣了。当着弗朗索瓦兹的面，我很有些为重获亲情而感到骄傲。就在一个钟头以前，妈妈还拒绝上楼到我的卧室来，而且让弗朗索瓦兹轻蔑地回答我说我该马上睡觉，此刻妈妈富有人情味的做法，使我感受到了成人的尊严，一下子体验到了一种青春期的伤感，眼泪哗哗直流。按说我应该高兴：可是我感觉不到。我觉得妈妈一定会对她的让步感到痛心，这是她第一次放弃寄托在我身上的理想，她这么要强的人，这是第一次认输啊。我觉得虽然我赢得了胜利，但那是以她作为对方的啊，事情是如了我的愿，但那跟她顾怜我生病、伤心、年纪小而变得心软，而放纵我又有什么两样呢，我觉着这个夜晚意味着另一个生活阶段的开始，这永远是个令人伤感的日子。倘若我有勇气，我会对妈妈说："不，我不要，你别睡这儿。"可是我知道她身上有一种带功利色彩的审慎，按今天的说法就是很现实，它冲淡了外婆赋予她的那种理想主义的热情气质，既然事已如此，她当然愿意即使让我得到一些慰藉，也不要惊动我父亲。诚然，她那晚温柔地捏着我的手，让我别再哭了的时候，她那张漂亮的脸上闪耀着青春的光芒；可是我恰恰觉得不应该是这样，这种我从小就没有承受过的温情，使我感到不习惯，她如果对我生气，我也许反而不会这么忧郁；我觉得自己仿佛用一只亵渎、畏缩的手，在她的心灵上抓出了第一道皱纹，催生了第一茎白发。想到这儿，我哭得更伤心了，这时我看见平时从不对我流露感情的妈妈，一下子也受了我的感染，忍不住也要哭出来了。她发觉我看出了这一点，便笑着对我说："瞧，我的小宝贝，我的小傻瓜，再这么下去，妈妈也要跟着你犯傻了。好啦，既然你不想睡，妈妈也不困，咱们就别再哭鼻子了，找点事儿做做吧，把你的书拿一本来。"可是我的卧室里没有书。"要是我把外婆准备在你生日送你的书先给你，不会扫你的兴吧？想好喽，到了后天没有礼物，会不会失望呢？"怎么会呢？我高兴都来不及呢。于是妈妈去拿来一包书，从包装纸看，书的开本短而阔，仅这第一印象，虽说粗略而不真切，就已经让新年的颜料盒和去年的蚕宝宝黯然失色了。那几本书是《魔沼》《弃儿弗朗沙》《小法岱特》和《吹风笛的人》。后来我才知道，外婆起初选的是缪塞的诗选、卢梭的一本书和《印第安纳》；因为她虽然认定那些无聊的读物同糖果糕点一样有害于健康，但她并不觉得天才艺术家汪洋恣肆的气息会给一个孩子的心灵带来什么坏处，抑或还抵得上宽阔的海面吹来的清新空气对强健体魄所起的功效。可我父亲得知她打算给我哪些书以后，几乎以为她疯了，她只好亲自赶到儒伊子爵镇上的那家书店（这一天日头特别毒，她回家后浑身乏力，医生关照我母亲，以后再也不能累成这样了），为了让我生日拿到礼物，不得已才选了乔治·桑的四本田园小说。“亲爱的，”她对妈妈说，“我总不能拿些糟糕的东西去给这孩子吧。”

其实，她买东西从不凑合，不能让智力得益的东西，她是不买的，她相信那些美好的事物会让我们获益匪浅，会教会我们享受超越于物质和虚荣之上的情趣。即便是给某人买一件实用的礼物，比如说一张椅子、一套餐具或一根手杖，她也总要挑上了些年头的，似乎经年不用，就抹去了它的物质性，仿佛能否满足使用的需要已在其次，她更看重的是它能否向我们讲述前人的生活。她希望我的卧室里有一些美丽的古建筑或风景的照片。可是当真去买了，她又会觉得，尽管照片的画面有它的审美价值，但是照片这样一种机械的表现手段，已经打上了世俗和功利的烙印。她试图凭借自己的聪明，在最大限度上保留其中的艺术，从多方面来丰富艺术的深度，即使无法脱尽商业味挺浓的俗气，至少要让它少而又少：她不去买夏特勒大教堂、圣克卢喷泉和维苏威火山的照片，而是向斯万咨询，有没有哪些大画家画过这些名胜，然后就去给我买了柯罗[1]画的夏特勒大教堂、于贝尔·罗贝

1　柯罗（Corot，1796—1875）：法国画家。所作多幅油画杰作，包括夏特勒大教堂油画原作，均为罗浮宫博物馆收藏。

尔[1]画的圣克卢喷泉和透纳[2]画的维苏威火山的照相复制品，这些画片的艺术品位显然高了一等。不过，虽说摄影师没有资格描绘杰出的建筑物和自然景观，那是大画家的事儿，但谁也不能阻止他去复制这些大画家的杰作。如果连名画的照片也没有，那外婆就会拖宕着，俗丽的画片能晚一天买就晚一天买。她会问斯万，这幅作品有没有镌刻的复制品，如果可能的话，她喜欢买早期的镌版画，对那些版画，在我们今天已经无法看见原作的情况下复制的那些镌版画（例如摩冈在列奥纳多[3]的《最后的晚餐》损坏前镌刻的版画），自有一种超出它们本身意义的兴趣。应该说，像这样把艺术品当礼物送人，效果并非总是那么出色的。我从提香那幅据说以环礁湖为背景的画上所得到的威尼斯印象，肯定远远不如一些照片给我的印象来得准确。外婆送过好多椅子给新婚夫妇或老夫老妻，本意是给他们坐的，结果受赠人一坐上去，椅子马上散架。倘若姑婆真要对外婆发难，想弄清楚这样的椅子究竟送出去多少，那只能是一笔糊涂账。外婆觉得，对那些依稀留有献殷勤的软语、笑吟吟的倩影，有时还会引发出一段往昔美好想象的旧家具，居然需要重视它们牢固不牢固，那就未免显得小家子气了。这些家具中间，有一些还能以某种我们久违的方式派点用场，那么就会像现代语言习惯中已经淘汰不用的老式修辞那样让

1　于贝尔·罗贝尔（Hubert Robert，1733—1808）：法国画家。多次以圣克卢喷泉为对象进行创作。

2　透纳（Turner，1775—1851）：英国画家，擅长融合油画与水彩画技法，追求光与色的效果。曾以意大利维苏威火山为题材创作水彩画。

3　列奥纳多·达·芬奇（Leonardo da Vinci，1452—1519）：意大利文艺复兴巨匠。1495—1497年间在米兰为圣玛利亚·德拉·格拉齐耶隐修院创作大型壁画《最后的晚餐》，因所用颜料质地不佳，后来损坏严重。摩冈（Morghen，1761—1833）：意大利画家，尤以制作名画的镌刻版著称，1800年完成《最后的晚餐》镌版复制画。

外婆喜爱得入迷，其实从这种过时的修辞中，我们只是看到一些隐喻的影子而已。然而，外婆给我作为生日礼物的乔治·桑的田园小说，恰恰就像古代家具一样，充满着如今已经不用而变得类似隐喻的说法，只有在乡间田头也许还能听到这些说法。外婆在那么些书里，偏偏买了这几本小说，就好比她向往租一座这样的宅邸，里面要有一个高高的哥特式顶楼，或者诸如此类的某件古老的东西，使时光倒流，给心灵带来慰藉。

妈妈坐在我的床边；她手里拿着《弃儿弗朗沙》，淡红色的封面和很费解的书名，使它在我眼里自有一种独特的个性，一种神秘的魅力。在这以前，我还没有读过真正的小说。我听说过乔治·桑是个真正意义上的小说家，于是我就想象《弃儿弗朗沙》中一定有着某种难以形容的、无比美妙的东西。旨在撩拨好奇心或同情心的叙事，让人感到悸动和惆怅的描写，稍有经验的读者当然能看出，许多小说都这样，可是，在我眼里——我不是把一本新书看作许多书中间的一本，而是看作一个独一无二的人，仅仅由于自身的理由而存在——那正是《弃儿弗朗沙》的精华所在，是它的动情之处。那些日常生活的情节，再普通不过的事情，最常用的词儿，却仿佛有一种奇特的语调，一种铿锵的声音。情节展开了；可是我好像越来越糊涂，即使后来我自己看的时候，手里一页一页地翻着书页，心里也往往想着别的事情。这样分心当然就使情节接不上茬了，何况妈妈给我朗读时，凡是写到爱情的地方，她一概跳过不读。磨坊女主人和那个大男孩各自态度中所出现的奇怪变化，本来是可以在一段爱情萌生过程中得到解释的，现在却在我的心目中留下了极其奥秘的印记。我很自然地想象其根由是在“弃儿”这个陌生而又温存的名字里，我不知道为什么他会有这么个名字，但这个名字赋予他鲜亮的色彩，红嫣嫣的，迷人极了。虽然母亲的朗读不很忠实于原著，但一旦读到笔触间流露出真挚感情的段落，她的朗读会变得很精彩，表现出对作品贴切而质朴的阐释，声音优美甜润。其实在日常生活中也是这样，当她面对的不是艺术作品而是人的时候，她也特别善感，她那种以声音、姿势、语言来表示对人的敬意的态度，着实让人感动。对有丧子之痛的母亲，她从不表现出为孩子高兴，生怕触动对方的旧创，对老人，她不提生日、纪念日之类的话头，以免让对方想起自己年事已高，对年轻学者，她不谈家长里短的琐事，不想使对方生厌。乔治·桑的小说字里行间流露出的那种善良，那种高尚的情操，在外婆的教诲下，被妈妈看作生活的至高境界，直到很久以后我才有机会让妈妈懂得，不能把它们等同于文学的至高境界。因此，妈妈给我朗读乔治·桑小说时，格外注意自己的音色，不让它有丝毫卑下的格调，同时还竭力避免任何矫揉造作，使作品中的感情流露不受到妨碍，于是这些仿佛为她的嗓音而写，不妨说和她的呼吸一拍一和、丝丝入扣的句子，被她赋予了最丰富的温情和最自然的优美。她找到一种真挚诚恳的语气，恰如其分地表达了小说行文的气质，这是一种虽然字面上没有依据，但却是天然的、内在的语气；她用这种语气，缓解了这一段落中动词时态的生硬突兀，使未完成过去时和简单过去时有了善良所生的温馨，有了柔情所生的忧郁，引导句子中个数不等的音节或疾或缓地进入一个协调的节奏，给原本平淡的行文注入了一种充满感情、一以贯之的生气。

我的内疚平息了下来，我听凭自己去感受母亲陪在身边的这一夜晚的温馨。我知道这样的夜晚是不会再有了；我在世上最大的愿望，也就是在夜晚忧伤的时刻把母亲留在我的房间里，跟家里的规矩、大人的心意相差得实在太远了，他们今晚同意这么做，只能说是一种姿态，一个例外。明天我又会感到焦虑，那时妈妈不会在我身边了。不过，焦虑一旦熬了过去，我也就不再理会它了；何况明天晚上还离得远着呢；我心想，会有时间容我准备的，虽说到时候我未必会更有能耐——这事情不由我的意志决定，现在去想它，只能干着急。

就这样，在很长一段时间里，我夜半醒来只要回想起贡布雷，眼前就会浮现这一小片光亮，映在黑茫茫的夜色之中，好比焰火或探照灯的光骤然照亮建筑物的一隅，而把其余的墙面依然留在浓密的夜色里：在相当宽阔的底部，是小客厅、餐厅和幽暗小径的起点，使我忧伤而自己浑然不觉的斯万先生，就是从那里来的；通往令我黯然神伤的楼梯口的那个前厅，单独构成这座不规则金字塔的窄窄的柱身；而在顶端，则是我的卧室，连同那条狭小的过道和带玻璃的门，妈妈就是从那儿进来的；总之，始终在同一时刻呈现，不管与环境如何隔绝，孤零零地兀立在黑暗中的，是精简至极的场景（就像供外省上演的老戏剧本开头的布景提示），这就是我更衣上床的悲剧场景；仿佛贡布雷就只有楼上楼下，由一部小巧的楼梯相连接，又仿佛永远都是七点钟。说实话，倘若有人问我，我也许会回答说，贡布雷还有别的东西，还存在其他的时刻。但这些都是自觉的回忆，亦即理性的回忆所提供的，这种有意识的回忆根本无法保存往事，所以我从来不想去回忆贡布雷还有些什么别的东西。对我而言，所有这一切都已经消逝了。

永远消逝？有这可能。

其中有许多偶然情况，而我们的死亡，也就是第二种偶然情况，经常会使我们等不到第一种偶然情况的发生。

我觉得克尔特人[1]的信仰很有道理，他们相信我们失去的亲人的灵魂，被囚禁在某个低等物种，比如说一头野兽、一株植物或一件没有生命的东西里面，对我们来说，它们真的就此消逝了。除非等到某一天，许多人也许永远等不到这一天，我们碰巧经过那棵囚禁着它们的大树，或者拿到它们寄寓的那件东西，这时它们会颤动，会呼唤我们，一旦我们认出了它们，魔法也就破除了。经我们解救，这些亲人的灵魂就战胜了死亡，重新和我们生活在一起。

往事也是如此。有意去回想，只能是徒劳，智力的一切努力都是没用的。往事隐匿在智力范围之外，在智力所不能及的地方，在某个我们根本意想不到的物质对象（对这个物体所激起的反应）之中。这一物体，我们能在死亡来临之前遇到它，抑或永远都不能遇到它，纯粹出于偶然。这就是方才说的第一种偶然情况。

那已经是好多年以前的事了，贡布雷，除了与我的睡觉有关的场景和细节之外，在我心中早已不复存在。但有一年冬天，我回到家里，妈妈见我浑身发冷，说还是让人给我煮点茶吧，虽说平时我没有喝茶的习惯。我起先不要，后来不知怎么一来改变

1　一译凯尔特人。公元前1000年左右分布在欧洲莱茵河、塞纳河、卢瓦尔河流域和多瑙河上游的部落集团。罗马史上的高卢人是克尔特人的一部分。其后裔如今散布在法国北境、爱尔兰岛、苏格兰高原、威尔士等地。

了主意。她让人端上一块点心，这种名叫小玛德莱娜[1]的、小小的、圆嘟嘟的甜点心，那模样就像用扇贝壳瓣的凹槽做模子烤出来的。天色阴沉，看上去第二天也放不了晴，我心情压抑，随手掰了一块小玛德莱娜浸在茶里，下意识地舀起一小匙茶送到嘴边。可就在这一匙混有点心屑的热茶碰到上颚的一瞬间，我冷不丁打了个战，注意到自己身上正在发生奇异的变化。我感受到一种美妙的愉悦感，它无依无傍，倏然而至，其中的缘由让人无法参透。这种愉悦感，顿时使我觉得人生的悲欢离合算不了什么，人生的苦难也无须萦怀，人生的短促更是幻觉而已。我就像坠入了情网，周身上下充盈着一股精气神——或者确切地说，这股精气神并非在我身上，它就是我，我不再觉得自己平庸、凡俗、微不足道了。如此强烈的快感，是从哪儿来的呢？我觉着它跟茶和点心的味道有关联，但又远远超越于这味道之上，两者是不能同日而语的。它究竟从何而来？它意味着什么？怎样才能把握它、领悟它？我喝了第二口，没觉得跟第一口有什么不同，再喝第三口，感觉就不如第二口了。该停一下了，这茶的美妙之处似乎在消减。很清楚，我要找的个中真谛并不在茶里面，而是在我自身里面。这热茶唤醒了它，但我还不认识它，于是只能一次又一次、劲道随之减弱地重复这一现象。我不知道怎么说明这一现象，只能希望同样的感觉至少再有一次毫不走样地重现，即刻被我攫住，得出一个明确的解释。我放下茶杯，让思绪转向自己的心灵。只有在内心才能找到真谛。可是怎么找呢？心灵是个探索者，同时又正是它所要探索的那片未知疆土本身，它的本领在那

1　这种用面粉、砂糖、黄油、鸡蛋、柠檬汁为原料烤焙而成的甜点心，相传其创始人是个叫玛德莱娜的女厨子，故而得名。

儿根本无法施展；我没有丝毫把握，总觉得心有余而力不足。只是探索吗？不仅如此：还得创造。它所面对的，是某种尚未成形、唯有它才能了解并阐明的东西。

我重新又想，这种从未经历过的情况究竟是怎么回事呢，对它没法进行任何逻辑推论，但很明显，它让人感到幸福，而且那么实在，有了它，其他的一切就都消融不复存在了。我想让它重现。我回想舀第一口茶的那个时刻。我又仿佛置身相同的情景，但依然不明究竟。我要智力再做一次努力，去找回那已消逝的感觉。为了不让任何东西来中断智力捕捉这一感觉的冲劲，我排除一切障碍和杂念，对隔壁房间的声音充耳不闻，不去理会。但我很快觉得自己的脑筋不管用了，于是就决定让它松弛一下，平时思考问题时，不到它竭尽全力我是不会允许自己分心的，而现在我却有意让思绪岔开一会儿。而后，我再一次为它廓清道路，把第一口茶的味道送到它跟前。我骤然感到周身一颤，觉着脑海里有样东西在晃动，在隆起，就像在很深的水下有某件东西起了锚，我不知道这是什么东西，但它在缓缓升起。我感觉到它顶开的那股阻力，听到它浮升途中发出的汩汩的响声。

当然，在我脑海深处如此搏动着的东西，一定是形象，是视觉的记忆，攀缘着那味道，竭力要跟着它来到我眼前。然而它在一个那么遥远、那么混沌的地方挣扎，我只能勉强瞥见融入模糊的光色旋涡之中的那道淡薄的反光。我辨认不出它的形状，没法询问这唯一的知情者，让它向我解释那味道——它的同龄伙伴、密友——究竟在表明什么，没法让它告诉我，它到底跟怎样的特定环境，跟过去的哪个时期有关系。

这一记忆，这一由某个一模一样的瞬间远道而来，从我脑海深处唤醒、摇动并使之升起的往昔的瞬间，它真能浮升到我的非常清楚的意识层面上来吗？我不得而知。现在我又什么都感觉不到了，它停住了，说不定又沉下去了；谁知道它是否还会从夜一般的混沌中升腾起来呢？我必须一而再、再而三地从头来过，俯身向着隐在深处的它。而每一次，又总是那让我们在所有艰难的任务、重要的事业面前望而却步的怯懦，在劝我就此罢手，去喝自己的茶，想想自己今天的烦恼和明天的希望就够了，这些事怎么翻来覆去地想都没关系。

骤然间，回忆浮现在眼前。这味道，就是小块的玛德莱娜的味道呀，在贡布雷，每逢星期天（因为这一天我在望弥撒以前不出门）我到莱奥妮姑妈屋里去给她道早安时，她总会掰一小块玛德莱娜，在红茶或椴花茶里浸一浸，然后递给我。刚看见玛德莱娜小蛋糕，尝到它的味道之前，我还什么也没想起来。也许是由于后来我虽说没再吃过，却常在糕点铺的货架上瞥见它们，它们的形象就脱离了贡布雷，而与更近的其他时日联系在了一起。也许是由于这些被抛出记忆如此之久的回忆，全都没能幸存，一并烟消云散了。物体的形状——糕点铺里那尽管褶子规规整整，却依然那么丰腴性感的贝壳状小点心——会变得无迹可循，会由于沉匿日久，失去迎接意识的活力。但是，即使物毁人亡，即使往日的岁月了无痕迹，气息和味道（唯有它们）却在，它们更柔弱，却更有生气，更形而上，更恒久，更忠诚，它们就像那些灵魂，有待我们在残存的废墟上去想念，去等候，去盼望，以它们那不可触知的氤氲，不折不挠地支撑起记忆的巨厦。

一旦我认出了姑妈给我的在椴花茶里浸过的玛德莱娜的味道（虽说当时我还不明白，直到后来才了解这一记忆何以会让我变得那么高兴），她的房间所在的那幢临街的灰墙旧宅，马上就显现在我眼前，犹如跟后面小楼相配套的一幕舞台布景，那座面朝花园的小楼，原先是为我父母造在旧宅后部的（在这以前，我在回想中看到的仅仅是这一节场景）。随着这座宅子，又显现出这座小城不论晴雨从清晨到夜晚的景象，还有午餐前常让我去玩的那个广场，我常去买东西的那些街道，以及晴朗的日子我们常去散步的那些小路。这很像日本人玩的一个游戏，他们把一些折好的小纸片，浸在盛满清水的瓷碗里，这些形状差不多的小纸片，在往下沉的当口，纷纷伸展开来，显出轮廓，展示色彩，变幻不定，或为花，或为房屋，或为人物，而神态各异，惟妙惟肖。现在也是这样，我们的花园和斯万先生的苗圃里的所有花卉，还有维沃纳河里的睡莲，乡间本分的村民和他们的小屋，教堂，整个贡布雷和它周围的景色，一切的一切，形态缤纷，具体而微，大街小巷和花园，全都从我的茶杯里浮现了出来。

II

贡布雷，我们在复活节前的那个星期来到这儿。从十法里外的火车上望去，看到的仅是一座教堂，这就是贡布雷，在向远方宣告它的存在，诉说它的风致。当我们离得更近些了，教堂就像一个牧羊女把羊群拢在自己身边一样，在旷野里迎着风，把密匝的房屋那毛茸茸的灰色屋顶收在自己高高的深色披风周围。中世纪城墙的残垣，断断续续地把这些房屋围在中央，画出一条文艺复兴前期油画上小城那般溜圆的曲线。就居家而言，贡布雷稍稍显得有些阴郁，因为它的那些街道两旁的房舍都用当地色泽灰暗的石头砌成。门前有台阶，顶上的山墙把阴影投在门前，所以街上显得很暗，太阳刚下山，家家户户的厅堂里就撩起窗帘、点上灯了。一些街道是以圣徒庄严的名字命名的（其中不少都跟贡布雷早年几位领主的掌故有关）：圣伊莱尔街；圣雅各街，我姑妈的家就在那儿；圣伊尔德加德街，姑妈家的铁门冲着它；还有圣灵街，她家花园的边门开出去就是这条街。贡布雷的这些街道，留存在我的记忆深处，跟我此刻看出去的这个世界迥然不同，我觉得它们连同高踞在广场上的那座教堂，都显得比幻灯机打出的影像还要虚幻；有时我甚至觉得，要是还能穿过圣伊莱尔街，还能在鸟儿街上那座古色古香的飞鸟旅店租上一间客房——从那地下室的气窗里飘上来的厨房的气味，至今还不时一阵一阵地、热气腾腾地在我心头升起——那就好比是开始跟冥冥中的另一个世界有了联系，比结识戈洛或者跟热纳维埃芙·德·布拉邦[1]交谈更加神奇，更妙不可言。

那时我们住在莱奥妮姑妈家里，她母亲就是我姑婆，也就是我祖父的表妹。这位姑妈，自从她的丈夫，我的奥克塔夫姨夫去世以后，先是不肯离开贡布雷，接下来是不肯离开她在贡布雷的家，再接下来是不肯离开她的房间，最后是不肯离开她的床，干脆不下来了。她整天躺在床上，处于那么一种状态之中，叫人难以确定那究竟是忧伤，是身体虚弱，是疾病缠身，还是抱着偏执的念头，抑或满怀虔诚的信心。她的那套房间临着圣雅各街，这条街远远地一直通到大草坪（这个名称相对于小草坪而言，后者绿意盎然地坐落在市中心的三岔路口），街面很平坦，灰不溜秋的，几乎家家门口都有三级高高的台阶，看上去就像有位雕凿哥特式圣像的匠人，在本来可以刻个耶稣降生的马槽或受难的髑髅地的石头上，凿了一条狭道似的。我姑妈其实就只住两个毗连的房间，每天下午总在其中一间，好让用人给另一间换换空气。这是外省常见的那种房间，它们——如同在有些地区，大片大片的天空或海域浮游着无数肉眼看不见的原生动物，因而变得亮光闪闪或香气弥漫那样——会以上千种气味令我们心醉神迷，那是从美德、智慧和习俗，从一种隐秘的、看不见的、氤氲般悬凝在

1　见第24页注1。普鲁斯特在《追寻逝去的时光》中假设盖尔芒特家族是热纳维埃芙·德·布拉邦的后裔。

房间里的丰腴的精神生活中散发出来的气息；诚然，那仍是一种自然的气息，就像邻近田野上飘来的气息一样带有季节的色彩，但已经给幽闭起来，失去了野趣，变成了藏品，就像当年从果园摘下的水果给加工成了玲珑剔透的美味的果冻；这些气息也随季节的更迭而变换，但毕竟有了一种柜藏的特色和家常的风味，霜寒让新鲜热面包的温馨给消融以后，这些气息就变得像乡镇上报时的大钟那样闲适，那样一丝不苟，悠忽而又有条不紊，无忧无虑而又高瞻远瞩，有如洗衣女工那般清新，有如早晨那般宁谧，充满虔诚的意味，怡然自得地把整座小城笼罩在一种和平的氛围里，这种氛围对小城居民而言，只是让他们徒添愁绪，越发感到生活的平凡罢了，但这种平凡，对没有在这座小城生活过的匆匆的来客，却成了汩汩不绝的诗的源头。这两个房间的空气中充满着一种滋养膏腴、沁人心脾的静谧的精华，我往里走，就不禁变得垂涎欲滴起来。尤其是复活节的那个星期，我因为刚到贡布雷的缘故，对这种况味的感受特别敏锐：乍暖还寒的早晨，我进屋去向姑妈问安的时候，总得先在外面那间屋里等一会儿，残冬的阳光钻进屋来，挨在壁炉跟前取暖，炉膛的砖墙之间，火生得正旺，整个房间都有一股烟灰的味儿，犹如乡间两旁有挡墙的大炉灶或是城堡里的大壁炉台，坐在屋里，巴不得外面下雨飘雪，甚至狂风大作、暴雨滂沱，室内的恬适便添加了几分冬日蛰居的诗意；我在跪凳和轧花绒面的扶手椅中间走动了几步，这些扶手椅的靠背上总是蒙着卷叶饰边的布套；熊熊的炉火把那些诱人的香味，那些由整个房间里的空气凝聚而成的撩拨食欲的香味，犹如烤面团似的焙烤着——早晨湿润的、充满阳光的清新空气已经把这些香味和成面团，发了起来，炉火把它们不停地翻动、烤黄，让它们起酥、发泡，烘成一张乡下烘饼，一个硕大无朋的卷边果酱馅饼，我在这张大馅饼里一闻到壁橱、衣柜和印花墙纸的那种更松脆、更细腻、更令人肃然起敬但也更干涩的芳香，就会以一种连我自己也不肯承认的猴急劲儿，沉浸到绣花床罩的那股黏糊糊、淡幽幽，叫人难以消受的水果气味中去。

我听见姑妈在隔壁房间里低声地自言自语。她说话一向声音很轻，因为她总觉得自己脑子里有样什么东西碎了，来回晃荡着，她要是话说得太响，它就会挪开去的，然而她即便独自一个人待着，也没法长时间熬住不说话，因为她觉得说说话对保护嗓子有好处，能防止喉咙淤血，对她常犯的胸闷心慌毛病也有缓解作用；再说，她整天生活在一种不活动的状态中，所以把自己哪怕一丁半点的感觉都看得极其重要；这些感觉被她赋予了一种运动机能，弄得她自己都很难留住它们，而由于没有知心的人可以交流，她就对着自己诉说这些感觉，这种经常的自言自语成了她唯一的活动方式。遗憾的是，她有了这个想到哪儿说到哪儿的习惯以后，有时就顾不得隔壁房间有没有人了，我常听见她自言自语地说："我可得记住，我刚才没睡觉噢。"（因为，从不睡觉是她最引以为荣的事情，我们平日里说起话来都很小心，有些字眼是要避讳的：每天早上弗朗索瓦兹不是去叫醒她，而是上她屋里去；每当姑妈在白天想打个盹儿的时候，大家就说她要静一静或者养养神；要是碰巧她一时忘乎所以，脱口说出"把我吵醒了"或者"我梦见什么什么"之类的话，她马上会脸涨得通红，忙不迭地改口。）

等了一会儿，我进去吻她，向她问安，弗朗索瓦兹给她沏茶。要是姑妈觉得情绪有些激动的话，就会吩咐以药代茶，这时就由我负责把一撮椴花茶从药袋倒在一只盆子里，随后别人再把它们放进开水杯里去。干枯的茶梗弯弯曲曲地组成一幅构图匪夷所思的立体图案，在虬曲盘绕的网络中间，绽开着一朵朵色泽幽淡的小花，仿佛是由哪位画家经心安排，有意点缀上去的。叶片由于失去了，或者说改变了原来的模样，看上去就像是杂沓的不协调的东西，有的宛如飞虫透明的翅翼，有的恰似标签白色的背面，有的好像玫瑰的花瓣，但都挤在一起给压碎了，或者像筑巢那样给编了缠。成百上千不能成茶的碎枝细末——这是药剂师可爱的浪费——在制作药茶时是得弃之不用的，但它们却给我带来了莫大的喜悦，我犹如在一本书里意外地看见了熟人的名字那样，惊奇地发现它们都是真正的椴树茎梗，就跟我在车站林荫道上看见的椴树是同样的东西。这些椴树茎梗看上去之所以变了样，恰恰是由于它们并非仿制品而是真货，只是放置时间久了的缘故。每种新的形态都是从旧的形态衍化而来的，我从那些灰不溜秋的小球身上，认出了当初尚未绽开的嫩绿骨朵儿的影子；尤其是那片月光也似的柔和的粉红光泽，在干茎枯梗之林中，把小朵金色玫瑰般的挂在林梢的花儿衬托得格外分明——这是一种标记，就像一绺微光照在墙上原先有过壁画的地方那样，显示出椴树一度色彩鲜艳的部位和原本就没有颜色的部位的差异——让我明白了，这些花瓣就是那些在装进药袋之前，曾经在春天的夜晚散发出馨香的花瓣儿。这片红红的烛光，依然是旧日的颜色，只是已经半明半灭，光影幢幢，俨然是今日花事衰颓的景象了。再过不一会儿，姑妈大概就要把一块小玛德莱娜蛋糕浸到她尝过的那些残花枯叶的热气腾腾的椴花茶里去，等完全泡软后给我尝一口了。

她的床的一边有一张用柠檬树木制成的高高的黄色衣柜，另外还有一张兼作药柜和祭坛的桌子，桌面上放着一尊小小的圣母雕像和一瓶维希矿泉水，下面还有几本祈祷书和一些药方，这样一来，在床上做祷告和养身体就什么也不缺了，既不会错过服胃蛋白酶的时间，也不会耽误做晚祷的工夫。床的另一边沿着窗，看出去就是街道，她从早到晚望着街景，俨然像个波斯王公似的，靠浏览贡布雷的这部正在日复一日往下写，却又可以上溯到远古时代的编年史来解闷，过后还要跟弗朗索瓦兹一起进行评论。

我和姑妈在一起待上五分钟，她就要打发我走，因为怕我会累着她。她把苍白、憔悴的额头伸给我吻，在早晨的时候，她还没有把前额的假发梳理好，颈椎的骨突看上去就像荆冠上的那些尖尖或是诵经的念珠，她对我说："行啦，可怜的孩子，去吧，准备望弥撒去吧。要是在楼下遇到弗朗索瓦兹，告诉她说别跟你们玩得太久了，让她一会儿就上来瞧瞧我是不是要什么东西。"

弗朗索瓦兹虽说服侍了姑妈多年，而且当时也没料到将来有一天会完全到我们家来帮佣，但我们住在那儿的几个月里，她对我姑妈确实有些不怎么尽心。在我小时候，我们还没来贡布雷之前，莱奥妮姑妈每年都是到巴黎姑婆家去过冬的。那时候我跟弗朗索瓦兹还很生疏，每逢元旦去看姑妈，母亲总要事先把一枚五法郎的硬币放在我手心里，对我说："千万别认错人哟。等听到我说'你好，弗朗索瓦兹'，就把这枚硬币给她。到时候我会轻轻地在你胳膊上按一下的。"我们刚迈进姑婆家幽暗的前厅，一眼就瞥见暗头里耸着一顶白得耀眼、熨得笔挺，像是用饴糖做的那般脆生生的无檐高帽，帽子下边是一张预先就在表示感激的笑脸，笑意有如同心圆似的在这张脸上荡漾开来。那就是弗朗索瓦兹，她一动不动地伫立在过道小门的门框里，恰如壁龛里的一尊圣像。我们稍稍适应了这种小教堂的幽暗光线之后，就在她的脸上看到了充满人情味的无私爱心，以及对新年赏钱的期盼在心灵最恰当部位激发起来的对上等人的拳拳敬意。妈妈在我的胳膊上用力捏了一把，大声地说："你好，弗朗索瓦兹。"一听到这个信号，我松开手指听凭那枚硬币落了下去，被一只局促不安伸将过来的手接个正着。自从我们来到贡布雷以后，弗朗索瓦兹就成了我最熟悉的人了。她喜欢我们，至少在开头几年里，她服侍我们就像服侍我姑妈一样周到，甚至更尽心尽力，因为我们除了属于这个家族的这点魅力以外（她对那种无形之中把一群人维系在一起的血缘关系的敬重，绝不亚于一个古希腊的悲剧诗人），还占了一层便宜，那就是我们并非她平日里寻常服侍的主子。所以，我们在复活节前一天到达贡布雷的那会儿，她迎接我们时有多高兴啊。她口口声声地向我们数落天气怎么还不转晴，其实在那种时令，寒风凛冽本来就是很平常的事。在她唠叨的当儿，妈妈就问候她的家人，问她女儿和侄儿外甥都好吗，外孙乖不乖，打算让他长大以后干什么，小外孙长得像不像外婆。

等大家都走了以后，妈妈又语气轻柔地跟她谈起她的父母，不厌其详地询问他们在世时的种种生活细节，因为妈妈知道弗朗索瓦兹在双亲去世以后的这些年来，还一直在为他们伤心落泪。

妈妈早就看出来了，弗朗索瓦兹不喜欢女婿，因为有他在场，她跟女儿说起话来就有些不自在，是他败坏了她跟女儿共享天伦之乐的兴头。于是，当弗朗索瓦兹到离贡布雷几法里开外的地方去看他们的时候，妈妈笑吟吟地对她说："弗朗索瓦兹，要是朱利安有事出门，只能整天都让玛格丽特一个人陪着您，您当然会觉得有点遗憾，不过也并不怎么太在乎。是不是呀？”弗朗索瓦兹就呵呵笑着回答说：“夫人什么都知道。夫人真比X光还厉害（她说X光时故意一笑，装作很拗口的样子，以此来自我解嘲。意思是说，瞧，我这么个无知无识的粗人，居然也搬弄起时兴的词儿来了），有一回人家拿这玩意儿给奥克塔夫夫人摆弄过，你心里想些什么，它全能看得清清楚楚哩。”说完，她就躲了开去，仿佛别人的关心让她感到很不好意思，或许是不想让人看见她掉眼泪；在妈妈来这儿以前，还从来没有一个人给过她这种充满柔情的体验，让她感觉到她这么个乡下女人的生活，她的欢乐，她的悲伤，都还有另外一个女人也在关心，在分担着这些愉悦和忧愁。我们住在贡布雷期间，姑妈只能忍痛割爱，稍稍把弗朗索瓦兹让给我们点儿，因为她知道我母亲很喜欢这个既聪明又勤快的女仆。每天从早晨五点钟起，弗朗索瓦兹就在厨房戴上浆洗得又白又挺、看上去就像瓷器似的褶裥高帽，周身上下打扮得漂漂亮亮，仿佛要去望大弥撒的模样；她干什么事都挺勤快，而且不论身体好坏，干起活来总是像匹马那般使劲，但又从不炫耀，看上去就像没干过什么事似的。在姑妈的所有女佣当中，唯有她能在妈妈想要杯热水或清咖啡的时候，端来真正滚烫的开水或咖啡。她属于这样的一类用人，生客乍见之下会觉得不喜欢他们，原因也许在于他们心里很明白自己对客人一无所求，主人宁可客人从此不再上门，也决不会辞退他们的，所以不想费神去巴结客人，对客人献殷勤；但与此同时，他们又深受主人的器重，因为主人赏识的是他们的实际能力，而不是那种表面的讨人喜欢或者低声下气的逢迎，那固然能给客人留下个好印象，但背后却有着一种无法调教的低能。

弗朗索瓦兹把我父母周到地照料停当以后，方才上楼到姑妈房里去给她服蛋白酶，问她午饭吃什么。这时候，姑妈少不得要就某个重大事件发表一通看法或者提供一番解释：

“弗朗索瓦兹，您知道怎么来着，古比尔夫人刚才去接她姐姐，比平时迟了一刻钟哪；要是她路上再磨磨蹭蹭的，我敢说她要到举扬圣体以后才能赶到教堂。”

“咳！可不是。”弗朗索瓦兹答道。

“弗朗索瓦兹，您要是早来五分钟，就能赶上瞧见安贝尔夫人打下面走过，手里捧的芦笋要比卡洛大妈那儿的粗一倍呢。您想法子到她的女仆那儿去打听一下，这是从哪儿弄来的。既然今年您用各式各样的沙司给我们做芦笋，您大概总能给咱们那儿位远道来的客人也弄点这样的芦笋来吧。”

“这些芦笋，敢情是从神父先生家的园子里弄来的呗。”弗朗索瓦兹说。

“哦！瞧您说的，可怜的弗朗索瓦兹，”姑妈耸耸肩膀接口说，“神父先生家！您明明知道他种的芦笋长得又小又瘪。我告诉您吧，这些芦笋可有胳臂那么粗哩。当然不是您的胳臂，而是像我这今年又瘦了一匝的胳臂……弗朗索瓦兹，这震得我头昏脑涨的排钟声，难道您就没听见？”

“没听见，奥克塔夫夫人。”

“哦！可怜的姑娘，看来您的脑瓜子还挺结实，这是托仁慈的天主的福哪。刚才玛格洛娜去找皮普罗大夫来着。他马上就随她出了门，走到鸟儿街那头拐了弯。准是有哪个孩子病了。”

“哎呀！我的主啊。”弗朗索瓦兹叹着气说。她一听到人家提到有哪个不认识的人遭遇不幸，就觉得受不了，哪怕那人远在天边，她也要长吁短叹一阵。

“弗朗索瓦兹，那丧钟到底是为谁敲的呢？噢！我的主啊，敢情是为卢梭夫人呗。我怎么给忘了，她不是前两天才过世的吗？哦！我也快了，仁慈的天主也该要把我召回去了。打从我那可怜的奥克塔夫走了以后，我就不知道我这脑瓜子是怎么搞的了。不过，我这是在浪费您的时间了吧，我的姑娘。”

“瞧您说的，奥克塔夫夫人，我的时间可没那么金贵；天主给的时间，又没要我们花一个子儿。我就不过想去瞧瞧火熄了没有。”

就这样，弗朗索瓦兹和我姑妈在这场晨晤中，共同评论了当天发生的第一批事件。但有时候，事态特别神秘，特别严重，姑妈觉得不能坐等弗朗索瓦兹，于是四下震耳欲聋的铃声响彻了整幢房子。

“可是奥克塔夫夫人，这会儿还不到服蛋白酶的时候呀，”弗朗索瓦兹说，“莫非您觉得头晕啦？”

“不是，弗朗索瓦兹，”姑妈说，“哦，我是说，是有那么点儿。您也知道，现在我不头晕的时候已经难得有了；早晚有一天我也会像卢梭夫人一样，还没来得及缓过神来就一脚去了；可我并不是为这才打铃叫您的。您信不信？刚才那会儿，我就跟瞧见您一样清清楚楚地瞧见古比尔夫人领着个我不认识的小女孩过去。您上卡米的杂货铺去买两个苏的盐，那女孩究竟是谁，泰奥多尔准能给您说个八九不离十。”

“那敢情是皮潘先生的女儿呗。”弗朗索瓦兹说，她宁愿即刻做出一个解释，因为打早晨起她已经上卡米的铺子去过两回了。

“皮潘先生的女儿！哦！您打量我会信您哪，可怜的弗朗索瓦兹！他的女儿我还能不认识？”

“可我没说是大女儿呀，奥克塔夫夫人，我说的是那个丫头片子，就是在儒伊念寄宿学校的那个。我好像今儿早起见过她。”

“哦！这还差不多，”姑妈说，“她准是来过节的。没错！不用再去打听了，她就是来过节的。这下好了，咱们待会儿准能瞧见萨兹拉夫人敲她姐姐家的门来吃午饭啦。准没错儿！我刚瞧见加洛潘点心铺的小伙计端着一只水果馅饼过去。您瞧着吧，这只馅饼准是送到古比尔夫人家里去的。”

“古比尔夫人家里只要一来客人，奥克塔夫夫人，不多一会儿您就能瞧见她那一家子人全都赶来吃午饭啦。这不，说起来时光也不算早喽。”弗朗索瓦兹说，她急于下楼去张罗午饭，所以倘若能撇下我姑妈独自去望街景，她才巴不得呢。

“哦！起码要等到中午哩。”姑妈用一种无奈的语调回答说，一边心焦地瞅了瞅挂钟，但也只是偷偷地瞅一眼，因为她不想让旁人看见她这么个目无下尘的人，得知古比尔夫人请人吃饭，居然会兴致如此之高，更何况这点乐趣不巧还得等上一个多钟头才能享受得到呢。“偏偏又碰上我吃中饭的时候！”她又自言自语地嘟哝说。这顿午餐，在她已经是一桩足以过瘾的赏心乐事，所以她并不希望同时再来一桩别的趣事。“您总不会忘记把奶油浇煎蛋盛在一只浅底盆里给我端来吧？”只有浅底盆上才绘有故事人物，姑妈每次吃饭时总要乐滋滋地端详当天给她端上来的那只盆子上的图画故事。她戴上老花眼镜，细细地辨认着阿里巴巴和四十大盗，阿拉丁和神灯，一边看一边笑吟吟地说：“真好，真好。”

“我还是上卡米的铺子去一趟吧……”弗朗索瓦兹看出姑妈

不会再打发她上杂货铺去了，就这么说。

“不，不用去啦，那准是皮潘小姐。可怜的弗朗索瓦兹，真对不起，好端端地让您上楼跑一趟。”

可是姑妈心里很明白，她按铃唤弗朗索瓦兹上楼来，绝不是让她白跑一趟。在贡布雷，一个大家不认识的陌生人，简直就像希腊、罗马神话中的神祇一样令人不可思议，而且事实上，就我的记忆所及，凡是碰到圣灵街或是广场上出现了一位叫人瞠目结舌的人物，随之而来的周密调查，没有一次不是以化神奇为熟人而告终的，对此人的身份来历，或具体而微，或笼统大概，总能说出个所以然来，而且最后此人还总会跟贡布雷的某人沾亲带故。这位是索通夫人的儿子，刚服完兵役回来；那位是佩德罗神父的侄女，刚从修道院出来；还有那位是本堂神父的兄弟，夏多丹的税务官，他不是刚退休，就是来过节的。当初一见之下，居然会觉得在贡布雷还有大家不认识的陌生人，那只是因为骤然间没能认出他们，没能对得上号。其实索通夫人和本堂神父早就说起过他们在等远客来访呢。我晚上散步回来，上楼把一路遇见的事情讲给姑妈听，要是一不小心提到我们在老桥附近碰到一个男人，连外公也不认识他，那么姑妈即刻就会嚷道：“一个连你外公也不认识的男人，啊！你打量我会信你呀！”话虽这么说，这个消息毕竟使她有些激动，她决定要把事情弄个明白，于是外公给请来了。“您在老桥边上究竟遇见谁了，叔叔？一个您不认识的男人？”“谁说我不认识啦，”外公回答说，“那是普罗斯佩，布耶伯夫夫人的园丁的兄弟呗。”“噢！是这么回事，”姑妈说着，心定了下来，脸微微有些发红；她讪笑着耸耸肩膀，补上一句，“怪不得他告诉我说你们碰见个您不认识的人了哪！”于是，家里人关照我下次要当心些，千万别再随口乱讲，惹得姑妈情绪这样激动。在贡布雷，谁跟谁都认识，无论牲畜也好，人也好，大伙儿全都认识，所以，赶上哪天姑妈瞧见下面有条她不认识的狗跑过，她就会搜索枯肠，把她的推理才能和闲暇时间全都奉献给这桩令人费解的公案。

“没准儿这是萨兹拉夫人的狗。”弗朗索瓦兹说，她也没多大把握，但又想安安姑妈的心，免得她头昏脑涨。

“敢情我会不认识萨兹拉夫人的狗！”姑妈回答道，她的批判精神不容她如此轻易地接受一桩事实。

“哦！没准儿这是加洛潘先生新近从利齐厄带回来的那条狗吧。”

“哦！这还差不多。”

“听说这条狗可乖着哪，”弗朗索瓦兹说，她这是从泰奥多尔那儿听来的消息，“机灵得像人一个样，脾气又好，又和气，总是那么乖巧懂事。一只才这么大小的畜生就知道讨人喜欢，可真是难得哟。奥克塔夫夫人，我得告退了，我没时间闲聊，马上就到十点了，可我不光炉子没生旺，还有好些芦笋得剥呢。”

“怎么，弗朗索瓦兹，又是芦笋！今年您是买芦笋上瘾了吧，再这么下去，您要把咱们那几位巴黎人的胃口给吃倒喽！”

“才不会呢，奥克塔夫夫人，他们可喜欢吃哩。待会儿他们从教堂回来，胃口准好，您就等着瞧他们大口大口地吃吧。”

“说到教堂，他们这会儿该到那儿了；您最好别耽搁时间了。快去照看您的午饭吧。”

就在姑妈和弗朗索瓦兹这么闲聊的当口，我正陪着父母在望弥撒。咱们的那座教堂，我有多爱它，它此刻又多么清晰地浮现在我眼前啊！我们走进教堂时穿过的那座古老的门廊，黑咕隆咚的，四处都是痘瘢似的斑斑点点，墙角已经歪斜，而且凹陷进去很深（门廊尽头的那只圣水缸也一样），仿佛几世纪以来，进这教堂来的农妇的外衣，以及她们怯生生地去蘸圣水的手指，日复一日、年复一年地擦过这些石块，天长日久就形成了一种无坚不摧的力量，使坚硬的石块形状发生了欹斜，而且在上面磨出了一道道沟痕，犹如载货马车天天跟界石磕碰，总要在上面留下车轮的痕迹一般。贡布雷历代神父高贵的遗骨，埋在一方方墓石下面，犹如给祭坛铺就了一条带有灵气的通道，这些墓石本身已经失却僵硬、板滞的意味，因为时光使它们变得线条很柔和，沿着磨去棱角的石板轮廓线，有如稠厚的蜂蜜在流淌似的时起时伏，当年四四方方的边棱已不复可见，黄澄澄的流波所过之处，一个花写的哥特体大写字母变了形，大理石上镌刻的白色的紫堇图案也变得模糊了；而在近边的那块墓石上，不仅紫堇图案已经磨蚀，而且椭圆形的拉丁文铭文也挤挨在一起，字体的布局更无章法可言，一个词中的两个字母靠得特别近，其他几个字母则分得特别开。教堂的彩绘玻璃窗，愈是阳光不足的日子，愈是显得绚丽多彩，以致逢到外面天阴的时候，我总料定教堂里是光灿灿的；有一扇彩绘大玻璃窗，整个儿只画了一个纸牌里国王模样的人物，他就在那上面待着，头上是教堂建筑的拱盖，一副顶天立地的架势（有时在中午时分，碰上一星期中没有祭礼的日子——这是很难得的，教堂里空气流通，人也寥寥无几，阳光照耀在富丽堂皇的陈设上，使整座教堂变得更有人情味，也显得很豪华，看上去简直就像一座中世纪风味的旅馆里大理石上有着雕饰、玻璃上画着图案的大厅，完全是可以供人住宿的——在这扇彩绘玻璃窗反射的蓝幽幽的光照里，可以看见萨兹拉夫人来做上一小会儿祷告，扎得整整齐齐的一包小蛋糕就搁在旁边的跪凳上，那是她刚从对面糕点铺买来，准备带回家在午餐时吃的）；另一扇彩绘大玻璃窗上，画着一座粉红色的雪山，山下是打仗的场面，积雪仿佛把彩绘玻璃给冻住了，雾凇似的雪子使彩绘玻璃变得胖鼓鼓的，宛如普通房舍的玻璃窗上结满雪花，被晨曦照得发亮的模样（想必也正是这晨曦，给祭坛后面的彩屏抹上了一层分外娇艳的颜色，看上去仿佛那色彩并不是石料装饰屏上所固有的，而是由教堂外面行将收敛的晨光临时染上的）。所有这些彩绘玻璃窗，都已年代悠远，随处可以见到历经世纪沧桑的积尘，在荧光烁烁地显示着它们的年岁，由一扇扇彩绘玻璃窗织成的这幅美妙的挂毯，的确光亮灿烂，但也磨勚到了经纬毕露的地步。其中有一扇窗很像长条的棋盘，划分出上百块长方形的彩绘玻璃格子，一派蓝莹莹的色调，又好似一副硕大的纸牌，样子跟当年查理六世[1]玩过的纸牌相仿；可是，不知是由于掠过了一道光线，还是由于我移动的目光把这些渐次明灭的彩绘玻璃看成了一片跳动着的瑰丽的火焰，不一会儿，只见这排彩绘玻璃迸射出孔雀开屏般色彩缤纷的亮光，颤颤悠悠地波动起来，形成一道火红的奇异的雨帘，从幽暗的石头拱顶，沿着潮湿的墙壁往下流淌，仿佛我正置身于怪石嶙峋、虹光闪动的大岩洞里，跟随着手捧祈祷书的父母在洞穴的平地上往前走；俄顷，那些菱形小格玻璃都变得异样地清澈透明，有如并排镶嵌在一副硕大无朋的古罗马胸甲上的蓝宝石，显得坚硬无比，然而在它们背后，你又可以感觉到有一样

1　查理六世（1685—1740）：神圣罗马帝国皇帝，又是奥地利大公和匈牙利国王。

比所有这些奇珍异宝更可爱的东西，那就是偶尔亮出的太阳的笑脸；在沐照那些彩绘玻璃的幽蓝柔和的光波里，就跟在广场的石板或市集的铺草上一样，可以清晰地感觉到它的存在；甚至就在复活节前我们刚到贡布雷的那阵子，起初的几个星期天，地面依然是光秃秃、黑黝黝的，太阳的笑脸却像上溯到圣路易[1]的继位者时代的某个具有历史意义的春天那样，让那幅金光灿灿、明亮夺目、用彩绘玻璃装饰成毋忘我草图案的大挂毯，焕发出盎然的生机。

两幅立经挂毯上，描绘的是以斯帖[2]加冕的场面（按照惯例，亚哈随鲁的脸画得像某位法国国王，而以斯帖则像这位国王钟爱的一位盖尔芒特府的贵夫人），由于色彩变淡，画面反倒平添了一种表现力，一种立体感，一种亮度：以斯帖唇边的些许玫瑰红，游移到了嘴唇轮廓线的外边；长裙的黄色显得如此腻厚和浓重，以致整条长裙有种沉甸甸的质感，从仿佛往后退去的背景上猛不丁地突现了出来；在这幅用丝线和羊毛织成的挂毯的下部，依然保存着树木葱茏的面貌，但是到了挂毯的上部，色泽就发湮了，树顶泛黄的枝丫，看上去呈金黄色，而且仿佛被一道无形阳光的蛮横斜照抹去了一半色泽，显得有些暗淡。所有这一切，再加上那些在我几乎就像人物传说中的名人给教堂留下的珍迹（那枚雕镂精细的金十字架，据说是圣埃洛瓦的作品，当年由达戈贝

1 即路易九世（1214—1270）：法国卡佩王朝国王。他曾实行一系列司法、币制等改革，削弱地方封建割据势力，加强王权；并曾先后八次统率十字军远征埃及、突尼斯等地。

2 《圣经》中人物。波斯王亚哈随鲁废黜王后瓦实提后，册立以斯帖为后。见《圣经·以斯帖记》。

尔[1]亲赐教堂，还有日耳曼人路易[2]的王子们的那个合葬墓，斑岩砌成的墓身上镶嵌着铜饰），使我有一种奇异的感觉，当我们向祷告席走去时，仿佛我并不是在教堂里行走，而是置身在一座仙女曾经去过的山谷，农夫在那里能惊奇地看到仙女们在岩石、树林和池沼间经过时留下的可触摸的痕迹。所有这些，使这教堂在我心目中成了跟小城别处迥然不同的所在：成了一座，不妨这么说吧，占据着四维空间的建筑——那第四维就是时间，如同航船穿行在世纪的长河里，驶过一个又一个厅堂，一座又一座圣殿，仿佛征服和跨越的不仅仅是区区几米路程，而是它以凯旋者的姿态从中驶过的一个又一个时代和纪元；它把野蛮粗鄙的十一世纪隐匿在厚厚的石壁之中，沉甸甸的拱腹塞满大块的砾石，堵得严严实实，只有钟楼楼梯在门廊边上形成的那个深陷的凹坑才透露出些许往昔的信息，但即使在这儿，那个时代的痕迹仍被遮掩在造型优雅的哥特式拱孔后面，这些拱孔风姿绰约地站在它前面，犹如一群大姐姐为了不让外人瞧见相貌粗蠢、脾气乖戾、衣衫不整的小弟弟，笑吟吟地挤在一起，把他挡在身后；它的塔楼高耸在广场上，塔尖直指蓝天，这座塔楼当年曾领略过圣路易的风采，而且仿佛至今依然还在重睹他的身影；它还能随着那座地下室坠入墨洛温王朝[3]的茫茫黑夜，而泰奥多尔和他姐姐，此刻正擎

1　达戈贝尔（605—639）：法兰克王国墨洛温王朝最后一代国王。在位期间完成了法兰克王国统一大业，并把京城从奥斯特拉西亚迁至巴黎。圣埃洛瓦（588—660）为当时著名的金银匠。

2　日耳曼人路易（805—876）：查理帝国皇帝虔诚者路易的次子。840年与其弟秃头查理联合反对长兄罗退尔一世。843年，兄弟三人签订《凡尔登条约》，将查理帝国一分为三，各人得一份。他得到莱茵河以东土地，称东法兰克王国。

3　公元5世纪，法兰克人建立王国，从476至887年史称墨洛温和加洛林王朝。

着蜡烛在里面为我们引路，昏黑的拱顶上突起着粗壮的横肋，好似一只巨大的蝙蝠张开的翼膜。他俩摸索着走在我们前面，烛光照亮了西日贝尔[1]的小女儿的墓，墓石上有一道很深的裂痕——很像化石上的印痕——据传是“让水晶玻璃灯给砸出来的，法兰克公主遇难的那天晚上，悬在现在后殿这地方的一盏水晶玻璃灯突然从金挂链上脱落下来，水晶玻璃没摔碎，灯火也没熄灭，但居然砸进了石头，在后来做了墓石的这块石头上留下了一道印痕”。

贡布雷教堂的后殿，对它真的还能说什么呢？它是那么粗俗，非但谈不上艺术的美感，而且毫无宗教的激情可言。从外面看，由于它临着的那个交叉路口比较低，所以粗陋的外墙在底部垫了一层由毛毛糙糙的砾石砌成的墙基，全是小石子像皮刺似的戳在外面，看上去真是没点儿教堂的况味，彩绘玻璃的窗洞似乎又开得特别高，整堵墙的外貌与其说像教堂，倒不如说像监狱。当然，后来当我回忆起所有那些我见过的其他教堂辉煌的后殿时，我从来不曾想到把它们跟贡布雷的后殿进行对照。只是有一天，在外省的一条小街道的拐角处，我瞥见三条街道交会的路口对面，竖着一堵加高过的墙，墙面毛毛糙糙，彩绘玻璃窗的窗洞开得很高，外观就跟贡布雷的后殿一模一样的不对称。当时我并没有像在夏特勒或是兰斯那样去考虑宗教感情在那儿是何等有力地表现了出来，但我情不自禁地脱口喊出：“教堂！”

教堂！我们这熟稔的所在啊。它的北门坐落在圣伊莱尔街上，位于拉潘先生的药铺和卢瓦佐夫人住宅之间，跟这两户邻居

1　西日贝尔（630—656）：墨洛温王朝所谓“懒王”之一，本人并无实权，由贵族首领当政。死后，幼子被贵族首领格里莫阿德赶至爱尔兰，格里莫阿德立自己的儿子为王。

紧挨着；倘若贡布雷的街道上有门牌号码的话，它作为贡布雷的一户住宅，准也有个门牌号码，而且恐怕邮差每天早晨来送信的时候，在前脚从拉潘先生的铺子出来，后脚还没进卢瓦佐夫人家的当口，也该在它前面停一停；然而在教堂跟所有不是教堂的住所之间，始终存在着一条我的理智无法逾越的界限。卢瓦佐夫人家窗台上的那盆吊钟海棠有个坏习惯，老爱把耷拉着脑袋的枝条到处乱伸，枝头的花骨朵儿长大以后，总又迫不及待地要把自己血色极好、红得发紫的脸颊凑到教堂阴暗的墙上去凉快凉快，但尽管如此，这些吊钟海棠在我的心目中并未因此而变得神圣起来；在这些花儿和它们所投身的黑乎乎的石块之间，虽然我的肉眼看不出间隙，但在我的心灵里却始终保留着一道鸿沟。

从很远的地方就能认出圣伊莱尔教堂的钟楼，贡布雷还没有在地平线上露面的时候，钟楼那令人难忘的身影，就已经远远地呈现在眼前了；复活节前的那个星期，我们从巴黎乘火车驶来的当口，父亲瞥见了这座在天空上轮番画过一道道弧线、尖顶上的风信鸡四下转动着的钟楼，就冲着我们说："嗨，把毯子收拾好，咱们到了。"还有一次我们从贡布雷出发做长距离散步，沿着一段狭仄的小路走到一个地方，眼前骤然间出现一片非常开阔的空地，前方匝绕着一围丛林，远远望去，只见圣伊莱尔教堂钟楼优雅的尖顶高耸在参差不齐的林木之上，但它显得那么纤细，粉红的色泽又是那么淡然，看上去就像是有谁为给这片景色、这幅大自然的杰作添上一抹艺术的痕迹，一道仅有的人为的印记，才用指甲在天际划了这么个道道似的。当我们走得更近，能瞧见挨在钟楼边上显得稍矮的那座半圮的四方形塔楼时，使我们感到惊异的，是塔身石块的那种黑里泛红的色调；在秋雾弥漫的清晨，不妨这么说吧，就像有座色泽如地锦草[1]似的红彤彤的废墟，耸立在大片暗紫色的葡萄丛中。

我们回家路过广场时，外婆常会叫我停下望望这座钟楼。塔楼上的窗户两扇一组，分层排列，彼此间的距离保持着一种准确、别致的比例关系，这种比例关系所具有的美感和尊严，并不只适用于人的五官哩。每隔一阵就从塔楼窗口飞出一群乌鸦，它们凌空落下，聒噪着打着旋，仿佛那些先前任凭它们嬉戏而视若无睹的古老的石块，顷刻间变得无法容身，成了骚动之源，把这群惊惶不安的暮鸦轰了下来。随后，它们在暮霭沉沉的紫红色天幕上扑翅斜飞一通，突然又安静下来，重新飞回塔楼栖息，不安之源重又变成了福地；一些乌鸦上下错落地停歇在一个小钟楼的尖顶上，看起来像一动不动，但说不定是正待啄食小虫，就像海鸥以渔人般寂然不动的姿势停歇在浪尖上一样。我不太知道为什么，外婆总觉着圣伊莱尔教堂的钟楼超尘脱俗，从而使她更爱大自然（当人类的双手不曾像我姑婆的园丁那样去玷污它的时候）和天才的杰作，认定它们对造福人类都有重大影响。虽然人们所见的教堂的每个部分，都通过一种它天赋的思想显示着它与所有其他建筑的区别，然而让它真正意识到自己的价值，表明自己独具个性、责无旁贷的存在的，似乎还是这座钟楼。这座钟楼在为它立言哩。我隐隐约约地觉得，外婆在贡布雷的钟楼上找到了对她来说这世上最可珍贵的东西，那就是自然的风致和卓异的气度。她不懂建筑，但她爱说："孩子们，你们爱笑我就笑吧，可我觉着，或许它不合规范，并不漂亮，可是那古里古怪的老派模样

---

1 一种草本植物，茎为红色，花为紫红色。

儿，让我瞧着挺受用。我敢说，要是它会弹琴的话，一准不会弹得干巴巴的。”她注视着钟楼，目光随着它徐徐升起，顺着塔身石块虔诚地倾向天空的斜势，眼望着两边的斜面彼此愈靠愈近，犹如双手在合掌祈祷，她的整个身心都跟尖顶的取势融为一体，目光也仿佛随它向天而去；与此同时，她朝向塔身陈旧剥蚀的石块亲切地笑着，此刻仅有塔尖沐浴在夕阳的余晖中，而一旦整个塔身进入这抹夕照的范围，就会敷上一层柔美的色调，仿佛骤然间升得又高又远，好似一支用假声升高八度演唱的歌。

圣伊莱尔教堂的钟楼，赋予所有的行业以象征的标志，赋予所有的时刻以美好的意义，也赋予所有关于城市的观点以真正的价值。从我的房间里望去，只能看见它那深灰色的板岩墙基；但当我在夏日的某个星期天炎热的早晨，望见这些板岩犹如一轮黑太阳那样熠熠生辉的时候，我就会对自己说：“我的天主！九点啦！得准备去望大弥撒了，要是我还想有时间先跟莱奥妮姑妈道个别的话。”而且我能确切地知道广场上的光线是什么颜色，我也知道市集上热浪滚滚，尘埃飞扬，我还知道店铺的凉棚投下浓荫，而妈妈也许会赶在望弥撒前走进去买几块手帕，店堂里散发着一股坯布的气味，掌柜的挺起腰来吩咐伙计拿货给妈妈挑选，他已经准备关门打烊，刚在后间换上了节日的上衣，正在洗手哩，说起这双手，他还有个习惯，每隔五分钟就要带着一副踌躇满志、雅兴大发的得意神情搓这双手，哪怕生意再不景气，也照搓不误。

弥撒过后，我们到泰奥多尔的铺子吩咐他送一只比平时大些的奶油圆球蛋糕上门，因为我的表兄弟趁今儿天气好，要从蒂贝尔齐赶来跟我们一起用午餐。钟楼耸立在我们面前，就像一只烤得金黄松脆的祝圣大蛋糕，鳞片似的砖瓦和松脂似的墙面，在阳光下闪烁着，锋利的尖顶直刺蓝天。傍晚时分，当我散步回来，想到过一会儿就要跟妈妈道晚安，就要再也见不到她了，这钟楼在一片薄暮中反倒显得格外温柔起来，它看上去犹如悬在苍茫的天际，像一只褐色的丝绒靠垫似的往后倚去，天空在它的轻压下微微凹陷进去，给它让出地方，并随即又团团围在它的四周；鸟儿绕着钟楼盘旋飞翔，它们的叫声仿佛更为钟楼增添了几分静谧，尖顶也越发显得高远，整个钟楼有着一种难以言说的意味。

即使当我们走在教堂背后的街上，看不见教堂的时候，周围的一切，其位置似乎仍是根据这座不时在屋宇间冒出头来的钟楼而定的，而且正因为这钟楼是在看不见教堂的情形下出现的，或许它才更能拨动人们的心弦。当然，有许多别的钟楼从这样的角度看过去要更美得多，我的记忆中有好些高耸于屋宇之上的钟楼的图景，跟贡布雷阴郁街巷构成的图景相比，确是另有一种艺术旨趣。我不会忘记巴尔贝克邻近的那座趣味盎然的诺曼底城市，城里有两座可爱的十八世纪的宅邸，对我来说，这两座宅邸在许多方面都亲切而可敬，当我从那台阶通往河沿的美丽花园望过去的时候，可以看见一座遮蔽在宅邸后面的教堂露出的哥特式尖顶，它高高地矗立着，看上去就像是在两座宅邸终止之后，再高踞其上，而它的模样是那么与众不同，那么弥足珍贵，那么节节向上，那么红而不艳，那么光泽迷人，在我眼里这个有如某种闪着珐琅的寒光、塔形贝壳似的紫红色的尖顶，仿佛夹在沙滩上两颗紧挨着的美丽的卵石中间，而又超脱于它们之上。甚至在巴黎城里一个最丑陋的街区，我也记得有那么一扇窗户，从那里看出去，穿过一街一街鳞次栉比的屋顶所构成的近景、中景，乃至远景，可以望见一座紫色的钟楼，有时它会变成淡红色，有时在从暮色中迭现出来的最典雅的影像上，它还会呈现一种由灰色调衬托着的黑色，那就是圣奥古斯丁教堂的圆顶钟楼，它使巴黎的这处景观具有了皮拉内西[1]笔下某些罗马风光版画的特点。可是，无论我的记忆以何种风格来描绘这些纤小的版画，其中任何一幅都没能体现出我早已失去的那种感情，那种使我们不是把某一对象当作观赏的目标，而是把它看作一种独一无二的存在的感情，它们全都没能如同从教堂后面的街巷所见到的贡布雷钟楼景观这样，深刻地影响我整个生命中最重要的一个部分。下午五点钟我上邮局去取信时，在左边跟我才隔开几幢房屋的地方，会冷不丁地瞥见它那孤零零的尖顶耸起在一排屋顶之上；要是我不想往那个方向走，而是想到萨兹拉夫人府上去问个安的话，我就会看着这排屋顶沿着斜坡的另一侧通往低处，知道过了钟楼以后，到第二个街口就得拐弯了；要是我走得更远，往车站的方向而去，那么从斜刺里还能瞥见它展现屋脊和墙面的新的身影，好比一个刚体在旋转时冷不防被我觑见了似的；倘若从维沃纳河的岸边望去，由于透视的缘故，教堂后殿仿佛正在积聚力气，使足劲儿迸发出钟楼借以将尖顶引向云霄的力量；无论哪种情形，所有的一切最终都会回归到它身上，它永远凌驾于其他一切之上，以它那出其不意地出现在人们眼前的小尖塔，审视着全镇的房舍，这小小的尖顶矗立在我面前，就像是天主的手指，尽管天主隐迹于人群之中不露真身，但我并不会就此把他混同于芸芸众生啊。直到今天仍然如此，要是在一座外省的大城市，或者在巴黎某个我不

---

1 皮拉内西（Piranesi，1720—1778）：意大利镌版画家、建筑师，尤以一组表现罗马景观的镌版画著称。

熟悉的街区，有哪位给我指路的行人，远远地指给我看前面那条街的街角上一家医院的大钟，或是一座修道院顶端像戴着僧帽的钟楼作为指示方位的标志，我总会隐隐约约地发觉在它身上有某些跟我那亲爱的、业已消失的形象颇为相似的地方，倘若这位行人转过身来想看看我有没有走错路，他准会惊愕地瞅见我还没迈步，兀自呆望着那座钟楼，忘了散步，忘了买东西，一连几个小时，寂然不动地伫立在那儿，在记忆深处寻觅着，感觉到在我内心深处有了一些从忘川夺回的正在干涸、正在重建的土地。这会儿，我或许比刚才向他问路时还要焦急，我依然在寻路，我转过了一条街……可是……那是在我心中的街哟……

做好弥撒回家的路上，我们常会遇见勒格朗丹先生，他在巴黎当工程师，平时除了休假，只有在星期六晚上到星期一早上才能待在贡布雷的宅邸。他是那类除了在科学生涯中成绩显著，还具有另外的文化修养的人，诸如文学、艺术，他们都很在行，这些修养跟从事的专业不相干，但在谈话时派得上用场。这些人比许多文学家更有文采（那时候我们不知道勒格朗丹先生还是个小有名气的作家，所以看到有位著名音乐家为他的诗谱了曲，都有些大惊小怪的），比好些画家技巧更纯熟，他们总以为眼下的生活并不适合自己，所以对待这份讲究实际的职业，不是抱一种随兴之所至的不在意态度，就是抱一种居高临下的认真态度，心里虽有牢骚，做事却一丝不苟。勒格朗丹先生个子高高的，风度优雅，清秀的脸上蓄着两撇长长的金黄色小胡子，显出若有所思的神情，蓝蓝的眼眸里射出参透世故的目光，举止彬彬有礼，说话滔滔不绝，在全家人的眼里，他就是以高雅方式生活的成功男人的典范，我们家里常常要谈起他。只有外婆觉得他说话太文绉绉，有点掉书袋，没有他那飘在胸前打大花结的领带和学生装式的单排纽上衣那样自然。外婆感到吃惊的还有他那些情绪激昂的长篇大论，这些宏论往往是抨击贵族阶层和热衷名利、附庸风雅的习尚的，“毫无疑问，圣保罗所说的无可赦免的罪孽，就是指的这种罪孽[1]”。

热衷于名利的野心，是外婆无从领略，而且几乎无法理解的一种感情，所以在她看来，似乎完全没有必要如此慷慨激昂地去大事讨伐。况且，外婆总觉着，既然勒格朗丹先生的姐姐在巴尔贝克附近嫁了一位下诺曼底的贵族，他再这么拼命攻击贵族阶层，甚至指责大革命没有把他们全送上断头台，那就未免有失雅量了。

“各位，你们好！”他迎上前来说。“你们能长住这儿，可真是有福气；可我明天就得回巴黎，回我那窝里去。哦！”他脸上挂着他所特有的那种微笑，略带嘲讽和失意，而又有点漫不经心，“当然我那个家里也什么劳什子都有。可就是缺了一样必不可少的东西，一大片像这样的蓝天。尽力让您的生活中永远保持这片蓝天吧，孩子，”他转过脸来对我说，“您心地善良，禀赋卓异，天生有一种艺术家的气质，千万别辜负了它。”

我们回到家里，姑妈打发人来问，古比尔夫人做弥撒是不是迟到了，这下子我们可答不上来了。反过来，我们告诉她有位画家在教堂里临摹彩绘玻璃上的坏东西吉尔贝，却又让她增添了一层烦恼。弗朗索瓦兹即刻被派往杂货铺去打探消息，却因为没见着泰奥多尔，颓然而归；这个泰奥多尔，一身而兼二任，既是教

1　指背教变节的罪孽。见《圣经・新约・希伯来书》。

堂唱诗班成员，在教堂担着些干系，又是杂货铺伙计，平时跟各色人等都打交道，所以，事无巨细没有他不知道的。

“唉！”姑妈叹口气，“真盼欧拉莉这会儿就来哟。这事儿也只有她能讲给我听喽。”

欧拉莉是个瘸腿的姑娘，天性好动又耳朵重听，她从小在德·拉布雷托纳里夫人府上帮工，夫人死后，她也就退休不干，在教堂边上找了间房子住下，平日里不时要下楼来，也不管是不是做日课的时间，就那么做一小会儿祷告或者给泰奥多尔帮个什么忙；剩下的时间里，她就去看望莱奥妮姑妈这类病人，把弥撒或晚祷中发生的事情讲给她们听。老东家给过她一笔小小的年金，但她并不反对再挣点外快，所以隔一阵就要上本堂神父或者贡布雷宗教界别的头面人物府上去揽点浆浆洗洗的活儿。她身披黑呢斗篷，头戴系带子的小白帽，差不多就像修女，由于患一种皮肤病的缘故，一部分脸颊和整个鹰钩鼻都染上了一层凤仙花般鲜艳的桃红色。她的来访是莱奥妮姑妈生活中一大乐事，因为她除了本堂神父以外，几乎已经不接待任何外人了。姑妈把所有的来访者一个个拒之门外，因为他们在她眼里分别归入了她所憎恨的两种类型。第一类人最糟糕，也是她最先撇开的，那些人居然劝她对自己的病“别太当回事”，公然主张到阳光下散散步，吃块带血的新鲜牛排，要比老躺在床上服药对她有益得多。（也不想想，她就不过多喝了两口该死的矿泉水，胃里就折腾了十四个钟头哩！）尽管这些危险性很大的谬论，他们说的时候用的是否定的语气，而且是通过某种表示不同意的沉默或表示怀疑的微笑来婉转地表达出来的。另一类人，就是那些似乎相信她病得比她自己所想的还要厉害，或者跟她自己所说的一样厉害的家伙。比如说吧，那些经姑妈再三斟酌、弗朗索瓦兹再四恳请方才获准上楼的来访者，实在不懂什么叫领情，有人居然敢觍着脸说：“天气这么好，您是不是也该去透透空气？”或者情形正相反，当她对他们说“我不行了，真的不行了，活到头喽，我可怜的朋友们”的时候，他们居然回答她说：“咳！身体不行有什么法子呢！不过像您这样总还能有一阵子吧。”这两拨子人全都一样，以后就再也别想进她的门了。而弗朗索瓦兹，如果说她看着姑妈从床上瞥见圣灵街上有个家伙像是往她家里而来，或者听见一阵门铃声骤然响起时的那副惊慌的模样，感到挺可乐的话，那么当她看到姑妈每回总有妙法把那些家伙撵走，瞧着他们那副吃了闭门羹打道回府的尴尬样儿，就越发乐不可支地开怀大笑了，她打心眼里佩服自己的东家，她断定，女主人不愿意接见那些人，那当然是因为她比他们高出一等啰。总之，姑妈是既要人家赞赏她的吃药卧床，又要人家同情她的病痛虚弱，同时还要人家对她担保她的前途乐观。

这些正是欧拉莉最拿手的。姑妈可以在一分钟里对她说上二十遍：“我不行了，可怜的欧拉莉。”欧拉莉每次都会回答：“您对自己的病看得这么准，奥克塔夫夫人，那就保准会活到一百岁，昨儿萨兹兰夫人还对我这么说来着。”（欧拉莉最坚定的信念之一，就是萨兹拉夫人应该叫萨兹兰夫人，尽管在付诸实行时一再被纠正，这一信念仍毫不动摇。）

“我可没想活一百岁。”姑妈回答说，她不喜欢人家把她的寿限说得这么确切。

此外，欧拉莉还知道怎样既给姑妈解闷，又不让她累着，所以她的来访是姑妈最高兴的事，每个星期天，只要没什么意外的事让她脱不开身，她是必定会来的，于是一到星期天，姑妈就翘首以待地盼她来，往往是起初心情挺好，可只要欧拉莉稍稍迟来一会儿，很快就变得浑身不对劲，就像饿过了头似的。期待欧拉莉的这种快乐，时间一长就变成痛苦，姑妈不停地看钟点，打呵欠，觉得自己眼看要支撑不住了。直等到天色都暗了下来，姑妈也已经不存指望的当口，才响起欧拉莉光临的门铃声，这时候，姑妈听着铃声，只觉得自己几乎要病倒了。说实在的，每逢星期天，姑妈心里就只惦着欧拉莉要来看她，所以午饭刚吃完，弗朗索瓦兹就急着等我们早点离开餐厅，好让她上楼去照料姑妈。可是（贡布雷进入天气晴朗的季节以来尤其如此）直到正午傲慢的钟声从圣伊莱尔教堂的塔楼传将下来，它那音响的花环一时间凝成十二朵花饰，为塔楼装点上纹徽，直到这钟声在我们放着祝圣面包的餐桌旁响起的时候，我们还久久地坐在画着《一千零一夜》故事的盆子跟前，由于天气炎热，更由于吃得太饱，而根本不想动弹。因为，除了鸡蛋、牛排、土豆、果酱、饼干这些事先不必报菜名的家常食品，弗朗索瓦兹还经常要添一两道菜点——添什么，视田里和果园的收成、海鲜的捕捞、市场的货源、邻居的馈赠等等情况，以及她本人的能耐而定，因此我们的菜谱，犹如十三世纪装饰在大教堂正门上的四季浮雕[1]一样，多多少少反映了生活中时令季节的嬗变更替——来一道菱鲆，是因为女鱼贩担保鱼很新鲜；来一道火鸡，是因为她看准鲁森维尔-勒潘菜市场上有一只挺不错；来一道牛骨髓烩刺菜蓟，是因为她以前没给我们吃过这种烧法的这道菜；来一道烤羊腿，是因为野外空气一准

1 一种由四组分别象征四个季节的叶形饰构成的浮雕装饰。

会让我们胃口大开，再说从这会儿到七点钟，也有足够的时间来消化；菠菜是为了换换口味；杏子是因为刚上市尝个鲜；醋栗是因为再过两个星期就要落市了；覆盆子是斯万先生特地带来的；樱桃是花园里那棵两年没结果的樱桃树刚结的果子；奶酪是我那时爱吃的；杏仁蛋糕是她头天晚上预订的；那只奶油圆球蛋糕，却是因为那天在教堂轮到我们奉献。等所有这些菜点全都上过以后，一道特地为我们制作，但尤其是献给算得上美食家的父亲的巧克力掼奶油端了上来，这道点心是弗朗索瓦兹的灵感与情意的结晶，稍纵即逝，清淡宜人，犹如一首倾注着她全部才华的即兴之作。要是有人不想尝上一口，说什么“我够了，吃不下了”，那就即刻被贬为不懂人情世故的粗坯，正好比艺术家送他一件作品，价值就在于这份情义和上面的签名，而他却一个劲儿地去掂它的分量，端详它的材料。哪怕在盆底留下一丁点儿没吃干净，也像在演奏听到一半就当着作曲家的面抽身离去一样，属于不懂礼貌。

临了母亲对我说：“行啦，别待在这儿不挪窝了，要是外面太热，就上楼回房间去吧，不过先去透透空气，不要离开餐桌就是看书。”我走到水泵和池槽旁边，池槽往往像哥特式的圣水器那样，刻着蝾螈的浮雕，蝾螈那富有寓意而线条流畅的躯体，在粗糙的石面上显得颇有动感。我坐在丁香树绿荫下的长条凳上，花园的这个角落，有一扇边门通往圣灵街，没人照料的泥地上高起两级台阶，凸出在整幢房子外面，这间近乎独立结构的小屋，就是厨房后间。依稀可以望见里面红彤彤的、斑岩般闪闪发亮的地砖。这小屋看上去不像弗朗索瓦兹的密室，倒像祭奉维纳斯女神的小庙。屋里满满当当地堆着乳品商、水果商、蔬菜商的供品，这些商贩有时从大老远的小村庄赶来，向她献上自己今年第一茬的收获。小屋的屋脊上，经常停着一只白鸽咕咕地叫。

以前，我从不在环抱这座小屋的神圣的树林中滞留，因为我在上楼去看书以前，要先到阿道夫叔公在底楼的小起居室去一下，他是外公的弟弟，当过军人，退休时的军衔是少校。这间起居室，即使窗都打开，让外面的暑气，甚至难得一见的阳光进到里面，依然不断散发出一阵阵幽幽的凉意，其中既有森林的气息，又有旧王朝的余味；一个人走进某座废弃的猎人小屋，闻到这股沁着凉意的气味，往往会浮想联翩。不过由于我的缘故，叔公和我们家有了一段过节，此后我已经有好几年没去阿道夫叔公的起居室，他也不来贡布雷了。事情是这样的：

在巴黎时，每月总有一两次，家里人打发我去看看叔公，通常我去的时候他刚吃好午饭，身着法兰绒便装，由穿紫白相间的斜纹布号服的仆人伺候着。他嘟嘟囔囔地抱怨说我有好久没去看他了，大家把他给忘了。他给我吃一块杏仁饼，或者一只橘子；我俩穿过一个客厅，这个没人待的客厅从来不生火，墙壁上装饰着金色的线脚，天花板涂的一种蓝色，据说是模仿天空的颜色，家具就像外公家里一样，都衬上软垫再用缎子包面，不过缎子是黄色的。最后我们来到他自称的那间书房，墙上挂着些镌版的画片，黑色的背景上画着一位丰满肉感、肤色粉红的女神，或驾一辆战车，或踩一只圆球，或在额头缀一颗星星；这种画在第二帝国曾风靡一时，因为人们觉得其中有庞贝时代的情调，然后它受过一阵冷落，何以会再次流行虽然说法纷纭，其实原因只有一个，就是它们带有一种第二帝国的情调。我待在叔公旁边，直到他的贴身男仆来问叔公，马车夫想知道几点钟要套车。叔公于是陷入了深思，那惊奇的男仆生怕打扰他的思考，不敢有一丝动作，眼巴巴地等着结论，等着那一成不变的结论。叔公在踌躇再三之后，终于宣布了决定，而这决定必然是下面四个字："两点一刻。"男仆神情惊讶但唯命是从地重复说："两点一刻？好……我去跟他说……"

这一时期我热衷于戏剧。当然是柏拉图式的热衷，因为我父母还没允许我上剧场呢。我以一种极不准确的方式想象观众在剧场中享受的乐趣，甚至以为每个观众就像看立体镜那样，各自在看一个场景，尽管其他的观众都在看着成百上千相似的场景，但是那个场景毕竟只是给他一个人的。

每天早上我一口气奔到海报柱跟前，看上面张贴的剧目海报。海报上的每个剧目。组成剧名的那几个词浑然不可分的形象，以及剧名赫然出现在上面、糨糊鼓鼓囊囊还没干透的招贴画的颜色，在我的脑海中所引发的种种梦幻般的想象，是全无功利色彩、最令人陶醉的。像《塞扎尔·吉罗多的遗嘱》[1]和《俄狄浦斯王》[2]之类的戏，剧名不会印在喜歌剧院的绿色海报上，而只能出现在法兰西喜剧院的酡红色海报上，要不算这些戏的话，在我眼里《王冠上的钻石》[3]闪亮的白羽饰和《黑色多米诺骨牌》[4]柔滑神秘的缎子就算是大异其趣的了。这两部戏，爸爸妈妈说过，等我第一

1　法国剧作家贝洛（Bélot）和维尔塔（Villetard）合作的三幕喜剧。1859年在巴黎奥台翁剧院上演，大获成功。

2　古希腊剧作家索福克勒斯（Sophocles，约公元前496—前406）最著名的悲剧。法国剧作家拉辛认为该剧是一个完美的悲剧。

3　法国剧作家奥培（Auber）根据斯克里布的脚本创作的喜歌剧。1841年在巴黎喜歌剧院上演。

4　奥培根据斯克里布的脚本创作的另一部喜歌剧。1837年在巴黎喜歌剧院上演。

次去剧院看戏，就要在它们中间选一部，于是我就仔细琢磨这一部和那一部的剧名（除了剧名，我对它们真是一无所知），逐一寻思它们能够给我带来的乐趣，再把两者加以比较。最后我总算使出浑身本事，把一部想象成光彩夺目、气势逼人，另一部想象成含情脉脉、圆润甜美；但我还是拿不定主意，到底更喜欢哪一部，这就好比上餐后甜点时，要我在牛奶米糕和巧克力掼奶油之间做出选择一样叫我为难。

我和同学一碰到就谈论演员，尽管那时我还没看过那些演员的演出，但是他们的演技，是艺术的种种表现形式中首屈一指、最能让我预感到艺术本身魅力的表现形式。同样一段台词，这个或那个演员在节奏、情绪的处理上会有所不同，而哪怕最细微的差别，在我看来也有非同小可的意义。根据同学们告诉我的细节，我把那些演员按才华排序，列成名单整天念叨；结果脑子好像给夯紧，让这些扎住根的名字弄得不听使唤了。

后来我进了中学，每次上课，只要老师刚转过头去，我就马上跟一个新朋友悄悄交谈，我的第一个问题总是问他有没有上剧院去看过戏，还有他是否认为最了不起的演员就是戈，接下去是德洛内，等等。如果他认为费伯弗尔还比不上蒂隆[1]，德洛内则不如柯克兰[2]，那么柯克兰这个名字就会失去岩石的刚性，一下子变得伸缩自如，挤进二流的档次，德洛内的名字则眼看被赋予奇妙的灵活性和顽强的生命力，倏地退居第四位，这一切都使我变得柔软

1　这几个演员都是法兰西喜剧院的主要演员。戈（Edmond Got，1822—1901）擅长演喜剧角色，德洛内（Delaunay，1826—1903）常演年轻男主角，费伯弗尔（Febvre，1835—1916）和蒂隆（Thiron，1830—1891）常演近代剧目中的角色。

2　柯克兰（Coquelin，1841—1909）：话剧演员，以演莫里哀喜剧著称。

和肥沃的脑子里重又有了发芽开花、生机勃勃的感觉。

可虽说我对演员如此着迷，虽说有天下午看见莫邦从法兰西喜剧院出来竟会让我如此激动不已，感受到阵阵爱的折磨，但一旦望着一位明星的名字在剧院门口闪闪发光，或者见到街上驶过一辆双座轿车，辕马的额带上装饰着玫瑰，车窗里露出一个我心想大概是演员的女人的脸，那我就更是心情激荡难以平静，徒然而又痛苦地竭力去想象她的私生活。我把最有名的女演员按才华排出座次，萨拉·伯恩哈特，拉贝玛，玛德莱娜·布罗昂，让娜·萨马里[1]，她们个个都让我仰慕。而叔公认识许多这样的女演员，他还认识好些我难以跟女演员分辨开来的交际花。他把她们请到家里做客。我们之所以只在一星期中的某几天去看他，原因就是在其他那几天，那些女客有时会去做客，而我们这些亲戚是不会想跟她们打照面的——至少叔公对我们这么想；叔公对那些也许这辈子就不曾结过婚的漂亮寡妇，对那些名头挺响但多半只是假名的公爵夫人过于随便的做派，他把她们介绍给我外婆时满口恭维甚至把家传的首饰送给她们的殷勤态度，早已使他不止一次地跟我外公失和了。常常会这样，家里人谈话提到某个女演员的名字，我就听见父亲笑着对母亲说："你叔叔的一位女朋友。"当时我想，这样的女人会让有身份的男人苦于不得其门而入，来信一概不理，求见一律挡驾，就这样叫他们熬上好几年，而我叔公却有能耐让我这样的愣小子免受这份煎熬，在自己家里把我介绍给旁人无法接近，却是他密友的那位女演员。

于是——我找了个借口，说是原先换过上课时间的那门课，

---

1 除拉贝玛为虚构人物外，其他几个女演员都是法兰西喜剧院的主要演员。

现在又换回来了，课时排得很不凑巧，弄得我好几次都没法去看叔公，而且以后也未必抽得出空——在一个平时我们不去看他的日子，趁家里午饭吃得比较早的机会，我出得门来不是去看海报柱（家里允许我一个人去看的），而是直奔叔公家。我注意到他家门口停着一辆双套马车，两匹马的眼罩上各有一朵红色康乃馨，车夫上衣的纽扣眼里也插着一朵。在楼梯上我听见一个女人的笑声和说话声，我按了门铃，先是一阵静默，然后是有人关上内室房门的声音。男仆来开门，一见是我神色有些尴尬，对我说叔公这会儿很忙，恐怕不能接待我，可当他进去通报时，我刚才听见的那个声音说道："噢，当然！让他进来；就一分钟，我会很高兴的。他在你书桌上的那张照片，跟他妈妈，你的侄女，真是像极了。她的照片就在他的边上，对吗？我很想见见这孩子，哪怕看一眼也行呀。"

我听见叔公在咕哝，在生气，最后男仆总算让我进去了。

桌子上跟往常一样放着那碟小杏仁饼；叔公穿的也是平时的那件法兰绒上衣，但在他对面坐着一个年轻女人，身穿一袭粉红色的长裙，戴着一条长长的珍珠项链，她正把一只橘子的最后一瓣放进嘴里。我拿不准应该称呼她夫人还是小姐，脸红了起来，眼睛也不怎么敢往她那边看，生怕要和她说话。我过去亲了叔公。她笑吟吟地看着我，叔公对她说："我侄孙。"没告诉她我的名字，也没对我说她的名字，想必是因为，自从他和外公不开心之后，他尽力想避免让家人和这类朋友建立任何联系。

"他长得真像他母亲。"她说。

"您也就不过在照片上见过我侄女罢了。"叔公没好气地应声说。

“这话您就差了，亲爱的朋友，去年您生病的那会儿，我在楼梯上跟她打过个照面。没错，我就看了她一眼，您的楼梯也够暗的，可就这样我已经看出她有多可爱了。这小伙子的眼睛跟她一样漂亮，还有这儿。”她用手指在自己前额下部比画了一下。“您侄女和您同姓吗，朋友？”她问我叔公。

“他像他父亲。”叔公嘟囔着说，他既不愿意直接把我介绍给她，也不打算告诉她妈妈姓什么，间接地让她和我相识。“跟他父亲还有我可怜的母亲一模一样。”

“我不认识他父亲，”粉衣女郎微侧着头说，“也从没见过您可怜的母亲，我的朋友。您还记得吧，我们是在您母亲刚去世不久相识的。”

我稍稍有些失望，因为这位少妇跟我有时在家里遇到的其他漂亮女人，尤其是一位表兄的女儿，没有什么不同，这位表兄家我是每个新年的第一天都要去的。叔公的这位女友，就是穿着更考究些，至于炯炯有神而又亲切和蔼的目光，真诚坦率而又多情动人的神态，都跟她们一个样。她既没有剧照上那些女演员令我心仪的舞台风度，也没有想象中像她这样的女人的妖媚表情。要不是看到双套马车、粉红长裙和珍珠项链，要不是早就听说叔公结识的都是一流的角色，我恐怕不会相信她是一个交际花，更不用说是一个有名的交际花了。我暗自在想，供她马车、公馆、首饰项链的百万富翁，居然为一个看上去这么单纯、这么文雅的人儿不惜挥金如土甚至倾家荡产，他究竟图什么呢？而想象她过的生活有多么伤风败俗，也许要比这种伤风败俗体现为某种具体的情状更让我心神不宁、局促不安——这种伤风败俗就像一部小说、一桩丑闻的秘密那样叫人看不透，这桩丑闻让她抛下薄有家产的双亲，成为沦落风尘的女子，也让她变得美艳照人，在交际场上声名鹊起，而她面部的表情动作，说话的声腔语调，却依然跟我认识的所有那些女人一个样儿，让我不由自主地把她看作一个好人家的姑娘，虽说她早已没有家了。

我们来到叔公的书房，因为有我在场，叔公神色有些尴尬，他递上烟卷给她。

“不，”她说，“亲爱的，您知道我抽惯了大公爵送我的烟。我告诉他了，说你挺眼红。”说着她从烟匣里抽出几支印有烫金外文字母的纸烟。“哎，”她突然说，“这小伙子的父亲，我应该在您家里见过呀。他不就是您侄女婿吗？我怎么会把他忘了呢？他待我非常好，文雅极了。”她说得既谦虚又诚恳。可我知道父亲待人矜持冷漠，想到他那副板着脸的神气（现在却被她说成文雅极了），我不禁为他这种礼貌不周却受人盛赞的名不副实感到难为情，就像眼见他做了什么不得体的举动一样。后来我才体会到，这些生活悠闲而又心思缜密的女人所扮演的角色有一种动人之处，就是她们把自己的雍容大度、聪明才智，把一种带着令人伤感的美的梦想——因为她们就跟艺术家一样，不去实现这个梦想，也不把它放到现实生活的背景中去——以及一种她们自己并不看重的金子般贵重的东西，用作一种珍贵而精细的镶嵌，充实了男人粗粝的、有欠雅致的生活。就像眼前这位，她在叔公穿着法兰绒便装接待她的吸烟室里，而轻盈的体态，粉红色的长裙，珍珠的项链，无不散发着她与某位大公爵的友情所派生的优雅，同样，她说了句关于我父亲的很平常的话，但说得那么优雅得体，就使这句话有了一种措辞上的特点，一种弥足珍贵的意味，而她那道略带谦恭和感激意味的目光，又宛如给这句话镶上美丽的钻石光芒，使它变成一件极其高雅而又富于美感的珍品。

“好了，好了，你该回去了。”叔公对我说。

我站起身来，感到有一种无法抗拒的冲动，想去吻这位粉衣女郎的手，可是我又觉得这未免过于孟浪，有点像去抢东西。我的心怦怦直跳，暗自思来想去：“该去做呢，还是不该去做？”随后我干脆不去想该不该做，只想我能做些什么。一时冲动之下，我把刚才为自己找的种种理由抛在了脑后，发疯似的不顾一切地把嘴唇贴在她伸给我的手上。

“他多可爱啊！已经懂得献殷勤，讨女人的欢心了：像他的叔公。将来准是个十足的绅士。”她故意开口小些，把绅士这个词儿说得带点英国口音。“照我们邻居英国人的说法，改天他能来共进a cup of tea吗？只要上午给我发份‘蓝件’[1]就行。”

我不知道“蓝件”是什么东西。她说的话我有一大半听不懂，可又生怕其中藏着个问我的问题，不回答会很失礼，于是我始终打起精神在听，听得累极了。

“不，这不行，”叔公耸耸肩膀说，“他可忙着呢。他很用功，每门功课都得奖，”他说后半句时，声音放得很低，唯恐我听见他说谎，会出来否认。“谁说得准呢，说不定他会是个雨果第二，或者成为沃拉贝尔[2]之类的人物，您说是吗？”

“我崇拜艺术家，”粉衣女郎回答说，“真正了解女人的，只有艺术家……只有他们，还有像您这样杰出的人士。请原谅我

1 旧时巴黎等一些大城市用气压传送的急件。邮局通过专设的地下压缩空气管道，将装在小筒里的信件发送到指定邮局，再由专人投送给收信人。管道内传送速度为每秒五至十米。因信件一般用蓝纸，故称蓝色急件或蓝件。

2 沃拉贝尔（Vaulabelle，1799—1879）：法国政治家、历史学家，著有《埃及史》（1836）和《两次复辟史》（1844）。1848年出任公共教育部长。

的无知，朋友。沃拉贝尔是谁？小客厅玻璃书橱里放的那套烫金的书，就是他写的吗？您该记得吧，您答应过借给我的，我看的时候一定很当心。”

叔公最不喜欢把藏书借出去，他一声不吭，把我领进过厅。我被对粉衣女郎的爱慕冲昏了头，发疯似的在叔公满沾烟味的两颊上狂吻，叔公呢，神色颇为尴尬地对我暗示（却又不敢明言）最好别把这次来访告诉爸爸妈妈，我热泪盈眶地对他说，他的好意我永远不会忘记，有一天我一定会向他表明我的感激之忱。不会忘记倒是不假，过了两个小时，我说了几句闪烁其词的话以后，发现我被赋有的新的重要性，并没能给爸爸妈妈留下一个明晰的概念，我以为不如把刚才那次过访原原本本告诉他们，也许情况会明朗些。我没想到这样一来会给叔公惹出麻烦。我怎么想得到呢，我可是不愿意这样的呀。我觉着这次过访没什么不对的地方，就想当然，以为爸爸妈妈也会这么想。这种事不是天天都会遇到吗，有位朋友请我们别忘了代他向一位女士致歉，因为他本人不能给她写信，而我们却没把这事放在心上，认为他就是保持缄默，那位女士也未必会在乎（既然我们不在乎）。我和大家一样，总把别人的脑袋想象成一个反应迟钝而又来者不拒的贮存袋，你无论往里面放多少东西，它也不会有什么特别的反应；我以为把叔公介绍我结识朋友的消息放进父母的脑袋，也就把我自己对这次介绍所抱的好感，如我所愿地同时转达给他们了。遗憾的是，我父母要对叔公的行为做出评价时，他们依据的原则与我原本设想的迥然不同。父亲和外公跟叔公大吵了一场，这是我事后听说的。几天过后，我在街上遇见叔公坐在敞篷马车上，痛苦、感激、内疚之情一时涌上心头，我真想把一切都告诉他。但唯其心思如此纷繁，所以我就觉得单单摘帽致意没有意思，反而会让叔公以为不过是平常的礼貌而已。我决意不做这个感情不到位的动作，把脸别了过去。叔公却以为我是听父母的话故意不理他，他无法原谅他们，以后好多年，直到他去世，我们谁也没再去看过他。

于是我不再去阿道夫叔公已经锁掉的起居室了。我在厨房后间周围待上一会儿，只见弗朗索瓦兹出现在她那小庙的平台上冲着我说："我让帮工待会儿把咖啡和热水端上来，我得赶紧上奥克塔夫夫人房间去了。"我决定进屋，直接上楼回房间去看书。帮厨的女工是一个法人性质的角色，她犹如一个常设机构，以其一成不变的职权，保证一种通过具体执行人的相继交替而体现的持续性和恒定性：因为没有一个帮工在我们家连续干满过两年。有一年我们大吃芦笋，那个整天忙着剥壳的帮工，是个病恹恹的可怜姑娘，还怀着孕，我们到贡布雷过复活节那会儿，她的肚子已经很大了，让我们觉得惊奇的是，弗朗索瓦兹居然还差遣她在街上奔走，在家里干活，因为姑娘身前挂着这么个神秘的兜兜已经显得有点吃力了，这玩意儿眼看又日长夜大，即便她穿着宽松的罩衫，还是看得出它饱满得相当可观了。宽松的罩衫，让人联想起乔托壁画上某些象征性人物身穿的宽袖长外套。这些照相版的画片，是斯万先生送我的。让我们注意到这种相似的也正是斯万先生，他要问到这个帮厨女工时，就说："乔托的博爱怎么样了？"再说这可怜的姑娘也够呛，妊娠期胖了好多，肥得整个腮帮子鼓鼓囊囊地挂了下来，确实挺像阿雷纳礼拜堂里那些结实得像男人一样的童贞女（画得有些像肥胖的收生婆），她们据说就是种种美德的化身。而我到现在才发现，帕多瓦的这些美德与罪孽，其实还有一个地方跟我们家的女帮工相像。这个女人由于腹部带有象征性而显得形象高大起来，但看神情似乎她并没有领悟到其中的意义，脸上既没表现出美感也没流露出睿智，仿佛那就只是个沉甸甸的包袱似的。同样，阿雷纳礼拜堂名为Caritas[1]的壁画上的那个强壮主妇，看上去也没有意识到自己是这一美德的化身，这幅壁画的复制品挂在贡布雷的自修室墙上，博爱居然可以由这张精神饱满、相貌平平的脸来体现，真叫人想不到。画家想象丰富，让她脚踏着大地的宝藏，而那神情又全然像在踩葡萄榨汁，或者不如说像攀着一堆钱袋往上爬；她把自己火热的心献给，更准确地说是递给天主，就像一个厨娘从地窖的气窗拿一把开瓶塞的起子递给等在窗口的男仆。妒忌也理应更有某种妒忌的表情才是。不过在这幅壁画上，所谓的象征符号依然占据着相当地位，而且表现得非常真实，伸出芯子对着妒忌的嘴唇咝咝作响的那条蛇，又粗又大，妒忌张得大大的嘴巴全都塞满了，非得鼓起脸部肌肉才能含住，那模样就像孩子在吹气球，妒忌的注意力——连带我们的一起——整个儿集中在它嘴唇的动作上，根本顾不上妒忌的念头。

尽管斯万先生对乔托笔下的这些形象倍加赞赏，我却在很长一段时间里无心欣赏自修室墙上这些他特地带给我的画片，在我眼里，博爱毫无博爱可言，妒忌则看上去像医学书上专门说明舌头生肿块或插入手术器械引起的声门或悬雍垂压紧的插图。至于公正，她那张一本正经、令人忧伤的脸，简直就是贡布雷虔诚而冷漠的漂亮女人的写照，我去望弥撒时常见到的布尔乔亚太太，

1 拉丁文：博爱。

其中有好些预先就是不公麾下的后备队员。后来我才明白，这些壁画给人印象至深的奇特之处，它们那特殊的美，就在于象征在其中所占据的地位，而既然象征化的思想无从表达，象征也就没有作为象征来表现，而是作为实在的事物，作为切身体验或亲临其境的事物来表现的，这样就赋予作品一种更为客观、更为准确的含义，使它具有一种更为具体、更为感人的训谕意味。在可怜的帮厨女工身上，我们的注意力不也是始终被她沉甸甸的肚子所吸引吗；其实临终的人也是如此，他们的思绪往往会转向死亡实际的、痛苦的、隐晦的、内省的这一面，死亡向他们显示、让他们严峻地感受到的这一背面，跟我们称之为死亡的概念并不一样，却更像一个无力承受的负担，一种呼吸的困难，一种渴饮的需要。

帕多瓦的这些美德和罪孽，想必是很现实的，因为在我看来它们就像这个怀孕的女仆一样是活生生的，我还觉得她本身也颇有几分讽喻的意味。如果一个人表现出了某种美德，而他或她的心灵却并没有（至少表面上没有）参与表现，那么这种不参与也许除了美学价值以外，还有一种现实意义——即使不是心理学上，至少也是俗话所说的面相学上的意义。后来，当我有机会在实际生活中，例如在修道院里，遇到真正体现博爱精神的圣徒般的人物，我发现他们往往看上去像急诊外科医生一样动作轻捷、注重实效、表情冷漠、态度生硬，在他们的脸上看不出对人间苦难的悲悯和柔情，也找不到一丝直面苦难的恐惧，这些没有一点温情的脸，这些乍一见令人反感的脸，却因其真正的善良而变得那么崇高。

帮厨女工上楼端来咖啡——这一来，她无意间就让弗朗索瓦兹显得比她高出一筹，正好比有了谬误作为对照，真理越发闪现出光辉——但这咖啡按妈妈的说法只能叫热水，然后她又把热水送到我们各人的卧室，说是热水其实只是温暾而已。我躺在床上，一书在手，放下的百叶窗把阳光挡在外面，房间里的凉意是透明而不稳定的，兀自在轻轻地颤动着。百叶窗虽说放下了，可是一绺阳光还是有办法让它那黄色的翅膀飞进来，一动不动地停在窗叶边和窗玻璃之间，宛如一只栖息的蝴蝶。房间里的光线，看书已经有些勉强，我之所以会感觉到阳光灿烂，是因为卡米在神父街上敲钉（弗朗索瓦兹告诉过他，姑妈没在休息，可以有点声音）满是灰尘的箱子，而这声音在热天所特有的嗡嗡作响的空气中传来，仿佛有许多亮闪闪的星星在飞向远方；给我带来阳光灿烂感觉的，还有那群飞来飞去的苍蝇，它们在我面前表演的小合唱，犹如夏天的室内乐；这音乐用以唤起夏天感觉的，不是人类音乐的旋律——你一旦在夏天偶尔听到过这样的旋律，以后它就会让你回想起这美丽的季节；一种更内在的关系把这音乐和夏天联结在一起；这音乐诞生于晴朗的日子，而且注定和这样的日子一起重现，这音乐中包含着些许夏日之精华，不仅在我们的记忆中唤醒晴空的形象，而且让我们确信晴朗的夏日又回来了，让我们真切地感觉到它触手可及的存在。

屋里的阴凉比之于街上的骄阳，犹如影子比之于光线，也就是说两者同样是明晰的，而且这种阴凉为我的想象提供了夏天的全部景象，而倘若在散步时，我的感官恐怕就只能得到一些片断的印象；因此这种阴凉和我的平静显得那么和谐，我的心（刚被书上看到的情节所感动）好比一只平静地放在流水中的手掌，经受着充满生机的湍流的冲击和嬉戏。

不过外婆让我别老待在屋里，哪怕天气燠热得眼看就要变天，哪怕暴风骤起或阵雨飘然降临，她总是劝我出去活动活动。我放不下手上的书，就是到了花园，也还继续往下读；大栗树下有个用草帘和帆布遮荫的凉棚，我捧着书坐在凉棚最里面，觉得这样一来，就会消失在那些拜访父母的来客眼皮底下了。

我的思想难道不也像这样一个所在，我置身其中观察外界发生的事情，不也会感觉到自己仿佛消失了吗？当我看见外界的一个事物时，我看着它的这一意识，会停留在我和它之间，给它滚上一道细细的精神的镶边，使我永远无法接触到它的实体；我触摸到它之前，它已经以某种方式挥发殆尽了，好比你拿着一个炽热的东西去靠近潮湿的物体，你不会触摸到它的潮气，因为它早就蒸发了。我沉浸在小说中，眼前浮现出一个场景纷呈、色彩绚丽的屏幕，我的意识也同时展示在上面，从藏匿心底的隐秘憧憬，到花园那头远远望见的外部景象，全都显示在屏幕上，在我心灵深处，首先有个始终处于变动之中的调节器，它左右着其他的活动，这就是我对手头这本书（无论是什么书）的丰富哲学内涵，对其中的美的信念，以及拥有它们的渴望。我有时在贡布雷，在博朗日的杂货铺里买书，这家铺子离家太远，所以弗朗索瓦兹经常去的是卡米那儿，极少光顾博朗日的铺子。这家铺子在文具和图书方面备货更充足，琳琅满目地挂满了形形色色的小册子和大部头著作陆续出版的分册，把两扇铺门装点得比教堂大门更神秘、更引人遐想。我之所以会在杂货铺跟前瞥见某本书就买下它，是因为我听老师或同学提起过，说这是一部值得一读的作品，当时在我眼里，这位老师或同学已经窥见了真理与美的堂奥，对这些真理与美我有所预感却又无法理解，洞悉其中的堂奥，正是我心中又朦胧又执着的目标。

在读一本书的时候，这一核心信念由内心世界向外部世界，朝着发现真理的方向不断推进。继之而来的是我参与其间的情节所引起的种种情感，这些下午呈现在我眼前的层出不穷的戏剧性场景，往往是在整个一生中也遇不到的。那些都是我在读的书里发生的场景；诚然，其中的人物，正如弗朗索瓦兹所说，并不是真人。但是一个真人的欢乐或不幸让我们体验的情感，总要通过某个欢乐或不幸的形象的中介才能被感受到；第一个小说家的过人之处，就在于他认识到，在我们的情感机制中，形象是唯一最本质的元素，把真人略去的做法既干脆又简洁，而这种简化又恰恰正是问题的关键所在。一个活生生的人物，无论我们对他多有感情，总在很大程度上是由我们的感官所感知的，也就是说，对我们而言，他还是不透明的，他那滞重的分量是我们的感觉所无法承受的。如果他发生了什么不幸，也只是有关他的整体概念中的一小部分会让我们感动，而他也唯有作为整体概念的一部分才得以存在，才能够有它的意义。小说家的创举，就在于想到用一个等量的非物质的，亦即我们心灵所能领会的部分，来替换心灵无法洞察的那些部分。当我们按捺不住激动的心情，一页一页往下看的时候，既然我们对这些小说中新创造的人物的一切情绪都是感同身受，觉得这一切都是附丽于我们而存在的，既然这些情绪已经攫取了我们急促的呼吸和热切的目光，那么这些人物的行为和情感是否真实，又有什么关系呢？一旦我们受小说家引导而处于这种状态，就如所有纯粹内心状态的情形一样，一切感情都会变得十倍的强烈，于是他的小说就会像一个梦那样使我们心潮起伏，但这个梦比我们睡觉时所做的梦印象更清晰，记忆更持久，它一小时在我们心中所能激起的幸福与痛苦，我们在生活中也许要花好几年才能领略到其中一部分，而其中最强烈的情绪，我们也许永远领略不到，因为它们引起的过程非常缓慢，慢到我们无法觉察得到。（在生活中，我们的内心情感也是这样在变，这正是人生最大的悲哀；但是我们只有在阅读和想象中了解这种悲哀：在现实中，内心的变化类似于某些自然现象的演变过程，是相当缓慢的，即使我们能做到持续不断地注视每个不同的状态，这种变化仍然是无法感觉到的。）

小说中展开情节的场景在我面前半映半现，它固然比不上书中人物的命运那般打动我的心，然而与我掩卷举目所见的情景相比，它对我沉思的影响毕竟要深远得多。有两年的夏天，我坐在贡布雷炎热的花园里，手捧小说陷入遐想，眼前依稀是一片山清水秀的景色，我在那儿看见许多锯木厂，还在清澈的溪底看到锯下的原木在一丛丛水芹下腐烂；不远处，色彩鲜艳的花儿沿着矮墙攀缘而上。一个梦境经常出现在我的遐想中，梦里总有个女人要来爱我，因而这个梦在两个夏天里沁着溪流的凉意；无论那是个怎样的女人，只要我一想到她，姹紫嫣红的花丛立刻就会涌现在她身旁，好像来做陪衬似的。

其中的原因，并不仅仅在于我们所梦见的形象自有其特点，会把梦中偶然围绕在它四周的奇光异彩衬托得更美、更受用；我正在读的书中的景色，对我来说其实跟贡布雷的景色是相仿的，只不过跟映入我眼帘的贡布雷景色相比，书中的景色在我想象中显得更生意盎然而已。由于作者的描写很精致，也由于我有一片先入为主的虔诚，把作者的描述视若天启，因此我觉得这些景色就是大自然本身的一个真实部分，值得好好品味和探究——而我所住过的地方，尤其是我们的花园，让外婆不喜欢的那个园丁拾掇得规整却无美感的那座花园，从未使我有过类似的印象。

倘若我在读一本书的当口，父母允许我身临其境去到书中描写的地方，我一定会觉得这是向探求真理跨出至关重要的一步。因为我们如果始终感觉到自己为心灵所囿，那么我们并不会觉得这是个固定不动的囚笼，而会觉得自己与心灵一起，仿佛永远处于冲动之中，想要冲决而出到达外界；我们还听到周围萦回着恒定的响声，那不是来自外界的回声，而是内心颤动的一种共鸣。它会使我们感到气馁。我们想在因共鸣而变得珍贵的东西里找到我们投射的心灵之光，可是失望地看到，这些东西在我们脑海中由于跟某些观念相联系而具有的魅力，在大自然中仿佛不复存在了；有时我们会把心灵的全部力量转换成灵巧的动作和夺目的光彩，想用来对我们明知置身于我们之外、我们根本无法让他们在乎的那些人有所影响。因而，虽然我的思绪始终萦绕在我所爱的那个女子周围，想象着当时令我那么心向往之的去处，虽然我心心念念盼着她能领我前往那些去处，能为我打开通向未知世界之门，但是这并不是某个单纯想法的偶然联想；不，我的旅行和爱情之梦，无非就是我一生全部精力在同一次定向的喷涌中的某些时段——这些时段是我今天人为划分的，正如把一座闪着虹彩、看似凝定不动的喷泉划分成不同的高度区间一样。

在我继续由里向外追随同时并列在意识中的种种场景，并抵达遮盖着它们的那个真实境域之前，我终于发现了另一种乐趣，那就是安静地坐着吮吸空气中的馨香，不受任何来客打扰的乐趣；每当圣伊莱尔教堂钟敲整点，眼看着下午的时光在一声声钟响中流淌，最后听见那下可用以累计总数的钟声之时，我也总能感觉到这种乐趣，随后那段长长的静谧，仿佛标志着蓝天保留给我看书的那个时段的起始，它让我能把手中的书一直读下去，直到弗朗索瓦兹准备好可口的晚餐，把跟书中人物同命运共呼吸的我从紧张和疲劳中解脱出来。每小时钟响，我都觉得上次的钟声离此刻也才一会儿工夫；这次的钟声，在天空中紧挨在上次的钟声边上，我简直没法相信，这两根金色刻度之间小小的一角蓝弧，居然能容纳下整整六十分钟。有时候时间不知不觉地过去，钟声比上一次多敲了两下；这就是说，有一次敲钟我没有听见，一件明明发生过的事情，对我来说竟然没有发生；阅读的兴味，有如沉睡一般美妙，竟然把我的耳朵变得迷迷糊糊，把宁静的蓝空中金灿灿的大钟也抹去了。在贡布雷花园大栗树下度过的美好的星期天下午啊，我细心地摈除了所有的日常琐事，让自己置身于一个有活水流淌的异国他乡，用冒险的生活和奇妙的憧憬来充实你们这些下午。现在每当我想起你们，种种冒险生活就又浮现在眼前，原来你们保存着这些生活，一点一点地勾勒出它们的轮廓——在我一页页读着手边的书，夏日的炎热也渐渐消退之际——让它们慢慢地变幻，穿越树叶斑驳的光影，穿越你们静谧得唯有天籁可闻、芬芳而透明的一个又一个小时，相继凝聚在莹润的水晶里。

有时候，下午三点钟光景，园丁的女儿会把我从阅读中惊醒，她发疯似的奔来，撞倒了一棵甜橙树，划破了一个指头，磕掉了半颗牙齿，一路喊着：“他们来了！他们来了！”为的是叫弗朗索瓦兹和我赶紧别错过看热闹。原来那几天正好驻军操练，部队通常取道圣伊德加尔德街穿过贡布雷镇。我们家的男女仆人拿着椅子，在铁门外排成一溜儿坐好，瞧着贡布雷身穿主日盛装的过路人，也让人家瞧着自己。园丁女儿从远处车站大街的两幢屋子间的夹缝中，瞥见了头盔的闪光。仆人们急忙把椅子撤进铁门，因为胸甲骑兵队伍一开进圣伊德加尔德街，整条街就会挤得满满当当，浩浩荡荡的马队会淹没街道和人行道，掠过两旁的房屋，犹如汹涌的洪水从狭窄的河床冲决而出。

"可怜的孩子啊，"弗朗索瓦兹刚赶到铁门边，就流着泪说，"这些可怜的年轻人，有一天他们会像草地一样全都给刈平的啊；一想起这事，我就像被人捅了一下。"她边说边把手扪在心口，那一下就是捅在这儿。

"弗朗索瓦兹太太，瞧着小伙子把命豁出去，不是挺带劲吗？"园丁这么说，想激将她。

他的话奏效了。

"把命豁出去？这条命可是老天爷给的，就只一条哪，连命都不顾惜，那还有什么好顾惜的呢？唉，主啊！可他们真就是连命都不要哪！我在七〇年那会儿见过；那仗打得真叫惨啊，他们连死都不怕；那真是疯了；可临了，他们也不用把脖子往绳索里套了。那哪是人呀，那是群狮子。"（把人比作狮子——她说成柿子，出自弗朗索瓦兹之口是绝无恭维之意的。）

圣伊德加尔德街的拐弯角度太小，没法看见远处行进而来的队伍，大家只能从车站大街那两幢屋子的夹缝中瞅见阳光下熠熠生辉的头盔源源不断地疾驶而过。园丁想知道是不是还有大批部队要经过，他觉得渴了，因为日头很毒。只见噌的一下，他女儿猛地往前奔去，仿佛是冲出一个被困的死角，跑到街角那儿，冒着九死一生的危险，带回来一大瓶柠檬露，还给我们捎来一个消息，说是从蒂贝吉和梅塞格利兹那边足足有上千人的队伍在不停地前进呢。而已经修好的弗朗索瓦兹和园丁，讨论起战争爆发该怎么办的问题。

“您明白吗，弗朗索瓦兹，”园丁说，“还是来场革命好哪，到时候谁愿意去就去呗。”

“哦，没错，这我还能不懂？更自由嘛。”

园丁认为，一旦宣布打仗，所有的铁路运输都会中断。

“那敢情，怕人家逃呗。”弗朗索瓦兹说。

园丁接口说：“唉！他们都是些坏蛋。”因为在他眼里，打仗无非就是国家对老百姓耍的一场恶作剧，既然那些人有能耐这么耍你们，你们就谁也甭想溜掉。

可弗朗索瓦兹要赶紧上我姑妈那儿去了，我收回心来读我的书，仆人们重新坐在门前，瞧着那些骑兵扬起的尘埃和骚动慢慢落定。动荡平息好久以后，贡布雷的街上依然攒动着难得一见的黑乎乎的人流。每座宅子前面，就连平日大门紧闭的宅子也一反常态，门前坐着观望的仆人甚至主人，沿街的台阶好似缀上了一条跟海藻和贝壳边缘相仿的凹凹凸凸的黑色镶边，仿佛一阵大潮远远退去以后，把这般模样的黑纱和刺绣留在了海滩上。

不过，除开这些日子，我平时还是能安静地看书的。有一次我在读一本书，作者叫贝戈特，他的书我以前还从没读过，正好斯万来我们家，打断了我的阅读并说了一些他的看法，从此以后有很长一段时间，我梦想中的一位女性的倩影，就不再出现在装饰着修剪成纺锤形的紫色花丛的一堵墙上，而是换了全然不同的背景，亭亭玉立在一座哥特式大教堂的门前。

我是从一个同学那儿最先听说贝戈特这名字的，这个同学叫布洛克，年龄比我大些，我很崇拜他。他听到我羞答答地说出非常喜爱《十月之夜》[1]，顿时放声大笑，笑声像小号那般嘹亮，而后他说："你喜欢这位缪塞先生，趣味可太低了。他是个心眼很坏的家伙，又是个可悲的没有理性的人。不过我得承认，他，甚至还有那个叫什么拉辛的，这两人一辈子总算都还写过一句韵律过得去的诗，在我看来，它们好就好在其中绝无任何含义。那就是：'洁白的卡米尔和洁白的奥鲁索娜[2]'和'弥诺斯和帕西法厄之女[3]'。我注意到，我崇敬的诗人、受不朽诸神宠爱的勒贡特[4]大师，曾在一篇文章中引用它们为这两个浑蛋辩白。顺便说一句，我手头有本书，暂时还没时间看，这位了不起的好好先生好像对它很推许。我听说，他认为这本书的作者，贝戈特先生，是个描写极其细腻的家伙；尽管他有好多次都表现得过于宽容，到了难以解释的地步，但是对我来说，他的话就是特尔斐神谕[5]。你好好读读这些抒情散文吧，要是这位写过《天主之歌》和《马格努斯的猎兔犬》的精通韵律的巨匠[6]说得不错，那好，亲爱的大师，我以阿波罗的名义起誓，你一定会品尝到如饮奥林匹斯[7]琼浆的快乐。"他要我称他亲爱的大师，他自己也这样称呼我，起初用

1 法国浪漫派诗人缪塞（Musset，1810—1857）的组诗《夜》中的一首。

2 缪塞的《五月之夜》中的一个诗行。全句为"银色的海湾/天鹅的影子倒映在水面上/洁白的卡米尔和洁白的奥鲁索娜"。

3 法国诗人拉辛（Racine，1639—1699）的诗剧《菲德尔》第一幕中的台词。

4 勒贡特·德·里勒（Leconte de Lisle，1818—1894）：法国诗人，主张为艺术而艺术的巴那斯派的精神领袖。1886年当选法兰西学院院士（俗称不朽者）。翻译过《奥德修斯》，出过诗集《古代诗篇》和《蛮族诗集》。

5 特尔斐是指古希腊的特尔斐阿波罗神庙。特尔斐神谕又隐含对问题做模棱两可回答的意思。

6 指勒贡特·德·里勒。《天主之歌》和《马格努斯的猎兔犬》分别是《古代诗篇》和《蛮族诗集》中的诗歌。

7 希腊一山名。希腊神话中的诸神都住在这座山的山顶上。

的是调侃的口气。但是实际上，我们彼此这样戏称确实感到了一种乐趣，我们那时候，差不多正是自以为称什么就能成什么的年岁啊。

我这么跟布洛克聊天，请他给我做出解释，而他却对我说优美的诗句（我一心期望能从中得到真理的启示）之所以优美，就是因为它们没有任何含义，这一来可把我的想法弄乱了。可惜的是，我没机会再把它们梳理清楚，因为我们家从此就不让布洛克上门来了。他起初在我们家是受欢迎的。诚然，外公是说过，每回我跟某个同学特别要好，把他带到家里来的，那人总是犹太人。但按理说，这不至于让外公感到不高兴——连他自己的朋友斯万都是犹太血统呢——只要他没发觉我选的人往往不是班里最好的同学就行。所以每当我把一个新朋友带进家里，他几乎没一回不哼《犹太女》[1]里的“哦，我们父辈的主啊”，或是“以色列，挣脱你的锁链吧[2]”，当然只是哼调门（滴拉朗搭朗，塔兰），但我生怕同学听得出这是什么曲子，听的时候把词配上去。

他还没见着这些同学，才不过听我说了他们的名字，尽管这些名字常常是毫无半点犹太色彩的，他就不仅猜得出我的朋友有犹太血统，猜一个准一个，而且有时居然能猜出人家有什么不可外扬的家丑。

“哎，今儿晚上要来的你那个同学，姓什么来着？”

“姓迪蒙，外公。”

“迪蒙！哦！我得当心点。”

1　法国作曲家阿莱维（Halévy，1799—1862）的歌剧成名作。

2　法国作曲家圣-桑斯（Saint-Saens，1835—1921）歌剧《参孙与达丽拉》中参孙唱的咏叹调中的一句。

说着他唱了起来：

弓箭手，全都注意啦！

要看仔细，别眨眼也别出声；

在巧妙地问了我们几个更确切的问题以后，他会出声喊道：“要留神啊！要留神！”倘如被他盘问的那个可怜家伙经不住他旁敲侧击的诱供，在不知不觉中招认了自己的出身，那他为了表示自己早就料到是这样，禁不住会瞅着我俩，声音轻得难以听见地哼唱：

怎么，你把这个怯懦的犹太佬

带到了我们这儿！

或者：

希伯伦[1]，幽美的山谷，祖祖辈辈生长的地方，

或者还有：

对，我属于上帝的选民。

我外公这点小小的癖好，并不表明他对我的同学有什么恶

1 希伯伦：约旦古城，被尊为犹太教四大圣城之一和伊斯兰教圣城。据记载，犹太民族的祖先亚伯拉罕曾长期在此居住。

意。布洛克让我家里的长辈觉得讨厌，是另有原因的。他先是惹我父亲生气，那天爸爸见他浑身湿淋淋的，关心地问他：

“嗯，布洛克先生，天气到底怎么样，是下过雨了吗？我真不明白，从晴雨表上看明明是好天气嘛。”

他得到的回答却是：

“先生，我绝对无法奉告是否下过雨。我向来把物质上的琐事置之度外，所以我的感官已经没有必要把这些小事告诉我了。”

布洛克一走，父亲就对我说：“我可怜的孩子，你的朋友是个白痴，怎么！他居然没法告诉我天气如何！难道这不是很有趣的事儿吗！他真是个笨蛋。”

而后布洛克又惹我外婆不高兴了，因为有一天吃好午饭以后，听到她说有些不舒服，他竟然抽抽噎噎地抹起眼泪来了。

“这怎么会是真心的呢？”外婆对我说，“我又不是他的熟人，要不就是他疯了。”

最后他终于激起了全家人的公愤。事情是这样的，有一天他来吃午饭迟到了一个半小时，而且满身都是泥浆，他非但不道歉，反而说：

“我这人，从来不受天气变化和所谓季节时令的影响。我宁可回到用鸦片烟枪和马来人短剑的时代，对钟表和雨伞这两件弊端数不胜数、满是布尔乔亚矫情味儿的劳什子，我从来是不屑一顾的。”

不管怎么说，他本来还是可以来贡布雷的。当然他不是我家里人希望我结交的那种朋友；尽管他们最终也相信了他听说我外婆偶感微恙流下眼泪并不是假装的，但是他们凭直觉或经验知道，我和他这种过于敏感的冲动，对我们日常生活中的仪态举止是没有什么好处的，无论恪守道德准则、忠诚于友情，还是埋头于一项事业、遵循一种制度，都应该建立在习惯成自然的基础之上，这要比那些短暂的、炽烈的、不会有结果的激情可靠得多。他们期望于我的同伴，不是布洛克，而是另外一些同学，他们能遵守布尔乔亚的友谊规范，给予我的东西以不超过这一规范认为适宜的度为准。他们不会因为哪天惦念我了，便心血来潮地送一篮水果给我；他们不可能想当然地贸然行事，在友谊的责任和要求这架天平上随便加一点砝码，让它倾向于利我的一侧，与此同时，他们也不会让它出任何有损于我的偏差。我们的过错，还在于把规范的要求和天生的气质混为一谈了，我姑婆堪称天生具有这种气质的典范，她多年来一直跟她侄女关系不好，见面根本不讲话，但她在遗嘱上写明所有财产留给侄女，从没由于彼此失和而修改遗嘱，因为侄女是她最近的亲戚，这样做是理所当然的。

可是我喜欢布洛克，我的家人也就不想扫我的兴。我一直感到纳闷的那个问题，就是弥诺斯和帕西法厄的女儿究竟为什么由于没有含义而美，弄得我头脑发涨，我想我就算再和布洛克谈上几次，也不见得会比这会儿更苦恼——当然，母亲认为这些交谈是有害无益的。要不是出了另一件事，他本来还是可以来贡布雷做客的。就在那天晚饭后，他先是对我说——这番话日后对我的生活有很大的影响，使它变得快活过，转而也使它变得不幸过——所有的女人满脑子想的都是恋爱，无论她怎么深闭固拒，到头来没有你追不到手的。而后他又言之凿凿地说，他从非常可靠的渠道听说，我姑婆年轻时很放荡，公开由某个情人供养着。我忍不住把这些话跟爸爸妈妈讲了，从此以后他再来就吃闭门羹了，后来我在街上偶尔遇见他，他对我的态度冷淡至极。

可是关于贝戈特，他讲的话一点不假。

最初的那些日子里，正如一个人醉心于一首曲调，却又听不出一个个音符究竟是怎样的，我没能看出他的风格里让我如此喜爱的究竟是什么东西。我捧着他的小说不忍释手，但又以为使我这么感兴趣的仅仅是小说的题材，正如在恋爱的初期，一个人天天去参加某个聚会，天天到某个娱乐场所去，总在那儿遇见一位姑娘，却还满心以为吸引他的就是那些声色犬马。随后，我注意到了那些不落窠臼、古风犹存的遣词造句，他有时候喜欢用这类遣词造句的手法，这时会有一股和谐的潜流，一连串发自内心的音符，激扬起他的风格之帆：而正是在这种时候，他往往会谈到“虚幻的人生之梦”“永不停息的美丽假象的湍流”，谈到“理解和爱慕，那不结果实却又无比美妙的痛苦”，以及那些“使教堂庄严、可爱的外观变得如此高贵的，扣人心扉的雕像”，他通过一些美妙的意象表达了一种对我来说全新的哲理，也许可以这么说，正是这些意象唤醒了适当其时出现的那些竖琴，让它们奏出这支哲理之歌，而伴着这乐声，那些意象向我们展示了某种崇高的东西。贝戈特有一段文字，那是我摘引下来的不知是第三段还是第四段，它使我感受到了一种跟读第一段时无法相比的愉悦，那是一种我觉得在用心灵中一个更深邃、更平坦、更开阔的区域去感受的愉悦，在那儿，似乎所有的阻碍和隔阂都不存在了。这是因为，那时我明白了，这种不落窠臼的遣词造句，这种富有音乐韵律的感情抒发，这种唯心主义的哲理观念，其实在我不曾意识到的时候，就早已使我有如坐春风之感了，因而我觉得眼前看到的似乎不仅仅是贝戈特的某一本书里的某一个段落，也不仅仅在我脑海的表面留下一个纯粹平面的形象，而是一种属于贝戈特的，他的所有著作所共有的理想段落，所有其他的那些相似的段落，同这个段落混合在一起，产生出一种厚度感，一种立体感，使我的思想境界也随之升高。

我并不完全是贝戈特的唯一的崇拜者；他也是我母亲的一位很有文学修养的女友所喜爱的作家；还有那位迪·布尔邦大夫，他为了读贝戈特刚出的新书，宁可让自己的病人等在那儿；对贝戈特偏爱的第一批种子中，有一些就是从大夫的诊所，从贡布雷邻近的一个大花园里飞扬起来的，如今，这些珍贵的种子已经散播全球，欧洲，美洲，就连最不起眼的小村庄里，也随处能见到这种体现了人们的理想，为他们所共享的鲜花。母亲的那位女友，还有那位迪·布尔邦大夫看来也如此，他们都跟我一样，在贝戈特的书里最喜爱的就是那种在字里行间流动着的旋律感，那种古典风格的遣词造句，以及一些看似简单普通，但由于精心安排，仿佛自有一种别样的情趣的词句：此外，还有那些情绪低回的段落中的一种犷悍的格调和近乎粗放的笔触。而且，看来他大概也觉得自己最大的魅力就在于此。因为接着出版的几本书里，凡是提到某件重要的事实或某座著名大教堂的名字，他总要把情节的发展搁置一下，插进一段祈求，一段呼喊，一段长长的祷告，听凭那些在最初的作品中还只是蕴含在字里行间，仅仅通过水面涟漪的荡漾才有所流露的个人气质，充分自由地表现出来；当初那种若隐若现的况味，也许是更柔美、更和谐些，但那时我们毕竟无法确切地说出，那些潺湲的水声究竟来自何方，又将沉寂于何处。他自己感到得意的这些段落，也正是我们最喜爱的段落。就我而言，我对它们都已经熟谙到能够背诵的地步。当他重新捡起话头，继续叙述故事的时候，我反而会有一种失望的感觉。每当他写到一些我那时还不能领略其中美感的事物，比如说写到松林、冰雹，写到巴黎圣母院，写到《阿达莉》或者《菲德尔》[1]，往往会在一幅画面里使这种美感迸发出来，使我豁然开朗。我从心底里感到，宇宙间有多少事物，要不是他让它们跟我靠得更近些，就凭我愚钝的感觉，是根本没法看清它们的，因而我但愿时时处处都能知道他是怎样看的，是怎样用隐喻来描写它们的，尤其是对于那些我有机会亲眼见过的事物，更尤其是其中的那些法国古建筑和某些海滨景色，因为他在好几本书里都一再提到过它们，足见他认为这些古迹和风景是含义很丰富，很美的。可惜我几乎事事处处都无从知道他的看法。我从不怀疑，这些看法一定是跟我迥然不同的，既然它们来自那个未知世界的高处，而我却刚试着往上爬哩。我相信我所有的想法，在这位完美无缺的聪明人看来，都不过是蠢货一堆，所以我就干脆把这些想法全都甩到了一边，结果呢，当我偶尔在他的某本书里，碰巧看到一个我也曾经有过的想法时，我的心里就会洋溢起欢乐，仿佛有位神祇可怜我，把它归还给我，还宣布了它是正当的、美好的。有时候，他在某一页上写的内容，正好就是我常常在晚上睡不着觉时给外婆，给妈妈写信的内容，贝戈特的这页文字，简直就像加在我的信开头的一段题铭。甚至在更晚些时候，我已经开始写书了，有时突然会觉得对有些句子写得好不好没有把握，以致决定不了是不是要把书写下去，这时我往往又会在贝戈特的书里找到相似的句子。但是只有在这时，在我从他的作品中读到这类句

1 《阿达莉》和《菲德尔》都是法国古典主义悲剧作家拉辛（Racine，1639—1699）的剧作。

子的时候，我才能感受到它们的美；我自己写下这些句子的那会儿，由于一心要让它们准确地反映我心目中看到的形象，又生怕它们落入俗套，所以总是一遍又一遍地问自己，我写的这些句子究竟能不能讨人喜欢！而实际上，只有这类句子，这类思想，才是我真正喜爱的。我感到不安，感到不满意，总想再做努力，这本身就是一种爱恋，一种没有欢乐却又那么深沉的爱恋的标记。所以，当我蓦然间在另一个人的作品中见到这些句子，也就是说，当我再也不用踯躅徘徊，不用惨淡经营，不用苦苦寻觅，就又重见它们的时候，我终于如痴如醉地沉浸在我对它们的一片深情之中，就如一位厨师有一回总算不用下厨掌勺，能有时间坐下来品尝佳肴一样。有一天，我在贝戈特的一本书里，看到他描写一位老女仆时说了一句俏皮话，这句俏皮话到了作家风趣幽默、故作正经的笔下，自然更有一种讽刺的意味，但这句话也正是我给外婆写信提到弗朗索瓦兹时经常说的那句话呀。还有一次，我发现在他看来，在他那些作为反映真实的镜子的著作中，绘声绘色地来一段描写，类似于我曾有机会给我们家的朋友勒格朗丹先生所做的素描那样，亦完全无伤大雅（状写弗朗索瓦兹和勒格朗丹先生的素描，自然是我会最不迟疑地献给贝戈特的祭品，可我相信，他对这些东西是不会感兴趣的），这时我似乎突然觉得，我的卑微生活跟真实王国之间，并非像我想象的那样相距遥远，在某些个别的点上它们甚至是重合在一起的，我怀着自信和喜悦的心情，扑在作家的书页上哭了起来，就像是扑在失散多年的父亲的怀抱里一样。

根据贝戈特的作品，我想象贝戈特是一位丧子之痛至今难以平复的孱弱寂寞的老人。因而当我读他的文章，在心里吟哦它们的时候，我用的是一种或许比原作更dolce[1]，更lento[2]的调子，哪怕一个最简单的句子，我在默诵时也总会念出温情脉脉的语调来。最让我倾心的，是他的哲学思想，我对它佩服得五体投地。它弄得我心痒痒的，只盼着早些到上中学的年龄，好进那种叫哲学班的班级去上课。但我所希望的是学校里时时处处都只按贝戈特的思想行事，如果当时有人对我说，后来我服膺的那些哲学家跟他毫无相似之处，那我大概就会像一个坠入爱河矢志对爱人至死不渝的年轻人，听人家对他讲起他将来会有多少情妇那样满心失望至极。

有个星期天，我正在花园里看书，斯万走了过来，他是来拜访爸爸妈妈的。

“您在看什么书呢，能让我瞧瞧吗？嗬，贝戈特？是谁对您讲起他的作品的？”

我回答他说，是布洛克。

“啊！是的，那男孩我在这儿见过一次，长得可真像贝利尼画的穆罕默德二世[3]！哦！真是太妙了，那弯弯的眉毛，鹰钩鼻，高颧骨，全都一模一样。要是再加那么一撮山羊胡子，就活脱活像是那位苏丹了。不管怎么说，他还挺有鉴赏力噢，贝戈特的确是个很可爱的聪明人。”斯万平时从不谈起他认识的那些人，但这会儿看到我对贝戈特的这副心驰神往的模样，居然动了恻隐之心，破例开口对我说：

1　意大利文：甜美温柔。原为音乐术语。

2　意大利文：缓慢。原为音乐术语。

3　穆罕默德二世（约1430—1481）：土耳其苏丹，绰号“征服者”，1453年攻陷拜占庭帝国京城君士坦丁堡，改名伊斯坦布尔并迁都于此。意大利画家贝利尼（1429—1507）为穆罕默德二世作的画像现存威尼斯博物馆。

"我跟他很熟，要是您喜欢让他给您在扉页上写几个字的话，我可以替您去跟他说一下。"

我可不敢接受这个提议，但我向斯万问了些有关贝戈特的问题。"您能告诉我他喜欢哪个男演员吗？"

"男演员，这我可说不上来。不过我知道在他眼里，女演员没人比得上拉贝玛[1]，他对她的评价是最高的。您听过她演唱吗？"

"没有，先生，我爸爸妈妈不许我上剧院去。"

"真可惜。您得请求他们让您去呀。要说在《菲德尔》和《熙德》[2]里，拉贝玛就不过，怎么说呢，就不过是个女演员吧，可您知道，我并不认为艺术上有什么高低贵贱之分。"（我注意到，正如他跟我那两位姨婆谈话时常让我吃惊的情形一样，每当他谈到严肃的话题，说出某几个字眼，而那几个字眼似乎表示了他对某个重要问题观点的时候，他总是用一种很特别的，平板的，带有嘲讽意味的语调，有意一字一顿地把这几个字念得很慢，仿佛他给它们加了引号，表明它们并不是他的本意，所以他刚才的言外之意是："高低贵贱之分，您知道，这可是那些挺可笑的人说的哟。"可是，既然挺可笑，那他为什么还要说什么高低贵贱之分呢？）稍过片刻，他又补上一句："您在剧场里看到的高贵典雅的场面，可以跟任何一件杰作相媲美，我不知道跟……噢，"——说着他哈哈笑了起来，"就跟夏特勒[3]那精美绝伦的大教堂相媲美吧！"直到那时，我总以为这种唯恐正正经经表态

1　拉贝玛：小说中多次提到的虚构的人物，研究者认为她的原型很可能是女演员萨拉·伯恩哈特。

2　法国古典主义戏剧创始人高乃依（1606—1684）的代表作。

3　位于巴黎西南面的法国城市，厄尔-卢瓦尔省省会，城里的圣母大教堂为建筑极其精美的哥特式建筑。

的做派，大概是一种风度，一种巴黎人的派头，是跟我那两位姨婆的外省人的武断作风大相异趣的；而且我还疑心这是斯万生活其中的那个小圈子里一种表示机智的方式，在那个小圈子里，作为对上两代人的抒情风格的矫枉过正，他们一味强调那些被传统说成贫嘴的细枝末节，有意摈弃漂亮话。但现在我觉得，斯万的这种态度里，有一种令人反感的东西。瞧他那模样，仿佛他不敢有自己的观点，必须小心翼翼地提供准确情况才能感到心安理得。可是他却没有想过，要人家相信这些准确细节有其重要性，这本身就是表示一种观点呀。我又想起了那天晚上，我由于妈妈待会儿没法上楼到我房间吻我，在吃饭时一直闷闷不乐，记得当时斯万在饭桌上说，德·莱翁亲王夫人府上的舞会，他是去不去都无所谓的。可是，难道他不就是整天价都在诸如此类的娱乐消遣中讨生活吗？我觉得所有这些都是互相矛盾的。莫非他还另有一种生活，在那种生活里还真的就能正正经经地说出他对事物的看法，做出不用加引号的判断，对那些他认为可笑的人和事也不必如此谨小慎微地去迎合了吗？我还注意到，斯万对我说到贝戈特的时候，语气中有一种什么东西，跟他平时说话的口吻不大一样，却跟当时这位作者的崇拜者们，也就是说跟我母亲的那位女友，以及跟迪·布尔邦大夫非常相像。他们说到贝戈特，用的就是斯万的这种语气："他是个可爱的聪明人，很有特点，他的那套描写手法有些与众不同，可是挺让人喜欢。您不用去看署名，一下子就能认出那是他的作品。"可是谁也不会说："他是位大作家，是位天才。"他们甚至都不说他有才气。他们之所以不说，是因为他们不知道他究竟有没有才气。我们总要过好久好久，才会认出一位新作家的脸，原来跟搁在我们的思想观念陈列馆里、名叫天才的那个模型真是长得一样的。正因为这是张陌生的脸，所以我们总觉着它不怎么像我们所谓的天才。我们就尽会说些独创性呀，魅力呀，文笔优雅呀，笔力遒劲呀，直到后来有一天，我们才意识到，所有这一切，不就正是才气吗。

“贝戈特的作品里，有没有提到拉贝玛呀？”我问斯万。

“我想在他那本谈拉辛的小册子里提到过吧，不过那书大概早就卖完了。但也说不定又重印过一次。我再去问问看。反正，不管您想要什么，我都可以去跟贝戈特讲，一年当中从来没有一个星期他不来我家吃饭的。他是我女儿的老朋友。他们常常一起去参观历史古城、大教堂和城堡。”

我对社会等级毫无概念，既然父亲一向认为我们不可能跟斯万夫人和小姐有什么过从，我就想当然地以为她们和我们相距很远，于是她们在我心目中有了一种特殊的魅力。我觉得母亲不染头发、不抹口红真可惜，因为我听邻居萨兹拉夫人说，斯万夫人是这样做来取悦——不是她丈夫，而是德·夏尔吕先生的。我心想，在斯万夫人眼里，我们大概都是不屑一顾的俗物，这已经叫我够难过了，何况还有斯万小姐的那层原因，我听人说起过，她是一位非常漂亮的小姑娘。我常常想到她，而且每回都在想象中让她有同一张既任性又可爱的脸蛋。而有一天我终于知道了斯万小姐原来地位如此高贵，她成天沐浴在特权的泽润中却安之若素，当她问爸爸妈妈是否有人来吃晚饭时，回答的是那位贵客金光灿灿的大名：贝戈特，但在她听来，这就不过是家里的一个老朋友而已。我在餐桌上听姑婆大发议论的当口，她那儿的餐桌上却进行着亲密无间的谈话，贝戈特在畅谈他在书中不曾涉及的种种话题，这些神谕般的高见，是多么令我神往啊；还有，当她去参观那些城市的时候，他竟一路陪在她身旁，降尊纡贵而不为世人所知，犹如神祇临幸人间。于是，我在了解斯万小姐身份的同时，明白了我在她眼里是多么粗俗无知，我强烈地感受到一旦成为她的朋友那会有多美妙，但又同样强烈地意识到这是不可能的，希望和绝望同时占据着我的心头。现在每当我想起她时，我经常会看见她站在一座大教堂门前，向我解说那些雕像的含义，而且带着笑容，这无异于对我的赞许，把我作为她的朋友介绍给贝戈特。那些巍峨的大教堂经常让我悠然神往，法兰西岛的丘陵、诺曼底的平原的优美风光，更常让我心目中斯万小姐的形象平添无限魅力：这一切都叫我几乎没法不爱她。爱情的诞生要有许多条件，而我们相信一个人能够进入一种陌生的生活，一种他或她的爱情能让我们了解它的生活，正是其中最为重要的、其他条件不能相提并论的先决条件。身为女人，即使声称自己单凭体貌来评价男人，她们也会在这种体貌上看到一种特定生活状态所留下的印记。正因如此，女人往往喜欢军人、救火员；制服一穿，容貌就无所谓了；这些女人相信她们在头盔下吻到的是一颗与众不同的、勇于冒险而又温柔体贴的心；一位年轻的君主或王储出访他国，所到之处必能轻而易举地赢得芳心，这和他五官端正与否并不相干，但对一个证券经纪人来说，长得端正就是必不可少的条件喽。

我成天在花园里看书，姑婆觉得实在无法理解，唯有星期天还情有可原，因为这一天本来就不许做正经事情，她自己也不做针线活儿（平常日子，她会对我说：“怎么，不是星期天，你又看书消遣了？”说话间让消遣这词儿带有一种孩子气、浪费时间的意味）。却说这天我看书的当口，莱奥妮姑妈和弗朗索瓦兹一边聊天，一边等着欧拉莉到时候前来。莱奥妮姑妈说她刚看见古比尔夫人走过，“也不带伞，就那么穿着她特地到夏多登[1]去定做的绸裙子。倘使她在晚祷前还有不少路要走的话，那条裙子可得淋个透喽。”

“可不，可不。”（这意思其实是可不一定）弗朗索瓦兹不把话说死，没有完全排除天气转好的可能性。

“哎，”姑妈拍了一下额头说，“我倒想到了，我还不知道她到教堂那会儿，举扬圣体是不是已经做过了。要记得问一下欧拉莉……弗朗索瓦兹，您瞧瞧钟楼后面的那片黑云，还有青板瓦上那摊不死不活的阳光，今儿个非下雨不可。这天也没法不变，太热了嘛。雨下得愈早愈好，我喝的维希矿泉水啊，这阵雨下不来，它也就堵着呢。”姑妈这么说是要让人知道，生怕看见古比尔夫人淋湿裙子的担忧，跟她急于让维希矿泉水别再堵着的迫切心情是不能同日而语的。

“可不，可不。”

“是嘛，广场上一下雨，就没什么地方好躲喽。怎么，三点钟了？”姑妈蓦地叫了起来，脸都变白了，“晚祷都开始了，可我还没服胃蛋白酶呢！这会儿我明白维希矿泉水干吗会堵在胃里了。”

她心急慌忙地去拿起一本紫丝绒面、切口烫金的祈祷书，仓促间把夹在书里的图片都掉了下来，这几张有发黄的纸花边的图片，分别夹在节日祷文的那几页里。姑妈匆匆吞下几口蛋白酶，

1　夏尔登：厄尔-卢瓦尔省省城。

就迫不及待地念起经文来，情急之下她对自己念些什么都有点弄不清了，让她心神不定的是维希矿泉水喝下去这么多时间了，不知道胃蛋白酶还能不能赶上它，帮它通下去。“三点钟，谁料得到时间过得这么快哟！”

窗玻璃上轻轻一声，好像有什么东西碰了一下，接着是一阵簌簌落落的声响，仿佛有人在上面的窗口往下撒沙子，然后这声响弥散开来，渐渐形成一种节奏，流畅、洪亮而富有乐感，无穷无尽，无所不在：这是雨声。

“嘿！弗朗索瓦兹，我刚才怎么说来着？终于下雨了吧！可我怎么觉着听见花园的门铃在响，您倒是去瞧瞧，这种天气还会有谁来哪。”

弗朗索瓦兹回来说：

“是阿梅代夫人（我外婆）说她要出去遛个弯儿。雨下得可大呢。”

“我并不感到意外，”姑婆抬眼望着天空说，“我总说她这人有点别出心裁。谢天谢地，这会儿在外面淋雨的是她不是我。”

“阿梅代夫人呀，做事总比别人绝。”弗朗索瓦兹语气温和地说，有句话她要等单独跟其他仆人在一起时才说，那就是她认为我外婆有点儿神经兮兮。

“圣体降福仪式都做完了！欧拉莉怎么还不来，”姑妈叹气说，“她一准是让这天气给吓着了。”

“五点还没到呢，奥克塔夫夫人，这会儿才四点半。”

“四点半？可我已经得撩起薄窗帘，才能透进一点可怜的阳光喽。四点半！一星期后才是祈祷节呢！哦！我可怜的弗朗索瓦兹，这一定是我们惹老天爷生气了。是嘛，如今的人哪，也做得太过分了！我那可怜的奥克塔夫说过，人们太不把老天爷放在心上，他会报复的。”

姑妈的脸上升起一阵红晕，一下子变得容光焕发了：欧拉莉到。不幸的是，欧拉莉前脚刚进门，弗朗索瓦兹后脚就通报有客人来了，她通报这个消息时，心里认定我姑妈一准会高兴，所以脸上堆起笑容，话呢说得有腔有调，意在表明她虽然是转述，但是作为一个称职的底下人，她说的正是来客的原话：

“假如奥克塔夫夫人没在休息，可以接见神父先生，他将感到荣幸之至。神父先生生怕打扰夫人。神父先生在楼下，是我让他进来等在客厅里的。”

其实神父先生的来访，不像弗朗索瓦兹所设想的那样让我姑妈高兴得不得了，她每次来通报时自以为该做出的满脸笑容、兴高采烈的模样，全然不对我们这位病人的胃口。这位神父（他是个很善良的人，我真后悔没跟他多谈谈，原因是他不懂艺术，后来我才知道他在词源学方面知识很渊博）习惯了给参观者讲解教堂的掌故（他甚至打算写一本关于贡布雷教区的书），他那没完没了老一套的解说，姑妈早就听腻了。一旦他正好跟欧拉莉同时来访，姑妈干脆就觉得他来得不是时候，变得讨厌了。她向欧拉莉打探消息时，最好不要有旁人在场。不过她不敢不接见神父，只好对欧拉莉使个眼色，要她别跟他一起告辞，等他走了以后再待一会儿。

“神父先生，您瞧怎么来着，有人告诉我有个画家居然在您的教堂里支起画架，在临摹彩绘玻璃的画儿。我说啊，我活了这么一把年纪，还从没听说过这种事情呢！如今的这些人，到底想要什么呀！难道教堂里还有比这更难看的东西吗！”

“我不想来评说这是不是教堂里最难看的东西，因为，倘如说在圣伊莱尔教堂还有些地方值得参观的话，那么里面确实也有些地方已经相当陈旧了，我可怜的教堂，全教区就只剩它没修缮喽！我的主啊，那扇大门又脏又旧，不过再怎么说，总还有种庄严的意味；那两幅以斯帖的立经挂毯就甭提了，我个人认为它们根本值不了几个小钱，可是行家看了却说它们的价值仅次于桑斯大教堂的挂毯。

当然我也承认，除了某些细部有点写实以外，它们在不少地方还是表现出了一种真正的洞察力。不过，那些彩绘玻璃我真是不想提起喽。您说像话吗？窗子透不进阳光，那些我连颜色都说不上来的反光却照得人眼花缭乱，好好一座教堂，没有两块石板是一样高低的，居然还不许换掉，说是下面埋着贡布雷的历代神父，还有德·盖尔芒特家族的众位爵爷，也就是早先德·布拉邦家族的列位伯爵。您知道，今天德·盖尔芒特公爵的直系祖先，也就是公爵夫人的先人，因为她原本就是德·盖尔芒特家的小姐，后来嫁给了她的堂兄。”（我外婆向来不在意人家的姓氏出身，所以经常把这些名字弄混了，只要有人说到德·盖尔芒特公爵夫人，她总以为那是德·维尔巴里西斯夫人的一位亲戚。大家笑得乐不可支；她想给自己辩护，就拿一封请柬作借口：“我好像记得上面是写盖尔芒特夫妇来着。”有一回，连我也跟着大家一起笑她了，因为她竟然说她在寄宿学校的女友跟热纳维埃芙·德·布拉邦的后裔有血缘关系。）“您看鲁森镇，如今剩下的只是一片农庄，可在古代那儿想必是毡帽和钟表交易繁忙之地呢。［我并不很清楚鲁森镇的词源，但我觉得它好像是从鲁维尔（Radulfi villa）衍变来的，情况就跟夏托鲁（Castrum Radulfi）相仿，但这是后话了。］嗳！那儿的教堂里有最棒的彩绘玻璃画，差不多全是现代风格的，至于那幅令人肃然起敬的《路易-菲利普驾临贡布雷》，说起来它理当放在贡布雷才是，据说它可以跟夏特勒著名的彩绘大玻璃媲美呢。我昨天还碰见佩斯皮埃大夫的兄弟来着，他可是位行家，在他看来那是一件非常杰出的艺术品。不过，正如我对这位显得还挺有礼貌，看上去也像当真捏惯画笔的艺术家说的，您在这块彩绘玻璃上究竟能看出多大的名堂，它瞧上去还不如其他几块亮堂呢？”

“我说啊，只要您向主教大人开口，”姑妈有气无力地说，她觉得自己怕是快要累着了，“他绝不会让您失望，一定会叫您换块新的。”

“这您就别指望喽，奥克塔夫夫人，”神父回答说，“这块倒霉的彩绘玻璃，正是主教大人亲自出面，考证上面画的是坏东西吉尔贝，他是德·盖尔芒特家族的一位爵爷，因为热纳维埃芙·德·布拉邦出阁前是德·盖尔芒特家的千金，所以这家伙说起来还是她的直系后裔，画上圣伊莱尔在给这家伙赦罪呢。”

“我怎么没瞧见有圣伊莱尔？”

“有啊，就在那个角上，您没注意到有位穿黄色长裙的夫人吗？嗳！您想想，这位圣伊莱尔，有些省的人还管她叫圣伊莉耶、圣埃莉耶呢，在汝拉索性就叫伊利。sanctus Hilarius[1]的这些乱七八糟的叫法，说起来还不算最过分的，那些受真福品的圣人的名字，有些简直给弄得莫名其妙了。就说您吧，我的好欧拉莉，

---

1 拉丁文：圣伊拉里乌斯。伊拉里乌斯是中世纪的游吟诗人、学者，曾在法国居住。按天主教教义，生前积有功德的死者可升天列入“真福品位”，伊拉里乌斯大概就是这样的“受真福品者”。这个拉丁语名字，在法文中相应的拼法是Hilaire（伊莱尔）。

您的保护神sancta Eulalia[1]在勃艮第变成什么了，您知道吗？变成了圣艾洛瓦——女圣人变成了男圣人。您瞧瞧，您死了以后，人家要把您当成男人喽。”

“神父先生说话尽爱打趣。”

“吉尔贝的弟弟结巴夏尔，原先是位虔诚的王子，但因早年丧父（疯子丕平[2]死于精神病反复发作），他少年得志，集大权于一身，目空一切，为所欲为。一座城里只要有一张脸让他瞧着不顺眼，他就下令把全城居民斩尽杀绝。吉尔贝想报复夏尔，就放火烧了贡布雷的教堂，自然是原先的那座。当年提奥德贝尔特在离此地不远的蒂贝吉（拉丁文是Theodeberciacus）有座行宫，他率兵去跟勃艮第人作战时，曾在这儿许过愿，要是圣伊莱尔保佑他得胜，他就在这位圣人的墓前建造一座教堂，那就是原先的贡布雷教堂。吉尔贝一把火烧了那座教堂，如今只剩下个地下室，泰奥多尔想必带你们下去过。后来吉尔贝打败背运的夏尔，仰仗了征服者纪尧姆[3]（神父念成了纪洛姆）的帮助，所以呢，如今经常有许多英国人来参观此地。不过吉尔贝看来没能赢得贡布雷的民心，有一回他刚望过弥撒从教堂出来，民众一拥而上，把他的头给砍了下来。反正泰奥多尔会借给您一本小册子，里面有详细的说明。

“我们教堂的最奇妙之处，毋庸置疑当数从钟楼眺望的景观，那真是壮观极了。当然喽，对您这样不很壮实的夫人，我无

1　圣欧拉莉（Saint Eulalie）的拉丁文拼法。

2　神父的这番高论，与史实颇有出入。比如，丕平家族（自矮子丕平以降）世代是中世纪法兰克人加洛林王朝的权臣，但据七星版校勘本注记，疯子丕平是杜撰的人物。

3　即威廉一世（征服者）（1027—1087）。他是法国诺曼底公爵（1035—1087）和英国国王（1066—1087）。

意劝您去攀登那九十七级台阶，说来也巧，正好是著名的米兰大教堂的一半。有些地方，会让一个身体挺棒的人也感到很累的，尤其是你始终都得弯着腰，要不就会撞痛脑袋，一路还得使劲撩开楼梯上的那些蜘蛛网。无论如何您可得穿得严实些，”他还在往下说（没有觉察到他认为我姑妈居然还能去爬钟楼的念头，引起了姑妈多大的愤慨），“因为到了顶上，风刮得可厉害呢！有好些人跟我说，他们只觉得寒风刺骨，冻得要死。可尽管如此，一到星期天，总会有成群结队的参观者，有的从大老远赶来，欣赏风光如画的美景，兴冲冲地赶来，乐滋滋地回去。这不，下星期天还是天好的话，您准能看见大队人马，因为正赶上升天节的前两天。说实在的，站在钟楼顶上，远远地望见别有一番风貌的原野，一个人确实会心旷神怡，陶醉于迷人的景色。天气晴朗的日子，可以一直望到韦尔纳伊。有好些地方，平时是没法同时见到的，比如维沃纳河的水道和贡布雷近郊圣阿西兹的沟渠，它们中间隔着一道高高的树林，再比如儒伊子爵镇上大大小小的运河，也是这样啦（儒伊子爵镇，自然您也知道，在拉丁文里是叫Gaudiacus vice comitis的）。每回我到镇上去，总能见到一段运河，可待会儿拐个弯，到了另一条街上，见到的是另外一段，先前的那段就不见了。我再怎么想在脑子里把它们连在一起，也不管用。从圣伊莱尔钟楼看下去，情况就大为不同喽，市镇村庄分布在一张错落有致的网络上。可河里的水是看不见的，整个市镇就像被切成一个个街区，切痕清晰可见，犹如一个大面包切成了好几块，但是它们仍然并在一起。一个人要是有法子既在圣伊莱尔钟楼上，同时又在儒伊子爵镇上就好喽。”

神父唠叨个没完，姑妈实在累坏了，所以神父一走，她就只好把欧拉莉也打发走了。

“喏，我可怜的欧拉莉，”姑妈轻声轻气地说，一边从手头的小钱包里掏出一枚硬币，“您拿着吧，平时祷告时别忘了我。”

“哦！奥克塔夫夫人，我真不知道该怎么办才好了，您也知道，我不是为这才来的呀！”欧拉莉每回都显得这么犹犹豫豫，这么不好意思，就像她是第一次拿赏钱似的，那副不很乐意的样子一点不扫姑妈的兴，倒是惹得她乐呵呵的。要是哪天欧拉莉拿赏钱时看上去脸没拉得那么长，姑妈就会说：

“我不知道欧拉莉这是怎么了；我给她的没比平时少啊，可她像是不高兴了。”

“我看哪，她也该知足了。”弗朗索瓦兹叹了口气说，她的看法一向如此，不管姑妈给她或者给她孩子多少赏钱，那都是几个小钱而已，可是姑妈每星期天早晨塞在欧拉莉手里，又塞得那么谨慎小心，叫弗朗索瓦兹总也看不清到底是多少的那几个小钱，那都是白白浪费在一个忘恩负义的人身上的财富。姑妈给欧拉莉的赏钱，弗朗索瓦兹倒不是想自己要。她是希望这些钱姑妈能留在身边，因为她心里明白，女主人有钱，女仆在别人眼里也就有了身价，有了面子；而她弗朗索瓦兹，在贡布雷，在儒伊子爵镇这一带，也算得上是个有头有脸的女仆，因为我姑妈有众多的田庄，因为神父常来登门拜访，而且拜访时间总是很长，还因为府上的维希矿泉水空瓶特别多。她要把住这些钱，全是为了我姑妈；要是有朝一日由她来经管姑妈的财产，这可是她做梦也想的美差，她一定会像狠巴巴地护住孩子的母亲那样牢牢把住这份财产，绝不许任何人觊觎染指。她知道我姑妈的慷慨大方已经到了不可救药的地步，但即使姑妈花钱大手大脚，只要是花在有钱人身上，她倒也觉得并无大碍。也许在她想来，这些人并不真的需要姑妈的礼物，所以他们绝无收了礼才对她好之嫌。再说送礼给家产殷实的有钱人，给萨兹拉夫人，给斯万先生，给勒格朗丹先生，给古比尔夫人，给这些跟姑妈地位相当，相互又处得来的人，她觉得本身就是这些有钱人奇怪而又体面的生活的一种习惯，就像他们打猎、开舞会、相互拜访一样，她对他们向来是笑吟吟地尊敬有加的。但是，倘若姑妈的慷慨的受惠人是弗朗索瓦兹称之为“和我一样，不比我强”的那些人，是那些不叫她弗朗索瓦兹夫人、不承认自己比不上她，因而被她最看不起的人，那就一切都另当别论了。当她眼看姑妈不听她劝告，一意孤行地把钱滥塞给——至少弗朗索瓦兹这么认为——根本不配的人，她就觉得姑妈给她的那些东西，跟她想象中姑妈挥霍在欧拉莉身上的数额相比之下，显得微不足道了。按弗朗索瓦兹估摸，贡布雷邻近的田庄，哪怕它再贵，欧拉莉凭她积聚起来的赏钱，都能轻而易举地买下。其实欧拉莉对弗朗索瓦兹数额保密的财富，也做同样的估计。平时，欧拉莉一走，弗朗索瓦兹就要不怀好意地估算她拿了多少钱。她对欧拉莉又恨又怕，自认为当面还得对人家笑脸相迎才是。欧拉莉走了，她可要找回这点失落的平衡，当然她从不指名道姓，而是大声说些含义晦涩、模棱两可的话，或者《传道书》[1]之类作品中经常为人引证的某些句子，但话中有话的意思姑妈自然是不会听不明白的。从窗帘边上看着欧拉莉关上园门后，她就说了：“阿谀奉承的家伙总有法子上门来捡便宜；可是等着瞧吧，老天爷总有一天会让这些家伙得报应的。”她说这话

1 《圣经·旧约》中的一卷。

时，用的是心心念念想着阿达莉的若阿斯[1]的乜斜的眼神和下面这句台词的影射意味：

恶人的幸福如湍流去而不返。

可是因为神父也来，而且唠叨个没完，弄得姑妈筋疲力尽，弗朗索瓦兹等欧拉莉一走，也就退了出去。她说：

“奥克塔夫夫人，我不影响您休息了，您看上去很疲倦。”

姑妈没搭话，只是吁出犹如最后一息的一口气，闭上眼睛，仿佛死了一般。可是弗朗索瓦兹刚要下楼，只听得訇然炸响的四下铃声传遍整幢屋子，我姑妈从床上直起身来嚷道：

“欧拉莉已经走了吗？哎呀，我忘了问她古比尔夫人是不是在举扬圣体之前去望弥撒的！赶快去追！”

可是弗朗索瓦兹没能追上欧拉莉就回来了。

“真是扫兴，”姑妈摇着头说，“就这件事最要紧，我怎么偏偏会忘了问她呢！”

莱奥妮姑妈的日子就这么一成不变地过着，其中自有一种令人惬意的单调意味，她装着不屑地管它叫老一套，心里却对这样的生活充满温情。大家都对这老一套保护有加，不仅家里每人都在徒费口舌地劝过她采用某种更好的生活起居方式以后，渐渐提不起那份兴致，干脆不去干扰它了，而且就连镇上离我们家三条街开外的包装工也知道，在往箱子上敲钉子以前，先得让人去问一下弗朗索瓦兹，我姑妈有没有在休息——尽管如此，这套起

1　拉辛悲剧《阿达莉》中的男主人公。

居常规在这一年上还是受到过一次惊扰。恰如一枚果子悄悄长熟了，会趁谁也没注意的当口，一骨碌从树上掉下来，有一天夜里那个帮厨女工突然临产了。她疼得实在受不了，而贡布雷又没有接生婆，弗朗索瓦兹只好天不亮就赶到蒂贝吉去请助产士。这个女工疼得直叫，弄得姑妈没法休息，而弗朗索瓦兹，那么短的一段路程，却去了好长时间才回来，也让姑妈放不下心。所以妈妈一大早就对我说："上楼去看看姑妈要不要帮忙。"我走进外面那个房间，里屋的门开着，我看见姑妈侧睡在床上，她睡熟了；我听见她轻轻的打鼾声。我正想轻手轻脚地走开，但大概我弄出的声响干扰了她的睡眠，按开汽车的说法，使她的鼾声换了挡，只听得节奏分明的鼾声停顿了一小会儿，而后降低声调重又响起，接着她就醒了，半转过脸来，刚好让我看见。这张脸上有一种受惊的表情；她刚才准是做了个噩梦。她睡的姿势，让她没法看见我，我待在那儿，不知道该往前走还是往后退；就在这时，她好像神志清醒过来，明白了刚才吓人的情景都是假的；一丝喜悦的、对主充满虔诚谢忱（感谢天主不像梦中那么可怕）的笑容，使她的脸稍稍有了些生气。她平时习惯了在以为旁边没人时自言自语，于是她喃喃地说："谢天谢地！总算只有那个要生孩子的女人让我不得安生。我敢情是梦见我可怜的奥克塔夫复活了，他还劝我天天都要散步呢！"她伸手想去拿放在小圆桌上的念珠，但是睡意重又袭来，她使不出劲去拿它，又安安静静地睡着了。我蹑手蹑脚地退出房间，她也好，别的任何人也好，谁也不会知道我听到了些什么。

刚才我说了，除了生孩子之类的突发事件，姑妈这老一套的生活常规是一成不变的，可我还没说由这项成规派生出来的另一项成规，它每隔一段时间就会原封不动重复一次。事情是这样的，每个星期六，弗朗索瓦兹下午要到鲁森镇的集市去采购，于是大家提前一小时吃午饭。姑妈对这项每周动她一次规矩的规矩习以为常，对它也一视同人了。就像弗朗索瓦兹说的，她对此已经惯了，倘若有哪个星期六，非要让她等到平时的钟点才开午饭，那在她就像其他日子里得把午饭时间提前一小时，事情全乱了套。对我们大家来说，午饭这么一提前，也使星期六有了一种特殊的、宽松的、相当有趣的意味。到了平日还得过一小时才能坐在餐桌跟前的时候，我们就知道，再过几分钟，刚上市的苦苣，周末加菜的煎蛋卷，还有叫人受宠若惊的牛排，都会端将上来。这个过六天才来一次的星期六，是个全家、全地区，几乎全民性的重要日子，在平静的生活和固定的成员中，它生成了一种上下左右广泛的联系，成为各种谈话、玩笑、逸闻趣事的最受欢迎的题材；倘若我们中间有人才思敏捷，能以相同的题材和人物写出一部大作的话，它肯定是现成的核心内容。一大早，连衣服都还没穿好，也说不上什么原因，也许就为感受一下利害关系一致时的力量，大家都乐滋滋的，非常真诚地以一种同心同德的口吻相互说道："赶紧啊，别忘了今儿是星期六！"而姑妈和弗朗索瓦兹交换了意见，考虑到这一天的白天比平时长以后，就说："要不您就给他们来一块小牛肉吧，今儿是星期六嘛。"要是十点半时有个心不在焉的家伙掏出怀表看了看说："得，还要等一个半钟头才吃午饭呢。"每个人都会兴高采烈地冲着他说："嗨，你真糊涂，把今儿是星期六都给忘了！"说过以后，大家还要笑上一刻钟，而后一起上楼去把他的粗心讲给姑妈听，让她高兴高兴。就连天空的脸面仿佛也变了。午饭过后，太阳意识到这是星期六，就又在高高的天空上悠荡了一个钟头，有人想到出来散步晚了，却听得圣伊莱尔钟楼上传来两下钟声，不禁会说：“怎么，才两点？”（平日里正是吃饭或午睡时分，沿着泛起白光、无人垂钓的河流，这两响钟声在杳无人影的小路上谁也遇不到，只得孤单单地飘上空旷的蓝天，那儿还停着几朵懒洋洋的白云。）大家齐声回答他说：“你弄错了，是咱们开饭早了一个钟头，今儿是星期六呀！”碰上有个没开化的家伙（凡是不知道星期六特殊意义的人，我们一律这么称他）十一点钟来找父亲，瞧见我们已经都坐在餐桌旁不由得大吃一惊，这算得上是弗朗索瓦兹平生最开心的事情了。不过，如果说她觉得那位客人因为不知道我们星期六提早吃午饭而受窘挺有趣的话，那么父亲根本想不到人家不知道这事儿，对着那位看见我们在吃午饭而惊愕不已的客人，不做任何解释，光是说：“哎，今儿是星期六嘛！”这就更叫弗朗索瓦兹觉得滑稽了（当然她打心眼里同情这种狭隘的沙文主义）。事后她一讲起这档子事，就会笑得眼泪都出来，还会兴之所至地添加细节，给那个让星期六给蒙住的客人编些应答的话。我们非但不怪她添油加醋，反而觉得听得还不过瘾，冲着她说道：“好像他还说了别的呢。您第一回说的时候比这要长嘛。”连姑婆也放下手上的活儿，从夹鼻眼镜上抬起眼来看看是怎么回事。

星期六还有比这更有趣的呢，到了五月里，我们吃好午饭就去参加圣母月的庆典。

我们有时会遇见凡特伊先生，他对“在当今思潮影响下年轻人令人可叹的不修边幅”持严厉的批评态度，所以母亲格外留意我的穿着是否整齐得体，然后我们出发去教堂。我记得我就是在圣母月爱上山楂花的。山楂花不仅装点着教堂——它那么神圣，却准许我们入内——的祭坛，与庆典仪式的氛围融为一体，而且把自己专为节日准备的相互缠绕的枝条，从烛台和圣瓶之间延伸过去，这些平置的枝条上挂满绿叶编成的条饰，绿叶上星星点点地撒着一小束一小束白得耀眼的蓓蕾。可我只敢偷眼去看，我觉得这些富丽的花蕾枝叶都是有生命的，大自然特意在绿叶上修出齿状边缘，把白色的蓓蕾衬托得极为典雅，使这种装饰在让人感到赏心悦目的同时，自有其庄重的宗教意味。更高处时而绽放的花冠，有着一种无忧无虑的优美，犹如拿出最后一件轻盈的首饰那般，不经意地托出那束雄蕊，让一茎茎细若游丝的雄蕊，薄纱般地罩住了所有的花冠。我后来试着在心里模仿它们开花的模样时，想起那不经意的神态，不由得就想象那是一个漫不经心、活泼可爱的白衣少女目光妩媚，眯起眼睛，轻率而急速地摇着头。凡特伊先生带着女儿来了，坐在我们旁边。他出身世家，曾经教过我那两位姨婆钢琴。他在妻子去世后得到一笔遗产，退休住在贡布雷附近，一度是我们家的常客。可是他实在太要面子，就为了不想遇见斯万先生，从此不再上我们家来了，因为照他的说法，斯万先生缔结了一桩“眼下时兴的不得体的婚姻”。母亲知道他会作曲，很客气地对他说，下回去他家希望能听他弹几首作品。凡特伊先生听了这话高兴得不得了，可是他礼貌过于周全，宅心过于仁厚，遇事先要为人设身处地着想，结果踌躇再三，总怕按自己的意思去做，或者哪怕只是让人家猜到自己的意思，就会给人家添麻烦，让人家觉得他光想到自己。有一次我父母去拜访他，把我也带上了，而且允许我待在外面不进屋。凡特伊先生在蒙舒凡的屋子，位于一座灌木丛生的小山冈的下方，我藏身在灌木丛中，正好对着三楼的客厅，离开窗口不过五十厘米。下人进来通报我父母来访时，我看见凡特伊先生急忙拿起一张乐谱放在钢琴上显眼的位置。可是我父母一进屋，他却把它挪到边上，放在一个角落里。他一定是生怕他们以为他是因为要给他们弹奏自己的作品，才这么高兴的。谈话间，只要母亲一提起这个话题，他就忙不迭地说："我真的不知道是谁把它放在钢琴上的，本来不该放这儿的。"随后他就马上转到别的话题，因为在那些话题中他是没有什么干系的。他唯有对自己女儿，才任凭真情流露。这个长得像男孩的姑娘，身体非常结实。看到做父亲的对她呵护得那么无微不至，明明不冷还要给她加上条肩巾，旁边的人都忍不住会微微一笑。我外婆要我们注意看，这个长相挺粗、满脸雀斑的孩子，目光中闪过的神情往往是那么温柔，文雅，甚至近乎腼腆。每当她说话的时候，她总跟谈话对方一起专注地听着自己说的话，唯恐人家误解了她的意思，这时在那个淘气男孩的外表下，就会清晰地显现出一个内心敏感而忧伤的少女清秀的面容。

离开教堂那会儿，我在祭坛前跪下，起身时突然感到从山楂花那儿飘出一阵苦中带甜的杏仁香味，于是我注意到这些花上有的部位金黄色更深郁，我猜想这股香味就藏在那下面，犹如藏在烘烤过的干酪丝下的杏仁奶油饼的香味，或者藏在凡特伊小姐雀斑下的面颊的香味。山楂花们默默无语，悄然不动，但这股时不时飘来的香味，犹如它们旺盛生命力的浅吟低唱，祭坛为承受这股强大的力而震颤，好似田野里的树篱受到生机勃勃的触角的撩拨。而让人想起触角的，正是眼前这些近乎橙红色的雄蕊，它们俨然是今天变成了花儿的昆虫，仍然保存着青春期的野性和挑逗刺激的蛮力。

出了教堂，我们在门口和凡特伊先生聊了一小会儿。他看见一群男孩在广场上打架，就跑过去保护年纪小的孩子，喋喋不休地教训那几个大孩子。他女儿用她粗粗的嗓音对我们说，见到我们她是多么高兴，但她的神情立刻就显得像个善感的姐姐，在为愣头愣脑的弟弟说的话感到脸红，因为那样说也许会让我们以为她是想要我们邀请她做客。她父亲在她肩上披了件外套，两人登上一辆小巧的敞篷轻便马车，她亲自驾车回蒙舒凡而去。我们呢，既然明天是星期天，起床后能赶上望大弥撒就行，那么只要那天月色很好，天气也暖和，喜欢露个脸的父亲就让大家别直接回家，由他带领我们进行一番艰苦卓绝的长途跋涉。母亲辨别方向的能力很差，一向不善于认路，在她眼里，这无异于一位天才将领安排的战略大转移。有时我们一直走到高架桥跟前，那些从火车站延伸过来的高大的石墩，对我而言就是被文明世界放逐、走上苦难历程的象征，因为每年从巴黎回来时，人家总是叮嘱我们当心，要事先做好准备，到了贡布雷千万别乘过站，因为火车在站头只停两分钟，然后就要驶上高架桥，而在我心目中，贡布雷就是我们的世界尽头，再过去就不是基督教的天地了。我们从车站大街往回走，全镇最别致的花园住宅都在这条大街上。每座花园里，月光犹如于贝尔·罗贝尔的画笔，把清辉洒上黑影幢幢的白色大理石台阶，喷泉，以及半掩的铁门。夜色把电报大楼吞噬了一大半，只有半截柱子还耸立在月色之中，保存着永恒的废墟之美。我拖着脚步，倦意连连，椴树散发的香气在我混沌的脑子里，就像一件非以精疲力竭为代价才能得到的、实在不值得去领取的奖赏。相隔很远的一扇扇铁门里，被我们寥落的脚步声惊醒的看家犬此起彼伏地吠叫起来，而今我有时也会在夜间听到这样的吠声，随之而来的（当我在吠声起处想象出了贡布雷的公共花园）是记忆深处的车站大街，因为无论我身在何方，一旦吠声此起彼落地响起，眼前就会浮现出这条大街，连同两旁椴树的清香和铺满银辉的人行道。

突然，父亲叫我们停下，问母亲："这是哪儿？"她已经走得脱了力，但还是为他感到骄傲，她温柔地向他承认自己完全不知道。父亲耸耸肩膀，放声笑了起来。然后，他就像从上衣口袋里掏出一把钥匙那样，伸手往前一指，只见站在我们面前的正是我们家花园的后门，这扇小门连同圣灵街的街角一起来到这些陌生街道的尽头，等候着我们。母亲钦佩地对他说："你真是绝了！"从此刻起，我无须再往前挪动自己的腿，花园的泥地在脚下兀自往后退去。这么多年来，我在花园里的一举一动早已无须刻意去留心了：习惯已经将我搂进怀中，像抱小孩似的一直把我送到床上。

虽然星期六比平时提前一个钟点开始，而且没有了弗朗索瓦兹在身边，在姑妈来说时间过得要比平日里慢得多，然而她却从星期刚开头就心焦地等待着这一天，仿佛它容有着她那虚弱而躁狂的身体所能消受的新鲜、散心的乐趣。话虽这么说，她毕竟有时候还会向往更大的变故，毕竟每天还会有那么几个小时，心心念念地渴望发生一桩出格的事儿，就像那些精力不济或想象贫乏而无法从自身汲取新意的人，必须等待邮差捎来新消息（即使是坏消息）那一刻方才涌上心头的激动或悲痛；在这段时间，因安适而沉默的敏感的好奇心，犹如一架闲置的竖琴，会企望有一只手，哪怕是一只粗鲁的手，去拨弄它的弦，即使拨断也在所不惜；在这段时间，好不容易赢得放任欲念、烦恼自生自灭权利的意志，会想把缰绳扔给情急万分乃至残酷无比的结局去控制。不用说，由于姑妈的身体经不起疲劳的折腾，稍有累着，就得靠一点一点地养精蓄锐方能复原，这个容器得很长时间才能蓄满，好几个月下来才会稍有些许液体溢出，换了别人只须做些活动就可以疏导区区这点溢出的液体，然而姑妈既不知道该把它们怎么办，也无法决定怎样去使用它们。我相信在那会儿——正如她虽说天天吃土豆泥都吃不厌，但时间一久，从土豆泥的好味道中，还是滋生出了换吃奶油沙司土豆的念头——她在自己钟爱的这种日复一日的平静生活中，心心念念期待着这个家发生一次灾难，一次时间很短暂，也绝非她所能左右，但她却能确信对自己身心健康有益的重大变故。她真的很爱我们，她挺想有机会为我们恸哭一场；假如这一阵她觉得自己挺好，身上也不出汗，那么各种各样的想象就会萦绕在她脑际，比如家里突然遭遇火灾，我们全都未能幸免于难，整座房子转眼间变成一片废墟，而她却能从容脱险，原因是她起身及时等等。在诸如此类的想象中，她是两种乐趣兼而有之，其一是在久久的悲痛中细细品味自己对我们的满腔柔情，并在出殡时让镇上的人都为她衰弱而又坚强、哀恸欲绝而又决不倒下的形象惊得发呆；其二则珍贵得多，那就是她不得不当机立断，割舍犹豫迟疑之类恼人的可能性，即刻动身去米鲁格兰过夏天，她要在自己漂亮的田庄里傍着瀑布消暑。诸如此类的事情，她肯定在一遍接一遍地独自专心玩牌，既坐庄又代对手出牌的同时，冥想过它们发生的情景（灾祸刚起的景象，种种意想不到的细节，宣布噩耗时那种令人终身难忘的沉痛语气和措辞，以及与抽象的、逻辑上的死亡概念全然不同的真实的死亡所留下的印痕，诸如此类的事情一旦真的发生，她想必会一下子就坠入绝望的深渊），可惜的是这样的事情一件也没发生，要想让自己的生活能常常增添些情趣，她只得另想办法，把满腔热情用于想象一波三折的戏剧化的情节。她突然有个妙不可言的设想：假定弗朗索瓦兹偷她的东西，她顺藤摸瓜，来个略施小计，捉贼捉赃。这么想得一多，成了习惯，每当她独自玩牌，一边自己出牌，一边帮其他几家出牌的时候，她就会不由自主地进入角色，一会儿模仿弗朗索瓦兹神情尴尬地道歉，一会儿火气很大地严词训斥弗朗索瓦兹，要是我们中间有谁正好在这当口进去，就会看见她汗流满面，两眼放光，假发歪在一边，露出光秃秃的脑门儿。弗朗索瓦兹在隔壁房间，有时候想必能听见这些冲她而来的刻薄挖苦的呵责，而对姑妈来说，光让设想停留在纯粹虚拟的状态，光是悄悄自语没法营造一种较为现实的气氛，实在还不足以消气。有时候，对这种床上构想的场景[1]姑妈觉得太不过瘾，她要亲自出马来演这出戏了。于是，某个星期天，所有的房门神秘兮兮地关得严严实实，她把自己对弗朗索瓦兹手脚不干净的怀疑，以及打算辞退这个女仆的想法，一五一十地讲给欧拉莉听；另一个星期天，她又把自己觉着欧拉莉靠不住的疑心对弗朗索瓦兹和盘托出，并声称再也不会让欧拉莉进门了；但几天过后，她就懊悔自己竟然对一个不忠不义之人讲了那么多体己话，何况在下一场演出中，此人还要跟对方互换角色呢。不过，欧拉莉虽说有时也让她起疑心，但那只是一蓬干火，就这点草秸，很快就烧完了，因为欧拉莉毕竟不住在这个家里。而弗朗索瓦兹的情况就

1　此处似有调侃之意，因为缪塞曾以“安乐椅上构想的场景”为题出版过一卷诗集和一部剧本（两书分别于1832年和1834年出版）。

不同了，姑妈始终觉得她们俩生活在同一个屋檐下，所以她对这个女仆的猜疑，就不是轻易打消得了的，要不是生怕下得床来会感冒，她真想亲自下楼到厨房去坐实这些猜疑。日子一长，她就变得满脑子净转着一个念头，就是想猜出此时此刻弗朗索瓦兹到底在干什么，又到底在想对她隐瞒什么。她留神观察弗朗索瓦兹脸上稍纵即逝的细微表情，琢磨对方说话有无自相矛盾之处，猜度这女仆想要对她掩盖什么企图。有一回姑妈当面点穿弗朗索瓦兹，只一句话就让这女仆脸色蓦地发白，而她自己则从一举击中可怜虫要害的战果中体味到一种残忍的乐趣。下一个星期天，欧拉莉披露了一个情况——其意义不下于为一门尚未走上正轨的新兴学科突然开拓出一个未知领域的重大发现——证明事态远比姑妈料想的更为严重。"刚才弗朗索瓦兹想必已经知道，您把马车送给她了。"——"我把马车送给她！"姑妈叫了起来。——"哦！我可不知道，只是这么想来着，刚才我瞧她坐在四轮马车上，骄傲得像阿尔达班[1]，屁颠颠地上鲁森镇菜市场去。我还以为这辆车奥克塔夫夫人送给她了呢。"日复一日，弗朗索瓦兹和姑妈渐渐变得像野兽和猎人一样，无时无刻不在小心翼翼地提防着对方使花招。妈妈担心姑妈这么不留情面地数落弗朗索瓦兹，会使她有朝一日当真对姑妈怀恨在心。不管怎么说，弗朗索瓦兹已经愈来愈对姑妈每句随口说的话，每个随手做的手势，都表现出异常的警惕。她如果有什么事要问姑妈，总要思前想后地考虑该采

1 这位以骄傲著称于世的阿尔达班是何许人，似有两种可能。一种可能是指波斯王子、大流士王的弟弟阿尔达班。另一种是指法国通俗历史小说作家拉卡尔普雷奈德（1610—1663）所写的十二卷长篇小说《克莱奥帕特拉》中的一个人物。但一个厨娘何以会对其中某一位如此熟悉，颇有些令人费解。

用怎样的神情语气，等等。把话说出口以后，她又会偷偷地观察姑妈的表情，竭力从中揣度姑妈的想法和可能做出的决定。就这样——设想有个艺术家，读了有关十七世纪宫廷生活的回忆录之后，十分仰慕太阳王[1]的风采，于是编写系谱表明自己是宗室世家后裔，或想方设法跟欧洲某位当政的君主攀上关系，以为这样一来便与路易十四有几分相像了，全不想如此单纯追求形式（因而全无精气神可言）的做法，恰恰是跟初衷南辕北辙的——外省一位上了年岁的夫人，原本心甘情愿地听任无法克制的怪癖和百无聊赖养成的坏脾气所左右，从来就没想到过路易十四，这会儿却发现自己日常起居的点点滴滴，比如起床啊，用餐啊，休息啊，都因其睥睨凡俗的独特之处，在某种意义上维护了圣西门所说的凡尔赛宫廷起居注的尊严，而且她可以认为她的沉默不语、她的一颦一笑，足以左右弗朗索瓦兹，让她或心神不宁或心花怒放，犹如廷臣乃至王公贵胄在凡尔赛御花园的曲径面奏圣上时，路易十四的沉默不语或一颦一笑足以让他们或诚惶诚恐或欣喜万分。

有个星期天，姑妈先后接待了神父和欧拉莉的来访，才得空休息。我们大家上楼去向她道晚安，妈妈对她经常碰上客人同时来访的坏运气表示慰问：

“我听说刚才您又遇到麻烦了，莱奥妮，”她语气温柔地对姑妈说，“一下子来了好多人。”

不料姑婆马上接茬说：“人越多越好……”打从姑妈病了以后，姑婆一直认为凡事都得往好的方面开导女儿，帮她精神振作起来。这时我父亲开口了：

1　指路易十四。

“趁这会儿全家人都在，”他说，“有件事我想跟你们说一下，省得一个一个讲了。我觉得勒格朗丹先生好像在生我们的气：今儿早上他看见我连个招呼都懒得打。”

我不想留下来听父亲原原本本地说这件事了，因为早晨望完弥撒遇到勒格朗丹先生的时候，我就跟父亲在一起。我下楼到厨房里去问午餐的菜单，每天打听一下菜单，在我就如别人读报看新闻一样，是一种消遣，这份菜单会像音乐会的节目单那样使我兴奋。早上勒格朗丹先生从教堂出来遇见我们的当口，他身边有一位附近的女庄园主，这位夫人我们并不认识，只是面熟而已，所以父亲没有停下来，边走边向他友好而矜持地点头致意；勒格朗丹先生很勉强地稍稍点点头，样子显得很惊讶，仿佛他不认识我们是谁似的，他的目光有一种不想跟对方讲什么客气的人所特有的疏远的意味，仿佛他的视角骤然退缩到了远处，他是在一条望不见尽头的大路的另一端，隔着如此遥远的距离在看你，所以按你那木偶的身量的比例而言显得极小极小的头，居然还能对你有所示意，应该说已经不容易了。

勒格朗丹陪伴的那位夫人，素来人品高尚，口碑极好；其中不可能有什么暧昧之处，以至于被人看见他俩在一起他会很尴尬，所以父亲想不明白自己哪儿得罪勒格朗丹了。“看到他在那群衣着光鲜的人中间，”父亲说，“穿着那件窄小的单排纽上衣，领结皱巴巴的，神态没有半点刻意做作之处，神态显得那么真诚，那么天真得叫人感到亲切，我一想到自己居然惹得他不高兴了，心里就更感到歉疚。”但是家庭会议的一致看法是我父亲多心了，要不就是勒格朗丹当时在想事儿，有些心不在焉。再说，父亲的忧虑到了第二天傍晚就烟消云散了。我们散步走得挺远，回家路上在老桥附近瞧见勒格朗丹，他因为正逢上过节，在贡布雷要住好几天。他伸出右手朝我们走来："您是否知道，爱读书的先生，"他问我，"保尔·代雅尔丹[1]的这句诗呢：

树林已经黑沉沉，天空依然湛蓝。

它用在此情此景岂不妙哉？您也许还从没读过保尔·代雅尔丹的诗吧。读读他的诗，孩子；听说他现在变了，当了多明我会修士了，可是有很长一段时间，他一直是个笔触清丽的水彩画家……

树林已经黑沉沉，天空依然湛蓝……

希望天空对您永远是湛蓝的，我的小朋友；即使到了树林已经黑沉沉，夜幕迅即降临的那一刻，这一时刻对我来说正在降临，您也能像我这样望着那隅天空，感到心灵的慰藉。"他从衣袋里掏着一支烟，久久地凝望着远方。"再见，二位。"他突然间说了一句，就撇下我们走了。

我下去打听菜单的那会儿，厨房里已经开始打理晚餐，弗朗索瓦兹支配着自然之力，它们成了她的下手，犹如梦幻剧中的巨人装扮成了厨师，砸煤生火，给待煮的土豆提供蒸汽，让一道道主菜火候恰到好处，这些美味佳肴事先做过精心加工，在形形色

1　保尔·代雅尔丹（Paul Desjardins，1859—1940）：法国作家、思想家。普鲁斯特曾听过他的课，并在他编辑的期刊上最初接触到拉斯金（Ruskin）的作品。此处所引诗句出自《被忘却的人儿》（1883）。

色的大缸小缸、大锅小锅、长方形鱼锅、制糕点模具、炖野味罐钵乃至小巧玲珑的奶油壶里经受过洗礼，其间还使用过大大小小各种尺寸的整套平底锅。我停在料理台前，望着帮厨女工刚剥出来的豌豆，小小的豆粒排在一起，好似台球桌上绿色的台球；不过我最心爱的还是那些云青似染、粉红如洇的芦笋，穗状花序纤细地描出浅紫和天蓝，而后色彩渐次呈现直至根部——根上还带有植株的泥土呢——犹如人间不应有的虹彩。我觉得这些来自天际的色彩变幻，依稀让人看见一群可爱的小精灵，为取乐而变成蔬菜。透过它们新鲜可口的茎叶的伪装，在晨曦微露、彩虹初现、夜色由蓝转黑的光色嬗变中，可以瞥见那珍贵的精华；每当晚餐吃了芦笋，我总能重温这份精华，因为这些小精灵会像在莎士比亚的梦幻剧中那样，玩些诗意盎然而又带有粗俗意味的恶作剧，把我的便盆变成香水瓶。

那个可怜的女工，斯万所说的乔托的博爱，受弗朗索瓦兹支使在剥壳，一筐芦笋就放在她身边。她神情非常痛苦，仿佛尝尽了人间的苦难；芦笋的每瓣淡红的鳞茎皮顶端，都裹着淡淡的蓝色，宛如星星点点工笔画就的轻柔的冠冕，这情形让人想起帕多瓦壁画中围绕在那位美德前额或插在她的花篮中的花束。这时弗朗索瓦兹正在一根铁扦上烤她的母鸡，只有她才知道怎样把母鸡烤得恰到好处，因此她的美名也就随着这些母鸡香飘贡布雷了；而当这些母鸡装盆上桌时，我脑海里专为弗朗索瓦兹的品行而留的一角，顿时弥漫着温馨的气息，她从从容容烤得如此滑嫩的鸡肉，那诱人的香味在我心目中就是她本人的一种美德所散发的芳香。

不过这一天，亦即父亲就遇见勒格朗丹向家庭会议咨询，而我趁这工夫下楼去厨房的当天，刚巧在乔托的博爱最近一次生育后体质虚弱、无法下床的期间；弗朗索瓦兹少了帮手，手脚就乱了。我下去，她正在面朝家禽饲养棚的厨房后间里杀鸡，那只鸡出于本能拼命做垂死挣扎，一心想割断它喉管的弗朗索瓦兹骂声不绝：“该死的畜生！该死的畜生！”第二天这只母鸡端上餐桌时，颈脖的皮有圈金黄的镶边，有如主教的祭披，珍贵的汤汁则好似从圣体盒沥出，厨下之鸡与桌上之鸡相比，不免使我们这位女仆令人起敬的温馨和从容打了些折扣。且说弗朗索瓦兹杀了鸡，把它倒拎起来，鲜血汩汩而下注入盆中，可还是消不了她的心头之恨，一股怒火又蹿将上来，她瞅着这冤家对头的尸体，骂上最后一声：“该死的畜生！”我浑身发抖地上楼，真想让大人马上把弗朗索瓦兹赶出去。可是，谁来给我吃刚出炉的圆面包、香喷喷的咖啡，还有……这些烤鸡？……其实，这种卑怯的心理，每个人都有，都和我一样有自己的那点心计。莱奥妮姑妈知道——而我对此却一无所知——弗朗索瓦兹虽说对自己的女儿、侄子爱护备至，为他们送命也绝无怨言，对别人可是异常刻薄。但即便如此，姑妈还是留着她，因为姑妈尽管了解她心肠狠，但是对她的尽心尽责还是颇为欣赏的。我渐渐看出了隐藏在弗朗索瓦兹的温存、严肃和种种美德背后的厨房后间悲剧，犹如历史揭露了教堂彩绘玻璃上那些双手合十于胸前的国王和王后，他们在位时都跟那些血腥的惨剧脱不了干系。我意识到，除了她的亲人以外，人类之所以能以他们的不幸唤起她的怜悯，主要是因为他们生活在离她很远的地方。她在报上看到某个陌生人横遭惨祸会泪如雨下，然而一旦报道中的那个人让她觉着有点似曾相识，眼泪立时就收干了。帮厨女工分娩后的一天夜里，腹痛骤然发作；妈妈听见她在大声呻吟，下床去叫无动于衷的弗朗索瓦兹起来，弗朗索瓦兹却说她那么嚷嚷是在做戏，是想充主子，让人去伺候她。医生担心阵痛屡屡发作会有危险，曾在我们家的一本医学书上相关的一页夹了张书签，并叮嘱过我们，遇有类似情况时参照书上的指示先做初步处置。于是妈妈差弗朗索瓦兹去把书找来，还特意关照她别把书签弄丢了。一个小时过去了，不见弗朗索瓦兹回来；妈妈有些生气，以为她又睡觉了，就让我再到书房去看一下。我看见弗朗索瓦兹在书房里，她想瞧瞧那一页上说些什么，结果看了书上说的阵痛症状（当然那是她不认识的某个女病人的阵痛），不由得大为伤心地哭了起来。每看到这本专著的作者所描述的一种疼痛症状，她就喊道："哦哦！圣母马利亚啊，难道上帝当真就眼看着一个可怜的人儿这么受苦吗？哦！可怜的人哪！"

可是当我唤了她一起回到乔托的博爱床边，她的眼泪马上不流了；想到自己在半夜里给叫起来去照看那个帮厨女工，她又气又恼，往日所熟悉的、看报时经常感受到的那份慈悲为怀、柔情万种的愉悦感，那种同在一个屋檐下生活的亲情之乐，此刻都已荡然无存；刚才让她读了以后难过得流泪的阵痛症状，眼前亲眼见到，却只叫她觉得心里好不自在，满肚子牢骚，等到以为我们已经走开、听不见她说什么了，她干脆恶毒地冷讽热嘲说道："她这才叫恶有恶报、自作自受呢！当初她不是得意来着吗！今儿个又何必装腔作势呢。跟她干这档子事的浑小子啊，反正也不会是见容于天主的好人。哦！还是我可怜的母亲乡下有句话说得好：

发红的狗屁眼儿，

他当是玫瑰花儿。"

要是她的外孙有点头疼脑热，她哪怕自己病着，也会星夜兼程赶上四法里路，就为瞧一眼他是不是药都有了，然后在天亮前赶回来干活儿，但也正是对亲人的疼爱和确保家族人丁兴旺的心愿，在对待其他仆人的态度上，转化成了一种既定的准则，就是绝不容许有人进入我姑妈的房间，任凭谁也别想接近我姑妈，成了她的一种骄傲的资本，即使她病倒了，她也宁可撑着下床去服侍姑妈喝维希矿泉水，而不让那个厨房帮工踏进女主人的房间一步。这就像法布尔观察到的膜翅目昆虫，那只善于掘地的胡蜂，它为了让后代在自己死后有新鲜的肉可以食用，借助解剖学来发挥残忍的本性，一旦捕获象虫或蜘蛛，就将尾刺精准而巧妙地扎进猎物的神经中枢，使它们的肢体就此动弹不得，而其他的生存功能一切照常，然后把这些瘫痪的虫子安置在靠近自己产卵的地方，让幼虫一孵化出来就能享用既无法逃跑也无力反抗的乖乖的、听从摆布的、绝对不曾变质的美味，弗朗索瓦兹的心愿是每个仆人都觉得在这个家没法待下去，她的心计之细、手段之辣，都是为实现这个终极目标服务的，好多年以后，我们才明白，我们之所以几乎天天吃芦笋，是因为被指派削皮的那个可怜女人闻到芦笋的气味会发哮喘病，发作一次比一次厉害，最后她只好辞了工。

唉！我们终于不得不改变对勒格朗丹的看法了。在老桥跟他相遇后，父亲承认自己看错了勒格朗丹先生，但就在下一个星期天，弥撒刚结束，外面的阳光和喧闹把某种渎圣的气氛带进了教堂，古比尔夫人和佩斯皮耶夫人（刚才我迟到了一会儿，进得教堂，只见所有的人都低着眼，专注地看着手上的祈祷书，我还以为连我进来都没人会看见呢，不想就在我要坐到自己座位上去的当口，有谁用脚把挡在我面前的小凳子轻轻挪开了）开始和我们大声谈了起来，话题都是再世俗不过的，就像大家已经是在广场上似的，就在这时，我瞧见教堂外阳光灿烂，广场集市五彩缤纷，嘈杂热闹的气息扑面而来，勒格朗丹站在门洞下，上次我们遇见的那位夫人的丈夫，正在把他介绍给邻近另一位大庄园主的妻子。勒格朗丹的脸显得神采飞扬，异常殷勤；他深深鞠了一躬，随即身子后仰，腰板猛地挺了起来，这一招想必是他姐姐德·康布尔梅夫人的丈夫教的。这迅速的一仰一挺，使勒格朗丹那个我看未必有多少肉的臀部，骤然绷紧一扭，向后拱起；我也说不清为什么，这纯然形体的一扭，这仅仅肌肉的一拱，其中并没有表达任何意识，而只是激动难以自已，致使殷勤变成了卑躬屈膝，却使我蓦地意识到一种可能性，就是说不定存在另一个勒格朗丹，一个跟我们所认识的那个全然不同的勒格朗丹。那位夫人请他去给车夫捎个话儿，他朝马车走去的当口，脸上始终保持着方才被引见时羞怯而热忱的表情。他身处梦境那般心醉神迷，嘴角挂着微笑，捎完话急匆匆赶回来告诉夫人，由于走得比平时快，两个肩膀很滑稽地一左一右摇来摇去，他仿佛完全沉浸在这个使命之中，对其他的一切都无动于衷，那模样活像一个听凭幸福操纵播弄的僵硬、机械的玩偶。这会儿，我们刚好走出教堂大门，眼看就要和他擦身而过。以他这么有教养的人，故意掉过脸去的事是做不出的，但他的目光仿佛突然进入了一个深邃的梦境，直勾勾地盯着远方的一样东西，以致没法看见我们，更无从跟我们打招呼。他的脸依然那么天真纯朴，那么憨态可掬，那件没有上浆的单排纽上衣，看上去像是一不小心陷入了可厌的锦衣华服的包围之中。他胸前打大花结的点子花纹领结，被广场上的风吹得高高飘扬，犹如展示他骄人的孤傲和高贵的独立精神的旗帜。我们刚回家，妈妈看见我们忘了买圣奥诺雷甜饼，就让父亲和我往回走，吩咐点心铺马上送来。在教堂边上，我们迎面遇见勒格朗丹，他陪着刚才那位夫人向马车走去。从我们身旁经过时，他嘴里仍和那位夫人说着话，但用那双蓝眼睛的余波朝我们稍做示意，这种类似眨眼的打招呼，丝毫没有影响脸部的表情，所以听他说话的那位夫人浑然不觉；他想表示的情感颇为浓烈，而他所限定的表达空间却过于逼仄，为了对此做出补偿，他让指派给我们的区区一点儿蔚蓝的眼角，焕发出一种兴高采烈的表情，那已经不只是活泼，而是一种近于狡黠的神情；他把这微妙的友谊浓缩在让人意会的眨眼里，让它进入一种相互默契、心照不宣、一切尽在不言中的境界；友情的表露最终臻于含情脉脉，臻于爱的表白，在此时此刻上升为唯有我们得以领受的启示，让我们领略了对于那位夫人隐而不露、使她无从觉察的惆怅，以及从一张冷冰冰的脸上暗送的热恋秋波。

恰好头天晚上他和我父母说过，让我今天陪他去吃晚饭。“来跟您的老朋友做回伴吧，”他对我说，“就如一位游客给我送来我不会再去的异国的花束，请您让我从远离青春的地方，再吮吸一下当年也曾拥有过的春天的花香。来吧，带着报春花、龙须菊和金盏花，来吧，带着巴尔扎克笔下作为爱情象征的景天花束[1]，带着复活节的花儿，带着雏菊和花园里的雪球花来吧，趁复活节夹雪的骤雨过后，残留的雪球还没融化的当口，这些雪球花已经开始在您姑婆园子的小径上散发着香味了。来吧，穿上堪与极

1　巴尔扎克的小说《幻灭》中，吕西安·律邦普雷去见卡洛·埃雷拉神父时，手里拿着一束景天，“一种来自葡萄种植地砾石间的黄色的花”。

荣华时的所罗门媲美的印有百合花的丝绸衣服[1]，捧着色彩缤纷的蝴蝶花，拂着春寒料峭中的清新微风来吧，让这清新的风儿为一早就等候在门口的那两只蝴蝶催开第一朵耶路撒冷玫瑰吧。”

大家在家里讨论，到底还有没有必要送我去和勒格朗丹先生共进晚餐。不过外婆说她并不觉得这位先生有任何失礼之处。“你们也都看见了，他上教堂穿得那么朴素，一个爱虚荣的人是不会这样的。”她认为不管情况如何，即便往最坏处想，就算他是个势利之徒，我们最好的做法也是不动声色，只当什么都没看见。说实话，对勒格朗丹的态度最反感的当然是父亲，他对这种态度背后真正的含义也许还存有最后一丝怀疑。这种态度，跟所有那些把某人深藏不露的性格特点暴露出来的态度举止有共通之处：它和此人以前说过的话联系不起来，我们无法根据犯罪嫌疑人的证词来判断它是否可信，因为凡是嫌疑人总是不会承认的；我们只得按自己的感觉来推断所谓的证据，然而单凭这些零星的、孤立的记忆，我们不免会自问，这些记忆难道不会受幻觉的愚弄吗；于是，种种态度举止，唯一有其重要性的线索，留给我们的往往只是一些茫然费解的疑团。

我和勒格朗丹在他家的露台上共进晚餐；月色一片清明。“一种幽静的美，是吗，”他对我说，“一颗像我这样受过创伤的心灵，有位您以后会读到的小说家说过，和它相宜的唯有幽暗和寂静。您要知道，我的孩子，尽管那离您还远着呢，但人的一生中总会有这样的时刻，那时你疲惫的眼睛只能承受一种亮光，就是像今儿这么美好的夜晚透过黑暗渗出的月光，在这样的月

1　所罗门云云，参见《圣经》中列王纪第7章第19段及马太福音第6章第28、29段。

夜，耳朵所能听见的，也唯有月亮的清辉在静谧这长笛上奏出的天籁。”我听着勒格朗丹先生说话，觉得动听极了；可是我不由得又分心想起一位我最近第一次见到的夫人，既然现在我知道勒格朗丹和附近的好些贵族世家都有过从，那说不定这位夫人他也会认识，我何不问问他呢，于是我鼓起勇气问道：“先生，您是不是认识那位……那几位盖尔芒特府上的夫人？”这个姓氏说出了口，我感到一阵高兴，就凭把它从我的梦幻中拽出来，赋予它一种客观的、有声音的存在，我终于能对它有所作为了。

可是一听到盖尔芒特这个姓氏，只见我们这位朋友的蓝眼睛中央凹进一个褐色的小孔，仿佛这双眼睛刚被一根看不见的针戳了一下，而周边的眼眸迅即做出反应，大量分泌蓝盈盈的水波。原先就有些发黑的眼皮，变得颜色更深，而且垂了下去。方才掠过一丝苦笑的嘴角，霎时间重又绽出一抹微笑，而目光却依然那么痛苦，仿佛他是个被乱箭穿胸的崇高的殉难者：“不，我不认识她们，”他说，可是就为给出这么简单的一个信息，这么毫无惊人之处的一个回答，他却不是用与之相应的语气，很自然、很平常地说出来，而是像念台词那样，一字一顿，说的时候又是弯腰，又是点头，而且就像一个人怕对方不信，故意把话说得很坚决，来说服对方接受一个不像是真话的结论——好像他不认识盖尔芒特府上的夫人们虽说听上去奇怪，却是造化弄人的真事儿——这种强调的语气，往往表明某人面对一个让他难受的情况，已经无法保持沉默，于是他宁可把话干脆挑明，好给人家留下这样的印象，即他这么坦陈事实，并没有感到一点尴尬，这样做是轻松的、愉快的、由衷的，而且这情况本身——和盖尔芒特府上没有来往——很可能并非他不得已遭遇，而是有意去造成的，其中原因，可能是某种专门针对盖尔芒特家族，禁止他与该家族来往过从的家族传统、道德准则或秘密誓愿。“不，”他接着说，用自己的话来解释刚才何以要用那样的语调，“不，我不认识她们，我不愿意结识她们，我始终不渝地捍卫着自己完全的独立；您瞧，骨子里我是个极端激进的人。好多人来劝过我，他们说我不该不去盖尔芒特府上，说我看上去就像个粗野的蛮子，像头孤僻的老熊。可是给人留下这样的口碑，我才不怕呢，他们说得没错！说心里话，我对这个世界已经感到厌倦，能让我留恋的，不过就是几座教堂，两三本书，为数不多的几幅画，还有这清朗的月夜，当您青春的微风把老眼昏花的我已经看不真切的花圃的香气吹拂过来的时刻。”我弄不懂，为什么一个人不上自己不认识的人家里去，就非要坚持独立性不可，不上陌生人家里去又为什么会像一个野人或一头熊呢。不过有一点我是明白的，那就是勒格朗丹说他只留恋教堂、月色和青春，并不完全是实话；他挺留恋住在城堡里的那些人，在他们跟前唯恐惹得他们不高兴，所以不敢让他们看出他有布尔乔亚，有公证人或经纪人的儿子这样的朋友，一旦眼看事情就要露馅，他宁愿到时候自己不在场，离得远远的，经传唤未到庭；他是个爱虚荣的人。当然，在我父母和我觉得那么动听的谈话里，他是从来不会提及这种事情的。要是我问：“您认识盖尔芒特家的人吗？”巧于辞令的勒格朗丹会回答说：“不，我根本不想认识他们。”可惜，回答这个问题的他晚了一步，因为另一个勒格朗丹，那个他小心翼翼藏在心底从不示人的勒格朗丹——这个勒格朗丹知道不少事情，其中涉及我们心目中的他，涉及他的虚荣势利，等等——早就已经用痛苦的目光，用嘴角的苦笑，用顿挫过分的语调，用我们的勒格朗丹

（犹如一个虚荣的圣塞巴斯蒂安）乱箭穿胸、虚弱至极的情状做了回答："唉！您触到了我心中的隐痛，不，我不认识盖尔芒特家的人，请别再勾起我此生无可弥补的痛苦回忆吧。"这个爱捅娄子的勒格朗丹，这个以讹诈勒索为乐的勒格朗丹，尽管措辞没有另一位那么美妙，但说话要直截了当得多，正所谓口没遮拦，等巧于辞令的勒格朗丹想到叫他别作声时，这一位早就话已出口，我们这位朋友眼看自己的alter ego[1]露了底，给人留下坏印象，也已经后悔莫及，最多只能掩饰一番，虚应故事。

当然，这并不等于说勒格朗丹先生在怒斥虚荣势利之时是言不由衷的。他不可能认识到自己就是这样的人，至少无法单靠自己来了解这一点——既然我们每个人所了解的都是人家身上有哪些欲念的激情，至于自己，所知道的无非就是能从别人嘴里听到的那些罢了。在我们身上，这些激情仅仅以一种间接的方式起作用，它们启动我们的想象，以种种更体面、更堂皇的中介动机来取代原始的真实动机。勒格朗丹的势利，绝不会直接怂恿他频频上门去看望一位公爵夫人。它会启动勒格朗丹的想象，使这位公爵夫人在他眼里显得处处透着优雅。勒格朗丹趋前结交这位公爵夫人，只道自己是被这种才情令德的魅力所折服，还以为这种魅力是凡庸的势利之徒无法领略的呢。但在旁人眼里，他就是这样的一个势利之徒；因为对这些旁人来说，他们不可能明白他的想象所起的居间作用，他们劈面看见的，就是勒格朗丹趋炎附势的所作所为，以及他的原始动机。

现在，家里人人都对勒格朗丹先生不抱任何幻想了，我们和

1 拉丁文：第二个我。

他的关系疏远得多了。妈妈有时会在勒格朗丹的犯罪现场把他逮个正着，而他却干脆不认账，还把势利说成不容宽恕之罪，妈妈每次都给逗得乐不可支。而父亲却始终耿耿于怀，没法对他那种轻描淡写的态度超然地付诸一笑；有一年大家想让我陪外婆一起到巴尔贝克去度暑假，他就说了："我非把你们去巴尔贝克的事儿告诉勒格朗丹不可，我倒要看看，他会不会把他的姐姐介绍给你们。他姐姐住的地方离那儿才两公里，他大概已经不记得跟我们说过这事了。"外婆却不赞成，她觉得既然到了海滨浴场，就该从早到晚躺在海滩上尽情呼吸海风的咸味，根本不必去认识任何人，因为你来我往啊，相约散步啊，都得占去吮吸海边空气的时间。她要求别把我们的度假计划告诉勒格朗丹，因为她眼前依稀仿佛已经看见他的姐姐德·康布尔梅夫人登门造访我们的住处，正巧就在我们打算要去钓鱼的当口，结果我们只好待在屋里陪她说话。外婆的这些担心让妈妈觉得挺可乐的，她预料不会有什么在劫难逃的危险，勒格朗丹未必会很殷勤地把我们介绍给他的姐姐。真是事有凑巧，勒格朗丹根本用不着我们去跟他讲起巴尔贝克，他做梦也想不到我们打算去那儿度假，于是有一天傍晚在维沃纳河边遇见我们时，他居然自投罗网了。

"今晚云层里的紫色和蓝色真是太美了，是吗，老兄，"他对父亲说，"那不是天空的蓝，而是一种花儿的蓝，就像瓜叶菊的蓝色悬在了天上。那一小片粉红的云朵，不是也像花儿的颜色，活脱就是康乃馨或绣球花吗？只有在拉芒什海峡，在诺曼底和布列塔尼之间，我才有更多的机会欣赏到这种天空变成花海的奇观。在那儿离巴尔贝克不远，就在那片不毛之地附近，有个宁静可爱的小海湾，每到傍晚可以看见奥日谷地一派落日熔金的景象，我对这当然并非无动于衷，但毕竟它还没有什么特色和意趣可言；而在那片云蒸霞蔚的天际，不时会绽放出花簇也似的云彩，或蓝色或粉红，那景观真是无与伦比，往往持续几个小时才渐渐退去。也有些天际的花儿方开即谢，但接下来只见满天撒的都是淡黄的、粉红的花瓣，那真可谓美不胜收哟。在这个据说是乳白石质的海湾里，金色的海滩好似安德洛墨达[1]的金发，不胜柔弱地依附于邻近海岸吓人的岩石，依附于这以海难频仍著称的不祥之地，每年冬天，总有许多船只葬身在阴森的海底。巴尔贝克！我们大地最古老的地质骨架，名副其实的Ar-mor[2]，大海的所在，地球的尽头，阿纳托尔·法郎士——我们的小朋友应该读读这位妙笔生花的作家——对这被诅咒的地区自有奇想，把笼罩在凄风惨雾下的这个海湾，描写成《奥德赛》中辛梅里安人真正居住的国度。在巴尔贝克，建起了一座座旅馆，层层叠叠地高耸于古老迷人的土地之上，而那片土地依然故我，漫步在如此美丽的原始区域上，那是何等快意的乐事啊！”

“哦！您在巴尔贝克认识什么人吗？”父亲说，“这小家伙正好要跟他外婆，也许还有内人一起去那儿住上两个月呢。”

眼睛正望着我父亲的勒格朗丹，被父亲问了个措手不及，一时间居然无法把目光移开去，但见这目光一秒一秒地愈来愈凝聚——嘴角始终有一抹忧郁的微笑——在对方的眼睛上，神情友好而坦诚，不怕跟对方的目光对视，仿佛对方的脸变得透明了，

1 安德洛墨达：希腊神话人物，埃塞俄比亚公主。她母亲夸口她比海中仙女更美，触怒了仙女涅瑞伊得斯。为平息神怒，她被绑在岩石上，任由海怪吞噬。幸而珀耳修斯杀死海怪，救下了她。

2 布列塔尼地区的克尔特语，意为“在大海上”。

他此刻正穿过这张脸，看着它后面的一朵色彩艳丽的云，这朵云使他心不在焉，使他得以在人家问他巴尔贝克有没有熟人的时候，由于想着别的事情而没听见问题。通常看见这种神情，对方总会问一句："您在想什么哪？"可是父亲非要知道个结果不可，他既恼火又残忍地接着说：

"您是不是在那儿有些朋友，所以才对巴尔贝克这么熟悉啊？"

勒格朗丹凝着笑意的眼神，在做最后的、近于绝望的努力，达到了温柔、迷茫、诚挚和心不在焉的极致，但他大概转念一想，明白这一次是滑不过去了，于是就对我们说：

"处处都有我的朋友，只要那地方有着受伤的树丛，虽被斫得伤痕累累却不倒下，相依相伴，以一种凄婉动人的执着，向对它们没有丝毫怜悯的上苍哀告恳求。"

"我说的不是这个，"父亲执着得像树丛，无情得像上苍打断了他的话，"我是怕我岳母万一出了什么事，会感觉到自己无依无靠的，所以要请问一下，您在那儿有熟人吗？"

"在那儿就像在别处一样，我每个人都认识，又一个人也不认识，"勒格朗丹回答说，他还不肯这么快就投降，"我熟识的景物很多，我熟识的人却寥寥无几。而那些景物，又跟罕有的几位天性优雅却生活失意的人自有相似之处。有时您会在悬崖旁、古道边看见一座小城堡，它耸立在那儿，让霞光尚未收尽的傍晚映衬它的忧伤，此时金色的月亮已悄然升起，回航的船只划开斑驳陆离的水面，桅杆顶端挂满的三角旗犹如夜之火，使海湾的傍晚变得色彩缤纷；有时那只是一所孤零零的宅子，貌不惊人，看似羞怯却又浪漫，它把多少幸福与幻灭的不朽之秘深藏不露，瞒过了世人的眼睛。这个不切实际的地方，”他以一种马基雅弗利式的微妙语气接着说，“这个纯然耽于幻想的所在，对一个孩子是很不相宜的，看着眼前这位已经流露出忧郁气质、心灵那么脆弱敏感的小朋友，我可既不会为他挑选，也不会向他推荐那样的地方，那种时时让人想起缠绵的爱情和无尽的追悔的氛围，对于像我这样上了年岁的过来人来说，也许还算不了什么，但在一个性格尚未成型的少年情况就不同了，它是有害于身心健康的。相信我，”他语气越发坚决了，“这个海湾的水，一半来自布列塔尼，对我这样受过损伤的心脏，对一颗病变到了已无法代偿的心脏来说，或许会有某种镇静作用，但这也未必靠得住。小伙子，这种质地的海水，是您这样年龄的少年禁用的。晚安，二位。”他像往常一样，突如其来地打个马虎眼，撇下我们掉头就走，但走出几步，又转过身来朝我们竖起一根手指，一如医生最后确诊：“五十岁以前别去巴尔贝克，到了那时也还得看心脏情况而定。”他对我们大声说道。

我们后来碰到他，父亲又重提此事，尽想些问题折磨他，但就是奈何他不得：他就像那种专在旧羊皮纸稿本上作假的学识渊博的骗子，按说以他的本领、才识，哪怕就凭其中的百分之一，他就完全能把日子过得更阔绰，而又生活得很体面，可他就是放不下这营生，我们这位勒格朗丹先生，如果父亲硬要盯着他问，他宁可滔滔不绝讲上一通景观的伦理标准和下诺曼底的天象学，也不会痛痛快快承认一句自己姐姐就住在离巴尔贝克两公里的地方，然后写封信把我们介绍给她；其实他大可不必这么害怕写这封信，要是他能料定——按说凭往常对我外婆性格的了解，他是应该能料定的——这封信我们是不会拿来派用场的。

我们外出散步，通常回家很早，以便赶在吃晚饭前去看看莱奥妮姑妈。初秋季节天色暗得早，但我们回到圣灵街的时候，还会有一抹夕阳辉映在屋舍的玻璃窗上，竖着耶稣受难像的小丘上，树林背后也依然横亘着一道紫红色的晚霞，远远地倒映在池塘里，泛出淡淡的红光，这红光，常常伴着寒峭的秋风，使我想起熊熊的炉火，因为炉火上的烤鸡对我来说意味着，在散步带来的充满诗意的愉悦之后，还有美餐、温暖和休憩的愉悦在等着我呢。要是夏天，我们回家时太阳还没落山；我们到莱奥妮姑妈屋里看她的这会儿工夫，光线转斜，照到了窗户，停在高高的窗帘和窗帘系绳中间，被分割成一块块、一条条，透过窗纱射进来，绺绺斜照给柠檬木衣柜镶嵌上金色小片的同时，照亮了整个房间，犹如照在林间灌木丛上那般柔和。不过，很难得的也有这种日子，我们回家时，衣柜上那些暂时的镶嵌早已无影无踪了；我们走到圣灵街的当口，窗户上已经看不见夕照的反光，小丘脚下的池塘敛起红光，甚至泛出了白蒙蒙的色泽，一道长长的月光，正拓展着它的清辉，在水面皴出粼粼的波纹，直往池底渗去。遇到这种日子，我们走近姑妈家时，总瞥见门口台阶上有个人影，妈妈就对我们说：

“天哪！弗朗索瓦兹在那儿等我们呢。你姑妈不放心了；瞧，我们回来得太晚了。”

于是，我们顾不得脱外衣，赶快上楼到莱奥妮姑妈的房间去，好让她放心，让她看见我们并没如她想象的那样出什么事，只不过是到盖尔芒特家那边去了，当然喽，既然往那边散步，姑妈也就明白，到底什么时候回家是说不准了。

“这不，弗朗索瓦兹，”姑妈说，“瞧我怎么对您说来着，我不是说，他们准是到盖尔芒特家那边去了！我的主啊！他们大概饿坏了！您那只羊腿烤到这会儿，怕是烤干了吧。这么说，光回来就得一个小时！真是的，你们怎么就到盖尔芒特家那边去了呢！”

“可我以为您早知道了呢，莱奥妮，”妈妈说，“我那会儿就想，弗朗索瓦兹是瞧见我们从菜园的小门出去的。”

在贡布雷附近有两边可以散步，它们恰好是反向的，所以当我们从家里往这边或那边出去时，实际上走的不是同一扇门：一边是梅泽格利兹-拉维纳兹那边，也叫斯万家那边，因为往那个方向去，要从斯万先生那座有花园的宅邸前面经过，另一边就是盖尔芒特家那边。关于梅泽格利兹-拉维纳兹，说实话，我所知道的就不过是这个那边和那些星期天到贡布雷来散步的陌生人，这一回我们大家，甚至连姑妈，都不认识他们了，而也就凭这一点，我们认为他们多半是打梅泽格利兹来的。要说盖尔芒特家，倒是有那么一天，我会对它了解得更详细的，不过那是很久以后的事了；在我的整个少年时代，如果说梅泽格利兹在我的心目中，就像天边一般遥远，无论我走多远，眼前总有种种外观跟贡布雷迥然不同的地貌挡住我的视线，让我没法看到它，那么盖尔芒特家，在我眼里就是它那条边的终点，一种与其说现实的，毋宁说想象的终点，一种像赤道、南北极、东方那样的抽象的地理概念。所以，说取道盖尔芒特家到梅泽格利兹去，或者反过来说，在我都是像取道东边到西边去那样毫无意思的说法。由于父亲说到梅泽格利兹那边时，总说那是他见过的最美的平原景色，说到盖尔芒特家那边时，又总说那是典型的河畔风光，我就在想象中把它们看成两个实体，赋予它们只有思维的创造才有的那种凝练和划一性；其中的任何一个，哪怕只是小小的一角，在我眼里都很珍贵，都在展现着它们卓异的魅力，相比之下，在我们到达这片或那片神圣的土地之前，它们作为平原景色和河岸风光的典范而置身其间的那些十足世俗的道路，就不值得一看了，好比剧院附近的窄街小巷，醉心于戏剧的观众对它们是不屑一顾的。尤其是，我在它们中间，除了以公里量度的距离之外，还加上了我那始终想着它们的脑子里的距离，这样的存在于脑海中两个不同部位之间的距离，属于一种意念上的距离，它不仅使两样东西离得更远，还使它们彼此分开，并将它们置于不同的平面。由于我们习惯上从来不在同一天里同时去两边散步，而总是某一天去梅泽格利兹那边，另外一天才去盖尔芒特家那边，所以它们之间的这条界线就越发显得泾渭分明，而且，不妨这么说吧，把它们彼此藏得远远的，让它们各守一隅，互不相识，分别置于不同的下午封闭的、互不连通的罐子中。

我们要到梅泽格利兹那边去的时候，出门的当口（通常不太早，即使天不好也这样，因为散步路程并不长，也不会耽搁太久）就像随便去哪儿走走似的，从姑妈家的大门出去，先走上圣灵街，接受兵器铺掌柜的鞠躬致意，把信投进邮箱，路过泰奥多尔店铺时替弗朗索瓦兹捎个口信，说她咖啡或者油用完了，然后沿着斯万先生家花园的白色栅栏边上的那条路出城。往往还没走近那花园，就远远闻到了丁香吐出的芳香，仿佛是迎接我们这些陌生人。这些丁香花，掩映在心形的绿色小嫩叶中间，从花园的栅栏上好奇地探出淡紫、粉白的羽冠，一簇簇羽冠沐浴在阳光中，就连背阴的地方都是亮晃晃的。有几丛丁香树，被那座称作箭楼、现在是看门人住的小小瓦屋遮去了一半，却从哥特式的山墙上方伸出清真寺尖塔似的粉红色花簇。这些《可兰经》里的仙女，赋予这座法兰西花园的情调，有如古波斯人的细密画那般艳丽而又纯净；跟这些仙女相比，连春天里的山林女神都不免显得有些俗气。我多么想搂住她们柔软的腰肢，吻吻她们芳香闪亮的鬈发啊，可是经过她们面前时我们没有停步，原因是爸爸妈妈自从斯万结婚以后没上当松镇来过，他们不想让人觉着我们是在往花园探头探脑，就故意不走围墙边上直通田野的那条路，而改道走另一条路，那条路虽然也通往田野，但是斜刺里过去，要多走不少路。有一天，外公对父亲说：

“斯万昨儿说，他老婆和女儿都到兰斯去了，他也要趁这当口到巴黎去两天，这话您是听见的喽？既然那些娘儿们不在家，咱们何不就沿着花园边上走，好少走些冤枉路呢。”

于是我们在栅栏前面停了一会儿。丁香的花事已经显得有些阑珊；有几株丁香还在高处流光溢彩的淡紫色花云中绽放气泡似的俏丽花簇，但是大部分枝叶，仅仅一星期前花苞还在竞相吐放芬芳的那些枝叶，如今只剩下皱瘪的花瓣，干巴巴的了无香味，兀自凋零萎蔫，发黄变黑。外公指点给父亲看，自从老斯万夫人去世那天，他和老斯万先生一起散步以来，哪些地方景物依然，而哪些地方已经人是物非了，他抓住这个机会，把那次散步的经过原原本本又讲了一遍。

我们面前，一条两旁种着旱金莲的小路，在明媚的阳光中往上引申通向宅邸。而在右边，花园却随着平坦的地面拓展开去。在匝园而植的高大乔木的浓荫遮蔽下，有斯万的父母着人挖就的一个池塘。但即使在人工痕迹最为明显的创造活动中，人类改造的对象仍然是自然。园里的有些景点，始终在周围保留着自己的独立王国，以此向整座花园炫示旷古已有的标记，它们傲然忍受无法排遣的永恒的孤独，才逃过了人工堆砌布置的劫难。就这样，在那条俯临人工池塘的小路低处，有两排花圃，间种着毋忘我和长春花，交织成一顶精致的天然花冠，蓝莹莹的，箍在池水若明若暗的额际，而剑兰则以一种皇家气派的从容，听凭利剑似的叶片弯下身去，把紫色、黄色的百合花徽伸向浸在水中的泽兰和水毛茛。

斯万小姐的出门——一方面排除了一种令人发怵的可能性，让我免得跟她在一条小路上不期而遇，免去跟这位有幸和贝戈特做朋友、和他一起参观大教堂的小姑娘结识并受她冷落的尴尬——另一方面又使第一回得以静静观赏当松镇这件事，在我眼里变得兴味索然了，但在外公和父亲眼里，这座别墅反而变得和易近人，平添了一种短暂的可爱之处，而且，就像万里无云的好天气对于一次山区游览那样，使得这一天格外适宜于一次往这边的散步：我一心希望他们的如意算盘落空，巴不得发生个奇迹，斯万小姐和她父亲冷不丁出现在我们面前，相距得很近很近，让人来不及避开，不能不去和她相识。所以，当蓦地在草地上瞥见一只没加盖的篓子，放在一根钓竿旁边，钓竿上的浮子还浮在水面上，仿佛是她有可能并没出门的迹象，我就急忙把父亲和外公的视线引到另一边去。不过，斯万事先和我们说起过，他这回还真有些不该出门，因为这阵子有位朋友一家子正住在这儿，那么这根钓竿也说不定就是某位客人的呢。四下里的小路上，到处都听不见一点脚步声。一只看不见的鸟儿，栖息在不知哪棵大树的树干上，也许它想让白天别显得这么漫长，使劲鸣啭着长音来打破四周的寂静，可是寂静回答它的是一片翕然的回响，使周围显得格外静谧、凝滞，简直让人觉得，就在那鸟儿想要把时光快些打发走的当口，它反倒把时光永远给留住了。阳光从静止的天空无情地直射下来，叫人只想找个它顾不到的地方去躲起来，池水沉沉睡去了，尽管有虫子在无休无止地扰乱它的清梦，它大概还是梦见了某个想象中的大漩涡，仿佛要把那只软木浮子全速拉进倒映在水面上的那片静谧无垠的蓝天中去，我刚才瞥见浮子时那不宁的心绪，变得越发纷乱了；眼看那浮子竖了起来，似乎马上要扎进水里去，我不由得撇下了又想又怕认识斯万小姐的思虑，思忖着是不是该去通知她一声鱼儿咬钩了——就在这当口，已经走了一阵的父亲和外公，瞧见我没在那条渐渐升高、通往旷野的小路上跟着他俩，惊讶得连连大声喊我，于是我只得一路小跑赶上前去。我只觉得，小路上到处都是英国山楂的花香，就像在嗡嗡作响似的。一溜树篱，宛如一排小教堂，掩映在大片大片堆簇得有如迎圣体的临时祭坛的山楂花丛里；花丛下面，阳光在地面上投射出四四方方的光影，仿佛是穿过玻璃天棚照下来的；山楂花的香味，显得那么稠腻，就像是成了形，不再往远处飘散似的，我恍惚觉得自己置身于圣母马利亚的祭台跟前，四下里点缀着精美的鲜花，一派漫不经心的样子，各自捧出一束束灿烂耀眼的雄蕊，纤细的叶脉尽情舒展草莓花般白皙的肉茎，像焰火似的辐射开去，一如教堂祭廊扶手或彩绘玻璃窗中梃间雕镂的花卉图案。再过几个星期，野蔷薇也将身穿一阵清风就能掀开的薄绸红上衣，迎着明媚的阳光攀上这条乡间小路，但相形之下它们显得多么稚憨，多么乡态可掬啊！

我流连在英国山楂树前，嗅着这无形而又不变的香味，想把这时而消失、时而重现的芳香送进茫茫然的脑际，让我跟得上充满青春活力、把山楂花随处点缀的轻快节奏，跟得上如同某些跳跃音程那般出人意料的距离间隔，而这些山楂树也颇为慷慨地把自己的音乐魅力绵绵不断呈现在我面前，但尽管如此，它们依然执意不容我做进一步的探究，就像有些旋律，我们哪怕演奏上一百遍，也仍然无法领会其中的奥妙。我转身离开片刻，想让自己过会儿能带着更新鲜的活力去接近它们。我信步走到了斜坡跟前，绿篱背后的这道斜坡，坡度很陡地通往旷野，一株离群索居的虞美人和几支矢车菊，犹如那些编织在地毯边缘，日后将大出风头的疏疏朗朗的乡下图案；星星点点的几所房舍，就能让旅人知道村子已近，那些花儿虽然只是寥寥几朵，如同各据一隅的房舍那样相隔甚远，但它们让我知道，前方就是麦浪滚滚、白云翻卷的一望无际的田野，一支虞美人花，宛如在乌黑油亮的浮标上方似的，挺立在缆索般的茎秆上，听凭火一般红艳的花瓣迎风飘扬，我一见之下，不由得怦然心动，好似那怦然心动的旅客，他远远地瞥见了前方的低地里捻缝工正在嵌抹一艘搁浅的船，没等望见海水就脱口喊道：“大海啊！”

然后我又回到山楂树前，就像一个人站在名画跟前，以为有一会儿转过眼去不看它们，就能更好地看懂它们似的，可是尽管我用双手搭成凉棚遮在眼上，专注地盯着它们看，它们在我身上唤起的情绪却依然是暧昧而朦胧的，无法跳脱出来，附丽在这些花儿上。这些花儿并不来帮我弄清这种情绪，而我又没法去让别的花儿来使它变得豁朗些。于是，当我听到外公一边唤我，一边指着当松镇的绿篱对我说：“你既然这么喜欢山楂树，那就来瞧一眼这棵红色的山楂吧；瞧它有多美！”霎时间我感到一种愉悦的震颤，那是我们蓦然看见自己心爱的画家一幅陌生的杰作，或者被人领到一幅以前只见过铅笔草图的油画跟前，或者看到一首仅听过钢琴演奏的曲子顷刻间被乐队赋以华丽色彩的时候，才会感觉到的那种愉悦。果然，那些山楂花是粉红色的，比白色的更漂亮。它还披着节日的盛装——当然是那种真正的节日，也就是宗教节日，而不是由某人突然心血来潮随便选定的、全无假日气氛的世俗节日——但那是更华丽的盛装，缀满枝头的花朵层层叠叠，不留半点装饰未尽之处，就像一根饰满绒球的洛可可式的牧杖，而且是彩色的，按照贡布雷的审美观点，品位就更高，这不，广场商店和卡米杂货铺里，凡是红颜色的饼干都要卖得贵一些的。我呢，也更喜欢吃那种淡红色的干酪。正因为这些花儿选择了一种可以吃的东西的色彩，或者说一种盛大节日专用服饰的优雅色彩，而这些色彩又是这些花儿卓尔不群的佐证，所以在孩子们眼里，它们毋庸置疑是美的，而且因此总显得比别的色彩更活泼、更自然，即使后来他们也明白了这些色彩并不能解馋，也没被缝衣女工选作过衣料颜色。确实，我油然而生的感觉和站在白山楂树跟前那会儿很相像，但叫我更为赞叹不已的是，这种节日气氛并不是有人刻意张罗，强加在这些花儿身上，而是大自然通过一个忙着布置临时祭坛的乡下女商贩的天真神态自发流露出来的，此刻她正一个劲儿地把这些粉红的花儿往祭坛上放，堆成一个色调过于鲜嫩的、颇有过时的外省风格的玫瑰花形树丛。这些小树的枝头，如同盛大节日里布置在祭台上、在许许多多裹着锯齿形纸片的花盆里闪耀着柔嫩铃蕾的小株玫瑰，挂满了成千上百色泽更淡雅的小蓓蕾，将绽未绽，让人看得见淡红色的大理石杯钵状的花瓣里那血红血红的颜色，比花儿本身更明显地透露出了这种无论在哪儿绽芽、开花总是粉红色的山楂树确实属于特异品种。这丛富有宗教意味的美妙花树，置身于树篱之中，却又和这片树篱迥然不同，就像一位身穿节日衣裙的姑娘站在没打算出门、衣着很随便的一群人中间，它们裹在清新的红装里，笑吟吟地显得那么灿烂可爱，准备迎接圣母月的庆典，俨然已是其中不可或缺的组成部分。

穿过树篱望进去，可以看见花园里的小路两旁，种着茉莉花、三色堇和马鞭草，紫罗兰也在它们中间绽开着玫瑰色的鲜嫩花囊，那是一种能让人觉着芳香的，宛如磨勚的科尔多瓦[1]皮革的玫瑰色；一卷漆成绿色的长长的喷水管，沿着砾石伸展开身子，把浸透花香的喷头竖在花丛上方，朝天喷洒出由无数细小的、色彩缤纷的水珠组成的棱锥形水帘。蓦地，我停住脚步，没法移动了；有时我们眼前的景象，不仅要诉诸视觉，而且要诉诸全身心的一种更深刻的、精神更集中的感受，我此刻就处于这样的状态。一个金栗色头发的小姑娘，好像刚散步回来，手里拿着园丁小铲，抬起布满玫瑰红雀斑的脸蛋，对准我们望着。她那双黑眼睛闪烁着光芒，而我因为当时不懂，后来也没弄明白，怎样对一个强烈印象进行客观的分析，或者说，由于我缺乏足够的观察力来形成这双眼睛颜色的概念，所以在很长一段时间里，每当我想起她，记忆中的这双眼睛马上会闪现出一种明亮的碧蓝色，那正是她头发是金黄色的缘故：结果呢，要不是她有这么双乌黑的眼睛——每个人第一次见到这双眼睛，都会留下强烈的印象——说不定我当初还不至于那么格外钟情于她的蓝眼睛哩。

1　西班牙南部城市，历史上曾是繁荣的商业文化中心，所产皮革以精美著称。

我朝她望着，起先我的目光不只是眼睛的代言人，种种不安和愣怔的感觉都迫不及待地想从眼睛的窗户探身出来，那道目光则竭力想去接触，去捕获，去掳走它注视的这个肉体以及其中的灵魂；随后，我生怕外公和父亲说不定什么时候看见了这个小姑娘，会把我叫过去，让我走在他们前面，所以我的第二道目光，不知不觉中有了央求的意味，巴不得能强迫她来注意我，跟我打招呼。她抬头往前，斜着眼打量外公和父亲，大概觉得他们很可笑，因为她转过脸，神情冷淡而轻蔑地侧过身去，不让自己的脸留在他们的视野里；而他们一直在往前走，没有看见她，所以走到我的前面去了，于是她让自己的目光一路尾随着我，没有一点表情，看上去就像没有看到我似的，但是这道执着的目光后面，隐匿着一种笑容，就我所接受的有关教养的观念而言，这种笑容只能解释成轻侮的表示；同时她还稍稍做了个秽亵的手势，我对礼节之类的规矩所知不多，但我想，公然向一个不认识的人做这种手势无非只有一种意思，就是不屑跟对方打交道。

“嗨，吉尔贝特，过来；瞧你在做什么呀。”一位夫人尖着嗓子专横地喊道。这位穿白裙的夫人我刚才没看见，离她不远，还有一位我不认识的先生，身穿斜纹便装，眼睛瞪得大大的，直勾勾地盯着我看。那小姑娘蓦地敛起笑意，拿起铲子就走，连头也不朝我这边回一下，那副神情既像很听话，又让人觉着捉摸不透，不知她心里在使什么坏。

就这样，吉尔贝特的名字传到了我的耳畔，它就像一道护符，也许将来有一天，我能凭它找到这个名字所代表的活生生的她，然而在这一刻来到以前，这个她，在我只是一个飘忽不定的形象。就这样，这个名字从茉莉花和紫罗兰丛上方，犹如绿色喷水管的喷水那般急遽、清洌地传了过来；对那些和她一起生活、出游的幸福的人来说，这个名字代表着一个他们所熟悉的姑娘，此刻她正以自己神秘的生活给这个名字一路穿越——并将其隔离起来——的纯净区域注入新鲜的雨露，添上虹彩的颜色；这个名字在红色山楂树丛下面，在齐我肩膀的高度传来，在备感痛苦的我听来，像是炫耀他们对她的生活，对我无从进入、无法得知的她的生活的熟稔。

刹那间（当时我们走了开去，外公低声说："可怜的斯万，他们给他扮的是个什么角色噢：叫他离开，就为让她可以单独接待她那个夏尔吕，可不就是他吗，我认得他！那个小姑娘，这种肮脏事儿居然也有她的份儿！"）我忽然有了这样一个印象，吉尔贝特母亲唤她时用的完全是不容分说的口气，而吉尔贝特没有回嘴，这就等于向我表明，她还是得听从别人，并非那么高高在上的，想到这儿，我心里稍为好受一点，滋生了些希望，消退了些爱情。可是爱情旋即又在心中涌起，就像一种反冲：我那颗受了委屈的心，想靠着这股反冲力和吉尔贝特持平，要不就让她降到齐我的心。我爱她，我后悔没来得及急中生智气气她，让她憋一肚子气，让她想忘也忘不了我。我觉得她实在太美了，恨不得能拔脚跑回去，耸耸肩膀对她嚷道："我觉得你又丑又好笑，我讨厌你！"可是我越走离她越远，而把这个红棕色头发、长着玫瑰色雀斑、手里拿着小铲子的少女的影像，永远留在了心头；有些幸福，像我这样的孩子是拗不过自然规律而无法得到的，这是开了一个头。这个笑吟吟的小姑娘，最让我难忘的是她远远看我的目光，那眼神仿佛随时在准备使坏，却又似乎没有一丝表情。她和我一起在粉红山楂花下听见的这个名字，已经变得如此迷人；和她相关的一切，我外公外婆不胜荣幸得以结识的她的祖父母，至高无上的经纪人的职业，还有她住在巴黎香榭丽舍的那个令人黯然神伤的地段，都将领略这个名字的魅力，染上它的芳香。

“莱奥妮，”外公进屋时说，“刚才你要是和我们一起出去，那有多好。你会认不出当松镇了。你那么喜欢红山楂，我真想折一支给你，可我不敢哪。”外公于是把我们散步的所见所闻一五一十讲给莱奥妮姑妈听，一则给她解解闷，二则他还存有一线指望，想说动她出门走走。她以前是挺喜欢这庄园的，再说她现在虽说已杜门谢客，但她最后几次接待的来客就是斯万。即使他现在来向她问好（她是我们家唯一他还要求谒见的人），她让人回答说她很累，但是她还是让他下回再来，那天晚上甚至说：“对，赶上哪天天气好，我要乘车去那儿的花园门口看看。”她说这话是诚心诚意的。她想再去看看斯万和当松镇；可是这一心愿始终未能实现，因为毕竟避免消耗体力对她来说更要紧；要去当松镇，她是力不从心啰。有时候看看天气挺好，她觉得有了点劲儿，于是起身，穿衣；可还没等到走进外面的房间，她就觉得吃力了，只得回去睡在床上。在她身上已显端倪的——无非比通常来得早了些而已——正是步入老境后的遁世心态，有这种心态的老人往往作茧自缚，坐等死亡的来临，他们的生命可能延续很久，但到了晚年，即便在有过一段刻骨铭心的爱的情人之间，或者在当年同声相应、同气相求的挚友之间，我们也能看到这种心态，它还会让老人从某一年起变得很孤僻，中止一切外出，无论是出门旅游，还是相互拜访，中止一切书信来往，认定这尘世间已无心曲可通。姑妈想必早已认定这辈子不会再见到斯万，也不会再走出房门一步，但是这种毅然决然的隐居，由于以下的原因而变得相当自然，尽管这个原因在我们看来按说是该使她痛苦倍加的：这种隐居生活是精力衰退的必然结果。她眼看自己一天不如一天，稍微动一下，就觉得累，觉得浑身不舒服，因而闲散、孤独和安静，在她眼里自有一种颐养天年的舒适。

姑妈没有去看粉红色的山楂树篱，可是我时时刻刻都会问爸爸妈妈，姑妈到底还会不会去呀，以前她是不是常去当松镇呢，就是想引爸爸妈妈说到斯万小姐的父母和祖父母，他们在我心目中好比神祇一般崇高。斯万这个名字，在我心中犹如希腊罗马神话中的名字，只要一和爸爸妈妈说话，我就心痒痒地巴望听他们提到它，我自己不敢说这名字，但我会绕着弯子，旁敲侧击地把话题引到吉尔贝特和她的家人身上，让我觉得自己并没被放逐得离她太远；比如说，我会突然袭击，装糊涂说什么外公的职务是家族世代相传的，或者莱奥妮姑妈想看的粉红山楂树篱筑在公共地块上，等等，于是父亲不得不来纠正我的说法（看似跟我不相干，是他自己要说）："不对，这个职务原先是斯万父亲的，这个树篱是斯万家花园的。"这时我不得不深深吸一口气，因为每当我听见这个名字，就觉得任何别的名字都不如它丰盈充实，我事先在心里默念这个名字时，它总是那么沉甸甸的，此刻父亲说出了这个名字，它进入了我心灵深处珍藏着它的所在，顿时让我感到几乎要透不过气来了。它使我感到一种莫大的愉悦，让我甚至都不好意思对父母说，因为这种愉悦感如此强烈，他们势必要为此付出很多，而且不可能得到补偿：这并不是他们所能享受的愉悦呵。我把话题转开去，一则是出于谨慎，二则是有所顾忌。我赋予斯万这个名字的特有的诱惑力，只要他们把这名字说出口，我就马上会敏锐地感到它的存在。于是我突然觉得，爸爸妈妈也不可能不感觉到它，他们会从我的角度出发来看待这一切，依稀看见我心心念念萦绕心头的梦，非但不责怪我，反而同情我，和我有共鸣，想到这儿我挺难受，仿佛他们是听了我的话才被我拖下水的。

这一年，父母安排回巴黎的日子比往年早了一点，动身那天早晨，为了要拍照，给我卷了头发，又特地让我戴上一顶我从没戴过的帽子免得弄乱鬈发，还给我穿上一件厚绒的上衣。妈妈到处都找遍了，最后在毗邻当松镇的那个小斜坡上看见我伤心地流着泪，正把山楂树带刺的枝条搂在怀里，在向它告别。当时的我，就像悲剧中的一位公主，被那些无聊的装饰压得难受，怨恨那只讨厌的手在我额头绕起发绺，小心翼翼地打上一个又一个的结[1]；我恨恨地扯下夹住发绺的卷发纸和那顶新帽子，扔在地上用脚踩。母亲并没有让我的眼泪给打动，她一见捅破的帽子和弄脏的上衣，情不自禁地叫了一声。我根本没听见她的声音，兀自流着泪说："哦，我可怜的小山楂树，让我伤心、赶我走的并不是你们哟。你们从来没有给我添过烦恼！我会永远爱你们的。"说完，我抹去眼泪，在心里向它们发誓，我长大以后，不会像别人那样过荒唐的生活，即使住在巴黎，到了春天，我也不去沙龙做客听无聊的谈话，我宁愿乘车来乡间，探望花蕾初放的山楂树。

去梅泽格利兹那边散步，走进田野就出不来了。田野里似乎永远有肉眼看不见的游荡者，有我视若贡布雷保护神的风在窜来窜去。每年我们到那儿，我总要登上高处，寻觅风在犁沟里穿行

1 可参见拉辛《菲德尔》第1幕第3场。雅典公主菲德尔有一段台词："这些无聊的装饰，这些面纱压得我太重！/是哪只讨厌的手，在我额头绕起发绺，/小心翼翼地打上一个又一个结？……"

的踪影，而且禁不住会奔跑着追逐它，我觉得只有这样，才能真正感到自己是在贡布雷。在梅泽格利兹那边，漫步在微微隆起、方圆几里内一马平川的原野上，总有微风陪伴在你身旁。我知道斯万小姐常常会到拉翁镇来住上几天。虽说离那儿还有好几里，但路途的平坦，使路程变得不那么漫长了。炎热的午后，极目远眺，可以望见一阵清风起于遥远的地平线，把远方的麦田吹得低伏下去，然后像波浪一般流经广袤的田野，最后喃喃絮语着，温柔地歇息在我的脚边，憩睡在驴食草和苜蓿丛中，这片我和她共有的原野，仿佛把我俩维系在一起，彼此变得更相近了；我想，这阵清风经过她身旁，一定给我带来了她的信息，可惜我听不懂这温柔的絮语，我只能在它经过我身旁时深情地吻它。左首有个村庄，名叫尚比耶（神父管它叫Campus Pagani）。右首只见麦田上方耸立着两座雕刻风格朴素的钟楼，这是圣安德烈乡村教堂的钟楼，它们顶端尖峭，屋瓦鳞片般叠置，形成格状饰纹，远看像两棵正在变黄的麦穗。

每隔几步就有一棵苹果树，在苹果树叶——它们跟别的果树树叶不同，你绝不会认错——无与伦比的装饰下，绽放着宽阔的、白色锦缎似的花瓣，或悬下一束束正在变红的羞答答的蓓蕾。我在梅泽格利兹那边才第一次注意到，苹果树在阳光明亮的泥地上，投下的是圆圆的阴影，落日的斜晖在树叶下抽出一丝丝摸不着的金线，我见到父亲伸出手杖去挡它，但金线从不转向折射。

有时候，苍白的月亮会爬上下午的天空，犹如一朵悄然而至、暗淡无光的云，犹如一个没有参加演出的女演员，穿一身日常装束，静静地在剧场里看了一会儿同伴的表演，随即退了出去，不想让人注意到她。我喜欢在画上、在书里看到月亮的身影，但是这些作品——至少起初几年，在布洛克还没有引领我的眼睛和思想习惯于更为微妙的和谐之前——完全不同于如今让我觉得它美、当时却叫我认不出它来的那些作品。这些作品，比如说森蒂纳的某部小说，或者格莱尔的某幅风景画（画上的月亮挂在空中，清晰地勾勒出一柄银镰的模样）的稚拙肤浅，正好跟我当时的趣味相投，赛里娜和弗洛拉姨婆见我居然喜欢这类作品，不禁大为生气。在她俩看来，人们应该把自己成年后依然赞赏备至的作品拿给孩子看，而且孩子一接触那些作品就会爱上它们，表现出值得嘉许的欣赏趣味。她俩大概是把高雅的审美情趣当作明眼人绝不可能看走眼的一样物件了，她们没有想到，那是要在孩子耳濡目染接触了许多类似的对象之后，才能渐渐在自己头脑里形成的观念。

在梅泽格利兹那边，蒙舒凡别墅前临大水塘，背靠一道灌木丛生的斜坡，这就是凡特伊先生府上。我们常在路上遇到他女儿驾着辆轻便马车疾驶而去。到了有一年，每次遇到她，身边总多了一个年纪比她大的女友，此人在这一带名声不佳，但有一天她居然在蒙舒凡住下不走了。有人说了："可怜的凡特伊先生被对女儿的爱蒙住了眼睛，根本看不见人家背后在议论呢。要不，以他连一句不得体的话都听不得的脾性，怎么会让自己的女儿跟这么个女人一起过日子呢。他说这女人教养好，人品也好，还说她可惜没机会学音乐，否则一准有非凡的音乐才能。他想必也心知肚明，她在他女儿身上操心的可不是音乐噢。"凡特伊先生是说过这样的话；其实值得让人注意的是，一个人总能在和他或她有肉体关系的人的父母身上，激起对他或她品德的赞赏。情欲之爱，尽管常遭无端的诋毁，却确实能促使一个人把自己身上善良、无私的一面，涓滴不漏地表现得淋漓尽致，让最亲近的人看在眼里觉得光彩闪烁。那位佩斯皮耶大夫粗嗓门、粗眉毛，高兴的话可以扮个恶人的角色，但因为平日里的相貌挺和善，所以有了个狷急耿直的好名声，这名声他本来不配，但已不可动摇。他自有办法粗声粗气地吹上一通，说得神父和大家伙儿笑得眼泪都出来："得！听说她是在跟她的朋友，凡特伊小姐，一起学音乐呢。这你们可没想到吧。我本来也不知道，凡特伊老爹昨儿才告诉我。反正这娘儿们也有权喜欢音乐呗。我呢不赞成压抑孩子的艺术天分，看来凡特伊也跟我一样。何况他是跟女儿的女朋友在一起弄音乐呢。嘿！这两个人就他妈的窝在那个小屋子里弄音乐。你们笑什么呢？敢情这帮人弄音乐也实在太上劲儿了。那天我在公墓边上见到凡特伊老爹，他可连站都站不稳喽。"

无论是谁，只要是像我们一样，在这段时间见过他瞧见熟人就远远躲开，几个月来明显变老，身陷愁城，心心念念想着女儿的幸福，其他一切都不闻不问，整天流连在亡妻的墓前——凡是这样见过他的人，都会明白他正在忧愁中老去，都会想到他已不会对周围的风言风语一无所闻。他知道人家背地里在说些什么，甚至说不定还相信这些话呢。他虽说品德高尚，但也许不属于能够不为复杂的环境所左右，绝不跟自己严词谴责过的秽行陋习妥协共处的人——况且他已经无法辨认伪装过的这些秽行陋习，它们改头换面，处心积虑地来和他接触、使他痛苦：某天晚上，说出奇奇怪怪的话，表现出莫名其妙的态度的竟然不是别人，而是某个他本来有种种理由去爱护的人。一个像凡特伊先生这样的人，跟另一个对类似境况泰然处之（人们往往把这错认为放荡不羁的人群所特有的处世态度）的人相比，势必要承受更多的痛苦：当一种恶习需要存在和发展空间时，这类境况就会产生，而一个孩子出于天性沾染的恶习，有时无非就是把父亲和母亲的优点混合一下，好比把他俩眼睛的颜色调和一下而已。凡特伊先生也许对女儿在做些什么是了解的，但他对她的崇拜并不因此有所减退。我们所相信的人和事，自有其存在的天地，外界的事实是无法进入这个天地的；它既不曾生成信念，也不能摧毁信念；纵使事实能证明我们所相信的东西全都是假的，全都是谎言，也无法削弱、动摇这些信念，即使一个家庭迭遭不幸，灾祸病患接踵而至，这家人也不会对天主的仁慈和大夫的医术有丝毫怀疑。然而，当凡特伊先生用大多数人的眼光，从在外名声如何的角度来考虑自己和女儿，当他竭力想让自己和女儿保持他俩在一般人心目中的地位的时候，他对这种社会等级观念的膜拜，和那些跟他势不两立的贡布雷居民毫无区别了，他觉着自己和女儿已然沦落到社会最底层，他的处世态度很快就适应了这种卑微的身份；在这以前一直远远在他之下的人，他现在得仰起头来去看他们，向他们表示敬意；出于失意潦倒之人几乎下意识的反应，他情愿为得以和那些人平起平坐而处处赔小心。有一天，我们和斯万在贡布雷的一条街上往前走，凡特伊先生刚好从旁边一条街转出来，冷不防跟我们打了个照面，要避开都来不及了。斯万自有一种上流社会纡尊降贵的亲切风度，在他暂时撇开自己的全部道德偏见之时，会感到正因为别人身受屈辱，自己就更应该去关心对方，这种好意的表示，满足了他作为施与者的自尊心，所以会使他感到对接受者来说越发显得珍贵；就这样，斯万跟以前从没搭过话的凡特伊先生谈了很长时间，在和我们分手时还请他改日让他女儿上当松镇去玩。这份邀请，放在两年以前，凡特伊先生会嗤之以鼻，而现在，他只觉得感激涕零，生怕显得唐突，不敢贸然接受。斯万对他女儿的亲切态度，让他觉得自己有了一种依托，这份依托实在太有面子，太可珍贵了，他心想，也许还是别去动用，把它保存起来为好，他留恋这种纯粹柏拉图式的温情。

“真是个好人，”他在斯万和我们分手以后说这话时感激、敬重的神态，活像那些既聪明又漂亮的小家碧玉折服于一位公爵夫人的魅力，尽管她又丑又蠢，依然对她尊敬有加，“真是个好人！可惜啊，结的婚太不般配了。”

其实，就算最诚笃的人，也免不了夹杂着不少虚伪的成分，当面和人交谈时，可以把对他的意见放在脑后，人一走，可就照说不误了，于是父亲、外公和凡特伊先生以原则和习俗的名义，对斯万的婚姻大表遗憾（为此，甚至还和斯万在一起的那会儿，他们就提到了原则和习俗，以表明大家彼此彼此，都是老实人），瞧他们那模样，不消说，蒙舒凡是容不得斯万此人的。凡特伊先生没让女儿上斯万家去做客。没承想这一位倒先急上了。每回刚和凡特伊先生分手，斯万就想起早就想问问他有关某人的情况，这个名字跟他一样的人，斯万猜想是他的亲戚。最近这一回，斯万对自己说，等凡特伊先生送女儿到当松镇来做客的时候，可千万别再忘记问他了。

沿着贡布雷散步，梅泽格利兹那边的路程比另一边来得短，由于这个缘故，我们往往把它留给天气变化不定的日子，这样一来，梅泽格利兹那边的气候就以多雨为主，我们在鲁森镇森林浓密的枝叶下面躲雨时，少不得要欣赏一番林边地带的风景。

太阳藏在一朵变幻着鹅蛋形模样的云彩背后，给它镶上黄色的边缘。田野失去了光彩，但还是那么明亮清澈，乡村原野的生命气息，仿佛悬浮在半空；鲁森镇的村落，在天空上勾勒出白色的屋脊，犹如简洁的浮雕，而雕工之精细，令人叹为观止。风过处，惊起一只乌鸦，远远地飞到别处停下，在泛白的天空衬托下，树林的深处越发蓝得发黑，有如老式房子里装饰窗户间墙壁的那些单色画的色彩。

有时候，正如眼镜商放在橱窗里的小矮人儿警告过的那样，大雨瓢泼而下[1]；大颗大颗的雨点，犹如结伴而飞的候鸟，密密麻麻地自天而降。它们保持着密集的队形，在迅疾的行进中从不掉队，每颗雨点都有自己的位置，紧随而至的是另一颗雨点，整个天空黑压压的，好似又有一大群燕子飞上了天。我们在林子里躲雨。等雨阵的行进看似结束时，总有几颗接不上力、有些迟缓的雨还会落下来。大家从躲雨的地方往外走，任凭那几颗雨滴惬意地留在了树叶上，地面已经差不多干了，但仍有一些雨滴，或在叶片的茎脉间嬉戏，或悬于叶尖憩息，在阳光下闪着光，然后从树枝高处骤然滑落，掉在我们的鼻子上。

我们还常常奔进圣安德烈乡村教堂的门廊，跟那些圣徒和先贤的石像挤挨在一起。这座教堂的法国味儿可真浓啊！大门上方，婚礼或葬礼场景中的圣徒和骑士装束的国王，各人手执一朵百合花，就跟弗朗索瓦兹心目中的圣徒、国王一模一样。雕塑家也以亚里士多德和维吉尔的某些逸闻作为题材，叙事方式类似于弗朗索瓦兹在厨房里很自然地讲起圣路易，听那口气就像她自己认识圣路易似的，她讲圣路易往往是有所指的，矛头所向是外公外婆或姑婆，

1　参见第五卷《女囚》开头。贡布雷的眼镜商把一个小矮人儿放在橱窗里预报天气，每逢晴天小人儿就掀开风帽，遇到下雨天就把帽兜“砰地盖上”。

她要出出他们的丑，说他们比不上那一位公正。我们可以感觉到，中世纪艺术家和中世纪（一直活到了十九世纪的）农妇是一脉相承的，他们那些很不准确而又天真敦厚的古代历史或宗教史观念，并非来自书本，而是来自一种源远流长的传统，这种传统是直接承继而绵延不断的，是口头相传而变得走样的，尽管原貌已难以辨认，但依然充满着生命力。我认出的另一位贡布雷人士，也在圣安德烈乡村教堂的哥特式雕像中有其潜在的、富于预言意味的表现，那就是年轻的泰奥多尔，卡米店铺里的那个伙计。弗朗索瓦兹一心认定他是个本乡本土的同辈人，每逢莱奥妮姑妈病得不轻，弗朗索瓦兹一人已搬不动她的身子，没法帮她在床上翻身，也没法把她抱进扶手椅的时候，与其让帮厨的姑娘上楼在姑妈面前露脸，她宁可唤泰奥多尔来。于是，这个普遍被人（不无道理地）看作孬种的小伙子，满怀洋溢在圣安德烈乡村教堂雕像之间的情感，尤其是弗朗索瓦兹认为对所有可怜的生病人，对她可怜的女主人理应抱有的尊敬之情，从枕头上轻轻托起姑妈脑袋的那会儿，脸上现出了浮雕上小天使天真、虔诚的表情，这些小天使人手一支蜡烛，殷勤地围绕在虚弱的圣母身边，仿佛这些石雕没有着色的灰蒙蒙的脸，一如冬天的树林，只是在休眠，在储存活力而已，春天一到就会在无数张世俗的脸上重新焕发起勃勃生机，给这些和泰奥多尔一样可尊敬的、机灵中透着狡黠的脸，敷上熟苹果那般嫣红的色彩。一座雕像突出在门廊中，不像小天使那样附丽于石墙，这个身材高过常人的圣女端立底座，看上去像站在一张脚凳上，生怕脚上沾着泥浆。她脸颊丰满，胸部结实，胀鼓鼓的像裹在衣裳里的成熟果子；前额很窄，鼻子短而显得倔强，眼窝陷得挺深，体态之强健，神情之漠然无畏，活像这一带的农妇。这种相像，给雕像注入了一种我未曾想到的人情味，而且常有一些邻村的姑娘可引作佐证，这些和我们一起来躲雨的村姑挨着石雕的圣女，就像墙草的叶片挨着石雕的叶片，有了自然之物相比照，艺术品的逼真与否立时可判。我们前方鲁森镇遥遥在望，鲁森镇啊，你是希望之乡也好，是罪恶的渊薮也罢，我还从没好好地看过你呢。刚才我们这里雨停的那会儿，你那儿是否仍然雷雨交加，大雨滂沱，犹如《圣经》里所说，正在惩罚那座遭天谴的小镇，斜刺里抽下的骤雨，鞭笞着镇民的屋舍；抑或圣父已经赦免了你，露出云端的太阳，重又把丝缕般的金光射向你，光芒参差不齐，有如圣坛存放圣体的金器在闪光？

有时眼看天气一时不会转好，我只得回来待在家里。远处的田野昏暗而布满水汽，很像一片大海，这儿那儿还会冒出一座两座孤零零的屋舍，在沉浸于夜色和雨水中的冈峦斜坡上栖息，犹如闪烁着光亮的小船，收起了篷帆，彻夜纹丝不动地停泊在浩瀚的海面上。哦，下雨有什么关系呢，即使暴风雨也算不得什么呀！在夏天，坏天气只是好天气一时不忿，发通脾气做做样子而已，骨子里的恒久的好天气，与冬天变幻无常、说变就变的好天气大不相同，夏天的好天气早已托迹于大地，凝合为茂密的树叶，树林即便滴着雨水，依然是永远欢快的。整个夏天，好天气在乡村的小路，在屋舍花园的墙头，处处撒下或紫或白荡漾着的晴丝。我在小客厅里一边看书一边等吃晚饭，听见雨水落在大栗树上啪啪作响。可我知道，暴雨只会使树叶变得更加青翠，这几棵大树将作为夏天的信物留在那儿，彻夜承受雨水的冲刷，从而确保好天气的延续；我知道，任凭风狂雨骤，明天在当松镇的白色栅栏跟前，弥望的依然是绵延起伏的心形小叶片；我会不无欣喜地瞧见佩尔尚街的那棵杨树向暴风雨卑躬屈膝，苦苦求饶；我还会不无欣喜地听见花园深处的丁香丛中滚过夏日最后的雷声。

要是一早起来天气不好，外公他们散步的念头会作罢，我也就不出门了。不过后来情况有了变化。莱奥妮姑妈去世的那个秋天，我们家得赶回贡布雷去处理继承遗产事宜，这时我习惯于在坏天气独自去梅泽格利兹-拉维纳兹那边走走。对莱奥妮姑妈的去世，声称她因饮食习惯而虚弱致死的人，固然非常得意，一向主张她绝非自以为有病，而确有器质性病变的人，也自我感觉很好，她这一死，真是盖棺论定，不由那些怀疑论者不服输；她的死没有引起巨大的悲痛，唯有一人除外，此人的痛之深、悲之切，简直到了癫狂的地步。姑妈病危的最后半个月里，弗朗索瓦兹不曾有一日宽过衣带，寸步不离地守在她身边，不容任何人插手，独自服侍病人，鞠躬尽瘁，直至姑妈遗体下葬而后已。到这时，我们方才明白，姑妈生前对弗朗索瓦兹挖苦讥讽、无端猜疑，甚至大发雷霆，在弗朗索瓦兹身上激起的反应，并非我们所以为的怨恨，却是尊敬和爱。她真正的女主人，这位做决定让人难以预料，使伎俩叫人防不胜防，但心地却那么善良、那么容易心软的女主人，这位女王，这位神秘而全能的君主，如今走了。在这位女主人身边，我们简直渺小如草芥。要到很久以后，等到我们开始每年在贡布雷度假的时候，我们方才在弗朗索瓦兹眼里有了跟我姑妈相当的威信。且说那年秋天，家里的大人都忙于办种种手续，跟公证人和承租的农场主洽谈，实在抽不出空，何况天气经常不好，他们更发不起兴，于是让我独自沿梅泽格利兹那边去散步，就成了常规，我出门总带一条很大的格子花呢长巾，下雨时可以遮在身上，不过平时我宁可斜披在肩上，因为我觉着这种苏格兰呢的条纹，弗朗索瓦兹看见一准有气，在她心目中，凡是跟服丧期不相称的衣服颜色，都是不能容忍的，何况我们对姑妈之死表现平平，早已使她大为愤然，因为我们没有大办丧筵，说话提到我姑妈时语调照常，我有时候竟然还要哼歌儿。我相信，要是这种有关服丧须知的概念来自某本书，比如来自《罗兰之歌》，或者来自圣安德烈乡村教堂正门的浮雕，那么——这时我和弗朗索瓦兹就意见一致了——这些概念是会博得我的好感的。可是弗朗索瓦兹一在我身边，就仿佛有个调皮的精灵在怂恿我去惹她发火，我会随便找个借口对她说，我之所以惋惜姑妈的去世，是因为她尽管挺可笑，毕竟是个好心的女人，而并不因为她是我的姑妈；她即使是我的姑妈，我照样可以讨厌她，照样可以不为她的去世感到难过，反正我说的这些话，我倘若是在一本书上看到，也会觉得尽是些蠢话。

如果当时弗朗索瓦兹像诗人那样，面对悲伤和怀念亲人的主题，杂乱的诗情纷至沓来，不知如何应答我的振振有词，向我坦白说："我不知道如何表达自己。"那我准会扬扬得意地驳回她的招供，机心之刻薄、语气之粗鲁想必不逊于佩斯皮耶大夫；要是她再说："怎么说她也是亲戚，一个人哪，对亲戚还是得尊重的吧。"我就会耸耸肩膀，心里想："这么个联诵都不懂的粗人，我跟她没什么好说的。"[1]我就这样沿用了一些人小肚鸡肠的眼光来评价弗朗索瓦兹，这些人的观点，常为侈谈公正的人士所诟病，然而一旦置身于粗粝的生活场景之中，恰恰正是那些人士最容易扮

1 联诵（liaison）是法语中一种特殊现象。法语中词尾的辅音通常不发音，但若后接以元音开头的词，且两词同属一个节奏组，则前一词词尾的辅音应发音，与后面的那个元音构成一个音节，这就叫联诵。文化水平较低的法国人，往往对联诵规则掌握不好。上文中弗朗索瓦兹把parenté（亲戚）念成了parentèse，其实法文中并没有这个词。

演小心眼儿的角色。

这个秋天，我常常捧着一本书读上好几个小时，然后才去散步。这样的散步让我感到格外愉快。在客厅里看了一上午书，有些累了，我就把格子花呢长巾斜披在肩上，出门而去：身体长时间保持静止不动，积聚的活力和能量，得像一个脱手的陀螺那样，向四面八方耗散。屋舍的墙壁，当松镇的树篱，鲁森镇森林的乔木，蒙舒凡斜坡的灌木丛，都承受过我的雨伞或撑棍的挥击，听到过我欢快的叫喊，挥击也好，叫喊也好，只是使我感到异常激动的杂乱无章的情绪的流露，都还没有到达思绪澄清后的平静，它们不愿等待缓慢而艰难的阐明，宁可选择一种更为轻松的即刻宣泄的途径。我们对自己所感觉到的东西的所谓表达，大都无非是让其以一种模糊的方式离开我们的脑际，从而摆脱它们，凭这种方式我们是无法真正了解这些东西的。我想列举我曾在哪些地方受惠于梅泽格利兹那边，有哪些琐细的发现是出于偶然以它为背景，或是受了它必要的启发才获得的。于是我回忆起那年秋天，有一次在蒙舒凡背靠的灌木丛生的斜坡附近散步时，我突然有了个全新的发现，并因此大为震惊，那就是我们的印象与这些印象通常的表达居然会那么不协调。刮风下雨整整延续了一个小时，可我心情挺好地冒雨而行，雨停以后，到了蒙舒凡的那个池塘边上，面前是一座重新铺过瓦顶的小屋，这是凡特伊先生的园丁堆放工具的地方。经过雨水洗涤的金色太阳刚钻出云层，明晃晃地照耀着天空、树林、小屋的砖墙和依然湿漉漉的顶瓦——一只母鸡正在屋脊上踱着步。一阵风过，墙缝的野草，母鸡的羽毛，都随着风的吹拂蓬了起来，伸张到不能再伸的地步，犹如充满惰性、很轻很轻的东西那样懒散而随便。池塘在阳光下泛着亮光，小屋的瓦顶在池水里的倒影是粉红色的粼粼波纹，以往我从没留意过这种大理石花纹般的倒影。眼看着池塘和墙面终于露出淡淡的笑容来回应天空灿烂的笑容，我挥舞手中的雨伞，激动地喊道："嗨，嗨，嗨，嗨。"但与此同时，我感到自己的职责不该仅限于这么空泛地喊叫，我得尽力探明我这么欣喜若狂的原因才是。

也就在这时候——说起来还多亏一个过路的农人，他过来时先已板着脸，等到我的雨伞差点儿挥到他脸上时，脸色就更难看了，我冲他说："天气真好，是吗？出来走走挺开心。"他不紧不慢地应了一声——我明白了，相同的情绪并不会按一种既定顺序同时产生在不同的人身上。后来，每当我看了一阵子书，想找个同学聊聊的时候，人家又往往刚和别人聊过，谈兴已尽，只想能安安静静地看会儿书。一旦我满怀温情想着爸爸妈妈，打定主意要特别乖，特别懂事，好让他们高兴，偏偏他们要在这会儿提起一件我早已忘了的做错的小事，而且在我扑上去吻他们的当口，对我严加训斥。

有时，在独处给我带来的欣喜之上，还会加进另一种我无法明确分辨的兴奋之情，那是由一种想望，想望突然有个农家姑娘出现在眼前，我可以把她紧紧搂在怀里的欲念所唤起的。这种想望，在许多各不相同的思绪中间突如其来地冒将出来，我根本来不及弄清楚它的来由，伴着它而来的快乐，对我来说只是程度上比那种种思绪带来的快乐更为强烈而已。我把所有此刻涌动在心间的印象：瓦顶玫瑰色的倒影，墙缝里的野草，心仪已久的鲁森镇，小镇附近的森林，镇上教堂的钟楼，全都归因于这一新鲜的激动，有了它，所有这些印象对我来说才显得更令人想望，因为我相信这激动是由这些印象唤起的，在这激动犹如强劲有力而又不明来由的顺风鼓满我的船帆之时，这些印象也但愿我能迅疾地驶向它们。在我，对农家姑娘的想望，给大自然的魅力增添了某种更令人激动的因素，但反过来说，唯其有了大自然的魅力，这种因素才有可能延续伸展，否则姑娘的魅力就相当有限了。在我眼里，树林的美，依然还是她的美，而远方的景色、鲁森镇的风光，以及我当年在看的书，其中蕴含的生命活力，都将由她的吻来传递给我；我的想象，受肉欲的影响而变得活跃起来，肉欲充斥全部想象，这种想望是无止境的。正是这样——在这种时刻身处大自然，常会陷入一种幻想，惯常的举止收起来了，对事物的抽象观念也搁在了一边，我们本着一种执着的信仰，深信自己所在的地方是与众不同、有其独特个性的——这种想望所期待的路人，我觉得并非女性这一普遍概念随意的落实，而是这片土壤必然的、本来的产物。当时我身外的一切，这片土地和土地上的人，在我都显得那么珍贵，那么重要，他们都变成了一种成年人觉察不到的格外真实的存在。土地和人，我不再将他们分开了。我想望梅泽格利兹或鲁森镇的农家姑娘，巴尔贝克的渔家女，正如我想望梅泽格利兹和巴尔贝克。要是我随意变更这些环境，她们所能给我的欢乐，或许就会显得有些虚幻，我或许也就不相信真有这种欢乐了。在巴黎结识一个巴尔贝克的渔家女或者梅泽格利兹的农家姑娘，好比收到一包从未在海滩上见过的贝壳，或者一把从未在森林中见过的蕨草，那无异于从这姑娘带给我的欢乐中，删除了让我的想象在其中驰骋的全部背景。而像我这样徘徊在鲁森镇的森林里，遇不见一个可以拥入怀中的农家姑娘，这就等于不知道这片森林中的宝藏隐匿在哪儿，等于没有领悟它那幽深的美。我心目中的姑娘，身披透过浓荫投下的点点光斑，在我，她就好比当地的一株植物，但品种优于其他植株，而且比起其他植株来，它的构造让我更容易亲近此方水土深邃含蓄的风味。我能轻易地相信这一点（而且相信，她给我的抚爱，自会有其独特的意味，任何别的女性都无法让我尝到这种欢乐），是因为我当时人还小。好多年以后，我才懂得如何从给我过这种欢乐的众多女性，从对她们的占有中抽象出这种欢乐，在对她们的占有中，这种欢乐被归纳成了一种普遍概念，而从此以后，那些女性就成了获取这种始终同一的欢乐的可以互换的工具。这种欢乐甚至并非作为一个男人追求女人的目标，或者作为事先感到激动不安的缘由，而单独、个别、明确地存在于我的意识中。我差不多没把它想成一种即将获得的欢乐，而就那么管它叫女性的魅力了；这是我没想到自己，而让思绪停留在自己之外的缘故。它以内在而隐蔽的方式等待着，仅仅在它迸发的这个瞬间，才带来如此美妙的狂喜，我们身边某个女性的眼波流转、香唇送吻所引起的那些欢乐，往往被我们当作对这位女伴善良的心地、感人的眷爱的感激之情（感激的程度，由她给我们的恩惠和幸福慷慨与否而定）的那些欢乐，都在这个瞬间达到了极致。

唉！我徒然恳求鲁森镇的城堡主塔，求它送一个农家女孩到我身边来，我把这塔楼当作唯一的知心朋友，当初在贡布雷宅子的顶楼，在那个闻得到鸢尾花香的小房间里，我只能望见它的身影出现在半开的窗户中间的那会儿，就曾把内心刚刚萌动的种种想望和欲念向它倾诉过，那时我心情之悲壮，行动之迟疑，唯有身陷绝境的探险家和奄奄一息想到自杀的人可比，但随着探进小屋的野黑藨子树叶上添加一道犹如蜗牛爬过留下的黏痕那般的、受诸上天的印渍，我终于给自己开辟了一条原以为没法打通的陌生的通道。现在我却徒然地央求着它。我努力将眼前的景色尽收眼底，然后分引到一条条视线，巴不得有个姑娘从中凸现出来，可这一切都是徒劳无功。诚然，我可以一直走到圣安德烈乡村教堂；跟外公一起散步时，准会在那儿遇见农家姑娘，可就是没法和她交谈。我时不时把目光凝注在远处的一棵大树上，盼着树干后面钻出个她朝我走来；细细察看过的地平线上，依然是一片空旷；暮色四合，我已不存希望，但仍凝神屏息地望着这片贫瘠、枯竭的土地，仿佛宁愿为找出它所藏匿的好人儿而望穿双眼。当我再次挥舞雨伞时，那不是心花怒放，而是一肚子火没处发的缘故，我敲击着鲁森镇森林的大树，再也不会有人从这片树林中间走出来了。这片树林，看上去就像画在画布上的风景。既然没能把我渴念的姑娘紧紧抱在怀里，我当然一百二十个不愿意，不想就此回家，可我毕竟没法不回头走上回贡布雷的路呀，一路无奈地走着，我在心底暗自承认，半道上遇见她的可能是愈来愈小了。再说，即使她出现在我面前，我真的敢和她说话吗？我怕她会把我当成疯子。我不再指望能和别人分享这几次散步中滋生的、无法兑现的想望，不再相信这些想望在我的内心之外仍然是真实的。我觉得它们无非是我的气质纯粹主观的、不起作用的、虚幻的产物罢了。这些想望和大自然，和现实世界没有了联系，现实世界从此丧失了它的全部魅力和意义，对于我的生活而言，只是一个习惯性的背景而已，正如对于一本小说的故事而言，乘客坐在里面读它解闷的车厢也只不过是一个这样的背景。

好多年以后，我在蒙舒凡感觉到的或许也是这样一种印象，这个当时我还懵然不知就里的印象，日后使我对虐恋癖形成了一个概念。读者在下文会看到，由于种种其他原因，这一印象留下的记忆，注定要在我的生活中扮演重要的角色。那天挺热，家里的大人有事外出，整天不在家，所以对我说爱玩多久都行。我一路来到蒙舒凡的那个池塘，我爱看那小屋瓦顶的倒影。看着看着，我躺在灌木的阴影里，不知不觉睡着了；这个斜坡正对着凡特伊先生的屋子，我跟父亲一起去看凡特伊先生的那回，我曾经在这儿等过父亲。我醒来时，天色已经变暗了，我想爬起身来，但我看见凡特伊小姐（如果没认错的话，因为在贡布雷不常见她，我只在她还是个小女孩时见过几次，而现在她已经是个少女了）大概刚回家，脸朝着我，离我不到十厘米，站在她父亲当初接待过我的房间里，这个房间她现在改作接待密友的小客厅了。窗户半开着，灯点亮了，我可以看得一清二楚而她却看不见我，我想离开，又怕万一碰断枝丫弄出声响，她听到了会以为我是故意躲在那儿偷看呢。

她穿着丧服，因为父亲刚去世不久。丧父期间，我们没去看过她，我母亲之所以不想去，其实是出于好意，以她仁慈的天性，这种好意只有在一种情形下才不会付诸行动：为对方感到羞耻；但尽管如此，母亲还是打心眼里同情她，怜悯她。母亲还记得凡特伊先生凄凉的晚景，他对女儿既当母亲又当保姆，体贴入微地服侍她，却让她弄得愁肠百结；母亲忘不了老人在人生最后阶段痛苦的面容；她知道他最终放弃了整理誊写晚年作品的打算，那是一个年迈的钢琴教师微不足道的创作片断，是一位前乡村教堂管风琴师的心血之作，在我们想来，这些作品本身未必有多少价值，但是我们尊重它们，因为它们曾对他十分重要，在他为女儿牺牲自己的创作之前，那是他的生活支柱，其中大部分并没有来得及记下来，只留存在他的脑子里，另一部分则写在零散的纸片上，记谱之潦草令旁人难以辨认；母亲还会想到另一件对他来说更为残酷，而他又不得不做出放弃选择的事情，那就是放弃让女儿有一个体面的、受尊敬的幸福未来的设想；我两个姨婆的这位前钢琴老师，他的所有这些愁苦万状的景象，都会浮现在母亲的眼前，她感受到一种发自内心的悲痛，而且一想起凡特伊小姐的感受想必更加苦涩得多，不禁有些害怕，因为做父亲的几乎可以说就是死在这个女儿手里，她此时的悲痛一定夹杂着愧疚。“可怜的凡特伊先生，”母亲说，“他为女儿而生，又为女儿而死，却没有得到她的报答。他死了以后会得到吗，得到的又是怎样的报答呢？除了女儿可再没人会报答他喽。”

小客厅那头的壁炉架上，放着一张凡特伊先生的照片；听见路上传来辚辚的车轮声，凡特伊小姐赶紧跑过去拿起照片，然后自己仰身倒在长沙发上，拉过茶几，把照片放上去。这情形，跟当年凡特伊先生把他想弹给我父母听的曲子的谱纸放在边上一模一样。不一会儿，她的女友进来了，凡特伊小姐见到她，没从沙发上起来，双手仍枕在脑后，但将身子往沙发里边挪了挪，像是给女友腾出个位置来。不过她马上意识到，这样做也许会让对方觉得腻烦的。她想，人家说不定宁愿离她稍远一些，坐在另一张椅子上呢，她觉得自己有欠审慎，敏感的心里打起了小鼓；她重新在沙发上躺躺好，闭上眼睛，连连打着呵欠，意在告诉女友，她这么躺着，唯一的原因就是想睡一会儿。虽说她对女伴的态度亲昵中带点粗鲁，带点惯于颐指气使的意味，我还是觉着她的举止中透出巴结讨好和委决不下的意思，这种突然变得踌躇起来的模样，让我想起了她父亲。不多一会儿，她立起身来，假装想去关上百叶窗却没能关上。

“那就让它开着吧，我热。”女友说。

“这多别扭啊，人家会瞧见我们的。”凡特伊小姐说。

但她大概猜得到女友一定明白，她说这话，其实只是想引对方另外说些她真正想听的话，不过由于谨慎的缘故，她不想先把话挑明。所以，当她急忙说出下面这番话来的时候，她那眼神我虽然看不见，一定有着外婆最喜欢的那种表情：

“我说瞧见我们，意思是说瞧见我们在看书，即使你没做什么要紧的事儿，想到别人的眼睛盯着你看，那也够别扭的。”

但她本性中有一种淳厚，有一种会不自觉流露的高雅，于是她打住话头没往下说，其实她事先准备了一番话，而且觉得为满足自己的欲念，这番话是非讲不可的。每时每刻在她心灵深处，总有一个腼腆羞怯、可怜兮兮的少女，在哀求粗鲁的军人别对她非礼，放了她吧。

“可不是，这种时候在这么热闹的乡下，没准有人在瞧我们呢，”女友调侃说，“可那又怎么了？”（她觉得在说这话的同时，自己该狡黠而温柔地眨眨眼睛，她这么说是为凡特伊小姐着想，她明知道凡特伊小姐不是头一回听她说这话，也明知道这位小姐爱听她说这话，但她还是故意装出一种玩世不恭的口气。）“谁爱看就让他看呗，这不更好吗。”

凡特伊小姐打了个激灵，立起身来。她那多虑而敏感的性格，使她一时不知该怎么说，才适合她的肉欲所向往的场景。她只想跟天性中的道德品行对着干，有意去学放荡女子的说话，但是她自以为当真是心里想的话，从她嘴里说出来，连她自己也觉着不是那么回事。她壮起胆子，用一种不自然的语调说出几个字，但其中大胆放肆的意味，立即被形成习惯的腼腆所冲淡、所中和了，最后她只是讷讷地说道："你不冷吗？不太热吧？你不想一个人看会儿书？"

"今儿晚上我觉得小姐您好像是在打我的主意呢。"临了她好不容易迸出这么一句话来，想必这是她从这位女友嘴里听到过的一句话。

话音刚落，她感到女友在她绉纱胸衣的开口处吻了一下，她轻轻地喊了一声，躲闪开去，两人跳跳蹦蹦地追逐起来，一边格格地笑，像发情的鸟儿叽叽喳喳地叫，宽大的袖口翅膀似的飞舞着。最后凡特伊小姐终于倒在长沙发上，她的女友压在她身上。可是上面的这位扭过身来向着茶几，茶几上搁着前钢琴教师的照片。凡特伊小姐心里明白，要是她不去提请女友注意，人家是不会看这张照片的，于是她装作刚发觉似的对女友说：

"哦！我父亲的照片在瞧着我们呢，不知道又是谁把它放在那儿的，我说过多少遍了，那儿不是它的地方。"

我记起来了，凡特伊先生关于乐谱也对父亲说过这样的话。这张照片，想必一向都是她俩做亵渎先人勾当使用的道具，下面这番回答，大概也是这出戏的台词：

"让他待着吧，他在那儿也碍不着我们的事了。你总不见得以为，这老猢狲瞧见你在这儿，窗子开着，还会唉声叹气，还会要给你披上外套吧。"

凡特伊小姐柔声责备女友说："行啦，行啦。"这表明了她生性善良，她责备女友，并非由于听到别人用那种口气说到她父亲，她感到愤慨（显而易见她早已习惯——天晓得凭的是什么歪理——在类似场合让这种情感沉寂在心底），而是因为这种责备好比一个阀门，她可以用来调控女友专诚给她带来的快乐，而自己又不至于显得太自私。再说，对那样大逆不道的话，笑吟吟地回以颇有节制的责备，虚假而温柔地派个不是，就她坦诚、善良的本性而言，也许已经显得是一种特别卑鄙的做法，一种她想方设法要学会的假惺惺的无耻行径。但是她没法抗拒即将感受到的快乐的诱惑，哪怕这个对她温柔备至的人，恰恰是一个对无法反抗的死者如此无情的人；她纵身坐到女友腿上，把前额凑过去让她吻，那神情纯洁得像是她的女儿；她满心欢喜地感到她俩就此下了狠心，跟凡特伊先生（即使他进了坟墓）恩断义绝。女友双手捧住她的脸，在她额头吻了一下，她对凡特伊小姐有着万般的柔情，一心要给这个孤女忧愁的生活带来些许排遣郁闷的乐趣，这就使她的吻变得顺理成章了。

“你知道我想把这个老家伙怎么样吗？”她拿起茶几上的照片说。

她凑在凡特伊小姐耳边说了句话，我听不见说的是什么。

“哦！你不敢的。”

“我不敢啐唾沫？不敢往这上面啐？”女友有意粗声粗气地说。

我没能再听下去，凡特伊小姐过来关上了百叶窗和窗子，她神情疲倦、善良而忧郁，动作局促而慌乱。而我这时已经知道了，凡特伊先生一辈子为女儿含辛茹苦，死后得到的是什么样的回报。

不过事后我想，倘若凡特伊先生亲眼看见这幕场景，他也不见得会对女儿心地的善良起半点疑心，而且他这样做，说不定也并非全盘错了。诚然，在凡特伊小姐的种种习性中，坏的方面已经表现得淋漓尽致，除了在一个虐恋癖身上，真的很难再见到一个女孩子家会坏到这种地步了；我居然不是在那些剧院的舞台上，而是在一个地地道道的乡间小屋里，见到一个姑娘听凭女友朝一个为了她而活着的父亲的照片上啐唾沫，这真叫人难以想象；对这种通常出现在旧时戏剧中的审美趣味，在生活中只有一种解释的理由，那就是虐恋癖。其实，即使不是虐恋癖的情况，一个女儿或许也会像凡特伊小姐那样狠心，对死去的父亲如此绝情，如此不体恤他的遗愿，但她不会特地表现在一个如此可哂、如此直露，而且象征意义如此明显的动作上；她即使干坏事，也会更注意避人耳目，甚至会掩耳盗铃，自欺欺人。而透过表象，在凡特伊小姐的心底里，坏的方面（至少在一开始）并非纯而又纯的。像她这样的虐恋癖，是恶的艺术家，并非一个十足的坏蛋所能相比。其原因在于，一个十足的坏蛋的坏并不坏在面子上，而是沦肌浃髓，以致显得那么浑然天成，仿佛他生来就是这样的；而美德也好，对死者的悼念也好，做子女的孝心也好，他对这些东西都不存敬畏之心，因而亵渎它们时，也就没有那种充满邪气的痛快之感。凡特伊小姐这种类型的虐恋癖，极其多愁善感，有一种与生俱来的廉耻心，就连追求性欲的乐趣，在她们眼里也是只有坏人才干的坏事。她们偶尔放纵一下自己，是想让自己以及同伴都扮演一下坏人的角色，在片刻的幻觉之中逸出顾虑重重、温情脉脉的灵魂，进入那个纵情感官快乐、无同情心可言的世界。我眼看她的愿望如何无法实现，就明白了她如何心心念念地想着它。她一心想让自己跟父亲显得不一样，这时的她让我想起的却是年迈的钢琴教师说话、思索的神态。不只是他的照片，她所亵渎不敬的、用以寻欢作乐的那些东西，始终阻隔在她与感官快乐之间，让她没法痛痛快快地享受这快乐，而那些东西，就是她与父亲相像的面容，就是他作为祖传珍宝那般承续给她的祖母的蓝眼睛，就是举手投足间流露出来的文雅气质，这种气质无异于在凡特伊小姐干的坏事和她本人中间放置了一套辞令，一种与使坏作恶全然不相干的心态，让她没法看清她的言行和她平日遵守的礼仪准则之间存在着怎样的分野。并非邪恶使她产生享乐的念头，让她感到愉悦；在她心目中，感官享受是不体面的。每次她放纵自己时，都伴有那种种坏念头（在别的时候，她仁厚的心地是容不得它们的），久而久之，她终于在感官快乐中发现了魔鬼般的东西，那就是邪恶。或许凡特伊小姐觉得那位女友并不是那么坏，她讲那些亵渎神明的话，未必是出自真心。她的亲吻、微笑和眼波，都给凡特伊小姐带来了快乐，这些东西也许都是装出来的，但至少装得很像，那种放荡、卑下的表情，确实不像是天性善良、受过苦难的人所能有的，只有气质暴戾、轻率淫荡的人，才会具有那种表情。凡特伊小姐恍惚间会觉得自己是在玩游戏，一个女孩和一个性变态的同伴玩这种游戏，会身不由己地体验到一个当真对父亲从不思念的姑娘粗野的情感。或许她不曾想到，邪恶是一种如此稀有、如此变态、如此异乎寻常的境界，一旦她学会了在自己身上（一如在任何别人身上）感到对人家造成的苦难无动于衷——这种无动于衷，无论换成别的什么说法，其实就是以冷血的、长久的形式表现的残忍——那么她也许就不会觉得进入这一境界有什么舒适了。

如果说往梅泽格利兹那边散步事情挺简单，那么往盖尔芒特家那边就另当别论了，因为路程很长，而我们又总想把当天的天气情况弄个着实。要么是眼看老天会连日放晴；要么是弗朗索瓦兹正在为可怜的庄稼吃不到一滴雨水，宁静的蓝天上只见飘浮着稀稀落落的云彩而痛心疾首，大声抱怨“你倒是瞧瞧，那不活脱活像是些翘起尖嘴在耍着玩儿的鲨鱼吗？唉！它们也该想到帮着下点雨，救救可怜的庄稼人呀！赶明儿，等麦子长出来以后，反倒又要滴滴答答下个没完了，也不想想那是在往哪儿下，倒像下面就是大海似的”；要么是父亲从园丁那儿和晴雨表上连连得到天气晴朗的好消息，这样我们就会在吃晚饭的时候说：“明天，要是天气还这么好，我们就到盖尔芒特家那边去散步。”第二天，一吃好午饭，我们就从花园的小门出去，来到窄窄的、形成一个犄角的佩尔尚街，街上长满了野草，两三只胡蜂穷极无聊地整天在草丛里转悠，整条街就像它的名字一样奇怪[1]，而且我觉得这些古怪的特色和乖戾的禀性，好像都是从这个名字衍生出来的。今天在贡布雷已经找不到这条街了，当年的旧址上盖起了一所小学校；但是我的想象（正如维奥莱-勒迪克[2]的那些建筑学生，由于认定在一条文艺复兴时期的祭廊或一座十七世纪的祭台里可以找见古罗马时代祭坛的痕迹，所以把整座建筑恢复到他们想象中的十二世纪的面貌那样）没让那座新建筑留下一砖一瓦，而在那上面重建了当年的佩尔尚街。况且这条街还颇有些掌故可供参考，通常搞古建筑修复的人，手头的资料还未必能有这么翔实：那就是保存在我的记忆里有关童年时代的贡布雷的一些印象，这也许

1　这条街名（Perchamps）读音与perçant（意为刺骨的、尖锐的）相近，奇怪云云似指此而言。

2　维奥莱-勒迪克（Viollet-le-Duc，1814—1879）：法国建筑学家。曾参与巴黎圣母院、亚眠大教堂等多处中世纪建筑的修复工作。

是至今犹存的最后一批资料，而且注定很快就要化为乌有了；正因为这是赶在消逝以前在我记忆中刻下的印痕，所以它们就像——如果说一幅不起眼的画像也不妨跟外婆拿着复制品给我看的那些名画相比的话——《最后的晚餐》早期的镌刻版画或者让蒂尔·贝利尼的那幅画一样的令人感动，而我们正是在这些作品上领略到达·芬奇的杰作和昔日圣马可广场的风采的。

我们在鸟儿街上，从古色古香的飞鸟旅店跟前走过，当初十七世纪那会儿，德·蒙庞西埃、德·盖尔芒特和德·蒙莫朗西这些公爵夫人来贡布雷，解决跟庄户的矛盾，收取贡赋的时候，她们乘坐的豪华马车都曾驶进过这家旅店宽敞的前院。我们走上林荫道，从路旁的树木中间看到了圣伊莱尔教堂的钟楼。我真想能坐在那儿看上一整天书，耳边伴随着教堂的钟声；天气那么晴朗，周围又那么宁静，当报时的钟声敲响时，你简直会说，这钟声并没划破白天的宁静，而是为它卸掉了一些负担，至于那座钟楼，就像一个闲着没事的人，样子懒懒散散的，但又生着心决误不了一分一秒，只不过是——为了把炎热慢慢积聚起来的金汁挤出几滴——每到规定的时刻，按压一下过于饱满的静谧。

往盖尔芒特家那边散步的最迷人之处，就是你往前走的时候，维沃纳河几乎自始至终在你的身旁流淌。离家十分钟以后，我们就从一座叫作老桥的便桥上穿过河去。到贡布雷的第二天，往往就是复活节，赶上天气好，我总是听完布道就跑到这儿来，盛大的节日里，在奢侈排场的相映之下，那些家常的日用器皿越发显得寒酸，我就趁着上午的忙乱跑到河边，望着已经被天空映成蓝色的河水，在依然黑乎乎、光秃秃的田野中间静静地流淌，陪伴它的只有一群早到的布谷鸟和几枝提前开放的报春花，然而不时还能见到一支两支紫罗兰，噘起蓝色的小嘴，被花盏里盛满的香汁压弯了腰。过了老桥，就有一条纤道，这地方一到夏天，就让榛树铺上了一层浓荫，而且树下总有一个戴草帽的钓鱼人像生了根似的坐在那儿。我知道在贡布雷，有的铁匠或杂货店伙计的真面目，是藏在教堂门卫的制服或唱诗班穿的宽袖法衣里面的，唯独这个钓鱼人，我始终没有弄清楚他的身份。他想必认识我家里的大人，我们经过的时候，他总要抬一抬帽子；这时候我想问他的名字，可是大人总对我做做手势，意思是别把鱼儿给吓跑了。我们爬上纤道，脚下是几尺高的岸坡和河里的流水；另一边的河岸很低，铺展成一片广袤的草原，一直延伸到村镇和远处的火车站。这片草地上，散布着几代贡布雷伯爵的城堡，如今它们的残迹没入了草丛；中世纪的那些爵爷，当年在这一带曾把维沃纳河当作抵御盖尔芒特领主和马丁镇教士入侵的一道天堑。城楼的断壁残垣起伏在草原上，已经不怎么显眼，城楼上的雉堞还依稀可见，当年的投石手曾从那儿投掷滚石，警戒的兵士亦曾从那儿瞭望过诺夫蓬、克莱丰泰纳、马丁镇和巴约-莱格桑所有这些盖尔芒特家族的领地，这些把贡布雷围在中间的旧日采邑，如今已是杂草丛生的平地，成了教会学校学生的小天地，他们在这儿念书，做游戏——昔日的岁月都已倾圮，犹如歇凉小憩的游人纳头睡倒在了小河边上，但它却让我浮想联翩，使我在贡布雷的这个名头下面，除了今天的这个小城以外，又加上了一个大不相同的城市，用它那半掩在金盏花下面，令人难以捉摸的昔日面貌来勾起我的遐思。这地方有许许多多的金盏花，它们选了这儿作为嬉戏的场所，或孤芳自赏，或成双成对，或三五成群，色泽黄得像蛋黄，而且，似乎正因为观赏的乐趣无法跟品尝沾上边，它们的色泽反而格外显得光彩夺目，我在它们金灿灿的外表里积聚着这种乐趣，让它变得愈来愈强烈，直到最后派生出全无功利目的的美感来；这些金盏花，从我还很小的时候就在那儿了，当我站在纤道上向它们伸出小手去的那会儿，我还念不全这些花儿漂亮的名字呢，它们听起来像是法国童话中王子的名字，这些花儿说不定是好几个世纪以前从亚洲来这儿的，但在乡间它们向来是没有国籍的，它们乐于在这一方土地上安身，钟爱这儿的阳光和河岸，不知疲倦地注视着火车站那片小小的景象，却依然像我们的有些古画那样，在淳朴和单纯里，保存着一种东方的充满诗意的光芒。

我饶有兴趣地看着维沃纳河里的几只玻璃瓶，淘气的孩子把这些瓶子放在河里，想能逮住几条小鱼，瓶里浸满了水，反过来又被河水裹在当中，既是瓶壁透明得有如硬化了的水的容器，同时又是盛在一个更大的液态的、流动的水晶容器里的内容，比起放在餐桌上的玻璃瓶来，这些瓶子以一种更美妙、更诱人的方式体现了清凉的形象，在餐桌上显示的这种形象，总会流逝在凉水和杯子的那种永恒的对峙中间，凉水因其全无稳定性而无从为我们的手所捕捞，杯子却又因其全无流动性而无从为我们的软腭所享用。我心想，下回到这儿来一定要把钓鱼竿带上；我讨了点面包，那是带着当点心的；我把面包捏成一个个小团扔进维沃纳河里，谁知这几个小面包团仿佛已足以在水里造成一种奇异的过饱和现象，因为许多急于觅食的小蝌蚪马上呈卵球状簇拥在它们周围，河水仿佛在那儿固化了，先前分散在水中不可见的小不点儿，骤然间凝聚起来，俨然准备完成结晶的过程。

过了没多久，维沃纳河的水流就被一些水生植物堵塞了。

起先只是孤零零一支可怜巴巴地待在河面上，被河水搅得不得安宁的睡莲；它犹如一只身不由己的渡船，刚到达彼岸就又得返回出发的此岸，永无休止地来回穿梭着。这支睡莲被推向河岸的时候，它的梗茎舒展、伸长、游移过去，达到它的张力的极限，然后又被岸边的水流裹住，于是绿色的梗茎重又卷曲起来，把那支可怜的植物带回我们不妨称为它的出发点的那个位置，但旋即又离去，重复那来去匆匆的行程。我一次又一次地在散步时见到它，它总是处于同样的情况，让人想起有些神经衰弱的病人，莱奥妮姑妈在我外公看来也算其中的一个，这些病人可以年复一年毫无变化地把一些稀奇古怪的习惯表现给我们看，自己还每次都以为这些习惯是说改就改的，结果却总是故态复萌；一旦被自己的病症和狂躁构成的齿轮系统卷了进去，任他们怎么拼命想挣脱也是枉然，愈是挣扎，齿轮就愈是转得欢，那种异乎寻常的、无法抑制的、令人沮丧的饮食系统啮合机件就愈是动个不停。这睡莲就是这样，也像某个可怜的罪人一样，这些罪人身受的永无休止、周而复始的奇异的折磨，曾经激起但丁的好奇心，当年要不是维吉尔就像现在外公和父亲对我一样，甩开大步往前走，逼得他非急匆匆往前赶不可，他还会让这些受刑的人更详细地叙说他们的境遇和缘由[1]。

但再往前去，水流就变得缓慢下来，因为河水在流经一座有花园的府邸，这座府邸的主人热衷于水生植物的园艺工程，他不仅把花园向公众开放，而且让人把维沃纳河的一个个小池塘装点成名副其实的睡莲园。由于这地方两岸树木繁茂，浓密的树荫

1　参见但丁《神曲 · 地狱篇》第二十九歌及第三十歌。

赋予河水一种基调，通常是暗绿色的，但有时候，在某些风雨交加的下午过后，夜晚格外显得宁静的日子，我在回家的路上望见它呈现出一种很亮的浅蓝色，几乎有点近于紫罗兰色，看上去像嵌着金属丝的花纹似的，有一种日本风味。河面上不时可以看到一朵两朵当中鲜红、边缘雪白的睡莲，红艳艳的像草莓。再往前去，花朵开得更繁密，色泽也显得更素淡，似乎不那么光滑，比较粗糙，皱褶也多些，无意间排成了优雅的旋涡形状，看上去让人想到苔蔷薇编织的花环松散了开来，犹如一次游乐会过后满地落英令人惆怅地漂浮在河面上。另外有块地方，仿佛特地留给了那些一般品种的睡莲，它们呈现着花草那般素净的白色和粉红色，淡淡的有如室内珍藏的瓷器，而在稍微更远一些的水面上，一片片睡莲簇拥在一起，宛如一座浮动的花坛，仿佛花园里的那些蝴蝶花搬到了这儿，像蝴蝶那样把它们蓝得透亮的翅膀停歇在这座水上花坛透明的斜面上；这其实也是座天堂的花坛：它提供了一种土壤，使这些花朵具有一种比本身的色泽更珍奇、更动人的色泽；而且，无论是下午当它在田田的睡莲下面，有如万花筒似的闪烁着亲切的、静静的、喜气洋洋的光芒，还是傍晚当它犹如某个遥远的海港，披着夕阳那玫瑰色的、梦幻般的霞光，不停地改变着色彩，以便始终跟色泽比较固定的花冠周围的那种在时光里隐匿得更深的、更奥妙的东西——那种存在于无限之中的东西——显得很和谐的时候，开在这片水面上的睡莲，总像是绽放在天际的花朵。

穿出这座花园以后，维沃纳河又流得畅快了。有好多回，我见到一个划船的人，放下桨，头朝后地仰卧在船板上，听凭小船随流漂荡，悠然地望着天上的云彩缓缓地移过去，脸上洋溢着幸福和宁静的表情，我多么希望有一天，当我能无拘无束、自由自在地生活的时候，也能像他一样啊。

我们坐在河边的鸢尾花丛中间。悠悠然的蓝天上，懒散地浮游着一朵白云。不时有条憋得发慌的鲤鱼，倏地打个挺蹿上水面。是吃点心的时候了。重新上路以前，我们在草地上坐了好久，吃着水果、面包和巧克力，听见圣伊莱尔教堂的钟声贴着地面传来，钟声久久地在空气中穿行，却并没有跟空气混合，声音虽然变轻了，但依然音色很好，有一种金属的意味，而且，随着声波在行进中的颤动，钟声拂过我们脚边时，花儿也微微地颤抖起来。

有时候，在绿荫围绕的河边，我们会遇到一座通常称为别墅的房子，孤零零地矗立在一个偏僻的角落，在这世上只有浸到它墙脚的河流跟它做伴。一位少妇站立在窗前，她那深思的脸容和雅致的面纱，都显得不像本地人，她大概是俗话所说的来这儿隐居，来品尝那份苦涩的甜蜜，那份由于她自己的名字，以及她没能拴住他心的那个男子的名字在这儿根本无人知晓而感到的苦涩的甜蜜。她从窗口看出去，只能望见停泊在门前的那条小船。她听见岸边大树背后传来过路人的说话声，神情茫然地抬起眼睛，不用看见他们的脸容，她就能断定，他们过去从来不曾认识，今后也绝不会认识那个负心的人儿，他们过去从来不曾接触，今后也绝不会有机会接触他的影踪。我觉得她之所以隐居，就是为了离开那些她还能看见她爱人的地方，搬到这个谁也没见过他的地方来。有一次我散步回家的路上，看见她在一条她知道他不会从那儿经过的小路上，以一种枉然的优雅姿态，从柔软无力的手臂上褪下了那副长手套。

我们往盖尔芒特家那边散步的时候，从来没能上溯到维沃纳河的源头，但我常想到它，把它想成一个非常抽象、非常理想的所在，要是有人对我说，它就在这个省里，就在离贡布雷多少公里的地方，我准会大吃一惊，就像我听说古时候真有个地方是地狱的另一个入口[1]时一样。我们也从来没能到达我那么盼望的终点盖尔芒特家。我知道那儿住着别墅的主人盖尔芒特公爵和公爵夫人，我知道他们是确实存在的真实的人物，但是每当我想起他们时，不是把他们想成壁毯上的人物，好似教堂的那幅《以斯帖加冕》里的盖尔芒特伯爵夫人那样，就是把他们想成像坏东西吉尔贝那样的在不断变换色调，彩绘玻璃窗上的坏东西吉尔贝，当我受圣水的那会儿还是果绿色的，可等我回到位子上坐下时，已经变成青莲色了；要不然我就觉着他们干脆就像热纳维埃芙·德·布拉邦一样不可捉摸。盖尔芒特家族的这位祖先的形象，曾经由幻灯打出来，在我卧室的窗帘上游弋过，有时也登上过天花板——总之，他们身上始终笼罩着墨洛温王朝的神秘色彩，而且就像沐浴在夕照里那般，浸润在由芒特这个音节所发射出来的橘黄色的光线里。假如说他们作为公爵和公爵夫人，在我的心目中虽说奇怪，毕竟还是实实在在的人的话，那么他们作为拥有这个爵位的人物，整个形象却在极度膨胀，在非物质化，足以包容下他们爵位后面的这个盖尔芒特的姓氏，包容下一整个阳光明媚的盖尔芒特家那边，这维沃纳河，河上的睡莲，岸边的大树，以及这么些美好的下午。我知道他们不仅享有德·盖尔芒特公爵和公爵夫人的爵位，而且从十四世纪起，在鲸吞旧日领主的

1 欧俗传说，那不勒斯附近的死火山口阿韦尔纳湖即为地狱的入口。

图谋被挫败以后，他们就跟这些领主联姻，成为德·贡布雷伯爵，从而成了贡布雷的第一批市民——但也是唯一的一批不在城里居住的市民。这些德·贡布雷伯爵，把贡布雷放进姓氏，把贡布雷的特质融入自己的品格，骨子里有了这份贡布雷特有的哀而不怨的愁绪；他们作为这座城市的主人，没有一座属于他们的房屋，大概只能住室外，待在街头，像那个吉尔贝似的上顶蓝天，下踩大地，当我上卡米的铺子里买盐的时候，抬头往圣伊莱尔教堂望去，就能望见后殿彩绘玻璃窗上那个吉尔贝黑黢黢的底漆的背影。

有时经过那几块地面湿润的园地，见到一串串颜色深暗的花朵沿着篱笆攀缘而上。我停住脚步，感到脑海里形成了一个弥足珍贵的概念，因为眼前依稀出现了这一流域的一幅局部的画面，那正是看了一位心爱的作家描写后，我心向往之的图景。我听着佩斯皮耶大夫跟我们讲到这座别墅的花园，讲到里面的花儿和流水的那会儿，盖尔芒特家族的形象就发生了变化，就跟这个地方，跟这片有亢奋的河水穿越而过的想象中的土地融为一体了。我幻想着德·盖尔芒特夫人会突然心血来潮地钟爱我，邀我去玩；整天她都让我陪着她一起钓鳟鱼。到了晚上，她牵着我的手，一面从她属下的小花园跟前走过，一面沿着一堵堵矮墙，指点给我看那些把紫色和红色的茎秆倚在墙头的花丛，告诉我它们的名字。她还要我把正在酝酿的诗作的主题讲给她听。这些幻想提醒我，既然我想有朝一日当个作家，那现在就该知道自己到底打算写什么了。可是只要我一想到这个问题，竭力想找出一个能让自己把握住某种无限的哲学意义的主题时，我的脑袋瓜子就不听使唤了，眼前一片空白，我觉着自己没有天才，也说不定是有种什么脑子里的毛病妨碍了它的诞生。有时候我指望父亲能来帮我摆脱这困境。他一向很有办法，在那些有地位的人旁边很兜得转，因此对弗朗索瓦兹教我要看得比生死有命的自然规律更不可抗拒的法律，他敢于让我们置之不顾，我们家的外墙粉刷工程，推迟了整整一年，成为整个街区唯一的例外，他也有能耐让萨兹拉夫人想进水利部的儿子得到部长特批，获准把在考生名单上的位置从名字以S开头的区段往前挪到以A开头的区段，提前两个月通过会考。倘若我生了重病，倘若我被土匪绑架了，我相信父亲一定会有某种绝招，某种让仁慈的主无法拒绝的通天术，使这场重病、这场绑架化险为夷，顶多让我虚惊一场，所以我只须笃笃定定等待那个势在必然的转危为安的时刻，那个重获自由或病好康复的时刻到来；说不定我这种缺乏天赋的表现，我在搜寻今后写作主题时脑子里出现的这个黑洞，也不过是一种并不真切的幻觉而已，只要我那位想必早就跟政府当局和老天爷商妥，让我成为当代作家第一人的父亲一出面，局面就会立刻改观。但也有时候，父亲和外公看着我老是落在后面，不去赶上他们，感到不耐烦了，这会儿我就觉得我眼下的生活再也不是一种由父亲一手创造，可以由他随心所欲加以改变的东西，而恰恰属于一种并非专为我安排的、无法违抗的现实，我处于这个现实之中没有一个可以求援的盟友，这是一种本然的、没有隐藏任何其他东西的现实。这时我就觉得，我活在世上跟别人没什么两样，我也会像他们一样变老，死去，我仅仅是他们中间没有写作才能的一分子罢了。于是我灰心丧气，就此放弃了文学，尽管布洛克先前曾经给过我很多鼓励。这种意识到自己脑子里空空如也的直接内心体验，胜过了人家所能给我的全部溢美之词，它好有一比，就像一个听着大家夸他做好事的歹徒良心上所受到的责备。

有一天，母亲对我说："我瞧你老是提起德·盖尔芒特夫人，这回呀，因为佩斯皮耶大夫四年前给她精心治过病，她准会来贡布雷参加他女儿的婚礼。在婚礼上你就能见到她了。"不过关于德·盖尔芒特夫人，我听到提起得最多的还是佩斯皮耶大夫，他还给过我们一期画报，上面有一张她在德·莱翁亲王夫人府化装舞会上身穿盛装的照片。

在婚礼弥撒进行的当口，那个教堂门卫挪动了一下身子，这一来我蓦地看见一间后殿里坐着一位金黄头发的夫人，鼻子大大的，蓝眼睛炯炯有神，那条淡紫色的、柔滑而蓬松的皱裥领巾又新又亮，鼻子旁边有个小小的丘疹。她仿佛很热似的，整张脸红通通的，我在这张脸上辨认出了几个地方，尽管看上去并不怎么明显，甚至几乎有些难以觉察，但还是跟我在画报上见过的照片有几分相像，尤其是我在她脸上注意到的那些特征，倘若要我描述出来的话，无非也是那些字眼：大鼻子，蓝眼睛，当初佩斯皮耶大夫在我面前描述德·盖尔芒特夫人的时候，用的就是那几个字眼，所以我就暗自思忖：这位夫人长得挺像德·盖尔芒特夫人；而她坐在里面望弥撒的后殿，正好就是坏东西吉尔贝的那个后殿，那些犹如盛满蜜的蜂房似的黄澄澄的、变得松脆的平放的墓石下面，安息着上几代的德·布拉邦伯爵，我还记得听人说过，这个后殿是专门保留给盖尔芒特家族，供家族成员来贡布雷参加庆典仪式的；这一天又正好是德·盖尔芒特夫人来教堂的日子，所以当天在这个后殿里，看来只有一位女人是有可能长得跟照片上的德·盖尔芒特夫人相像的：那就是她本人！我失望极了。原因是我从来没有留意到，我过去想到德·盖尔芒特夫人时，其实总是在用一块壁毯或是一扇彩绘玻璃窗上的种种色彩，把她放在另一个世纪，按照跟所有其他活生生的人不同的样式来描绘她。我从来不曾料到她竟然会像萨兹拉夫人一样满脸通红，打条淡紫色的皱裥领巾，而且她那张鹅蛋脸让我一下子就想起了在家里见过的那些人，心头不由得打个岔，掠过一丝稍纵即逝的乌云，怀疑这位夫人在生理机制和分子结构上，未必确确实实就是德·盖尔芒特公爵夫人，尽管大家在用这个名字叫她，但这个躯体属于某一类女性，其中包括医生和商人的老婆。“这就是德·盖尔芒特夫人，原来她也不过就是这样！”我凝神望着公爵夫人的时候，脸上那专注而惊异的表情在这么说，眼前的这位夫人，自然跟那个同样也叫德·盖尔芒特夫人，曾经多次出现在我的遐想中的夫人，是全然不相干的，既然她跟这些我随心所欲想象的形象都不一样，仅仅在一刹那之前，在教堂里，才第一次跳进我的眼帘。她跟那些任凭自己沐浴在芒特这个音节所散发的橘黄色光线里的她们，性质完全不同，不像她们那样可以随意着色，她是实实在在的女人，她身上的一切，甚至鼻子旁边那粒正在发炎的小丘疹，都证实了她对生命法则的屈从，好比在剧场里看一出神话剧时，尽管我们恍惚间都弄不清楚眼前看到的景象是否就是灯光的幻影，但是仙女裙子上的一道皱裥，她的小手指的一丝颤抖，都告诉了我们一位活生生的女演员的客观存在。

与此同时，在这张由那个大鼻子和那双炯炯发光的眼睛留在我视觉中的脸庞上（也许在我还没来得及想到出现在我面前的这个女人是德·盖尔芒特夫人的那会儿，这张脸庞就跑了进来，留下了先入为主的印象），在这个全新的、不再改变的形象上，我试图附着一个观念：“她是德·盖尔芒特夫人。”可就是没法让它跟这个形象吻合在一起，好比两张圆盘的中心怎么也对不在一起似的。可是这位曾经让我渴望想念的德·盖尔芒特夫人，既然现在我看见了她确实并不因我而存在，她对我的想象的影响力就更大了，我的想象在遭遇一种跟它所预期的迥然不同的现实的当口变得麻木了，可这会儿又重新活跃了起来，它对我说："早在查理大帝以前便声名显赫的盖尔芒特家族，对他们的属下握有生杀予夺的权力；德·盖尔芒特夫人是热纳维埃芙·德·布拉邦的后裔。她是不会认识，也不会想去认识这儿的任何一个人的。"

而且——哦，人类的视线是多么奇妙，多么不受羁束，它被一根又松又长、能够任意延伸的线一头拴在脸上，却又可以远远地离开这张脸四处游荡！——德·盖尔芒特夫人坐在那个后殿的先人墓石上，她的视线在四下里转悠，沿着教堂的一根根柱子移过去，甚至有如一道在中殿里徜徉的阳光那般，在我身上停留了一会儿，不过这道阳光在我接受它的抚爱的时候，似乎是意识到这一点的。至于德·盖尔芒特夫人本人，因为她端坐不动，就像一个母亲没看见孩子顽皮淘气，在向着她不认识的陌生人打招呼，对孩子任性而不得体的举动置若罔闻，我根本没法知道，她对自己的视线趁着灵魂赋闲之际到处游荡，究竟是赞许还是责备。

有一点对我来说很重要，就是她别在我还没把她看个够的时候动身离开，因为我并没忘记这些年来，能见她一面始终是我最大的心愿。我目不转睛地望着她，仿佛我的每道目光都能把这个高高的鼻子、两爿红红的脸颊，以及所有在我看来包含着许多有关她的脸的珍贵、可靠、奇异的信息特征，切切实实地攫取过来，储存在脑子里。我关于她的种种想法——尤其是人们常有的那种唯恐失望的心态，那是对我们身上最美好部分的护卫本能——都让我觉着这张脸很美，认为她（既然她和我心仪已久的德·盖尔芒特夫人是同一个人）跟我刚才单凭看上一眼她的形体，便一度把她混同其间的那些俗人是不能同日而语的，所以当我听到周围有人说“她比萨兹拉夫人，比凡特伊小姐都好看”，就像她们真能跟她相比似的，不由得感到很生气。我把目光停在她的金黄头发、蓝眼睛和颈项上，有意不去看那些会让我想起其他面孔的地方，面对这幅故意不画完整的速写像，我欣喜地对自己说：“她有多美！有多高贵！在我面前的可真是一位高傲的盖尔芒特，热纳维埃芙·德·布拉邦的后裔呢！”我的这种使她的整张脸变得容光焕发的专注目光，把她跟周围的一切隔离了开来，所以时至今日，如果我回想那次婚礼的话，除了她和那个教堂门卫以外，根本想不起任何人的模样来了，我记得那个教堂门卫，也是由于我问他这位夫人是否就是德·盖尔芒特夫人时，他给了我一个肯定的回答。可是她，我至今还能在眼前看见她的模样，尤其是大家鱼贯步入圣器室时的情景，哪天刮过风，下过雷雨，而这当口，暖洋洋的阳光刚好透过云层，照亮了这间圣器室，德·盖尔芒特夫人待在贡布雷的这些居民中间，她甚至连他们的名字都不知道，然而他们的卑微恰恰把她的高贵衬托得更加完美，于是她心中不禁对他们生出了一片由衷的仁爱之心，再说她也希望靠对下民的恩宠有加、平易近人，来使他们对她更敬服。所以，她不像一般人那样，见到一位熟人时很自然地在自己的目光中赋予某种明确的含义，而是只让自己那些漫不经心的念头，情不自禁地从一道道蓝光盈盈的眼波里流淌出来，这一道道眼波在流动中会遇到这些小百姓，会时时跟他们打照面，可她不愿意他们因她的目光而感到困窘，感到受了轻慢。我还记得那条柔滑而蓬松的淡紫色皱裥领巾上方，她那种温和的惊异的眼神，在这双眼睛里，她先已注入了一道略带羞涩的君主的笑容，她并没把这笑容对准某一个人，而是让所有的人都能感受到它，其中的神气像是在请周围的臣民多多原谅她，也像是在表达她爱他们。这道笑容落到了目不转睛地望着她的我身上。每当我想到望弥撒时她驻留在我身上的这道目光，这道有如透过坏东西吉尔贝的彩绘玻璃的阳光那般幽蓝的目光，我就在心里说："她大概是注意到我了。"我相信我已经博得了她的好感，她就是离开教堂以后也还会想到我，为了我的缘故，说不定她晚上还会在盖尔芒特府里黯然神伤呢。我即刻就爱上了她。要让我爱上一个女人，有时只消她向我轻蔑地看上一眼，就像我觉着斯万小姐看我时那样，使我心想她永远不可能属于我，也就够了；有时候又只消她朝我友善地看上一眼，就像德·盖尔芒特夫人那样，使我心想她能够属于我，也就够了。她的眼睛发出雪青色的光，犹如一朵无法采撷的长春花，而她却把它献给了我；天边浮着一朵乌云，但阳光依然朗照在广场上，同时把圣器室也照得亮晃晃的，专为这一庄严时刻铺上的、德·盖尔芒特夫人正含笑走在上面的红地毯，被阳光蒙上了天竺葵的色调，呢绒上平添了一层粉红色柔和的光影，一层光线的被面，这种温柔的情调，这种体现于豪华和欢乐中的令人肃然起敬的亲切气氛，在《罗恩格林》[1]的某些乐段，在卡尔帕乔[2]的某些画幅里都能看到，它也使我明白了波德莱尔为什么会用

1 德国作曲家瓦格纳（Richard Wagner，1813—1883）的歌剧。

2 卡尔帕乔（Carpaccio，1455—1525）：意大利文艺复兴早期威尼斯画派画家。所作多为所谓叙事体绘画。

甘甜这个词来形容小号的声音[1]。

从那以后，每当沿着盖尔芒特家那边散步的时候，我的心是多么忧伤啊；我更清楚地意识到自己没有文学的才能，这辈子是当不成大作家了。脚步稍一停顿，独自陷入遐想之时，涌上心头的愁绪，马上使我备感痛苦，为了摆脱这份愁绪，我的脑子索性进入一种麻木的状态，把痛苦撇在一边，压根儿不去想诗和小说，不去想因我缺乏才情而无望企及的充满诗意的前景。于是，骤然间一片屋顶，阳光在石墙上的一绺反光，一条小道的芳香，都会游离于有关文学的冥思苦想之外，无所依傍地进入我的印象，让我感受到一种特有的快乐，看上去，好像在我见到的表面背后，隐藏着什么东西，力邀我去觅取，而我竭尽全力仍无法找到它。我不由得停住了脚步。我感觉到这东西确实就在那里面，所以我停在那儿，伫立不动，用眼睛看，用鼻子嗅，一心想让自己的思绪深入这图景和气味中去。有时我得去赶上外公，跟他一起往前走，可我仍闭上眼睛，尽量再去感受这图景和气味；我专心致志，力求准确地回忆屋顶的每根线条、石墙微妙的色调变化，我不明白其中的缘故，但总觉得这些石块胀鼓鼓的，仿佛随时会裂出条缝来，让我觑见里面的秘密——它们仅仅是掩饰这些秘密的盖子而已。诚然，类似这样的印象，并不能重新激起我有朝一日成为作家或诗人的希望，因为这些印象往往只跟某个在智力意义上并无价值的特定对象相关联，而与任何抽象的哲理无关。然而，他们毕竟让我无端地感到了一种快乐，一种丰富多

1　法国诗人波德莱尔（Charles Baudelaire，1821—1867）在短诗《意外》中这样写道："在天国收获葡萄的庄严的黄昏/小号的声音是那样甘甜/犹如一阵令人销魂的狂喜/沁入唱着颂歌的人们心田。"

彩、美不胜收的幻觉，从而排遣了烦恼，忘却了力绌无能的自卑感——每当我尝试寻觅一个哲学主题来写一部文学巨著的时候，这种自卑感总会油然而生。可是，我所意识到的责任实在过于严峻，那些形态、香味和色彩所造成的印象，迫使我非要去看一眼隐藏在它们背后的东西不可，心生怯意的我，当即给自己找了些借口，来逃避这样的努力，免受这样的劳累。幸好大人在喊我了，我觉得眼下的环境不足以安静到让我好好探究，也许不如等回家以后再去思考，省却这份徒劳。于是我不再过问由某种形状或某种香味裹住的那个未知的东西，由于带它回家而感到心安理得，隔着那层形象的裹膜，我能感觉到它是活生生的，就像大人允许我去钓鱼的日子里，我那盖着一层保鲜青草的鱼篓里鲜蹦活跳的鱼儿。可一到家，我就去想别的事情了，于是我的脑子里塞的都是（犹如每回散步随手摘回来放在卧室里的花儿，或者人家给我的那些杂七杂八的东西）一个闪烁着阳光的石块啊，一片板瓦的屋顶啊，一声教堂的钟响啊，一阵树叶的清香啊，所有这些纷杂的形状和印象，我揣摩着在它们背后另有东西存在，但因我没有足够的毅力去探究揭示这秘密，它就早已消遁得不复可寻了。然而，有一次——那天我们散步的时间比平时长得多，向晚时分，在回家路上巧遇乘着马车疾驶而来的佩斯皮耶大夫，他认出是我们，就邀请我们上车——同样的印象又掠过我的脑际，而我没轻易放它溜走。我坐在马车夫旁边，辕马奔驶快得像阵风，因为大夫在回贡布雷之前，还得在马丁镇逗留一下，去看望一个病人，我们约定在病家的门口等他。马车驶到路的转弯处，我蓦地感到一阵从未体验过的不可名状的快乐。远远望见马丁镇的两座钟楼映着夕阳的斜晖，看上去就像随着马车的行驶和道路的弯曲而在变换位置，稍后映入眼帘的是老维克镇的钟楼，它位于远方一座地势更高的平地上，与那两座钟楼之间隔着一座冈峦和一道峡谷，可是看去仿佛与它们比邻而立。

几座钟楼显得那么遥远，看样子我们简直没法靠近它们，所以当片刻过后，我们的马车冷不丁停在马丁镇的教堂跟前时，我不由得感到很惊奇。远远望见这几座钟楼，我心头就充满喜悦，可我并不明白其中的缘由，如果非要我找出来，我可能会感到痛苦；我但愿把这些在阳光下变幻着的线条铭记心中，现在不再去想。倘若我那么做了，可能那两座钟楼就永远不会和那么些大树和屋顶，那么些气味和声响融为一体，而我能辨认出这一切，不正是由于那份因它们而在心头暗暗滋生，我却从未深究过的欢乐吗。我下车和大人交谈，一起等大夫。而后我们重新上路，我坐在老位子上，转过脸去再看那几座钟楼，不一会儿，车子驶上弯道，我最后瞥了一眼钟楼。车夫不爱说话，我问得多他答得少，我没有说话的伴儿，只好自己在心里试着回想我的钟楼。过了一会儿，它们的轮廓和映着阳光的墙面，犹如一层坚硬的外壳骤然裂了开来，藏匿在里面的东西，在我面前端倪略显，顷刻之前还不存在的一股思绪，此刻居然在我脑际表达成了一个个词儿，刚才见到它们时感受到的快乐，霎时间变得如此汹涌澎湃，我心醉神迷，无心去想任何别的东西了。这时候，我们已经离马丁镇很远了，我转过脸去再对钟楼望了一眼，景色已经昏暗，太阳下山了。马车驶在弯道上，钟楼不时被遮住，最后露了一下脸，终于隐没不可见了。

我并不以为藏匿在马丁镇钟楼背后的东西，非得像一句漂亮的句子那样，因为使我感到愉悦的是一个个词，它是以词的形式出现在我面前的；我向大夫借了铅笔和纸，随着马车的颠簸写下了一篇短文，以抒发心中的激动，让所思所感一吐为快，下面就是事后我找到的那篇短文，我只做了很少的改动：

“在平原上，孤零零地矗立着马丁镇那两座仿佛湮没在旷野之中的钟楼，它俩向着蓝天升起。不一会儿，我们看见了第三座：凭着一个漂亮的大回旋，老维克镇的那座钟楼，转到了它俩面前，三座钟楼会合在一起了。时间一秒一秒地过去，我们的马车驶得飞快，然而这三座钟楼始终远远地停在我们前方，就像栖息在原野上的三只鸟儿，一动不动，在阳光下清晰可见。随即老维克镇的钟楼挪动位置，拉开了距离，马丁镇的那两座孤零零地留在原处，沐浴在夕阳的余晖中，即使隔得那么远，我仍能看见光线在钟楼的坡面上笑吟吟地闪烁跳动。方才驱车向它们驶去，着实费时不少，所以我心里在想，不知还得花多少时间才能到那儿，可就在这时，马车拐了个弯，冷不丁停在了钟楼脚下；钟楼突兀地耸立在我们跟前，马车险些儿一头撞进门廊里去。我们又继续赶路；片刻过后，马车已经驶离马丁镇，这座小镇犹自陪伴了我们一程，旋即消失不见了，远方地平线上只有那三座钟楼瞅着我们夺路而去，颠动着阳光照耀的尖顶向我们示意作别。时而其中一座蓦然隐去，好让我们对另两座多瞧上一阵子；可是道路转向了，它们在阳光下如同三根金色枢轴那般旋转着，渐渐消失在我们的视野之外。但过一会儿，就在我们已经驶近贡布雷，太阳开始落山的当口，我最后一次远远地瞥了它们一眼，它们只不过像画在田野上方低矮的天际的三朵花儿了。它们也让我想到传说中被抛弃在夜色渐浓的荒野里的三位少女；辕马一路飞奔，我们离她们越来越远了，但我还能望见她们怯生生地觅路而行，她们高贵的身影磕磕绊绊地打了几个踉跄，而后相互紧挨在一起，彼此挺身把对方藏在自己背后，在尚剩一抹霞色的天际勾勒出融为一体的一个黑影，风姿绰约，楚楚可怜，随即消失在夜色之中。”

写下这段文字以后，我就不去想它了。但当时，我坐在车夫旁边，在他平日把马丁镇上买的家禽装筐放在那儿的地方，匆匆写下了这篇短文，心中充满喜悦，只觉着这些文字让我摆脱了钟楼以及隐藏在它们背后的东西，我简直像个刚下完蛋的母鸡，高兴得直着嗓子唱了起来。

整整一天，我在散步的同时，忘情地想象着种种美妙的事情：结交德·盖尔芒特夫人成为她的朋友，垂钓于有鳟鱼的湖边，泛舟荡漾在维沃纳河上，对幸福充满憧憬的我，想着这日复一日的幸福的下午，觉得此生别无他求了。但马车驶在回家的路上时，我瞥见了左首的一座田庄，它跟另两座彼此紧靠的田庄相距很远，由此往前返回贡布雷，必得经过一条栎树夹道的小路，小路两侧的草地，分属两个小果园，果园里间隔整齐地种着苹果树，在夕阳的余晖下，树影描画出日本风味的图景。这时，我的心突然跳得很快，我知道，用不着半小时我们就到家了，而凡是沿盖尔芒特家散步，晚餐得稍晚一些的日子，我喝完汤就被打发去睡觉，母亲就像有客人来用餐时那样留在餐桌旁，不上楼坐到床边和我道晚安了。我即将进入的愁城，和顷刻之前我满怀喜悦身处的境地反差太大了，就像某些时候天空上粉红色的云层，生生地被一道线跟黛绿或乌黑的云层分割了开来。只见一只鸟儿飞翔在粉红的云层里，飞着飞着接近了黑色云层的边际，眼看愈飞愈近，终于一下没入了黑色之中。方才还萦绕在脑际的种种愿望，拜访盖尔芒特夫人啊，垂钓泛舟啊，做个幸运儿啊，此刻都被抛在了脑后，我觉着即使实现这些愿望，也不会给我带来任何欢乐。我多么希望什么都不要，只要能整晚扑在母亲的怀抱里啊！我浑身打战，焦虑的目光须臾不离母亲的脸，我已经在想象晚间卧室的情景，在那儿我是看不见母亲的脸了，啊，我真想就那么死了。这种状态一直延续到第二天，当清晨的阳光照射到攀满旱金莲的墙面，敷上一格格的光影，犹如园丁把梯子架在了墙上，我一下子跳下床，快步下楼朝花园跑去，把晚上还得离开母亲这茬儿完全给忘了。就这样，我从盖尔芒特家那边学会了区分各种心理状态，在某一段时期里，我经常相继身处这些不同的状态，它们把每天分隔成一个个时段，你去我来，接踵而至，像生病发烧那么准时；它们连成一气，然而彼此从不交叠渗透，全无相互沟通的途径，所以我没法理解，甚至没法想象我在另一种状态下所期望、所害怕，或者所做过的事情。

因此梅泽格利兹那边和盖尔芒特家那边，对我来说始终跟各种相互平行的生活轨道中，进程最曲折、内容最丰富的那种生活的许多琐事联系在一起，我所指的是精神生活。这种生活，可能是在我们不知不觉之中推进的，所谓生活的真实，亦即种种曾经变更其含义和面貌，为我们开辟过新路的生活内容，其实我们早就准备去发现它们了，只是当时没有意识到而已；在我们心目中，它们要从变得清晰可见的那一天、那一个时刻起，才有其意义。当时在草地上嬉戏的花儿，阳光下流淌着的河水，以及周围的景色，都留存在记忆之中，想起花儿和河流，就会想起周围景色悠然散淡的风致；诚然，它们被那个微不足道的过路人，被那个耽于遐想的孩子久久凝视——犹如一位国王被湮没在人群中的一个回忆录作者久久仰望——之时，大自然的这一角、花园的这一端未必能想到，它们瞬息即逝的情韵得以蒙上苍之邀留存久远，还多亏这过路的孩子呢；山楂的芬芳掠过树篱才一会儿，那儿就飘出犬蔷薇的香气，砾石小径上传来杳无回响的脚步声，河水流经一株水生植物形成气泡旋即碎裂，此情此景，被我的激情所裹挟，终于得以穿越悠悠的岁月，而周围的那些小路都早已不复存在，当年漫步在小路上的人儿早已作古，就连对他们的回忆也入了忘川。有时，这一小片被我珍藏至今的景色，会孤零零地游离开来，犹如鲜花盛开的得洛斯岛[1]那样，在我的脑海里漂浮不定，我竟说不出它究竟来自何处，来自何时——莫非这不过是个梦。但我至今还会想要重返梅泽格利兹那边和盖尔芒特家那边，因为它们在我心目中毕竟是心灵之土的深层积淀，是仍可依靠的坚实的后盾。我走在这两边上，心里感到踏实，相信沿途所见的景物和行人，是我还能当真、还能从中得到欢乐的仅有的物与人。也许是创作的信念在心中已然枯竭，也许真实性本就是在回忆中形成的，我如今见到人家给我看的花儿，如果是以前没见过的，我总觉得那不是真花。梅泽格利兹那边的丁香、山楂、矢车菊、虞美人，还有那苹果树，盖尔芒特家那边有蝌蚪的小河，睡莲和毛茛，在我心目中构成了我心爱的家乡永恒的形象，我最看重的，是能去垂钓，去泛舟，去看哥特式城堡的废墟，还能在草场中间找到一座年代久远、乡土风味浓郁的教堂，看它沐浴在阳光中，有如黄澄澄的草垛——就像圣安德烈乡村教堂一样。旧地重游，偶尔还会在田野里遇见那些矢车菊、山楂和苹果树，因为

1 罗马神话中的一个浮岛。朱庇特与拉托那相爱，在她临产前令小岛固定在大海中。拉托那在岛上生下阿波罗后，荒芜的小岛顿时长满鲜花。

在我的记忆中，它们是和往昔的岁月处在同一深度的，而一旦相遇，它们立时就和我的心灵有了沟通。场景经常和个人的某些往事联系在一起，所以当再看一眼盖尔芒特家那边的愿望愈来愈强烈时，倘若有人把我领到一条河边，即使河里长着跟维沃纳河一样美，甚至更美的睡莲，也满足不了我的心愿；同样，晚上——正是在我身上唤起焦虑的时分，这焦虑日后又转移到爱情上，变得跟它难解难分——回家，我也决不会愿意有一个比母亲更美更聪明的别的母亲来和我道晚安。不；在那以后，即使我仅仅想美美地睡上一觉，想有一种不受干扰、恬静安稳的睡眠，情妇中也没人能满足这一要求，因为我在信赖她们的同时，始终无法抛开那份戒心，我永远不会像接受母亲的吻那样得到她们的心；在母亲的吻中，我得到的感情是全心全意的，没有丝毫保留，没有半点除我而外的考虑——我等待的是她，是俯向我的她的脸，那张脸在眼睛下面有个地方好像有点瑕疵，可我照样爱它，同样，我想再去看上一眼的，是当年我那么熟悉的盖尔芒特家那边，以及栎树成行的林荫路口的那座田庄，离它稍远处是另两座彼此相邻的田庄；我还想看看在阳光照耀下闪闪发亮如同水塘、倒映着苹果树如画的叶丛的那些草地；这片景色有时夜间入梦而来，它那独具个性的美，以一种近乎神奇的魅力紧紧扣住我的心弦，梦中醒来却了无觅处。也许仅仅由于我是同时感受到这些印象的缘故，为了将种种不同的印象相互紧扣在一起，永远留在我的记忆中，梅泽格利兹那边，或盖尔芒特家那边，注定要让我在日后承受那么多失望，甚至犯下那么多过错。我常常想重见某人，却没意识到其实只是因为此人让我回想起了山楂树的一段树篱，以致我不仅自己相信，而且也让人相信，只要心心念念想着重游故地，往昔的情感就会复萌。这些情感依然跟渗透在我如今的印象中的情感有着联系，并为这些印象提供了基础，赋予它们以深度，给了它们一个格外充裕的活动空间。它们还给这些印象添加了一种魅力，一种仅为我而存在的意义。每当夏日宁静爽朗的夜空响起隆隆的雷声，犹如一头野兽在天际嗥叫，人人都抱怨不期而至的暴雨之时，我仿佛越过唰唰的雨声，又独自回到了梅泽格利兹那边，尽情地吮吸着虽不可见却长驻心间的丁香的芬芳。

我就常常这样，在伤感的无眠之夜思念贡布雷的岁月直至天明，往昔许多时日的情景，后来重现在了一杯茶的味道——贡布雷人管这叫香味儿——以及远在我出生前斯万的一段爱情故事之中，这故事是我离开这座小城多年以后，才听人说起的，通常，对几个世纪前去世的人，要比对我们最亲近的朋友更容易了解其生活细节，后一种情形下的了解之难，简直难于坐在一座城镇去跟另一座城镇的人聊天——既知其难，对此类出入当以不加细究为宜。所有这些回忆，层层叠叠加在一起，最后形成了一大团坚硬的东西，但在它们之间——在最早的回忆和由香味儿引出的回忆，以及我仅是听说的关于某人的回忆之间——毕竟还能辨认出一些痕迹，即使不是真正的裂缝或断层，至少是纹理的深浅、品相的驳杂和色彩的浓淡，对某些岩块或大理石而言，它们透露了岩石各不相同的来源、形成年代和地质层系的消息。

诚然，清晨临近之时，我那短暂的似醒非醒的状态早已消失。我知道自己眼下身在哪个房间，尽管夜间我曾在自己周围将它重建，将整个房间——或仅凭回忆来辨认方向，或借助于一道隐约可见的微光，在它下面安上窗帘——完全重新布局，重新安置家具，而我既是建筑师，又是装潢师，刚安上的门窗都是赤裸的，后来才装上玻璃，并随手把衣柜安顿在老位置上。但曙光——不是曾被我误认为晨曦的最后一块火炭映在铜杆上的反光——刚穿破黑暗，一如用粉笔画出了第一道校正的白线，窗子连同窗帘立即撤离我将它们错放在那儿的门框，而被我的记忆搁置不当的书桌，则赶紧为窗子让出位置，忙不迭地把壁炉推到自己跟前，让靠走廊的墙壁挨一边去；刚才还是盥洗间的地方，一转眼俨然就是一座小院落，我在夜幕下构建的住所，和醒来时分在回忆的旋涡中看不分明的众多住所汇合后，按着窗帘顶端透进来的黎明竖起手指做出的鱼肚白信号匆匆逃遁。

第二部

斯万的爱情

要想加入韦尔迪兰府上的小核心、小集团、小圈子，有一个充分而又必要的条件：心照不宣地服膺一些信条，其中一条，就是默认这一年受韦尔迪兰夫人保护的那位年轻钢琴家，也就是她常爱说"把瓦格纳弹得这么妙不可言，真是绝了"的那位小伙子，一下子就能让普朗泰[1]和鲁宾斯坦[2]都吃瘪，而那位戈达尔大夫的医术，则比波坦[3]更高明。每个新来的，要是不听韦尔迪兰夫妇的劝说，执意不信没到韦尔迪兰府上来的那些人的晚会就跟下雨天一样讨厌无聊，那么马上就别想站住脚。在这一点上，女人要比男人犟劲更足，更难于摆脱那份世俗的好奇心，心痒痒地总想亲自去打探一下别的沙龙的虚实，而韦尔迪兰夫妇生怕这种好探究的风尚，这股轻浮的邪气，会传染蔓延开来，成为对这个小小圣殿致命的威胁，于是他俩终于一个接一个地把女性信徒全给赶

1 普朗泰（Planté，1839—1934）：法国钢琴演奏家。

2 鲁宾斯坦（Rubinstein，1829—1894）：俄国钢琴演奏家。曾数度赴巴黎演出，取得辉煌成功。

3 波坦（Pierre Potain，1825—1901）：法国医学教授，心肺外科手术专家。1882年当选法兰西医学学士院院士，1883年当选自然科学学士院院士。

了出去。

除了大夫的年轻妻子外，女性信徒在这一年几乎就只剩下——虽说韦尔迪兰夫人本人品德高尚，出身于体面的中产阶级家庭，但是这个极其富有却毫无门第可言的家庭，她也已经有意地渐渐和它断绝了所有联系——一个差不多算得上名声不佳的女人德·克雷西夫人，韦尔迪兰夫人总用昵称奥黛特称呼她，管她叫可爱的妞儿，另外还有那个钢琴家的姑妈，她以前大概是给人看门的。这两位都对上流社会茫然无知，又天真至极，假如去对她们说，德·萨冈亲王夫人和德·盖尔芒特公爵夫人得花钱给一些可怜家伙让他们到餐桌上来凑数，那轻而易举就能说得她们信以为真，所以，要是真有人邀请她俩到那两位贵妇人的府上去做客的话，当年的看门女人和这位宝贝妞儿还准会鄙夷不屑地拒绝呢。

韦尔迪兰夫妇不用邀请客人来吃饭，这些客人在这府上都有各自的常设餐具。晚会嘛，也没有节目单。年轻钢琴家有时弹弹琴，但仅限于如果他高兴的话，因为谁也不想强迫谁去做什么事情，正如韦尔迪兰先生说的那样："一切为朋友，友情至上！"要是钢琴家想演奏《女武神》里骑马下山的那段或是《特里斯当》[1]的序曲，韦尔迪兰夫人就会提出异议，倒不是她不喜欢这种音乐，而是正好相反，由于这种音乐给她的印象过于强烈了。"那么您是非要让我的偏头痛发作不可啰？您明明知道每回弹这曲子总是这样子。我知道我有得苦头吃哩！等明天我想要起床的时候，得，客人都走了！"要是钢琴家不弹琴，大家就聊天，朋友中间

1 《女武神》是瓦格纳连本歌剧《尼贝龙根指环》中的第2部。《特里斯当》也是瓦格纳的歌剧，全名《特里斯当与伊瑟》。

有那么一位，通常总是那位当时最得宠的画家，随口，照韦尔迪兰先生的说法，说句无聊的粗话，引得大家哄堂大笑，笑得最厉害的是韦尔迪兰夫人——她有个习惯，碰到人家拿她所感受到的情绪来打个比喻，她总是按字面上的意思照单全收，——有一回她笑得实在太厉害，笑得下巴脱了下来，多亏戈达尔大夫（当时他还刚刚进入社交圈）才把脱了臼的下巴托了上去。

晚礼服是不许穿的，因为彼此之间都是哥们儿，不该弄得跟那几个大家像怕瘟疫似的躲着的讨厌家伙一样，那几个家伙只是在盛大晚会上被邀请过几次，这种晚会一般总是尽可能地少举行，仅在要想让这位画家高兴高兴或是把那位音乐家介绍给大家的当口举行过几次。其余的时间，大家就这么玩玩字谜游戏，穿着化装舞会的奇装异服吃吃夜宵，不过成员只限于自己人，决不让任何一个陌生人混进这个小核心里来。

但是随着这些哥们儿在韦尔迪兰夫人生活中的地位变得日渐重要，所有那些让她的朋友们勾留在外，那些使他们有时不得空的人和事，比如这一位的母亲，那一位的工作，还有另外一位的乡间别墅或者欠佳的身体状况，都成了讨厌家伙，成了天主不能见容的东西。要是戈达尔大夫在餐毕离席的当口，觉得他该告辞再去看看某个病情危险的病人，韦尔迪兰夫人就会对他说："谁知道呢，说不定您今晚不去打扰他，对他倒要好得多哩；您不去，他就会安安生生睡上一夜；明儿一大早您去看他，敢情他好都好了。"从十二月初开始，她就老想着这些信徒到时候要滑脚去过圣诞节和元旦，变得愁眉苦脸起来。有一次正赶上钢琴家的姑妈一定要钢琴家元旦那天到她母亲家去吃晚饭：

"要是你们不学乡下人的样，元旦那天不去陪她吃晚饭，"

韦尔迪兰夫人没好气地嚷道，“难道您以为她就会死了不成！”

到了圣周[1]，她又变得心绪不宁了：

“您，大夫，是位学者，是位有头脑的人，耶稣受难日[2]那天，您当然会跟平时一样，仍然来的啰？”第一年，她对戈达尔大夫这么说，用的是一种很自信的口气，仿佛拿得准对方会怎样回答似的。可是在等他做出回答的时候，她不由得浑身打起战来，因为他要是不来的话，她说不定就孤零零的一个人了。

“耶稣受难日那天我会来……向您告别，我们要上奥弗涅去过复活节。”

“上奥弗涅去？敢情您想去喂跳蚤、养虱子呀，那可真选对地方啦！”

接着，沉默片刻过后：

“要是您早点对我们说一声，我们也可以想办法安排一次活动，一块儿舒舒服服地上那儿去旅游嘛。”

同样，要是某位信徒有个朋友，或是某位女性的常客有个调情的对象，他或她有时因此而要滑脚的话，韦尔迪兰夫妇就会说：“嗨！那就把您这位朋友带来吧。”他俩并不怕某位女客有个情人，只要她把他带来，在他们家里跟他谈情说爱，而且对他的感情不超过对他们的就行。他们给他一个试用期，以便观察他能否做到对韦尔迪兰夫人毫无隐瞒，是否可以被接纳加入这个小圈子。如果结论是不行，他们就把引荐此人的那位信徒拉到边上，交代她或他完成跟男友或情妇翻脸的任务。如果情况正相反，那么这个新伙计也就可以加入这个小圈子了。所以那一年当这个名

1 复活节前的一个星期。

2 复活节前的星期五。

声不佳的女人告诉韦尔迪兰先生，她结识了一位可爱的斯万先生，并且暗示说他很想来他们府上时，韦尔迪兰先生当即把这一要求转告给了妻子。（他一向要等妻子发表意见以后才有自己的意见，他这个角色的任务，就是凭着他高度灵巧的本领，把她的愿望以及信徒们的愿望付诸实现。）

“德·克雷西夫人有件事要问你。她想向你引荐她的一位朋友斯万先生。你看怎么样？”

“哎哟，难道我们还能对这么可爱的一个小宝贝说不吗？您别开口，我可没问您是怎么想的，我就是要说您是个宝贝。”

“既然您要这么说，那就好吧。”奥黛特用一种马里沃风格[1]的语调回答说，接着又补上一句：“您知道我可不是fishing for compliments[2]。”

“嗯！那就把您这位朋友带来吧，要是他挺讨人喜欢的话。”

诚然，这个“小核心”和斯万经常出入的社交圈毫不相干，而正宗上流社会的人也会觉得，以他现在的身份，大可不必费这神思，让人把自己去引荐给韦尔迪兰夫妇。然而斯万毕竟是个多情种子，自从他差不多结识了所有的贵妇名媛，而且从她们身上已经再也没有什么东西可学的那一天起，他就把圣日耳曼区表示认可的这种荣誉，这种类似于贵族头衔的入籍证书，仅仅看作一种兑换券，一种信用证，它本身毫无价值可言，却能让他在外省的某个小角落，或者巴黎某个偏僻的街区叫人肃然起敬——一旦那儿有个乡绅的闺女或是书记官的小姐的倩影打动了他的心。因

1 马里沃（Marivaux，1688—1763）：法国剧作家。他的剧作中人物的对话，多为贵族沙龙式的矫揉造作的风格。

2 英文：套人家的恭维话。

为到那时候，情欲或者爱情又会重新激起他平日已然看得很淡的虚荣心（虽说他当初跻身社交界，想必正是受这虚荣心的驱使，而他的聪明才智也就浪费在了浅薄无聊的寻欢作乐之中，渊博的艺术修养，则用在了指点上流社会的夫人小姐怎样选购画作，怎样装饰府邸上），促使他想在一位心仪的陌生姑娘眼里，显得很了不起，具有一种单凭斯万这个姓氏无法体现的高雅气派。如果这位陌生姑娘出身低微，他就尤其想这样。这就好比一个聪明人并不怕被另一个聪明人看作傻瓜，而一个雅人唯恐不识其高雅的人，往往偏不是贵人，却是个粗人。有史以来，人们出于虚荣心而滥用的才情和信口胡诌的谎言——这些才情和谎言，其实只能让他们自贬身价——倒有四分之三是用在地位比自己低的人身上。斯万在一位公爵夫人面前会很本色，很随便，在一个收拾房间的女仆跟前却要摆摆谱，生怕让她给小看了。

他不像别的许多人，他们或是出于疏懒，或是出于尊贵的社会地位而先入为主形成的心态，始终有一种保守的意味，现实为他们提供的种种乐趣，只要是跟他们终老置身其间的社交圈子格格不入的，他们就避之唯恐不及，而对这个圈子里的所有那些平庸乏味的娱乐，那些差强人意的玩意儿，既然除此以外再没有更好一些的东西，所以一旦到了习以为常的地步，他们也就口口声声把它们叫作乐趣了。斯万可不想在跟他一起消磨时光的女人身上发现她们的漂亮，他宁可跟一眼就觉得漂亮的女人一起消磨时光。而那些女人的美常常是很俗气的，因为他下意识地追求的女性体态美，跟出自他所喜爱的那些大师之手的雕塑或画像中的女性美，是迥然对立的。深沉的表情、忧郁的神态，会让他看得感觉麻木，而只要一见到健康、丰满、红润的肌肤，他就会变得心往神驰。

如果在旅途中遇到一家人，按说一个雅人是不该设法去结交这种人家的，可是这家人中偏偏有位在他眼里具有一种他从未见过的魅力的女性，那么，要他一味自持，要他舍弃她在自己心中激起的欲念，用另一种乐趣来代替他在这个女性身上所能得到的乐趣，比如说写封信叫旧日的情妇来找他，只会让他觉得是面对生活的一种可耻的退缩，一种对新的幸福的愚蠢拒绝，好比放着外乡异邦的风光不去游览，却把自己关在房间里呆望巴黎的街景。他不把自己封闭在现成的社交圈里，而是随身带着一座轻便的拆卸式帐篷，一旦遇上个中意的女人，立马可以当场装配，就地把帐篷支起来，就像探险家随时扎营一样。只要是没法带上的，或者是没法用来换取新的乐趣的劳什子，他一概扔掉，哪怕在别人眼里那都是些宝贝。不止一次，他凭着跟某一位公爵夫人多年交往赢得的信任，让那位夫人动了心，颇想给他个甜头却苦于没有机会，不料他的一封冒冒失失的急信，顿时就坏了好事，原来他是要公爵夫人马上发份电报，把他介绍给手下的一位总管，因为他瞧上了这位总管在乡下的女儿，这种事，简直就像一个饿得发慌的人拿一颗钻石去换片面包！可他事后也会自嘲，笑自己即便练得了非凡的细腻敏感，骨子里却总还有一丝野性未脱。再说，他属于这种类型的聪明人，他们生活悠闲，而且认为这种悠闲为自己的聪明才智提供的种种内容，跟艺术或学术的研究同样值得重视，“生活”本身的内涵，要比所有的小说都更有趣、更浪漫得多，他们在这样的观念里寻求一种安慰，甚至也许是一种借口。他至少自己是这么相信的，而且毫不费力地说服了社交圈朋友中最高雅的那几位，尤其是德·夏尔吕男爵也相信了这一点。他总喜欢说些奇闻趣事来逗男爵开心，或者是说有一回在火车上遇见一位姑娘，后来把她带到了家里，才知道她竟是一国之君的妹妹，而这位君主手里，掌握着当时欧洲政局的所有线索，于是他不费吹灰之力就对整个政局了然于胸，或者是说，由于情况错综复杂，他能不能当一个厨娘的情人，竟然要取决于枢机主教团推选教皇的结果如何。

而且，斯万涎着脸拉来充当中间人角色的，还不光是那群与他时相过从的德高望重的寡妇、将军和院士。他的所有朋友，都已习惯了过一阵就会收到他的一封信，信上用巧妙的外交辞令央求他们写封信或是写张便条，把他介绍给某人；心仪的对象一个换一个，所找的借口也各不相同，而措辞之巧妙却一以贯之，从中明显地——比笨嘴拙舌更明显地——透露出了他性格的固执和目标的专一。好多年以后，当我由于他的性格在所有其他方面都显得跟我挺相像，而开始对他的性格感到兴趣的时候，我常会想到下面这一幕情景：他写信给我外公（当时还没当上外公呢，因为斯万这段重要的恋情，是在我快要出生的当口开始的，此后有很长的一段时间，他没有移情别恋过），外公从信封上认出了他的笔迹，就大声说道："斯万又有事来找我们了，可得当心哪！"而出于不信任，抑或出于驱使我们把东西拿在手里，要的人不给，偏给不要的人的那种下意识的狠心肠，外公外婆对斯万提出的任何请求，一概断然拒绝，即便那只是举手之劳，比如说把他介绍给一位每个星期天都来吃晚饭的姑娘，以至于每回斯万提起这事儿，他们都只好装出再没见过她的样子，其实呢，他们每个星期都在为邀请谁来给她做伴煞费心思，结果常常一个人也没找到，可就是不肯对心心念念想来的那位透半点口风。

有时候，外公外婆的朋友中某一对老是在抱怨见不到斯万的夫妇，会扬扬得意地，或许还带着点儿挑起对方妒意的心思，向外公外婆宣布，他们觉得斯万变得可爱极了，他一直跟他们在一起。外公不想扫他们的兴，但他望着外婆，嘴里哼起歌来：

这中间有什么奥妙？
我实在无从知晓[1]。

或者是：

转瞬即逝的幻象[2]……

或者是：

碰到这种事情
最好的办法是闭上眼睛[3]。

过了几个月，要是我外公问斯万的那位新朋友："斯万怎么样，你们还是常跟他见面吗？"对方的脸就会拉长下来："别在我面前再提到他的名字！""可我还以为你们相处得挺好呢……"

1 法国作曲家布瓦尔迪厄（Boieldieu，1775—1834）的歌剧《白衣夫人》最后一幕中的唱词。

2 法国作曲家马斯内（Masssenet，1842—1912）的歌剧《埃罗底阿德》第2幕中的唱词。该剧首演于1881年。

3 德裔法籍作曲家奥芬巴赫（Offenbach，1819—1880）的歌剧《蓝胡子》第3幕中的唱词。

就这样，斯万有一回跟我外婆的几个表兄妹混得挺熟，一连几个月几乎天天上他们家去吃晚饭。后来突然之间，招呼也没打一个，他就不去了。大家都以为他病了，外婆的表妹正要派人去打听他的消息，就在这当口，她在配菜间找到他的一封信，是厨娘无意间夹在买菜的账本里的。他在信上告诉这娘儿们，他就要离开巴黎，不能再来了。她是他的情妇，在中止和大伙儿联系的时候，唯有她一个人，他认为还值得通知一声。

要是情况反过来，他当时的情妇是社交圈子里的人，或者至少出身还不太低微，处境还不太荒唐，不至于妨碍他引荐给这个圈子，那他就会为了她而重入社交圈，但活动范围仅限于他有时出入，或者说他领她出入的那些特定场合。“今晚可别指望斯万来了，”人家会这么说，“您也知道，他那个美国妞儿得在歌剧院演出呢。”他设法让她也能受到那几个圈子团得特别紧的沙龙的邀请，这些沙龙是他熟稔的去处，那儿有每周一次的聚餐，有他的牌局；每天晚上，把梳得笔挺的红棕色头发稍加卷曲，给那双精光四射的绿眼睛添上些许温柔的色彩以后，他就挑朵花儿往翻领饰孔里一插，出门去带情妇到小团体中这位或那位夫人府上吃晚饭；这时，想到那些向来对他唯唯诺诺，而他马上就要在那儿碰到的时髦年轻人，会当着他心爱的女人的面，对他大加赞美，对他表示诚挚的情谊，他就重又感到自己一度厌烦过的这种社交生活，果真是魅力无穷，而这种生活的内容，一旦跟新的爱情结合在一起，经由掺入其中的闪烁的火苗穿透，染上热情的色彩，就会在他眼里显得珍贵而美丽。

每一次这般的恋情，或者调情，在某种意义上说都是一种梦想完满的实现，只要斯万见到一张脸蛋或一段身材，情不自禁地、出于本能地觉得它可爱动人时，这种梦想就会油然而生，然而，有一天一位从前的朋友在剧院里把他介绍给奥黛特·德·克雷西时，情况却迥然不同了。这位朋友曾经说起过她，说她是个非常迷人的女人，斯万也许可以和她有点意思，不过他说这话时，却把她说得比实际上的她更难相处，为的是表示自己这样把斯万介绍给她，在他来说已经是很够意思了，结果一见之下，斯万虽然不能说她不美，但觉得那是一种他不感兴趣的美，它不能激起他的丝毫欲念，甚至会引起一种生理上的反感，这种女人，我们都会遇到，尽管各人遇到的各有不同，但总归属于跟我们的感官要求相对立的类型。要说讨他喜欢，她的轮廓线条未免太硬，皮肤未免有欠弹性，颧骨未免太高，脸孔又未免有欠丰腴。她的眼睛很好看，但是大得沉甸甸地往下坠，压住脸上其余部分，所以看上去总像气色不好或情绪不佳。在剧院相识之后不久，她给他写了封信，说自己“虽然无知，但对漂亮的东西极感兴趣”，很想去看看他的收藏品，还说她觉得，能在她想象中“茶酽书香、舒适温馨”的“尊府”见到他，她一定会对他更为了解，不过她也并没有隐瞒自己的惊讶，说得知他居然住在这么个称得上寒碜的街区，对一个像他“这么smart[1]的男人来说，未免太不相称了吧”。登门拜访过后，她在分手之际对他说，这次造访使她感到非常高兴，遗憾的是时间太短，口气里仿佛她和他已然有了跟别的熟人所没有的那么一层意思，俨然在他们两人之间已经建立起了一种带有浪漫色彩的联系，斯万听到这儿，不由得莞尔一笑。但对年届不惑的斯万而言，一个人能为爱而爱，在

1　smart：英文，意为时髦、潇洒。

爱的本身的乐趣之外，并不想索求太多的回报，已经是足够了。那种心灵的契合，虽说已不像少年时代那样是爱情必定的目标，但反过来依然通过一种观念的联想，跟爱情结合得密不可分，一旦有这种心灵契合先出现，它就会成为爱情的缘由。先前，你会渴望占有你所爱的女人的心；到后来，感到自己占有一个女人的心，就足以让你爱上她了。于是，到了一定的年龄，既然男人在爱情中追求的主要是一种主观的乐趣，对女性美的欣赏似乎就理应起到最重要的作用，这时候，爱情——纯粹生理意义上的爱情——说到底无须依靠事先的欲念就能产生。一个人到了人生的这个阶段，已然经历过好几次爱情；它无法再面对我们惊异而盲从的心灵，循着我们既无从知晓、更无从变更的规律，独来独往地演进。我们会参与其间，我们会凭借记忆，凭借联想来帮助它逸出轨道。只消认出其中的一种征兆，我们就会回忆起，就会让它派生出种种其他征兆。由于我们已经掌握了爱情之歌，把曲子从头到底铭刻在了心间，用不着有个女人来告诉我们曲子的开头——其中充满美貌所激起的赞美之情——我们就知道下面该怎样唱。倘若她从中间——从两个心灵的契合，从诉说彼此离了对方就无法活下去——唱起，我们凭着对这首曲子的熟悉，立即可以在这位女伴等待我们的乐段，从容地合上她的节拍。

奥黛特·德·克雷西又来看斯万，而且来访日渐频繁；每次来访，无疑都叫他再尝一遍失望的滋味，每回重见眼前这张隔了些时日，他已经有些忘记细部特征的脸，已经记不真切它竟然这么富于表情，或者，尽管她还很年轻，竟然这么憔悴时，他都会体验到这种滋味；她跟他谈话的当口，他心里总感到不胜慨然，她虽说长得挺美，可惜这种美并不是他天性喜欢的那种类型的美。另外还有一点也不得不提一下，因为奥黛特的前额和脸颊上部几乎连成一片，显得分外平坦，上面覆盖着的头发，则按当时流行的款式，梳成前冲的发型，再稍稍往上卷拢，蓬松的发绺贴着耳朵披散下来，结果她就变得特别瘦削、特别凸起；至于那副生就的好身材，则叫人难以看清它的来龙去脉（这得怪那年头的时尚，按说她还算得上是巴黎最会穿衣打扮的女子呢），胸衣那么突兀地隆起，犹如罩在一个假想的肚皮上，然后骤然缩成一个倒三角，再往下就是鼓得像个球的夹层裙子，使这个女人看上去似乎是由一些彼此不相匹配的部件装配而成的；绉领、荷叶边和衬衣背心，因图案各异或质料不同，各不相干地分头顺势而下，延接到缎子的饰结、花边的褶裥以及乌黑发亮的竖条蓬边，或者连绵到鲸须片的裙撑，但对活生生的人体而言，没有一处是合身的，这些劳什子衣饰，不是裹在身上，就是悬空张开，弄得她不是耸肩缩颈，就是像套在个壳子里。

然而，等奥黛特走了，斯万想起她说，每次等他允许她再去造访的这段时间，对她来说有多么漫长，想到这儿不由得微微一笑；他又想起她有一次请他别让她等得太久时，那不安而羞涩的神情，还有那胆怯而恳求地凝视着他的目光，别在配黑绒飘带的圆边白草帽上的那簇人造蝴蝶花，使这道目光显得格外楚楚动人。“那么您呢，”她说，“您就不上我家去喝回茶吗？”他推说手头工作挺忙，正在研究——其实荒疏都有几年了——代尔夫特的弗美尔[1]。“我知道自己是个微不足道的女人，跟你们这样

1 让·弗美尔（Johannes Vermeer，1632—1675）：荷兰风俗画家，擅长用色彩来表现空间感和光的效果。代表作有《挤奶女工》《情书》《站在维吉那琴前的少妇》等。因毕生居住在代尔夫特，故人称代尔夫特的弗美尔。

的大学问家没法相提并论，”她回答说，“就像青蛙没法和大师相比[1]。可是我特爱学习，样样都想了解，样样都想懂行。一头埋进旧书堆里，做个书蠹虫，那该多有趣！”她说话时心满意足的神态，就像一位高雅的夫人在声称自己不怕脏，最乐意干亲自下厨之类的粗活。“说出来您一定会笑话我，这位拦住您不让您来看我的画家（她是想说弗美尔），我可从来都没听说过；他还活着吗？在巴黎能看到他的作品吗？要是这样，我就可以想象您喜欢什么，猜一猜这个不知疲倦的大脑门里，这个让人觉得永远在思考的脑袋瓜里，到底藏着多少东西，对我自己说一声：‘喏，他在想的就是这些。’能够参与您的工作，那有多美啊！”他对自己怕结新交表示歉意，不过出于礼貌，他说成是怕感情受挫。“您怕坠入情网吗？真有意思，我可是求之不得，哪怕要以生命为代价我也情愿呢，”她说这话的语气那么自然，那么肯定，他听了不由得很感动，“一定是有个女人让您吃过苦头。您就以为别的女人也都像她一样了。她没有能够理解您；您确实是个与众不同的人。您最吸引我的就是这一点，我感觉到您跟别人都不一样。”——“可您不也是这样吗，”他说，“我了解女人，你们一准也挺忙的，抽不出什么空。”——“我呀，一直闲着没事干！我随时都有空，只要您需要就行。无论白天黑夜，无论什么时候，只要您有便见我，就让人来唤我一声，我会非常高兴地赶来。您会这么做吗？您知道我想做什么吗，我想把您介绍给韦尔迪兰夫人，我可是每天晚上都去她府上的噢。您想想，要是我能在那儿见到您，想到您有一小半是为了我而去的，那该有多

1 此处青蛙一喻，似出于拉封丹寓言中“想跟牛一样大的青蛙”。

美！”

不用说，每当他像这样回忆他俩的谈话，像这样想起她的时候，他只不过是在自己罗曼蒂克遐想里那许许多多别的女人的形象中间，添进了她的形象而已；然而一旦由于某种环境（甚至也许连这一点都不需要，某种一直潜伏着的情绪得以宣泄之际的周边环境，可能对这种情绪并无丝毫影响）的缘故，奥黛特·德·克雷西的形象占据了他的脑海，一旦这种遐想跟对她的回忆已经融合起来，那么她形体上的缺点，以及跟别的女人相比，她的形体是否更合他的口味，就都变得无关紧要了，既然这个形体属于他所爱的女人，从今以后就只有它才能给他带来欢乐和痛苦了。

我的外公正好认识先前韦尔迪兰府上的人，这层关系，现在韦尔迪兰夫妇的朋友中间已经没人知道。不过，他跟他所说的“小韦尔迪兰”早已没有任何往来，而且在他眼里，那家伙大致上已经沦为——尽管仍然拥有百万家产——放浪不羁的社会渣滓。有一天，外公收到斯万的一封信，信上问我外公是否能将他引荐给韦尔迪兰夫妇。“当心哪！当心哪！”外公大声嚷嚷，“我一点不奇怪，斯万早晚会走到这一步的。瞧这帮子家伙！我可没法帮他忙，先不先我已经根本不认识那位先生了。再说，这事儿准有女人牵涉在里面，我可不想掺和进去。得，要是斯万跟小韦尔迪兰他们混在一块儿，我们可有好戏看了。”

收到我外公回绝的信后，只好由奥黛特亲自出面，把斯万带到韦尔迪兰夫妇那儿去。

斯万初次来府的那天，韦尔迪兰夫妇的饭桌上有戈达尔大夫和他夫人，年轻钢琴家和他姑妈，以及那位当时很受宠的画家，饭后来参加晚会的还有其他一些信徒。

戈达尔大夫总是拿不准自己该用什么口气来回答别人，弄不清谈话的对方究竟在开玩笑呢还是一本正经的。为防万一，他给每种脸部表情都配上一个适可而止的、临时性的笑容，要是过会儿弄明白人家是在跟他开玩笑，那么刚才那抹模棱两可的狡黠笑容，就可以让他免受懵懂之讥。不过，由于还得准备应付另一种相反的可能情况，他又不敢让这抹笑容明明白白地表露在脸上，所以人家在这张脸上看到的永远是一种犹豫不决的表情，仿佛在问一个他想问又不敢问的问题："您此话当真？"即便是在街上，甚至更一般地说，在整个日常生活中，他对自己该采取怎样的言谈举止，也并不比在沙龙里更有把握些，所以大家只见他对过往的行人也好，车辆也好，一件什么事情也好，全都报之以一个狡黠的笑容，这个笑容首先就使他再无举措失当之虞，既然它证明了（如果这一举止不太相宜的话）他早知如此，而他之所以还那么做，无非是寻个开心罢了。

然而，凡是遇到他觉得似乎可以直截了当地提问题的场合，这位大夫是不会错过任何机会来释疑解惑、增长学识的。

于是，遵照一位有先见之明的母亲在他离开外省家乡时给他的劝告，他从不放过一个陌生的惯用语或者专有名词，非得刨根问底弄个明白才肯罢休。

对于惯用语，他的求知欲是难以满足的，因为他认为它们有时候会有一种更加精确的言外之意，所以对下面这些他听人家用得最多的惯用语，他总想弄明白人家说这些话，到底是要说什么意思：魔鬼的美，蓝色的血，椅脚横档的生活，拉伯雷的一刻钟，做个优雅国的王子，发张空白卡片，光有因为没有所以[1]，等等等等，他还要知道在哪些确定的场合他自己也可以在谈话中用用它们。用不上它们的时候，他就把学来的那些文字游戏搬出来用。至于听到人家在他面前提起的新的人名，他只是用一种疑问的语气再把它重复一遍，因为他心想这样一来，就足以让对方做出一番他想问又偏偏不问的解释来了。

他自以为事事都要弄明白个所以然，其实全然没有半点勤思的意识，于是乎，那种场面上的客套，比如明明是施惠于某人，却偏要说成是受惠于此人，然而又并不真的希望人家相信，如此这般的良苦用心，到了他身上就完全是白费劲了，他反正把人家的话照字面上的意思全部吃进算数。韦尔迪兰夫人对他有些盲目的偏爱，不过弄到头来，虽说仍觉得他机灵，还是对他生了气，因为那天她请他到一个包厢里来看萨拉·伯恩哈特[2]演出时，为了显得客气些，是这么对他说的："您能来真是太赏脸了，大夫，因为我相信您一定是常看萨拉·伯恩哈特演出的，再说咱们说不定也离舞台太近了点儿，"这位大夫刚才进包厢时脸上挂着一丝笑意，准备依据某个权威人士对这出戏的评价，来随时绽开或收敛这道笑容，这会儿听到她的话就回答说："可不是，咱们也实在是太近了，再说大家对萨拉·伯恩哈特也开始有些看腻了。可是您

1　上面的这些惯用语，其原文和含义分别是：la beauté du diable（女性的青春美），du sang bleu（贵族血统），une vie de baton de chaise（放荡不羁的生活），le quart d'heure de Rabelais（付账时身边没钱的尴尬场合），être le prince des élégances（风度优雅出众），donner carte blanche（授予全权，由对方自行决定如何行事），être réduit à quia（口讷无言以对）。

2　萨拉·伯恩哈特（Sarah Bernhardt，1844—1923）：法兰西喜剧院主要演员。后自组剧团进行全球巡演。她在《菲德尔》（1874）和《茶花女》（1900）等剧中的表演，为她赢得了很高的声誉。

表示过希望我来。对我来说，您的愿望就是命令。能为您效这点劳，我感到荣幸之至。为了讨您的欢心，我还有什么事情不肯做的呢，您是这么和蔼可亲！”随后他又加上一句：“萨拉·伯恩哈特真是条金嗓子，是不是？报上还常说她能把戏演热。这说法挺奇怪的，是不是？”他原以为会引起些议论，结果谁也没答腔。

“你知道，”韦尔迪兰夫人有一回对她丈夫说，“我看哪，咱们出于谦虚总把送给大夫的东西说得不值什么钱，这做法不对头。他是个不懂人情世故的书呆子，根本不知道一样东西值个什么价儿，咱们怎么说他就怎么相信了。”——“这我早就看出来了，可我没敢对你说。”韦尔迪兰先生回答说。到了下一个新年，韦尔迪兰先生就不再是送一颗价值三千法郎的红宝石却说成一点点小意思，而是花三百法郎买了颗人造钻石，却在话风里让对方听出这么名贵的钻石是难得见到的。

当韦尔迪兰夫人宣布斯万先生要来参加晚会时，“斯万？”大夫嚷了起来，由于吃惊的缘故，语气显得很唐突，因为这位自以为对什么事都处变不惊的老兄，听到一丁点儿的新鲜事，就比谁都更感到出其不意。看看没有回答，他就急不可耐地扯直喉咙嚷道：“斯万？斯万是谁呀！”但等到韦尔迪兰夫人说了句“不就是奥黛特跟我们说起过的那位朋友吗”，他又突然间平静了下来，变得没事人似的应声说道：“哦！好，好，那挺好。”至于那位画家，他很高兴斯万给介绍到韦尔迪兰夫人府上来，因为他猜想斯万是爱上了奥黛特，而他就喜欢撮合这种好事。“对我呀，再没比促成一桩婚事更有趣的事儿啦，”他凑在戈达尔大夫耳朵边上跟他说，“我已经做成功好几桩了，就连女人也能配成对！”

奥黛特对韦尔迪兰夫妇说斯万很潇洒的那会儿，他们以为他是个讨厌家伙。没想到他给他们的印象居然好极了，尽管他们自己并没有意识到，但其中有一个间接的原因，就是他毕竟是经常出入风雅的社交圈子的。事实上，他跟即便人挺聪明但从未进入过社交界的人相比，具有那些多少在其中涉足过的人的一个优点，那就是不再由于渴望进入的企盼，或者想象中的畏惧，去抬高或贬低它的形象，而是压根儿不把它当作一回事。他的那种殷勤有加的风度里，既没有冒充高雅的做作，也没有故作矜持的意味，因而这种风度变得非常洒脱，举手投足之间处处都透着从容和优雅，这种从容和优雅正是那些单靠柔软的四肢，而无需身体其他部分冒失、笨拙的参与，就能随心所欲地把动作做得恰到好处的人所具有的。社交圈里的人在人家把一个陌生的年轻人介绍给他时很乐意地伸出手来，以及在人家把他介绍给一位大使时矜持地欠一欠身子，这种简单的基本体操动作，业已潜移默化地贯穿于斯万的一举一动，他面对像韦尔迪兰夫妇及其朋友这样社会地位比他低下的人，会本能地表现出一种殷勤的态度，主动地去接近他们，而在他们看来，一个讨厌家伙是不会这么做的。他只是有一会儿对戈达尔大夫显得挺冷淡：瞧见大夫在他俩连话都没说过一句的情况下，居然对着他眨眼睛，做出一副表情暧昧的笑脸（戈达尔管这种挤眉弄眼叫轧苗头），斯万以为大夫大概认出曾在哪个娱乐场所跟他见过面，虽说他其实从来不过花天酒地的生活，这种地方是极难得去的。他觉得这种暗示趣味很粗俗，尤其是因为奥黛特也在场，她可能会因此对他有个不佳的看法，于是他就摆出了一副冷漠的表情。但当他得知身边的一位女士就是戈达尔夫人时，他心想，一个这么年轻的丈夫是不会当着妻子的面有意去暗示这类娱乐的；于是他就觉得大夫狡黠的神情里并没有自己刚才疑心的那种含义了。画家马上就邀请斯万带奥黛特一起去参观他的画室；斯万觉得此人挺可爱。“说不定他对您要比对我还优待些，”韦尔迪兰夫人用一种佯装的愠怒口吻说，“没准儿还会让您看戈达尔的那幅肖像呢（这是她向画家订的货）。您可得记住啊，比施先生，”她又提醒画家说，称他先生是一种习惯的开玩笑的称呼，“要把那可爱的眼神，那细巧逗趣的眼角，全都给画出来噢。您得知道，我特别想看到的，就是他的笑容；我请您画的也正是他的笑容的肖像。”她因为觉得这个说法大有深意，就又声音很响地重说了一遍，以便确保好几位客人都能听见，况且，她事先已经随便找了个借口，让几位客人靠拢过来。斯万想要跟每位来宾都认识一下，其中甚至包括韦尔迪兰夫妇的一位老朋友萨尼埃特，此人凭他作为档案学家的学识、殷实的家产和出身的门阀，原是应该很受人尊敬的，可是他的腼腆、淳朴和善良的心地却使他到处都受不到这种尊敬。他说起话来，嘴里总含着团唾沫，这其实是挺可爱的，因为它让人从中感到的并不是一种语言表达的缺陷，而是心灵的一种优良品质，就像是他那颗未泯的童心。他发不清楚的那些辅音，正表明有好些硬撅撅的话，他是说不出口的。斯万请韦尔迪兰夫人把他介绍给萨尼埃特先生，这在韦尔迪兰夫人看来是把两人的位置颠倒了（所以她作为对斯万的回答，在说下面的话时特别强调了这一区别[1]：“斯万先生，请允许我向您介绍我们的朋友萨尼埃特。”），但在萨尼埃特身上却激起了一股强烈的感激之情，不过韦尔迪兰夫妇对斯万可是不会有什么感激可言的，因为萨尼埃特使他们感到有些不快，他们其实并不怎么想为他引荐。然而，当

1　按社交惯例，应将较年轻的一方或社会地位较低的一方介绍给对方。斯万请韦尔迪兰夫人把他介绍给萨尼埃特先生，显然是因为他觉得对方是长者。而韦尔迪兰夫人由于看不起萨尼埃特，执意强调她是把萨尼埃特介绍给斯万。

斯万觉得应该马上请他们介绍跟钢琴家的姑妈认识时，他们却不禁大为感动。这位夫人跟平日一样穿着黑色的长裙，因为她认为穿黑衣裳总很好看，而且也最别致，她的脸红通通的，就像每次刚吃好饭那样。她毕恭毕敬地向斯万行了个屈膝礼，但随即做出庄严的样子直起身来。她由于没有受过教育，生怕说的法语会出错，就故意发音很含混，心想即使联诵[1]什么的出点毛病，那也会因为发音含混而听不太清楚，所以她说起话来就只听见一片模模糊糊的沙哑的喉音，偶尔才会冒出个把她觉得拿得准的单词。斯万以为不妨在跟韦尔迪兰先生交谈时，稍稍调侃她一下，没想到这位先生却有些不高兴了。

“她是位极其出色的女人，”他回答说，“我同意您的观点，她看上去并没有什么惊人之处；但是我可以肯定地告诉您，当您单独跟她交谈时，她是很可爱的。”——“这我完全相信，”斯万赶紧让步，“我刚才是想说，我并不觉得她有什么与众不同，”他补充说，把最后四个字说得特别强调，“总之，其实我也是在对她表示赞赏！”——“嘿，”韦尔迪兰先生说，“说出来您准会吃一惊，她写起东西来还真有一种迷人的风度哩。您还没听到过她侄子的演奏吧？那可真是棒极了，是不是啊，大夫？您愿意我去请他弹点什么吗，斯万先生？”——“那我真是很荣幸……”斯万还没来得及说完，大夫就带着一种调侃的神情打断了他。原来，大夫心里记住了这一点，就是在谈话中使用夸张的语言和郑重其事的大字眼，都已经是过时了，所以他一听见有人一本正经地说出像刚才的“荣幸”之类的字眼，就以

1　见第191页注1。

为说这字眼的那位刚犯了个普吕多姆[1]的毛病。倘若这个字眼碰巧又属于他所谓的陈词滥调，那就不管这个字眼平时多么常用，大夫认定那句没说完的话一准荒唐可笑，非得开玩笑似的说句陈词滥调来接上茬不可，他一心以为那就是对方本来想说的意思，其实人家连想也没想到过。

"真是三生有幸！"他神情夸张地举起双臂，调皮地喊道。

韦尔迪兰先生禁不住哈哈大笑。

"这几位先生在笑什么呢，看样子你们那边还谈得挺有趣哪。"韦尔迪兰夫人大声说道。"你们倒是想想我呀，孤零零地待在这儿活受罪，这有多没劲噢，"她像孩子撒娇似的，嗔怪地加上一句。

韦尔迪兰夫人坐在一张瑞典的上光松木高凳上，这是那个国家的一位小提琴家送给她的，虽然它看上去就像张板凳，跟她的那些古色古香的精美家具很不协调，可她还是留在了客厅里，因为她执意要把信徒们成了习惯不时给她送来的礼物，全都陈列出来，好让这些捐赠人认出它们时高兴高兴。因而，她竭力劝大家带些花儿和糖果来就行了，这两样东西至少不用去操心保管吧；可是劝也没用，她家里还是成了脚炉、靠垫、挂钟、屏风、气压计、中国花瓶的陈列室，就像一个品种繁多的杂货铺，一个新年礼物的大杂烩。

她待在这个居高临下的位子上，兴致勃勃地参加信徒们的谈话，拿他们的打趣寻开心，不过自从那回下巴出了意外事故以后，她就不再费神动真格地笑出声来，而仅仅是装出个大家平时

1 法国作家莫尼埃（Henri Monnier，1799—1877）小说中的一个平庸而自负的人物，经常用教训人的口吻说些蠢话。

看惯的样子，既不会累着也不用担风险，就算是表示她笑得眼泪都出来了。只要有哪位常客对某个乏味的家伙，或者对某个已经划归讨厌家伙的旧日常客小小地戳上一枪——这时她的表现就会叫韦尔迪兰先生自愧不如了，他本以为自己也跟妻子一样深孚众望，可是他一旦真的笑开了怀，很快就会上气不接下气，跟妻子连续不断假笑的技巧一比，他实在是甘拜下风——她只轻轻地尖叫一声，把那双开始被角膜翳弄得视力模糊的鸟也似的眼睛紧紧闭上，然后，仿佛忙不迭想避开一幕不堪入目的场景或是躲过一场来势凶猛的发作，猛可把脸埋在两手中间，整张脸捂得严严实实，看上去就像竭力在克制自己，不让自己笑出来，而且万一憋不住笑了出来，就会一发不可收，直到昏厥过去。就这样，韦尔迪兰夫人被信徒们的欢乐情绪弄得飘飘然，陶醉于友情、谗言和一片附和声中，栖息在那张高凳上，像一只吃了浸过热葡萄酒的食料的鸟，开心得直打噎。

这时，韦尔迪兰先生在请斯万允许他点上烟斗（“这儿大家都挺随便，都是哥们儿嘛”）以后，请年轻的艺术家给大家弹上一曲。

“好啦，行了，别去缠住他了，他上这儿可不是为了让人家来难为他的，”韦尔迪兰夫人大声说，“谁要难为他，我可不答应！”

“可这怎么叫缠住他呢？”韦尔迪兰先生说，“斯万先生也许还没听过咱们上回找到的那首升fa奏鸣曲呢——他可以给我们弹弹这首曲子的钢琴改编曲嘛。”

“哦！不，不，别弹我那首奏鸣曲！”韦尔迪兰夫人嚷了起来，“我可不想像上回那样，哭得又是鼻腔发炎，又是面神经痛；多谢您的好意了，我可不想再来那么一次；你们说起来当然轻巧得很，在床上躺一个星期的明摆着不是你们嘛！”

这段小插曲，每次在钢琴家演奏之前总要来上一遍，而那些朋友也乐此不疲，每次都感到挺新鲜似的，因为在他们眼里，这正表明了“女主人”有一种别出心裁的魅力，对音乐有一种特殊的敏感。在她身边的那些人，朝正在稍远些的地方吸烟或打牌的人做手势唤他们过来，意思是这儿有好戏看，然后就像在Reichstag[1]辩论趋于激烈的当口那样，连声对他们说：“听呀，听呀。”到了第二天，他们还会为那些没能来的人感到惋惜，说头天的那段插曲比往常的还要精彩。

“好吧！行，说定了，”韦尔迪兰先生说，“就弹那段行板。”

“就弹那段行板，瞧你说些什么呀！”韦尔迪兰夫人大声说，“弄得我没法招架的，还不就是那段行板吗？你这位先生可真有意思！这不等于在听《第九》的时候说‘咱们就光听最后那个乐章’，或者在《名歌手》[2]里光听序曲吗？”

然而，大夫怂恿韦尔迪兰夫人让钢琴家去演奏，倒并不是觉得她由于音乐引发的毛病是假装的——他承认其中有一些神经衰弱的症状——而是出于许多医生都有的那种习惯，只要参加的是一次在他们看来比开处方重要得多的社交聚会，而他们建议暂且把消化不良或流行性感冒忘掉的那一位，又是其中举足轻重的人

1 德文，指1867年至1945年间的德意志帝国国会。

2 《第九》即贝多芬的《第九交响曲》，其中最后一个乐章即第四乐章（包括《欢乐颂》）是整部交响曲的重头戏。《名歌手》即瓦格纳的歌剧《纽伦堡名歌手》，其序曲非常精彩。

物，那么医嘱马上就变得大有通融的余地了。

“您看着吧，这一回您准保不会生病；”他边说边丢眼色，“就算真的病了，我也会把您治好。”

“真的吗？”韦尔迪兰夫人应声说道，仿佛面对这种深情厚谊所带来的希望，只有妥协一条路了。也说不定由于经常说自己有病，有时候她都忘了这是打诳，当真处在一种生病的心理状态了。然而这种人，又不高兴总是得想方设法避免发病，老这样都感到腻烦了，所以就喜欢想入非非，以为只要把自己交付到一个强有力的人手里，就可以安然无恙地去做种种平日想做而又怕惹麻烦的事情了，因为那些强有力的人物，光凭一句话或一颗药丸，不费吹灰之力就能让他们恢复健康。

奥黛特已经在钢琴旁边一张有绒绣的长沙发上坐了下来：

“您知道，这是我的老位子。”她朝着韦尔迪兰夫人说。

这一位呢，瞧见斯万正坐在一张靠背椅上，就请他站起来。

“您坐那儿不舒服，还是坐到奥黛特身边来吧，怎么样，奥黛特，您能给斯万先生腾个地方吗？”

“多漂亮的博韦[1]绒绣啊。”斯万在落座之前先这么说了一句，他极力想显得态度很可亲。

“哦！您喜欢这张长沙发，我很高兴，”韦尔迪兰夫人回答说，“可我得先提醒您，要是您还想找一张跟这一模一样的，那就还是趁早打消念头为好。这种款式的他们根本就没做过第二张。那儿把小巧的靠背椅也是出色极了。待会儿您不妨去看看。每张靠背上的铜雕，都呼应了那把椅子可爱的主题，就像是一种

1　博韦是法国北部瓦兹省省会。十七世纪起即出产精美的挂毯和绒毯。

象征；您知道，要是您愿意去看一下的话，准会看到些让您欢喜的东西，管保您觉得很有意思。您就只要瞧瞧框上这条小小的饰边，喏，那儿，‘熊与葡萄’[1]红色背景上的那棵小葡萄树。像不像真的？您说呢，我可是觉得它们雕得逼真极了！那些葡萄是不是叫人真想去尝尝？我丈夫总说我不爱吃水果，理由是我没他吃得多。才不是那么回事呢，我比你们谁都贪吃，只不过我用不着把它们放进嘴里去，光用眼睛看就看够了。你们大家都在笑什么呢？去问问大夫吧，他会告诉你们这些葡萄是怎么让我润肠的。别人用枫丹白露的白葡萄酒疗法，我用的是自己的博韦疗法。不过斯万先生，您可一定要去摸过那些靠背上的小铜雕才能走噢。摸上去是不是又光滑又舒服？不，别光用手指，摸得重点儿哪。”

“哦！要是韦尔迪兰夫人夸她的铜饰夸开了头，咱们今晚可就听不成音乐咯。”画家说。

“别插嘴，您这个淘气鬼。其实啊，”她转过脸去向着斯万说，“只要是能引起肉体上快感的东西，哪怕比这差劲的，他们也不肯让我们这些女人沾个边。可也是，有什么肌肤能跟这相比呢！在我还有幸让韦尔迪兰先生对我发发醋劲儿的那会儿——得啦，你总该还讲点礼貌吧，别来说什么你从没吃过醋……”

“可我什么话也没说呀。得，大夫，我请您做个证人：我说过半句话了没有？”

斯万出于礼貌，还在抚摩那些铜饰，没敢撒手。

“行啦，您待会儿再抚摩它们吧，现在人家要来抚摩您，到您的耳朵里来抚摩您了；我想您是会喜欢的；好，那位可爱的年

1　博韦绒绣经常采用拉封丹寓言的插画作为图案。拉封丹寓言中有《狐狸与葡萄》和《熊与爱园艺的人》等篇名。

轻人就要开始这么做了。”

等到钢琴家弹完以后，斯万对他的态度，就比对在座的所有其他的人都更亲切了。其中的原因是这样的：

前一年，他在一次晚会上听到过一首钢琴和小提琴合奏的曲子。起初，他欣赏到的只是两种乐器发出的富有质感的乐声。当他骤然感到在小提琴纤细、柔韧、致密，而又处于主导地位的乐声下面，钢琴那丰满、浑然、舒展，宛如被月光蒙上迷人清辉、加上降号的碧波荡漾的流水般此起彼伏的声部，挟着汩汩的水声，极力要升腾而起的时候，他不由得感到心旷神怡。然而到了某个时刻，他虽然没法把让他感到那么喜欢的东西明确地勾勒出一个轮廓，给出一个名称，但他突然间像受了一种魔力的诱惑，尽力要想——他自己却并没有意识到这一点——把刚才的那个乐句或和弦记录下来，这个乐句或和弦已经使他的心扉敞得更开，宛如有些弥漫在夜晚湿润空气中的玫瑰花香具有扩张我们鼻孔的效用。也许这是因为他不知道这首让他感受到一种如此复杂印象的曲子，究竟是哪首曲子的缘故，而这种印象也许又正是属于那些纯音乐的、摆脱空间概念的、全然新颖的印象，它们无法归结为任何其他范畴的印象。这样的一种印象，在一刹那间，不妨说是sine materia[1]的。可能我们当时听见的那些音符，已经按它们的音高和时值在我们眼前展现了幅度不等的曲面，描绘了富有装饰意味的曲线，给我们以恢宏、纤细、安稳或变幻不定的种种感觉。可是还等这些感觉真正成形，足以和接踵而来，甚至同时发出的音符业已激起的那些感觉相抗衡，不被它们所吞没，这些音符早

1　sine materia：拉丁文，意为非物质的。

就消逝了。而这种印象却继续以其流动和“融合”的性态，把那些不时冒出来，但几乎难以觉察，旋即沉没并消失的音乐动机包孕在里面，我们仅仅从它们所给予的那种特殊的快感中，才能感知那些动机的存在——要不是记忆，就如一个工匠在湍流中间打下牢固的底座那样，在为我们提供那些转瞬即逝的乐句的复制品的同时，也为我们提供了将它们跟相继而来的乐句进行比较和区别的可能，那种快感就简直是无法描述，无从回味和命名，完全不可言喻的。于是，斯万体验到的那种美妙的感觉刚一消逝，他的记忆立即为他提供了一个副本，这个副本尽管是粗疏的、临时的，但它毕竟曾在乐段进行之际经他细细地寓目过，所以等到那个相同的印象蓦然重现时，它已经不再是难以觉察的了。他回忆起与它有关的音域和乐句的衔接，以及一个个音符和富有表现力的强弱变化；他眼前看到的东西，已经不再是纯粹的音乐，而是画面，是建筑，是思想，它们使他有了可能去重新记起那首曲子。这一回，他清楚地辨认出了一个升起在声波之上，延续了一小会儿的乐句。这个乐句即刻使他感受到了精神上的愉悦，这是他在听到乐句之前，从来不曾想到过的，而此刻他却觉得唯有这个乐句，才能让他领略到这些愉悦；这个乐句使他体验到的是一种类似于陌生的爱情的感觉。

这个乐句，以一种缓慢的节奏把他先引到这儿，再引到那儿，随后又引到别的什么地方，就这样，一步步把他引向一种崇高的、难以理解却又很明确的幸福。蓦然间，当它到达某个地点，而他也在一刹那的停顿之后，准备跟随它继续前行时，它骤然改变了方向，以一种新的更快更小的，忧郁的，持续而柔和的动作，引他趋向未知的前景。随后它又消失了。他渴望能第三次再见到它。它果然又出现了，但并没有更明确地告诉他什么东西，甚至带来的愉悦也不如刚才强烈了。可是，等回到家里，他却感到自己很需要它：他就好比是这样一个男子，在路上邂逅的一位姑娘刚使他对形象美有了新的概念，而且切身感受到这种美有一种更重要的价值。可是他没法知道，自己究竟能不能再见到他已经爱上、却连名字也说不上来的那位姑娘。

就是这么一种对某个乐句的爱恋，刹那间仿佛在斯万身上诱发了一种焕发青春活力的可能性。长久以来，他一直无意给自己的生活确定一个理想的目标，而始终只是局限于追求一些日常琐事的满足，尽管他从没对自己明说，其实他心里是相信这种状态到死也不会改变的；而且，正因为他已经无法在心中感受到那些崇高的思想，所以他就不再相信它们是现实存在的——尽管他也还没能完全否定它们。于是他养成了一个习惯，就是让自己躲进一些本身无足轻重，但能让自己对事情的实质不闻不问的想法里去。正如他从没问过自己，是否干脆不去社交场合要更好些，而是一味抱住这么个宗旨，就是如果他接受了邀请，就该去才是，即使不去，也该在名片上写几句话让人带回去，他在谈话中同样也尽量不对一件事情很坦率地发表自己的看法，而只是提供些在一定程度上也有其价值，同时自己又能免得在人前显山显水的具体细节。对于一道菜的烹饪方法，对于一位画家的生卒年月，以及他的全部作品的名称，他都能讲得头头是道。虽说有时候他也会情不自禁地对一件作品、对一种人生哲理，表示一下自己的观点，但这时用的总是一种调侃的口气，倒像他并不完全同意自己的话。然而就像有些体弱多病的人，到了一个新的地方，采用了一种不同的饮食制度，或者由于一种自发而神秘的器质性的变化，病情好像一下子减轻了很多，甚至考虑到了从晚年开始过一种截然不同的生活这样一个原先从未想到的可能性，斯万觉得自己在回忆所听见的那个乐句时，在为了寻觅那个乐句而请人弹奏的一些奏鸣曲里，找到了那些他曾经不再相信的东西，它们是无法看见的，但又是确实存在的，而且，他那颗久已干涸的心灵，仿佛对这音乐起了一种近乎默契的感应，他重又感受到了奉献出自己生命的那种愿望，或者说那种力量。但是，由于没法知道听到的那首曲子是谁写的，他没能弄到它，到后来终于也就把它忘了。在那个星期里，他遇见过几个跟他一起参加那次晚会的朋友，也分别问过他们；可是有好几位不是在弹完以后才来，就是在弹奏以前就走了；有几位当时在那里，不过他们到另外的一个客厅里谈话去了，而留下来听的那几位，也并没比前面这几位听到得更多些。至于宅邸的主人，他们只知道这是他们请来的那几位音乐家提出要演奏的一首新作品；而因为这些人已经巡回演出去了，斯万没法再了解更多的情况。他当然也有一些音乐家朋友，但是尽管这个乐句给他带来的那种无法言传的快感记忆犹新，它所描绘的情景也还历历在目，毕竟他已经没法把它唱给他们听了。后来他也就不再去想到它了。

然而，年轻钢琴家在韦尔迪兰夫人的客厅里刚开始弹了几分钟，斯万就突然在一个持续了两拍之久的高音后面，倏地瞥见他心爱的那个轻盈、芬芳的乐句，正在越过这个嘹亮而紧张的长音（犹如一道遮掩它降临奥秘的音帘）向他趋近过来，他认出了它，那么神秘，那么轻款，那么清晰。它又是那么独特，自有一种富有性格的、任何别的乐句所无法取代的魅力，所以对斯万来说，这就好比在朋友的客厅里碰到了一个他在路上艳羡地见过，以为再也无缘重见的女子。最后，这个乐句又在它一路洒下的芳香中间，认准一条归路悄然而去，只剩下那抹笑容依然留在斯万的脸上。但现在他可以打听他那位陌生女子的名字了（人家告诉他说，那是凡特伊的《钢琴与小提琴奏鸣曲》中的行板乐章），他拥有了她，可以在家里什么时候想要见她就能见她，可以尝试去了解她的语言和秘密了。所以当那位钢琴家弹完以后，斯万走上前去热烈地向他表示感谢，那股热情让韦尔迪兰夫人看得大为高兴。

“多么迷人啊，”她对斯万说，“这个小家伙，他弹起这首奏鸣曲来，还真像那么回事哩，对不对？您简直想不到钢琴能弹出这样的声音。说真的，那里面什么声音都有，可就是听不出钢琴！我每次听的时候，总觉得是在听一支乐队演奏。甚至比乐队还棒，音色更饱满。”

年轻钢琴家欠身作答，然后笑吟吟的，一字一顿，像是在说一句妙不可言的俏皮话似的：

“您太过奖了。”

韦尔迪兰夫人对丈夫说“哦，给他来杯橘子水吧，对他是该优待点嘛”的那会儿，斯万在告诉奥黛特，他有多么迷恋这个小小的乐句。韦尔迪兰夫人稍稍隔着些距离发话了：“嗳！看上去他在跟您说的事挺带劲儿呢，奥黛特。”奥黛特就回答说：“没错，可带劲儿呢。”这让斯万觉得她的爽直非常可爱。趁这当口，他就打听凡特伊是怎样的一个人，有哪些作品，这首奏鸣曲是作曲家在哪段生活时期写的，他尤其想知道的是，作曲家在那个小小的乐句里究竟要表达什么意思。

可是所有这些自称仰慕那位作曲家的人，（斯万说他的奏鸣曲确实非常美的时候，韦尔迪兰夫人大声说道：“那还用说，就是美！可您怎么能说您不知道凡特伊的奏鸣曲呢，谁也没有权利不知道它呀。”画家应声说：“哦！那绝对是部杰作，对不？它不是那种，怎么说来着，不是那种‘走红’‘行俏’的作品，对不？可它是能给艺术家留下强烈印象的作品。”）他们看来从没对自己提出过这些问题，因为谁也回答不了。

斯万对他心爱的乐句谈了一两点看法，不料韦尔迪兰夫人接口说：

“瞧，这多有趣，我可从没注意过这种事情；我这人呀，向来就不喜欢做什么事都一板三眼，钻牛角尖；这儿也没人会浪费时间，去把一根头发掰成四瓣颠来倒去地看，我们家不兴这一套。”她说这番话的当口，戈达尔大夫始终带着一种心满意足的赞叹的神情，满怀好学不倦的热忱，注视着她滔滔不绝地说出这许多熟语来。要说呢，他和戈达尔夫人还都跟好些平民百姓一样，颇有一种自知之明，要是一首音乐作品让他俩一回到家里就彼此承认并不比对“比施先生”的画懂得多些，那他们就既不会贸然发表自己的看法，也不会装出一副欣赏赞叹的样子。一般的听众和观众，只有在一种已经被他们慢慢领会的艺术的程式化作品中，才能感受到妩媚和优雅，领略到大自然的种种形态，而一个富有独创性的艺术家却正是从摒弃这些程式化的作品开始他的创作的，于是，作为一般听众和观众在这一方面的写照，戈达尔先生和夫人觉得凡特伊的奏鸣曲也好，那位画家的肖像画也好，都没能使他们感受到音乐的和谐或绘画的美感。钢琴家在演奏那首奏鸣曲的时候，他们觉得他就像是在钢琴上随便按些琴键，而这些音符跟他们所熟悉的形式，甚至跟画家随便往画布上抹些色彩的形式，都对不上号。当他们能在画布上认出一个人的模样的时候，他们也许还会觉得它又臃肿，又俗气（也就是说，缺乏那种让人甚至在街上就能找到活生生原型的画派的典雅），而且不真实，仿佛比施先生不知道一个人的肩膀是怎么长的，也不明白女人的头发不会是浅紫色的。

这时候，信徒们纷纷散去了，大夫觉得这是个绝好的机会，于是他就像一心要想跳进水里去，但又想挑个没人看见的时候往下跳的初学游泳的人那样，趁着韦尔迪兰夫人刚对凡特伊的奏鸣曲发表完最后一点意见的当口，突然下定决心大声说道：

“哦，这就是大家所说的di primo cartello[1]音乐家噢！”

斯万就只打听到了凡特伊的奏鸣曲新近才问世，在一个很新潮的音乐派别中引起了很大的反响，但是广大的听众还对它浑然不知。

“我倒认识一个叫凡特伊的人。”斯万说，他想到的是我外婆几个姐妹的钢琴教师。

“没准儿就是他呢。”韦尔迪兰夫人大声嚷道。

“哦！不会，”斯万笑着回答，“您只要见过他两分钟，也就不会提这个问题了。”

“提问题，算不算解决问题呢？”大夫说。

“不过他俩可能是亲戚，”斯万接着说，“这么想真叫人扫兴，不过一个天才跟一个傻瓜是表兄弟，完全是有可能的。倘使真是这样，那我得承认，要让一个老傻瓜来把我介绍给这首奏鸣曲的作者，我实在是不胜其苦：首先我得硬着头皮去跟这老傻瓜周旋，那简直可怕。”

1 di primo cartello：意大利文，意为第一流的。

画家知道凡特伊这会儿病得挺重，波坦大夫担心治不了他的病。

“怎么，”韦尔迪兰夫人大声说，“居然还有人请波坦治病！”

“啊！韦尔迪兰夫人，”戈达尔用一种马里沃风格的语调说，“您忘了您是在说我的一位同人，更确切地说，是我的一位老师。”

画家听说凡特伊患的恐怕是精神错乱症。他还振振有词地说，从他的奏鸣曲的某些片段就可以看出这一点。斯万并不觉得这个说法荒唐，但他感到有些困惑；因为一部纯粹的音乐作品是跟逻辑全无关系的，尽管语言上的逻辑混乱可以表明说话的人神经不正常，但要说从一首奏鸣曲里听出作曲家神经不正常，他却感到不可思议，就像说一条狗神经不正常，或者一匹马神经不正常（虽说这种事情也有）一样的不可思议。

“您就别再跟我提什么您的老师了，您哪，比他高明十倍。”韦尔迪兰夫人冲着戈达尔大夫说，用的是一个人决心捍卫自己的观点，勇敢地去顶撞持不同意见者时的口气。“至少，您没治死过病人！”

“可是，夫人，他是位院士呢，”大夫以一种调侃的口气说，“要是病人宁可死在一位科学泰斗的手里……能说上一句‘是波坦给我治的病’，那有多潇洒。”

“啊！有多潇洒？”韦尔迪兰夫人说，“这么说，现在连毛病也有潇洒不潇洒喽？我可是第一回知道……嗨，您这是在逗我哩！”她猛地用双手捂住脸，高声喊了起来，“我这傻瓜，还一本正经地跟您辩论，没看出您是在挑我上山，要我的好看呢。”

至于韦尔迪兰先生，他觉得为这么点小事就开怀大笑，未免也太让自己受累了，所以他吸了一口烟斗，心里不无遗憾地思忖，就亲和力而言，他比起妻子来可是望尘莫及喽。

“您知道吗？您这位朋友可太让我们喜欢了，”韦尔迪兰夫人在奥黛特来向她告别时说，“他又单纯，又可爱；要是您给我们引荐的都是这样的朋友，那就只管带来就是了。”

韦尔迪兰先生提醒说，斯万对钢琴家的姑妈印象并不佳。

“他这是还有点不习惯，”韦尔迪兰夫人回答说，“您总没想要他头一回来，就像戈达尔那样想怎么说就怎么说吧，人家戈达尔在我们这个圈子里可有好些年头了。头一回不能算，只是熟悉一下环境嘛。奥黛特，咱们说好他明天在夏特莱剧院跟我们见面的。是您去接他吗？”

“噢不，他不要我去接。”

“嗳！那反正随你们的便。只要他别临阵脱逃就行！”

大大出乎韦尔迪兰夫人的意料，他从不临阵脱逃。随便到哪儿，他总跟着他们，有时是一起去郊区的餐馆，不过由于季节不对，那儿去得不多，更常去的是剧院，韦尔迪兰夫人就爱上剧院；却说有一天，在她府上，她当着他的面说起，碰到新戏首演或举行盛大活动的场合，他们要有一张特别通行证就方便多了，上回冈贝塔[1]葬礼那天，没有这么张通行证就弄得他们很尴尬，斯万平时绝口不提自己那些显赫的社交关系，只提到一些地位不太高，而且其中有好些是他常在圣日耳曼区沙龙里安排他们结识政

1 冈贝塔（Gambetta，1838—1882）：法国共和派政治家。第二帝国时期为共和派左翼领袖。第三共和国时期先后任众议院议长（1879—1881）和总理（1881—1882）。一译甘必大。

界人物的朋友，他觉得如果连这些朋友关系都瞒住不说，未免会显得矫情，这回听到韦尔迪兰夫人这么说，他就回答说：

“这事儿就交给我了，《达尼谢夫》[1]重演前，你们一定会拿到请柬的，我明天正好要在爱丽舍宫跟警察总监一起吃饭。”

“怎么，在爱丽舍宫？”戈达尔大夫雷鸣般地喊道。

“对，在格雷维先生府上。”斯万回答说，刚才那句话居然会引起这么大的反响，使他感到有些不好意思。

画家对大夫开玩笑说：

“您常这么吼吗？”

通常，戈达尔一听到人家做出解释，就会说：“嗯！好，好，挺不错。”然后毫无表情，不露一点声色。可是这一回，斯万最后的那句话，顿时使他一反淡漠的常态，听到一个跟自己同桌吃饭的人，既没有一官半职，又没有任何声望，居然会和国家元首有往来，他不由得大惊失色。

“怎么说，格雷维先生？您认识格雷维先生？”他冲着斯万说，那副惊愕、怀疑的神气，完全是爱丽舍宫的警卫面对一个贸然要见共和国总统的陌生人的神气，这个警卫，照报上的说法，从对方的话里听出“自己是在和什么人打交道”，一边答应说总统马上接见他，一边把这可怜的疯子带进拘留所的特别诊所。

“我跟他有点认识，我们有些共同的朋友（他不敢说是威尔士亲王），再说他请客挺随便，我可以很肯定地告诉您，这些饭局毫无趣味，而且也很简单，从来不超过八个人。”斯万这么回答说，他尽量想让对方觉着，跟共和国总统往来并没有什么值得

1　法国剧作家小仲马与柯尔凡-克鲁科夫斯基合写的四幕喜剧，1876年首演后，直到1884年才重演。

大惊小怪的地方。

戈达尔马上信以为真，就应邀前往格雷维先生府邸是否有意义这一问题，抱定以下的态度：这种事稀松平常得很，谈不上难得不难得。从此以后，斯万也好，别人也好，任凭谁出入爱丽舍宫，他都不以为怪了，甚至对这种连宾客自己都承认挺乏味的饭局，他心里有点在为他们叫屈呢。

“嗯！好，好，挺不错。”他说，那口气像个海关官员，刚才还对你满腹狐疑，听了你的解释以后，却马上给你签证，连箱子也不打开检查，就让你过关了。

“哦，我相信您说得没错，那些饭局不会有什么意思，您肯去可真是不容易。”韦尔迪兰夫人说，在她眼里，共和国总统是个特别可怕的讨厌家伙，因为他掌握着蛊惑人和控制人的种种手段，而这些手段一旦用在她这些信徒的身上，是只能把他们都吓跑的。“听说他耳背得厉害，吃东西用手抓来吃。”

“可不是，上这种地方去，您不会有多大趣儿的。”大夫说这话时，透出一丝怜悯的意味；尔后，他又想起了餐桌上的人数：“那是熟朋友不拘礼节的聚餐吗？”他急切地问道，那股语言学家的热忱劲儿，自非一般爱管闲事者的好奇心可比。

然而共和国总统在他心目中的威望，毕竟不是斯万的谦虚或韦尔迪兰夫人的敌意所能抵消的，每回吃饭，戈达尔总要关切地问一声：“今晚咱们能见到斯万先生吗？他跟格雷维先生有私交。他想必就是所谓的gentleman[1]吧？”他甚至还送过斯万先生一张牙科器械展览会的请柬。

1　gentleman：英文，意为绅士，有教养的人。

“您还可以带人进去，但是狗不能带进去。您瞧，我这么告诉您，是因为我有几位朋友不知道这事，曾经弄得很不愉快。”

至于韦尔迪兰先生，他注意到这一新发现，就是斯万有好些颇有权势的朋友却一直没告诉他们，着实让他的妻子心里很不痛快。

要是没有安排外出活动，斯万就到韦尔迪兰夫妇府上来参加这个小团体的聚会，不过他总是吃好晚饭才来，尽管奥黛特一再恳求，但他几乎从不接受去吃晚饭的邀请。

“只要您愿意，我也可以单独和您一起吃晚饭。”她对他说。

“那韦尔迪兰夫人呢？”

“哦！那还不简单。我只消说我的裙子没有准备好，或者马车来得迟了。总有办法应付的。”

“您真好。”

可是斯万心想，要是让奥黛特（他只答应在晚饭后和她见面）知道他另有比陪她更有趣的事儿，那她对他的好感过不了多久，就会变成厌腻了。话是这么说的——他正对一个娇小的女工迷恋得很，这个小女工玫瑰花般清新、丰满的美丽，远非奥黛特所能相比，他宁愿跟她在一起共度黄昏，奥黛特反正待会儿还能见面。他从来不肯让奥黛特接他去韦尔迪兰府上，也是同样的缘故。这个娇小的女工总在他家附近的一个街角上等他，斯万的车夫雷米知道这地点，车稍一停，她就上车坐在斯万身边，抱住斯万扑在他的怀里，直到马车把他送到韦尔迪兰府邸跟前，才松开手。他走进客厅，韦尔迪兰夫人一边指着他早上送去的玫瑰花对他说“我们正在责备您呢”，一边示意他坐在奥黛特身边的那个位子，钢琴家为他俩弹起凡特伊奏鸣曲中的一个乐句，俨然这就是两人爱情的国歌。它总是从小提琴的震弓部分开始，无伴奏的小提琴震弓延续了几个小节，形象非常鲜明，随后倏的一下，震弓消散而去，眼前仿佛是霍赫[1]的室内画，房门半开着，狭窄的门框使画面显得格外深邃，在远处柔美的光影中，这个小乐句以一种别样的色调出现了，带着舞蹈的节奏，田园的风味，时断时续，犹如一段小小的插曲，属于另外一个世界。它以单纯质朴的、义无反顾的步履款款而行，始终带着那抹难以形容的笑容，慷慨地沿途留下它优雅的倩影；然而斯万现在从中体察到了幻想破灭的醒悟。对它自己引领你趋近的幸福，它似乎早已意识到了其中的虚幻。在它轻盈的优雅中，有着一种持久不变的东西：愁楚过后的超脱。然而这个乐句本身——对于一个在写这首曲子时，还不知道他和奥黛特存在的音乐家，对于所有那些在若干世纪之后聆听这首曲子的人们，这个乐句究竟意味着什么——他并不在意，他把这个乐句看作爱情的一种信物，一种纪念，它甚至能让韦尔迪兰夫妇，让那位年轻钢琴家在想到奥黛特的同时，马上就想到他，把他俩紧紧地联系在一起；所以，当奥黛特有一次心血来潮，央求他请一位钢琴家来演奏整首奏鸣曲的时候，他劝她打消这个念头——他觉得单单知道这一段也就够了。“其余的又何必知道呢？”她附和他说，“它才是我们的乐段嘛。”结果，每当它如此贴近，却又那么邈远地传来时，他一想起它是在向他们倾诉，却又不认识他们，心头就会不好受，想到它自有一

1 霍赫（Pieter de Hooch，1629—1681）：荷兰特尔夫画派风俗画家。他和弗美尔一样，对表现室内的光线变化很感兴趣。他所擅长的室内情景画中，往往画着一扇敞开或半开的门，把观众的视线引向另一个房间或室外的庭院、过道等。与弗美尔相比，较多运用暖色。

份含义，一种内在而恒定的美，却偏偏不为他们所知，他几乎感到了遗憾，就像我们收到馈赠的首饰，甚至一个心爱女人的来信时，会暗自抱怨这璀璨夺目的宝石或脉脉含情的话语，为什么不直接就是一段短暂私情的幽会，或者一个可人儿的风情呢。

往往有这样的情况，他在去韦尔迪兰夫妇家之前，跟那个小女工一起待得太久了，所以钢琴家一弹完那个小乐句，斯万就发现差不多该是奥黛特回家的时候了。他送她回家，陪到她位于凯旋门背后拉贝鲁兹街上的那座小宅邸门口。也许正是因为这不必占用她全部的赏赐，他放弃了早些见到她，陪她去韦尔迪兰府邸这样一种在他并非那么必要的乐趣，以便获得送她回家这个让她颇为领情的权利，再说他也更看重这个权利，因为这样一来，他离开她以后，就感觉到不会有谁见到她，置身于他俩之间，妨碍她仍然和他在一起了。

就这样，她每回都坐斯万的马车回家；有一天晚上，她刚下车，他跟她说明儿见的当口，她在屋前的小花园里匆匆摘下最后的一朵菊花，在马车起动前把花递给他。回家途中，他一直把它紧贴在唇上，过了几天，花枯萎了，他把它珍藏在书桌里。

可是他从来不送她进屋。只有两次是在下午，他进去参加了她的重要活动：喝午茶。这些僻静而空寂的短街（沿街几乎清一色都是毗连的矮小宅邸，只有几家面目可疑的店面，会突然打破这单调的格局，它们正是当年这个名声不佳的街区的历史见证和残存污痕），花园和树枝上的残雪，凋零的冬景，贴近的大自然气息，都为他进门时感到的温暖和看到的鲜花平添了几分神秘色彩。

奥黛特的卧室，在高出街面的底楼，后窗面朝一条平行的小街，卧室右边有座笔直的楼梯，在涂成深色的墙壁中间通往二楼的客厅和小客厅，墙面上悬着东方的织物、土耳其的串珠和用丝绳吊着的一盏日本大灯笼（但是，为了让来客不致连最后一点的西方文明设备也享用不到，里面点的是煤气灯）。客厅前是一个狭窄的门厅，墙上的格子架板条很像花园里的棚架，不过涂成了金黄色，沿墙有个长方形的栽培箱一通到底，里面像暖房一样种着一排盛开的大菊花，这么肥硕的菊花在当时已经算得稀罕了，但跟日后园艺家培育成功的品种相比，那可差得远了。斯万对这种去年以来巴黎人趋之若鹜的花种，一向不抱好感，可是这一次，看到这些只能存活一天的星辰在灰冷的下午发着光，芬芳的光线在门厅里映上若明若暗的玫瑰、橘红和粉白色斑纹时，他却感到了喜悦。奥黛特穿着玫瑰色的丝绸便裙接待他，裸露着颈脖和胳臂。她让他挨着她，坐在客厅深处一个凹进去的位置上，客厅里有许多这种神秘兮兮的位置，前面遮着盛在中国套盆里的硕大的棕榈树，或者点缀着照片、缎带结和扇子的屏风，挡住人们的视线。她对他说："您这样坐不舒服，等一下，我来给您弄弄好。"说着，她颇为自负地莞尔一笑（每当想出一个自己感到挺得意的点子时，她总会这么笑一笑），拿起几只日本绸面靠垫又揉又捏的，仿佛是阔得没把这么值钱的东西放在眼里，然后把它们搁到斯万的头下和脚下。一个贴身男仆依次拿来许多几乎全都安在中国大瓷瓶里的灯，或单盏，或成双，分别摆放在不同的家具上面，犹如摆放在祭台上面；在冬日已近黄昏的暮色中，这许多灯光营造出了一种日落时分的氛围，但它比落日更持久，更嫣红，更有人情味——要是有个恋人驻足街头，望着灯光微明的玻璃窗半遮半掩着的这番神秘景象，他也许会引发许多遐想，——

这时，她神情一下子变得很严厉，斜眼盯着这个仆人，看他是否把每盏灯放得恰到好处。她心想，只要有一盏没放对地方，客厅的总体效果就给毁了，而且她那幅斜搁在长毛绒衬底的画架上的肖像，光线也就不对头了。于是她心绪激动地注视着这个粗人的一举一动，见到他经过窗台上那两个她平时生怕让人碰坏，都是亲自拾掇料理的花坛时，居然靠得那么近，她马上厉声训斥，同时起身走到窗台边上，去查看他有没有碰坏花坛。她觉得这些中国小摆设模样都挺逗人喜欢的，而兰花，尤其是卡特利兰[1]，也同样如此，这两种花和大菊花一向是她最心爱的花儿，因为它们有个很大的优点，就是不像真花儿，而像是用丝绸、缎子做出来的。

“瞧这一朵，就像是从我大衣里子剪下来的。”她指着一朵兰花对斯万说，语气中带着点儿对这朵如此别致的花儿，对大自然给她带来的这位意想不到的、风姿绰约的姐妹的赞许之意，这位姐妹在生命的等级上离她很远，然而自有一种高雅的气质，远非她容许在这客厅里有一席之地的那些女人所能相比。她一样样地指给他看大瓷花瓶上雕着或壁炉隔热屏上绣着的口吐火舌的客迈拉[2]，一束兰花的朵朵花冠，一头浑身镶乌银[3]、眼眶里嵌着两颗红宝石的单峰驼，还有它旁边的壁炉架上的一尊玉蟾蜍，她依次装出种种样子，一会儿仿佛被怪物的凶相吓着了，一会儿又像是被它们的憨态逗得哈哈大笑，一会儿似乎在为花儿的猥亵感到脸红，一会儿又装着情不自禁地走过去拥吻单峰驼和蟾蜍，管它们

1 卡特利兰：一种花大而鲜艳的兰花品种，因英国园艺家卡特利（W. Cattley）而得名。

2 客迈拉（chimère，希腊文为khimaira）：希腊神话中一种狮头、羊身、龙尾的吐火怪物。

3 乌银：一种由铜、银和铅的硫化物混合而成的装饰镶嵌材料，具有黑色的金属外观。

叫“心肝宝贝”。跟如此这般的装模作样恰成对比的，是她对某些神灵的满腔虔诚，其中尤以对拉盖[1]的圣母最为诚笃，当年她住在尼斯[2]的那会儿，这位圣母为她治愈了一种不治之症，从此她胸前总佩着一块金牌，并坚信这块金牌消灾免祸，无所不能。

奥黛特给斯万斟茶，问他：“柠檬还是奶油？”等他回答“奶油”，笑着对他说：“一点儿！”当他称赞这茶味道不错时，就说：“您瞧，我知道您喜欢什么。”诚然，这茶在斯万眼里，正如在她眼里一样，是弥足珍贵的，而爱情确实也需要在与之相伴的种种乐趣之中证实自己的存在，保证自己的绵延，所以他七点钟跟她分手回家去换晚礼服的时候，坐在马车里，一路上难以抑制这个下午所引起的愉悦心情，不住地对自己说：“有这样一个可爱的人儿，在她家里你能找到那么难得找到的东西，那么好的茶，真叫人愉快。”一个钟头以后，他收到奥黛特的一张便笺，一眼就认出这一个个写得大大的字母，是在模仿英国人硬邦邦的笔迹，有意显得自己是练过书法的，不过这笔字实在写得不像样子，换了一个没有思想准备的人来看，也许只会觉得此人思路混乱，教育不良，既不够坦率又缺乏诚意。斯万把烟盒忘在奥黛特家里了。“您怎么不把您的心也忘在这儿呢，要那样，我可不会让您取回去咯。”

他对她的第二次拜访，也许更为重要。这天去她家的路上，就像每次见她之前，他先在心里回想她的容貌；要找她脸上的漂亮之处，就非得把她那经常黄恹恹，无精打采，不时还发些小红点的双颊，仅仅局限在红润鲜艳的颧骨部位，非如此不可的限

1　拉盖（Laghet）：尼斯旁边的小镇，以建于十七世纪的教堂和修道院著称。

2　尼斯（Nice）：法国东南部滨海阿尔卑斯省省会，著名的旅游胜地。

制，使他感到很苦恼，它就像在证明，理想的事物是不可企及的，而幸福，总是平庸的。他给她带去一幅她想看的版画。她稍稍有些不舒服；她穿着淡紫色的中国绉纱晨衣接待他，胸前遮着一块刺绣华丽的织物，仿佛纹章上的披幔。她站在他身边，没有绾住的长发贴着脸颊直泻而下，一条腿微微有些像跳舞时那么弯着，这样就可以不很费劲地俯身朝着那幅版画，她低着头，睁着那双平常时刻总是那么疲惫、阴郁的大眼睛，她的这种神态，让斯万看得怦然心动，觉得她跟西坡拉[1]的脸容很相像，在西斯廷小教堂的一幅壁画上画着叶忒罗的这位女儿。斯万向来有一个特殊的爱好，喜欢在大师的画作里找到周围现实生活中人们的一般特征，而且找到不同于共性的地方，那些我们所认识的脸的个性化特征：于是，在安托尼奥·里佐雕塑的一尊洛雷当总督胸像[2]上，高颧骨、歪眉毛，整张脸都跟斯万的马车夫雷米像得不能再像；在吉兰达约[3]的一幅油画里，有德·帕朗西先生的鼻子；在丁托列托[4]的一幅肖像画上，则有德·布尔邦大夫脸上伸进腮帮子的那撮髯须，那个塌鼻梁，那种咄咄逼人的目光和充血的眼睑。也许他始终有一种内疚，为自己的生活局限于社交圈、浪费在交谈应对

1 《圣经》中人物。米甸祭司叶忒罗的女儿，摩西的妻子。

2 据考证，意大利雕塑家安托尼奥·里佐（Antoine Rizzo，1430—1498）曾为一个名叫安德烈·洛雷当的雇佣兵队长（而非总督）塑过一尊胸像。这尊雕像本世纪初陈列在威尼斯的博物馆里。

3 吉兰达约（Domenico Ghirlandajo，1449—1494）：意大利文艺复兴前期重要画家。1485年开始为佛罗伦萨圣玛利亚·诺韦拉歌坛创作壁画，但中途病故，后来由包括年轻的米开朗琪罗在内的助手继续完成。

4 丁托列托（Tintoretto，约1518—1594）：意大利画家。生于威尼斯。原名雅各布·罗布斯蒂，丁托列托是他的绰号，意为“小染匠”（因其父为染匠）。在威尼斯画派中独树一帜，对十七世纪的巴洛克美术影响很大。

上感到内疚，所以看到大师们居然也兴味盎然地把这一张张脸画进他们的作品里，赋予作品一种独特的现实感和生活感，一种世俗的风味，他不由得感觉到，这些大师给了他某种宽容自己的借口；也许他潜移默化地染上了社交圈的轻浮习气，所以才非要在一幅古代作品中找出针对今天有名有姓的人物古为今用的影射不可。也许情况正相反，他具有相当浓郁的艺术家气质，一旦从一幅较为古老的肖像画与它原本无从接触的现代原型的相像中，发现并抽取这些个性化的特征，从中得出一种更为普遍的含义，这些特征就会引起他的愉悦感。临了，说不定原因还在于近一段时间里纷至沓来的印象，它们源自他对音乐的爱好，却又加深了他对绘画的兴趣，因此，当他这会儿发现奥黛特与桑德罗·迪·马里亚诺（后来大家都喜欢用他更为人熟知的绰号博蒂切利[1]称呼他，其实这个绰号让人联想起的，并不是这位画家笔下真实的作品，而是使作品庸俗化的陈旧、谬误的观念）所画的西坡拉相像时，从中获得的愉悦感就更为强烈——而且它将在斯万身上持续一段时日。他不再根据脸颊红润不红润，以及悬想中将来壮着胆子吻她时，那两片嘴唇肉感不肉感，来评价她的脸，他把这张脸看作一束精致美丽的线条的包络，他的视线循着卷绕的曲度，把颈背的起伏、秀发的流泻和眼睑的弯曲连成一体，就构成了这幅个性鲜明而清晰的肖像画。

他凝望着她；那幅壁画的一个局部显现在她的脸庞和身体上，从此以后，每当他在奥黛特身旁，甚至只是想到她的时候，

1　桑德罗·博蒂切利（Sandro Botticelli，1445—1510）：意大利文艺复兴前期大师，佛罗伦萨画派的代表人物。原名桑德罗·迪·马里亚诺·菲力佩皮。博蒂切利是他的绰号，原意为“小桶”。

他总会设法重现这个局部。他之所以珍爱这幅佛罗伦萨画派的杰作，只是由于他在她身上发现了它，这种相像赋予了她一种美，使她变得更为珍贵。斯万责怪自己，对一个在伟大的桑德罗眼中那么可爱的女人，怎么居然看不出她的真正价值呢；同时他暗自庆幸，他见到奥黛特时的愉悦感，在自己的美学修养中找到了依据。他心想，既然她满足了自己最高雅的艺术趣味，那么，把思念奥黛特和向往幸福联系在一起，就并非他至今一直认为的那样，仅仅是无奈之下不得已的选择了。有一点他却忘了，他的生理欲望恰好是跟他的审美趣味背道而驰的，所以奥黛特并不因此就成为满足他的这种欲望的女人。佛罗伦萨画派杰作这几个字眼，帮了斯万的大忙。凭借这个名义，他得以让奥黛特进入梦幻的世界，那是一个她迄今从未进入的世界，一个使她浑身上下透出高贵气质的世界。以前他单纯从肉感的角度来看她，对她的面容、身材乃至整体美时不时心存疑虑，对她的爱情也就受了影响，而现在，有了一种既定的美学原则作为基础，那些疑虑顿时烟消云散，这份爱情也就变得天长地久了；抱吻和占有，倘若说由于对方肉体上无法引起他快感，而会显得平常和不足道，那么它们一经冠以博物馆的图记，在他眼里就变得神奇而弥足珍贵了。

于是，他正为自己几个月来只知道去看奥黛特感到自责之时，心里有了这么个想法，就是在一件价值无可估量的杰作上，哪怕花费再多的时间，也是无可非议的，这毕竟是用非常特殊、别有情趣的材料铸成的绝无仅有、难得一见的作品啊，每当他凝神注视这幅杰作时，他不是抱着艺术家谦逊、超脱、磊落无私的胸襟，就是怀着收藏家自得、自私、耽于声色的情味。

他把叶忒罗女儿的一张画片放在书桌上，充当奥黛特的照片。

他赞赏那双大眼睛，那张让人约莫感到皮肤不太好的娇弱面庞，还有那些顺着倦容可掬的脸颊而下的美妙发鬈；他将迄今凭美学概念发现的美感，用到了对一个活生生的女性的看法上，把它转换成他庆幸能看到组合在一个他可以拥有的女人体态上的优点。这种朦胧的好感会把一个人引向艺术的杰作，现在既然斯万知道了叶忒罗女儿有血有肉的原型，这种感应就从此成了一种欲念，补充了奥黛特的肉体没能在他身上唤起的欲念。他久久凝望这幅博蒂切利时，总会想起自己的博蒂切利，觉着对他而言那来得更美，把西坡拉的画片移向身边，他只觉得是把奥黛特搂在了胸前。

然而，他竭力要预防的还不只是奥黛特的厌倦，有时候还恰恰是他自己的厌倦；他感觉到，自从奥黛特挺方便就能见到他之后，她好像并没有多少话要对他讲，他生怕现在他俩在一起时多少有些无聊，单调，而且仿佛就此一成不变的相处方式，最终会扼杀他身上那点罗曼蒂克的希望，就是有朝一日她会乐于宣布她对他的热恋，要知道他正是凭着这一点才成为，并继续成为她的恋人的呀。他想改变一下奥黛特板板六十四的精神面貌，也好免得自己对她生厌，于是，突然之间给她写了一封信，让人赶在晚餐前送交给她，信里通篇是佯装的失望、愤懑的口吻。他知道，她一定会大惊失色，会给他回信，他希望她在生怕失去他而乱了方寸之际，会将从未吐露过的心曲向他尽情倾诉；——其实，也曾有过类似的情形，他收到过她充满前所未有的柔情给他写的几封信，其中有一封是一天中午（那天正好开赈济穆尔西亚灾民[1]的

1　穆尔西亚是西班牙东南部的一个省份。1879年10月14至15日洪水在这一地区泛滥成灾。

巴黎-穆尔西亚募捐会）从金色餐厅[1]让人给他送去的，信上一开头就这么写："我的朋友，我的手抖得这么厉害，几乎都没法握笔写字了。"他把这封信藏在放着枯萎的菊花的抽屉里。要不就是，倘若她没有时间给他写回信，那么他一走进韦尔迪兰府，她马上就会迎上前去对他说"我有话要跟您说"，他呢，满怀好奇地凝视着她的脸，想从她的话里探听出她一直藏在心底的想法。

每当他走近韦尔迪兰府，望见灯火通明、从不放下百叶窗的那些长窗，想到自己就要看见那位在金色灯光下容光焕发的可爱人儿的时候，他的心里就变得软软的。有时灯光前的宾客身影投映在窗户上，窈窕而幽黑，犹如镌刻在一扇半透明的窗格上的错落有致的小型版画，而其他的窗格则一片亮堂。他一心想认出奥黛特的身影。随后，他一踏进大厅，眼睛在不知不觉中就放出了极度喜悦的光芒，韦尔迪兰先生看在眼里，对画家说："我看他的眼神不对。"果然，奥黛特一出场，整座府邸在斯万眼里，就平添了一种其他任何府邸所没有的东西：一种敏感装置，一个能把末梢伸进每个房间、不断给他的心带来兴奋刺激的神经网络。

这个社交团体，这个小圈子的正常运转，自然而然就为斯万提供了跟奥黛特天天约会的机会，而且让他可以装出懒得见她，甚至就此不想再见到她的种种样子，这样做在他并无多少风险，因为不管他白天在信里怎么写，到了晚上他总要见到她并送她回家。

但有一回，他想到这每晚必行的陪送，觉得心里挺不对劲，于是就带着那个小女工一直逛到布洛涅树林，有意拖延去韦尔迪

1 巴黎当年一家时髦的餐馆，位于意大利林荫大道、拉菲特街的街口拐角上。

兰府的时间，结果他到得实在太晚，奥黛特以为他不会再来，已经先走了。看见她不在大厅里，斯万感到心里一阵揪紧；他害怕失去这份他第一回意识到它的分量的乐趣，而过去他是一直以为这样的乐趣是什么时候想要就能要的，这种根深蒂固的想法，往往会使我们小看乃至无视一切乐趣的价值所在。

“你瞧见没有，他一见她不在，脸色都变了，”韦尔迪兰先生对妻子说，“我看他是不高兴喽！”

“谁脸色变了？”戈达尔大夫粗声粗气地问道，他刚去看了个病人，这会儿回来找他的妻子，所以不知道他俩在说谁。

“怎么，您在大门口没碰到斯万家那位美男子……？”

“没有呀。斯万先生来了？”

“哦，就来了一会儿。刚才我们瞧见的斯万先生可激动、可神经质呢。您明白吗，奥黛特走了。”

“您的意思是说，她已经对他情有独钟、芳心暗许了。”大夫说这话时，小心翼翼地试用了两个成语。

“哪儿的话，压根儿就没事，有句话可就咱们说说，我觉得她全都错了，做起事来像个小傻瓜，实在笨透了。”

“慢着，慢着，”韦尔迪兰先生说，“你说什么来着，没事？咱们又没看见，怎么知道有事没事呢？”

“要真有事，她会跟我说的。”韦尔迪兰夫人得意扬扬地说。“我可告诉你们，她对我是事无巨细都不隐瞒的！她现在正好身边没人，我就对她说，她应该跟他睡觉。可她说这不行，虽说她对他十分钟情，但他在她面前总是很腼腆，结果弄得她也不好意思起来了，她还说，她不想以这种方式来爱他，说他是个理想中的人，她生怕会唐突自己对他的感情，瞧，我什么都知道吧？他绝对就是她该要的人。”

“你这话，恕我不敢苟同，”韦尔迪兰先生说，“这位先生我瞧着可不太顺眼；我觉得他在摆谱。”

韦尔迪兰夫人一动不动，僵着脸，仿佛成了一尊塑像，这样一来她就可以装作没听见“摆谱”这令人不堪忍受的字眼，对他们摆谱，那不是等于说他对他们有一种优越感吗？

“反正，就算他俩之间没什么事，我想这位先生也不会认为她玉洁冰清。”韦尔迪兰先生语带讥讽地说，“不过说到底，旁人也没法说什么，既然看上去他挺欣赏她。我不知道那天晚上你有没有听见他对她大谈其凡特伊的奏鸣曲；我真心实意喜欢奥黛特，不过要说跟她讨论美学理论，那你自己非是个大傻瓜不可！”

“嘿，请别说奥黛特的坏话，”韦尔迪兰夫人孩子气地撒娇说，“她挺可爱。”

“可这并不影响她的可爱呀；我们没在说她的坏话，而只是说，她既不是一个玉洁冰清的女人，也不是一个聪明人。再说，”他对着画家说，“她是不是玉洁冰清，那有什么关系呢？真要是玉洁冰清，说不定倒没有这么可爱了，这谁知道呢？”

在楼梯平台上，斯万遇见府邸的总管，刚才斯万进府那会儿，这个总管正好不在，先前奥黛特关照过他——可那是一小时以前的事了——如果斯万先生还来的话，就转告他说，她回家前可能先到普雷沃咖啡馆去喝一杯巧克力。斯万马上乘车去普雷沃咖啡厅，可是一路上不断有别的马车或过街的行人挡在前面，马车走一步就停一下，要不是怕警士的调查笔录会比马车避让行人耽误更多的工夫，他真恨不得把这些讨厌的障碍撞个人仰马翻。他算着花费的时间，给每一分钟少算几秒钟，以便确信自己没把这一分一分的时间算长了，这样一来，他就好把自己赶在奥黛特离开咖啡厅之前找到她的可能性，想象得比实际上更大一些。有一会儿，他就像一个刚刚睡醒，意识到方才在脑际萦绕盘旋、他始终无法从中清晰地辨认出自己的那些梦境实在很荒诞的发烧病人，一下子想起了刚才在韦尔迪兰府听说奥黛特已经离去时，自己头脑里转过的念头是多么奇特，心底里承受的痛苦又是多么新鲜，而这一切他又都是此刻才察觉到，仿佛刚从梦中醒来似的。这是怎么回事？如此这般的激动不安，居然为的就是要到明天才能见到奥黛特，而一个钟头以前，在掉头回韦尔迪兰府的时候，这正是他所期盼的事呀！他不得不正视这样一个事实，就是把他带往普雷沃咖啡馆的仍是这同一辆马车，而车中的他已不复是那时的他，他已不是单独的他，一个全新的他与他同在，附丽于他，与他混合在一起，这一全新的他，他也许再也无法摆脱，也许永远都得小心谨慎地与之周旋，犹如对待一个主人或一场疾病。然而，自从他感到有一个全新的人降临于他的那一刻起，他的生活仿佛就显得更有意思了。到了普雷沃咖啡馆，能不能遇见奥黛特，在他还是个未定之数（对这次相遇的等待，把此前的所有时光全都搅乱、刮磨了一通，以致他再也找不到一个念头、一段回忆，可以用来安顿自己那乱麻也似的思想），不过很可能，要是真能相遇的话，它也就像其他那么些次相遇一样，根本算不得一回事。平时每天晚上他跟奥黛特相遇，总是偷偷地向她那张说变就变的脸瞥上一眼，随即马上把目光移开，唯恐她从中看出情爱的意味，对他的坦然自若陡起疑心，而从这时起，他就不再有工夫去想她，而是忙于寻找借口，好让自己不要马上离开她，并确保第二天能在韦尔迪兰府上与她不期而遇：这也就是说，与这个他可以接近但不敢拥抱的女人徒然无果的相遇所给他带来的失望和痛苦，暂且还得继续下去，而且在下一天还得重新开始。

她不在普雷沃咖啡馆；他决定沿各条林荫大道一家一家咖啡馆去找。为省时间，他去这几家的同时，让马车夫雷米（里佐笔下的洛雷当总督）去那几家，然后他——如果没找到她——到事先说定的地点去等雷米。不见马车回来，斯万眼前浮现出待会儿就要看到的情景，雷米在对他说“那位夫人在那儿”，或者雷米在对他说“那位夫人哪家咖啡馆都找不到”。于是，他也就看到了眼前这个夜晚的结局，这个结局是唯一的，然而又是二者择一的，引向这结局的或者是与奥黛特相遇，焦虑不安烟消云散，或者是见不到她，无可奈何打道回府。

马车夫回来了，可是，当他把车停在斯万面前时，这一位没对他说：“你找到那位夫人了？”而是说：“别忘了提醒我，明儿要去订些劈柴，我想家里的那些快用光了。”也许他心里是在想，要是雷米在一家咖啡馆找到了奥黛特，她在那儿等着他，那么这个不祥的夜晚的结局，已然由一个端倪可见的最幸福的夜晚所取代，因而他就无须急匆匆地去领受这样一个稳稳到手、万无一失的幸福了。不过其中也有惯性的作用；他在心理上缺乏某些人在身体上所缺乏的那种灵活性，这些人但凡要躲避一次冲撞，要拽住衣服不让火苗烧着，要做出一个紧急反应的时候，总会慢一慢，把原先的姿态再保持一分钟，仿佛是想借此寻到一个支点，找到一股冲力似的。不用说，要是刚才车夫打断他的话头，对他说：“那位夫人在那儿。”他一准会这么回答：“啊！对，可不是，瞧我让你跑得多累，嗨，我可没想到。”然后又会继续对他说劈柴的事，一则好对他隐瞒自己的情绪，二则好让自己有时间同焦虑不安决裂，完全置身于幸福之中去。

可是雷米回来对他说，哪儿都找不到那位夫人，并且以老仆人的身份提出自己的意见：

“我想先生只好回家了。”

当初雷米带给他的回答无可改变时，他还能做出满不在乎的样子，可是当他看见雷米想要让他别再存希望、别再去找她的时候，他却没法装得若无其事了：

“那怎么行？”他大声说，“咱们非得找到这位夫人不可；这是最要紧的事情。她见不到我，一定会有说不出的烦恼，出了这样的事，她会觉得很委屈的。”

“我可看不出这位夫人有什么好委屈的，”雷米回答说，“是她没等先生就先走了，是她说好上普雷沃咖啡馆，结果没去的。”

说这话的当口，四周的店铺陆续都熄灯关门了。林荫大道的大树下，显得幽黑而神秘，寥落的大街上依稀还能看到几个行人的身影。时而有个女人的身影凑近他的身旁，耳语般地对他说，让他把她带回家去，把斯万听得吓一大跳。他忐忑不安地从这些黑黪黪的身影边上擦过，犹如在冥界的鬼魂当中寻找欧律狄刻[1]。

在萌生爱情的所有缘由中，在传播这一崇高的烦恼的所有因素中，我们有时曾体验到的那股激动不安的情绪，无疑是最有效的一种。我们在怀有这种情绪时一旦喜欢上某人，那么事情就定

1 希腊神话中俄耳甫斯的妻子，被毒蛇咬伤致死。为了找回妻子，俄耳甫斯来到冥界，用歌声打动了冥界女王佩耳塞福涅。她允许俄耳甫斯带回妻子，条件是在走出冥界前不能回头。然而俄耳甫斯爱妻心切，还没走上地面，就回头去望妻子，因而永远失去了妻子。

了，我们爱的就是他或她。在这以前我们是否有更喜欢或同样喜欢的人儿，那根本不相干。唯一需要的，是我们对他或她的喜爱的排他性。而一旦（在尚未得到他或她时）一种以他或她本身为对象的急不可耐的需要，一种世俗法规使之无法得到满足的荒谬的需要——占有对方的失去理智的、令人痛苦的需要——突然在我们身上取代了对他或她的可爱之处所带来的乐趣的寻觅，这时，排他性的条件也就实现了。

斯万吩咐驱车去还没关门的那儿家餐馆；这是他曾经心绪宁静地想象过的那种幸福的最后一个假设了；现在他不再掩饰内心的激动不安，不再讳言这次相遇在他有多么重要，他许诺雷米事成后重重有赏，仿佛在这车夫身上也激起一份期盼成功的愿望，加在自己的那份愿望上面，那么即使奥黛特已经回家睡觉了，她也还是会出现在林荫大道旁的某个餐馆里。他一路赶到金色餐厅，两次踏进托尔托尼餐厅，都没见她的人影，刚从英格兰咖啡馆出来，慌里慌张地迈着大步朝等在意大利林荫道拐角上的马车走去，冷不防撞上迎面而来的一个人：居然就是奥黛特；她后来向他解释说，她在普雷沃咖啡馆没找到位子，就去金色餐厅吃夜宵去了，由于坐在一个凹角里，他准是没看见她，这会儿她正要回到她的马车那儿去。

她没想到会见到他，不由得吓了一跳。他呢，这样跑遍巴黎城也并不是当真以为有可能遇见她，而只是因为就此放弃实在心有不甘。然而这份他在这个晚上始终以为无法得到的快乐，此刻在他看来却显得分外实在；他对这一快乐仅仅考虑过它的可能性而已，所以它对他而言仍然是外在的；他无须凭借想象去感知它的存在，它本身就是实实在在的现实，就是向他喷薄而出的现实，这一现实光芒四射，如梦一般驱散了他为之忧心的孤独，他凭依这一现实，不假思索地张开了幸福的幻想之翼。这就好比一个旅客在阳光明媚之际来到地中海岸边，对他刚离开的那些地方究竟是否存在，心头犹自感到茫然，但他随即收起视线，迎着闪闪发亮、拍岸而来的海水，听任这片蔚蓝色的光芒照花自己的眼睛。

他和她一起乘上她的马车，吩咐自己的马车跟在后面。

她手里拿着一束卡特利兰，在绣着花边的头巾下面，斯万看见她的秀发佩着天鹅羽毛的翎饰，上面也系着这种兰花。纱巾往下，是一袭黑色天鹅绒的长裙，斜襻下露出一大片三角形的白缎衬裙，而在另外插着几朵卡特利兰的袒胸低领的领口，还可以看到一段裙腰，也是白色罗缎的。刚才这么突然遇见斯万，她着实吓了一跳，不料惊魂未定，辕马又碰上障碍猛地打了个趔趄。他俩倏然间给震得挪了开去，她尖叫一声，心头怦怦直跳，一下子喘不过气来。

“没事，”他对她说，“别怕。”

他揽住她的肩膀，让她靠在自己身上，接着说道：

“千万别说话，我问您什么话，请向我示意一下行不行就可以了，要不您会更喘不过气来的。刚才您胸口的花给震歪了，我把它们摆摆正，您不会介意吧？我怕它们会掉出来，想把它们插得牢一点。”

她平时不大看见男人对她这样彬彬有礼地说话，于是笑吟吟地说道：

“哦，当然我不会介意。”

可他听到这个回答却有些不好意思，这或许是由于他意识到自己找这个借口时，做出的是很诚恳的样子，要不就是由于他当真以为自己刚才是很诚恳的了，于是他大声说道：

“哦！不，请千万别说话，不然您又会喘不过气来的，您只要点点头或摇摇头就行了，我会懂您的意思的。您真的不会介意吗？瞧，有点儿……我想是花粉撒在您身上了；我可以用手来掸掉它们吗？也许我弄得您有些痒了？可我是想别碰到您的天鹅绒裙子，免得把它给弄皱了。不过，您瞧，确实得把花儿放放好，不然就要掉下去了；我这就把它们插牢一点……说真的，我没让您不愉快吧？我还想闻闻它们是不是真的没有香味，您也不会生气吧？我从没闻过这种香味，可以吗？请您对我实话实说好了。”

她笑吟吟的，稍稍耸了耸肩膀，好像在说“您真傻，您明明知道我喜欢您这样”。

他举起另一只手，沿着奥黛特的脸颊往上摸去；她定睛望着他，神情忧郁而庄重，一如他觉得她和她们很相像的、佛罗伦萨大师画笔下的那些女性；那双明亮的眼睛，大而细长，一如那些女性的眼睛，好像随时都会像两颗泪珠一样滴落下来。她弯下颈脖，在那些宗教画上，甚至在世俗的场景里，你都能看见她们是这样弯着颈脖的。她似乎要使足劲儿才能不让自己的脸往下沉，仿佛有一种无形的力量在把这张脸吸向斯万，这样的姿势，在她想必是一种习惯姿势，她知道这种姿势此刻很合适，小心在意地没忘记把它摆出来。而在她不由自主似的听任自己的脸往下沉，就要碰到他的嘴唇的时候，斯万托住了她的脸，让它在他的双手之间停留了一会儿。他想让自己的思绪有时间跟上，认出这就是在脑海中萦绕已久的梦想，看清它的实现，就好比一个应邀出席她钟爱的孩子的颁奖典礼的亲戚所做的那样。也许，斯万是要向奥黛特这张他还没占有，甚至还没吻过的脸最后再好好看上一眼，就像你在即将离开一个地方、再也不会回来的那会儿，想把这儿的景色好好看上一眼，永远记在心头一样。

可是他在她面前仍然是那么腼腆，在那个以摆弄卡特利兰开始，以占有她的人告终的夜晚以后，也不知是生怕惹她不高兴，还是唯恐事后回想起来显得撒了谎，或者是缺乏提出更进一步的要求的勇气（其实他完全是可以提的，既然第一次奥黛特就没有生气），反正在这以后的一阵子，他用来用去就是同一个借口。要是她胸口插着卡特利兰，他就说："今晚真遗憾，这些卡特利兰不像那晚那么歪了，用不着重新摆一下；不过这一朵好像不很正。我可以闻闻它们是不是比别的兰花香些吗？"或者，要是她没插兰花："哦！今晚没有卡特利兰，我可摆弄不成喽。"于是，有一段时间里，他一成不变地沿袭第一次的次序，最先总是用手指和嘴唇触摸奥黛特的胸口，而且每次都是由此开始抚爱和拥抱；直到很久以后，摆弄（或者说，成了惯例的借口摆弄）卡特利兰此调早已不弹，理一下卡特利兰的隐语却俨然还是他俩常用的一个简捷的说法，每当想指占有肉体——其实一个人并不见得就此占有任何东西——的时候，他们就会脱口而出这么说，这个说法成了两人用以纪念那一已被遗忘的做法的隐喻。也许，做爱的这种特殊表达方式与其他同义词所指的意思，确切地说并不是完全一样的。一个人，哪怕他对女人再怎么不感兴趣，哪怕他把占有各式各样的女人看成没什么区别，似乎他早就知道无非是那么回事而已，但若对方是颇不容易到手的女人——或者他自以为如此——那么这种占有就转而成了一种全新的乐趣，以致他非得在跟这种女人的交往中加进某个意外的插曲，就如斯万第一次摆弄卡特利兰那样不可。那天晚上，他悬着颗心（但奥黛特，他心想，如果她没看出他使的这一招，敢情是猜不到这一点的），就指望从那些宽宽的淡紫色花瓣中间，能引出占有这个女人的结局来；而他结果体验到的，奥黛特兴许是（他这么想）由于没有明确意识到才容他得手的这一乐趣，在他看来——在伊甸园的花丛中尝到这一滋味的第一个男人，想必也有同感——是一种迄今从未有过、由他首创的乐趣，一种——在他给它取的名称中已经透露了这一消息——全然特有的、新颖的乐趣。

现在，每晚他陪她到家门口以后，非得进去不可了，出来时她常常穿着室内便袍一直送到他上马车，当着车夫的面跟他吻别，还要说："人家怎么看，关我什么事？"逢到他不去韦尔迪兰府上（自从在别处也能见到她以后，有时就会出现这种情况），逢到他愈来愈难得地去上层社交圈的晚上，她就请他在回家前，不管时间有多晚，先上她那儿去。当时是春天，一个澄净而料峭的春天。他从社交晚会上出来，登上那辆四轮敞篷马车，把一条毛毯盖在腿上，那些和他一起出来的朋友招呼他跟他们一路回去，他回答说不行，他跟他们不是一个方向，说话间车夫已经扬鞭驱车上路，反正他知道要去哪儿。那些朋友都挺惊讶，真是的，斯万不再是以前的斯万了。他们再也不会收到他请他们介绍结识女性朋友的信了。他对这种女人一个也不感兴趣，不上碰得到她们的那些地方去。在一家乡间的餐馆里，他的举止和头天大家还挺熟悉，而且觉得他该当如此的原先的举止相比，简直是判若两人。激情，居然能像一种暂时却又与原来迥异的性格，一下子就替代了原来的性格，并把它用以表现自己的、迄今一成不变的种种特征清除得如此彻底！而现在，有一件事却是一成不变的，那就是无论斯万到了哪儿，他总要赶去跟奥黛特相会。分隔他俩的那段路程，正是他的必由之路，如同生命历程中非走不可的那道陡坡。说实话，常常在社交场上待得很晚，他心里也挺愿意直接回家，不用再赶这么一大段路程，干脆等明天再见她；但想到要在这种尴尬的时候匆匆忙忙地赶到她家里，想到朋友们跟他分手后可能在说“他是身不由己喽，准是有个女人管着他，时间再晚也非得上她家不可”，他就感到自己过的是一种坠入情网的男人的生活，对这种男人来说，为引起感官快感的遐想而牺牲自己的休息和物质利益，个中自有一种迷人的情趣。再说，尽管他自己未必清楚地意识到，但她在等他，她不会在别处跟别人在一起，他不见到她也是不会回家的，这一切都是确定无疑的，它们消解了奥黛特先行离开韦尔迪兰府的那个夜晚他所尝到的焦虑不安的滋味，这种滋味已被遗忘，却又随时准备再生，此刻心头的平和宁静，显得格外甘美，可以说这就是一种幸福吧。也许正是由于这种焦虑不安，他对奥黛特在他心目中的重要性才存有感激之情。通常，别人跟我们是几乎不相干的，所以一旦我们赋予了他们中间的一个人某种特殊意义，让他或她对我们的痛苦与欢乐有一种近于生杀予夺的影响力，那么我们就会觉得此人俨然属于另一个世界，周身裹着一道诗意的光圈，我们的生活则从此变成一种令人心神激荡的生活，在这种生活中我们才多少和对方接近一些。斯万没法想清楚，在往后的岁月里，奥黛特在他心中会变成什么样子。有时候，在沁着凉意的美好夜晚，他乘在敞篷马车上，目光所及的空荡荡的街道上洒满月光的清辉，不由得想起另一张如月色清辉般皎洁而微带粉色的脸庞，当初有一天这张脸突然浮现在他脑际，从此以后，它就把神秘的光投向这世界，他也就看见了这神秘的光所照亮的世界。有时他来得晚了，奥黛特已经打发仆人去睡了，那他在拉小花园的门铃前，总要先到街上去一下，相互毗邻的房子临街的窗户都是相似的，而此刻都黑黢黢的，唯有她在底楼的房间亮着灯。他敲敲窗，她听到声音，答应一声后就走到房间另一头的门口去等他。她的钢琴谱架上，总摊开放着几首她喜爱的作品：《玫瑰圆舞曲》或者塔利亚菲柯的《可怜的疯人》（她特地在遗嘱中写明，将来在她的葬礼上要奏这首曲子），他却会请奥黛特另弹一小段凡特伊的奏鸣曲；虽然她弹得很差，但我们对一部作品留下的美好印象，往往正是从一架音没调准的钢琴，从指法笨拙、不时弹错的乐声中逸出的。那个短小的乐句，在斯万听来依然和他对奥黛特的爱联系在一起。他清晰地感觉到这种爱，它是跟外界任何事物都不相干，是除他而外无人能够觉察的；他意识到，奥黛特的种种优点尚不足以说明他为何如此珍视与她一起相处的时光。往往，当斯万处于非常理智、想法很实际的状态时，他也想终止这一切，不再为虚无缥缈的欢乐而浪费精力、影响社交。但是，只要一听见那短短的乐句，它就会在他心中腾出能够活动自如的空间，而斯万的心灵也仿佛随之变得开阔了；有一个充裕的空间是保留给享受的，它也同样跟外界任何东西都没有关联，但又不像爱情的乐趣那样具有纯粹的个人色彩，它是作为一种超越于具体事物之上的现实而呈现在斯万面前的。这个乐句在他心中唤起的，正是对这种从未体验过的魅力的渴求，而它又没有为斯万带来任何可以确切说出的感受，因而他总觉得不满足。于是，这个乐句洗涤了斯万的心灵，将常人所有的对物质利益的关心，以及种种合乎常情常理的考虑都擦拭干净，听任心灵的这些地方不被占用，留下一片空白，斯万尽可以把奥黛特的名字铭刻在上面。此外，但凡奥黛特的情感中或有不足及缺憾之处，这小小的乐句都会将它神秘的要素注入其中并使之融合。要是有人在斯万聆听这个乐句时瞧见他的脸，准会以为他正在吮吸一种能使呼吸变得更顺畅的麻醉剂呢。音乐给予他的愉悦，很快就会在他身上生成一种真正的需要，而在这种时刻，这种愉悦其实很像他品味香水或进入一个奇异的世界时所感到的愉悦，这个奇异的世界并非为我们所造，我们因眼睛无法看见而觉得它是无形的，因智力无法企及而觉得它全无意义，要抵达这个世界，我们唯有一种感官可以凭借。就斯万而言——即使他的眼光在鉴赏绘画上明察秋毫，他的才智在观察风尚上细致入微，可是眼光也好，才智也好，带给他的永远是生活枯燥乏味的不可磨灭的痕迹——他觉着自己变成了一个被人类视作异类的、既丧失视力又丧失逻辑推理能力的生物，一头怪异的独角兽，一头单凭听觉感知世界的传说中的动物，而在他，这正是一种完完全全的放松，一种含义神秘的再生。由于他还在这个乐句中寻觅一种智力所不能及的含义，他必须让内心深处彻底摆脱对逻辑推理的依靠，任凭这个乐句单独穿行于声音的通道之中，接受那幽暗滤器的洗礼，这时他有的是一种多么奇妙的心醉神迷的感觉啊！他开始意识到，这个乐句的柔美背后隐含着许多痛苦，也许还是难以消除的隐痛，可他对此不以为然。纵使这个乐句在对他说爱是脆弱的，那又怎么样呢，他的爱是无比牢固的！他玩味着乐句中溢出的惆怅意味，感觉到它在流经全身，但犹如一阵轻轻的抚摸，使他的幸福感变得更深邃、更甜蜜了。他让奥黛特十遍、二十遍地反复弹奏这个乐句，同时又要她不停地吻他。一个吻唤起另一个吻。啊！在刚坠入情网的时候，吻来得那么自然！一串吻接着一串吻，转眼间就有了那么多的吻；要数清一个小时里有多少个吻，就好比要数清五月的原野上盛开着多少鲜花。这时她做了个表情，示意要停下不弹，嘴里说道："你这么抱住我，叫我怎么弹呀？我可没法两头兼顾哪，你得拿定个主意，到底是要我弹下去呢，还是要我吻你？"看他不高兴了，她放声笑起来，笑声随即变成骤雨般的吻落在他的脸上。有时她也会神情忧郁地望着他，这时他眼前就会浮现出博蒂切利壁画《摩西生平》上一张生动的脸，他把这张脸摆好姿势，让奥黛特的颈脖按画面要求稍稍斜一些；当他把这幅十五世纪西斯廷教堂墙壁上的胶画惟妙惟肖地描绘在脑海中的时候，他想到此刻她就在眼前，就在钢琴边上，随时可以让他抱吻、占有，想到她是个可以触摸得到的活生生的人，不由得欣喜若狂，一时间眼神迷乱，双颌张开像要把她吞下去，朝博蒂切利画笔下的这位处女扑将上去，在她的脸颊上狂吻一通。随后要分手了，可斯万常会出了门又跑进去抱住她吻上一阵，因为他忘了把她的某种特殊的体味或体态印在记忆中带走，而一乘上马车，他就从心里感激奥黛特允许他每天去看她，这样的造访，他觉得恐怕未必会激起她多大的喜悦，而对他来说，却让他摆脱了妒意——那晚在韦尔迪兰府上感受到的无法抑制的痛苦，不会在他身上旧创复发了——如此痛苦的感情折磨，第一次就那么锥心刺骨，真的不能再有第二次了，这些造访既然消弭了妒意，也就能帮助他抵达生命中这段奇妙时光的终点，这段时光几乎可以说是迷人的，一如他在月色的清辉中穿过夜晚的巴黎。回家途中，他注意到月亮正在改变与他的位置关系，几乎靠近地平线了，不由得感到自己的爱情也会遵循某些恒定的自然规律，心想不知他现时所处的这个阶段是否会持续很久，不知那张亲爱的脸庞是否会很快就从他的心灵之窗消失，只留下一个越来越低的远影，几乎不再散发它那迷人的魅力。斯万坠入情网以来，仿佛回到了自认为艺术家的少年时代，又能在所见之物中发现它们的魅力了；然而如今的魅力远非旧时可比，因为这是只有奥黛特才能给予它们的。他感到曾被无聊生活所浪费的青春时期的灵感，在自己身上重新萌发了出来，不过这些灵感带有某个特殊人物的全部光泽和特征；当他怀着无比美妙的愉悦心情独自在家的漫长时光里，唯有复苏中的灵魂陪伴他消受这份悠闲自得，他渐渐地恢复了自我，但那是属于另一个人的了。

他都在晚上去她家，对她白天是怎么过的并不了解，对她的从前也一无所知，甚至连一丁点儿的初始信息也不掌握，通常我们靠着这种初始信息来想象自己还有哪些东西不知道，从而想方设法去了解它们。他也不去考虑她可能都干过些什么，或者以前过的是怎样的生活。他有几次暗笑着回想起几年前，还不认识她的那会儿，有人跟他说起过一个女人，如果他没记错的话，那肯定就是她，按那人的说法，她是妓女，交际花，斯万当时几乎还没有出入过这种女人的社交圈子，所以在他眼里，这样的女人就是彻头彻尾、十十足足的坏女人，他对这类女人的想象，在很长时间里来自某些小说家的描写。而现在他心想，要恰如其分地评价一个人，往往得把别人对这个人众口一词的看法颠倒过来，具体到奥黛特这个人，他对人家的说法持否定态度，因为他觉得奥黛特善良，天真，迷恋完美，几乎没法让她憋住不说真话，有一天他想单独和她用晚餐，请她写张便条给韦尔迪兰夫妇，就说身体不好不能去了，第二天，他只见她面对问她身体是否好些的韦尔迪兰夫人，红着个脸，结结巴巴，不由自主地流露出为自己说了谎而苦恼不安的表情，翻来覆去地把那套昨晚怎么不舒服的编好的话说了又说，那央求的目光和歉疚的声音，仿佛在请对方原谅她说的假话。

有时候，不过很难得，下午他正在家里耽于遐想或从事新近重新拾起的弗美尔研究的当口，她突然来了。仆人通报说德·克雷西夫人等在小客厅，他过去找她。门一开，奥黛特刚瞧见斯万，微微泛红的脸上就已经——随着唇角、目光和颧骨位置的改变——漾起一个笑容。他独自一个人时，眼前时常会浮现这个笑容，以及头天晚上她脸上的笑容，某一次她来迎接他时的笑容，还有那次在马车上他想给她摆正卡特利兰问她会不会生气时，她作为回答的笑容；奥黛特在其他时间的生活，他正因为不了解，就觉得那中性的灰色调的背景挺像华托的那些习作，淡黄色画纸上的每个部位，沿着每个角度，随处可见用三种色笔描绘的无数个笑容。可是有时候，事情就出在斯万由于无从想象而只看见一片空白，就连他的理智也告诉他那儿不会有她的某个生活角落，有个朋友——他猜想斯万和奥黛特在相爱，所以不敢太多嘴，谈到她时只说些无关紧要的琐事——对斯万描述当天上午他怎么在阿巴蒂齐街瞧见奥黛特走着去访客，身穿鼬皮外衣，戴着一顶伦勃朗式的帽子，胸前别着一束紫罗兰。这番简单的描述，却弄得斯万心神不宁，因为它让他蓦然警觉到，奥黛特自有一种并不全然属于他的生活；他想知道她这么打扮，连他都要认不出了，究竟是要去取悦于谁；他打定主意要问自己的情妇，当时，或者说在所有这些平淡无光的——几乎不存在的，因为那是他所看不见的——时间里，她到底去哪儿。在他，除了所有那些给他的笑容，唯余一事而已：她戴着伦勃朗式帽子，胸前别着紫罗兰的身姿步态。

斯万只不过请她别弹《玫瑰圆舞曲》，改弹凡特伊的那个乐句，他并不想请她弹奏自己心爱的别的东西，而且正如在文学上一样，不去矫正她在音乐上糟糕的趣味。他清楚地意识到她并不聪明。她对他说，她非常喜欢听他谈论那些大诗人，这么说的当口，她心想这下马上可以听到德·波雷利子爵风格充满英雄浪漫色彩的诗句了——说不定比子爵的诗还要动人呢。至于代尔夫特的弗美尔，她问斯万这位画家有没有为女人而心碎过，有没有被哪个女人激发起过灵感，斯万承认自己不知道，她就对这个画家不感兴趣了。她常说："我看，诗歌呀，就是要写得真，诗人写的就应该是他心里想的，那才是最美的诗。可是往往啊，就数这些人私心最重。我就知道一件事，我有个女友爱上了一个诗人，他在诗里写的尽是些爱情啊，天空啊，星星啊。哎！她可就着了他的道儿喽！他挥金如土，花掉了她三万多法郎。"倘若斯万想要教她什么叫艺术的美，怎样欣赏诗歌和绘画，才讲一会儿，她就不听了，说："噢……我可没想到是怎么回事。"他感觉得到她很失望，因而他宁可骗她说这算不得什么，都是没什么意思的，还说他没时间谈得更深入，还有好些东西没说呢。她却马上接口说："还有好些东西？什么东西？……那你说呀。"可是他不想说了，他心里明白，在她眼里那都是些无足轻重的东西，和她所期待的东西迥然不同，既不轰轰烈烈，又不缠绵悱恻，他生怕一旦她对艺术的幻想破灭了，对爱情的幻想也会同时破灭。

确实，她觉得斯万在智力上并不像她想的那么高明。"你总是那么不动声色，我都说不出你是怎么个人。"比较让她赞叹的是他对金钱那么漠视，对每个人都那么彬彬有礼，以及他举止的优雅。其实即使是比斯万更了不起的人物，比如说一位学者，一位艺术家，他之所以能为周围的人所赏识，认为他的智力比常人高明的看法之所以能被接受，往往并不是这些人钦佩他的思想，那在他们是无从谈起的，唯一的原因是他们敬重他的和蔼可亲。斯万身上让奥黛特敬重的，也只是他在社交界里的地位，不过她并不希望他设法把她引荐给社交界。也许她觉得他未必能做到，甚至害怕一谈到她，人家就会说些她不愿意让人知道的事情。她一再要他答允绝口不提她的名字。她对他说，她之所以不愿进入社交圈，是因为她曾经跟一个女友吵翻，那人为了报复她，就一直在背后讲她的坏话。斯万听了觉得不以为然："不见得人人都会认识你那个女友呀。"——"怎么不会？事情会一传十、十传百，社交圈里的人可坏着呢。"一方面斯万弄不懂这究竟是怎么回事，但另一方面他知道，社交圈里的人可坏着呢和丑事一传十、十传百这两句话，一般人总认为是错不了的；那总该有它们适用的场合吧。奥黛特的情形，敢情就是这样的一个场合？他暗自这么在想，但想了没多久，因为他也有父亲当年的毛病，一个难题考虑久了脑子就会变得麻木。不过社交界既然让奥黛特这么害怕，它恐怕未必会引起她很大的兴趣去涉足其间，它实在跟她所熟悉的那个圈子相距太远了，她甚至不可能对它有个清晰的想象。然而，尽管她至今在某些方面确实很单纯（比如说，她经常和一个歇业的女裁缝来往，几乎每天都要爬一回她家又陡又暗、发出臭气的楼梯），她却渴望能有品位，不过她对品位的观念，跟社交界人士是有所不同的。对社交界人士而言，品位是为数不多的几个人所产生的一种影响，以他们为中心，这种影响可以在他们的朋友以及朋友的朋友的圈子里扩散到相当远的程度——以亲疏关系为准，与这个核心相距愈远，影响就愈弱——影响所及的那个圈子中的人物，他们的名字形成了一份特殊的人名录。出入社交圈的男男女女，记忆中都有着这份人名录，他们在这种事情上博闻强识，并从中萃取一种趣味，一种拿捏分寸的修养，就以斯万为例，他无须借助他的社交阅历，单凭在报上看一眼有哪些人出席某个晚宴，马上就能说出这个晚宴品位如何，正如一个有文学修养的人，只消看上某人写的一个句子，就能准确地判断此人文学格调的高下。但是奥黛特属于不具有这些观念的那种人（不管社交圈里的人对他们作何看法，反正这种人为数极多，而且看来各个社会阶层里都有），他们把品位想成了别的什么东西，具体面貌，则因各人所属阶层不同而大异其趣，但它们——奥黛特想象中的品位也好，让戈达尔夫人肃然起敬的品位也好——有一个共同的特点，就是人人有份，谁想要谁就能有。另一种品位，即社交圈中人的品位，说实话谁想要也是可以有的，但绝非立等可取。奥黛特说起某人时会说：

“他去的都是有品位的地方。”

要是斯万问她，她这么说指的是哪些地方，她就会神情有些不屑地回答说：

“自然就是有品位的地方啰！哦，以你的年龄，也该懂什么叫有品位的地方了，你让我怎么对你说才好呢？比方说吧，每个星期天早晨的皇后林荫道，五点钟的布洛涅森林湖畔，星期四的伊甸园剧院，星期五的赛马场，还有那些舞会……”

“什么舞会呢？”

“巴黎的那些舞会呗，我说的当然是有品位的舞会。哎，你知道在证券经纪所的那个埃班热吧？对，你该知道的，他在巴黎挺出名的，这个金头发大高个的年轻人打扮得可时髦呢，纽扣孔里总插朵花儿，浅色的短大衣，后背一条笔挺的线缝；每次新戏首演他都去看，还总带着那个爱打扮的老妖精。啊！有天晚上他举办舞会，巴黎的时髦人物全都在那儿。我多想也能去啊！可是得凭请柬才能进门，我可弄不到请柬。话又说回来，我后来想想还是不去的好，那儿人挤人的，就算去了还是什么也看不见。其实呢，还不就为能吹嘘一下去过埃班热府上吗？你知道，我呀，可没这么虚荣！再说，你看吧，一百个说自己去过那儿的女人，至少有一半压根儿没进门……让我吃惊的倒是你，这么个风雅的人物，竟然会没去。”

可是斯万不想去纠正她的品位概念了；他心想，自己的概念也未必更真确，跟她的一样傻，毫无重要性可言，把这样的东西灌输给自己的情妇实在没什么好处。这样一来，几个月过后，对他前去拜访的朋友，她是否感兴趣就只取决于他能不能为她拿回请柬或票子，让她可以进入赛马骑师过磅的围地，去看赛马，去看首场演出。她希望他多攀些这种有用的关系，不过有一回在街上看见德·维尔巴里西斯侯爵夫人身穿黑色羊毛长裙、头戴束带软帽以后，她又觉得这些人也不见得就有品位了。

“亲爱的，她那模样就像是在剧院里引座的，或者给人家看门的老太婆！哼，侯爵夫人！我不是侯爵夫人，可你要不事先付我一大笔钱，休想让我穿得这么寒碜出门上街！”

她不懂斯万何以会住在奥尔良沿河街的那座宅邸里，她觉得这房子配不上他的身份，但不敢跟他直说。

没错，她曾经声称自己爱好古董，说到她最喜欢的就是整天泡在那些小玩意儿上，去淘旧货，觅有年头的东西。虽然她有如面临一件荣誉攸关的大事（而且像在恪守某条家训似的），执意绝口不回答有关她白天干些什么的问题，在这一点上讳莫如深，但她有一次对斯万说起一位女友，奥黛特应邀去她家做客，只觉得整座屋子都是那个年代的味儿。斯万问她是哪个年代，她又说不上来。想了好半天，她才回答说是中世纪风味。其实她的意思无非是说那座房子有很多门窗嵌板之类的木构件。过了一阵，她又对他提起这位女友，语气有些犹豫，神情却颇狡黠，这种语气和神情我们并不陌生，比如说你头天晚上刚和某人一起进餐，此人的名字谁也没听说过，可是瞧晚宴东道主的神气，仿佛以为此人名头挺大了，说话的对方应该知道自己是在和谁说话，那么你援引此人的话时，就会有这种语气和神情。且说奥黛特对斯万说："她有一间餐厅……是……十八世纪的！"不过她觉得这餐厅很难看，光秃秃的，仿佛建筑还没竣工，女士们坐在里面看上去很丑，这种风格想来不会行时。后来，她第三次说起这位女友，并且把这间餐厅的设计师的地址告诉了斯万，她说等她有了钱，想请他来看看能不能也给她设计一间餐厅，当然不是跟那一样的，而是她做梦也想，可惜现在的宅子太小，根本安放不下一座大餐厅，里面要有高高的餐具柜，文艺复兴时期的家具以及跟布洛瓦城堡里一样的壁炉[1]。就在这一天，她无意间把自己对斯万住在奥尔良沿河街的看法漏了出来；原因是斯万先批评了奥黛特的女友所热衷的是仿古风格，而不是路易十六时期的样式。"其实，"他说，"尽管这种样式不时兴了，它还是可以让你觉得很

1　布洛瓦是巴黎西南不到两百公里的一个城镇，建有十三至十七世纪的众多城堡，尤以其中文艺复兴时期风格的壁炉著称。

可爱的。”奥黛特接口说：“你总不见得想叫她也像你一样，住在破家具和旧地毯中间吧。”在她身上，布尔乔亚顾忌舆论的本色和交际花附庸风雅的趣味相比，毕竟前者占了上风。

凡是喜欢摆弄小玩意儿，喜欢诗歌，鄙夷斤斤计较，渴望荣耀和爱情的人，都是她眼中的精英，优越于其他人。一个人不用真的具有这些趣味，只消如此声称即可；某人在共进晚餐时告诉她，自己喜欢闲逛，喜欢把玩陈旧的古玩，还说自己和这个商业化的时代格格不入，因为他不会为自己谋利，他其实是应该属于另一个时代的，等等等等，那她回到家就会说：“这个人真了不起，那么敏感，那么细腻，我以前可没想到！”她一下子对此人青眼有加，引为知交。但像斯万这样具有这些趣味而嘴上不说的人，却遭到了她的冷遇。诚然，她也承认斯万不看重钱，不过她会噘着嘴添上一句：“他呀，就是另一回事喽。”原来，她凭想象判断某人是否淡泊名利，无须观其行，只消听其言。

斯万常常感到自己无力使奥黛特的梦想成为现实，所以他想至少应该做到让她乐于和他在一起，不去反对那些浅薄的想法，尽管她的趣味可谓无所不俗，他却从不表示异议，反正只要是出于她之口的，他都喜欢，甚至为之入迷，因为这个女人的内心世界，正是透过这种种带有个人色彩的小地方展现在他眼前，使他得以看见的。所以，当她因为要去看《托帕兹女王》而脸带喜色，或者生怕错过一个花展，一次午茶——王宫街茶室的这种配松饼和吐司的英国式午茶，她认为对一个淑女而言，偶尔缺席一次都是极大的失礼——而目光变得既严肃又不安，并且很固执的时候，斯万就会像我们看到一个天真无邪的孩子或者一幅神情惟妙惟肖的肖像画时那样心软得要化开来似的，觉得奥黛特的心灵世界充分地显露在了她的脸上，忍不住要去捧住这张脸吻她的香唇。“噢！我的小奥黛特要我带她去看花展，她想让人欣赏她的美貌，行，我一定照办，在她面前我敢不从命。”斯万视力稍有不佳，所以在家工作时得戴眼镜，到社交场合为保持仪容，就换成单片眼镜。她第一次看见他眼眶里夹着个镜片时，情不自禁开心地说：“我觉得一个男人呀，没得说的，戴上这个就有风度多了！你可真儒雅！你看上去整个儿就是个绅士。就缺个爵位喽！”说最后那句话，她略微有些遗憾。斯万喜欢奥黛特这样，好比假定他爱上了一个布列塔尼姑娘，他就会兴致盎然地看她戴着头饰，听她说她信鬼。在这以前，正如许多艺术品位与感官享受分道扬镳的男人一样，斯万分别满足两者的做法之间，存在着一种奇怪的不协调现象，他愈是欣赏风格细腻的艺术作品，陪在他身边的女人愈是举止粗俗，他会领一个小女仆坐在楼下包厢里，去看一场他想仔细聆听的颓废派歌剧的首演，或者印象派画家的某次画展，而且心里在想，换了一个上层社会的淑女，她不见得会懂得更多些，却未必肯这么安安分分地不出声气。可是自从他爱上奥黛特，和她情投意合以来，他恨不得跟她两人合一心才好，于是就尽力让自己去喜欢她所喜欢的东西，不仅模仿她的习惯，而且以她的观点作为自己的观点，觉得这样做其乐无穷，不过，由于这些观点并不曾扎根于他知性的土壤，它们在他心中唤起的就只是他的爱情，正因如此，他越发喜欢它们了。他之所以去看《塞日·巴尼纳》，找机会去听奥列维埃·梅特拉指挥的音乐会，都是为了感受想奥黛特所想、分享她的趣味的甜蜜滋味。她所钟爱的文艺作品或旅游景点，自有一种吸引他靠近她的魅力，他觉得，那些完美的杰作固然有其内在的魅力，但唯其无法让他联想到奥黛特，比之前一种魅力就少了一份神秘感。况且，他既已听任年轻时代的精神信仰趋于式微，进入社交界后所受的怀疑主义思潮的影响，不知不觉地渗透了进去，他认为（至少有过很长一段时间是这么认为的，以致现在还常这么说），我们趣味所指的对象本身并无绝对价值可言，一切都与所处的时代和社会阶层有着千丝万缕的联系，都由当时的风尚而定，其中最低俗的东西，价值未必就比一般人认为最高雅的东西来得低。他觉得，奥黛特把出席花展开幕式的请柬看得这么重要，并没有什么可笑之处，不见得比他当初应邀在威尔士亲王府共进午餐时受宠若惊的样子更矫情，甚而至于，他认为她对蒙特卡罗或里基山的一往情深，相比于他对她想象中很丑陋的荷兰，以及她觉得死气沉沉的凡尔赛宫的兴趣盎然，也未必有多么不合情理。因此，他决定不去荷兰和凡尔赛了，心里乐滋滋地想着这是为了她，只要能和她同感觉、共爱好，他在所不惜。

韦尔迪兰府上的社交圈，就如所有围绕着奥黛特、在某种意义上是使斯万得以看到她、与她交谈的渠道的物事一样，让斯万感到喜欢。那儿的一切娱乐消遣，吃饭，听音乐，打牌，化装夜宵，乡间出游，剧场看戏，乃至极其难得的为那些讨厌家伙举办的盛大晚会，其中最本质的内容就是有奥黛特在场，就是能见到她，能和她谈话；韦尔迪兰夫妇邀请他到府上做客，真是给足了他面子，他在小圈子里比别处感到更怡然自得，他试图把一切都归功于它，因为他自以为是心甘情愿毕生和它如此常有来往的。不过，虽说他不敢设想——生怕自己不会相信——他将永远爱奥黛特，至少他假设自己将永远和韦尔迪兰夫妇过从甚密（这个命题，从理论上说，比较不致引起他在智力方面的异议），因而他觉得在未来的岁月里，自己还将继续每天晚上遇到奥黛特；这也许并不完全等同于永远爱她，但在目前，在他爱着的时候，能相信自己不至于有一天见不到她，他就于愿足矣。“多么迷人的环境啊！”他想，“这才叫真正的生活呢！这儿的人比社交场上的那些人聪明得多，艺术修养高得多！瞧人家韦尔迪兰夫人，尽管她的小小的夸张显得有点可笑，可她对绘画、音乐的爱那么真挚，对艺术杰作那么充满激情，对艺术家那么满心想让他们感到愉快！她对社交界人士的观点不准确；可是社交界对艺术家的观点难道不是更不准确吗！和戈达尔交谈，也许我并不能指望听到才智过人的妙语，可是尽管他喜欢用同音词做些无聊的文字游戏，和他谈话还是极为愉快的。至于那位画家，当他有意要做出惊人之举时，那副自命不凡的样子是叫人有点讨厌，可话得说回来，他是我见过的最有才气的一位艺术家。还有，对，在那儿你会感到自由自在，想做什么就可以做什么，不受拘束，无须客套。在这个沙龙里每个人的心情天天都是这么愉快！今后，除了难得遇到的某些特殊情况，我的去处必定非此地莫属。我将越来越习惯于上这儿来，把我的生活和这儿联系在一起。”

他以为韦尔迪兰夫妇与生俱来的种种优点，其实都是他因对奥黛特的爱情而在他们府上所体验到的种种欢愉在他们身上的影像，因此，这些优点每每随着欢愉变得更坐实、更深刻、更至关重要。有时，韦尔迪兰夫人对斯万的照拂本身就让他感到幸福；比如有天晚上他看见奥黛特和某位男客谈得特别来劲，心里很不是滋味，不想主动去问她是否乘他的车回去了，可韦尔迪兰夫人挺自然的一句话，就让他的心情复归于宁静和愉悦了：“奥黛特，您送斯万先生回去，是吗？”——又比如，眼看夏天到了，他先惴惴不安地思忖，不知奥黛特会不会撇下他独自去度假，不知还能每天都见到她吗，就在这时，韦尔迪兰夫人来邀请他俩一起去她的乡间别墅度假——不知不觉之间，斯万让感激和关切之情渗入了自己的心智，影响了自己的观念，他声称，韦尔迪兰夫人是位伟大的女性。有个当年在罗浮宫学院的同学跟他说起几位才华出众的卓越人物，他竟回答人家说："我觉得韦尔迪兰夫妇胜过他们一百倍。"他透着前所未有的庄重神气说："他俩都是高尚的人，说到底，世上最要紧的鉴别标准就是看一个人是不是高尚。你瞧，人无非就是两类：高尚的人和其他的人；到我这年纪，是该好好琢磨一番，要爱怎样的人，鄙视怎样的人，是该有个主心骨了，为了弥补以前和其他人在一起虚度的时光，我要永远和我所爱的人们在一起，至死不渝。唉！"最后那声轻轻的感喟，正是一个人在甚至没弄清楚是怎么回事就开口说一件事时的语气，他说的这件事，并不一定确有其事，但他感到非得这么说一下才痛快，而且他听着自己的声音，只觉得那仿佛不是自己，而是别人在说话似的，"我已经选定了，我爱的是这些心灵高尚的人，我将永远生活在这种高尚的光圈中。你问我韦尔迪兰夫人是不是真的很聪明。我可以明确地告诉你，她已经向我证明了她心灵的高贵，你想想，一个思想境界不高的人，心灵能达到这样的高度吗？她对艺术的理解确实相当深刻。不过这也许还不是她最让人钦佩之处；她对我无微不至的关心，她对每个人的爱护有加，她那令人可亲又气度非凡的举止，无不透露出她对生活的理解要比任何哲学论著都更为深刻。"

他或许心里也明白，父母的有些老朋友也像韦尔迪兰夫妇那样纯朴，自己年轻时的一些同学也那样热衷于艺术，而且他还认识一些别的心地高尚的人，而自从他在人生真谛中选择了纯朴、艺术和高尚以来，他就不曾见过他们。不过，这些人不认识奥黛特，而且即使认识了她，也未必会费心去撮合他俩。

就这样，在整座韦尔迪兰殿堂里，恐怕再也找不出第二个像斯万一样爱他们，或者说自己相信在爱他们的信徒了。然而，韦尔迪兰先生说过他总觉着斯万看不顺眼，他说这话，不仅表达了他的想法，而且说中了他妻子的心思。这不，斯万对奥黛特的感情个人色彩太浓，浓到忘了每天得把详情向韦尔迪兰夫人汇报这茬儿；这不，对于韦尔迪兰夫妇的殷勤好客，他居然态度那么矜持，不来吃晚饭的理由常常叫人没法信得过，大家只能认定他是不想错过某个讨厌家伙的饭局；这不，尽管他处处小心不漏风声，可他们还是逐步了解到了他在上流社会的地位颇为引人注目。所有这一切，都引起他们对他的愤慨。但更深层的原因还不在于此，因为他们很快就感觉到，在他身上有一种矜持而神秘的气质，表现在他尽管不作一声，但始终认定德·萨冈亲王夫人的衣着并不怪诞，戈达尔的笑话并不好笑，总之，虽然他向来彬彬有礼，对他们的教义从无异议，但是他们不可能将自己的教义强加给他，使他完全皈依他们的宗派，这种不可能性，他们从未在任何别人身上遇到过。即便他和那些讨厌家伙常有往来（其实凭良心说，他真正爱的还是韦尔迪兰夫妇和这个小圈子，这种感情跟对那些人的感情相比，相差何止百倍千倍），他们也是可以原谅的，只要他像像样样地当着所有信徒的面，同意就此跟他们一刀两断。可是他们心里明白，这无异于要他宣誓放弃宗教观点，他们是决计无法让他就范的。

和他们应奥黛特的要求而邀请的一位新来的相比，两人真有天壤之别，这位新来的，尽管奥黛特本人也只遇见过没几次，他们却一致对他寄予莫大的希望。他就是德·福什维尔伯爵！（后来发现，他原来是萨尼埃特的连襟，这使众信徒们大吃一惊：这个管档案的老头儿样子那么猥琐，他们一直以为他所处的阶层比他们低，谁也想不到他竟然属于一个富有的、相对而言颇为贵族化的上层社会。）当然喽，福什维尔的赶时髦显得有些粗俗，和斯万全然不同；当然喽，他绝对不会像斯万这样，把韦尔迪兰府上的沙龙置于一切别的沙龙之上。然而，斯万由于天生敏感而正直，所以在韦尔迪兰夫人发起对他的熟人的无端指责时不会随声附和，福什维尔可不管这一套。至于那位画家有时自负而庸俗地高谈阔论，或者戈达尔壮起胆子说旅行推销员的那个笑话时，斯万尽管和他们两人都挺要好，尽管在心里往往对他俩感到抱歉，可就是鼓不起勇气厚着脸皮为他们叫好，福什维尔则不然，其中一位的高论他尽管没听懂，但凭自己的智力水平刚好够得上对这位艺术家惊为天人、赞叹不已，而另一位的妙语连珠也让他乐开了怀。福什维尔光临韦尔迪兰府上的第一次晚宴，他的性格魅力就大放异彩，而斯万的地位则一落千丈。

在这次晚宴上，除了那些常客外，还有一位巴黎大学的教授布里肖先生，他是在温泉结识韦尔迪兰夫妇的，要不是大学的职务和课程过于繁忙，实在难得有空，他是很愿意常来府上做客的。其中的原因，在于他有一种好奇心，一种对生活的迷信；这种好奇和迷信，加上对自己的研究对象的某种怀疑主义态度，不论在哪个行当，总会使某些聪明人，比如不信医学的医生、不信拉丁文翻译练习的中学教师，赢得见解通达、思想敏锐，甚至才华卓越的令誉。他装出一副在韦尔迪兰夫人府上搜集可资对照的实例，为在课堂上讲授哲学和历史做准备的样子，首先因为他认为哲学和历史无非是人生的预习而已，而他自以为在这个小圈子里具体而微地看到了他迄今为止仅在书本上读过的东西；其次，也许还由于他一向被灌输这样的观念，久而久之，无形中对某些话题抱有一种敬畏的心态，所以和大家一起放肆地谈论这些话题，就感到自己是放下了大学教授的架子，其实，他之所以会觉着话语孟浪，还是端着个架子的缘故。

晚宴上，德·福什维尔先生被安排坐在韦尔迪兰夫人右首，为了这位新来的，韦尔迪兰夫人在衣饰打扮上可着实花了番工夫，所以晚宴一开始，德·福什维尔先生就恭维女主人说："这条白长裙别致得很。"大夫本来就目不转睛地瞅着他，满心想弄明白有了个"德"到底管什么用，而且挺想有机会吸引对方的注意，好跟他多亲近亲近，这会儿耳边冷不丁飘来个"白"字，他刚好抓个正着，头也来不及从餐盆上抬起来，赶紧接嘴说："布朗什[1]？布朗什·德·卡斯蒂利亚[2]？"然后脑袋保持不动，从眼角里向两边投去含着笑意、怯生生的目光。这时斯万想挤出个笑容可就是没法挤出来，那副苦恼的表情，让人一瞧就明白他觉得这个笑话很无聊；福什维尔却恰如其分地流露出一种高兴的心情，既表示他能够欣赏笑话的妙处，又表明他懂得社交场面上的规矩，韦尔迪兰夫人觉得这种坦率的做派挺有风度。

1　法语中阴性形容词"白"（blanche）字的发音，跟姓氏中的"布朗什"（Blanche）相同。戈达尔想拿这两个同音异义词开玩笑。

2　布朗什·德·卡斯蒂利亚（Blanche de Castille，1188—1252）：法国路易八世的王后，路易九世之母，曾两度摄政。路易八世和九世都是卡佩王朝的国王，故后文称布朗什是卡佩家族的女人。路易九世在西方基督教世界极有威望，人称圣路易，故后文有圣徒之母云云。

“您对这样一位医学专家作何感想？”她问福什维尔。“跟他简直没法严肃地谈两分钟话。敢情您在医院里对病人也这么说话？”后面那句话，她是转过脸去对大夫说的，“这样好呀，没人会整天闷得慌了。我看我得申请住到你们医院去。”

“我想刚才是听到了大夫说起，恕我措辞不雅，那个老泼妇布朗什·德·卡斯蒂利亚。是这样吗，夫人？”布里肖问韦尔迪兰夫人，这位夫人已经乐不可支，闭住眼睛，猛地把脸埋进两只手中间，从捂得紧紧的指缝里传出窒息的尖叫声。“天哪，夫人，我可没想吓着晚宴的贵宾，此刻很可能有他们在座，sub rosa[1]……而且我承认，我们这个不可言喻的雅典——哦，多像雅典啊！——这个雅典共和国不妨把巴黎警察局长第一人的美名加在卡佩家族这个信奉蒙昧主义的女人头上。是这样，亲爱的东道主，错不了，就是这样，”他亮开嗓子一字一顿地说，不容韦尔迪兰先生提出异议，“《圣德尼编年史》的权威性是无可置疑的，其中对这一点记载得很清楚。对身份卑贱的在俗教徒来说，没人能比这位圣徒之母更适合选为他们的保护主了，何况照絮热和圣贝尔纳之流[2]的说法，这个儿子她看在眼里还觉得不怎么样呢；任谁和她在一起，都得挨她训斥。”

“这位先生是谁啊？”福什维尔问韦尔迪兰夫人，“看他那样子可是一流的角色。”

“怎么，您居然不认识大名鼎鼎的布里肖？他在整个欧洲都

1　拉丁文，意为“不为人知地”。

2　絮热（Suger，1081—1151）：圣德尼修道院院长，曾主持编纂《圣德尼编年史》。圣贝尔纳（Saint Bernard，1090—1153）：克莱尔沃修道院创办人。布朗什·德·卡斯蒂利亚在他们死后三十多年才出生，所以他们根本不可能知道布朗什其人。

很著名呢。”

“噢！这位就是布雷肖，”福什维尔大声说，他没听清那名字，“以前经常听您说起他，”他说着，瞪大眼睛瞅着这位著名人物，“能和一位知名人士共进晚餐，的确很有意思。噢，您邀来和我们同桌进餐的宾客，都是精心挑选过的吧。怪不得在您府上永远不会感到乏味。”

“哦！您知道吗，”韦尔迪兰夫人谦逊地说，“尤其重要的，是大家觉得可以相互信赖。大家想说什么就说什么，热热闹闹，从来不会冷场。所以呀，今儿晚上布里肖还不算什么哪；您知道吗，有一回也在我家里，他真是妙语连珠，叫大家佩服得五体投地。嘿！到了别人家里，他就像换了个人，没有半点风趣可言，你不逗他，他就不吭声，简直讨厌。”

“真有意思！”福什维尔惊讶地说。

布里肖的这种机敏风趣，在斯万年轻时的朋友圈子里是被看作十足愚蠢的，尽管它可以跟真正的聪明智慧并存。至于教授的风趣，语出惊人而又旁征博引，要是让斯万觉得很聪明的好些社交圈朋友听见了，他们说不定还会感到妒羡呢。不过这些朋友毕竟早已在潜移默化之中影响着斯万，把他们喜好什么、厌恶什么的品位灌输给了斯万，事关社交生活的方方面面自不待说，就连跟这种生活只有附带关系，按说应属于智力范畴的内容也包括在内：比如说，谈吐。这种影响已经根深蒂固，所以布里肖开的玩笑在斯万听来，只觉得是在卖弄学问，既庸俗又粗鄙，简直令人作呕。再说，他自己向来举止文雅得体，瞧着这位尚武的大学教员对每个人说话都爱用那种军人的粗鲁语气，他也颇为反感。最后，终于让他失却平素的宽容气度的，也许还是韦尔迪兰夫人对福什维尔的那股亲热劲儿，奥黛特这晚上不知哪儿来的怪念头，居然把这个福什维尔给带了过来。她在斯万面前也有些不好意思，刚进门那会儿她问过他：

“您对我带来的客人印象如何？”

斯万呢，认识福什维尔这么久，还是第一次知道他也能博得女人的青睐，而且他还是个挺帅的男人，脱口回答说：“叫人恶心！”诚然，他并没妒忌奥黛特的意思，可是他的心情是比往常坏一些。布里肖正说起布朗什·德·卡斯蒂利亚的母亲[1]和金雀王朝的亨利先在一起过了几年才结婚，他想让斯万怂恿他把故事说下去，就用一种很有军人风度的口气问他：“是这样吧，斯万先生？”平时一个人用到这种口气，不是要让乡下人能听懂，就是想给当兵的打打气，不料斯万置女主人的恼火于不顾，干脆截住布里肖的话头，回答说希望在座诸位原谅，他对布朗什·德·卡斯蒂利亚不感兴趣，倒是有几个问题想请教画家先生。原来，画家先生下午去看过一个画展，展品是韦尔迪兰夫人一位刚去世的朋友的遗作，斯万希望从他（斯万欣赏他的品位）那儿知道，在这些遗作中，除了先前作品中那种令人叹服的娴熟技巧之外，是否确实还有些别的东西。

“仅就这一点而言，他的确很了不起，不过恐怕并不如有些人说的那么高雅吧。”斯万含笑说。

“高雅……高雅得开风气之先喽。”戈达尔插嘴说，像煞有介事地举起双手。

举座一片哗然。

---

1 据七星文库本注，按照史实此处应为布朗什·德·卡斯蒂利亚的外祖母，而不是母亲。

"您看我说得没错吧，和他在一起就没法说正经事儿，"韦尔迪兰夫人对福什维尔说，"他会在您毫无准备的当口，冷不丁给您来开个玩笑。"

可她注意到，唯独斯万脸上没有一丝笑容。说实话，戈达尔当着福什维尔的面开他的玩笑，他是不大痛快。而那位画家，要是单独和他在一起的话，本来大概会用一种斯万感兴趣的方式回答的，这会儿却宁可对已故大师的技巧说上一个段子，以博得宾客们的赞许。

"我走近过去，"他说，"想看看那是怎么画的，我把整张脸都凑在了画布上。嘿！真是绝了！你压根儿就没法说出究竟用的是什么东西，是胶水、红宝石、肥皂、青铜、阳光还是……"

"添一作十二喽。"大夫喊道，可是已经太晚了，没人理会他这莫名其妙的打岔。

"瞧上去就像什么也没用，"画家接着说，"就跟你没法参透《夜巡》或《女施主》[1]的奥妙一样，至于手法，简直比伦勃朗和哈尔斯还棒。你们还别说，我敢发誓，那里面什么都有。"

说到这儿，就像歌唱演员唱到他所能唱的最高音以后，接着用头声唱弱音那样，画家放低嗓门轻声往下说，边说边笑，仿佛其实那幅画唯其美才显得可笑似的：

"它闻上去挺有味儿，能叫你上头，能叫你屏息，能叫你心痒痒的，可你就是不能猜透它是怎么画的，那是耍花招，是使巫术，是奇迹（说到这儿他放声大笑）：那是瞒天过海！"他倏地打住，神情严肃地抬起头来，用一种想让它显得很悦耳的深沉低

1 《夜巡》是荷兰画家伦勃朗（Rembrandt，1606—1669）的名画。《女施主》即《哈勒姆养老院的女施主》，荷兰画家哈尔斯（Frans Hals，1580—1666）的名画。

音说出煞尾一句："可那货色真叫地道！"

他刚才说到"比《夜巡》还棒"时，犯了忌讳，韦尔迪兰夫人当即表示抗议，因为她是把《夜巡》和《第九》《萨莫色雷斯》[1]并列为举世无匹的三大杰作的，另外，听到那句"用屁屁画的"，福什维尔的目光不由得在所有宾客脸上扫了一遍，看看反应如何，然后在嘴角一本正经地露出一个通融随和的微笑，除了这两个小插曲之外，在座的宾客——不包括斯万——自始至终以钦佩得着迷的目光凝视着画家。

"我就爱瞧他这副慷慨激昂的样子。"韦尔迪兰夫人等他一说完，就大声说道，这天是德·福什维尔先生首次光临，席间刚好气氛这么活跃，她真是喜出望外。"哎，你那么待着干吗，嘴张得像头笨熊？"她对丈夫说，"他口才好你又不是不知道。瞧他那模样，人家还以为他是第一回听您说话呢。您要能瞧瞧刚才他听得有多专心就好了。赶明儿，他要把您说过的话一字不漏地背给我们听呢。"

"哦不，我可不是在开玩笑，"画家说，如此大获成功使他很高兴，"瞧您的样子，您敢情是以为我在吹牛，在装腔作势；我可以带您去看，到时候您再说我有没有夸大其词吧，我敢打包票，您看完以后比我还激动！"

"我可并不认为您夸大其词，我只是要您别忘了吃东西，要我丈夫也别忘了。请给先生换一份诺曼底箬鳎鱼，您没瞧见他那份已经凉了吗？我们又不赶时间，您上菜干吗这么心急火燎呀，沙拉就待会儿再上吧。"

1 《第九》指贝多芬的《第九交响曲》。《萨莫色雷斯》指著名的古希腊雕像《萨莫色雷斯的胜利女神》，萨莫色雷斯是希腊的一个岛屿，1863年在该岛发现这尊雕像。

戈达尔夫人为人谦逊，难得开口，但若机缘凑巧，来了灵感，想到一句刚好合适的话，她也不乏说出来的勇气。她感觉得到这句话会出彩，这就使她有了自信。而她这样做，并非想自己出风头，而是为了对丈夫的前程助一臂之力。于是，韦尔迪兰夫人沙拉二字一出口，她是不会轻易放过的。

"那该不是日本沙拉吧[1]？"她转向奥黛特低声说。

对小仲马那部引起轰动的新戏，影射得如此谨慎小心却又让人一听就明白，她觉得自己确实拿捏得恰如其分而且非常大胆，心里又得意又不安，不由得像剧中的天真少女那般妩媚地笑出声来，笑声并不响，但那是抑制不住的发自内心的笑，过了一阵才好不容易止住。"这位夫人是谁？她挺风趣。"福什维尔说。

"不是日本沙拉。不过各位如果星期五晚餐都能赏光的话，一定会有这道沙拉。"

"先生，您大概会觉得我不够时尚吧，"戈达尔夫人对斯万说，"大家说得沸沸扬扬的这部《弗朗西荣》，我可还没去看呢。大夫已经看过了（我记得他告诉过我，他有幸和您看的是同一场演出），不瞒您说，我觉得没必要让他再去订两张票，特地陪我再去看一次。当然，上法兰西剧院看戏是不会让人感到扫兴的，那儿的演出总那么出色，不过我既然有些挺大方的朋友，"（为了显示优雅，戈达尔夫人一般不说具体姓名，而用一种矫揉造作的语气说"我的那些朋友""我的一位朋友"，脸上俨然是对人爱叫不叫随我的贵妇人的傲慢神情）"他们常常预订好包厢，只要有值得一看的新戏，就会想着带我们一起去看，我相

1　小仲马的剧本《弗朗西荣》于1887年1月在法兰西剧院首演。第1幕第2场中，有一段台词详细讲述了日本沙拉的做法。

信我迟早会去看《弗朗西荣》，到时候就有我自己的看法了。可是我得承认，我觉得自己已经有点像个傻瓜了，因为我无论上哪个沙龙做客，大家说着说着，自然而然就会说到这倒霉的日本沙拉。说得多了，只怕都开始有些腻了。”她这么说，是因为看见斯万对这个热门的话题，看上去并不如她预想的那么感兴趣。“不过说实话，它有时候也会让人有些挺可笑的怪念头。就说我的一位女友吧，她挺漂亮，追她的人挺多，她也挺出名了，可就是爱别出心裁，声称要在家里让厨师按小仲马戏里的配料，如法炮制日本沙拉。她请了几位女友去品尝。可惜我不在邀请之列。好在没过几天就是她会客的日子，她把事情原原本本告诉我们：看来这东西实在难吃极了，她说得我们眼泪都笑了出来。可您知道，这得看说得有没有技巧了。”她看斯万表情始终那么严肃，就说了这么一句。

她心想，他大概是不喜欢《弗朗西荣》。

“不过我想我看了恐怕也会失望的，”她说，“我想它可没法跟德·克雷西夫人最喜欢的《塞日·巴尼纳》相提并论。那戏至少有些地方很有内容，能让人去思考吧。在法兰西剧院的舞台上念沙拉菜谱，这算哪门子事呀！《塞日·巴尼纳》就是不同，它就像乔治·奥奈写的每部作品一样，总是那么出色。我不知道您有没有看过《铁匠铺掌柜》，这出戏我可比《塞日·巴尼纳》还喜欢呢。”

“真是抱歉，”斯万带着讥讽的表情对她说，“坦白地说，我对这两部杰作一视同人，都不欣赏。”

“真的吗，您觉得它们哪些地方不好呢？您的意见肯定不改了吗？也许您是觉得剧情有点儿闷？这不，我常说小说也好，戏也好，还是别讨论为好。每人都有自己的看法，我喜欢的，您可能觉得很糟。”

福什维尔唤斯万，打断了她的话头。原来，戈达尔夫人大谈其《弗朗西荣》的时候，福什维尔正在向韦尔迪兰夫人表白他对他所谓的画家可爱的speech[1]如何赞赏不已。

“先生口才棒极了，记性也好！”画家刚说完，福什维尔就对韦尔迪兰夫人说，“我可真是难得一见哪。嗨！我要也能这样就好喽。他要是去布道一定棒极了。不妨这么说吧，他和布里肖先生两位称得上是旗鼓相当，要论哪一位更能说会道，说不定教授先生还稍逊一筹呢。画家先生语气更自然，不那么学究气。尽管他说话中间有些字眼用得太露骨了些，不过时下兴这个。这样的人才可真是不多见，用我们当年团里的说法，叫作说话利索，脑瓜活络，先生刚好让我想起了在团里服役时的一个伙伴。随便什么东西，我怎么对您说呢，就比如这个茶杯吧，他照样能滔滔不绝地说上几个钟头，嗨，干吗说这杯子呢，瞧我有多傻；就说滑铁卢战役，或者你随便出个题目吧，他一往下讲，你总能听到一些根本意想不到的东西。这不，当时斯万跟我在一个团里，应该也认识他。”

“您常见到斯万先生吗？”韦尔迪兰夫人问道。

“哪能呢。”德·福什维尔先生回答说。他知道，博得斯万的好感，就更容易亲近奥黛特，所以想抓住这个机会讨好斯万，把斯万那些显赫的朋友说给大家听听，不过他毕竟是场面上的人物，不想流露出是在祝贺斯万获得意外成功的神色，于是就以一

1 英语：演说。

种友好的批评口吻说："是这样吧，斯万？我根本别想见着您。这不，我怎么能见得着他呢？这家伙整天不是猫在德·拉特雷穆依尔公爵府上，就是在德·洛姆亲王府上，反正哪一家也少不了他！……"这对斯万来说可真是无妄之灾，要知道这一年来除了韦尔迪兰夫妇府上，斯万几乎从来不去别的人家。可是在座的宾客一听见那些他们不熟悉的人物的名字，就报之以一阵谴责的沉默。韦尔迪兰先生生怕这些讨厌家伙的名字，尤其是如此不知轻重地当着所有信徒的面说出来，会使妻子觉得难以忍受，偷偷向她投去充满担心、关切之情的一瞥。只见她决心不予理会，不为刚才告诉她的消息所动，不仅继续作哑，而且干脆装聋，平时我们碰到一个做错了事的朋友想在谈话中悄悄塞进一个辩解的理由，如果听他说而不反驳，就等于默认，或者尽管有言在先某人的名字不许提起，却偏偏有人当着我们的面说出这个忘恩负义家伙的名字，这种时候我们往往也会有这副表情，韦尔迪兰夫人为了表示她的沉默决不意味默许，而是无生命物体那种一无知觉的沉默，突然间收敛起脸上的最后一丝生气，仿佛全然失去了运动机能；凸起的前额活脱是件出色的圆雕习作，斯万整天猫在他们家的那些拉特雷穆依尔的名字休想钻进这圆雕；微微皱起的鼻子露出两个凹孔，也像是临摹的雕塑作品。微微张开的嘴，会让你觉得栩栩如生，仿佛马上就要说话似的。她整个儿就是一件失蜡浇铸制品，一个石膏面具，一座巨雕的模型，一尊陈列在工业展览馆的胸像，观众会在雕像前驻足，由衷地赞叹雕塑家竟然能把韦尔迪兰家族在气势上与拉特雷穆依尔和拉姆家族，以及世上所有其他等而下之的讨厌家伙相抗衡的无上尊严，表现得如此惟妙惟肖，赋予白皙、坚硬的石像一种教皇才有的不怒自威。然而石像终于有了生气，让人听到了她说只有不在乎品位的人才会去那些人家，那儿的女人总是醉醺醺的，做丈夫的一副傻样，把过道说成隔道[1]。

“哪怕付我再多的钱，我也不会让这号人上我家来……”韦尔迪兰夫人说这最后一句时，神气蛮横地睃了斯万一眼。

话说刚才那会儿，画家的姑妈喊过一嗓子：

“你们瞧见没有？我真不明白，怎么还会有人乐意去跟这些人聊天！我想想我怕都要怕死了：谁知道一转眼就会遇上多少晦气事儿！怎么就有那么些没心没肺的人屁颠颠地跟在他们后面呢？”

当然，韦尔迪兰夫人并没指望斯万会那么容易屈从，马上就学这位草包姑妈的样儿，可她以为他起码会像福什维尔那样说声：“嘿，人家是公爵夫人嘛；看重这名头的可是大有人在噢！”这样就至少可以让韦尔迪兰夫人甩出一句：“天大的好处也尽他们去捞吧！”不承想斯万一声不响，就只知道笑，神情之间仿佛在说，如此荒唐的话儿他是没法当真的。一直在眼梢里瞅着妻子一举一动的韦尔迪兰先生，忧心忡忡地看到，而且打心眼里明白此刻在她胸中燃烧着的怒火，正是宗教裁判所的大法官无计可施，没法根绝异端邪说的怒火；他一心想引导斯万收回自己说过的话，因为一个人发表自己观点的勇气，在这些观点矛头所向的另一些人眼里，总仿佛是一种工于心计或怯弱的表现，于是他冲着斯万说道：

“那您就把自己的想法坦率地说出来嘛，我们不会讲给他们

---

1 此句原意是“把corridor说成collidor”。前一词意为过道，后一词在法文里是没有的，但它与前一词仅有一音之差。

听的。”

斯万对此的回答是：

“可这压根儿不是怕公爵夫人呀（如果你们说的是拉特雷穆依尔家族）。我向你们保证，人人都喜欢到她府上做客。我并不想对你们说她很深刻（他说深刻的时候，仿佛这是个挺可笑的字眼，这是他说话爱调侃的习惯留下的痕迹，而目前由于生活中起了某种变化，其标志是对音乐的热爱，原先的习惯暂时抛弃了——有时候他会很热情地表达自己的观点），不过，我非常诚恳地告诉各位，她很聪明而她的丈夫很有文学修养。他们是非常可爱的人。”

这真是太过分了，韦尔迪兰夫人觉着出了这么一个不忠实的害群之马，势必会影响小核心在精神上的一致性，想到这个死心眼的家伙居然也不看看他说的屁话让她承受了多大的痛苦，她禁不住怒从胆边生，对着他大喝一声：

“您爱怎么想随您的便，可是起码您别拿来对我们说呀。”

“问题取决于您所谓的聪明，”福什维尔说，他也想来显一下身手，“告诉我们，斯万，您说的聪明是什么意思？”

“就是嘛！”奥黛特喊道，“我请他给我解释的就是这些关键问题噢，可他从来不愿意跟我说。”

“我愿意啊……”斯万表态。

“风凉话！”奥黛特说。

“风情画？”大夫问[1]。

1　这里，戈达尔大夫又自作聪明地开了个双关的玩笑。奥黛特说的“风凉话”，在原文中是blague，这个词另有“装烟草的小荷包”的释义。所以，原文中大夫接口说“Blague à tabac?”直译应为“烟袋？”。

“对您来说，”福什维尔继续说，“聪明，就是在场面上能说会道，就是指善于钻营的那些人吗？”

“把甜食吃了，好让人撤掉您的碟子呀。”韦尔迪兰夫人语气尖酸地冲着萨尼埃特说，这一位一门心思在想什么事儿，停下了刀叉。她可能对自己用那样的口气有些不好意思，接着说了一句：“没关系，您慢慢吃就是了，我刚才那么对您说，也是为其他人着想，否则就没法上水果了嘛。”

“关于聪明，”布里肖一字一顿地说，“那位温和的无政府主义者费纳隆有个非常奇怪的定义……”

“听好了！”韦尔迪兰夫人对福什维尔和大夫说，“他要告诉我们费纳隆的聪明定义了，真是太有意思了，这可是机会难得啊。”

可是布里肖要等斯万先说出他的观点。斯万却不作一声。他这一回避，韦尔迪兰夫人兴致挺高地想让福什维尔瞧个好看的那场舌战，可也就作罢了。

“可不是，就跟对我一个样，”奥黛特用赌气的口吻说，“我还真该高兴才是呢，总算让他瞧不上眼的还不止我一个。”

“刚才韦尔迪兰夫人对我们提到时，”布里肖抑扬有致地说，“似乎显得不屑一顾的德·拉特雷穆伊[1]家族，是否就是那位喜欢故作风雅的德·塞维涅夫人认识的那个家族的后裔啊？这位侯爵夫人承认说，结识这个家族是她的荣幸，因为这会给她的佃农带来好处。没错，她还有另外一个理由，那对她而言可要比刚才那个理由更为重要，因为她骨子里就喜欢当文人骚客，首先想

1　布里肖把Trémoïlle说成了Trémouaille。

的就是怎么把别人的素材搬过来用。她定期寄给女儿的日记里，有关外交事务的内容都是交游广阔、消息灵通的德·拉特雷穆伊夫人提供的。”

“不对啊，我想您说的是另外一个家族吧。”韦尔迪兰夫人其实也没把握，她想碰碰运气看。

萨尼埃特方才赶紧把还没吃过的一碟甜食递给膳食总管以后，又静静地想了好一阵，这会儿终于打开话匣，嘻嘻笑着讲了一个故事，说他有一回跟德·拉特雷穆依尔公爵共进晚餐，发现公爵居然不知道乔治·桑是一个女人的笔名。斯万平时对萨尼埃特颇有好感，心想应该就公爵的文化修养提供他一些情况，说明这种无知对公爵而言，实际上是不可能的；但他蓦然间欲言又止，顿时明白了萨尼埃特并不需要他提供那些证据，他知道那个故事是假的，萨尼埃特刚才不吭声就是在编这个故事。这个好人感到不好受，让韦尔迪兰夫妇看着觉得那么讨厌，他心里苦恼得很；他意识到今晚餐桌上他显得比平时更乏味，如果到餐毕前再不能让大家乐一乐，他心犹不甘。但他很快就讨饶了，眼看故事没收到预期的效果，他显得神情苦涩，怯生生地接住斯万的话头，仿佛在求斯万别再穷追不舍，对他做无谓的反驳了：“好吧，好吧；无论如何，即使我是错了，我想总算不上罪过吧。”斯万见他这副可怜相，恨不得能出来为他开脱说这故事是真实的，而且很有趣。大夫一直在旁边听着，这当口心生一念，觉得不妨趁机说一句：Se non è vero[1]，可是他吃不准这意思对不对，生怕万一说错。

1 意大利谚语Se non è vero，è bene trovato（即使没说对，也算说得妙）的上半句。

用完晚餐，福什维尔主动走到大夫跟前。

“韦尔迪兰夫人还算长得不错啊，再说跟这样的女人也蛮可以谈谈，对我来说这就够了。当然，她开始有点上年纪了。可德·克雷西夫人，真是个可爱的女人，看样子还挺聪明，嘿，妈的！一瞧上去就知道她眼光可尖着呢，这娘儿们！我们在说德·克雷西夫人呢，”他对韦尔迪兰先生说，这一位含着烟斗，朝着他俩走过来，“我在这么琢磨，就女性的身体而言……”

“床上宁可有个娘儿们不要有个爷们儿。”戈达尔接口说，他已经等了一会儿了，好不容易等到福什维尔停下来换口气，他赶紧把这个老笑话抖搂出来，生怕话题一转就再也找不到合适机会了，他尽量显得语气自然而很有自信，以掩饰背诵所难免的平淡和情怯。福什维尔知道这个笑话，一听就懂了，觉得挺逗乐。至于韦尔迪兰先生，他要让大家看出他有多开心，因为他最近找到了一种表达兴奋心情的模式，它不同于他妻子所用的模式，但是同样简洁，同样明了。一般人放声大笑时脑袋和肩膀都会有所动作，韦尔迪兰先生则趁动作刚开始，马上咳起嗽来，仿佛是笑得太厉害，让烟斗的烟给呛着了。既然他一直叼着那个烟斗，他就可以把这种乐不可支又生怕笑得透不过气来的模样没完没了地延续下去。这时韦尔迪兰夫人正在对面听画家讲故事，听着听着，眼睛一闭，脸往双手手心里埋去，于是这对夫妇的模样，恰如剧场里象征不同兴奋方式的两个戴面具的哑剧演员。

韦尔迪兰先生不把烟斗取下来，是个明智的做法，因为戈达尔要稍离开一会儿，又低声说了句笑话，这句荤话大夫刚听来不久，现在每逢去方便就要搬用一下：“我得去陪会儿德·奥玛尔公爵[1]。”这一来，又引得韦尔迪兰先生一阵呛咳。

“行了，把烟斗拿下来吧，你自己瞧瞧，这么想笑又忍住不笑，还不把你憋得透不过气来呀。”韦尔迪兰夫人过来给大家斟餐后酒时对丈夫说。

“您丈夫可没说的，聪明得盖了帽。”福什维尔向戈达尔夫人表态，“谢谢，夫人。像我这么个老兵，对酒是来者不拒的。”

“德·福什维尔先生觉得奥黛特很可爱。”韦尔迪兰先生对妻子说。

“她正想哪天和您一起吃顿午餐呢。这事咱们会安排的，但不能让斯万知道噢。您知道，这人有点冷冰冰的。当然，我没有不让您来这儿用餐的意思，我们随时恭候您的光临。天气转暖的季节来到了，我们经常会到户外去用餐。上布洛涅树林去野餐，您不至于讨厌吧？好，好，那好极了。您呢！不给我们来点您那玩意儿吗？”她冲年轻的钢琴家大声说道，想借此在福什维尔这样一位新来的重要人物面前，同时既表现得机敏干练，又显露出她在信徒中间君临一切的威望。

“德·福什维尔先生在对我说你的坏话呢。”戈达尔夫人在丈夫回到客厅时说。

而他满心想的是福什维尔高贵的出身，从晚餐一开始，这个念头就在他脑子里打转，于是他对福什维尔说：

“目前我在给一位男爵夫人看病，她是皮特比斯男爵夫人；皮特比斯家族参加过十字军东征，没错吧？他们家族在波美拉尼

1 德·奥玛尔公爵（duc d'Aumale）是路易-菲力普国王的第四个儿子。据七星文库本注释，这是一个低级趣味的文字游戏，可能源自正统派，即波旁王朝长系的拥护者。什么文字游戏呢？也许是Aumale与au mâle的谐音（mâle是雄性、男人的意思）。

亚的一个湖泊，有协和广场十倍那么大。我在给她治类风湿性关节炎，她是个很有魅力的女人。我想，她大概还认识韦尔迪兰夫人呢。”

听他这么一说，福什维尔片刻过后单独和戈达尔夫人交谈时，就以赞许的语气补充了自己对大夫的评价：

“另外嘛，他这人挺有意思，看得出他认识一些场面上的人物。哦，想不到当医生的会知道这么多事情！”

“我这就为斯万先生弹奏鸣曲里的那个乐句。”钢琴家说。

“哎哟哟！总该不是咒命曲[1]吧？”德·福什维尔先生故作惊人之语地问道。

戈达尔大夫可从没听说过这档子文字游戏，不明白其中的奥妙，还以为德·福什维尔是说错了。他迅即走过去提醒他：

“不对了，没人说咒命曲的啦，是安魂曲。”他的语气热忱、急切而又得意。

福什维尔向他解释这个文字游戏。大夫脸红了。

“您得承认这挺逗吧，大夫？”

“噢！这我早就知道了。”戈达尔回答说。

两人就都不作声了；小提琴声部持续颤动的震音在高两个八度的音域响起，而在震音的骚动之下——犹如置身山区，在一座

1 这又是一个文字游戏。原文中钢琴家说的是凡特伊那首奏鸣曲（Sonate），福什维尔故意说成Serpent à Sonates，字面意思似可译为“奏鸣曲之蛇”。这个说法并非空穴来风，普鲁斯特本人时相过从的社交圈里有位黛安娜·德·圣-保尔侯爵夫人，她的绰号就是Serpent à Sonates，作者显然是把它借用给福什维尔玩文字游戏了。戈达尔大夫不知就里，以为福什维尔是想说serpent à sonnettes（响尾蛇）而发错了一个音。译文的处理，也许能保留些许文字游戏的意味，但不可避免地会牺牲一些东西，比如对福什维尔和戈达尔跟社交圈亲疏程度不同的暗示，等等。

高得令人眩晕的看似不动的瀑布背后，瞥见二百尺深的谷底有一个姑娘纤小的身影——那个乐句悄然出现，遥远而优雅，衬托它的是透明、持续、响亮的音幕长时间的迸发。而斯万在心里和它对话，仿佛它是他爱情的知情人，是奥黛特的一位女友，她想必在对他说，别去在意这个福什维尔。

“哟！您可来晚了，”韦尔迪兰夫人对一个应她之约在剔牙时才来的信徒说，“刚才这儿有一位无与伦比的布里肖先生，那才叫雄辩呢！可惜他走了。您说是吗，斯万先生？我想您这也是第一次碰到他吧，”她这么说是要提醒他，他是多亏了她才认识布里肖的，“咱们的布里肖真是太可爱了，您同意吗？”

斯万彬彬有礼地欠了欠身。

“不同意？您对他不感兴趣？”韦尔迪兰夫人冷冷地问他。

“哪儿的话，夫人，很感兴趣，我不胜荣幸之至。在我看来，他也许有点专断，有点自鸣得意。我希望看到他偶尔有点犹豫，而且性子温和一些，不过我感到他知识很渊博，为人也很正直。”

大家都很晚才告辞。出门后戈达尔对妻子的第一句话就是：

“韦尔迪兰夫人兴致像今晚这么高，可真是难得见到。”

“这个韦尔迪兰夫人到底是什么路数？味儿有点可疑。”福什维尔对画家说，他请画家搭他的车回家。

奥黛特怅惘地看着他远去，她不敢不跟斯万一起回家，但是一路上心情很坏，他问她，他要不要上她家去，她耸耸肩膀，不耐烦地说：“当然啰。”韦尔迪兰府上，等所有的客人都走了，韦尔迪兰夫人对丈夫说：

“咱们说拉特雷穆依尔夫人的那会儿，你留心到了斯万的满脸傻笑吗？”

她注意到斯万和福什维尔提到拉特雷穆依尔夫人时，好几次前面都没加上那个“德”。她心想他们是为了表明自己不买这些贵族头衔的账，她挺希望能和他们一样，摆出自尊的派头，可是到底怎样说才能合乎语法，她心里可没个谱。激烈的拥护共和政体的情绪，为颇有语病的说法所累，难免要打些折扣，于是她仍然说那些个德·拉特雷穆依尔，或者学咖啡音乐吧里的歌词和漫画题词的样，不去理那个“德”，干脆就用缩略称呼叫那些特拉特雷穆依尔[1]，但接着就要弥补一下，说一回“拉特雷穆依尔夫人”。她还会脸带嘲讽的浅笑添上一句：“照斯万的说法，那位公爵夫人。”以此表明她只不过是引用而已，这种既幼稚又可笑的称呼本来不干她的事。

“我告诉你吧，我觉得他傻透了。”

韦尔迪兰先生回答了她下面这番话：

“他这人不爽气，老是假惺惺的，说话模棱两可。他总想不得罪人两面讨好。福什维尔就跟他完全不一样！这位至少是怎么想就怎么说，不来管你爱听不爱听，不像那位黏糊糊的没个准头。看来，奥黛特也更喜欢这位福什维尔，好眼光哪。说到头来，尽管斯万总想让我们相信他是场面上的角色，摆出一副捍卫公爵夫人的架势，可再怎么说，那位才是有头有脸的爵爷。人家可是有采邑的德·福什维尔伯爵呢。”他说最后这句话时，表情

1 德（de）在法文中用作贵族姓氏的标志。它的用法比较复杂，例如只提姓时一般不加de，但若又跟“先生”“公爵”等称呼连用，则仍须加de，等等。de的本义是“的”，因此在贵族受封的当时，de后面往往就是采邑的地名——这个地名以后就成了家族姓氏的组成部分。韦尔迪兰夫人说的“那些个德·拉特雷穆依尔（les de La Trémoïlle）”有语病，“那些特拉特雷穆依尔（les d'La Trémoïlle）”更是不伦不类了。

很微妙，仿佛对那块伯爵采邑的来龙去脉了然于胸，正在细细掂量该给它估个什么价。

“我告诉你吧，”韦尔迪兰夫人说，“他这是熬不住了，才冲着布里肖说了些既刻毒又可笑的话来含沙射影。可不是，他眼瞅着这里大伙儿都喜欢布里肖，就想借此来损咱们，来搅咱们晚餐的局。我嗅得出味儿，这臭小子一出大门就会瞎嚼舌头。”

“我对你说过嘛，”韦尔迪兰先生回答说，“这家伙一事无成，又是个爱眼红的小人，看见人家比他强就心怀妒意。”

其实，信徒中再没有比斯万更不心怀恶意的人了；不过他们那些人都多生了一个心，用几个大家熟知的笑话，再加上几分貌似动情、诚恳的做派，为自己说的污言秽语润色一番；而斯万只要表现出一丁点儿的矜持，由于他不说“咱们说这话可没恶意哦”之类的门面话，不屑于自贬身份去装腔作势，所以马上就变得像个阴险的宵小之徒。有些颇有独特见解的作家，他们只要某些处理手法稍有些出格，立即会引起公愤，原因就在于这些作家没有迎合公众的趣味，没有提供公众那些已经习惯了的老一套的东西；斯万之所以使韦尔迪兰先生感到气愤，情况完全类似。就斯万而言，正如就那些作家而言，让人觉得他居心险恶的，恰恰是他说话方式的与众不同。

斯万对自己在韦尔迪兰府上面临的灾祸还毫无觉察，即使看见他们有荒唐可笑之处，也总是出于眷眷爱心而不以为意。

他只有在（至少大多数情形下）夜晚才和奥黛特约会；白天，他既怕去她家会让她感到厌烦，可又想让她时时刻刻不停地念着自己，所以总想找个什么由头，以一种讨她喜欢的方式来表达这种思念。比如说，在花店或珠宝店的橱窗看见一个盆栽或一件首饰挺可爱，他马上就想到买下送给奥黛特，想象奥黛特也会感觉到它们给他带到的那份愉悦，从而增添一份她对他的情意。他让店里即刻派人送到拉佩鲁兹街，不得耽误一点时刻——须知那是他由于她收到他的礼物而感到自己几乎就在她身边的时刻啊。最好能在她出门前把东西送到，那样的话，她的谢忱就会让她在韦尔迪兰府上见到他时多几分柔情，或者，谁知道呢？倘若送货的伙计脚头快，说不定她还来得及在赴晚宴之前送一封信给他，甚至亲自登门，专程来向他道声谢。至于奥黛特的性格，由于先前他已经领教过了她气恼时的表现，所以现在他想从她感激的反应中，设法领略她至今没有让他见到的那一丁点儿内在的情感。

她常常手头拮据，为债务所迫来请求他援手。他为又能有机会向奥黛特表明他的爱情，让她再一次对此留下深刻印象，或者仅仅是对她所能受惠于他的影响和帮助留下深刻印象，而感到欣喜。毫无疑问，如果有人当初对他说“她看中的是你的地位”，或者现在对他说“她是冲着你的财产爱你的”，他根本不会相信，再说，别人心目中用追逐风雅或金钱这样有力的理由把她和他联系在一起——以致觉得他俩是二位一体的——他也未必会怎么不高兴。不过，就算他认为这些说法确有其事，他大概也不会感到痛苦，因为他就此为奥黛特对他的爱情找到了一个支柱，这个支柱要比她可能在他身上看到了某些可爱之处，或者发现了某些可贵品质都更坚固耐久：那就是物质利益，凭着这一点她就永远不可能有不想再见到他的那一天。眼下，他不断地给她送礼，为她办事，就可以凭借这种与他的这个人，与他的聪明才智并不相干的优势，无须亲自费尽周折去讨好她，就能赢得她的芳心。

这种坠入情网的欢愉，生活在爱河中的喜悦，这种有时让他不敢相信它的真实性的快乐，他作为一个对难以捉摸的感觉怀有兴趣的当事人所付出的代价，恰恰抬高了它的价值——这就好比我们看见有些人不信大海的景观和汹汹的涛声真的有那么美妙，不惜花费每天上百法郎的代价租下海边别墅的套房，就为亲眼看一看，亲耳听一听，好说服自己相信大海和涛声的美，同时确证他具有鉴赏眼光公正平允的美德。

有一天，他想着想着，不由得回忆起了当初的往事，想起人家怎么在他面前把奥黛特说成一个靠情人供养的女人，想起他怎么又一次作为消遣，在心里对一个概念及其拟人化的实体两相对照：一边是靠情人供养的女人——这个概念由种种陌生而淫秽的成分混合而成，不停地闪着色，如同居斯塔夫·莫罗[1]笔下的幽灵幻影，镶嵌着与毒花纠缠交错的奇珍异宝——一边是这个活生生的奥黛特，在她脸上，他见过以前在母亲、朋友脸上流露过的种种表情，其中有对不幸者的怜悯，对不平事的愤慨，以及对所受恩惠的感激，这个奥黛特说的话，常常会让他联想起自己非常熟悉的一些人和物事：他的收藏，他的房间，他的老仆人，以及他持有其银行证券的那位银行家，最后掠过脑际的银行家的形象提醒了他，该上银行去取钱了。原来，虽说这个月帮衬奥黛特的钱少了些，不像上个月那样一出手就是五千法郎，但他还是得去取些钱出来，要是他不给她买来她想要的那条钻石项链，他就别想再从她嘴里听到那些曾经让他那么幸福地称赞他慷慨大度的感

1　居斯塔夫·莫罗（Gustave Moreau，1826—1898）：法国象征主义画家，以描写神话和宗教题材的色情画而著名。《幽灵（莎乐美之舞）》等作品表现梦幻的场景，借助特殊的光线处理技巧，取得一种绚丽明亮、类似宝石光泽的色彩效果。

谢之词，非但如此，说不定她还会以为他不如以前那么爱她了，因为她眼见这种表示不如以前强烈了嘛。想到这儿，他突然心念一动，供养莫非正是这个意思（原来，供养这个概念没准就是从一些既不神秘也不反常、属于自己日常的私生活的因素中提取出来的呢，就像那张司空见惯、普普通通的一千法郎的钞票，撕破的裂缝给粘好、男仆帮主人付清几个月的开销和一季度的租金以后，就把它塞进主人旧书桌的抽屉里，而后斯万把它拿出来，连同另外四张钞票一起送去给奥黛特了），而他在认识奥黛特以后一直认为跟她完全不相容的（因为他决不相信她在他以前收受过别人的钱）靠情人供养的女人的这个说法，恐怕也值得考虑一下。他不能再往深里想了，因为脑子里有一阵倦意倏地袭来，这种精神上的惰性，在他是天生的，间歇发作，说来就来，这倦意迅即熄灭了智慧之光，犹如若干年后电气照明设备普及之时，一关电门屋里顿时变暗。他的思维在黑暗中摸索了片刻，他取下眼镜，擦擦镜片，揉揉眼睛，等到重新戴上眼镜时脑子里已经冒出一个新的念头，那就是下个月五千法郎不够了，得设法给奥黛特送个六七千去，好给她个意外的惊喜。

每逢他没打算上韦尔迪兰府邸，也不准备到布洛涅树林、尤其是圣克卢[1]某个他俩喜欢的有露天餐座的餐馆去和奥黛特相会的夜晚，他就上他以前是常客的某个高雅的宅邸去用晚餐。他不想和这些朋友中断联系——谁能说得准呢？说不定哪天奥黛特会用得着他们，眼下也亏得他们，他才常常博得她的好感。况且他出入上层社会、豪华府邸毕竟年深日久，在轻忽的同时他也缺不了

1　巴黎西郊的一个著名城区，布洛涅树林即位于圣克卢与巴黎市区之间。

它们，尽管他心里把最简陋的屋舍等同于最华美的宅邸，但就在他这么想的那一刻，步入华宅感觉之轻松，毕竟不是踏进陋室的那种不自在所能同日而语的。对在六楼开舞会的小布尔乔亚，和在巴黎举行奢华盛宴的帕尔马公主，他同样尊重——这种一视同人的程度，想必那些小布尔乔亚是料不到的——虽然去前者的舞会，得先从直式楼梯登楼，再从左首房门进去。可是在主妇的卧室跟那些老爸们挤在一起，瞥见洗脸盆上叠着餐巾，权充衣帽间的床幔里，窗罩上堆满外套和帽子，他实在没法觉得自己在参加舞会；这种近乎窒息的感觉好有一比，就像如今用惯了二十年电灯的人，重又闻到了积满煤炱的挂灯和火舌伸长冒烟的味道。逢到在城里用晚餐的日子，他总吩咐在七点半备车；他一边穿衣，一边专心地想着奥黛特，这样就不觉得自己是孤单单的一个人了，对奥黛特不停的思念，使他远离她的时刻有了如同她就在身旁的独特魅力。他登上马车，感到那份思念也同时跳上了车，就像一头常跟主人出门的宠物那样蜷伏在他膝上，主人就餐时它仍会偎依在他身上而其他宾客根本看不见它。他抚摩着它，在它身上焐手，而就在往纽孔里插那束耧斗菜[1]的当口，只觉得心头掠过一丝怅惘，驱走这丝怅惘之际，不由得起了一阵轻微的战栗，颈部和鼻翼都抽紧了。最近一段时间，尤其是奥黛特把福什维尔引荐给韦尔迪兰夫妇以来，斯万感到有些忧伤和郁闷，很想到乡间去休息一下。可是只要奥黛特在巴黎，他就鼓不起勇气离开巴黎一天。天气转暖，春天最美的时节来到了。而他，虽然是在穿过一个石壁耸立的城区去造访某座门窗紧闭的宅邸，眼前不断浮现

1　一种花形独特、色彩鲜艳的花。

的却是他在贡布雷附近的那座大花园。在那儿，一过四点钟，就会从梅泽格利兹田野吹来轻柔的和风，你还没走到那块芦笋地，就能在一座绿树棚下感到阵阵凉意，犹如置身于勿忘草和剑兰围绕的池塘边上；在那儿，当他用晚餐的时候，餐桌四周全是园丁精心编扎的茶藨子和玫瑰花。

吃好晚餐，要是在布洛涅树林或圣克卢的约会时间定得较早，他往往从餐桌旁立起身来就马上告辞——眼看天要下雨，那些信徒可能会提早回家的时候，他更是性急——结果有一次德·洛姆亲王夫人（她府上用晚餐的时间很迟，所以斯万得趁上咖啡之前就离席，才能赶到天鹅岛[1]去和韦尔迪兰夫妇会合）说：

“说真的，斯万要是再大个三十岁，膀胱又有病的话，溜得这么快倒还情有可原。可现在他明摆着是不把大家放在眼里嘛。”

斯万在想的，却是他没法到贡布雷去领略春天的魅力，至少总还能在天鹅岛或圣克卢欣赏一番吧。可是由于他心无旁骛，满脑子想的都是奥黛特，恍惚间竟不知自己是否闻到树叶的清香，可曾看见月光的清辉。迎接他的是花园里传来的琴声，在餐馆的钢琴上弹奏的正是那首奏鸣曲中的那个小乐句。即使花园里没有钢琴，韦尔迪兰夫妇也会兴师动众地让人从卧室或餐厅抬一架下来；这并不意味着斯万重又博得他们的好感，压根儿没这回事。他俩想到的是怎样安排有方，为某人巧妙地找个乐子，即使此人他们根本不喜欢，但这个主意本身，会在为此做准备所必需的那段时间里，在他们身上激发起短暂、偶然的悯恤、诚恳之情。有时斯万心想，又是一个春之夜就这么过去了，他强迫自己留神看

1 位于布洛涅树林的湖泊中央的一个小岛。

看树木，看看天空。可是，由奥黛特在场引起的激动，还有最近一阵几乎始终隐隐感到的焦虑不安，使他无法再有那份宁静、悠闲的心情，而这恰恰是感受大自然给予我们的印象所必不可少的背景。

有天晚上，斯万应邀和韦尔迪兰夫妇共进晚餐，席间他刚说起下一天晚上和老同学有个饭局，奥黛特就立时在餐桌上，当着业已加入信徒行列的福什维尔，当着画家，当着戈达尔的面，应声答道：

“行，我知道了您有宴会，那我就只能在家里见到您了，可别来得太晚哟。”

虽说斯万还没有较真地疑心奥黛特有意于这个或那个信徒，但是听见她当着所有人的面，这样一点不怕难为情地承认他俩每晚的约会、他在她家的特殊地位，并从而透露她对他的那份情意，他的心头不由得漾起了一股温情。当然斯万也常常想到，奥黛特根本算不上一个出色的女人，他对一个远远不如自己的人行使至高无上的权力，实在也算不了什么，现在看见她当着所有信徒的面宣布这一点，他觉得倒是一件令人得意之事，不过自从他无意间发现了在许多男人眼里，奥黛特似乎是个极其可爱、让人想入非非的女人，她的身体对他们的魅力就已经在他心中唤起了一种很折磨人的渴望，那就是完完全全地控制她的心灵，一个角落也不落下。每晚在她家度过的时光，已经被他赋以无可估量的价值，他抱她坐在膝上，听她说长道短，而他自己则盘点着在这世上还有哪些幸福是他割舍不下想要拥有的。所以，那天晚餐过后，他把她拉到一边，很动感情地谢谢她，想以自己向她表示的谢忱之切，让她明白她能给予他的快慰之深，而最能使他感到快慰的，就是在他的爱情绵亘不断，他也因此变得脆弱的期间，决不让他受到妒意的折磨。

第二天晚宴散席时，雨下得很大，斯万只有那辆敞篷马车等在门口；有位朋友提议用轿式马车送他回去，而奥黛特既然说过要他去她家，有一点就可以放心，那就是她不会再等别人，所以他不必冒雨赶到她家，尽可以心安理得地回家睡觉去。可要是让她看出了他并不是天天无例外地非得和她共度深夜那段时光，说不定哪一天他特别想和她在一起的时候，她会对他不予理睬干脆挡驾呢。

他赶到她家，已经过十一点了，他抱歉说没能早点来，她接口抱怨说实在是太晚了，风狂雨骤的，她觉得有些不舒服，头疼，恐怕只能陪他半个钟头，到午夜就得打发他走了；而过了没一会儿，她又觉得疲倦，说是想睡觉了。

“怎么，今晚不理一下卡特利兰？”他问她，“我挺想要一朵漂亮的小花儿。”

她答话的神情里，有几分赌气，又有几分神经质：

“不，亲爱的，今晚不弄卡特利兰，你不是知道我不舒服吗！”

“也许弄一下会好些呢，不过好吧，我听你的。”

她请他出去时把灯关了，他又帮她把床上的帷幔放下合拢以后才告辞。但他回到家里时，突然有了个念头，说不定奥黛特今晚在等一个人呢，她的疲倦是装出来的，要他关灯是让他相信她就要睡了，而等他一走，她马上就去开灯，让那个要在她身旁过夜的男人进来。他瞧瞧钟，离开她家大概有一个半小时了。他重又出门，乘上一辆出租马车，停在离她家很近的一条小街上，她的寓所后面临着的街正好跟那小街垂直，他有时候就跑到这条街上来敲她卧室的窗，让她来给他开门；他走下马车，四周寂寥而黑暗，他才走了没几步，就冷不丁发现几乎到她家门口了。在临街所有那些早已熄灯的黑洞洞的窗户中间，只见有一扇还透出——在宛如榨挤着神秘的金黄色果汁的百叶窗片之间——照亮那个房间的灯光，曾经有多少个夜晚啊，他刚进街口远远地望见这灯光，就感到心头充满欣喜，觉得它在对他说："她在这儿等你呢。"而现在，它使他感到痛苦不堪地对他说："她在这儿，和她等的那个人在一起呢。"他想知道那人是谁；他蹑手蹑脚地沿墙壁走到窗前，可是斜着的百叶窗片挡住了视线，什么也看不见；但他听到在深夜的寂静中有两个人轻轻的说话声。不用说，这灯光和低语声使他感到痛苦；瞧见这灯光，他想象着窗后那两个不见身影但令他厌恶的家伙在它金黄色的光晕中动来动去，而这隐隐约约的对话声，让他知道在他离去后才来的那个人在场，明白了奥黛特的虚情假意，以及她此刻和那人在一起两人有多快活。

然而他还是庆幸自己来了：曾经折磨得他非从家里出来不可的那种痛苦，在失却暧昧意味的同时，也失却了它的酷烈，既然奥黛特生活的另一面，当时曾让他突然起疑而又无能为力的另一面，此刻被他堵截在这儿，被灯光照得雪亮，在连他自己也不知道的情况下被禁闭在这个房间里，他随时可以进去抓住它、俘虏它；要不，他可以干脆去敲百叶窗，就像他平时来晚了常做的那样；这样起码好让奥黛特明白他已经都知道了，他看见了灯光，听见了声音，而且他，刚才还被他们耻笑蒙在鼓里的他，现在眼看着他们聪明反被聪明误，阴错阳差地着了他的道儿，只以为他还离得远远的，其实他这就要去敲百叶窗了。因而，此刻让他体验到近乎快慰的感觉的，并不是疑窦的消释和痛苦的缓解，而是一种智力上的乐趣。虽然他从恋爱以来，青年时代对各种事物抱有浓厚兴趣的好奇心重又稍有露头，但仅限于和想念奥黛特有关的事物，现在，妒意唤醒了他勤勉的青年时代的另一种心理反应，就是探究真理的热情，但现在的所谓真理，只是他和情妇相关之事的真实情况，这种真实情况没有她就无法探究，它是纯粹个人意义上的，其独一无二的对象价值无限而且几乎具有一种超脱私利之美，那就是奥黛特的一举一动，她的交往过从，她的计划，她的过去。在斯万的各个生活阶段，他一向觉得拿一个人的琐事俗务、日常举止来说长道短是没有意思的，他认为这是无聊，平时人家说给他听，他即使在听，也是兴味索然；他觉得这是最让人感到乏味的时候。但是在这段非同寻常的恋爱时期，个人变得无比重要、不容忽视，他感到好奇心在自己身上苏醒，虽说范围不出一个女人的日常消遣、生活琐事，但它正是当年他对历史所表现出来的那种好奇心。站在窗外探头探脑，在今天之前还是他不齿于做的事情，现在谁知道呢？说不定到了明天，诱使不相干的人提供旁证，买通仆人，躲在门口偷听，都会俨然跟辨读文本、对照见证、阐释文物一样，被他当作具有某种真正学术价值、适用于探求真理的科学研究方法呢。

正要敲窗的当口，他想到奥黛特就此会知道他起过疑心，到过家又回来，还在街头踯躅过，想到这些，一时间他不由得感到了羞愧。她常对他说她最不喜欢妒心重的男人，最讨厌鬼鬼祟祟打探对方行踪的情人。他要做的事情实在笨拙得很，她会记恨他一辈子的，而此刻，只要他还没敲窗，她虽说对他不忠实，但也许还是爱他的。耐不住气，图一时之快，可能到手的幸福就会毁于一旦！可是，了解真相的愿望不仅更强烈，而且他觉得更崇高。他知道，他哪怕牺牲一生的幸福也非看个明白不可的真实情况，就在透出灯光的窗子后面，犹如在一部珍贵手稿的烫金封面下面等着研究者去看，面对艺术资料如此丰赡的文献，查阅它的学者怎么能不怦然心动呢。他感受到一种了解真相的快感，满怀激情地要到这部独一无二、转瞬即逝而又弥足珍贵的文献里去寻觅真相，这部书页近乎透明的文献是那么温暖、那么美丽。再说，他感觉到——他迫切地需要这种感觉——自己和他俩相比所占有的优势，也许就在于他并不特别在乎自己是否知道，他真正在乎的是能够让他们明白他知道了。他踮着脚去敲百叶窗。里面的人没听见，他敲得更响些，屋里的低语声戛然而止。发问的是一个男人的声音，斯万在他认识的奥黛特的朋友的嗓音中间搜索，想辨认这是谁的声音：

“谁啊？”

这声音听上去好像并不耳熟。他又敲了敲窗。先是窗子，然后百叶窗打开了。事到如今，已经没有退路了，既然她马上就什么都明白了，那他还是别显得过于狼狈，别让人看出他醋意和好奇心太重为好，所以他干脆装得若无其事、挺快活地大声说道：

“别费事了，我刚好路过，瞧见灯还亮着，就想看看您是不是还不舒服。”

他抬眼望去，只见两位老先生站在窗口，一位擎着盏灯，所以斯万看清了房间，那是一个陌生的房间。平时他习惯了，上奥黛特家来得很晚时，只要看这排一模一样的窗户中间哪个还亮着灯光，就知道那是奥黛特的房间，这回他可弄错了，敲的是隔壁一座房子的窗户。他边道歉边往后退，转身叫车回到家里，暗自庆幸既满足了好奇心，又使他俩的爱情安然无恙，好长一段时间以来，他一直对奥黛特故作冷淡，这一下幸亏没有出于妒意把自己对她爱得至深的实情授人以柄，恋人之间一旦出现这种情况，那一方就俨然有权不必爱得太深了。他没把这桩倒霉事告诉她，自己事后也不再去想到它。然而有时候，思绪一不小心，就会与这段回忆不期而遇，由于没在意，思绪一头撞上去，把它扎得更深，这时斯万就会觉得一阵突如其来的剧痛。这就像一种肉体的痛苦，斯万的意念是无法让它减轻的。不过肉体的痛苦由于跟思绪不相干，思绪至少还可以端详它，确认它是否有所缓解或暂时平息。而这种痛苦，思绪对它所能做的只是回想它，让它重现眼前而已。要想不去想它，就是又一次想到了它，就是又一次受它的折磨。斯万和朋友谈天时，有时把它忘了，但往往别人说的一句话就能叫他脸色大变，这就好比一个人受了伤，偏偏有个笨手笨脚的家伙不当心碰在了那条受伤的胳膊上。他离开奥黛特时，感到很幸福，心里很宁静，他回想着她的微笑，这笑容在谈到任何旁人时都是含讥带讽的，唯独对他是含情脉脉的，他回想着她怎样让脑袋偏离轴线往前倾，任凭它缓缓垂下，几乎不由自主地落到他的双唇上，就像她头一回在马车上做的那样，他回想着她怕冷似的把头靠在他肩上，从他怀里向他望去时迷离的目光。

但是他的嫉妒，恰似爱情的幽灵如影随形，立即摹写了一个复本，今晚她给了他个新鲜的笑容——现在反了过来，变成嘲笑斯万而对另一个人表示爱意；她的脸俯了下来，但那是向着另一双嘴唇，带着她曾给他的全部柔情献给另一个人的。他从她家带回的销魂的欢乐回忆，就此成了你的室内装饰师提交给你的草图或效果图，斯万从中可以想象她对别人会怎样热情似火，会怎样心醉神迷。他终于感到了后悔，为每次在她身旁体味到的乐趣，为每次她给他的别出心裁的爱抚（不知谨慎的他，曾告诉她这些爱抚多么甜蜜），为每次在她身上领略的优雅而感到后悔，他知道，这些欢爱和优雅转眼间就会成为对他施刑的新械具。

每当斯万回想起几天前无意间看见的一道匆匆的目光，这种刑罚就变得更残酷了，那道目光持续时间很短，却是他以前从未在奥黛特眼中见过的。事情发生在韦尔迪兰府上，晚餐过后。兴许福什维尔觉得萨尼埃特在沙龙里不受欢迎，想在众人面前拿他开涮，让自己露个脸；兴许他觉得那位连襟刚对他说了句傻话，而在座的其他人听不出其中有什么违背说话人毫无恶意的初衷的弦外之音，所以都没在意，弄得福什维尔肝火上升；兴许福什维尔这阵子正想找个机会，把自己底细被他了解得太清楚而又明知他懦弱可欺的某人赶出这个沙龙，有时只要一见此人在场福什维尔就浑身不自在；反正不管原因如何，福什维尔回答萨尼埃特那句傻话时，口气极其粗鲁，气势汹汹，那位越是害怕、痛心、央求，他骂得越是来劲，临了那可怜虫问韦尔迪兰夫人他是否还该留在这儿，眼见人家不搭理他，他只好眼眶里噙着泪水讷讷地退了出去。奥黛特始终毫无表情地看着这幕闹剧，而当大门在萨尼埃特背后砰的一声关上时，她迅即将脸上惯常的表情在某种意义上调低了好几挡，以便就卑下的程度而言刚好和福什维尔处于同一水平，她眼眸一亮，露出一个狡黠的笑容，对福什维尔的放肆表示赞许，同时也表示她对成为闹剧牺牲品的那家伙的奚落；她朝福什维尔投去合谋作案者的一道目光，这目光的意思是再清楚不过的："这下可是执行死刑了，要不就算我看走眼。您瞧见他那副虫腔吗？还哭呢。"福什维尔的目光与这道目光交会时，他蓦地回过神来，骤然收敛刚才还在兴头上的怒气或者装出来的愠色，露出笑容回答说：

“他只要学得讨人喜欢些，还是可以回来的，年纪不论大小，有了错帮他改总是对他有好处的嘛。”

有一天斯万下午去看一个朋友，可是那人不在家，他转念一想，何不在这时候去奥黛特家呢，他从没在这时候上她家去过，但他知道这会儿她通常都在家休憩，或者赶在喝下午茶之前写信，他挺高兴能有这机会既去看看她又不打扰她。看门人告诉斯万，他想她一准在家；斯万拉了门铃，觉得听见屋里有声音，听见有人在走动，可是没人来开门。他恼怒之余，跑到寓所后面临着的那条街上，站在奥黛特卧室的窗前；窗帘拉上了，什么也看不见，他使劲敲窗玻璃，大声叫喊；还是没人来开门。他看见邻居都在望着他。他走开了，心想没准他以为有脚步声是听错了；可是心思被这事牵挂住了，根本没法去想别的事情。一小时后，他又回来，见到了她；她说刚才他拉铃时她在睡觉；她被铃声吵醒了，一猜准是斯万，可是等奔过去开门，他已经走了。敲窗她也听见的。斯万立即听出这些话中的确有那么一点实情，猝然间要说出一篇谎话的人，往往会自欺欺人，以为把一小点儿实情掺入编造的谎言，就可以说得真像那么回事了。诚然，奥黛特不想让自己做的事被别人知道，她是打算守口如瓶的。可是一旦跟说谎的对象面对面时，她不由得一阵心慌，思绪软绵绵地乱成一团，说嘴圆谎的本事全不管用了，只觉得脑子里一片空白，然而这时又必须说些什么，她一下子能想到的，恰好是她打算隐瞒的事情，因为它是事实，所以唯有它此刻还留在脑际。她从实际发生的情况中抽取一点本身无关紧要的东西，心想既然这个细节是真事，不会有编造一个细节的风险，把它说出来总归稳妥得多。“至少这是真的，”她暗自思忖，“说出来不会有漏洞，他就是去打听，结果也是一样。总之这么说坏不了事。”她错了，正是这么说坏的事，她没注意到这个真实的细节是有棱角的，只能和它从中抽取的那些毗邻的真情实况相榫合，任凭她把它在编造的细节中横放竖放，总归不是这儿有个棱角戳在外面，就是那儿有个空隙塞不满，最终还是放不服帖。“她承认听到拉铃和敲窗的声音，还说知道是我，挺想见到我，”斯万心想，“可是这些话跟她没来开门的事实对不上号啊。”

可是他并没有把这个破绽向她挑明，他心想，让奥黛特说下去，她编的谎话里没准会露出些蛛丝马迹；她管自往下说；他不去打断她，满怀热望而痛苦的虔诚，一字不漏地听着她说的每句话，觉得这些话（正因为她提及时竭力加以掩饰）如同圣器上的盖布，影影绰绰地保存着圣器的形态，依稀可辨地勾勒出无比珍贵而又，唉，无法参透的真情实况——刚才三点钟他来的那会儿，她到底在做什么——他对此所掌握的只是一堆谎言，既是云山雾罩不着边际，又有神圣的印记藏匿其中，真相从此只存在于这个女人藏藏掖掖的记忆之中，她对它熟视无睹，茫然不知它的珍贵，却不肯把它告诉他。当然他有时也觉着，奥黛特的日常活动本身，不见得有多少趣味，她即使跟其他男人有染，也未必就一定会激发一种病态的痛苦乃至殉情的狂热——以致普天下凡有思维的动物概莫能外，无一幸免。他这时意识到，自己的这种思念，这种忧伤，无非是一种病而已，一旦病愈，奥黛特这样做还是那样做，她吻他还是不吻他，都跟许多别的女人的情况没什么两样，不会引起他的伤感。可是斯万尽管明白，他对奥黛特一举一动的好奇心之所以让他感到痛苦，原因还在他自己，却依然把这种好奇心看得很重要，尽力要使它得到满足，并且不觉得那有什么不合情理之处。这是因为斯万已经处于这样一个年龄段，哲学观念——他不仅受当时哲学思潮的影响，还受他浸润其间的社交圈，尤其是德·洛姆亲王夫人那个小圈子的哲学观念的熏陶。按照这些观念，要看一个人是否聪明，得看他是否怀疑一切，还得看他是否认为唯有每人的个人品位才是真实而无可置疑的——已经不再是年轻时的观念，而是一种近乎医学哲学的实证哲学。持这种哲学观念的人不以外因来说明自己的憧憬对象，而试图从他们历经的岁月中抽取出习惯、情感的一种固定模式，他们不仅可以把这些习惯和情感看作自己身上所具有的永久性特征，而且处心积虑，首先要保证自己的生活方式能让它们得到满足。斯万认为，在生活中要考虑到自己身受的痛苦是由不知道奥黛特做过什么引起的，正如湿疹复发时要考虑到这是由天气潮湿引起的，这样才是明智的；他还认为，要在预算中拨出一大笔款项，用于获取奥黛特日程安排的有关信息，没有这些信息他简直坐困愁城，其实，至少在他爱上奥黛特以前，对于其他种种他知道能从中得到乐趣的嗜好，诸如收藏艺术品和品尝美味佳肴，他向来也是预拨款项的。

他想和奥黛特告别回家时，她请他再待一会儿，见他过去开门要走，她干脆拉住他的胳膊一个劲儿挽留他。但他对此并没在意，因为，在充斥于一次谈话的众多手势、话语和种种小插曲中，我们不可避免会与一些细节，亦即掩盖着我们凭猜疑乱找一气的实情的那些细节擦肩而过，对此毫无觉察，反而对并没遮蔽任何实情的细节倍加关注。她一遍又一遍不停地对他说："你从不在下午来，偶尔来一次又偏偏没能见上，真是太委屈你了。”他心里清楚，她对他还没爱到这份上，会对错过他的来访如此懊悔不已，不过她心地还是很善良，尽力想让他高兴，惹得他不快往往自己会难过，所以他觉得她这次由于没能让他享受共度一个钟点时光的天大（并非对她，而是对他而言）乐趣而感到遗憾，也是很自然的。然而，这毕竟只是小事一桩，她居然神情一直那么痛苦，他终于觉着有些蹊跷了。她现在这模样，在他眼里比平时更像那幅《春》的作者[1]画笔下的女性形象了。那幅画上的女性，仅仅由于听任幼年耶稣玩耍一只石榴，或者眼看摩西往食槽里倒水，仿佛就会不堪内心悲痛的重负，脸上显出悲痛欲绝的表情，奥黛特此刻有的正是这种表情。他曾经在她脸上见到过一次这种悲恸的神情，但想不起是什么时候了。蓦然间，他想起来了：有一次奥黛特借口病了没去韦尔迪兰府上吃晚饭，其实那晚她和斯万在一起，第二天她跟韦尔迪兰夫人说起此事照旧撒谎时，她脸上就是这种表情。诚然，即使她是所有女人中间最较真的，她也完全不必为了这么一句无伤大雅的谎话而内疚。不过奥黛特平时说谎，情况可没那么简单，她之所以说谎，意在阻止人家发现某些事实，一旦让人知道她说谎，她就得在这批人或那批人手里大吃苦头。所以她说谎时，心里怕兮兮的，总觉得自己无勇无拳，吃不准谎话能否奏效，就像有些睡不着的孩子那样，疲倦得直想哭。何况她知道自己的谎言通常会严重伤害说谎的对象，而且万一真相败露，她说不定就只能听凭对方的摆布了。于是她在此人面前感到自己既微不足道又应受谴责。而她在社交场上随便说

1　指意大利佛罗伦萨画派代表人物博蒂切利（Botticelli，1444—1510）。

句谎，往往会联想起那些感觉，勾起种种回忆，觉得累垮了似的不舒服，感到做了坏事而内疚。

她这会儿对斯万说的究竟是怎样的谎话，居然目光如此痛苦，声音如此哀切，仿佛在为某种压力所迫而低声下气乞求宽恕？他有个感觉，她极力向他隐瞒的，不仅仅是下午那件事的真相，而是某件更靠近眼前，说不定还没发生，但马上就要发生，而且能让那件事的真相毕露无遗的事情。正在这时，他听到门铃响了一下。奥黛特照样往下讲，但她的声音像在呻吟：为下午没见斯万、没给他开门而感到的遗憾，变成了一种痛彻心肺的绝望。

可以听见外面的门重又关上，响起辚辚的车轮声，看样子有人走了——多半就是不能让斯万遇见的那人——仆人准是告诉他说奥黛特不在家。这时斯万思忖，在一个平时不来的时候来这儿，想不到竟会撞着这么些她不愿意让他知道的事情，他不由得一阵气馁，颇有几分悲凉之感。但因为他爱奥黛特，习惯了处处为她着想，本该怜悯自己才是，他却怜悯起她来，喃喃地说："可怜的宝贝儿！"他告辞时，她从桌上拿起好几封信，问他能不能代她寄一下。他随身带走了这些信，一回到家里，才发现信还没寄。他转身走到邮局，把信从衣袋里掏出来，在投进信筒之前看了看地址。都是给供应商的，只有一封是写给福什维尔。他手里拿着这封信，心想："要是我看一下里面写些什么，我就知道她怎么称呼他，用什么口气对他说话，知道他俩之间有没有事情。甚至要是我不看一看，说不定就是对她失之粗疏，我对她的怀疑没准是空穴来风，而要解开这个疑团，这是唯一的办法，信一寄走，她就注定只能蒙受不白之冤了。"

他离开邮局回家，身上藏着最后的那封信。他点了支蜡烛，把不敢拆开的信封凑近烛光。一开始什么也看不清，但信封很薄，把里面的那张硬卡纸贴紧信封，就能透过信封看出最后几个字。那是信末的客套话，语气挺冷淡。要是换个人，不是他在看一封写给福什维尔的信，而是福什维尔在看一封写给他斯万的信，他看到的话一准温柔得多！他按住信纸，不让它在信封里滑来滑去，然后用拇指把它慢慢往前推，让一行行字相继在信封最薄的位置经过，唯有这个位置是单层的，斯万可以透过这儿辨认里面写的字。

即便这样，辨认起来还是不太容易。不过这也没关系，因为他已经看了好多行，发觉信上写的是件鸡毛蒜皮的事情，跟恋情完全不沾边；这件事儿跟奥黛特的一个舅舅有关系。斯万在信的开头就看到过这样一行字“我没法不去”，可是不明白奥黛特没法不去做什么事情，突然间，他又看到了两个起先没认出的字，整个句子的意思豁然明朗了：“我没法不去开门，那是我舅舅。”开门！这么说，下午斯万拉铃的那会儿，是福什维尔在屋里，她打发他走，所以斯万听到了脚步声。

于是他把整封信读了一遍；她在信末为自己的失礼向福什维尔致歉，还对他说他把烟盒忘在她家了，这句话当初斯万刚去她家时，有一次她也给他写过。不过对斯万她还加了一句：“万一您把您的心也忘在这儿，我可不会让您取回去的哟。”对福什维尔没有类似的话：没有任何能使人联想到男女私情的暗示。况且，说实话，福什维尔在整件事里比他受骗更甚，不然奥黛特也用不着写信让他相信舅舅来访了。总之，她真正看重的是他斯万，为了他，她把那一位给打发走了。然而，如果奥黛特和福什维尔之间真的什么事也没有，她为什么不马上来开门，为什么要说“我没法不去开门，那是我舅舅”呢？如果那会儿她没在干什么见不得人的事情，福什维尔何至于要表明他认为她不必去开门的态度呢？斯万愣在那儿，面对这只信封既难过、羞愧，又感到幸福，奥黛特那么放心地把信交给他，是因为她绝对信任他的人品，可是信封上照得出信纸的薄层，不仅把他自以为不可能知道的有关某件事的秘密泄露给他，而且把奥黛特生活的一角也透露给他，他犹如置身于一条通向未知世界的明亮的窄道上。随之感到心满意足的是他的妒意，它仿佛具有了一种独立的、自私的生命力，贪婪地汲取着能滋养它的一切，即使要让斯万来承担后果也在所不惜。现在它有了这份养料，斯万就有事可做了，他得每天去打听奥黛特在五点钟接待了谁，得设法了解福什维尔那时候在哪里。斯万对奥黛特的爱意，依然保留着一开头就烙上印记的那个特征，当初他对奥黛特的日程安排一无所知，同时又懒得费那份神，因而坐失了靠想象弥补无知的机会。妒意的对象一上来不是奥黛特的全部生活，而是其中的某些时刻，引起他猜想奥黛特欺骗了他的情况，当然说不定是误解，往往发生在那些时刻。他的妒意犹如一头章鱼，先甩出第一根触手，而后第二根，然后又是第三根，牢牢地抓住下午五点钟这个时刻，而后另一个，然后再另一个。不过斯万并非自作多情地编织痛苦。这些痛苦来自一种外界给予他的痛苦，只是这种痛苦的回忆和延续而已。

但是这种痛苦无所不在。他希望奥黛特跟福什维尔离得远些，想带她到南方去玩几天。可他又怕旅馆里的每个男人都会打她的主意，而且她自个儿也会打这种主意。于是，以往在旅途中好交朋友、爱热闹的他，现在变得离群索居，对男人的社交圈敬而远之，好像否则就会身罹巨创似的。事情到了这种地步，每个男人在他眼里都是奥黛特潜在的情人，他怎能不变得阴郁孤僻呢？因此他的妒意，比当初结识奥黛特充满快感和欢愉的情趣更浓烈，不仅使斯万的性格变了样，而且在别人眼里，连表现性格的外部特征也完全改变了。

斯万看奥黛特写给福什维尔的信一个月过后，上布洛涅树林去参加韦尔迪兰夫妇宴请的晚餐。大家准备离去的当口，他注意到韦尔迪兰夫人和几个宾客在交头接耳，依稀听出他们是提醒钢琴家别忘了第二天在夏图[1]的聚会；而他斯万，不在邀请之列。

韦尔迪兰夫妇压低了声音，说话也含糊其词，但画家大概有些心不在焉，高声说道：

“最好连一支蜡烛也别点，听他在暗头里弹月光奏鸣曲，欣赏月光如洗的景色，那才有味道呢。”

韦尔迪兰夫人瞧见斯万就在旁边，既想让说话的那位停住嘴，又想在听说话的那位眼里显得是没事人，结果两种想望互相抵消，眼睛里露出一副极度茫然的神情，故作天真的微笑下隐藏着串通勾结的烙印，发觉别人说漏了嘴的人常会有这种神情，说话的人即便不会马上意识到，听话的人一见这神情即刻就心里有数了。奥黛特突然间变得神色沮丧，仿佛她已经力绌技穷，再大的烦心事儿也只好听之任之了，而斯万焦急地算着时间，估摸还要过多少分钟才能离开餐厅和她一起乘车回家，一路上他可以把事情问个明白，劝说她第二天别去夏图或者设法让他也被邀请，可以让这种焦虑的情绪在她的怀里得到平息。终于大家要上车了。韦尔迪兰夫人对斯万说：“那么再见了，应该说隔不多几天就

1　塞纳河畔的一个村庄，相距巴黎约六公里路程。

再见，是吗？”亲切的目光，拘谨的笑容，用意都是让他别去想她怎么没像平时那样说一句：“明儿夏图见，后天上我家。”

韦尔迪兰夫妇让福什维尔上他们那辆车，斯万的车就停在后面，他想等他们的车启动后让奥黛特上他的车。

“奥黛特，我们送您回家，”韦尔迪兰夫人说，“福什维尔先生旁边正好有个位子。”

“好的，夫人。”奥黛特回答说。

“那怎么行，我等着送您回家呢。”斯万嚷道，他顾不得措辞婉转不婉转了，因为车门早就打开，时间早就算过，以他眼下的心境，他没法离开她单独回家。

“可是韦尔迪兰夫人要我……”

“哎，您就自个儿回家吧，以前我们让您送她的次数够多啦。”韦尔迪兰夫人说。

“我有件重要的事情得跟克雷西夫人说。”

“哦！您给她写信……”

“再见！”奥黛特向他伸出一只手说。

他想笑一笑，露出的却是惊呆的神气。

“你看见斯万现在对我们有多放肆吗？”韦尔迪兰夫人回家后对丈夫说。“就为我们送奥黛特回家，他简直要一口把我吞了似的。实在太过分了！再这么下去，他马上就要说我们开场子专门让人幽会了！我不明白奥黛特怎么受得了他这副德行。他的神气明摆着在说：你是属于我的。我要把我的想法告诉奥黛特，我想她会懂我意思的。”

稍过片刻，她又悻悻然地说了一句：“呸，瞧你还犟，肮脏的畜生！”她不知不觉间，也许是出于潜意识中回护自己的同一需要——就跟弗朗索瓦兹在贡布雷那会儿对着不肯就范的母鸡那样——把宰猪杀鸡的农民抓住垂死挣扎的无辜畜生急得乱骂的粗话漏了出来。

韦尔迪兰夫人的马车驶走，斯万的马车驶前几步，一直瞧着斯万脸色的车夫问他是不是病了或者出了什么事。

斯万打发车夫先驾车回去，他想一个人走走，从布洛涅树林走回家。他高声地自言自语，用的是向来描述小核心的魅力、盛赞韦尔迪兰夫妇高洁品行时那种略带做作的语调。奥黛特的说话、微笑和亲吻，曾经让他感到无比甜美的这一切，如今不是以他作为对象，他就觉得厌恶极了，同样，刚才他还感到挺有趣的，激发人们在艺术上的纯正品位乃至一种道德上的高贵气质的韦尔迪兰府上的沙龙，现在既然奥黛特在那儿随时都能相遇相爱的不是他，而是另一个人，它的可笑、愚蠢和无耻也就暴露无遗了。

他满心厌恶地想象着第二天晚上夏图的聚会。“先不说挑选了夏图这么个地方！就像一伙小店主打烊以后要去乐一乐！这些人真是小市民的典型，他们不像现实生活中的人物，倒像从拉比什[1]的戏里走出来似的！”

在那儿准有戈达尔，说不定还有布里肖。“这些小市民的生活真是令人发笑，你少不了我，我少不了你，不用说，这批人要是明天不能在夏图见面，准会觉得惶惶不可终日！”哦！还有那个画家，那个喜欢配对作伐的画家，他会邀请福什维尔和奥黛特一起到他的画室去。斯万仿佛看见奥黛特身穿跟这种乡间

1　拉比什（Eugène Labiche，1815—1888）：法国喜剧作家。剧情的起因往往是一件几乎不大可能的事情，逐渐引出种种错综复杂的纠葛，剧中人物大多愚蠢而无聊。

聚会不相称的盛装，“她真够俗气的，这可怜的妞儿，而且那么蠢！！！”

他听见韦尔迪兰夫人在晚餐后开玩笑，以前无论这些玩笑以哪个讨厌家伙做靶子，他总会觉得很有趣，因为他看见奥黛特在笑，在和他一起笑，几乎在对着他笑。此刻他感到说不定人家在拿他做笑柄引奥黛特发笑。“恶俗不堪的开心！”他说这句话时，嘴部做出一种深恶痛绝的表情，甚至自己都感觉得到颈部肌肉绷得紧紧的抵在衬衫领子上。“上帝按照自己的形象创造的生灵，怎么竟然在如此令人作呕的玩笑里会找到有趣的地方？稍微有点感觉的人，都一定受不了这种恶臭，会嫌憎地掩鼻而过。真是不可思议，一个人居然会不明白，放任自己取笑一个向他慷慨伸出援手的同类，就无异于跌入一个污泥的深淖，别人再怎么使劲儿也休想把他拉上来了。我离这泥淖岂止万仞之高，种种不堪入耳的脏话，就让它们在泥淖里喧嚷鼓噪好了，区区一个韦尔迪兰，任凭她极尽挖苦取笑之能事，也休想把污泥溅到我的身上。”他昂起头，挺起胸，大声说道。“天主可以为我做证，我真心诚意想把奥黛特从那里拉上来，让她生活在一个更高尚、更纯洁的环境中。可是一个人的忍耐是有限度的，我已经忍无可忍了。”他对自己说，仿佛让奥黛特脱离一个充斥嘲讽挖苦的环境这一使命，并非几分钟前，而是更早就承担了的，仿佛并不是想到了那些嘲讽挖苦说不定就是冲着他，用意就是把奥黛特从他身旁夺走，这才以拯救她为己任的。

他看见钢琴家在准备弹月光奏鸣曲，而韦尔迪兰夫人装出害怕贝多芬的音乐会刺激她神经的模样：“白痴，撒谎！”他大声说，“这样的婆娘还自诩爱好音乐！”她先是在奥黛特耳边巧妙地暗示福什维尔怎么怎么好，就像以前常对她说他好话那样，而后对奥黛特说："您不在您旁边给德·福什维尔先生腾个位置吗？""那是在暗处呀！淫媒，拉纤的！"拉纤的——他觉得撮弄那对男女默默无言，遐思远飞，凝目相望，执手缱绻的音乐，也是拉纤的。他觉得柏拉图、波舒哀[1]和早期法国教育对艺术所持的严厉态度大有道理。

总之，韦尔迪兰家的那种生活，他以前每每称之为真正的生活，现在却觉得糟糕透顶，那个小核心属于最卑下的阶层。"千真万确，"他说，"那是社会等级中最低下的，是但丁笔下的最底层[2]。毫无疑问，那段庄严的话正是对韦尔迪兰之流说的！其实，上流社会的那些人虽然遭人诟病，但是他们毕竟不同于这帮流氓，他们拒绝结识这帮家伙，不愿弄脏自己的手指去接触这帮人，恰恰表明了他们是何等明智！圣日耳曼区[3]的那句Noli me tangere[4]早就什么都预见到了！"他早就走完了布洛涅树林的小路，差不多就要到家了，然而还没有从痛苦和并非发自内心的狂热中清醒过来，说话时言不由衷的铿锵语调，矫揉造作的洪亮声音，就如一杯杯烈酒把他愈灌愈醉，他犹自在夜的寂静中高谈阔论："上流社会那些人的缺点，我比任何人都看得更清楚，可是不管怎么说，有些事儿他们毕竟是绝对不会干的。我熟悉的那些高

---

1 希腊哲学家柏拉图（Platon，公元前427—前347）在《理想国》中严厉抨击艺术家，法国作家、神学家波舒哀（Bossuet，1627—1704）曾在《关于戏剧的格言和思考》一书中加以引用。

2 但丁在《神曲》中描述地狱分为九层，最底层即罪孽最深重的灵魂所处的第九层。

3 巴黎上流社会人士聚居的街区。

4 拉丁文：不要摸我。典出《圣经·约翰福音》第20章，抹大拉的马利亚看见耶稣复活时，耶稣对她说："不要摸我，因我还没有升上去见我的父。"

雅的夫人，远远谈不上完美，可是她们身上毕竟有敏感细腻的气质，有行事落落大方的修养，无论在什么情况下，她们都不会做出背信弃义的事情，就凭这一点，她们和韦尔迪兰那类泼妇就有天壤之别。韦尔迪兰！什么名字！哦！他们简直是绝了，算得上这帮家伙里的活宝！谢天谢地，现在还为时未晚，我还可以不至于沦落到和这帮无耻之徒、下流胚去为伍。”

斯万不久前还归于韦尔迪兰夫妇的嘉言懿行，即使他们当之无愧，但若他们不曾促成并捍卫斯万的爱情，那尚不足以让他被他们的高尚感动到如痴如醉的地步，而要是说他是受别人的感染才如此癫狂，那么这人只能是奥黛特，——同样，他今天在韦尔迪兰夫妇身上发现的道德败坏，即使真确无疑，但若他们不曾撇下他邀请奥黛特和福什维尔，那也不至于让他义愤填膺，痛斥他们的无耻。而且，他在说种种对韦尔迪兰那帮人深恶痛绝的话，表露自己终于摆脱他们的喜悦之情时，一味用这种缺乏真诚的语调，仿佛说这些话是特为泄愤出气，而不是表达思想，因为他的声音会比他本人高明一些。不过说实话，在他忘情于慷慨陈词之际，他的脑子大概已经在不知不觉中被一件完全不相干的事情占据了，车子一到家，马车进出的大门刚关上，他猛地一拍脑门，大声吩咐把门再打开，马车掉头出去——这次的声音挺自然：“我有个主意，能让他们邀请我明天去夏图赴晚宴了！”可那是个馊主意，人家没有邀请他。戈达尔大夫出诊去外地，有好几天没见着韦尔迪兰夫妇，夏图也没能去；夏图晚宴的第二天，他在韦尔迪兰府上入席时说道：

“哎，敢情今儿晚上咱们见不着斯万先生了？他可是个所谓的私人朋友……”

“我看您是见不着了！”韦尔迪兰夫人大声说，“愿主保佑我们，他是个讨厌的、愚蠢的、没有教养的家伙。”

戈达尔听了这几句话，表现得既惊讶又顺从，犹如面对的是一条与他至今为止的一切想法截然相反，而又毋庸抗辩的真理；他神情惶恐而胆怯地俯下脸，鼻子差点儿就碰到餐盆了，嘴里一迭连声地应答道：“噢！噢！噢！噢！噢！”语调层次变化丰富有序，宛如沿着一个下行音阶，渐次下降到他的最低音，整个人也随之退缩到内心的深处。至于斯万，这个名字从此在韦尔迪兰府上就不再提起了。

于是这个曾经撮合斯万和奥黛特的沙龙，变成了他俩约会的障碍。她不再像刚跟他相爱时那样说“好在明天晚上我们就见面了，韦尔迪兰府上有饭局”，而是这样说了：“明天晚上我们没法见面了，韦尔迪兰府上有饭局。”或者韦尔迪兰夫妇要带她去喜歌剧院看《克莱奥佩特拉之夜》，这时斯万在奥黛特的眼睛里看到了唯恐他让她别去的惊慌神色，以前看见情妇的这种神情，他会忍不住过去在她脸上吻一下的，然而现在他只觉得气愤。“瞧着她眼巴巴地要去啃这大粪一样的音乐，”他在心里对自己说，“我感到的不是愤怒，而是伤心。我不是为自己，而是为她感到伤心。眼看她跟我几乎天天接触，相处了半年以上，居然还是没能变得趣味高尚一些，出于本能就不去理睬维克多·马塞，怎能叫我不伤心呢！更不用说她至今还没明白在有些夜晚，一个感情细腻一点的人是必须懂得应朋友的要求放弃某种娱乐的。她应该学会说‘我不去’，即使仅仅出于明智的考虑也该这样，因为人家是根据她的回答一锤定音，来评判她心肠好坏的呀。”就这样，他先让自己相信，其实仅仅是出于让奥黛特的内心品质得到较好的评价，他才希望她当晚别去喜歌剧院，和他一起留下来的；尔后他拿同样的理由去说服奥黛特，说话时语调之做作，跟说服自己时相比，实在是有过之而无不及，因为这时他还心存指望，想靠刺激她的自尊心来说服她。

“我向你发誓，”他在她就要动身去剧院那会儿对她说，“你别看我这么拦着要你别去，其实从我的私心来说，我还真巴不得你不肯听我的呢，因为今晚我有一大堆事要做，万一你回答我说你不去了，那我不是给自己添麻烦，自认晦气吗？可是我的工作和乐趣，那并不是一切啊，我应该为你着想。要不将来有一天，等你看到我没法再留在你身边了，你就有权利责备我，在我明知有些评判光靠爱情终究无法去改变，我应该把其中极其严肃的一项告诉你的关键时刻，我却没有把它告诉你。你要明白，这不干《克莱奥佩特拉之夜》（什么剧名！）的事。必须弄清楚的是，你究竟是不是一个才智乃至魅力都属于最下品，一个由于不能放弃一项娱乐而为人所不齿的人。好，如果你真是这么个人，人家怎么会爱你呢，因为你甚至不是一个实实在在的人，一个虽然有缺点，但是至少可以变得完美起来的生灵。你是一摊形状不定的水，顺着人家给定的斜坡流淌，你是一条不会记忆和思考的鱼，生活在鱼缸里，每天成百次地去撞鱼缸的玻璃，始终以为那也是水。你要明白，你的回答虽说未必会立即中止我对你的爱，但一旦我知道你不是一个人，你比世间万物都来得低微，而且根本不思进取向上，你在我眼里至少不会那么可爱迷人了吧？不用说，我也宁愿就那么轻描淡写地提一句，嘴上劝你别去看《克莱奥佩特拉之夜》（既然你非要我玷污自己的嘴说出这个下流的剧名不可），心里却巴不得你要去。可是，我刚才已经权衡了利弊，决定让你的回答避免那些严重后果，所以我觉得最坦荡的做法就是预先都告诉你。”

奥黛特听着听着，显得很动情也很犹豫。她并不明白他说话的意思，但知道那属于责备、央求时喋喋不休和装腔作势的常规路数，她对男人的这一套早就习以为常，不用细细去听他们讲些什么，就可以在心里做出结论，如果他们不爱你，就不会说这番话，而既然他们爱你，你也就不必听他们的话，这样他们事后反而会更爱你。所以，她本来是会泰然自若地听斯万讲下去的，但一看时间已经不早，再听他往下说准得误点，正如她带着温柔、执拗而又局促不安的笑容对他说的，“准得错过序曲了！”

他在别的情况下对她说过，在所有的事情中间，有一件最容易让他终止对她的爱，那就是她不愿意抛弃说谎的习惯。“哪怕单从让你显得妩媚动人这个角度来说，”他对她说，“难道你不明白你堕落到说谎的地步，就不可能再那么迷人了吗？你只要说句实话，又能赎回多少过错啊！你实在是比不上我想的那么聪明！”可是任凭斯万怎么把她不该说谎的理由一条一条地解释给她听，一切都是白费劲；照说这些理由是足以摧毁奥黛特身上的一整套说谎理论的；可是奥黛特压根儿就没有这么套理论；她只不过是每次碰到有什么事情不想让斯万知道的时候，就把这件事瞒住他罢了。所以说谎在她只是一种具体的权宜之计；唯一能决定她到底是采用这一权宜之计还是说实话的，也是一种具体的缘由，那就是看斯万发现她没说实话的可能性到底大不大。

从体态上说，她正经历一个情况不妙的时期，她的身段变粗了；以前有过的那种眉目传神、楚楚动人的风韵，那种微含惊讶、若有所思的眼神，似乎都随着青春一去不复返了。因而当斯万，不妨这么说吧，当他发现她确实没有从前漂亮了，她对他就变得更加珍贵了。他久久地凝视着她，一心想重新捕捉他曾经见到过的那种风韵，却没能找到。可是他知道在这新的蛹壳下面，依然是奥黛特在那儿，依然是那转瞬即逝、无法把握的，若隐若现的同样的心思，这就足够让斯万继续以同样的热情去试图征服她了。尔后他注视着两年前的那些照片，回想起她当时是多么可爱动人。这么一来，他为她所受的那么些痛苦也就得到了一点安慰。

韦尔迪兰夫妇带她到圣日耳曼、夏图或牟朗去，遇上气候宜人的时令，他们常常会提议就在当地住一晚，第二天再回巴黎。钢琴家的姑妈留在巴黎，于是韦尔迪兰夫人设法打消钢琴家的顾虑。

“您不在，正好让她清静一天，她会高兴的。她知道您和我们在一起，还有什么不放心的呢？再说，天大的事自有我撑着呢。”

要是劝说无效，韦尔迪兰先生就立即行动，找个电报局或是捎信的人，问信徒中有谁要发个电报或捎个信的。可是奥黛特总是谢谢他说自己没什么人要通知，因为她曾经很干脆地对斯万说过，在众目睽睽之下给他发电报，会有损她的名誉。有时她一去就是好几天，韦尔迪兰夫妇带她去参观德勒的墓区，或者按照画家的建议，到贡比涅去看森林里的日落，一路直到皮埃尔丰的城堡[1]。

“想想看吧，她本来完全可以跟我一起去参观一些真正的名

1 法国国王路易-菲利普曾在德勒兴修豪华的新哥特式教堂，安置亲人的灵柩。皮埃尔丰有一些中世纪前期的城堡，多为维奥莱-勒迪克主持修缮。

胜古迹，我学过十年建筑学，经常有出类拔萃的人士请我带他们去博韦或圣卢德诺[1]，而我若非为了她，一概不去，可现在她倒好，居然跟着那些最没有教养的家伙，逐一逐二地跑到路易-菲利普和维奥莱-勒迪克的粪堆跟前去赞叹不已！我看这里根本用不着艺术家的敏感，一个人就算嗅觉不怎么灵，也不至于选这些臭茅坑去度假，好就近闻闻大粪的味道吧。”

可是当她动身去德勒或皮埃尔丰时——唉，她不许他显得碰巧似的也去那儿，原因是“那会造成很坏的影响”——他就埋头看最缠绵悱恻的爱情小说：火车时刻表。火车时刻表能教他种种办法去跟她会合，当天晚上，当天下午，哪怕当天上午都行！办法？恐怕还不止于此吧：那是一种许可。因为火车时刻表和火车毕竟不是为狗设置的嘛。人家既然通过印刷的渠道告诉公众，有一辆火车早晨八点开出，十点抵达皮埃尔丰，那就是说上皮埃尔丰去是一种合法的行动，是无须奥黛特批准的；而这种跟奥黛特相会的意愿，也可以成为一种动机迥然不同的行为，既然那么些和她并不相识的人每天都在那么做，而且由于他们为数众多，以致有必要把机车升起火来。

总之，倘若他真想去皮埃尔丰，她毕竟是没法不让他去的！而他也恰恰感到自己很想上那儿去，要不是因为他认识奥黛特的缘故，他肯定就去了。他早就想对维奥莱-勒迪克的修复工程有个确切的了解。而天气又这么好，他不由得有一种迫切的愿望，想去漫步在贡比涅的森林里。

真不走运，她不许他去的地方恰恰是他今天特别想去的地

1　博韦的大教堂和圣卢德诺的罗马式教堂均为中世纪建筑，以宏伟精美著称。

方。今天！要是他不顾她的禁令上那儿去，那他今天就能见到她！可是到时候，尽管她在皮埃尔丰遇见一个不相干的人，会快活地冲着他说："嗨，您也来啦！"还会邀请他上她和韦尔迪兰夫妇下榻的旅馆去看她，可要是她在那儿遇见他斯万，没准会勃然变色，说她让人盯梢了，她对他的爱会有所减弱，说不定一见到他就会气呼呼地掉头而去。"怎么，我连旅游的权利都没有啦！"她回来以后准会对他这么说，其实，没有旅游权利的不正是他吗！

他忽然想到一个主意，可以上贡比涅和皮埃尔丰去，而又不显得是要去和奥黛特会面，那就是让他的一位朋友德·福雷斯泰尔侯爵陪他同去，因为这位侯爵在那附近有座城堡。他把这个打算告诉对方时，没有说明原委，对方也并未表示很高兴，看到斯万十五年来第一次答应去看他的产业，尽管斯万说过不在那儿长住，但还是同意和他一起待上几天，散散步，游览游览，他的感觉毋宁说是惊奇。斯万已经在想象自己和德·福雷斯泰尔先生在那儿的情景了。即使在那儿见到奥黛特之前，甚至即使没能在那儿见到她，他能够踏上那片土地已经是何等的幸福啊，诚然，到那时他也还是不知道她确切的行止，但他能在那片土地上感觉到处处都搏动着她蓦然出现在眼前的可能性，时而在城堡的宫殿里，由于他是为了她特地来参观的，这城堡顿时变得壮观了；时而在那座仿佛充满浪漫情调的城市的条条街道上；时而在被一轮遥远而温柔的落日染成玫瑰色的森林的条条小径上——这无数个交替使用的庇护所，让他那颗充满幸福而又飘忽不定、不断分蘖开来的心，得以在虽然看不清楚希望的所在、却知道它无所不在的期盼中，来到那儿寻觅安息。"咱们特别得当心，"他会对德·福雷斯泰尔先生说，“可别碰到奥黛特和韦尔迪兰夫妇；我刚听说他们也是今天到皮埃尔丰的。要见面在巴黎有的是时间，何必到了外头还这么形影不离呢。”那位朋友肯定还会弄不明白，为什么一到那儿斯万就要十次二十次地改变计划，就要到贡比涅每家旅馆的餐厅去张望一番，而且明明没瞧见韦尔迪兰的影子，却又哪儿也不肯好好坐下来就餐，他那时候的神色，看上去准像是要找到他口口声声说要回避的那几位，不过他要是真找到的话，还是会躲开他们的，因为他倘若遇见这个小集团，那么只要他看到奥黛特，而奥黛特也看到他，尤其是看到他并没把她放在心上，他也就会心满意足，装模作样地避开他们了。可是且慢，她会猜到他是为了她才上那儿去的呀。于是当德·福雷斯泰尔先生来找他准备一起动身的时候，他对他说了：“唉！不行，我今天不能上皮埃尔丰去，奥黛特刚好在那儿。”不过尽管如此，他心里还是乐滋滋的，觉得天底下这么多人，偏偏就是他一个人在这一天没有权利上皮埃尔丰去，还不就是因为在奥黛特眼里，他确实是个跟别人不一样的人，是她的情人，他在人皆有之的旅行自由上所受到的这种限制，无非是一种受束缚的状态，一种对他如此珍贵的爱情表达罢了。事情明摆着，他还是不要贸然去跟她闹翻，乖乖地等她回来为好。一连几个白天，他俯身在一张贡比涅森林的地图上细细察看，仿佛那就是温柔乡的地图似的，身边到处是皮埃尔丰城堡的照片。好不容易挨到了她可能要回来的日子，他重又翻开火车时刻表，估计她大概会乘哪一班火车，要是错过了这一班，还有哪几班可以乘。他不敢出门，生怕会有电报来，他也不敢睡觉，生怕万一她乘末班车来，而又想在深夜来访，让他意外地高兴一下。正在这时只听得大门口有人按铃，他觉得好像没听到有人去开门，想去唤醒看门人，同时就走到窗子跟前，准备看到来人是奥黛特时招呼她，因为尽管他亲自下楼去关照过不止十次了，他们说不定还是会对她说他不在家的。结果那是仆人回来。他注意到街上的马车不停地飞驰而过，这是他以前从没留意到的。他倾听着一辆辆马车自远而来，渐渐驶近，又从门前飞快地掠过，载着不是给他的音信奔向远方。他等了整整一夜，什么也没等到。原来韦尔迪兰夫妇提前回来，奥黛特中午就到巴黎了，可她没想到要通知斯万；由于没事好干，她就上剧场去消磨了一个晚上。这会儿她早就回家睡觉，进入梦乡了。

她压根儿就没想到过他。而这种干脆连斯万的存在都忘在脑后的时候，对奥黛特来说正是最有利的时候，它比千娇百媚的卖弄风情更能拴住斯万的心。因为这样一来，斯万就始终生活在痛苦的骚动之中，当初他在韦尔迪兰府上没能看到奥黛特，整整找了她一宿的那个晚上，这种内心的骚动就已经强烈到让他萌发出爱情来了。而他又不像我在贡布雷的童年时代那样，有那么些幸福的白天，可以让人忘却夜晚降临的痛苦。白天奥黛特总不在斯万身边；他不时会心想，让一个这么漂亮的女人在巴黎独自出门，不就跟把装满珠宝的首饰盒搁在大街上一样不谨慎吗？于是满街的行人在他眼里都成了小偷，他看着只觉得悻悻然的。但是所有这些脸一齐在眼前掠过，并没能在他的脑海里留下任何印象，因而妒意也无从滋长。这么许多张脸，徒然把斯万的神思搅得昏昏沉沉的，他不由得举起一只手捂在眼睛上喊道："听天由命吧！"就像那些热衷于探究外部世界的现实性，或者灵魂的不灭性这类问题的人，弄得筋疲力尽，脑子不听使唤以后，也只能靠信仰使疲劳的大脑松弛一下。然而对不在眼前的心上人的思念，依然苦苦地缠住斯万生活中那些最简单的活动不放——吃饭，收信，上街，睡觉——他一想起所有这些事情都得在没有她的情况下去做，就悲从中来，再也摆脱不开思念的缠绕，就像奥地利的玛格丽特[1]为悼念美男子菲利贝尔，而在布鲁的教堂里到处都把两人姓名的缩写字母交叠刻在一道那样。有些天，他不在家里用餐，到附近的一家餐馆去吃午饭。他喜欢上这家餐馆，以前确实是由于那里的美味佳肴，现在却只有这样一个所谓浪漫，实则神秘而荒唐的原因，那就是这家餐馆（它至今还在）和奥黛特住的那条街正好同名，都叫拉佩鲁兹。有几次，她短途旅行回来，总要好几天以后，才想到告诉他一声她已经回巴黎了。而且她干脆就对他说她是乘早班火车刚到，不再像以往那样为防万一，总要在假话里夹进一点儿真话，以便于自圆其说。这些话是骗人的鬼话，至少在奥黛特是站不住脚的骗人鬼话，是无法像真话那样，在她回忆得起来的抵达火车站的情景中找到支撑点的；她说这些话的时候，甚至都没费神好好想一下在她声称下火车的当口，其实是在做什么全然不相干的事情。不过，这些话在斯万的头脑里却没有遇到任何障碍，顺顺当当安顿下来，取得了无可置疑的真话所有的牢固地位，倘若有哪位朋友告诉他说，他就是坐那班火车回来的，可没见到过奥黛特，斯万心想那个朋友一定记错了日期或是时间，既然他说的跟奥黛特说的不一样。奥黛特说的话，除非他事先就疑心那是谎话，要不他怎么也不会觉得那是谎话。要让他相信她在说谎，猜疑是个必要条件。而且这也是个充分条

1　奥地利的玛格丽特（1480—1530）：哈布斯堡王朝统治者，曾任尼德兰女摄政。她于1501年与萨伏依公爵菲利贝尔第二（绰号美男子）结婚，三年后丈夫病殁，她下令在布鲁修建教堂，让丈夫的亡灵“得以安息”。

件。这时候奥黛特说的每句话，在他听来都很可疑。他听到她提起一个名字，就以为那肯定是她的一个情人的名字；而一旦这么想了，他就会几个星期忧心如焚，不得安宁；有一回他甚至去和一家侦探所接洽，请他们帮助调查这个搅得他只有在外出旅行时才能松一口气的陌生人的地址和日常活动，结果总算弄明白，此人是奥黛特的一个已经死了二十年的叔叔。

尽管她通常不许他在公共场合和她见面，说会让人说闲话，但有时她参加的晚会他也在被邀之列——在福什维尔的家里、画家的画室或是某个部举办的慈善义捐舞会上——他到的时候她也在场。他瞧见了她，但不敢久留，生怕让她觉得他是有意窥视她怎么跟别人一起寻欢作乐，惹她生气；而这种欢乐——至于他孤零零地回到家里，睡在床上辗转反侧时那种忧虑的滋味，我是注定要在若干年后的贡布雷，在他到我们家用餐的夜晚品尝的——正因为他没有见到它的结束，在他眼里会变得无穷无尽。也有过一两次，他在这样的夜晚领略到一种喜悦，要不是在领略这种喜悦的同时，忧虑的戛然中止会反过来引起过于强烈的震动的话，不妨称之为安谧的喜悦，因为它带来了一种平静的心态：有一回他参加画家在自己画室里举办的晚会，待了一小会儿就想走了；他不想再去看装扮成光艳照人的外国女人的奥黛特，她正在一群男人中间向他们，而不是向他，频频送去载满欢愉的秋波，仿佛在暗示这儿或别处（也许就是他担心她随后会去的支离派艺术家[1]的化装舞会）可以享受到的某种性欲快感，这比肉体交合更叫斯万感到妒火中烧，因为他觉得这反而更难想象；他已经走到画室

1　法国十九世纪的艺术家群体。他们对官方举办的艺术展览持嘲讽态度。这些艺术家从1882年起自行举办画展，并在每次预展当天举办化装舞会。

门口，正准备离去，却听得耳边传来奥黛特唤他的声音（她的这几句话，把这个晚会令他心惊胆战的尾声给删去了，整个晚会在他回想时变得那么纯洁无瑕，奥黛特的回家也不再是一件无从想见、非常可怕的事情，而是那么温情脉脉、他早就熟悉的，犹如她日常生活的一小部分，被安顿在他车上，就在他的身边；这几句话，让奥黛特为自己除去了过于光艳照人、兴高采烈的外表，表明那无非是一种兴之所至的逢场作戏，并且是为了他，不是为了神秘的狂欢才这样打扮的，而这会儿她已经感到厌倦了），奥黛特冲着已经走到门口的他喊道："您等我五分钟行吗，我马上就走，我们一起走吧，您可以把我送到家里。"

说起来还真有那么一次，福什维尔先是也要斯万让他搭车，然后等马车到了奥黛特家门前，他却请求奥黛特让他进屋，奥黛特指着斯万对他说："哦！您得问这位先生，看他怎么说。好吧，要是您真想进去，那就进去坐一会儿吧，不过我把话说在头里，您可别待得太久，他爱安安静静地和我聊天，不大喜欢再有别的客人来。啊！要是您也能像我一样了解这位先生，那就好喽！my love[1]，只有我才能真正了解您，对吗？"

看见她当着福什维尔的面对他说如此满怀深情、明显表示偏爱的话，斯万诚然大为感动，但也许更让他怦然心动的还是诸如此类的批评："我知道，星期天的那个晚餐会，您一准还没给人家回音呢。您不想去就别去呗，可对朋友不该失礼啊！"或者："您把写弗美尔的论文搁在这儿，是想等明天再说了吧！瞧您有多懒！我呀，就是要督促您工作！"这些话证明奥黛特对他在上

1 英语：亲爱的。

层社交圈的饭局，以及对他的艺术研究都了解得很清楚，他俩有着共同的生活。她说这些话时，对他露出发自内心的微笑，让他感觉到她是完全属于他的。

遇到这种时候，在她给他们倒橘子水的当口，骤然间，犹如一部调焦不准的反射镜先是在墙上投下一大圈虚像，沿物体形状四周游移，随即虚像缩拢、消失，只留下清晰的物像，斯万对奥黛特的种种可怕而游移不定的想法，就这样消散了，全部印象聚焦在了眼前这可爱迷人的身体上。他突然有一种猜想，觉得在奥黛特家灯下度过的那段时间，也许并没在为他而作假（目的在于掩盖他时时刻刻都在念着，却又总是无从想象的那件怕人而微妙的事情，那就是奥黛特真实的生活，亦即他不在时奥黛特的生活中的一段时间是怎么过的），那些舞台的道具、蜡制的水果，都并非摆给他看的，那也许确确实实就是奥黛特生活中的一段时间，即使他不在那儿，她照样会把那张扶手椅推到福什维尔跟前，递给他的也照样是这种橘子水，而不是别的什么饮料。奥黛特生活其间的世界，并不是那个让他费时费心去猜度她在其中扮演何等角色，那个也许只存在于他想象之中的令人生畏、不可思议的另一世界，而是这个并不让人特别感到忧伤的真实世界；这张他随时可以伏在上面写字的书桌，这瓶他随时可以呷上一口的酒，所有这些让他看得出神的东西，都是这个世界的组成部分。他对它们看得出神，既是出于好奇和赞美，也是由于心存感激之情，因为，虽说它们吸纳他的遐想时让他从中摆脱了出来，但它们毕竟靠这些遐想充实了自身，它们向他指出了这些遐想具体可见的成果，在他脑际留下深刻的印象，在抚慰他心灵的同时，以生动鲜明的形象显现在他眼前。哦！如果有一天命运让他有幸和奥黛特合住同一居所，她的家就是他的家；如果有一天向仆人问中午吃什么，仆人回答的就是奥黛特的菜单；如果有一天奥黛特早上想到布洛涅树林的林荫道去散散步，他作为好丈夫责无旁贷，甭管自己想去不想去，理当陪同前往；她热了，脱下的大衣由他挎在臂弯里，晚上用餐过后，倘若她要穿睡衣待着，他就非得待在她身边，随时为她效劳；那么斯万生活中所有那些他看着一点不起眼的细枝末节，由于同时又是奥黛特生活的一部分，即便是司空见惯的东西——如同这盏灯，这瓶橘子水，这把扶手椅，它们编织了几许梦幻，又体现了几许欲念——都会具有一种柔情万种的魅力，一种神秘的凝练和充实。

但他又担心就此失去一份安宁和清静，那可不是适合促成他爱情的氛围。一旦奥黛特不再是那个经常不在眼前、让他牵肠挂肚的、想象中的人儿，一旦他对她的爱情不再是奏鸣曲那个乐句在他心头引起的神秘的骚动，而是喜爱和感激，一旦两人关系已定，他的狂热和忧郁都告终结，那么奥黛特的日常生活想必不再会引起他多少兴趣——就像他已经不止一次揣测过的那样，比如说，隔着信封看写给福什维尔的信的当天，他就这么想过。他仔细考虑自己的病，仿佛他采取过接种预防感染的措施，专门来研究这种病症似的，考虑下来他心里明白，当他病愈之后，随便奥黛特做什么，都不管他的事了。可是正因为他眼下还病得不轻，所以说实话，他担心这样的痊愈意味着目前存在的一切都会消失，而那就无异于死亡。

这些宁静的夜晚过后，斯万的疑心消释了；他感激奥黛特，第二天一早，他吩咐给她家送去最好的首饰，因为昨晚她的关切之情，激起了他由衷的谢忱和再次领略这份情意的欲望，或者说，使他的爱情达到了需要有所消耗的亢奋状态。

然而在另一些时候，痛苦又会涌上心头，他想象奥黛特是福什维尔的情妇，那次他不在邀请之列、劝她又未果的夏图聚会的前一夜，在布洛涅树林的那会儿，他俩躲在韦尔迪兰的马车里，瞧着他那副连车夫都察觉到了的绝望样子，眼看他先让车夫送回家，随即独自沮丧地步回原地，她想必努努嘴对福什维尔说："哎！瞧他气成那样子！"她的目光明亮、狡黠而诡秘，跟福什维尔把萨尼埃特从韦尔迪兰府上赶出去那天一模一样。

这时斯万很厌恶她。"我也真是太蠢了，"他心想，"居然花钱让别人取乐。可她也得当心，别把事做绝了，要不我会一个子儿也不给的。不管怎么说，我也该歇歇手，别再多此一举地去献殷勤啦！这不，刚就昨天，一听她说想去拜罗伊特[1]看音乐季演出，我干吗要傻乎乎地答应说我会在那儿近郊为我俩租一座巴伐利亚国王的漂亮城堡呢。好在她的反应似乎不是很热切，而且也没说定到底去不去；但愿她不想去了才好。天哪！她对瓦格纳的兴趣，就像一条鱼对苹果的兴趣，要连续十五个小时和她一起听瓦格纳的歌剧，那可够我受的！"他的恨和他的爱一样，需要有所表现，有所行动，他喜欢让自己恶意的想象信马由缰地愈走愈远，因为，他认定奥黛特背信弃义，所以他对她更加厌恶，而且一旦——他心心念念这么想——罪名坐实，他就有了一个惩罚她的机会，就可以在她身上狠狠地出口恶气。他甚至假设自己收到了她的一封信，她在信上向他要钱，说是要去租下拜罗伊特近边的那座城堡，但她有言在先，他不能去，因为她已经答应请福什

1　德国城市，1791年割让给普鲁士，1810年归属巴伐利亚。作曲家瓦格纳于1872年定居此城，并修建拜罗伊特音乐节剧院，该剧院以专门上演他的连本歌剧著称。

维尔和韦尔迪兰夫妇去了。哦！他早就盼着她有这份胆量了！他要是写一封以牙还牙的回信，干脆拒绝她，那有多痛快！他津津有味地挑选字眼，把想好的词句大声念出来，仿佛当真已经收到那封信似的。

不过，就在第二天，那封信真的来了。她在信上对他说，韦尔迪兰夫妇和朋友们都表示很想去观看瓦格纳歌剧的演出，如果他愿意为她提供这笔钱的话，那么她在经常承蒙他们款待之后，终于可以邀请他们一回以略表谢忱了。至于他，信上只字未提，不用说，既然他们都去，他就被排除在外了。

于是昨晚逐一挑选字眼、拟好腹稿的那封气势汹汹的回信，原来没敢指望会派上用场的，这会儿他却兴冲冲地让人给她送去了。可惜啊！他感觉得到，尽管她分不清巴赫和克拉皮松[1]有什么不同，但只要她执意想去，就凭她手头已有，或者很容易弄到的那些钱，她照样可以在拜罗伊特租城堡。可是无论如何，她在那儿用钱总得省着点，总不能像他给过她几张一千法郎大钞那样每晚在城堡款待宾客了，要不然，用过菜肴精美的晚餐以后，说不定她还会一时性起——可能至今为止这种情况还没发生过——投入福什维尔的怀抱呢。再说，这次讨厌的旅游，至少不是他斯万出的钱！——唉！要是能拦住她不让她去就好了！要是她临动身前把脚给扭了，要是能买通送她去火车站的车夫，不管出多大的价钱，让他把马车驶到一个地方，把整整两天以来斯万眼里看出来的奥黛特，这个眼睛里充盈着投向福什维尔的同谋犯贱的笑意，这个无情无义的女人禁闭一些时日，那有多好！

1　克拉皮松（Clapisson，1808—1866）：法国作曲家，擅长写喜歌剧和通俗抒情歌曲。

可是她的这副模样不会长此以往；几天一过，亮晶晶、假惺惺的目光便退去了咄咄逼人的光芒和表里不一的伪装，对福什维尔说“瞧他气成那样子”的那个奥黛特的形象，渐渐变淡、消失了。这时，另一个奥黛特的脸庞会缓缓重新升起在眼前，闪着宁静的光泽，这个奥黛特也对福什维尔微笑，但那微笑中却只有对他斯万的温情，因为她当时在说：“您可别待得太久噢，这位先生想和我在一起的时候，是不大喜欢再有别的客人来的。啊！要是您也能像我一样了解他就好喽！”她在对斯万某个体贴之举大为赞赏，在她感到事情重大，唯有他一人可以信赖，从他那儿听取一些意见之时，给他的都是这种微笑。

于是他心想，对这个奥黛特，他怎么能写那么一封侮辱她的信，她大概这辈子都没想到过他会干这等事，那封信肯定会让他凭自己的体贴、忠诚在她心目中赢得的崇高而独一无二的地位大大下降。他在她眼里会变得不那么亲近，因为她正是为了这些在福什维尔和其他人身上都找不到的优点才爱他的。也正是由于他的这些优点，她才如此经常地对他表现得很亲切，在他妒意发作时，他根本不把这份亲切之情当作一回事，因为亲切并非情欲的暗示，它所表示的只是好感，而不是情爱，可是随着疑心自然而然地消释，他的激情不再那么渴求回报之时，他又会把这份情意看得很重了，而这种情况往往出现在读了一本有关艺术的书，或者和朋友交谈以后，情绪松弛的时候。

经过这番摇摆之后，奥黛特自然又回到了一度被斯万的嫉妒荡开的位置，处于他觉得非常动人的角度，他想象中的她柔情缱绻，目光如诉，美丽得令他难以自已，禁不住把嘴唇凑上前去，仿佛她就在眼前，可以由他拥在怀里似的；他对这迷人、亲切的目光充满了感激之情，就像这目光并不是他为满足自己的意愿在想象中描绘出来，而是她刚刚真的这么看过他的目光。

他想必让她忍受了多少苦楚啊！当然，他怨恨她是能说出理由来的，可要不是他深深地爱着她，就凭这些理由是不足以让她承受这份怨恨的。以前也有过别的女人惹得他气恼，可是他今天对她们无怨无恨，可以心甘情愿地为她们效劳，原因不就是他已经不爱她们了吗？要是哪天他面对奥黛特时也能保持这种心态，那他就会明白，他之所以觉得她的愿望里有某种令人难以忍受、无法原谅的东西，完全是嫉妒使然，其实这种愿望是再自然不过的，它表明她还有点儿孩子气，内心也还有着某种细腻的情感，说到底，她无非是希望能对韦尔迪兰夫妇的好客还一份情，自己当一回女主人而已。

他换了一个角度——一个与爱情或嫉妒的角度截然相反的角度来看问题，这样做有时是出于某种理智上的公正性，力求考虑到各种不同的可能性——从这个角度出发判断奥黛特的所作所为，可以假定他从未爱过她，也可以假定她对他而言只是一个和别人并无两样的女人，还可以假定奥黛特的生活不论他在场不在场都没有什么不同，它不是特意策划编排给他看的。

何以见得她在那儿就会和福什维尔或别的什么人纵情享受那种令人心醉的快乐，那种在他身边从未尝到过的快乐呢，这一幕幕场景难道不就是他出于妒忌想象出来的吗？在拜罗伊特就跟在巴黎一样，福什维尔要是偶尔想到他，不会不把他当作一个在奥黛特生活中举足轻重，在奥黛特府上遇到只得把位子让给他的角色。如果说福什维尔和她在那儿为撇下他而扬扬得意的话，那也是他当初设法阻止她去没能成功的缘故，而要是他当初就赞成她的计划——其实这计划也说得过去——那么她看上去就是遵照他的意思去那儿，她也会觉得是他打发她去，把她安顿在那儿的，她为自己能接待那些平时经常接待她的朋友所感到的欣喜，都是拜他斯万所赐。

再说，如果——为了别让她跟他赌气，不再见他一面就一走了事——他把那笔钱给她送去，鼓励她去拜罗伊特，一心让她此行舒适惬意，那她就会飞也似的跑来，满脸洋溢着幸福和感激之情，他也就可以了却将近一星期来的相思之苦，享受重见她的欢愉，这份欢愉是任何东西都无法代替的。因为，只要斯万别在想象中掺杂嫌恶的感情色彩，他就能感受到她的微笑中那份情意，把她从别人手中夺回来的愿望就不会加进爱情的妒意，这份爱情也就变成了一种鉴赏的情趣：他将玩味奥黛特整个人给予他的种种感觉，有如观赏一场演出或考察一种现象那般，欣赏她如何掀起眼帘送出秋波，如何从嘴角漾出笑意，如何轻启朱唇吐出动听的话儿，觉得这一切其乐无穷。这种无与伦比的快乐，最终使他按捺不住地觉得需要她，只有她亲自来或者写信来，才能满足这种需要，跟这种需要几乎同样不出于私心，几乎同样有艺术情趣，同样有悖于常情的，是另一种堪称斯万这一新的生活时期特征的需要，在这段时期，多年来乏味、抑郁的状态，被一种精神焕发的状态所取代，他不知道内心生活这种不期而至的丰富、充实从何而来，好比一个羸弱的病人从某一时刻起突然壮实了，发胖了，有阵子看上去好像就要痊愈了，自己心里都觉得不明白：同样也是在现实世界之外萌生的这另一种需要，就是欣赏和理解音乐的需要。

就这样，他的心病经过这段化学历程，在爱的同时嫉妒过了以后，他对奥黛特重又充满温情和怜爱了。她又变成那个楚楚动人、心地善良的奥黛特了。他感到内疚，自己对她居然那么狠心。他盼望她来到他的身边，而且很想预先给她带来一点乐趣，为的是看到她的感激使她的脸变得容光焕发，使她的嘴角漾满笑意。

奥黛特呢，她吃准不出几天就会看见他跟以前一样温顺地求她重修旧好，所以她早就惯了，不怕让他不高兴，甚至不怕惹他生气，而且只要她觉得合适，她随时可以取消给他的特殊礼遇，而那是他看得比什么都珍贵的。

或许她不知道，在他和她闹别扭的那段时间里，他对她说以后不再给她送钱，要给她点厉害看看，他对她的态度是极其真诚的。或许她也不知道，在另外一些场合，他出于对两人关系前景的考虑，为了向奥黛特表明他没有她照样能行，关系破裂是随时可能的，决定有一段时间不去她家，这时他的态度，即便不是对她，至少是对他自己的态度，同样是极其真诚的。

有时候，一连好几天她没什么事情让他操心，问题却接踵而至了；虽然原先约定了哪几天他要去看她，但他知道这些拜访非但不会给他带来多大的乐趣，反而很可能使他增添新的烦恼，搅乱他眼下平静的心境，于是他写信给她说，最近特别忙，当初讲定的那几天都没法去看她。不料与此同时，她那儿也来了封信，内容恰恰是请他把见面的时间往后挪一下。他暗自感到纳闷，怀疑和痛苦骤然又袭上心头。他重新处于骚动不安的心境中，方才在心境相对平静的情形下对自己许的愿，这会儿已经顾不得了，他急匆匆赶到她家，一定要她答应以后每天都让他来见她。即使不是她先给他来信，即使她只是在收到信后回复说同意暂时分开几天，那也足以叫他坐立不安，非要赶去见她不可。斯万预先怎么也想不到，奥黛特说声同意，居然就会使他的精神状态完全改观。这就好比一个人拥有一样东西，而他想知道倘若中止一下对它的拥有，会发生什么情况，于是他在脑海中暂时摒弃这样东西，而让其他的东西一仍其旧全都留下。不承想少了一样东西，事情并非那么简单，那不仅仅是部分的缺失，而是所有其他的东西全都乱了套，其结果是当初根本无法预料的一种全新的态势。

可是有几次，情况大为不同——事情往往发生在奥黛特正要出门旅行的当口——他找个借口跟她有了几句口角，然后下决心在她回来之前不给她写信，也不去看她，心存从中得益之想而故意把事态夸大，好像两人关系已濒临破裂，奥黛特也许会以为局面真的到了无可挽回的地步，其实被他如此渲染的仅是一次暂别而已，其中大部分时间由于奥黛特人在旅途而不可避免，斯万只不过是把这次暂别的时间稍稍提早了一点。可他已经想象得出奥黛特焦虑不安，为他不去人也不去信而悲痛难抑的样子，她的这个形象消释了他的妒意，让他挺容易地戒掉了想见到她的习惯。分别三周的期限是他自己接受的，所以他下了决心摒弃这个习惯，但有时想到奥黛特一回来就又能见到她，内心深处毕竟还是乐滋滋的；不过，他又并不急于见到她，于是他暗自思忖，何不干脆把这段时间再延长一倍呢。这个期限才刚过去三天，以前也常有一连好多天，远远不止三天见不到奥黛特的时候，但那都不是像现在这样预先安排的。而现在，每逢心里有些不痛快，或者身体有点不舒服——从而促使他把当下这一刻看作一个例外的、不合常规的时刻，此刻只要审慎行事，就可以享受到快乐带来的宁静，此刻无需意志的存在，不妨让它放个假，放到用得着意志的力量时再说——意志就会被搁置起来，停止实施它的强制功能；或者，情况更简单，他突然想起有什么事忘了问奥黛特，比如她说过想要把马车重新漆一遍，那么漆什么颜色是不是已经定下来了，又比如股票，她想买进的是普通股呢还是优先股（能让她看到他见不着她也没事儿，那敢情好，可要是这样一来，马车日后非得重新漆过，而股票又甭想拿到股息，那可就不值喽），想见到她的念头，就像一根绷紧后骤然松开的橡皮筋，又像从一部刚开盖的抽气机里冲出的气体，从久久隐匿着的远方噌的一下弹回来，回到他眼下所在的、充满即时可能性的现场。

这个念头重新返回，没有遭遇任何抵御，其实它也已经非常难以抵御，所以斯万觉得一天天地挨过剩下的半个月不见奥黛特倒还能忍受，但是等车夫套车送他去她家要等上十分钟，却让他几乎无法忍受，这十分钟里，他焦躁不安而又欣喜万分，与她见面的念头来得那么突然，在他还以为它深不可及之际，倏地重新浮现在了脑海，他成百上千遍地重温这个念头，倾诉缱绻的柔情。他已经向自己证明了——至少他这样认为——他那么轻易，那么一点儿也不费事地就能够让一次离别，一次他确信自己可以随意付诸实施的离别延期，因此，毫不迟疑地竭力抵御这个念头的意愿不复存在，从而也就不成其为障碍了。另外，重见奥黛特的这个念头在他脑海中浮现时，赋有一种新意、一种诱惑，带着一股锐气，它们经受过习惯的消磨，但这次不是三天而是十五天（戒掉一个习惯还得持续几天，是可以根据指定的期限预先计算的）的分别，使它们重又变得鲜亮而充满活力；有样东西，在这以前你总以为它是放弃亦不足惜的意料之中的欢愉，可谁想得到，它原来是一种你根本无法抗拒的、不期而至的幸福呢。这个念头回来得那么迅速，最后还有一个原因，那就是斯万对奥黛特在毫无他的音信的情形下也许会想些什么，做些什么，可以说是一片茫然，这种茫然赋予事物以朦胧的美，于是斯万想象中所看到的，是一个几乎陌生的奥黛特令人激动的新形象。

而她，正如她以为他拒绝给钱只不过是故作姿态，斯万问她车子漆什么颜色或要买什么股票，在她看来都是借口而已。她无意探究他历经的心灵危机的各个不同阶段，抱定一个想法以后，就不想再去弄明白事情的前因后果，一门心思只相信她事先知道的事情，只相信那个势所必然、不可避免，而且总是同样的结局。倘若从斯万的观点来看，奥黛特的想法是不全面的——但唯其如此才深刻也说不定——因为斯万想必觉得奥黛特不理解他，正如一个吸食吗啡成瘾的人，或者一个结核病患者，听说他们的情况难以好转，一个是由于他正打算摆脱已成痼疾的习惯的当口，出了一件什么事儿，另一个仅仅是在他觉得自己就要康复之时偶感微恙，这时他俩都感到医生不理解他们，没像他们那样对那些所谓的偶然现象认真加以分析，按医生的说法，它们已经是假象，只是要让病人觉得不可忽视，才表现为吸毒成瘾或结核的病状。其实，就在他俩耽于戒瘾和痊愈的美梦之时，那些现象已经成为病情不断加重，到了无可挽回的地步的征兆。这不，斯万的爱情已经到了这种程度，甭说内科医生，有些病状就连最有胆识的外科医生也束手无策，暗自寻思对于这样一个病人，要他戒毒或给他治病是否适当，或者干脆说，是否还有可能。

诚然，斯万并没有直接意识到这一爱情到底有多深。他想要测量一下时，常常会觉得它好像在不断消减，差不多就要化为乌有了；比如说，他在爱上奥黛特以前，就对她富有表现力的脸部轮廓、并不鲜艳的脸色不敢恭维，甚至有些反感，而现在有些日子，这种情绪又会泛上心头。“我可真有长进噢，”他在和她过夜的第二天心想，“昨晚在她床上把什么都看了个清清楚楚，我居然不大感觉得到快乐：说来奇怪，我甚至觉得她丑。”当然他是真心这么想的，可是他没想到，他的爱情早已绵延超越了肉欲的范围。奥黛特这个具体的人，在其中已经不占多大位置。当他在桌前抬起头来，目光接触到奥黛特的照片，或者逢到她来看他的时候，他感到难以把活生生的奥黛特或照片上的她，跟久驻他心间的令人痛苦而又挥之不去的烦恼忧虑对上号。他几乎很惊讶地对自己说：“这是她。”就像医生当着我们的面，根据种种外部征候，一下子断定我们得的是什么病，可我们觉得这病跟自己的症状一点儿也不像。她，他老是琢磨不透这个她究竟意味着什么；人们常说爱情和死亡是相似的，这话现在看来并不空泛，情与死的联系有了特定的含义，并促使我们去进一步探究人性的奥秘，不让它的真实面目从我们眼前隐去。斯万的爱情这种病，已经四处扩散，跟斯万的种种习惯，跟他的所作所为，跟他的思想、健康、睡眠、生活起居，甚至跟他有关身后的愿望，全都密不可分地联系在一起，它与他是你中有我，我中有你，若想把它从他身上剥离，势必要弄得他遍体鳞伤：用外科的行话来说，他的爱情已经不能手术了。

自从有了这份爱情，斯万差不多让所有其他的私事都荒废了，所以当他偶尔重回以前的社交圈时，他不由得想到，这些社交关系，就好比一枚她未必能真正了解其价值的精致的钻石托座，可以让自己在奥黛特眼里显得起眼一些（其实，要不是这一爱情本身使这些关系跌了份儿，情况倒也许真会是这样，可现在就奥黛特而言，凡是与这爱情有涉的所有事物，全都贬了值，因为这爱情仿佛在告诉她，它们都没那么珍贵），不过，尽管置身于她所不了解的场所和朋友之间，不免使他有些伤感，他还是在其中品尝到了一种超脱的乐趣，那是他曾在描绘有闲阶层娱乐场景的小说或图画中领略过的乐趣，与此同时，他兴致盎然地考察自己家里的日常起居安排是否得体，自己的衣服和仆人的号衣是否雅致，证券的投资是否妥当，如同在他最喜爱的作家圣西门的书中读到宫廷生活的机制，德·曼特农夫人[1]的膳食菜单，或者吕利[2]如何精明地敛财，又如何极尽奢华、讲究排场，等等。斯万在他尚未荒废的相当有限的范围里品尝到了这一新的乐趣，它让斯万得以暂时躲进他心灵深处大致没让爱情和忧伤涉足的、仅剩的那一小点儿空间。在这一点上，这个被我姑婆称作小斯万的人，不同于那位个性色彩更浓的夏尔·斯万，而眼下他也更喜欢自己的这个样子。有一天是帕尔马公主的生日（公主经常可以为奥黛特弄到盛大宴会或周年庆典的请柬，所以间接地博得了奥黛特的好感），他想给她送篮水果去，却不太清楚该上哪儿去订货，就把这事委托母亲的一位表妹，这位很高兴给他帮个忙的表姑妈写信告诉他，所有的水果她不是在同一个地方订的货：葡萄是克拉波特铺子的，葡萄是这家铺子的特色；草莓是若雷店里的；梨子是谢韦店里的，也都是最好的；等等。“每枚果子都是我逐一挑选的。”果然，从亲王夫人的谢函可以得知，草莓芳香诱人，梨

1 德·曼特农夫人（Mme de Maintenon，1635—1719）：路易十四的第二任妻子。1652年与作家斯卡伦结婚，1660年丈夫去世。1679年任宫廷女官。1683年王后去世，路易十四与她结婚。后人对她的书简评价很高。

2 吕利（Lulli，1632—1687）：法国宫廷歌剧作曲家。以好弄权术著称。

子酥嫩可口。尤其是那句“每枚果子都是我逐一挑选的”，慰藉了他心头的怅惘，将他的意识领进一个他难得涉足的领域，按说作为一个有钱财、有地位的布尔乔亚家庭的继承人，他理应承袭这个领域，熟悉店铺行情，娴于订货辞令，原该是他的拿手好戏。

诚然，时间久了，他早已忘记了自己是那个小斯万，现在突然又变成小斯万，他不由得感到很兴奋，平时那些已使他近于麻木的种种所谓乐趣，是无法跟这种兴奋相比的；布尔乔亚的亲切与贵族的亲切相比，也许不如后者来得感人，但他还是更喜欢前者（何况这种亲切让人感到更受用，因为对布尔乔亚来说，这种亲切总是和尊敬密不可分的），亲王殿下来封信，邀请他参加某个盛大的招待会，他并不会觉得怎么样，但要是家里长辈的老朋友邀请他去参加一次家庭婚礼，甚至请他当结婚证人，那他会非常高兴，这样的老朋友当中，有一些还跟他保持着联系，不时来看他——比如我外公，上一年就请他参加了我母亲的婚礼——另一些差不多不能算认识他，但是认定自己有责任对已故的斯万先生的儿子，对这位可敬的继承人在礼数上不能怠慢。

但是，他与上层社会人士的交情渊源长久，在某种程度上已经成为他的家，他的门第、门望的组成部分。想到这些显赫的情谊，他就感到有一种来自外界的支持，心里觉得温暖，当他望着先人留下的丰饶的田地、锃亮的银餐具、精致的桌布时，也会有同样的感觉。他又想，万一哪天病倒在床，差贴身男仆去找的自然就是德·夏特勒公爵、德·侯斯亲王、德·卢森堡公爵和德·夏尔吕男爵，这个想法使他很宽慰，好比咱们那位老弗朗索瓦兹知道自己身后将被装进专为她备下的、写有标记的、没有补缝（即使补过，也必定织补得极其精致，反而让人对织工的灵巧刮目相看）的细布入殓，这种平时常见的裹尸布，即使没在舒适程度上，至少在自尊心上让她感到了某种满足。可是问题在于，平时斯万但凡做什么、想什么与奥黛特有关的事情，总会受一种潜在的、他自己不肯承认的感觉所控制、所左右，觉得自己和随便什么人，就算和韦尔迪兰夫人的信徒中最讨厌的家伙相比，即使不一定让她觉得关系更疏远，至少也是让她更不愿意见到的——与此同时，他却属于被公认为出类拔萃的天之骄子的上流社交圈，在那儿人家以能赢得他的注意为荣，以见不到他为憾，想到这儿，他相信应该有一种更幸福的生活存在，几乎对它感到了一种强烈渴望，这种情形好有一比，就像卧床禁食几月之久的病人骤然在报上看见一顿美餐的菜单，或是西西里岛豪华游的广告。

他得找托词不去拜访上层社会的朋友，他还得想方设法给自己找理由去奥黛特家和她待在一起。为此又得花钱（只要稍有滥用她的耐心之嫌，去看她勤了些，他到月底就会忖度，不知给她四千法郎够不够用），每次去奥黛特家，他都得找个借口带上给她的礼物，捎去她需要的信息，这还不算德·夏尔吕先生的帮衬，当初斯万去她家时路上遇到他，他一定要陪斯万一起去来着。实在没辙了，他就央求德·夏尔吕先生赶快去她家，在交谈时不经意地对她说，他想起一件事要告诉斯万，请她允许他差人马上唤斯万过来；可是斯万经常是空等一场，德·夏尔吕先生晚上来说，那一招没管用。现在她时常不在家，即使人在巴黎，也极少见斯万，当初她爱他的那会儿，对他说过“我随时有空”，还说过“人家怎么说跟我有什么相干”。如今，每回他想见她，她不是推说让人看见不好，就是借口有事分不出身。他提议和她去参加慈善募捐会、画展开幕式，或者一起去看她本来就要去的一场首演，她就说他是唯恐别人不知道他俩的恋情，到处张扬，说他拿她当妓女看待。事情愈来愈棘手，斯万不甘心从此哪儿都甭想见着她，他知道她和我叔公阿道夫很熟，而且关系挺好，而他本人以前也是我叔公的朋友，于是有一天斯万就到叔公在拉贝尔夏斯街的小公寓去看他，请求他对奥黛特施加影响，因为她平时对斯万讲起我叔公时，总会用一种富有诗意的神情说："哦！他可跟你不一样，他对我的友情是那么纯洁，那么高尚，那么可爱！他才不会老想着要和我一起到所有的公共场所去抛头露面呢。"斯万有些窘，不知在我叔公面前说奥黛特该把调子定得多高。他先肯定了奥黛特天生卓尔不群，有着天使般的高尚人品，她所显示出的无法言明的美德，其中观念亦非常人凭经验所能领悟。"我想和您谈谈。您了解奥黛特作为一个女人是多么出类拔萃，多么可爱，多么像个天使。可是您知道巴黎的生活是怎么回事。并不是所有的人都像您和我一样了解奥黛特的。所以有人就觉得我是个有几分可笑的角色；她甚至不许我在公开场合、在剧院跟她见面。她对您是极为信任的，您能不能在她面前为我解释几句，让她相信她是把事情想得太严重了，其实见面打个招呼并不会给她惹什么麻烦。"

叔公劝斯万稍停一段时日别去看奥黛特，这样一来她只会更爱他，对奥黛特呢，叔公劝她让斯万爱在哪儿见她就在哪儿见她。几天过后，奥黛特对斯万说，她真是大失所望，原来我叔公和别的男人是一路货色：他居然企图对她非礼。斯万一听就要去找我叔公决斗，奥黛特让他冷静了下来，但他后来遇见我叔公，仍是拒绝握手。和我叔公的失和，让斯万感到格外遗憾，因为他原本打算再跟叔公多谈几次，彼此推心置腹、无话不谈以后，就可以从他那儿打听奥黛特的情况，弄清楚有关她在尼斯生活的风言风语到底可不可信了。要知道，阿道夫叔公可是每年都在尼斯过冬的。斯万想，我叔公说不定就是在尼斯认识奥黛特的。有人在斯万面前露了点口风，说起当初有个男人可能是奥黛特的情人，斯万听了心里好生不自在。可是，好些事情在他不了解时原以为是骇人听闻、难以置信的，一旦知晓以后，就此化入了他的愁绪，他承认并接受了它们，他已经没法理解它们并非原先想的那么回事了。其中每件事都在他对情妇的看法上留下了不可磨灭的修改痕迹。他甚至觉得自己终于明白了，尽管他从没疑心奥黛特会那么放荡，但知道她放荡的人已不在少数，在巴登和尼斯的那几个月，她的爱调情想必是颇有名气的。他想去接近几个风月场上的人物，多打听一些情况；可是这些人知道他认识奥黛特；再说他也怕招惹他们重又想到奥黛特，引他们去找她。在这以前，但凡与巴登或尼斯不同国籍各色人等杂居一处的生活有关的一切，他都觉得厌倦，现在一旦知道奥黛特也许曾在这两个纵情声色的城市里生活得如鱼得水，而他永远也无法知晓她仅仅是想满足对金钱的需要（有了他以后，这一点应该不成问题了），还是出于她的任性（这是有可能故态复萌的），他只觉得自己是带着无奈、盲目而又令他眩晕的焦虑，俯望着吞没了七年任期[1]头几年的无底深渊，那几年，人们冬天在尼斯的昂格莱斯沿河大街散步，夏天在巴登的椴树下歇荫，斯万觉得在诗人笔下，那都是些充满深沉的痛苦而又无比壮丽的年头；他开始琢磨当时蓝色海岸

1　1873年11月法国议会通过法案，规定法国总统任期为七年。此处所指的当为麦克马洪任总统的七年任期（1873—1879）。

传闻的细枝末节，考虑这些传闻能否有助于理解奥黛特的笑容或目光——它们看上去偏又是那么直率，那么单纯——的微妙含义，他在这上面倾注的热情，不亚于他以美学家的身份考察十五世纪佛罗伦萨留存文献的热情，考察那些文献的目的是深入了解博蒂切利的《春》《美丽的乔瓦娜》或《维纳斯的诞生》中蕴含的意义。他常常默不作声地注视着她，想着心事；她对他说："瞧你的神情多忧郁！"就在不久以前，他对她的看法起了变化，原先觉得她是他认得的人中间最出色、心地最好的女人，后来却认定她是个由情人供养的女人；有时也会倒过来，他眼前先浮现出那个或许跟花花公子、面首厮混的奥黛特·德·克雷西，而后却看到了那张表情有时非常温柔的脸庞，想到了她极有人情味的天性。他寻思："在尼斯人人都知道奥黛特·德·克雷西是谁，那又能说明什么呢？她有这么大的名声，即使是真事，也是别人都这么想才造成的。"他想，这个传闻——倘若并非空穴来风——是外加在奥黛特身上的，并不说明她就是本性难移；她可能曾被引上歧途，但她终究是个可爱的女人，有着美丽的眼睛和一颗对别人的痛苦满怀怜悯的心，他曾把她温顺的身躯搂在怀里尽情地抚弄，总有一天，当他能让她感到离不开自己时，这个女人就是完全属于他的。他眼前的她，常带着点倦意，看上去不再狂热而兴奋地惦记着那些使斯万因无从知晓而感到痛苦的事情；她用双手把长发往后捋了捋；前额和整个脸蛋显得宽了些；这时，一个挺有人情味的念头，一种美好的情绪，有如一道金光那般，倏地从她眼里迸射出来，这种情形是普遍存在的，一般人在稍事休憩或静思之后都会如此。她的整张脸顿时变得容光焕发，好似日落时分灰蒙蒙的原野上空，密集的乌云骤然散开，射出灿烂的霞光。在这种时刻，奥黛特的内心世界，乃至她恍若在梦中凝望的未来，斯万觉得都和自己息息相通；在他眼里，其中是容不得半点纷乱的。这样的时刻唯其稀少，所以更显得珍贵。斯万凭着记忆，把这些时刻连接起来，删去其中间隔的时间，如同浇铸一尊金像那般塑造出一个奥黛特，心地善良，娴静安详，日后（读者将在本书第二卷中看到）他要为这个奥黛特做出的牺牲，是另一个奥黛特无法企望的。可是这样的时刻实在太少，现在他连她的面也难得见到了！即便是两人晚上的约会，她也非等到最后一分钟才肯告诉他是否能定下来，因为，她心想他反正总是有空的，不如先吃准一下晚上还有没有别人会来。她会推说要等一个对她来说非常重要的回音，有时即使已经让斯万过来，打算两人待在一起了，可只要有朋友差人请她去剧场或吃夜宵，她马上会雀跃而起，急忙换装。眼看着她着装打扮，斯万只觉得她的每个动作都距他离开她的时间更近，让他明白时间在一分钟一分钟地过去，一会儿她就会像阵风似的离他而去，谁也别想拦得住；当她装扮停当，想最后再看一眼自己时，她那专注而明亮的目光凝定在镜子上，往嘴唇再抹点口红，把一绺头发搭在前额，吩咐仆人把赴晚宴穿的带金色流苏的天蓝披风拿来，瞧见斯万一脸沮丧的神色，她禁不住做了个不耐烦的手势说："你呀，我留你陪我到现在，你得谢谢我才是。我想我对你够好了。瞧你这样儿，下回我可不这么着了！"有时候，他暗自下决心，哪怕会惹她发火，也要设法弄清楚她到底去了哪儿，他胡思乱想，甚至想和福什维尔结盟，因为这家伙说不定能告诉他答案。况且，只要知道她那天晚上是和哪些人在一起，他十有八九有办法在自己的熟人圈里找到一个主儿，这人认识（即使是间接地认识）陪她出去的那个男人，这样一来就很容易打听到相关的情况了。而他一旦给某个朋友写了信，请他想法子了解某几个细节，他就感到一种解脱后的轻松，因为他再不用尽提没有答案的问题，他已经把这个责任推卸给别人了。说实在的，斯万打听到一些情况后，事情不见得有什么进展。知道一件事情，未必能阻止这件事情发生，可是我们知道的情况，至少是归我们掌握——即使不是掌握在手心里，也是掌握在脑子里，我们可以在脑子里随心所欲地摆布它们，这会使我们产生一种幻觉，似乎我们拥有了主宰它们的权利。每当德·夏尔吕先生和奥黛特在一起时，斯万总感到很高兴。他知道，德·夏尔吕先生和她之间是不会有什么的，德·夏尔吕先生陪她出去，是出于对他斯万的友情，事后他会把她的一举一动原原本本地告诉斯万。有时她对斯万断然声称某天晚上她不能和他见面，看样子那晚她是非出去不可，这时在斯万眼里最要紧的事情就是德·夏尔吕先生能抽空陪她一起出去了。第二天，他不好意思问许多问题，只是趁德·夏尔吕先生回答的机会，装着没听明白的样子，让他多说出点情况来，每听一个情况，他就心放宽一点，因为他很快就了解到奥黛特整个晚上都在一些正经的娱乐场所玩儿。"您怎么说，玫玫[1]，我没太听清楚……你俩从她家出来不是去格雷万蜡像馆？你们先去了别的地方。不是？噢！真有意思！您看您把我逗的，只有她才会想出……不是？是您的主意。这倒奇怪了。反正这主意不坏，她在那儿大概有好些熟人吧？没有？她没跟别人说话？这可真特别。这么说你们就单独两个人那么待着？我想象得出你们的样子。您够意思，玫玫，我喜

1　德·夏尔吕先生的昵称。参见全书第二卷。

欢您。”斯万觉得松了一口气。有时会遇到另一种情形，他正在跟一些不相干的人聊天，也没怎么在意听，忽然有几句话飘到了耳朵里（比如说：“我昨晚看见德·克雷西夫人来着，她和一位我不认识的先生在一起。”），这些话钻进斯万心里，立即转变为固态，硬得像结了层壳，引起心头一阵剧痛，然后就不动了，相比之下，先前听到的话多甜蜜啊：“她谁也不认识，跟谁也没说话。”这种话在他心间运转得多么自如，它们是多么明快、流畅，多么令人心旷神怡！但片刻过后他又想到，奥黛特想必觉得他很乏味，否则怎么会宁可上那些地方去玩儿，也不让他陪在身边呢。那些地方没什么意思，让他放下了心，却也叫他尝到了一种类似受骗的苦涩。

纵然不能让他知道她去了哪儿，但是要让他摆脱焦虑不安的情绪也不难，虽说他当时的那种情绪唯有一种特效药，就是在奥黛特身边亲承她的温情（这种特效药用久了，药量增多，反而会加重病情，但至少能暂时缓解病人的痛苦），不过要让他恢复平静的心态，其实只要奥黛特允许他在她外出时留下来等她就行，在她家里等她回来，他的幻觉中会出现一些犹如魔法召唤来的时刻，和奥黛特回来的那一时刻交融在一起，魔法不仅召来了那些美妙的时刻，而且使他相信它们确实是不同于其他任何时刻的。然而她不肯让他等在家里；他得回自己家去；一路上他绞尽脑汁想着自己有哪些事情好做，不再去想到奥黛特；就连脱衣服的那会儿，脑子里还会转过好些颇为愉快的念头；他满怀第二天去看一幅名画的希望上了床，灭了灯；可是躺在床上，那个习惯得连自己都没意识到的控制阀门刚刚停止起作用，一阵冰凉的战栗袭上心头，他禁不住哭了起来。他甚至不想知道这是为什么，擦了擦眼泪，笑着对自己说："这是怎么啦，我成神经病了。"随即他又让自己去想（但心灰意懒至极）明天还得设法了解奥黛特到底做了些什么，施加各方面的影响争取见她一面。这种没有停息、没有变化、没有结果的苦差，让他感到愈来愈无法忍受，有一天他看见腹部有个肿块，不禁感到一阵由衷的欣喜，心想很可能是恶性的肿瘤，这样他就可以一了百了，什么也别操心，任凭疾病控制、播弄，静等为时不远的末日来临。其实在这段时期，虽然他不自觉地常有死的想头，但他要逃避的并非心灵创伤的剧痛，而是日复一日单调的苦差。

然而他还是希望能活下去，直到有一天他不再爱她，她没有任何理由再来对他说谎，他也终于弄清楚了他那天下午去她家时，她究竟有没有和福什维尔在睡觉。往往一连好几天，疑心她爱着某个别人的念头，使他不再老把心思放在有关福什维尔的问题上，这个问题几乎变得跟他不相干了，这就像旧病表现为新的症状，一时间你倒会以为病好了呢。有些日子，他甚至疑窦不生，心无杂念。他以为自己痊愈了。可是下一天早晨醒来，又觉着老地方又犯病了，仍是同样的痛楚，只是昨儿白天痛感被纷杂印象的湍流冲淡了。而病痛并没被冲走，还在那老地方。其实，他还是痛醒的呢。

这些天天萦绕脑际的事情，对他来说重要至极（尽管他已有相当阅历，足以知道那无非都是些声色犬马之事），但由于奥黛特什么也不肯告诉他，他就没法长时间连续地诉诸想象，想久了脑子里就剩一片空白；这时他就用一根手指按揉沉甸甸的眼睑，仿佛在擦拭夹鼻眼镜的镜片似的，干脆停下不想了。但对于这个陌生世界而言，还残留着一些东西，隐隐约约牵涉到她对远亲或旧友的某项义务，她不让斯万去看她时，总要提到这些亲友，于是在斯万的印象中，他们就像奥黛特生活不可或缺的固定背景。她对他不时会说："哪天哪天我要和女友去赛马场。"用的是不容置疑的语气，所以斯万一旦觉得身体不适，闪过"也许奥黛特乐意来看看我"这么个念头的时候，立刻会记起这天刚好是那个日子，他对自己说："哎！算啦，不必去请她来了，我早该想到今天她要和女友去赛马场。还是另等机会吧；人家不能接受、肯定拒绝的事，说了也是白搭。"让奥黛特非去赛马场不可，让斯万只能乖乖顺从的那项义务，在斯万眼里是不能违抗的，而且它所赋有的必要性使一切或多或少与之有关的事情都变得合情合理了。如果有人在街上遇到奥黛特时跟她打个招呼，斯万出于妒意追问她，她的回答总会把这个陌生人的存在和她告诉过他的两三项重要义务联系起来，比如她会说："上回我和女友去赛马场那会儿，这位先生就在她的包厢里。"这个解释消除了斯万的疑虑，因为他觉得那位女友在赛马场的包厢里除了奥黛特还邀请了别的客人，是挺自然的事，那情景他没去多想，就是想了也想不清楚。噢！他多么想认识那位去赛马场的女友，多么希望她带他和奥黛特一起去啊！他但愿能用全部亲友去换一个经常见到奥黛特的人，无论那是一个指甲修剪师，还是一个商店的小姐！跟那些有地位的女人相比，为她们花的钱再多，他也心甘情愿。从她们身上可以看到奥黛特生活的一个部分，她们这不就为他提供了唯一能有效缓解痛苦的镇静剂吗？这些小人物，奥黛特或是和她们趣味相投，或是出于纯朴的天性，始终和她们保持着联系，如果她们能请他到家里去，他会欣喜地撒腿就跑，天天待在那儿！他心甘情愿就此住在那座肮脏不堪却又令他向往的屋子的六楼，奥黛特平时从不肯带他去那儿，而要是他和那个歇业的小个子女裁缝住在一起，情愿让人说是她的情人，那么他就差不多每天都能接待奥黛特的来访了！在这个相当平民化的街区，生活简陋却充满温馨，滋养着宁静和幸福，他真喜欢在这儿住到地老天荒！

有时还会出现这种情形，她和斯万在一起，有个他不认识的人走近她身旁，只见奥黛特脸上愀然作色，那天斯万去看她碰巧福什维尔在她家，他在她脸上见到过这种神色。不过这种情形很少有；奥黛特撇下要做的事，不顾人家会怎么想，毅然来看斯万的时候，她当场的一举手一投足无不显露出充分的自信：与她刚认识他时胆怯的模样判若两人，也许这正是对当年情怯的一种下意识的矫枉过正，或者说一种自然流露的逆反心理。当初她在他身边感到怯生生，不在他身边给他写信时也同样感到如此："亲爱的，我的手在不停地颤抖，几乎连字也写不成了。"（至少她是这么说的，其中应该多少含有一点真实的感觉，否则就是想凭空捏造恐怕也难。）那时她喜欢斯万。一个人只有为自己，为自己所爱的人才会颤抖。一旦我们的幸福不再掌握在那人手里，我们和那人在一起就会觉得安详，自如，无所顾忌！她现在对他说话，给他写信，不再用那些能让自己恍惚觉着他属于自己的字眼，不再像以前那样对他说"您是我的财富，我们友情的芬芳留在我心间"，不再和他谈到未来，甚至谈到死——仿佛那是他俩共同的事情似的，不再找机会说"我"来代替说"他"。那会儿，随便他说什么，她总以赞赏的口气说："您呀，就是跟人家都不一样。"她端详着他修长的脸庞和微微谢顶的额头，但凡了解斯万身份地位的朋友对这张脸会这么想："要说嘛，他算不上漂亮，可就是处处都透着高雅：这绺顶发，这副眼镜，这抹笑容！”当时她虽说愿意做他的情妇，但也许更感兴趣的是了解他究竟是怎么个人，她说：“我要是能知道这个脑瓜儿里想些什么就好了！”

现在，对斯万说的话，她回答的语气时而愤然，时而姑息：“哎！你这人呀真是另有一功！”她端详着这张因操心而略显苍老的脸（人们现在对这张脸的评价，好比看了音乐会节目单才懂得交响曲中某段的旨趣，认识了父母才明白孩子跟他们像在哪里：“要说嘛，他长得也并不很丑，就是挺可笑的；你瞧他的夹鼻眼镜，那绺顶发，还有那副笑容！”他们凭着自己对暗示特别敏感的想象力，划下了一道无形的界限，一边是几个月前得宠情人的脸庞，一边是情妇另有所爱的倒霉情人的脑瓜），她说：“哎！我要能把这个脑袋瓜里的东西换一换，让它明白点道理就好了。”斯万习惯了往好的方面去想她的话，虽说奥黛特对他的态度稍稍让他有些疑虑，但他还是满怀渴望地抓住她这句话。“你想做就能做到。”他说。

他尽力说服自己，安慰他，引导他，督促他工作，是一项崇高的使命，除奥黛特外，别的女人都趋之若鹜，唯恐不能为之献身，然而说实话，他觉得在那些女人的手里，这项崇高的使命势必沦为对他的自由的无端干涉，那是他断断不能容忍的。“她要不是多少还有点爱我，”他心想，“就不会愿意来改变我了。要改变我，她总得多来看看我吧。”这样一来，她对他的责备，在他看来是对他关心，说不定还是爱他的一种证明呢；不过，他现在连受责备也难得有机会了，所以他只得把她不许他做这做那也一并算进。有一天，她告诉斯万，她不喜欢斯万的车夫，那家伙没准在挑拨斯万和她的关系，反正不管怎么说，她不喜欢他在斯万跟前的样儿，接送既不准时，态度又不恭敬。她觉得斯万希望从她嘴里听到“下回别让他送你上我家来了”，一如希望她给他一个吻。好在她那天心情挺好，就这样对他说了；他很感动。由于和德·夏尔吕先生已经亲密到可以无所顾忌地谈论她的地步（而换了别人，即使是不认识奥黛特的人，哪怕谈论一件微不足道的小事，也多少和她有关吧），斯万对他说：“我相信她还是爱我的；她对我那么好，肯定不会对我在做什么漠不关心的。”要是哪天去她家时，一位顺便搭他车的朋友说道：“咦，怎么不是洛雷当驾车？”斯万会带着一种伤感的喜悦回答说：“哎呀！实话告诉你，我去拉佩鲁兹街没法让洛雷当驾车喽。奥黛特不喜欢我让洛雷当送我上她家去，她觉得他不适合留在我身边；得，有什么法子呢，女人嘛！谁知道是怎么回事！反正我只知道这惹她讨厌了。好吧，我只好让雷米送我喽！要不然我可得吃不了兜着走了！”

奥黛特现在对他的态度要么漠不关心、心不在焉，要么动辄生气，因此斯万当然是痛苦的，但他并没怎么意识到这一点；因为奥黛特对他的冷淡是个日积月累的渐进过程，只有在把而今的她和当初的她相比较时，他才能看清这一变化已经有多大。而这一变化正是日日夜夜折磨着他的埋得既深、位置又隐秘的创伤，他只要发觉自己的思绪离这创口稍稍太近了些，马上就把思绪转到另一个方向，唯恐触到创口引起剧痛。他不着边际地自言自语：“奥黛特有过一阵是更爱我的。”可是他怎么也回想不起那是什么时候。书房里有一只带抽屉的衣柜，他尽量不去看它，进出房间总要绕个弯子避开它，因为其中一个抽屉里藏着他第一次送她回家时她给他的那朵菊花，还有她的几封信，信上写道“您怎么不把您的心也忘在这儿呢，那样的话我可不会让您取回去了”和“无论白天黑夜，只要您需要我，告诉我一声，我的整个人就听候您安排”；在他心间同样有一个地方，他从不让神思擅自接近它，为了避免从它前面经过，宁可让思路绕老大一个圈子：那儿珍藏着幸福时光的回忆。

然而尽管他千般小心，万般谨慎，有天晚上来到上层社交界，一切审慎都不管用了。

那晚是在德·圣厄韦尔特侯爵夫人府上，侯爵夫人连续举办慈善义演，每次正式演出前先请演员来府上的晚会助兴，今年这是最后一次了。前面几次音乐会斯万也曾经打算去听，可总是下不了决心，这一回正在换衣服准备去侯爵夫人府，德·夏尔吕男爵特地来邀他一起去，说有他陪着，斯万就不会觉得又烦又闷了。可是斯万回答他说：

“能和您一起去，我真的很高兴。但如果您肯赏脸为我做另一件事，我会更高兴，那就是去看一下奥黛特。您自己也知道，您对她的影响是极其了不起的。我想她今晚出去做客前会先到那个歇业的女裁缝家去一次，看见您去陪她，她一定会开心的。不过，您也不妨直接先上她家去。想法子让她散散心，同时再劝劝她。最好您能说动她明天做些什么事，而且我们可以三个人一起做……另外也请费心为这个夏天做个准备，看看她有没有兴趣，比如说吧，和我俩一起乘游船到海上去旅行？至于今晚嘛，我没指望非得见到她；不过要是她有这意思，或者您有个什么点子的话，您只消派人到德·圣厄韦尔特夫人府上给我送个信，倘若过了十二点，就直接送我家好了。谢谢您为我所做的一切，您知道我有多爱您。”

男爵答应把他送到圣厄韦尔特府门口以后，就按他的意思去拜访奥黛特。斯万想到奥黛特今晚有德·夏尔吕先生陪着，抵达侯爵夫人府邸时很放心，不过对所有那一切与奥黛特不相干的东西，他都抱一种掺杂忧郁色彩的漠然态度，而这些东西，我们由于对它们没有了功利目的，反而在上层社会场景的衬托下看到了它们自身具有的魅力。斯万一下车，最先映入眼帘的就是府邸女主人一心想在接待宾客的日子让他们见到的一幅虚假的，但又尽力保留服饰和装潢的原来面目的日常生活图景，斯万饶有兴味地看着巴尔扎克笔下的老虎[1]的后代，年轻的马夫和平时外出的随从仆人，这些仆人全都戴帽穿靴，或站在府邸门前的林荫大道上，或守候在马厩跟前，那模样就好比花匠列队伫立在花圃的入口处。斯万本来就有一种在活生生的人和博物馆的肖像画之间发现相似之处的特殊才能，现在这种才能又有了用武之地，而且用得更经常、更广泛了；犹如一幅画卷那般展现在他眼前的，正是此刻在他已经变得很疏远的整个上流社会的生活。这个前厅，在他时常出入社交场合的那会儿，走近这个前厅脱下外套，露出晚礼服的时候，对这儿的情形根本是视而不见的，因为在他逗留的这几分钟里，满脑子不是还在想着刚才离开的那个宴会，就是已经在想仆人就要引他进去的这个晚会了，此刻他才第一次注意到，那些横七竖八睡在长凳、衣箱上的身材高大的听差，犹如一群仪态漂亮而无所事事、四散蜷伏的猎犬，被一个到得特别晚的客人的突然来临惊醒以后，怎样竖起它们那些魁伟却猎兔犬般矫健的身躯，挺直腰板走过来，在他身旁围成了一圈。

1 法国王朝复辟时期，对贵族府邸中一类年轻侍从的称呼。这些年轻侍从在马车行进时站在车厢后面，以保持车辆平衡。

其中有一个，样子特别猛厉，颇像文艺复兴时期某些描绘受刑场面的油画上的行刑人，带着一种冷漠无情的神气向他迎上前来，接过他的衣帽。不过他那纱线手套看上去很柔软，把那道冷酷目光中的生硬表情冲淡了一些，以致当他走近斯万的时候，他似乎表现得对斯万这个人藐然视之，而对他的帽子却恭敬有加。他很当心地接过帽子，那种双手量准帽子尺寸端个正着的姿势里，透出一种小心翼翼的意味，显得极为优雅，而且因为那姿势看上去挺费力的缘故，这几乎是一种令人感动的优雅。然后他把帽子递给一个下手，那是个怯生生的新仆人，滴溜溜乱转的眼睛里流露出内心的惊惶，在开始仆役生涯之初表现得有如关在笼中的野兽那般烦躁不安。

几步开外，一个身穿号衣的魁梧的汉子站在那儿出神。他像尊雕像似的，一动不动，什么事也不干，仿佛是我们在曼坦那[1]的场景最纷乱的画面中见到的那个纯粹起装饰作用的武士，当旁人在他身边左冲右突，格斗厮杀之时，他兀自倚着盾牌在沉思；尽管那群同伴都在斯万身边忙乎着，他却只管冷眼旁观，用峻厉的蓝眼睛的梢角把周围的场景睃在眼里，仿佛打定了主意对它不加过问，有如那是屠杀无辜婴孩或圣雅各殉难[2]的场景似的。他活像属于那个业已消亡的种族，——或许它们仅仅在圣芝诺教堂祭坛的装饰屏和埃雷米塔尼大教堂的壁画上存在，斯万曾去过那儿，它们至今还在屏风或墙壁上作冥想状呢——曼托瓦的大师的某个

1　曼坦那（Mantegna，1431—1506）：意大利文艺复兴时期帕多瓦派画家。曾为曼托瓦大公作宫廷壁画。他出生于曼托瓦城，下文中“曼托瓦的大师”亦即指他。

2　据《圣经·新约·马太福音》，希律王曾下令将伯利恒城内外两岁以下的婴孩全部杀死，圣雅各是《圣经》中十二使徒之一，被亚基帕一世下令用刀戳死。见《圣经·新约·使徒行传》第12章。

帕多瓦人模特儿或是阿贝尔特·丢勒[1]的某个萨克逊人模特儿，给一尊古代雕像授了胎，才使这个魁梧的汉子重新有了生命。生来拳曲，但被美发油粘成一绺一绺的红棕色头发，就像被那位曼托瓦大师孜孜不倦研究过的希腊雕刻，是经过精心处理的，希腊雕刻虽然只创作人体的雕像，但至少希腊人已经知道怎样在人体简单的形态中，发掘出千变万化的，从充满活力的大自然借鉴来的丰富内涵，所以一尊雕像的头发，或是光滑地蜷伏着，而不时又有一个个小圈圈簇起在那儿，或是打成发辫，叠成冠冕的发式，看上去就像一团海藻，一窝白鸽，一蓬风信子花，一条盘着的蛇。

另外还有些身材魁伟的仆人站在宽敞高大的楼梯上，它们像大理石似的寂然不动，犹如一些装饰的雕像，就凭他们，这座楼梯满可以冠以总督府[2]那座楼梯的名字：巨人之梯，斯万走在楼梯上，心绪黯然地想着，这楼梯奥黛特还从来没有上去过呢。唉！如果他是在爬歇业小裁缝家那座黑黢黢、臭烘烘，一不小心就要摔跤的楼梯，他会多么喜悦啊，在那座屋子的六楼，他心甘情愿比在歌剧院订一个每周去一次的包厢付更高的价钱，获准在奥黛特来访以及其他日子都能在这儿度过晚间的时光，可以和那儿的人一起生活，一起谈到她，这些人是他不在时奥黛特经常见到的，因此在斯万眼里，对他情妇的生活，他们了解的细节更真实，更鲜为人知，更神秘莫测。由于没有供下人专用的侧梯，当年的女裁缝家里这座臭味难闻却又令人向往的楼梯上，每天晚上

1　阿贝尔特·丢勒（Albert Dürer，1471—1528）：德国宗教改革运动时期画家、建筑师。曼坦那的弟子。

2　即威尼斯总督府。府内宽大的楼梯两旁分列希腊神话中战神与海神等塑像，人称“巨人之梯”。

家家门口的擦鞋垫上都搁着一只脏兮兮的空牛奶罐，此刻斯万往上走的金碧辉煌却令他生厌的楼梯上，在不同的方位，不同的层面上，门房间的窗子或套房的正门，在墙壁上形成一个个凹处，每个凹处站着一个看门人、管家或管账，他们代表着各自所管的内务部门，同时对来客表示敬意（这些正派人在一个星期的其余时间里各司其职，相对有其独立性，晚上像小业主那样在各自的套房里用餐，而且说不定明天就会到医生或实业家之类的布尔乔亚家庭去当差），他们神情专注，牢记被允准穿上这身鲜亮的号衣之前主人对他们的叮嘱，不敢有丝毫懈怠，尽管这号衣要隔好久才难得穿一回，而且穿在身上未必觉得很舒服，但是他们各自伫立在门口的拱廊下，光鲜气派的衣饰被平民化的神情冲淡了些许，有如一座座神龛里的圣像；一个巨人般的瑞士卫兵穿戴得如同在教堂里一样，每个客人从他跟前经过，他就用手杖敲击一下大理石的地面。斯万在一个脸色苍白，像戈雅笔下的教堂圣器管理人或是古典戏剧中的公证文书誊写员那样，脑后用缎带扎成一条小辫的仆人陪送下登上楼梯，来到一张办公桌跟前，桌上摊着几本硕大的登记簿，几个如同公证人一般端坐桌前的仆人当即立起身来，把他的名字登记上去。随后他穿过一间小小的前厅——这个前厅就像有些被它们的主人专为某一件艺术珍品而设置，并以这件作品命名的房间一样，有意布置得空落落的，除了那一件作品外别无他物，——前厅的进口处，一如陈列本韦努托·切利尼表现警戒的士兵的珍贵雕像，伫立着一个年轻的仆人，身体微微前倾，红色的颈甲上面竖起一张色泽更红的脸膛，焕发着激情、腼腆和热忱的光芒，在用热切、警惕、炽烈的目光穿透悬在音乐厅前面的奥比松挂毯的同时，凭着一种军人风度的沉着或是超自然的信念，保持着一种醒目的姿态——那是警觉的象征，等待的化身，准备战斗的标志——像岗哨在城堡塔楼上，又像天使在大教堂钟楼上，瞭望着远方的来敌或是等待着最后审判时刻的来临。斯万正要走进音乐厅的当口，一个随身带着钥匙圈的掌门人躬身为他开门，有如向他献上一座城池的钥匙。可是他脑子里在想，倘若奥黛特允许他去的话，他此刻正在另外那座房子里，一只搁在擦鞋垫上的空牛奶罐浮现在记忆中，揪紧了他的心。

斯万穿过挂毯的帷幔，仆人的场景让位于宾客的场景，他即刻又体味到了凡男人都丑陋的那种感觉。可是他所熟悉的这种丑陋的脸，自从他发现它们的相貌——对他来说不再是一些实用的标志，让他可以辨认先前在他眼里代表着一堆要追求的欢乐，要避免的烦恼，或是要回报的礼节的某人——取决于相对独立的五官轮廓线，仅仅是根据一些美学上的关系定的位，打这以后，这种丑陋在他又有了一种新的意义。在这些簇拥着斯万的男人身上，即便是其中好些人都戴着的单片眼镜（要在以前，斯万见了至多说一句他们都戴着单片眼镜），如今在他看来也已经不再是一种大家共有的习惯，而是每片眼镜有每片的个性。德·弗罗贝维尔将军和德·布雷奥泰侯爵正在门口谈话，这两位长期以来一直是他用得着的朋友，他们介绍他加入了骑师俱乐部，还给他当过几次决斗的副手，而也许斯万现在只是把他俩看作一幅画里的两个人物，所以将军的两片眼皮中间，像一颗炮弹弹片似的嵌在那张有疤瘢的、扬扬得意而俗不可耐的脸盘上，犹如独眼巨人的那只独眼一般的单片眼镜，在斯万眼里就是一块极其怕人的伤疤，当初落下这个伤疤也许是个光荣，现在拿来炫耀未免就不像话了；至于德·布雷奥泰先生为了表示看重这个宴会而换下平时出入社交场合常戴的（斯万亦然如此）夹鼻眼镜，特地跟珠灰色手套，跟弹簧礼帽[1]和白色皱裥领巾配套的单片眼镜，犹如显微镜下的博物学标本切片那样紧贴住眼睛，镜片后面的一道道细小如豆、乱蹿乱动的亲切目光，则在不住地赞美天花板的高敞，筵席的精美，节目的有趣和冷饮的爽口。

"嘿，您在这儿哪，有好长一阵子没见到您啦，"将军对斯万说，他注意到对方脸带倦容，心想他大概是生了场重病才离开社交圈子的，于是又补上一句，"我说呀，您气色不错嘛！"而这当口，德·布雷奥泰先生正在问一位经常出入社交场合的小说家："怎么样，老兄，到这儿来有何贵干哪？"刚把单片眼镜，那进行心理研究和无情分析的唯一工具，举到眼角边上的小说家，表情严肃而神秘，用舌尖颤动发r音回答说：

"我在观察。"

德·福雷斯泰尔侯爵的单片眼镜非常小，四周没有边框，宛如一块样子怪诞、质地考究的多余软骨嵌在眼睛前面，弄得这只眼睛不住痛苦地抽搐着，给侯爵的脸平添了一种忧郁的细腻表情，使他在女士心目中被认为是能够经受住爱情的忧伤的。德·圣康代先生的单片眼镜，则团团围在一个挺大的圆环中间，就像颗土星，它是整张脸的重心所在，脸上的其他部位无时无刻不在根据它的位置重新排列，不住翕动着的红鼻子和含有嘲讽表情的厚嘴唇，一个劲儿地做着怪腔，想跟圆圆的玻璃片里迸射出来的机智光芒相媲美，有些个追求时髦、心理异常的年轻女子，被这副眼镜弄得想入非非，一心想领略刻意显示的魅力和令人销

1　一种装有弹簧可折叠的男式高顶礼帽。

魂的快感，在她们心目中它简直比社交场上最迷人的眼波还要可爱；而长着个鲤鱼的大脑袋、鼓着一双眼睛的德·帕朗西先生，端着他那副单片眼镜，慢吞吞地在宾客中间踱来踱去，不时松开一下牙床骨，像是在寻思该走哪个方向似的，看他那模样，仿佛从敲碎的玻璃鱼缸的碎片里，完全偶然地，说不定还纯粹是象征性地，单单捡起一块带到了这儿，对乔托在帕多瓦教堂里画的罪孽与美德极为赞赏的斯万，从这片颇有见微知著意味的玻璃，联想到不公边上那枝长满绿叶的小树枝，正是它暗示了隐匿不公巢穴的丛林。

斯万在德·圣厄韦尔特夫人的敦请下往前走去，拣了个位子坐下听一位长笛手演奏俄耳甫斯的那支曲调[1]，不巧的是，从这个位置看去，只能看见并排坐在一起的两位已经不算年轻的女士，德·康布尔梅侯爵夫人和德·弗朗克托子爵夫人，这两位表姐妹，每次在晚会上总是手里拎着提包，身后跟着女儿，急巴巴地你找我、我找你，就像在火车站似的，而且在两人用扇子或手帕指点两个相邻的位子之前，决计不会安静下来；德·康布尔梅夫人由于很少与人交往，能有一位女伴自然是求之不得，德·弗朗克托夫人则颇有名望，但她觉得让所有这些打扮得漂漂亮亮的熟人看见她宁愿跟一位毫不引人注目的夫人，一位与她有着共同的青春回忆的夫人待在一起，真是既风雅又与众不同。斯万憋着一肚子的挖苦话，闷闷不乐地瞧着她俩在听长笛后面的钢琴插曲（李斯特的《圣方济各对鸟儿说话》[2]），德·弗朗克托夫人随着

1 指德国作曲家格鲁克（1714—1787）取材于希腊神话的歌剧《俄耳甫斯》中俄耳甫斯唱的那首咏叹调《我失去了欧律狄刻》。

2 指李斯特《两首传奇》（*Deux Legendes*）中的《对鸟儿布道的圣方济各》。

钢琴家令人眼花缭乱的演奏，变得激动异常，眼神狂乱，仿佛他用手指在上面敏捷地掠过的那些琴键，就是一副悬空的高秋千，他一不小心就会从八十米的高空直跌下来，她还不时朝邻座的女友投去不敢相信似的、惊愕的目光，那意思是说："真是叫人没法相信，我从没想到竟然有人会弹得这么出神入化。"德·康布尔梅夫人摆出一副受过良好音乐教育的架势，拿自己的脑袋权充节拍器的摆杆打着拍子，不停地从这个肩膀晃到那个肩膀，摆动的幅度和速度都愈来愈大（而目光中自暴自弃的神情，完全就像那些已经无法控制自己，而且也不想去这么做的受尽痛苦的人在说："我又有什么办法呢！"），以至于项链上的钻石每每要钩住上衣的扣襻，插在头上的那枚黑玉葡萄发簪也老是翘起来，但动作的节奏丝毫没有因此而放慢。在德·弗朗克托夫人的另一边，稍稍再靠前些，坐着德·加拉尔冬侯爵夫人，她脑子里想的尽是她最爱想的那个话头，就是她跟盖尔芒特家族的姻亲关系，其中自有许多可以向别人炫耀、可以引以为荣的东西，但其中也掺杂着些许羞愧，那个家族中最显赫的门第都对她有些冷落，也许是因为她不大讨人喜欢，也许是因为她不大听话，也许是因为她出身于一个地位较低的旁支，也许什么理由也没有。她碰到身边有不认识的生人，就像这会儿身边坐着德·弗朗克托夫人时，总会因为自己跟盖尔芒特家族的亲戚关系没法让对方知道心里好生不自在，恨不得能用人人看得懂的文字把它明明白白标出来，就像拜占庭教堂里那样，在每位圣人塑像的边上，把据说是这位圣人说过的话一短行一短行地排成一列，镌刻在墙壁上。此刻她正想到，德·洛姆亲王夫人结婚以后，这六年来既没邀请她去做过客，也没来拜访过她。想着想着，她不由得憋了一肚子闷火，但同时也憋了一肚子傲气；原来，平时也常有人觉得纳闷，为什么在德·洛姆亲王夫人府上见不到她，而她总是回答说，因为她不想在那儿遇到玛蒂尔德公主——那是她的极端正统派的家庭所绝对不能允许的，——说多了，她就以为自己当真是为这个缘故才不上那位年轻表妹家去的了。她依稀还记得问过好几次德·洛姆亲王夫人，怎样才能跟她见面，不过这个印象已经有些模糊了，况且，嘟嘟哝哝对自己说上一句“不管怎么说，这第一步总不该是我来走吧，我比她大二十岁呢”，也就足够把这个稍稍有些羞辱的回忆抵消干净了。亏得这些内心独白的效力，她骄傲地挺起胸脯，把两个肩膀使劲往后扳，扳得像要跟胸部脱开似的，加在上面的那颗差不多快要仰平的脑袋，让人想起连着浑身羽毛一起上桌的野鸡拼装上去的头。这并非因为她没有生就一副男人般短矬粗壮的身材，而是因为所受的侮辱使她拔起了身子，就像那些没拣着个好地方，长在了悬崖边上的大树，为了保持平衡，非得往后长不可。要想不再为自己没法真正跟盖尔芒特家族的其他成员平起平坐而感到痛苦，她就得不断地对自己说，她是因为在原则问题上不肯让步，因为骄傲才不去看他们的，这种想法到头来居然把她的形体塑造得另有一种仪态，让一般中产阶级妇女看在眼里觉得那是出身名门的标志，有时还能撩拨得晚会上那些眼睛看乏了的男士投去含着欲念的匆匆一瞥。倘若有人在德·加拉尔冬夫人谈话时做个统计，根据每个词出现频率的高低进行分析，以便找出破译一种密码语言的关键，那他就会发现，无论什么话，哪怕是最习见的常用语，都没有像“在我盖尔芒特表兄弟家”“在我盖尔芒特姑妈家”“艾尔泽亚·德·盖尔芒特的健康”“我盖尔芒特表妹的包厢”出现得那么频繁。每当有人对她提起一位名人时，她总是回答说，她本人并不认识这位先生或夫人，但她在她盖尔芒特姑妈家里经常见到他或她，不过她这么回答的当口，语气是冷冰冰的，嗓音也很低沉，所以很清楚，她本人之所以不认识那位名人，完全是那些无法动摇的坚定原则的关系，她的肩膀就是依靠这些原则在支撑着，正如体操运动员被教练按在梯架上扩张胸部。

德·洛姆亲王夫人，大家原以为这晚上在德·圣厄韦尔特夫人府上见不到她的，这会儿却驾临了。为了表示不想在一个降尊纡贵而光临的客厅里让人感觉到自己身份的至尊至贵，尽管没人聚在门口，也没人要让道，可她还是缩起肩膀侧身而入，进门后有意待在客厅的尽里头，觉得挺自在的样子，就像一个国王亲自在剧院门口排队买票，而院方因为没接到通知，根本不知道他驾幸那样；她目不斜视——以免显得是在提醒人家自己的在场，吸引人家的注意——只管瞧着地毯上的图案或是自己的长裙，就那么站在一个自以为最不显眼的地方（她知道，德·圣厄韦尔特夫人只要一瞧见她，就会喜出望外地一路咋呼把她拉过去的），就在那位她不认识的德·康布尔梅夫人旁边。她注视着这位酷爱音乐的邻座表情丰富的动作，但没学她的样。德·洛姆亲王夫人既然已经来到了德·圣厄韦尔特夫人府上，不会不想尽量地和蔼可亲，以便让她对这位夫人的礼遇显得加倍优渥。然而她生性害怕她所谓的夸张，一心想显得无须放任自己做出有损她那个小圈子的气派的举止，可是接触到一个新的环境，尽管那儿的人层次要低些，即便最有自信的人也还是难免会受那里气氛的感染，不由得生出一种近乎自惭的模仿别人的意愿，所以那些动作实在又使她没法无动于衷。她开始暗地里思忖起来，对这支也许跟曾经听到过的音乐大相异趣的曲子，会不会真有必要这么手舞足蹈呢，要是毫无表示的话，会不会让人觉得自己是不懂，又会不会显得失礼呢；结果这种矛盾的心情被折中地表达了出来，她要不就是一边好奇地冷眼看着那位疯疯癫癫的邻座，一边把内衣的肩带一个劲儿往上拉，不时去摸摸金发上那些既简洁又迷人的头饰，那些镶嵌着钻石的粉红色的珊瑚或珐琅珠子，要不就是用扇子打一会儿拍子，不过为了保持自己的独立精神，她打的拍子没按节奏打在点子上。这会儿钢琴家一曲李斯特刚弹完，正开始弹肖邦的一首前奏曲，德·康布尔梅夫人朝着德·弗朗克托夫人莞尔一笑，这道充满柔情的笑容，既透露了她作为内行的满足心情，也暗示着对往昔岁月的怀恋。她在很年轻的时候就不胜爱慕地欣赏肖邦的这些蜿蜒逶迤、洋洋洒洒的乐句，它们是那么流畅，那么自如，那么感人，一开始它们像是游离在初衷之外，远远地尝试着寻找自己的天地，所到之处要比你所能想象的还要远得多，但它们在这种匪夷所思的跨度上弹奏，又正是为了最后能更断然地回来——以一种事先更仔细地考虑过的、更为精确的方式回来，犹如回到一片水晶块上，使它发出清脆的鸣响，直到让你发出赞美的惊叹——击中你的心灵。

她生活在外省一个不大与人交往的家庭，很少有机会参加舞会，因此她习惯了在庄园孤独的音乐声中有滋有味地想象着一对对舞伴时而慢舞，时而快旋，把他们像花儿一样排成队形，有时离开一下舞会到湖边去听松树林间的风声，眼前骤然瞥见一位身材修长的年轻人向她走来，他和世上任何少女梦想中的白马王子都不一样，嗓音既悦耳，又奇特，还有些走调，双手戴着雪白的手套。而如今这种音乐的美已经过时了，好像变得黯然失色了。

好些年头没有了知音的赏识，它失去了荣耀和魅力，当初喜欢它的那些趣味不高的听众，现在也觉得它不过尔尔，不愿提及从中得到的乐趣了。德·康布尔梅夫人回过头去睃了一眼。她知道新儿媳（这位既懂和弦又懂希腊文的少妇对婆家处处充满敬意，唯独事关精神领域的事物时，她另有特殊的见解）瞧不起肖邦，听到人家弹肖邦就头痛。但此刻那位瓦格纳迷远远地跟一伙年龄相仿的年轻人在一起，不会顾及婆婆在做什么，于是德·康布尔梅夫人放心地沉浸在自己美妙的感受之中。德·洛姆亲王夫人也觉得琴声很美妙。她虽然没有音乐天赋，但十五年前曾在圣日耳曼区的一位老太太那儿上过钢琴课，这位当年才华横溢的钢琴名师，晚年穷愁潦倒，七十岁重操旧业，给早年学生的女儿、外孙女授课，现在她已经去世了。但是她的技巧，她动听的音色，有时还会在学生的指尖复活，其中甚至还包括一些在其他方面变得很平庸，而且早就放弃音乐，连琴盖都难得打开的学生。所以受过正规训练的德·洛姆亲王夫人能把脑袋晃得很到位，对钢琴家演奏这首她能背谱的前奏曲表示了赞赏。开始那个乐句一响起，她情不自禁随着琴声轻轻哼出了下半句。她喃喃地说："永远这么迷人。"在说迷人时，把迷字拖得特别长，这是情感细腻的一种表露，她感觉到这么发音时嘴唇浪漫地微张，像一朵美丽的花儿，而且下意识地让目光与之相协调，此刻的眼神带有一种伤感、迷离的况味。而这会儿，德·加拉尔冬夫人正暗自生气，心想遇见德·洛姆亲王夫人的机会实在太少了，否则亲王夫人跟她见面打招呼时，她可以不睬对方，教训教训这个表妹。她不知道这个表妹就在场。可巧德·弗朗克托夫人的头偏了一下，让她瞥见了亲王夫人。她心急火燎地朝她走去，一路上惊动了所有的人；但她又想保持一种高傲、冷漠的神情，提醒大家如果在哪个亲戚家里会劈面遇到玛蒂尔德公主，她就不稀罕这样的亲戚，而且对这位表妹，她根本用不着迎上前去，因为她俩不是一个辈分；然而她又不愿让这种高傲、矜持显得太突兀，所以想说几句话既表明自己师出有名，又叫那位表妹不得不接她的话茬儿；刚走到亲王夫人跟前，她就板着脸，硬撅撅地伸着一只手说："你丈夫怎么样？"语气之担忧，倒像亲王病得很重似的。亲王夫人哈哈大笑，她的笑有其特色，既能表示她没把某人放在眼里，又能把脸部线条集中到生动的嘴角和明亮的眼眸周围，使整张脸显得更光彩照人：

"好得不能再好了！"

亲王夫人仍在笑。可德·加拉尔冬夫人就是放心不下亲王的身体状况，腰板挺直、神色凛然地对表妹说：

"奥莉安纳（听到这称呼，德·洛姆夫人漾着笑意的脸露出惊讶的神情望着一个看不见的第三者，仿佛要表明她从没允许过德·加拉尔冬夫人直呼其名），我希望明晚你一定要上我那儿去听一会儿莫扎特的单簧管五重奏。我想听听你的想法。"

她不像邀请做客，而像请人帮忙，亟须听到亲王夫人对莫扎特五重奏的意见，似乎那是她府上新厨娘的一道拿手菜，她非常看重一位美食家对厨娘技艺的评价。

"可我听过这首五重奏哪，我可以马上告诉你……我喜欢！"

"你知道，我丈夫不太好，他的肝……要能见到你，他会很高兴的。"德·加拉尔冬夫人接着说，这回她是以道义的名义非让亲王夫人去她府上的晚会不可。

亲王夫人一向不喜欢对别人说她不想上对方家里去。每天她都要写信表示遗憾，自己有事无法参加——不是婆婆突然来访，大伯邀请做客，就是上歌剧院或去郊游——一个她本来就不想去的晚会。她这样做，让许多人喜滋滋地以为她是乐于和她们交往，愿意上他们家去的，只不过又是脱不开身，而眼看自己家的晚会竟然跟亲王夫人的事儿相提并论，他们真有受宠若惊之感。再说，她属于盖尔芒特家族的智力精英圈子，其中成员赋有某种敏于应对的风趣，谈吐不用陈词，情感不落俗套，这种风趣与梅里美的风格一脉相承，在梅拉克和阿莱维的剧本中所能见到的已是它的末流，至于亲王夫人，她甚至把这种风趣引用于社交场合，即便说的是客套话，也会注重实效，讲究简洁，以求接近谦逊的真理。她不想为表明自己乐于出席一个家庭主妇的晚宴多费口舌；她觉得不如把一些日常琐事告诉对方，让人家明白她能否去参加那个晚会就取决于这些小事，反而显得更可爱。

“你听我说，”她对德·加拉尔冬夫人说，“明天晚上我得上一位女友家去，她问我哪天有空都问了好久了。要是她带我们去剧院，我再怎么想去你家也办不到了；不过要是我们留在她家里，那我知道准不会再有别人，我可以提前向她告辞。”

“哎，你看见你那位朋友斯万先生了吗？”

“没有啊，这个可爱的夏尔，我不知道他也在这儿，我要想法子让他看见我。”

“真是奇怪，他居然会上这个圣厄韦尔特大妈家来。”德·加拉尔冬夫人说。“噢！我知道他很聪明，”她的本意是说工于心计，“可那又怎么样，一个犹太人不是照样上两位大主教的妹妹和弟媳家来吗！”

“不怕你见笑，我倒觉得这没什么可以大惊小怪的。”

德・洛姆亲王夫人说。

“我知道他皈依了天主教，就连他的父母和祖父母也改了宗。可我听说，改宗皈依天主教的人反而更留恋原先的信仰，那是一种装模作样，真是这样吗？”

“对此我无可奉告。”

钢琴家要弹肖邦的两首曲子，弹完那首序前奏曲后，马上开始弹一首波洛奈兹舞曲。可从德・加拉尔冬夫人让这位表妹得知斯万在场以后，就算肖邦本人活过来弹奏他的全部作品，德・洛姆亲王夫人恐怕也无心去听了。人可以分成两半，有一半人只对不认识的人感到好奇，亲王夫人属于的另一半人却只对自己认识的人才感兴趣。正如圣日耳曼区的许多贵妇，一旦在某处见到自己圈子里的某人，尽管她对此人并没有什么特别的话要说，她也会撇下所有其他人，全神贯注在这个人身上。从此时起，亲王夫人一心指望的就是斯万能看见她，活像一只养在笼里的白鼠，让人拿着块方糖一会儿伸给它，一会儿缩回去，那张脸转来转去，脸上层出不穷地变幻着与对方充满默契的表情——但跟肖邦的波洛奈兹舞曲的情绪起伏并不相干——斯万在哪儿，那张脸就向着哪儿，斯万换了个地方，那张笑吟吟的脸也跟着转向那儿。

“奥莉安娜，你可别生气，”德・加拉尔冬夫人管自往下说，她这人哪怕只为在一丁点儿的小事上图一时之快，宁可断送自己在社交界的远大前程，舍弃有朝一日在上层社会风光风光的希望，也非得说出那几句让人不受用的话不可，“他们在说，这位斯万先生在家里是接待不得的，此话不知是否当真？”

“哎……当真不当真，你应该很清楚啊，”德・洛姆亲王夫人回答说，“既然你请过他五十次，他一次也没去。”

说完，她又哈哈大笑，撇下自尊心大为受挫的表姐走开去，这笑声惹恼了聆听音乐的宾客，却也引起了德·圣厄韦尔特夫人的注意，她出于礼貌，刚才一直坐在钢琴旁边，到这会儿方才瞧见亲王夫人。德·圣厄韦尔特夫人原以为德·洛姆夫人正在盖尔芒特照料生病的公公呢，现在看见她来自然格外高兴。

“嗨哟，亲王夫人，敢情您也来了？”

“是啊，我猫在一个角落里，听到了不少趣闻呢。”

“怎么，您已经来了好长时间啦？”

“可不是，我觉得这好长时间挺短的，要说长，也只长在我没见到您。”

德·圣厄韦尔特夫人要把自己的圈手椅让给亲王夫人，亲王夫人说道：

“千万别这样！这是干吗？我在哪儿都挺好嘛！”

说着，她特意拣了张没有靠背的墩形软座，以充分显示高贵夫人的朴实无华：

“瞧，我坐这软凳就行。这样坐着腰板挺。噢！天哪，我再这么呱啦呱啦，要让人嘘我了。”

这时钢琴家速度骤增，音乐的激情发挥得淋漓尽致，而有个仆人正托着一盘饮料走过，杯里的长匙叮当作响，德·圣厄韦尔特夫人对他连连做手势叫他出去，他却视而不见，这是每星期都要重演的一幕。一个新婚的少妇，因为事先有人关照过她年轻女子不能露出厌倦之色，脸上一直挂着甜甜的笑容，眼睛搜寻着府邸的女主人，想用目光向对方表示自己对如此的盛宴没忘了想到她的感激之忱。但是，她虽说比德·弗朗克托夫人要来得安静些，可在听这首曲子时，心里也是不无担心的；不过她担心的对象不是钢琴家，而是钢琴本身，琴盖上摆着一盏烛台，每响起一个最强音，蜡烛就颤抖一下，看上去挺危险，即便不把灯罩给烧着，至少也会在琴盖的檀木上留下一些烛痕。临了她实在熬不住，跨上琴台的两级台阶抢步去端烛台托盘。可手刚碰到托盘，那首曲子在最后一个和弦声中结束了，钢琴家站起身来。然而这位少妇特立独行的勇气，以及由此引起的她险些与演奏家相撞的一时混乱，还是博得了普遍的好感。

“您注意到她的表现了吗，亲王夫人？”德·弗罗贝维尔将军看见德·圣厄韦尔特夫人离开德·洛姆亲王夫人，就过来和她打招呼，开口说，“真稀奇啊。莫非她本人也是音乐家？”

“不，这是康布尔梅家的新媳妇。”亲王夫人轻忽地应声答道，迅即补充说：“我也只是听说而已，她是何许人我可一无所知，听坐在我背后的人说，他们都是德·圣厄韦尔特夫人乡下的邻居，可我想没人会真的认识他们。他们想必真是些乡巴佬！不过，我不知道您是否常来这个引人注目的社交圈，我可全然不知这些奇奇怪怪的宾客姓甚名谁。依您看来，这些人在不来德·圣厄韦尔特夫人家晚会的时候，会在干些什么呢？她想必是靠请来的音乐家、租来的椅子和那些清凉饮料在招徕他们。您总得承认，这些贝洛瓦商号的宾客[1]的确与众不同吧。难道她兴致真有那么好，每星期都要把这些宝货弄到家里来撑场面？简直不可思议！”

“啊！不过康布尔梅可是个有来头的古老的名字哪。”将军说。

1　贝洛瓦商号是巴黎一家专营出租舞会、晚会用品的店铺。其中的椅子档次较低，舞会或晚会的主人往往专为次要宾客租用这家店铺的椅子。

“说它古老我看错不了，”亲王夫人冷冷地回答说，“但无论怎么说，这名头听上去不和谐。”她把和谐读得特别清楚，仿佛这两个字加了引号似的，这种略带做作的说话技巧，是盖尔芒特那个小圈子所特有的。

“您真这么觉得？她可长得真美，”将军目光须臾不离年轻的德·康布尔梅夫人说，“您不这么认为吗，亲王夫人？”

“她太喜欢抛头露面了，我觉得一个年轻女人这样很不可爱，毕竟她跟我还不是同一个辈分呢。”德·洛姆夫人回答说（这个说法倒是加拉尔冬和盖尔芒特公用的）。

亲王夫人看见德·弗罗贝维尔先生还在望着德·康布尔梅夫人，既出于对那少妇的悻然，也出于对将军的殷勤，接着说：“很不可爱……对她丈夫来说！我很遗憾不认识她，要不看您对她这么动心，我一定给您介绍了。”亲王夫人嘴里这么说，其实即使她认识那位少妇，十有八九也是不会这么做的。“现在我非得和您说晚安了，因为今天是一位女友的生日，我得去祝贺一下。”她说话的语气谦逊而真挚，她要去参加的那个社交聚会，就此成为一种单纯的礼仪，聚会固然无聊，但是她非去不可，而且去得令人感动。“再说我得去那儿和巴赞碰头，趁我在这儿的工夫，他去看望您认识的朋友，我记得这家人的姓像一座桥，叫伊埃纳。[1]”

“伊埃纳，这首先意味着一次胜利的战役，亲王夫人，”将军说，“有什么办法呢，对我这样一个职业军人来说，它首先意味着一次胜利的战役，亲王夫人，”说着他摘下单片眼镜来擦

1　伊埃纳家族是拿破仑时代的贵族。伊埃纳桥系为纪念拿破仑于1806年打败普鲁士联军而建造，1813年竣工。

拭，就像给创口换块纱布似的，亲王夫人本能地把目光转开去，“帝国时代的贵族嘛，当然是另外一回事喽，不过，他们打仗还是好样儿的，败也败得有英雄气概。”

“我对英雄气概可是充满敬意的噢，”亲王夫人说，语气中略含讥讽，“我没和巴赞一起去那位德·伊埃纳亲王夫人家，跟这毫不相干，我只不过是不认识他们罢了。巴赞认识他们，喜欢他们。哦！不，您可不要往别处想噢，这不是暧昧关系，我不会指责他在调情的！再说，就是我这么指责他，又有什么用呢！”她说这话的语调有些忧郁，因为人人都知道从德·洛姆亲王娶了他迷人的表妹第二天起，他就外遇不断。“好在也不是这么回事，他们都是些他以前认识的朋友，他的铁哥们儿，我觉得这样挺好。我先只告诉您他跟我说的他们的宅邸吧……您想呀，他们的家具全都是帝国时代的式样！”

“我的亲王夫人，当然啰，那些都是他们祖父辈的家具。”

“这我知道，可就这样它们照样很难看嘛。一个人家里没有什么漂亮东西，这我完全能理解，可是总不能尽放些可笑的东西吧。有什么法子呢？我从来没有见过比这种可怕的式样更矫情、更市侩气的东西，那些胖鼓鼓的抽斗柜两边装饰着天鹅的头，弄得像浴盆。”

“我估摸他们还是有些好东西的，那张有名的精工镶嵌的桌子应该还在吧，在上面签署的条约……”

“噢！他们家的东西还是有些历史价值的，这我知道。可是这些东西不可能有美感……它们多吓人啊！我家也有些这样的东西，都是巴赞从孟德斯鸠家族继承下来的。不过，它们都放在盖尔芒特的顶楼上，没人看得见。反正问题也不在这儿，要是我认识他们，我会和巴赞一起兴冲冲地赶去，在他们家的狮身人面像和古铜器中间拜访他们，可是……我不认识他们呀！小时候，大人经常对我说，到不认识的人家里去是不礼貌的，”她说这话的语调有一种孩子气，“这不，人家怎么教我就怎么做呗。您能想象这些勇士看见一个陌生人进去，会是怎么副模样吗？他们说不定会给我吃闭门羹呢！”亲王夫人说。

想到这个假设的情景，她脸上绽开了笑容，而对准将军望着的那双蓝眼睛里透出梦幻般的温柔神情，更显得笑靥动人，娇态可掬。

“哦！亲王夫人，您明明知道，您能去他们高兴还来不及呢……”

“瞧您说的，为什么呢？”她敏捷活泼地问道，或许是不想显得她明知这是因为她位于法兰西最尊贵的夫人之列，或许是她很愿意听到这话出于将军之口的缘故。“为什么呢？您怎么知道？说不定这是人家最讨厌的事哪。我呀，什么都不清楚，不过就我而言，看见这么些自己认识的人已经够让我烦的了，要是还非得去见我不认识的那些人，即使他们充满英雄气概，我想我真会疯的。再说么，像您这样的老朋友自然另当别论，可对别人我真的不知道英雄气概在社交圈里能有什么用。常常举办晚宴已经够叫我头疼了，倘若还得要我挽着斯巴达克的胳膊入席……真的不行，再怎么样我也不会请韦森托里克斯[1]来凑满十四位宾客的。我觉得在盛大的晚会上给他留个位子倒也无妨。可我没这样的打

1　韦森托里克斯（Vercingétorix，约公元前72—前46）：高卢部落首领，曾率领反叛罗马人统治的起义，后被俘处死。西方习俗忌讳十三这个数字，所以恰有十三人同桌用餐时，常邀另一人入席。

算呀……”

“哦！亲王夫人，您真不愧是盖尔芒特家的人。盖尔芒特家族的风趣，您可一点不缺！”

“为什么一说起风趣，总得说是盖尔芒特家族呢，我可真不明白。难道您还知道别的哪位盖尔芒特也这么风趣不成。”说着她开心忘怀地放声大笑，脸部的线条汇聚成生动的组合，眼睛闪闪发亮，射出阳光般灿烂的光芒，唯一能激发这种充满欢愉的目光的，就是赞美她的风趣或美貌的话，即使这些话是亲王夫人自己说的。“瞧，斯万好像在那儿跟您的康布尔梅见面寒暄呢；那儿……他站在圣厄韦尔特大妈边上，您瞧不见他！去请他帮您介绍吧。可得赶快噢，他就要离开了！”

“您注意到了他的脸色很难看吗？”将军说。

“我可怜的夏尔！噢！他总算过来了，我都快要以为他不想见我了呢！”

斯万挺喜欢德·洛姆亲王夫人，而且看见她就会想起盖尔芒特，它与贡布雷毗邻，整个这片土地他是多么心向往之啊，他不回去看看只是为了不想离开奥黛特。此刻他重返旧日的社交圈，那些看似洒脱不拘，其实是献殷勤的妙语自然而然脱口而出，他知道亲王夫人爱听这些话——此外他也想抒发一下自己对家乡的怀念之情：

“哦！”他对着德·圣厄韦尔特夫人说，其实是说给德·洛姆夫人听的，“可爱的亲王夫人也来了！您瞧，她是特地从盖尔芒特来听李斯特的《圣方济各对鸟儿说话》，就像只美丽的山雀，匆匆忙忙捡了些野生李子和山楂果子，插进发髻就赶来了，上面甚至还有露珠和冰凇，公爵夫人敢情冻得直呻吟呢。这样很漂亮，我亲爱的亲王夫人。[1]”

“怎么，亲王夫人是专程从盖尔芒特赶来的？这太让人感动了！真是抱歉，我还不知道呢。”德·圣厄韦尔特夫人神情天真地高声说道，说实话她对斯万的风趣做派还真有些摸不透。她端详着亲王夫人的发髻说：“没错，看上去就像……怎么说呢，不是栗子，哦不！这个主意可爱极了，可是亲王夫人怎么会知道今晚弹哪些曲子的呢！钢琴家事先连我都没告诉呀。”

斯万每当和一位他惯于献献殷勤说些恭维话的女士在一起，总会妙语如珠弄得社交圈里不少人根本听不懂，此刻他无心去向德·圣厄韦尔特夫人解释，他的话是一种隐喻。亲王夫人却放声笑了起来，因为斯万的诙谐在她的小圈子里一向备受赞赏，还因为每次听到人家恭维她，她总会觉得那些恭维话妙不可言，忍不住要发笑。

“嗨哟！夏尔，要是您喜欢我这些小山楂果子，我真高兴极了。您干吗跟那个康布尔梅打招呼呀，难道您也是她的乡下邻居？”

德·圣厄韦尔特夫人看见亲王夫人和斯万挺谈得来，就走开了。

“您自己也是啊，亲王夫人。”

“我？这么说，这些人到处都有他们的田产！我倒真想跟他们一样呢！”

“这些人不是康布尔梅家的，他们是她的亲戚；她是勒格朗丹家的小姐，以前常去贡布雷。我不知道您是否知道您有个

1　斯万的这番恭维话出自1909年上演的一部歌剧的台词。

德·贡布雷侯爵夫人的头衔，贡布雷教堂的教务会还欠您一笔佃租呢。”

“我不知道教堂的教务会欠我什么，可我知道教堂的本堂神父每年向我借一百法郎，这笔钱我以后不想给了。反正不管怎么说，这些康布尔梅的名字真奇怪。收梢倒收得还真是时候，可收得不是味儿！”她笑着说。

“开头也不见得好些。”斯万回答说。

“可不，两个缩写这么拼在一起[1]！……”

“看来是有那么个人，怒不可遏却又碍于体面攸关，没敢把第一个词说完。”

“既然他非要把第二个词开个头，那还不如干脆把第一个词说完了事。我们可真有雅兴，一见面就开起玩笑来了，亲爱的夏尔，前一阵老见不着您，您想我有多无聊啊，”她说这话的语气很温存，“我最喜欢的就是和您聊天。您看，对德·弗罗贝维尔这个笨蛋，就算我跟他解释康布尔梅这个名字奇怪在哪儿，他也不会明白的。您不觉得生活是很无趣的吗。只有在见到您的时候，我才不至于感到无聊。”

情况当然并非全然如此。但是斯万和亲王夫人在琐细的小事上往往见解一致，结果——其实也不妨说这是因而不是果——两人说话的腔调乃至咬字吐音都极为相似。这种相似，一般人并不一定感觉得到，因为两人的嗓音截然不同。但若你能在想象中

1　雨果在《悲惨世界》第2部第1卷描写滑铁卢战役的段落中，写到拿破仑兵败时，英军向法国将军康布罗纳（Cambronne）劝降，康布罗纳回答：“屎！（Merde!）”（按李丹译本）。此处德·洛姆亲王夫人暗指Cambremer（康布尔梅）这个名字由Cambronne和Merde两个词缩略拼合而成。斯万当然明白她的意思。

去掉斯万说话的音色，忘掉嘴巴上下的唇髭，那你就会意识到两人遣词造句一样，抑扬顿挫也一样，都是盖尔芒特小圈子里的模式。对重要的事情，斯万和亲王夫人观点往往不同。但这一阵斯万情绪低沉，经常觉得自己像就要哭出来那般浑身发颤，就跟杀人犯想要诉说自己的罪孽一样，感到需要倾诉自己的愁绪。听到亲王夫人对他说生活很无趣，他心头顿时有一种欣慰之感，犹如她对他说起的是奥黛特。

“啊！对，生活是很无趣。我们真该多见见面，亲爱的朋友。和您在一起我觉得很自在，想来是您不大嘻嘻哈哈的缘故。我俩可以度过一个安静的傍晚。”

“可不是，那您干吗不上盖尔芒特去呢，那准会让我婆婆喜出望外的。一般人都觉得那地方并不美，但我想告诉您，我喜欢那儿，我就怕‘风景如画’的地方。”

“可不是，盖尔芒特可爱极了，”斯万回答说，“现在对我来说，那简直是太美，太充满活力了；那是个令人幸福的地方。也许是我在那儿生活过的缘故，那儿的一切在我心目中都有特殊的含义！每当微风拂过，卷起一片麦浪，我总会觉着有个人要来，要给我捎来一个消息；河边的那些小屋啊……我会感到很忧郁的！”

“哦！亲爱的夏尔，当心，那个讨厌的朗皮荣看见我了，您快遮住我，把她的情况告诉我，我都记不清了，她是把女儿嫁出去了，还是撮合她的情人结了婚，我都糊涂了；要不女的嫁男的娶……要不他就娶了她！……噢！不，我记起来了，她让她的那位亲王给休掉了……快做出在和我说话的样子，别让这个贝勒奈丝[1]来请我去她家赴晚宴。再说，我也得走了。听我说，我的小夏尔，既然您让我撞见了，那就让我把您带到帕尔马公主府上去吧，她一定会很高兴，巴赞也会，他说好跟我在那儿碰头的。要不是听玫玫说起您……您想想，我连您的面都见不到！”

斯万没答应；他事先和德·夏尔吕先生说好了，一离开德·圣厄韦尔特夫人家，他就直接回家，万一去了帕尔马公主府上，他担心会错过晚会上一直盼着看见仆人送上来的一张便条，它说不定正在家里的门房那儿等着他呢。“这个可怜的斯万，”当天晚上德·洛姆夫人对丈夫说，“他总是那么和气可爱，不过看得出他心里挺不开心。您会看到的，因为他答应过两天来吃晚饭的。我心里觉得可笑，一个像他那么聪明的男人，竟然会为一个那种身份的女人而痛苦，何况她也根本不可爱，听人说她蠢得要命。”她说这话用的是一种明眼人的语气，在这些远离情网的女人看来，一个解得风情的男人是不该为一个不值得他受苦的女人而受苦的；这实在让人无法理解，怎么有人居然会为一个渺小如霍乱弧菌的女人甘心情愿去受霍乱的折磨。

斯万想走了，但就在刚要出门之际，德·弗罗贝维尔将军请他介绍认识德·康布尔梅夫人，他只好跟着将军回进大厅找她。

“嗨，斯万，我说呀，娶上这么一位太太可比死在野蛮人刀下强多喽，您以为如何？”

死在野蛮人刀下这几个字刺痛了斯万的心；他立即感到有一种需要，得和将军把谈话继续下去。

“哎！”他对将军说，“以前有不少人就是这样丧生的……

1 拉辛剧中人物，犹太王希律·亚基帕一世的女儿，罗马皇帝提图斯（Titus，公元39—81）携回罗马后，因遭民众强烈反对，未敢娶她为妻。

这么说您知道……骨灰由迪蒙·德·于维尔带回来的航海家，就是那位拉佩鲁兹[1]喽……”（说到这儿，斯万已经觉得心里甜津津的，仿佛他是在说奥黛特。）“拉佩鲁兹是个很有毅力的人，我对他很仰慕。”他说话的神情带着点忧郁。

“啊！一点不错，拉佩鲁兹，”将军说，“这个名字很耳熟。有条街就叫这名字。”

“您在拉佩鲁兹街有熟人吗？”斯万神情激动地问道。

“我只认识德·尚利沃夫人，那位勇敢的肖斯皮埃尔的姐姐。前些日子她为我们举办过一个很精彩的戏剧晚会。她的沙龙将来会很高雅的，您瞧着吧！”

“噢！她住在拉佩鲁兹街上。这真让人高兴，那是条很有意思的街，挺清净的。”

“不对不对，敢情您是好久没去那儿了；那儿不再清净喽，那一带在造好些房子呢。”

当斯万终于把德·弗罗贝维尔先生介绍给年轻的德·康布尔梅夫人的时候，由于她这是第一回听到将军的名字，她赶紧露出惊喜的笑容，仿佛家里人在她面前除了将军外就没提起过别人似的；她不熟悉新婆家的朋友，所以人家每领一位男士过来，她都以为他是婆家的朋友，心想如果做出结婚后多次听说过对方大名的样子，应该是很得体的，她伸手给他，神情中略带迟疑，表明自己是凭着近于本能的好感，克服了习惯的矜持才这样做的。因

1　拉佩鲁兹（La Pérouse，1741—约1788）：法国著名航海家，受路易十六委派，先后考察太平洋中多处岛屿，最后船队在圣克鲁兹群岛（今所罗门群岛）遇险，他被土著人杀死。1828年，另一位航海家迪蒙·德·于维尔在该岛发现失事船只残骸，并将拉佩鲁兹骨灰带回法国。

而她的公婆（她依然认为他们是法兰西最显赫的贵族）逢人就说新媳妇是位天使；当然，做公婆的这么说，也更显得他们儿子娶她，是由于她的人品而拜倒在她的石榴裙下，而绝非经不起她娘家巨大家产的诱惑。

“您让我们看见了您的音乐家本色，夫人。”将军对她说，不露声色地重提刚才烛台托盘那档事。

正在这时，演奏又开始了，斯万马上明白在听完临时加演的这首曲子之前，自己是不会离开了。被围困在这些人中间，他感到很痛苦，他们的愚蠢可笑使他难以忍受，况且这些人根本不知道他的爱情，即使知道也不可能对它感兴趣，他们所能做的，除了把它作为话柄取笑他的傻气，就是把它看作发疯为他惋惜，他们会让他的这份爱显得是仅仅对他来说才存在的一种主观臆想，任何外界事物都无从证实它的现实性；尤其使他感到痛苦，以至于听到乐器的声响恨不能放声大叫的，是这种流放还得继续，他还得在一个奥黛特不可能来的，一个谁也不认识她，让人根本无法感受到她的存在的地方继续待下去。

然而，蓦然间仿佛奥黛特飘然而入，斯万感到一阵揪心裂肺的疼痛，不由得把手紧捂在胸口上。原来小提琴的乐声行进到高音区后，盘旋于几个高音仿佛在等待，那是一种居高不下的持续绵延的等待，而当瞥见等待的对象趋近时，琴声变得异常激昂，以一种近于绝望的努力，尽量要延续到它来临的时刻，在停歇之前迎到它，竭尽全力再维持一小会儿道路的畅达让它通过，就好比我们撑住一扇门不让门关上。还没等斯万明白过来，没等他来得及想到：“这是凡特伊奏鸣曲里的那个小乐句，快别听！”回忆的闸门一下子打开了，从前奥黛特热恋他的那段时光的回忆，一直被他藏在心底不曾露面，此刻却为俨然就是去而复返的爱情时光骤然射出的亮光所迷惑，猛地冲出闸门，全然不顾怜他眼下的不幸，对着他狂热地唱起忘川中欢乐的老调。

在这以前，他也常说“过去幸福的时光”“当初她爱我的日子”，但那只是泛泛而言，他说的时候并不太痛苦，这些所谓的抽象语言，其中并没有保存任何过去的东西，而此刻他找到的，正是过去的幸福透过特定而易变的本质所定格的一幅幅画面，往事历历在目：她扔进他的马车、他放在唇边的那朵菊花雪白、卷曲的花瓣——那张有金色餐厅凸印笺头的信纸，上面写着“给您写信，我的手抖得厉害”——她以央求的语气说“您不会隔很久才和我联系吧”时微蹙的双眉；当初洛雷当去找那个小女工，理发师给他把板刷头前面的发梢卷起一些时火钳烫着头发的气味，他此刻仿佛又闻到了，那年春天经常下雷雨，在月色清明的夜晚冷得发抖地坐着马车回家的路上，心理上的习惯，季节更迭的印象，肌肤感觉的反应，织成一张网眼均匀的大网，连续几个星期把他整个儿裹在里面。那个时候，他尝到了靠爱情生活的人们的乐趣，对感官享受的好奇心得到了满足。他曾经以为这一切都会持续下去，自己未必非得从中品味痛苦的滋味；现在由于整日整夜无法知道奥黛特做了些什么，无法随时随地拥有她，他感到焦躁不安、六神无主，这种令人惊骇的恐惧将她的妩媚拓展成一种朦胧的光晕，相对于这种恐惧而言，奥黛特的妩媚在他已算不得一回事了！唉，他还记得她大声说“我随时可以和您见面，我什么时候都有空”的神情语气，可是她现在对他再也不会有空了！她对他的生活感到的兴趣和好奇，恳求她介入其中——他当时还担心过这会给自己增添不必要的麻烦呢；为了让他答应跟她一起去韦尔迪兰夫妇家，她软声软气地求了他多少回；而当他同意她每个月上他家去一次时，她反反复复对他说她多么渴望两人能天天见面，这样的话会有多么快活，直要说到他心软为止，那时候，天天见面在他看来是个沉重的负担哟，而后当天天见面对他来说已经成为一种不可或缺、令人揪心的需要之时，她却讨厌见面，断然不肯和他见面了。记得当初第三次见面时，她一再对他说："您为什么不让我常来呢？"他跟她调笑说："怕以后受苦呗。"想不到这句话竟然不幸而言中。现在，唉！偶尔她也会从哪个餐厅或旅馆给他写封短信，上面印有餐厅或旅馆的笺头；可是他拿着这些信就如捏着一团火。"是从伍伊蒙旅馆写的？她去那儿做什么？和谁一起去的？出了什么事呢？"他想起在意大利林荫大道的那个夜晚，点灯人在一盏盏地熄掉煤气路灯，就在他快要不存指望的那一刻，突然在街头黑幢幢的人影中看见了她，那个夜晚给他留下了几乎不可思议的印象，诚然——那段时日的夜晚，他连想也不会想一下，他这么去找她，真的找到了会不会惹她不开心，他是那么自信，知道她看见他、跟他一起回去准会欣喜万分——它属于一个神秘的世界，一旦通往那儿的大门关上，你就再也无法重返这个神秘世界了。斯万凝神面对这重现的幸福时光，瞥见一个可怜的人儿，他一下子没能认出那人是谁，不由得动了恻隐之心，但他马上闭上了眼睛，免得让人看见眼眶里噙满了泪水。那人原来就是他呀。

他刚明白过来，恻隐之心就荡然无存了，但他嫉妒另一个被她爱过的自己，嫉妒他过去并不当真很心痛地常说"她或许爱着他们"的那些人，因为先前关于爱的浮泛而其中并无爱情的观念，现在已由充盈爱意的菊花花瓣和金色餐厅的笺头取代了。随即他的心头感到愈来愈痛，他伸手按在额头上，听任单片眼镜掉落下来，随手擦拭镜片玻璃。倘若他此刻能看见自己的模样，想必会在方才逐一点评的单片眼镜系列中，加入他像挥去一个讨厌的念头那般让它抖落，用手帕抹去蒙在镜片上的水汽，一如抹去种种烦恼的这副单片眼镜。

在小提琴的乐音中——要不是看见乐器的话，你很难把听到的乐音跟它的形象联系起来，乐器形象是能改变音色的——有着和次女低音极其相似的音调，使人恍惚觉得有位女歌手也在同台演出。你抬起头来，只见台上一个个犹如中国宝盒那般精致的琴匣，但你时而还会被那塞壬[1]妖娆的歌声所迷惑；有时你又会觉得听到一个被囚的精灵在宝盒里面苦苦挣扎，神魂颠倒，战栗不已，像掉在圣水缸里的魔鬼那般不得片刻安生；有时你还会感到半空中仿佛有个神奇而纯洁的神灵掠过，留下看不见的信息。

那些乐师仿佛压根儿就不是在演奏那个小小的乐句，而是在举行迎接她出现的仪式，念动那些专门用来招魂的咒语，召唤它降临并祈求将这奇迹延长些许时间，斯万无法看见它，仿佛它属于一个紫外线的世界，但他在它接近时猛然感到一阵暂时的失明，与此同时他感受到了一种沁人心脾的变化，他觉得它来了，就像他爱情的一位知心的保护女神那样来了，它为了能当着众人的面来到他跟前，把他带到一旁去说悄悄话，特地乔装改扮成这种音响的模样。当它犹如一阵馨香那般轻盈、舒缓地喃喃絮语着拂过他面前，把它想要对他说的话告诉他，惹动他去细细思量它说的每一句话，惋惜它们转眼间就飘走不见的时候，他的嘴唇不

1 半人半鸟的女妖，在海中以迷人的歌声诱惑过往船只上的水手，使船只触礁沉没。

由自主地做了个动作，像是要在那个优美和谐而又悄然离去的身影经过的时候去吻它。他不再有那种流落异乡的孤独感了，既然它已经对他说了话，对他悄悄地说到了奥黛特。过去觉得这个乐句仿佛对奥黛特和他都不怎么理会的印象不复存在了。它曾经多么经常地充当过他俩欢乐时光的见证啊！诚然，它也同样经常地提醒过他，这种欢乐是不牢靠的。尽管在那时他就已经猜到了它的微笑和它那清澈明净、发人深省的声调，里面都包孕着痛苦，但他今天却觉得，顺从忍让的美德里自有一种近于快乐的意味。它也曾对他说起过忧伤，当初他眼看它笑吟吟地把这些忧伤纳入蜿蜒而下的湍流，不让它们来靠近他，如今尽管他已然陷入这些忧伤无法自拔，但它依旧像以往说到幸福时那样地对他说："这又怎么呢？这些都算不了什么呀。"斯万的思绪中第一次升起了对这位想必也受过许多痛苦的凡特伊，对这位他所不认识的卓越的兄长满怀怜惜的柔情；他的一生会是怎么样的一生呢？他是在怎样的痛苦中汲取了这种神祇的力量，这种无限的创造力的呢？当这个小小的乐句在告诉他痛苦无不空幻的时候，斯万总觉得这种明哲冷静的声音很甜美悦耳，可是就在一会儿以前，当他在那些把他的爱情看成无谓谵语的冷漠家伙脸上，也看到这种貌似明哲冷静的表情时，他觉得那简直是无法容忍的。这时因为这个小小的乐句，不管它对这种无法持久的心灵感受怎样想，它毕竟从中看到了一件东西，一件并非像那些人所认为的不如实际生活重要，而是远远高出于生活之上，因此才是唯一值得去表现的东西。这个小小的乐句，它所要模仿，所要再现的，正是一种内心的忧伤所具有的魅力，这种魅力的精华所在，不曾亲身感受过它们的人是不能体会，甚至会被视作无聊的，但这个小乐句抓住了它们，使它们变成了感觉得到的东西。它甚至做到了让所有在场的听众——只要稍有一点音乐修养——都能承认它们的价值，并且欣赏它们神奇美妙的意境，但过后这些人回到生活中，眼见发生在自己身边的一桩桩爱情时，却又都辨认不出他们的身影来了。想必这个乐句把它们纳入的那种形态是无法转换成推理论证的。这一年多来，音乐的爱好向斯万揭示了他心灵的丰富内涵，因而至少有一段时间里，这种爱好在他身上滋长了起来，他把乐曲的动机看作来自另一个世界、属于另一个范畴的真实的思想，这些思想笼罩在黑暗中，我们无法凭理解力去认识和辨别它们，但是它们的意义和内涵又都是各不相同的，所以彼此完全可以区分开来。在韦尔迪兰家的那次晚会以后，他又请人重新弹奏这个小乐句，想要弄清楚它是怎样化作馨香，化作轻抚来迷惑他，引他入彀的，他意识到，那种仿佛感到冷而往后缩去似的甜蜜柔美的印象，就来自组成这个乐句的五个音符之间细微的间距，以及其中两个音符经常的重复；但其实他也知道，他做出这样的推理的基础并不是这个乐句本身，而是为便于理解用以代替那种神秘实质的一些简单的时值，那种神秘的实质，他还是在认识韦尔迪兰夫妇之前，在他第一回听到这首奏鸣曲的那次晚会上就感觉到的。他知道，正是头脑里有关钢琴的概念，使他观察音乐作品的角度出现了偏差，音乐家的用武之地并不就是一张由七个音符组成的键盘，而是一张几乎还全然未知的、无边无垠的键盘，在组成这张键盘的包含温柔、激情、勇气、宁静，每一个都跟其他的不同，犹如一个宇宙不同于别的宇宙那般的数百万个琴键中，只是在若干被深不可测的浓厚的黑雾彼此隔断的地方，才有一些琴键为几位伟大的艺术家所发现，他们在我们身上唤起对他们所找到的音乐主题的共鸣，从而帮助我们看到了在被我们视为空虚、一无所有的心灵中，那片令人气馁、不曾被穿越过的茫茫黑夜，在我们不知不觉之中隐藏着多少弥足珍贵的、千变万化的东西。凡特伊就是这样的一位音乐家。他的那个小小的乐句，尽管它在理性面前张起了一层障眼的薄幕，但是人们还是能够感觉到它的内容极其确切、异常鲜明，而且被它赋予一种全新的、从未有过的力量，以致听见过它的人都会把它如同理性观念一样保存在记忆之中。斯万回忆起它，就如回忆起一个有关爱情和幸福的概念，对这个概念，他就像对《克莱芙王妃》或《勒内》[1]一样熟悉它的特点；只要一听到那两本小说的名字，它们的特点马上就会在记忆中浮现出来。即便他没在想这个小乐句时，它也潜伏在他的意识之中，正像某些找不到同义词的概念，诸如光线、声音、立体感、肉体的快感之类已经成为使我们的内心世界变得富有的概念一样。有一天我们回到那个虚无世界去的时候，也许我们会失去它们，也许它们会消逝。但只要我们还活着，我们就没法不尽我们所能把它们认定为某些实实在在的东西，好比有人在房间里点上灯，使摆在里面的东西都变了样，直至连对黑暗的回忆都不复存在时，我们是无法再怀疑灯光的存在的。就这样，凡特伊的那个乐句，就好比《特里斯当》中某个亦然表现了一种感伤情怀的音乐主题那样，极其贴近我们这些终有一死的凡人的心态，记录下了某些相当动人的人间感情。它的命运是跟未来，跟我们的精神世界联系在一起的，它就是这个精神世界中一个最独特、最

1 《克莱芙王妃》是法国小说家拉法耶特夫人（La Fayette，1634—1693）的代表作，以心理描写细腻著称。《勒内》是法国作家夏多布里昂（Chateaubriand，1768—1848）的著名小说。

与众不同的装饰音。也许只有虚无才是真实的，我们所有的想象都是不存在的。如果真是这样的话，那我们就会感到这些唯有相对于我们的想象才存在的乐句和概念，也都应该归于虚无才是。我们将会死去，但是我们有这些奇妙的俘虏作为人质，他们的生死就取决于我们的命运。能与这个乐句同生共死，那么死也就不至于那么凄楚，那么窝囊，而且或许不那么必定了。

所以，斯万相信奏鸣曲中那个乐句确实存在是没错的。诚然，从这一角度来看，小乐句是富有人情味的，不过它还是属于一类我们从未见过的超自然的创造物，但尽管如此，一旦有哪个前往那渺不可见的去处探险的勇士，从他到达的神奇世界掳住了这样的一件创造物，把它带回来，让它在我们这个世界的上空闪耀出光芒，那我们还是会认出它的。而凡特伊之于那个小乐句，正是这样做的。斯万觉得这位作曲家就是想用那些乐器来揭示这样的一件创造物，使它变得可以感觉得到，他在靠一只无比温柔、小心、敏感而又自信的手来精心描摹它，准确地再现它，因而乐声每时每刻都起着变化，时而变得朦朦胧胧以表现一种虚无缥缈的意境，时而又变得充满生气，用遒劲的笔触勾勒粗犷的轮廓。而有一件事可以证明斯万相信这个乐句确实存在是不错的，那就是倘若凡特伊在观察和表现方面功力不逮，因而凭臆想在这儿或那儿补上几笔，借此来掩饰自己的缺陷的话，那么任何一个音乐爱好者，只要是稍有几分敏感的，都一眼就会看出他在耍花招。

这个乐句消失了。斯万知道在相隔很长的一段乐曲以后，它还会在最后一个乐章里重新出现，而中间的那段乐曲，韦尔迪兰夫人的那位钢琴家每回都是跳过去不弹的。其中有一些很美妙的乐思，斯万第一回听的时候没有注意到，但现在他觉察到了，就好比它们已经在他记忆的前厅脱去了外面的新衣服。斯万倾听着那些分散的音乐主题，它们最终组成了这个乐句，一如从一些前提最终导出必然的结论，他当场看到了它的诞生。“哦，”他暗自思忖，“凡特伊的胆略，也许跟拉瓦锡[1]，跟安培[2]一样，都来自天分，他经过试验，发现了一种未知力量的奥秘和规律，驾驭着他从未见过，但坚信它存在的那辆无形的长车，穿过未经勘探的地带，驶向那唯一可能的目标！”在最后那个乐段的开始部分，斯万听到的钢琴与小提琴之间的对话是多么美妙啊！取消人类的语言，决不会像有些人想象的那样任凭胡言乱语恣意泛滥，而恰恰是杜绝了胡言乱语；从来没有一种对话的语言，像现在这样无可置疑地绝对必要，也从来没有一种对话的语言，能把问题提得如此中肯，能回答得如此明晰。起先是孤独的钢琴在哀矜地低吟，宛如一只被同伴遗弃的鸟儿在抱怨；小提琴听见了，犹如在邻近的一棵树上那样应答起来。仿佛那是在创世纪的初期，仿佛整个大地上就刚刚还只有它们俩，或者不如说是在依照一位造物主的逻辑构造的、对所有其他生物都封闭的、永远只有它们俩存在的那个世界上：那个世界就是这首奏鸣曲；钢琴随即低婉地对之哀诉的那个呻吟着的、看不见的小生命，究竟是一只鸟儿，还是这个小乐句尚未完善的灵魂，抑或竟是一位仙女呢？它的鸣叫来得那么突然，以致那个小提琴手猝不及防地赶紧举起弓来应

1　拉瓦锡（Lavoisier，1743—1794）：法国化学家。他所阐明的氧化作用原理，标志着旧燃素说的终结和近代化学的建立。

2　安培（Ampère，1775—1836）：法国物理学家。1820年发现电磁学基本定律，即安培定律。

答。神奇的鸟儿啊！那小提琴手仿佛是想诱惑它，驯服它，捕获它。它已经钻进了他的灵魂，被召来的那个小乐句，叫提琴手已然神灵附体的身子，犹如关亡人那样颤动了起来。斯万知道这个小乐句还会再一次吟诉。他仿佛分身成了两个人，时时等待着重又聆听到它的那个时刻来到，激动得浑身打战，喉头哽咽；有时我们听到一首美丽的诗篇或一个悲伤的消息，而当时又不是独自一人，我们把心中的感受去向周围的朋友倾诉，会觉得自己就像是另外一个人，是他的情感赢得了朋友们的同情，于是喉头就会像这样哽咽起来。这个乐句又出现了，但这一次它悬在空中，仿佛寂然不动似的仅仅持续了一小会儿，随后就消失了。然而，尽管它延续的时间极其短促，斯万还是抓住了它。它依然像个完好的、映射着虹彩的气泡。这些虹彩在光线变弱时，会暗淡下来，而后却会变得更美，在熄灭前的顷刻间放射出前所未有的异彩：在到此刻为止它所显出的两种色彩上，它又加进了其他绚丽多彩的弦乐器，加进了棱镜折射出来的所有色彩，并且让它们都歌唱起来。斯万不敢稍动一下，而且希望其他的人也能静坐不动，似乎只要有人稍稍动弹一下，这个超自然的、美妙的幻景就会消逝不见。说实在的，也没人想要说话。那位唯一不在场的人，也许还是位死者（斯万不知道凡特伊是否还健在）让人无法形容的话语，萦回在这些祭司参加的仪式的上空，足以吸引住三百个人的注意力，使这座召唤灵魂的演奏台，变成了可供完成一桩超自然的宗教仪式的庄严祭坛。因而当这乐句终于结束，余音袅袅地回荡在接踵而来的音乐动机之中，而那位以天真出名的德·蒙泰里安代侯爵夫人没等奏鸣曲全部演奏完，就凑身过去告诉他自己的印象时，虽说斯万一开始有些来火，但转眼间也就禁不住笑了起来，而且说不定还在她所说的话里发现了一种她并没有意识到的深刻含义。侯爵夫人对演奏家们精湛的技巧大为赞叹，大声对斯万说：“真是妙不可言，这是我见过的最棒的……”但她又怕这话说得太绝了，于是赶紧修正，加上一句留有余地的补白：“最棒的……要是不把灵动桌[1]也算上！”

从这个晚上起，斯万明白奥黛特对他的感情已经一去不复返，他对幸福的期望也无法实现了。有些日子她偶尔又会待他既客气又温柔，在这些日子里，只要她稍有某些亲切的表示，他就会把这些看似对他有点回心转意的表面文章，连同那种温柔而可疑的关心，连同那种照料临终朋友者无奈的欣喜，一齐记录在心间；病榻前的这班人，会絮絮叨叨、郑重其事地告诉你：“昨天他自己算账了，还查出我们加错了一个地方；他挺有兴致地吃了个鸡蛋，要是能消化的话，明天还准备给他吃块排骨呢。”尽管他们很清楚对一个行将死去的人来说，这些事情都是全无意义的。想必斯万拿准了，要是现在他在一个远离奥黛特的地方生活，她最终会在他眼里变得无足轻重，所以要是奥黛特就此离开巴黎不再回来，他会感到高兴；到那时他是会有勇气在巴黎待下去的；但是，他毕竟没有勇气自己先离开巴黎。

他过去也常有离开的想法。现在他既已重新开始弗美尔的研究工作，就感到有必要再到海牙、德累斯顿、布伦瑞克去，即使只去几天也好。前不久在戈尔施密特[2]藏画拍卖会上，有一幅《梳

1　据迷信的说法，这种桌子的移动能传递灵魂的信息，有点类似于我国的扶乩。

2　戈尔施密特（N.D.Golschmid）：收藏家、画商。于1876年5月在巴黎举办藏画拍卖会。

妆中的狄阿娜》被莫里斯宫皇家绘画陈列馆[1]当作尼科拉·马斯[2]的作品买下，斯万却坚信它出自弗美尔的手笔。他很想实地研究一下这幅画，好让自己底气更足。然而，只要奥黛特留在巴黎，甚至她不在巴黎，离开巴黎对斯万来说——一个人即使换了地方，感觉却还为习惯所累，无从得以弛缓，那么痛苦依然会再生，会发作——终究会让他心里发怵，他是明知自己下不了决心去实行这个计划，这才不停地把它盘算来盘算去的。但有时旅行的想头会在睡梦中冒出来——趁他无法意识到这种旅行不可能的时候——而且居然在梦中实现了。有一天他梦见自己要出门一年；他从火车车窗里俯身向着一个年轻人，那人在月台上流着泪向他道别，斯万还想说服他一起离开巴黎。火车开动了，斯万惊醒过来，想起他并没有离开，今天晚上、明天乃至几乎每天都有可能见到奥黛特。这时，他还为刚才的梦感到激动，却已暗自庆幸自己有一个无须依赖别人的特殊处境，多亏了这一点，他才能留在奥黛特身边，才能偶尔获准和她见面。他回顾了一下自己的优势：地位；——财产，奥黛特急需用钱是常事，就为这她就不致贸然跟他断绝往来（何况听说她私下里还打着让他娶她的主意呢）；——跟德·夏尔吕先生的友谊，说实话这并没让他从奥黛特那儿得到多少好处，不过夏尔吕先生是他和奥黛特共同的朋友，而且她对夏尔吕先生很有好感，所以斯万每当想到这位先生正在她面前为他缓颊，一股温暖的感觉油然而生；——然后还有聪明才智，他用自己的聪明才智每天想出点新花样，好让奥黛特

1 海牙的一座绘画陈列馆，设于莫里斯亲王宫邸。1820年起向公众开放。以所藏十五至十七世纪的佛兰芒和荷兰绘画闻名。

2 尼科拉·马斯（Nicolaes Maes，1634—1693）：荷兰巴洛克风格画和肖像画家。

即使不见得乐意见到他，好歹总还觉得少不了他。他设想倘若所有这一切都没有，他会变成什么样子；他又设想，倘若他也像其他许多人一样，没有家产，出身低微，穷困潦倒，必须靠打工谋生，或者只能仰人鼻息，依赖亲戚、配偶度日，那他就非得离开奥黛特不可，至今心有余悸的那场梦也就会变成真事了。想着想着，他在心里对自己说："人总是身在福中不知福的。一个人也决不会像他所想象的那么不幸。"可是转念一想，这个局面算来已经有好几年了，而且他所能企望的，无非是能始终就这么下去，无非是用自己的工作、欢乐、朋友乃至整个生命来换取这种日复一日的等待，等待一次不能给他带来任何幸福的约会，他不仅自问，他是不是在自欺欺人，如此命运多舛，是不是该归因于那种种看似滋养他的恋情、阻止关系破裂的事情，现在最该做的，是否恰恰就是他曾经那么庆幸它仅仅在梦中出现的事：离开巴黎；他在心里对自己说，人总是身在祸中不知祸的，一个人也决不会像他所想象的那么幸福。

既然她从早到晚野在外面，不是在街上，就是在旅途中，有时候他真希望她毫无痛苦地死于一次意外事故。看到她安然无恙地回来，他不仅惊叹人的肌体如此灵活而结实，总能游刃有余，化险为夷（打从他心里存了这么个隐秘的想头，他觉得一个人周围的险情真是层出不穷），差不多天天都纤毫无损地编谎说谎，纵情欢乐。斯万感到自己的心和穆罕默德二世是相通的，他喜欢贝利尼画上这位苏丹的形象，一旦感觉到自己狂热地爱上了一个妃子，他就用匕首刺死了她，按那位威尼斯传记作者[1]天真的说

1 指1451年出生在威尼斯的乔伐尼·马里亚·安吉奥莱罗，《土耳其史》一书作者。

法，他这是为了求得精神上的解脱。然而他又为总这么只想着自己而自责，觉得自己经受种种折磨根本不值得怜悯，谁让他那么不把奥黛特的生命放在眼里呢。

他做不到永远离开她，所以如果能继续见到她，不和她分开，至少他的痛苦会得以缓解，也许他的爱情之火最终也会熄灭。既然她不想永远离开巴黎，他就但愿她随时都留在巴黎。至少有一点他是清楚的，她每年总在八月和九月出门去度长假。他事先有好几个月的缓冲余地，可以让苦涩的情绪渐渐消融在预定日期来临前的这段时间里，这段时间与眼下的日子毫无二致，透明而冰冷地在他心间流逝，但并没引起剧痛。然而这内心构想的未来，这条光泽暗淡、汩汩而流的长河，只消奥黛特的一句话就能叫它变样，而且斯万对此根本无能为力，她的话犹如一个大冰块，堵塞在河心，挡住水流，使整条河冻彻结冰；斯万骤然感觉到心间充斥一团巨大而坚韧的物质，不断挤压心脏的内壁，直至它迸裂。奥黛特的这句话，是脸带微笑、眼神狡黠地对他说的：“福什维尔在圣灵降临节要出门旅行，他去埃及。”斯万立即明白这句话的意思是：“我在圣灵降临节要和福什维尔一起去埃及。”果然，几天过后斯万问她：“哎，那天你对我说要和福什维尔一起旅行，现在怎么样了？”她脱口而出答道：“是啊，亲爱的，我们十九号动身，我会寄张有金字塔照片的明信片给你。”当时他真想当面问个清楚，弄明白她到底是不是福什维尔的情妇。他知道她挺迷信，有些重誓是不敢违心而发的，再则，既然已经完全失去了被她爱的希望，那份至今一直让他不敢问奥黛特，唯恐引她生气、惹她讨厌的担忧也就不复存在了。

有一天他收到一封匿名信，说奥黛特曾经是不计其数的男人（此人列举了几个人的名字，其中包括福什维尔、德·布雷奥代先生和那个画家）的情妇，还是一些女人的情侣，而且经常出入妓院。他痛苦地想到，朋友中居然有人会给他寄这样一封信（从匿名信中透露的某些细节来看，写信的人非常熟悉斯万的生活）。他想知道这人是谁。但他平时对人家私下做些什么，对那些与他们说的话没有明显关系的事情，向来是不加猜疑的。现在他想要知道这封来路不明的信是从哪儿来的，究竟是否该对德·夏尔吕先生、德·洛姆先生、德·奥尔桑先生外露的性格探明就里呢？这几位先生，谁也没有在他面前表示过赞成写匿名信，而且从他们的话里听得出他们是谴责这种做法的，他觉得自己没有理由把这种无耻之举和他们中间任何一位的本性挂上钩。德·夏尔吕先生在性格上有些不正常，但他极其容易相处，心肠特软；德·洛姆先生的性格有些冷，但他身心健全，为人率直。至于德·奥尔桑先生，他即使在充满阴霾的处境中，言谈还是那么真诚，举止还是那么审慎、得体，斯万觉得在自己遇见过的人中间，他在这方面是无人可以企及的。斯万简直无法理解，人家说起德·奥尔桑先生和一位有钱的夫人的暧昧关系时，何以要把他说得那么不堪，斯万每回想到他，总得把这个跟那么些明摆着的高尚之举不可调和的坏名声搁到一边去。一时间斯万觉得自己头发蒙，便设法想别的事情，好让脑子清醒些。尔后他又鼓起勇气回到刚才的思路上来。可是，既然没法怀疑某一个人，那就只好怀疑所有的人了。没错，德·夏尔吕先生喜欢他，心地不坏。但是他很神经质，也许明天他得知你生病会哭出声来，可今天出于嫉妒或恼怒，出于一时的心血来潮，他照样会想方设法来伤害你。说到底，这种人是最难弄的。当然，德·洛姆亲王对斯万的喜欢程度远不如德·夏尔吕。可是，正因如此他就不像那位一样动辄发火；再说他大概天性冷漠，不会有什么豪举，却也干不出卑鄙勾当。斯万暗自懊悔，自己这辈子怎么尽跟这些人来往。再转念一想，一个人何以往往对自己周围的人下不了手呢，无非因为他还有人情味呗，可说到底，他斯万也只能信得过性格跟自己相近的那些人。比如就心地好而言，德·夏尔吕先生该是信得过的，伤害斯万的念头会引起他的反感，所以这种念头他是不会有的。但是就一个性格冷漠、人情味比较淡薄的人，比如就德·洛姆亲王而言，谁能料得到在另一类动机的驱使下，他会干出怎样的事儿来呢？心地好最要紧，德·夏尔吕先生在这一点上不错。德·奥尔桑先生心地也不错，他和斯万的关系并不亲密，但很友好，两人交谈总能谈得很投机，彼此很愉快，与德·夏尔吕先生无论好坏遇事容易冲动的过于外露的情感相比，这种友情显得更怡然自得。如果说朋友中有人能让斯万感到始终是了解自己、悉心爱护自己的，那就是德·奥尔桑先生了。这错不了，可是，他的那种有伤风化的生活又该作何解释呢？斯万感到后悔，以前有欠考虑，常常开玩笑说自己只有和名声不好的人在一起才会觉着由衷的好感和敬意。现在他心想，历来人们评判他人的依据是那人的所作所为，看来不是没有道理的。只有这才是有意义的，至于我们怎么说、怎么想，那是不能作数的。夏尔吕和德·洛姆可能有这样那样的缺点，但他们是上流社会有教养的人。奥尔桑也许没有那些缺点，但他不是有教养的人。他完全有可能再干一次坏事。斯万又怀疑起雷米来了，当然，这封信他写不了，可能是让人代写的，不过斯万一时间觉得这个想法挺对路的。首先洛雷当有对奥黛特怀恨在心的理由。其次，我们的这些仆人生活标准远低于我们，又往往会把我们的家产想象成金山银山，把我们的缺点想象成污言秽行，因此对我们既欣羡又鄙视，对这样的仆人，我们凭什么假定他们非像上层社会人士一样行事不可呢？他还怀疑过我外公。斯万每次有求于他，他不总是拒绝的吗？其实外公出于自己布尔乔亚的观念，可能还相信那是为斯万好呢。斯万还怀疑过贝戈特、画家、韦尔迪兰夫妇，其间还曾心念一闪，对有些上层社会人士不愿跟那些艺术家来往大为赞赏，那种事情在艺术家圈子里是有可能发生的，说不定还是以开玩笑的名义干的呢；但他又想起那些波西米亚人的率真和爽直，想起堪作对比的贵族生活，他们往往花天酒地，奢靡成性，手头一紧就不择手段搞钱，行迹近乎诈骗。总之，这封匿名信证明他认识的人中间有一个会干卑鄙勾当的家伙，他知道这种卑鄙的心理一定隐藏在这个家伙天性的最底层——犹如未经他人勘探的凝灰岩——但他看不出有任何理由断言，这家伙生性敏感而不冷漠，是艺术家而不是有产者，是有身份的人而不是仆人。采用怎样的准则来评判这些人呢？说到底，在他所认识的人中间，没有一个人是可以断言绝不会做无耻之事的。莫非该断绝跟所有这些人的往来不成？他的脑子有些不好使了；他用双手在额头拍了两三下，掏出手帕擦拭单片眼镜，心想毕竟有好些修养并不比自己差的人也和德·夏尔吕先生、德·洛姆亲王等人过从甚密，这样看来，即使未必能说这几位做不出卑鄙的事情，但它至少表明了这么一点，就是常和一些说不准会不会干无耻之事的人来往，也算是一种人之常情吧。于是他照常和所有这些怀疑过的朋友握手寒暄，只是在抽象意义上采取一种保留态度，对他们是否曾经刻意中伤他有所存疑。至于那封信的内容，倒并没有使他感到不安，因为上面列举的对奥黛特的指控，都是捕风捉影，一眼就看得出不是真的。斯万和许多人一样，懒得动脑筋，缺乏创意。他很清楚，就普遍意义而言，人们的生活中充满了矛盾，但接触到每个具体的人，他总是把他所不了解的那部分生活，想象成跟他所了解的这部分生活完全一样的。人家不告诉他的情况，他会按人家告诉过他的情况想象出来。每次和奥黛特在一起，谈到旁人的粗鲁举止或恶俗心思时，她总会援引一些准则来谴责此人，而这些准则正是斯万从小就听长辈念叨，而他自己也一向恪守不渝的；再说，她爱把花儿摆摆正，爱在下午喝杯茶，她也挺关心斯万的研究工作。因此斯万把这些熟悉的部分推广到了奥黛特生活的其他部分，她不在身边而他要想象她此刻在做什么时，他就回忆她那些熟悉的姿态动作。如果别人向他描写的奥黛特，就跟她和他在一起，或者说曾经那么长时间和他在一起时的样子一模一样，而身边换了另一个男人，他会感到痛苦，因为这个情景在他看来是真实的。但要说她去卖淫的场所，和别的女人一起放荡纵欲，要说她过的是下流女人荒淫无耻的生活，那就是瞎说一气的无稽之谈了，谢天谢地，他想象中的菊花，那一杯杯下午茶，还有她对粗俗不雅的言谈举止所表现的愤慨，全都没给那种事留下些许余地！不过有时他还是透露给奥黛特，让她知道有人不怀好意，把她的一举一动都告诉他了；他还会顺便抖搂一个偶然听说的无关紧要却完全真实的细节，仿佛他对奥黛特的生活心知肚明，这只不过是无意间在许许多多细节当中露出来的一小点儿，他要让奥黛特有这样一个印象，就是所有的事情人家都已经告诉他了，其实有许多事别说知道，他连猜也甭想猜到，他经常恳求奥黛特不要说谎，尽管他自己未必意识到，原因无非就是他希望奥黛特把所做的每件事都告诉他。诚然，正如他对奥黛特说的，他喜欢诚实，然而在他心目中，这种诚实就像一个随时向他通报自己的情妇在做什么的龟奴。他对诚实的喜爱，既已带有功利的目的，自然就没能让他的人品变得更高尚些了。他所珍视的是实情，是奥黛特告诉他的实情；而他自己，为了知道实情，不惜说谎话——他一再向奥黛特描绘过如何导致所有人堕落的谎话。总之，他和奥黛特同样在说谎；他比她更可怜，却跟她一样自私。她呢，听着斯万讲她自己做过哪些事，始终带着狐疑的神情，偶尔还故作愠怒状，以免露出羞愧之色，为自己干的事脸红。

有一天斯万心情挺不错，说来平日也难得有这么长一段时间心境平和安宁、不见妒意冒头的；当晚他应邀陪德·洛姆亲王夫人一起去看戏。落座以后，他打开报纸想看看今天演什么，赫然映入眼帘的是泰奥多尔·巴里埃尔的《大理石交际花》，这个剧名像针一般刺痛了他的眼睛，他不由得身子往后一仰，猛地转过脸去。大理石这三个字过去他看得太多，感觉已经有些麻木了，此刻在一个新的环境，仿佛舞台脚灯的光线全都汇聚在了这三个字上面，骤然间把它们照得分外醒目，让他顿时回想起奥黛特以前对他讲过的一件事。有一次她和韦尔迪兰夫人一起去参观产业宫展馆，韦尔迪兰夫人对她说："你可要当心，我是知道怎样能让你融化的噢，你毕竟不是大理石嘛。"奥黛特对他说这不过是开个玩笑，他听了也就根本没在意。可是，今天他对奥黛特的信任可不如当时了。而且那封匿名信里正好提到了这类的情爱。他不敢抬起眼看这张报纸，把它摊开翻过一页，好让自己不再看见大理石交际花这几个字，然后心不在焉地翻看各省新闻。拉芒什海峡有暴风雨，记者报道了迪耶普、卡布尔、伯兹瓦尔等地的受损情况。斯万立刻又身子往后一仰。

伯兹瓦尔这个地名，让他想起那地区的另一个市镇，就是伯兹维尔，那个市镇的名字常和另一个地名布雷奥代一起连写，他以前经常在地图上看见这个地名，可这是第一次注意到它跟那位朋友德·布雷奥代先生的名字一模一样，而那封匿名信上说他曾经是奥黛特的情人。不管怎么说，对德·布雷奥代先生的指控不像是空穴来风；但有关韦尔迪兰夫人的说法，就不大可能了。就凭奥黛特说过几次谎，并不能得出她从不说实话的结论，在她告诉斯万她和韦尔迪兰夫人说过的话中，斯万听出有些无聊而有挑逗意味的玩笑，通常出于缺乏人生阅历、不谙世态险恶的女人之口，从中透露出她们的天真，这样的女性——奥黛特就是个例子——最不会对另一个女性产生狂热的情爱。她给斯万讲述自己的事情，一旦在无意中引起了他的怀疑，她往往表现得很气愤，这种态度倒是跟斯万对自己情妇的了解，跟他所知道的她的品位和气质相吻合的。而此刻，犹如灵感给刚想好一个韵脚的诗人带来意念，或者为刚冒出一个想法的学者独辟蹊径，使他们作诗、研究如有神助，妒意给斯万带来灵光一闪，他突然记起奥黛特的一句话，这句话还是两年以前讲的，他一直没再想到过："噢！韦尔迪兰夫人这会儿心里只有我呢，我是她的心肝宝贝，她搂住我吻我，要我陪她去买东西，要我和她以你相称。"当时他根本没有察觉这句话跟奥黛特为掩饰放荡的生活而对他讲的那些蠢话有什么联系，只是以为这表明韦尔迪兰夫人和奥黛特的友情特别亲密而已。现在，韦尔迪兰夫人对奥黛特的温情，在回忆中突然跟这句趣味低下的话碰在一起了。它们在他心目中再也分不开了，而且他在现实生活中也觉察到了它们是你中有我、我中有你的，温情赋予那些玩笑某种严肃、重要的意味，而玩笑则使温情失去了它天真无邪的意味。他径直来到奥黛特家。他坐得离她远远的。他不敢吻她，不知道在她身上，或在自己身上，一个吻会唤起柔情还是会激起愠怒。他闭口无言，眼看着他俩的爱情逝去。骤然间，他下了决心。

“奥黛特，”他说，“亲爱的，我知道我挺讨厌，可是有些事我非问一下不可。你还记得我对你和韦尔迪兰夫人有过的想法吧？告诉我，这是不是真的，你和她或者和另一个女人。”

她噘起嘴摇摇头；好些人遇到有人问“您去看阅兵式吗”时常常会用这个动作来表示他们不去，他们对此不感兴趣。但是这种摇头，通常是用于回答将来之事的，因此，用作否认过去之事时，其中就夹杂着些许犹豫的意味。况且它令人想起的是对个人行为准则的解释，而既非对这件事的斥责，亦非从道德观念上指认它为不可能的事。看见奥黛特做这样的姿态表示没有这事，斯万心里明白，这事大概是当真有的了。

“这我对你说过的，你早就知道了嘛。”她生气而委屈地说。

“没错，我知道，可是你能肯定事情就是这样吗？别对我说‘你早就知道了’，对我说‘我跟哪个女人都没干过这种事’。”

她用调侃的语气像背书那样重复一遍，仿佛只是想敷衍他而已：

“我跟哪个女人都没干过这种事。”

“你能当着我的面凭你的拉盖圣母院圣牌起誓吗？”

斯万知道奥黛特是不敢凭这个圣牌违心发誓的。

“哦！你让我太委屈了吧。”她大声说道，身子猛地一抖，仿佛要抖去这个问题的羁绊，“你还有完没完哪？你今儿是怎么啦？难道你是存心要让我讨厌你、恨你不成？你瞧，我刚回心转意想跟你和好如初，却好心没好报！”

但是斯万不肯就此罢休，就像一个外科大夫在手术中等着病人阵发性痉挛过去，毫无放弃手术的意思：

“你要是以为我会因此对你有哪怕一丁半点儿的怨恨，那你就错了，奥黛特，”他以劝诱的语气轻声对她说，“我对你说的都是我知道的事，我了解的许多情况我都没说呢。只要你对我坦诚相见，就能消融这份怨恨，因为这些话毕竟是其他人对我说的。我对你生气，并不是因为你做了那些事，既然我爱你，就对你的一切都能原谅，让我生气的是你的藏藏掖掖，我已经了解的事情，你硬要藏藏掖掖，这有多蠢。我明明知道没有的事，你还要像煞有介事地一定说有，这样你叫我怎么还能继续爱你呢？奥黛特，再这么耗下去对我们俩都是一种折磨。只要你愿意，事情一秒钟就能了结，你就此了无牵挂。以圣牌的名义告诉我，你到底有没有干过那种事。”

“可我什么也不知道呀，”她悻然喊道，“也许在很久以前，我自己也没明白在干什么，也许有过两三次吧。”

斯万曾经设想过各种各样的可能性。面临的现实却跟所有这些可能性全然不相干，犹如我们身上挨了一刀跟天上飘过一朵白云之不相干，“两三次”这几个字，无异于刀尖在他心上划了个十字。说来也奇怪，“两三次”无非是三个字，是从她嘴里吐出来的三个字，离他还有着一段距离呢，可这三个字居然就像当真刺到了心脏那样把它划了个鲜血淋漓，居然就像被他服下的毒药那样，使他中毒倒下。斯万情不自禁地想起在德·圣厄韦尔特夫人家里听到的那句话：“除了灵动台我再没见过比这更厉害的东西了。”这种痛楚，跟他先前设想过的任何痛楚都不一样。在他疑心最重的那些时刻，他也料想不到她在罪恶的路上会走得这么远，而事情还不止于此，即使揣摩过这件事，它在他的想象中也是朦胧的、游移的，没有从“也许有过两三次吧”中透出的那股格外恐怖的意味，也没有当你第一次生某种病时，觉得病情比以往任何一次都来得严重可怕的那种特殊感受。然而，让他身受其害的这个奥黛特，并没因此魅力稍减，她在他心中反而显得更珍贵了，仿佛痛楚愈来愈烈，唯她才有的镇痛剂和解药的代价也就愈来愈高。他心想要更为悉心地照顾她，犹如治疗一种突然发现情况恶化的疾病。他但愿她告诉他干过“两三次”的那种丑事不要再发生。为此，他必须关心照看奥黛特。人们常说，告诉一位朋友他情妇的过错，结果只会使他对情妇更依恋，原因是他不可能相信别人的话；可要是他真相信了，还不知道会依恋得多深呢！斯万暗自思忖，怎样才能保护好她呢？他或许可以为她挡掉某个女人，可是还有好几百个别的女人呢，而他对那种激情并不陌生，记得在韦尔迪兰夫人府上没有找到奥黛特的那个晚上，他曾起念另外找个女人贪欢一夜，结果当然是有贼心没贼胆，但现在想来那种感情有多么疯狂啊。斯万幸运的是，在如同犷悍的入侵者那般闯入他心灵的新生痛楚之下，早就有着一个静谧的垫层，这层天性的积淀，到时候就会任劳任怨地起到自己的作用，好比一个受伤器官的细胞会立即有条不紊地修复创伤的组织，又好比一个冻僵肢体的肌肉会尽快恢复运动的机能。心灵中这些早已有之、就地滋养的素质，马上帮助斯万全身心地投入这项悄悄恢复元气的劳作，一眼看上去，你还会以为这是一个刚动过手术的病人正处于愈合康复期的休养状态呢。这一次跟平时不同，由疲惫而松弛下来的并非斯万的大脑，而是他的心。然而，凡是一度在生活中存在过的心绪、情景，此刻都竭力要在记忆中再现，犹如一头垂死的牲畜，眼看已经动弹不得了，突然又在最后一阵痉挛中猛地抽动起来，斯万有过片刻宁静的心头，在方才的痛楚重新发作之际，又被划开了同样的一个十字。他想起月色清辉下的那些夜晚，马车驶过拉佩鲁兹街，他猫在车厢深处绘声绘影地想象着恋人的缠绵情意，全然不曾想过这些情意必将结出的毒果。然而，以上所有的思绪，都是一闪而过，也就是他把手捂在心口，轻轻吁出一口气，挤出一个笑容来掩饰内心苦楚的那一会儿而已。他决意追问下去。妒意已经比任何一个冤家对头都更毒辣地往他心口扎了刀，让他尝到了迄今从未尝过的剧痛的滋味，但还嫌他遭的罪不够，要在他心头留下一道更深的创口。于是妒意犹如一尊恶神那般蛊惑斯万，把他推向毁灭的深渊。如果说他开头所受的折磨还没严重到让他有所醒悟的地步，那也不是他的错，而完全是奥黛特的错。

“亲爱的，”他对她说，“行了，那个人是我认识的吗？”

“不认识的，我可以发誓，再说，我想我刚才说得过头了，其实并没到那份上。”

他微微一笑，接着往下说：

“你让我怎么说呢？这没什么关系，可遗憾的是你不肯把名字告诉我。我一旦回忆起那个人，就不用再左思右想了。我这是为你好，你说了我就不会再缠住你了。凡事只要能想清楚，就不会心烦了！最要命的是一个人根本无从想象。不过你刚才已经挺配合，我不想再打扰你了。我从心里感谢你为我做的这一切。事情就到此为止吧。就剩最后一个问题了：‘那是多久以前？’”

“哦！夏尔，你真要把我烦死喽！那都是很久以前的事了。我早就不去想了，敢情你是非要让我再想起它们不成。你太过分了。”她的语气中既有一种无意流露的傻气，又有一种存心使坏的意味。

“噢，我只是想知道那是不是我认识你以后的事。这是挺自然的嘛。事情是在这儿发生的吗？你能说说到底是哪一天，好让我回想一下那天晚上我在干什么吗；你心里明白，你是不可能想不起来那是跟谁的，奥黛特，我的宝贝。”

“我，我不知道，我想那是在布洛涅森林，有天晚上你到天鹅岛来找我们。你先在德·洛姆亲王夫人的别墅吃了晚饭，”她很高兴能找到一个确切的细节以表明她说的是真话，“邻桌上有个女人，我只是很久以前见过一面。她对我说：‘咱俩一起到那座假山背后去，欣赏一下湖光月色好吗。’我先打了个哈欠，然后回答说：‘不，我累了，就这么坐着挺好。’她一再跟我说那晚的月色多么难得一见。我对她说：‘你得了吧！’我明白她的心思。”

奥黛特说这些话时，脸上微带笑容，或许她觉得这样挺自然，或许她以为这样显得轻描淡写，或许她只是想掩饰一下窘色。但一看到斯万的脸色，她的语气马上变了：

“你这坏蛋，折磨我是在寻开心，非让我说些谎话才肯放过我哪。”

对斯万的这一击，比第一下更狠。他怎么也没想到这是最近的事，非但不是发生在他无从了解的过去，而且就发生在一无察觉的他眼皮底下，就发生在他记忆中如此清晰的那些夜晚，当时他和奥黛特在一起，满心以为眼前的一切都那么清楚，可现在回想起来却有着一股狡诈、残忍的意味；在那些夜晚中间，蓦地豁开了一个很大的口子——布洛涅森林岛上的那一幕。奥黛特不聪明，却有一种来自天然的风情。她连讲带比画地回忆那晚的场景，简洁明了而又绘声绘色，心里烦躁的斯万仿佛在眼前看见了奥黛特的打哈欠，还有那座假山。他耳边响起那声答话——唉！居然那么欢快——“你得了吧！”他觉着今晚她是不会再说什么了，新的内容眼看这会儿是等不着了；他对她说：“可怜的宝贝，请原谅，我觉着已经在让你受罪了，行了，过去的事我不去想它了。”

可是她看出，他凝眸谛视着他不知晓的那些事情，耽于他俩相恋的往昔，那段日子在他的记忆中因其朦胧而显得单调、甜美，现在它却被德·洛姆亲王夫人晚宴后，月色清明的天鹅岛上那一瞬间无情地撕裂，留下了淌血的创口。然而他习以为常地认为生活中充满着情趣——对其中令人好奇的发现，他总要赞叹一番——即使心中愁苦，已经不敢想象这样的痛苦自己还能忍受多久，他还是对自己说：“生活确实叫人惊叹，处处蕴含着令人意料不到的事情；总之，你想都想不到，一个人竟然这么容易学坏。好端端的一个女人，让我那么毫无保留地信任，平时的神情又那么单纯，那么真诚，即使有些轻率，见解和爱好毕竟都是正常的、健全的；我就凭一些并不可信的指控，问了她一下，想不到她向我承认的那点事情，已经透露出好多我连想都没想过的秘密。”但这种流于空泛的评论还无法让他感到满足。他想要确切地判断她讲的那些话分量到底有多重，以便了解他是否应该下结论说，她以前常做的这些事，今后也还会再做。有一次他想起她说的那几句话：“我明白她的心思。”“有过两三次。”“你得了吧！”而这回它们并非平和地出现在斯万脑海中，而是各执利刃重新往他心口扎去。在一段很长的时间里，他就像一个无法控制自己的病人，一个劲儿要做那个触动伤痛的动作，不断地重复这两句话：“我在这儿挺好。”“你得了吧！”创口实在太疼了，他才不得不停下。他感到惊奇，平时一直以为既轻松又愉快的事情，现在竟然变得如此性命攸关，犹如一场足以致命的重症。他认识好些女友，请她们相帮监视奥黛特原该不成问题。可是，怎么能指望她们的观点一准与他一致，而不再是很久以前他持有过的、一度成为他纵情声色的生活指南的那种观点呢，怎么能指望她们不致取笑他：“敢情你是个醋坛子，想剥夺人家的乐趣呀？”他以前对奥黛特的爱情充满优雅的乐趣，而现在不知是哪扇活门陡地下翻，他骤然跌入地狱的新的一层，茫然不知怎样才能脱离这片苦海。可怜的奥黛特！他不怨她。这并不全是她的罪过。不是听人说起过，她几乎还是个孩子的时候，亲生母亲就把她包给了一个英国富商吗？斯万以前看阿尔弗雷德·德·维尼在《诗人日记》中写的这几行话时，是漫不经心的：“当你感到爱上一个女人之时，你得问一下自己：在她周围的是些什么人？她以往的生活是怎样的？生活的全部幸福都维系在这上面。”此刻他才深切地体会到这是多么沉痛的肺腑之言。斯万感到惊讶的是，逐字逐字呈现在他脑际的一些简单的句子，诸如“你得了吧”“我明白她的心思”，竟然会让他如此愁肠百结。但是他明白，这些他以为简单的句子，正是组成整个架子的板块，这些板块中间夹着可以让他再度遭受的痛苦，也就是他在听奥黛特讲述往事时体验过的痛苦。他此刻体验到的就是这痛苦哟。他现在知情了——甚至因岁月流逝已经有些忘却，或者已经感到可以原谅了——可这又有什么用呢，只要他在心里重温那几句话，先前的痛苦又会使他成为先前的他，仍然像在还没听奥黛特告诉他那番话时一样：什么都不知道，什么都相信；强烈的妒意把他往后拉，让他回到一个不知情者的位置，再让奥黛特的坦白来狠狠地给他一击，纵使已经几个月过去了，这段往事掠过他心头时，依然像是一件意想不到的事情。他感到奇怪，自己的记忆竟会有如此惊人的再创能力。看来只有随着年岁增长，等到这台记忆再生器的机能不再那么充沛的时候，他才有望缓解这份痛苦的折磨。一旦奥黛特某句让他感到痛苦的话能量略显衰退迹象，马上会有一句迄今他不大想到的话，一句几乎可以说是新想起的话来替换那些话，血气方刚、锐气十足向斯万击来。在德·洛姆亲王夫人家用餐那个夜晚的回忆，对斯万来说是痛苦的，但这只是种种苦恼的中心而已。苦恼由此向四周漫射开去，波及前前后后的所有时日。只要思绪在这回忆的某个片段稍作停留，韦尔迪兰夫妇频频在布洛涅森林的岛上别墅请饭的整个那段时期，就会使斯万感到苦恼不已。到头来，妒意在他身上激起的好奇渐渐地被一种恐惧，即对满足好奇心必得再次承受折磨的恐惧所抵消了。他意识到，奥黛特认识他以前的那段生活，他从来不曾想过的整个那段时期，并不是他朦朦胧胧瞥见的那片抽象的时空，而是一段充满具体事件的特定的既成岁月。可是在审视那段生活时，他害怕这段色彩暗淡、业已流逝的，他毕竟可以接受的时日，会突然显出具体而微、污秽不堪的形态，露出恶魔般狰狞的面目来。他有意不再去想它们，这并非懒于动脑，而是怕内心受苦。他期盼有那么一天，听到布洛涅森林那座小岛，以及德·洛姆亲王夫人的名字时，他能不再有当初的撕心裂肺之感，同时他觉得，在痛苦刚有所平息的此刻，再去招引奥黛特说些别的事情，说些别的地名或情景，看来不够谨慎，会让苦恼换一种形态在自己心头重新滋生。

可是那些他不知道，而且现在害怕知道的事情，常常是奥黛特无意间主动告诉他的；奥黛特的真实生活和斯万曾经以为（往往至今还以为）她所过的比较清白的生活之间，已由奥黛特的堕落划出了一道间距，奥黛特却并不知晓它到底有多宽：一个沾染了恶习的人，往往会在他不想被疑心他有这些恶习的旁人面前装得没事人似的。他意料不到的是，这些不知不觉中日积月累的恶习，正在渐渐地使他远离正常的生活方式。两人生活在一起时，奥黛特把自己对某些所作所为的回忆瞒着斯万，久而久之，其他的回忆在她心灵深处也受到潜移默化的影响，她已不觉得它们有什么异常之处，它们被她安顿在内心世界的特定环境中亦无异常的动静；可要是她讲给斯万听，这些回忆中透露出的勃勃生机会使他感到惊骇。有一天他只是偶然想到，并没有惹奥黛特不快的意思，问她有没有去过那些由女人拉纤的幽会屋。其实他心里是认定她没去过的；他在看那封匿名信时，这个假设曾经闪过他脑际，但他并没有上心；他没把这假设当真过，但它还是留在了那里，这一猜疑游离于意识之外，但毕竟有些恼人，斯万想摆脱它的存在，希望奥黛特把它连根拔除。“噢！没有！可这不等于说她们没来纠缠过我噢。”她莞尔一笑，露出一种颇为自得的神情，没顾上斯万看在眼里会不会觉着别扭。“昨天还来了一个，等了两个多钟头，就是要我去，随我开价。好像是有个大使什么的，对她说：‘如果您不把她带来，我就活不下去了。’我让人告诉她说我不在家还不行，非得亲自出面才把她打发走。要是你能看见我怎么跟她说话，那有多好！我的贴身女仆在隔壁房间听见我的声音，过后她对我说，我扯开嗓门喊道：‘我对您说了，我不愿意！有人想这么做，可我不喜欢！我想，我愿意怎么做，总还有我的自由吧！如果我需要钱，我自然明白……’我吩咐了看门人，以后别让她进门，就说我去乡间度假了。哦！我真巴不得你当时藏在哪儿，看我怎么打发那女人。我相信你会高兴的，亲爱的。你瞧，你的小奥黛特，尽管有人觉得她那么讨厌，她毕竟也有些好的地方吧。”

她以为他已经知情才做的这些坦白，对斯万所起的作用，并不是驱散旧有的疑云，而是让他位于新生疑窦的起点。因为这种坦白总是无法使疑虑涣然冰释的。奥黛特在讲述中瞒去了最重要的内容，即便如此，较为次要的这些内容中，有些事情是斯万绝对想象不到的，这样的出新出奇，简直使斯万不堪难受，他的嫉妒问题中的各项因子，也就此有了相应的改变。她的这番坦白，他想忘也忘不了。它们犹如河面上的尸体，他的灵魂载着它们往前流去，把它们抛向旁边，然后又在河底晃动它们。它们毒害了这个灵魂。

有一次她对他提到巴黎-穆尔西亚募捐日那天福什维尔去看她。“什么，你那时就认识他了？噢！对，是这样。”他刚一发问就立即改口，以免显出对此一无所知。骤然间他想起巴黎-穆尔西亚募捐日那天收到过她的一封信，他至今还珍藏着呢，想到当时她也许正和福什维尔一起在金色餐厅用午餐，他不由得浑身打起战来。她向他发誓说绝无此事。“不过金色餐厅总让我想起一件不知什么事情，当时我就觉着有些蹊跷。”他说这话是想吓唬她。“对了，你到普雷沃咖啡馆去找我的那个晚上，我对你说我从金色餐厅来，其实我没去那儿。”她回答说（看他的神色，她以为他都知道了），决然的语气中，诚然有着玩世不恭或羞怯的意味，但更多的是害怕的成分，她生怕斯万不高兴，出于自尊心又想掩饰这害怕，还有就是一种愿望，就是期待向他表明她是能够坦诚相见的。她就这样以刽子手般的干净利落向斯万击去，但其中已然没有了那份残酷，因为奥黛特并没意识到她在对着斯万手起刀落；是啊，也许正是为了别显出羞愧、困窘的神情吧，她甚至还笑了起来。“我确实没在金色餐厅，我是从福什维尔家出来的。我真的去了普雷沃咖啡馆，这可不是说谎，他在那儿遇见我，就请我去他家看版画。不过一会儿就又有别人来看他了。我对你说我从金色餐厅来，是怕给你添烦恼。你瞧，我还不是为你好吗？就算我当时错了，至少这会儿我都对你说清楚了呗。要是巴黎–穆尔西亚募捐日那天我真的和他一起吃了午饭，我瞒着你又有什么好处呢？再说，那时候我俩还不很熟嘛，亲爱的。”他突然感到一阵软弱，勉强向她笑了笑，一个人被对方的话压得透不过气，感到周身乏力的时候，往往会变得如此软弱。原来，甚至在他因为太幸福而从来不敢去回想的那几个月里，就在她爱他的那几个月里，她已经在对他说谎了！类似于她对他说她刚从金色餐厅来的那个时刻（就在他俩第一回理卡特利兰的夜晚），想必还有好多其他的时刻，所有这些时刻都窝藏着斯万从未起过疑心的谎言。他记起她有一天对他说过：“我只消对韦尔迪兰夫人说，我的长裙还没有准备好，双轮马车来得晚了。我总有办法应付的。”对他大概也是一样吧，好几次她轻描淡写地向他解释为什么迟到，说明某次约会为什么得换个时间，他当时都没在意，现在想来这些解释和说明背后，肯定隐藏着她和另一个人之间的什么事情，她大概会对那人说：“我只消对斯万说我的长裙还没准备好，双轮马车到得晚了，我总有办法应付的。”在斯万所有最甜蜜的回忆背后，在奥黛特以前对他说过、他奉若福音的最简单的话背后，在那些最常去的地方——女裁缝的公寓，布洛涅的林荫道以及赛马场的背后，他感到都有盈余的时间足以藏匿谎言，即使在听上去日程排得满满的某一天，也总留有余地，剩有空隙用来干些不为人知的事情，他感到渗入了谎言暗中存在的可能性，一切他至今仍极其珍视的东西（那些美好的夜晚，还有拉佩鲁兹街，奥黛特想必经常趁没有告诉他的时间离开这条街）对他来说都因此而变得污浊不堪，他在听有关金色餐厅那段坦白时隐秘的恐怖感，也因此到处都有它的影子，而且如同《尼尼微的毁灭》中那些污秽的牲畜，动摇着一块又一块墙石，预示着他对过去的全部回忆的倾覆。现在每当记忆触及金色餐厅这个冷峻的名字时，他回避唯恐不及，但跟不久前在德·圣厄韦尔特夫人晚会上的情形不同，并非因为这名字让他想起他失落已久的一种幸福，而是由于他刚尝过一种不幸的滋味。随后，金色餐厅的名字也像布洛涅森林小岛的名字一样，渐渐地不再让斯万感到痛苦了。我们所以为的爱情也好，嫉妒也好，其实并不是一种连绵不断、不可分割的既定的激情。它们由无数个相继的爱情、不同的嫉妒组成，这些爱情和嫉妒瞬息即逝，但由于层出不穷、络绎不绝，就让人有一种从未间断的印象，一种始终如一的错觉。斯万的爱情生活，他的嫉妒的执着，由数不清的欲念、数不清的疑虑的消亡和超脱所组成，而所有这一切，都以奥黛特为其对象。倘若有很长一段时间没见到她，正在陨灭的那些欲念、疑虑，是无法由其他欲念、疑虑来替代的。而奥黛特一出现，就又继续在斯万的心田交替撒下了柔情和猜疑的种子。

有些夜晚她一下子变得非常殷勤，但语气冷峻地关照他机不可失，否则几年之内他休作此想；接下去就得一起去她家理卡特利兰，而她这般声称的需要他，总是那么突然，那么费解，那么不容分说，随后那毫无节制的爱抚有时那么夸张，那么没来由，这种说来就来、没有真实感的缠绵之情，就像说谎打诳或惹是生非一样让斯万苦恼。例如有天晚上，他听从奥黛特的吩咐一起回到她家里，她一反平时冷漠的常态，对他又是使劲亲吻，又是不停地说亲热话；他蓦地觉得听到有声音，站起身来，四下寻找，没找到有人藏着，这时奥黛特怒不可遏，摔破一个花瓶，对斯万说："你这人可真是难缠透顶！"经她这么一吼，斯万再没勇气坐回她身旁去了。她到底有没有藏着个男人，想让他尝尝嫉妒的滋味或撩拨他的欲火，始终不得而知。

有时候他上幽会屋[1]去，指望了解一些她的情况，当然她的名字是不说出去的。"我有个妞儿，您准喜欢。"老板娘对他说。他神色忧郁地和某个可怜的姑娘聊上一个小时，姑娘看他始终正襟危坐，不觉暗自惊讶。有个很年轻、长得挺可爱的姑娘，有一天对他说："我希望的，是找到个朋友，那时我肯定不再跟别人好了。"——"是吗，你相信一个女人真的会因为有人爱她就感动，就对他忠贞不渝吗？"斯万急切地问她。——"当然喽！可这也得看那人是怎么样的！"斯万情不自禁地把一些会让德·洛姆亲王夫人高兴的话儿，说给这些姑娘听了。对要找个朋友的那位，他笑吟吟地说："你挺可爱，让自己的眼睛蓝得跟腰带一样

1　一种变相的妓院。往往由一个拉纤者提供场所，供男女幽会。有时拉纤者也为嫖客提供妓女。法文中叫la maison de rendez-vous（约会的屋子），当然是一种婉语。据说港语中"纯粹租房"者，即指此类去处。

颜色。”——“您也是啊，您的袖口翻边也是蓝颜色的。”——“在这么个地方，我们这样谈话有些怪怪的！我大概扫你兴了吧？说不定你还有事？”——“没事，我有的是时间。要是您让我觉着烦了，我会告诉您的。其实，我还是挺喜欢听您聊天的。”——“很高兴你这么说。我们这不是谈得挺好吗？”后半句话是对刚进屋的老板娘说的。——“可不是，我刚才就这么想来着的：瞧这两口子多斯文！得！爷们儿都时兴上我这儿来聊天了。那天亲王就说过，在这儿比陪在夫人跟前自在多了。敢情现在这世道，那些夫人们都是这一副德行啊，说起来也真丢人！我这就走了，您放心我不会嚼舌头的。”说完她就让斯万和那个长着蓝眼睛的姑娘留在屋里。可是不一会儿，斯万也站起身来跟她告辞。他对她不感兴趣，她根本不认识奥黛特。

画家前一阵病了，戈达尔大夫劝他乘船出海去换换环境；好几个信徒都说要跟他一起去；韦尔迪兰夫妇下不了决心单独留在巴黎，就租了一艘游艇，后来干脆买了下来，于是奥黛特经常乘游艇出海了。每次她离开不多久，斯万就感到自己开始摆脱她了，但这心灵的距离似乎是和地理的距离成正比的，他一知道奥黛特回来了，就没法待在家里不去见她。有一回，本来以为就出门一个月的，后来也不知是旅途景色使大家流连忘返，还是韦尔迪兰先生事先就暗中策划，想让妻子高兴一番，所以旅程安排沿途才逐渐透露给信徒们，大家居然从阿尔及尔去了突尼斯，接着到意大利，然后去了希腊、君士坦丁堡和小亚细亚。旅程延续了将近一年。斯万感到从未有过的宁静，几乎觉得很幸福。虽然韦尔迪兰夫人当初说服了钢琴家和戈达尔大夫，使他俩相信钢琴家的姑妈和大夫的病家都不需要他们，还有，让戈达尔夫人回巴黎是很不谨慎的，因为韦尔迪兰先生得悉那儿在闹革命[1]，但是到了君士坦丁堡，她还是不得不放这对夫妇上岸。画家和他们结伴回来。就在这三位远游客回到巴黎后不久，有一天斯万有事要上卢森堡公园附近去，看见有辆往那儿去的公共马车驶过，就跳上了车，坐下以后才发现对面坐着戈达尔夫人，她打扮得齐齐整整，头戴装饰羽翎的帽子，身穿丝绸长裙，带着手笼、晴雨伞和名片匣，套着洗得雪白的长手套，正赶在各位夫人的会客日去拜访她们。她这么全副武装，遇上晴天，在同一个街区里就步行，往来于一个宅邸和另一个宅邸之间，要上另一个街区，则用联票乘公共马车。刚面对斯万先生，女人的亲切天性，还没能穿透小布尔乔亚的拘谨做派，再说她也不太知道该不该在斯万面前提到韦尔迪兰夫妇，她就用她那不时被隆隆的车轱辘声打断的慢吞吞的、显得窘迫而轻柔的嗓音，从刚听来的那些话里拣话头说。她一天里面爬上爬下地要跑二十五家人家，从这儿搬到那儿的话头可有的是哪：

“先生，像您这样一位紧跟潮流的人，不用问当然是去过米尔利通俱乐部[2]，看了马夏尔[3]的那幅轰动巴黎的肖像画喽。嗯！您觉得怎么样？您是站在称赞它的那些人一边，还是站在指责它的

1　普鲁斯特研究专家通常认为《斯万的爱情》的时代背景是十九世纪八十年代。据此，韦尔迪兰先生所说的革命当指1888年至1889年间的“布朗热运动”。布朗热是鼓吹沙文主义的法国将军，一度成为法国政治风云的中心人物，其支持者掀起所谓“布朗热运动”。1889年1月以压倒多数票当选代表巴黎地区的议员。蒂拉尔的新政府随即对他提出起诉，他被迫逃离巴黎。

2　米尔利通俱乐部是巴黎艺术家的一个活动场所，位于协和广场附近，每年举办一次年度画展。

3　马夏尔（Jules-Louis Machard，1839—1900）：法国著名画家。最初系从1863年的沙龙画展中脱颖而出。

一边哪？所有的沙龙里谈的都是马夏尔的这幅画；谁要是不对马夏尔的画发表一点看法，就是不潇洒，就是不够味儿，就是赶不上趟哟。”

听到斯万回答说他还没看到过这幅画，她生怕这么逼得他承认出来，会刺伤他的自尊心。

“哦！很好，至少您这么挺坦率地承认了，您并不因为没去看过马夏尔的画觉得有失体面。我认为您这样挺好。嗯，我去看了，真是众说纷纭，有人觉得它过于雕琢，有点甜得发腻，可我觉得它棒极了。当然它可不像咱们朋友比施画的那些又是蓝又是黄的女人。我得很坦率地向您承认，也许您会觉得我赶不上趟，可我还是怎么想就怎么说呗，我看不懂。天哪！我承认他给我丈夫画的那幅画是要好些，不像他平时画得那么怪，可他还是非要把唇髭画成蓝颜色的。瞧人家马夏尔！这不，我这会儿正要去看我的朋友（能跟您同路我真是太荣幸了），她的丈夫答应她，要是他哪天当上了院士（他是大夫的一位同行），一准请马夏尔给她画张画。这当然是挺吸引人的！我另外还有个朋友，说她就是更喜欢勒卢瓦[1]。我只不过是个外行，没准勒卢瓦在技巧上要更棒些。可我总觉着，一张画，特别是当它值到一万法郎的时候，最要紧的是要画得像，而且要像得让人看了舒心。”

羽饰的高度，名片匣上花体的姓名起首字母，洗染铺用墨水写在手套上的小小编号，还有要不要对斯万提起韦尔迪兰夫妇的顾虑，促使戈达尔夫人说了这么一通话，随后，眼看自己要下车的波拿巴街拐角还挺远，她听见自己的心在劝她说些别的话。

1　亚历山大·勒卢瓦（1843—1884）和莫里斯·勒卢瓦（1853—1940）兄弟俩都是法国水彩画家、肖像画家和插图画家。

"前一阵您的耳朵根大概发热来着吧，先生，"她对他说，"我们跟韦尔迪兰夫人一起旅行的那会儿，整天都尽在说您。"

斯万大吃一惊，他还以为根本没人会在韦尔迪兰夫人面前提到他呢。

"这不，"戈达尔夫人接着说，"德·克雷西夫人在那儿呗，还有什么好奇怪的呢。只要奥黛特在一个地方，她待不上多久就得提到您。而且您知道不，人家可不是在说您的坏话哟。怎么！您还不信？"她看到斯万做了个表示怀疑的姿势，不由得喊了起来。

她是严肃而且率真的，说下面这些话也完全出于撮合一对有情人的好心，没有半点坏心思夹杂在里面：

"她可喜欢您了！噢！我看哪，谁也甭想在她面前说您的坏话！他准得吃不了兜着走！随便碰到什么事，比如说看见一幅画吧，她就会说：'哦！要是他在就好了，他马上能告诉您这是不是赝品。这方面谁也比不上他。'她一刻不停地老是问：'他这会儿在干什么呢？但愿他在干正经事儿！一个这么有天分的小伙子，偏偏这么懒，有多可惜哪。（您不会见怪吧？）这会儿我瞧见他啦，他在想念我们，在寻思我们在哪儿哪。'她有一句话，我觉得说得太美了；韦尔迪兰夫人对她说：'您离他有八百里路程，怎么能看见他这会儿在干什么呢？'这时候奥黛特回答说；'在一个朋友的眼睛里，是没有看不见的东西的。'我向您发誓，我告诉您这话可不是为了讨好您，您在那儿有一位非常难得的真正的朋友。我对您说的这话，大概也就您自己不知道了。最后那天韦尔迪兰夫人还对我说起这一点呢（您知道，分手前的那儿夜大家总是谈得更多些）：'我并不是说奥黛特不爱我们，我是说无论我们对她说过多少话，只要跟斯万先生对她说的话一比，就都变成无足轻重的了。’哦！天哪，车夫在停车让我下去呢，跟您聊着聊着，我都差点儿错过波拿巴街了……劳驾告诉我一下，我帽子上的羽饰正不正？”

说着，戈达尔夫人从手笼里抽出戴着白手套的手，伸给斯万，这一抽，跟着一张联票一块儿掉出来一派上流社会生活的景象，充斥了整个车厢，中间还掺和着洗染铺的气味。斯万则觉得心里充满了对她，以及对韦尔迪兰夫人的温情（对奥黛特几乎也是如此，因为她让他体验到的那种感情，由于不再掺有痛苦，也就不再成为爱情了），从车厢外的平台用温柔的目光眼看着她昂首阔步走上波拿巴街，帽子上的羽翎竖得高高的，一只手提着长裙，另一只手捏着晴雨伞和名片匣，还特意露出花体的起首字母，手笼则在身前晃晃悠悠。

戈达尔夫人实在是一位比她丈夫高明得多的治疗专家，她在斯万对奥黛特的病态感情旁边，添加一些正常的感情来跟它们对峙，像这些感激和友情之类的正常感情，使斯万心目中的奥黛特变得更有人情味（也就是更像别的女人，因为别的女人也会激起他的这些感情），更快地彻底转变成斯万怀着宁静的情感爱着的那个奥黛特，有天晚上曾在聚会后带他和福什维尔一起上画家那儿喝橙汁，曾让斯万憧憬在她身旁过幸福生活的那个奥黛特。

从前他就常常不胜惊恐地想到，总有一天他会中止对奥黛特的爱，他决心时时警惕，一旦觉着爱情要弃他而去，就拽住不放，不让它离开。可是，随爱情一同淡去的，是依然去爱的意愿。因为一个人是无法改变的，也就是说他无法变成另一个人，而又继续受原先那个他的情感所支配。有时在报上看到某人的名字，他疑心此人是奥黛特的一个情人，这时妒意还是会油然而生。但这份妒意是轻描淡写的，犹如在向他证明他尚未全然脱离曾让他那么痛苦——但也让他尝到了一种无法言说的快感——的时期，而且人生道路上有那么多偶然事件，说不定他还会从远处冷眼里瞥见这个时期的美妙之处，这种妒意甚至使他感到一阵欣喜，犹如一个闷闷不乐的巴黎人离开威尼斯回国时，最后冷不丁看见的那只蚊子，向他表明了意大利和夏天都还不远呢。而更常见的情形是，当他竭尽全力，纵使不是要滞留于他刚离去的这段不寻常的生活时期，至少也要趁还能见到它的时候，留下一个清晰的影像，但却发现为时已晚；他原想再看上一眼离他而去的那份爱情，犹如远眺一片行将消逝的景色；可是他分身乏术，对一种已经不再属于自己的情感，实在无法让它的真实景象呈现在眼前，不一会儿，脑子里就黑乎乎的，眼前什么也看不见了，他只好不看，摘下夹鼻眼镜，擦拭起镜片来；他心想，最好还是先休息一下，待会儿也还来得及，于是他百无聊赖地缩在一个角落里，好似一个旅途委顿的乘客拉下帽檐遮在眼睛上，打算在车厢里睡上一觉，在睡意蒙眬中他依稀感到列车越开越快，载着他远离他曾长期生活于此，而且暗自许过愿在离开它之前一定要向它最后说一声再见的国家。而且犹如这位旅客直到法国境内才醒来那样，当斯万偶然间顺手拿到证据，认定福什维尔曾经是奥黛特的情人时，他发觉自己一点也不痛苦，爱情毕竟已经远去了，他感到遗憾的只是它离他而去的那一刻，居然没有提醒他一下。还在第一次吻奥黛特之前，他就想要把这个脸庞铭刻在记忆之中，这张脸长久以来代表着她在他心目中的形象，而日后对那个吻的回忆却会使它变形，他甚至还打算，至少这么想过，趁记忆还在的时候，向这个激起他爱情和妒意的奥黛特，这个给他带来过痛苦而今后他再也见不到的奥黛特道一声别。他以为再也见不到，是想错了。几星期之后，他还得见她一次。那是在梦乡，在睡意的薄暮中。他和韦尔迪兰夫人、戈达尔大夫、一个他认不出是谁的戴土耳其帽的年轻人、画家、奥黛特、拿破仑三世和我外公在海边散步，位于峰巅上的小路时而高高悬在海面之上，时而离水面仅几米之遥，游人上上下下络绎不绝；须臾，暮霭渐沉，夜色四合，那些往下走、往上走的游客已不复看见。浪涛时时拍击着海岸，斯万觉着冷冽的海水溅到了脸上。奥黛特叫他擦去，他却没法擦，窘迫地面对着她，身上兀自穿着长长的睡衣。他巴望在昏暗的光线下别人不会注意到他，不料韦尔迪兰夫人却神情惊讶地久久凝视着他，而与此同时，他看到她的脸变了样，鼻子伸长，嘴上有一部浓密的唇髭。他转过脸去看奥黛特，只见她脸色苍白，腮帮拉得挺长，上面有好些小红点，眼圈黑黑的，她望着他，目光满含柔情的两颗眼睛，仿佛随时会跟泪珠一起滚落到他身上，他觉得自己对她爱得无以复加，恨不得马上带她一起走。蓦然间奥黛特转过手腕，瞧了瞧一块小小的表，说“我得走了”，随即向众人告辞，对斯万也一视同人，并没把他拉到一边，也没告诉他什么时候再见，当晚还是改日。他不好意思问她，心里好想跟她一起走，却又不得不赔着笑脸回答韦尔迪兰夫人提的一个问题，连头也不敢转向奥黛特，他心头怦怦直跳，只觉得自己恨奥黛特，恨不得把刚才还深深爱着的那双眼睛抠出来，把那张气色灰暗的脸压个扁。他陪着韦尔迪兰夫人继续往上走，也就是说，每走一步就离反向而行的奥黛特远了一些。片刻过后，她已经离去了好几个小时。画家叫他注意，她前脚刚走，拿破仑三世后脚就开溜了。“他俩肯定是事先讲好的，”他说，“他们准是去山脚下碰头，可面子上又下不来，所以就没一块儿告退。她是他的情妇。”那个不认识的年轻人哭了起来。斯万想要安慰他。“说到底她是对的。”他给年轻人拭去眼泪，顺便把那顶土耳其帽摘了下来，好让他自在一些。“我劝过他十次了，干吗要为此伤心呢？他应该是个能够理解她的男人嘛。”斯万这是对自己在说，因为他起初没能认出是谁的那个年轻人，也是他呀；就像有些小说家一样，他把自己的性格特征分别给予两个人物，一个就是在做梦的这个人，另一个是做梦的人看见戴着土耳其帽的人。

至于拿破仑三世，这个形象来自福什维尔，某种影影绰绰的观念联想，加上对男爵平时面容所做的某些修整，再添上一条挂满荣誉勋位勋章的宽饰带，就使福什维尔成了拿破仑三世。而实际上，梦中出现的这个人物，对斯万来说所代表的、让他想起的，也正是福什维尔。睡梦中的斯万从片断的、变幻的形象出发，做出错误的推理，而且暂时有了一种旺盛的创造能力，可以像某些低等生物那样，单靠细胞分裂来进行繁殖，凭着手掌温暖的感觉，他能再造一个他觉得自己紧紧握着的陌生的掌心，凭着自己尚未意识到的情感和印象，他能构想出曲折的情节，在逻辑上加以贯通，让睡眠中某个指定时刻出现这样一个不可或缺的人物来接受他的爱或催他醒来。夜色突然变得浓重起来，警钟声响起，居民冲出着火的房舍，四散逃命；斯万耳边听到澎湃的潮声，一颗惶惶不安的心也犹如惊涛那般猛烈地在胸膛里乱跳。骤然间，他的心加倍地遽跳不已，他觉得一阵无可言喻的难受和恶心；一个浑身灼伤的农民奔过他跟前时喊道：“去问夏尔吕吧，奥黛特是在哪儿跟人过夜的，他以前跟她是一伙的，她什么话都对他说。就是他们放的火。”原来是斯万的男仆，来唤醒他说：

“先生，八点钟了，理发师来了，我让他过一小时再来。”

然而这几句话，在穿越斯万层层浓郁的睡意，进入他的意识之前，游离了开去，如同使一绺阳光在水底看去像个太阳似的，刚才使铃声在深沉的睡意中变成了警钟声，幻化出火灾的情景。但梦中的场景顷刻间烟消云散了，他睁开眼睛，耳边最后一次传来远去的海涛声。他伸手碰碰脸颊。是干的。但他还记得海水的凉意和咸味。他起身穿衣。昨天吩咐理发师一大早来，是因为他写了封信告诉我外公，得知德·康布尔梅夫人——原先的勒格朗丹小姐——要去贡布雷小住几天，他今儿下午也去贡布雷。在斯万的记忆中，这位少妇娇艳的脸庞使人联想起久违了的乡间景色，秀色美景都诱惑难挡，他终于下决心要离开巴黎几天。命运让我们偶然和有些人相遇的时刻，往往与我们爱她们的那段时间并不一致，而可能出现在这段时间开始之前，并在它结束之后重又出现，因此事后回想起来，在这一生中我们注定要爱的人的最初出现，自有一种预示、征兆的意义。斯万回忆在剧场最初遇见奥黛特的情景，常有这样的感慨，那晚他根本没想过以后还会再和她相见——现在他回想起德·圣厄韦尔特夫人府上的晚会时，亦然感慨系之，他就是在那个晚会上把德·弗罗贝维尔将军介绍给德·康布尔梅夫人的。生活中的利害得失千头万绪，有时在同一个场合，就在忧伤让人悲痛欲绝之时，迄未露头的幸福却已悄然来到你的身旁，这种情形难道还少见吗？那晚斯万倘若不去德·圣厄韦尔特夫人府上，想必也会在别处遇见这种情形。有谁能知道，那天晚上要是他去了另一个地方，是否会有别的幸福、别的忧伤降临到他身上，而且让他以为那些都是不可避免的呢？不过现在他感到不可避免的事，都是业已发生的事，而他几乎觉得那晚决定去参加德·圣厄韦尔特夫人的晚会，其中有点天意如此的意味，他渴望欣赏生活无穷无尽的创造力，却又无法让思绪长久地停留在一个诸如弄清楚自己最想要什么之类的艰难问题上，于是他想，那天晚上他遭受的痛苦与虽已萌生但还意想不到的欢愉——尽管两者之间很难建立一种平衡——一定有着某种必然的联系。

但一个小时后，就在他指点理发师怎么修剪平顶头，好让头发在旅途中不致弄乱的当口，他又想起了方才的梦，仿佛奥黛特就在身旁，只见她面容瘦削，脸显得很长，眼圈黑黑的，所有这些——绵绵不断的柔情蜜意，把他对奥黛特持久的爱变成了一种长期的遗忘，忘却的正是他初见她时的第一印象——自从他俩相好以来，他就不再去注意了，而在刚才的梦中，他的回忆想必又在那段初恋中寻觅着真切的感受。当他不复感到不幸时，粗鄙的念头不时涌上心头，道德水准也一下子降低到了这份上，他在心里大声喊道："谁能想得到吗，我浪费了那么多年，甚至恨不能去死，却把我一生中最真挚的爱情给了一个我不喜欢的、不合我口味的女人！"

第三部

地方与地名：地名

在无眠之夜经常浮现眼前的那些卧室中，跟贡布雷的卧室最不相像的，就是巴尔贝克海滨大酒店的那个房间了；贡布雷的每间卧室，都弥漫着尘粒、花粉、食品的气息和虔诚的氛围，而在巴尔贝克酒店的房间里，涂过瓷漆的墙壁有如碧波粼粼的游泳池光滑的内壁，给人一种清纯的、天蓝的、带点盐味的感觉。负责装潢这家大酒店的巴伐利亚家具建材商，在每个房间的装饰上都翻了花样，我住的房间里，沿三面墙壁排开带玻璃门的矮书橱，视各个书橱的不同位置，玻璃橱门起着一种意想不到的效果，犹如一幅描绘景色变幻的大海的油画环壁而立，构成一道海青色的护墙板，只是被桃花心木的橱框分割成了一小幅一小幅而已。这样一来，整个房间俨然有了一种时尚家具展上宿舍样板房的意味，那些样板房中装饰的艺术作品，据说能使睡在里面的人感到赏心悦目，作品的题材则与房舍所在地的风俗有关。

但是跟这个真实的巴尔贝克最不相像的，却是我在一些风狂雨骤的日子里经常想起的巴尔贝克，在这种天气的日子里，风刮得一阵紧似一阵，弗朗索瓦兹领着我走在香榭丽舍大街上，一边招呼我别跟墙壁靠得太近，免得屋顶砖瓦刮下来打在头上，一边声音发颤地给我讲些报上刊登的灾祸和海难事故。我最大的心愿就是看一看海上的暴风雨，不是作为一种壮丽的景观加以炫示，而是作为大自然真实面目毫无掩饰地暴露出来的那个瞬间；或者不如说在我心目中，只有那种我知道不是有意造出来让我开心，而是势所必然的，无可改变的东西——那种自然景色或杰出艺术品的美，才称得上壮丽的景观。我感到好奇，渴望去了解的，正是那些我觉得比我自己更真实的东西，它们在我眼里具有特殊的价值，能让我窥见一位伟大天才的思想，或是大自然不受人类干扰，率性表现出来的力量或风致。就好比倘若把母亲的声音孤零零地从留声机上放出来，并不能慰藉我们的丧亲之痛，同样我对一场机械模仿出来的暴风雨，只能像对万国博览会上的灯光喷泉一样地无动于衷。为了让那暴风雨是绝对真实的，我也希望那海岸本身就是天然的海岸，而不是新近由市政府兴修的一条什么堤岸。其实，大自然凭着它在我身上唤起的所有那些情感，已经使我觉着它是跟人类机械的产品截然对立的一种存在。它身上带有的人工印记愈少，可供我的心自由翱翔的空间就愈广阔。然而我记得勒格朗丹早就对我们说起过巴尔贝克这个名字，按他的说法那儿是一片海滩，就紧靠着那座“以海难事故频繁著称，一年里有半年阴雾沉沉、浪涛滚滚的不祥的海岸”。

“你踩在那儿，”他说，“甚至会比在菲尼斯泰尔[1]（尽管那儿现在高楼林立，却并没有改变它远古的地质框架的结构）更清晰地感觉到脚下就是法国、欧洲，乃至古代世界疆土的尽头。这

1　法国西北部布列塔尼大区的一个省份。西临大西洋，北临英吉利海峡。

儿是以打鱼为生的古代人最后的集居地，他们跟那些从世界开创之际就繁衍生存的同类一样，面对着那个海雾和黑影的永恒王国。”有一天在贡布雷，我跟斯万先生谈起巴尔贝克的海滩，目的是从他嘴里知道，那儿是不是观看最猛烈的暴风雨的最佳地点，他回答我说：“我想我对巴尔贝克是挺了解的！巴尔贝克那些建于十二、十三世纪的教堂，一半还是罗马式[1]的，它们也许是诺曼底的哥特式[2]建筑最奇特的样本，真可谓是匠心独运！简直就像是波斯艺术。”在这以前，这些地区在我头脑里只不过是些年岁已湮没不可考，庶几跟那些重大地质变迁同时代的地块——就像大西洋或大熊星座一样先于人类历史，而那些未开化的渔人，也不见得比鲸鱼更强些，怕是压根儿就不知晓什么是中世纪——这会儿看到他们竟然经历过罗马式时期，于是一下子把他们纳入了时代的序列，我又知道了哥特式的三叶饰亦曾及时地镌刻在那些原始石块上，犹如春天来临时那些柔弱而生命顽强的花草星星点点缀满极地的雪原一般，真是欣喜异常。哥特式建筑，为这些地区和这些人提供了测定年代的依据，反过来这些地区和这些人也为它给出了一个依据。我想象着这些渔民怯生生、战兢兢地尝试着建立起群居的关系以后，在漫长的中世纪里，聚居在这死亡之崖的脚边，地狱之岸的一隅，他们究竟是怎样生活的；哥特式建筑在我眼里变得更充满生气了，因为我可以看到，除了我常想到它们存在的那些城市以外，它是怎样在一种特定的场合，在一些原始的石块上绽芽、开花并变成一座可爱的钟楼的。大人领我去

1　公元9至12世纪风靡西欧的一种建筑风格。因采用古罗马式的拱券，故名。

2　12世纪至16世纪末在西欧流行的建筑风格，其主要特征为有尖角的拱门、肋形拱顶及彩绘大玻璃窗。巴黎圣母院即为典型的哥特式建筑。

看巴尔贝克最有名的雕像的复制品——鬈发塌鼻的众使徒，门廊里的圣母——当我想到有一天我将会看见它们栩栩如生地耸立在终年不散、带着咸味的阴雾上方，我高兴得几乎透不过气来了。从此之后，逢到二月里风雨交加而又暖意荡漾的夜晚，当劲风拂过我的心田，让它跟我卧室里的壁炉烟囱一样颤动不已的时候，也把去巴尔贝克旅行的念头吹进了我的心扉，把我一睹哥特式建筑丰采的意愿和领略海上暴风雨的初衷搅和在一起了。

我巴不得第二天就跳上一点二十二分的那班特别够意思的列车，这班列车的发车时刻，我每回在铁路公司的时刻表，在环程旅行的广告牌上看到的当口，都禁不住会怦然心动；它就像在下午一个确定的点上，切了一道绝妙的槽口，作为一个神秘的标记，从这点往前，岔了道的时间虽说照样流逝，过了夜晚，就是翌日的早晨，但是你已经不是在巴黎，而是在列车沿途听由我们选择的某个城市；列车沿途靠站的城市有贝叶、库唐斯、维特雷、凯斯唐贝尔、蓬托尔松、巴尔贝克、拉尼翁、朗巴尔、贝诺代、阿旺桥、坎佩莱，它满载这许多地名扬长而去，我却在这些地名中间哪一个也不舍得丢掉，以致都弄不清自己究竟最喜欢哪一个。但是，倘若父母亲答应的话，我会毫不耽搁地立即穿上衣服，当天晚上就动身去巴尔贝克，当第一道曙光从波涛汹涌的海面升起的时候，我已经可以到达巴尔贝克，浑身溅满海水，躲进那座波斯风格的教堂了。快到复活节的那会儿，父母亲答应我到意大利北方去过一次节，这一来，对色彩绚丽的春天的憧憬，顿时取代了充满在心头的对暴风雨的向往，先前我一心想着的是波涛澎湃而来，卷起巨浪拍击原始的海滩，海滩边上如同悬崖绝壁那般兀立着陡峭嶙峋的教堂，教堂的塔楼上还有海鸟在鸣叫，现在，这些遐想一下子就烟消云散了，春天的憧憬使它们失去了魅力，它们由于跟这憧憬相对立，而且只会削弱它，因此就被完全排除了，我所憧憬的春天，并不是挂着霜花、寒意料峭的贡布雷的春天，而是百合花和银莲花铺满菲耶索莱[1]的田野，明媚的阳光把佛罗伦萨照耀得如同安杰利科[2]的油画里金光灿烂的底色一般的春天。从那以后，对我来说似乎只有光线、香味和色彩才是有价值的；景象的更迭在我会直接引起意愿的改变，而且——正如有时候乐曲中的调式变换来得很突然一样——会在我的感觉上引起整个色调的转变。到后来，甚至根本用不到等季节时令更换，而只要气候有些变化，就会在我脑海中引起这种色调的转变。我们常常可以在某个季节里冷不丁地遇上一个本该属于另一个季节的天气，在这种天气里我们就像生活在那另一个季节里，它把这页从另一个节令撕下的日历提前或挪后，插进那个叫作运气的日历本里，就这样，它使我们回忆起那个季节种种特有的乐趣，一心想去享受那些乐趣，同时也就中断了我们本来沉浸其间的梦想。我们的生活或健康如此这般地得益于自然现象，毕竟是带有偶然性，并不足道的，除非将来有一天，科学完全掌握了这些自然现象能够操纵自如地再现它们，从而使这些自然现象摆脱偶然性，不再听凭造化的播弄，甚至连这些大西洋和意大利之梦也能不受季节、时令变换的影响。总之，过了没多久，我只要念叨着这些名字就能重温旧梦了：巴尔贝克、威尼斯、佛罗伦萨，在这些名

1　意大利托斯卡纳大区的一座小城。城里的圣方济各教堂和隐修院均为著名的中世纪建筑。

2　安杰利科（Angelico，1387—1455）：文艺复兴前期佛罗伦萨画派画家。曾任菲耶索莱的圣多明我隐修院副院长。

字里，业已积聚起了它们所代表的地方在我身上激起的愿望。即使在春天，只要在哪本书里看到巴尔贝克的名字，对暴风雨和诺曼底哥特式建筑的向往，马上就会被唤醒；即使在风狂雨骤的日子里，一听到佛罗伦萨或威尼斯的名字，我心头就会充满对阳光，对百合花，对总督府和百花圣母院[1]的憧憬。

这些名字时时刻刻蕴蓄着我心中那些城市的形象，但那毕竟是经过了装饰，是置于这些音节的影响下而再现在我眼前的形象；因而，那些城市的形象变得更美，但同时也变得跟这些诺曼底或托斯卡纳城市的本来面目大相径庭了，它们在激扬想象天马行空让我兴奋不已的同时，也孕育着我日后旅行中的失望。它们使地球上的有些地方变得更独特，因而也就更真实。这时我并不把这些城市、风景、建筑想象成从一幅大画上剪裁下来的，或好看或不怎么好看的画面，而是把其中每一个都想象成未知的、本质上与众不同的、我的心渴望去了解并从中得益的对象。它们一旦有了名字，像人一样有了特地为它们起的名字以后，又增添了多少个性色彩啊！语词为我们提供的是事物的一幅清楚、常用的图像，就像挂在小学校墙上的那些图画，它们作为图例，让孩子们明白什么叫钳桌，什么叫鸟儿，什么叫蚁穴，同一类事物都被看作同样的。然而人的名字——以及我们习惯于看作跟人的名字一样具有个性的、各不相同的城市的名字——提供的却是一幅很模糊的画面，它根据这些名字发音的响亮与否，从中抽象出一种色调来，一股脑儿涂抹在画面上，犹如一幅全是蓝色或全是红色的招贴画。在这种招贴画上，由于作画条件的限制，或是由于画家的兴之所至，不仅天空和大海，就连小

1 即佛罗伦萨的大教堂。

船、教堂、行人也全都是蓝色或红色的。我读了《巴马修道院》[1]以后，巴马就成了我最想去的城市之一，它的名字在我心目中是紧致、光滑、柔美的，而且是浅紫色的，要是有谁对我讲起巴马城里某座将要接纳我的房屋，他就会引得我满心欢喜地想象一座光滑、紧致、浅紫色的柔美的住所，它跟意大利任何一座城市里的住所都不相干，因为我只是借助于巴马这个发音低沉、密不透风的名字，借助于我赋予它的斯当达尔情调和紫罗兰色泽而把它想象出来的。我想到佛罗伦萨，这座城市神奇地散发着馨香，就像一个花冠，因为它又叫百合花城，而它的教堂就叫百花圣母院。至于巴尔贝克，它是这样的一种名字，就像一件诺曼底的古陶器上还保留着它出土所在地的泥土颜色一样，我们从这种名字上可以体会到某种已经废除的习俗，某种封建的特权，以及一种地域的历史状况和形成这两个怪诞的音节的古拙的读音方式，我毫不怀疑，那位将在我到达之际给我斟牛奶咖啡的旅店主人就是用那种方式说话的，在我的想象中，那位带我去看教堂前面呼啸的大海的旅店主人，就像中世纪韵文故事里的人物那样好跟人争论，那样不苟言笑，那样古意盎然。

要是我的身体情况好些，父母亲即使不让我上巴尔贝克去小住一阵，至少也会同意让我坐一回我已经在想象中乘过好多次的那列一点二十二分的火车，去领略一番诺曼底、布列塔尼的建筑和景色，到那时我当然要在一些最美丽的城市下车喽；可是我纵然比来比去，又怎么能够挑出哪些城市是最美的呢，这简直要比从一群各领风骚的佳丽中间挑选一个绝色美女还困难。贝耶高高地耸立于精致典雅的淡红色城堞之上，顶端沐浴在后一个音节放

1　法国作家斯当达尔（Stendhal，1783—1842）的长篇小说。巴马是意大利中部的城市。

出的亘古金光中；维特雷的那个闭口音符，犹如用黑木把古色古香的玻璃隔板分成了许多菱形小格；轻柔的朗巴尔，在那片乳白色的基调中，包含着从蛋壳黄到珍珠灰的各种色调；库唐斯这诺曼底的大教堂，它后面的那个二合元音沉甸甸、黄澄澄的，宛如把一座黄油的塔楼安在了教堂的顶上；拉尼翁，那是在乡村的宁谧中响起的马车和尾随其后的蜜蜂的声音；凯斯唐贝尔，蓬托尔松，既可笑又天真，让人想起沿了两个河网交错、诗意盎然的地带一路散布鹅群鸭群的白羽毛和黄扁嘴；贝诺代这个名字，仿佛用缆绳都快要系不住了，河水一个劲地要把它曳进水草丛中去；蓬达韦纳，那是一朵薜帽的翼瓣，颤巍巍地在绿莹莹的运河水面映出轻盈的身影，然后闪着粉白粉红的光斑飞扬而去；坎佩莱，则从中世纪以来就沉潜于那些溪流之中，淙淙作声地溅起珍珠似的水点，组成一幅生动的单色画，犹如粲然的阳光透过彩绘玻璃窗上的蜘蛛网，减弱成缕缕银光勾勒出的图景。这么许多城市，让我怎么选呢？[1]

这些图景之所以失真，另外还有个缘故，那就是它们势必都是些大大简化了的图景；也许，那些为我的想象所召来，而我眼下还不能完全感知它们、品尝其中乐趣的东西，被我统统关进了名字这座收容所；也许，正因为我已经在那里面积聚了许多憧憬和向往，这些名字就使我的种种愿望都磁化了；然而这个收容所并不很宽敞；我至多只能在其中放进一个城市的两到三个主要名

1　作者对地名的瑰奇联想，译文中难以曲尽其妙。译者只得在脚注中附上这些地名的原文，以期有心的读者能撇开无奈的译者，设法直接与作者沟通。这些地名分别是贝耶（Bayeux）、维特雷（Vitré）、朗巴尔（Lamballe）、库唐斯（Coutances）、拉尼翁（Lannion）、凯斯唐贝尔（Questambert）、蓬托尔松（Pontorson）、贝诺代（Benodet）、蓬达韦纳（Pont-Aven）、坎佩莱（Quimperlé）。

胜，它们就这么很突兀地并列在那儿；在巴尔贝克这个名字里，如同在海滨浴场买来的蘸水笔笔杆上的放大镜里，我看到的是波斯风格教堂周围汹涌澎湃的浪涛。说不定这些图景的简单化，还正是它们能对我施加影响的一个原因呢。有一年，父亲决定我们一起到佛罗伦萨和威尼斯去过复活节，我因为没法在佛罗伦萨这个名字里找出空间，来装下通常构成城市的那些要素，所以只能依靠一种揣摩本质上能算是乔托天才的东西，再跟某些春天的芳香结合在一起，孕育出一个超自然的城市来。至多——因为一个名字里所能容有的时间长度，并不比空间情况好些——我也只能像乔托的有些油画那样，把佛罗伦萨这个名字分成两个画面，乔托在那些画面上，表现了同一个人物在两个不同时刻的情状，这一半里他还睡在床上，那一半里他已经在蹬鞍上马了。在一个画面上，我正在一座建筑的穹顶下，凝神观看一幅壁画，清晨布满尘埃的阳光，斜斜的，不停地往前移动，仿佛给这幅壁画渐渐蒙上一层帷幕；在另一个画面上（由于我想到这些城市的名字时，并没有把它们当作一种可望而不可即的理想，而是看作一种我将要投身其中的现实环境，于是乎这种我还不曾经历过的生活，这种我所赋予环境的纯洁无瑕的生活，使最世俗的娱乐、最简单的场景具有了文艺复兴前期杰作的那种迷人的魅力）我正急速地穿过——为了尽快享用那顿等着我去的早餐，餐桌上摆着水果和西昂莱红葡萄酒——开满黄的、白的水仙花和银莲花的ponte vecchio[1]。这些就是（虽然我在巴黎）我心中看见的，却又并不在我跟前的景物。即使从一种很实用的观点来看，在我们的实际生活

1 意大利文：老桥。佛罗伦萨位于总督府附近的一座桥的桥名。

中，我们所向往的地方，每时每刻都比我们身处的地方占据着重要得多的位置。当时说“去佛罗伦萨、巴马、比萨、威尼斯”这些话时，如果我心神更专注些，想必我会意识到我所看见的根本不是一座城市，而是一种跟我所知道的任何事物都不相同的、极为美妙的东西，对一个成年累月生活在冬日向晚时分的人来说，它就是那从未知晓的奇观：春之晨。这些出于想象而又一成不变的图景，日日夜夜让我魂牵梦绕，我一生中的这段时期，就此有别于在此以前的那些时期（在一个光从外表看事情，也就是说什么也看不见的人眼里，它们可能和这段时期没什么两样），好比在剧场里听歌剧，一个富有旋律性的动机有时会给人以美妙的新鲜感，这是只读脚本所意想不到的，至于那些光知道在剧院外面等这几刻钟过去的人，就更不用说了。另外，即使单纯从数量的观点来看，在我们的生活中，这些时日也是长短不等的。就过日子而言，凡是稍有些神经质的人，比如说我吧，都像汽车一样有着各种不同的排挡。有些时日好比上坡那么没劲，你得没完没了地爬呀爬呀，而有些时日有如下坡，你尽可以唱着歌儿飞快地往前走。在那一个月里——我像在心里反复哼唱一首旋律那般，不厌其烦地整日默想着佛罗伦萨、威尼斯和比萨的景象，它们在我胸中激起的渴念，自有一种非常强烈的人性的含义，就好比那是一种爱情，一种对某个人的爱情——我始终相信，这些景象是跟一种独立于我而存在的现实相符的，这些景象使我心中充满美好的希望，早期的基督徒在进入天堂的前夜，怀抱的大概就是这样的希望。我可不去担心，想用感觉器官去观看，去触摸梦的产物会不会有矛盾，既然梦中的东西无法由感官来感知——唯其与感官所知晓的东西都不相同，对感官就更有诱惑力——激起我愿望的，恰恰是提醒我那些景象具有现实性的事情，它们犹如一种许诺，告诉我这一愿望是可以实现的。我的兴奋起因于对艺术享受的想望，旅游指南却比美学著作更能滋养这份想望，而旅游指南和火车时刻表相比，又略逊一筹了。尽管佛罗伦萨在我的想象中可望而不可即，对横亘在心中的路途阻隔我无计可施，但是经由地面的陆路水程，我绕些圈子、兜些远路总有办法到达这个佛罗伦萨，每念及此，心头就暖融融的。我想让我有意前往的城市显得很有分量，于是不停地念叨威尼斯是乔尔乔涅学派的摇篮，提香的居住地，中世纪家居建筑保存最完整的博物馆，自己感到很幸福。遇上早春乍暖还寒的天气（这在圣周前后的贡布雷是常有的），我紧着步子前去购物——瞧见林荫道旁高大的栗树沉浸在潮湿如水的寒气之中，却依然像穿好盛装准备赴宴的宾客那样毫不自馁，兀自把结着冰的自身修裁成圆滚滚的模样，料峭的春寒再怎么着，也终究没法抑制枝头长满嫩叶，生机勃勃地渲染出一派郁郁葱葱的绿意——我心中仿佛看见，佛罗伦萨的老桥已经铺满风信子和银莲花，春天的阳光已经给威尼斯的大运河染上浓郁的碧蓝和高贵的翠绿，拍击河岸的河水在提香的油画跟前溅成浪花时，其斑斓的色调堪与大师的杰作媲美。在父亲一边看着气压计抱怨天气冷，一边查看有哪几班列车最合适的当口，我再也抑制不住心中的喜悦了；我知道，早餐过后钻进那黑乎乎的密室，躲在能让周围的一切星移斗转的魔厢里，第二天醒来就在“碧玉砌高墙，祖母绿铺路”[1]的大理石和黄金之城。于是乎，它和百合城都不再是我刻意想象出来的虚构图景，而是存在于距巴黎一段

1 引自英国作家拉斯金（J.Ruskin，1819—1900）的《威尼斯之石》。

路程（如果你想看见它们，就非得逾越这段路程不可）的地球上某个确定不易之处。一句话，它们是真实的城市。这一感觉，在我听到父亲下面那几句话时变得更强烈了：“总之，你们可以在威尼斯从四月二十号待到二十九号，然后在复活节早上到达佛罗伦萨。”经他这么一说，那两个地方不仅从抽象的空间，而且从想象的时间中解脱了出来，原本在那样的时空中我们往往不只安排一次旅行，而是同时安排好几次旅行，可又并不真往心里去，因为那些旅行都是无法实现的——那样的时间是可以复制的，我们在一个城市度过一段时间以后，还可以在另一个城市度过同一段时间——父亲的话还将一些时日特地给了这两个地方，作为它们能供我们所用的确证，因为这些确定无疑的日子是用一日少一日，不会去而复返的，我们无法在此处过这几日的同时在彼处也过这几日；我觉得就在洗衣店说好星期一给我把那件溅了墨水的白背心送来的那个星期，这两座我将把它们的圆屋顶和塔楼，用令人心醉的几何构图纳入自己的生活场景的美轮美奂的城市，正从它们在其中尚不存在的想象时间中挣脱出来。可那会儿我离喜悦之巅还有一步之遥；终于到达峰巅之时（直到那一刻，我才醒悟到下一个星期，也就是复活节前的那一周，在被乔尔乔涅壁画映红、汩汩作响的街头看见的，并非如我以前不听别人再三提醒，始终在想象中挥之不去的“血红的披风下闪着甲胄青铜色寒光，犹如大海那般威严雄壮、令人生畏的”威尼斯人[1]，而在人家给我的圣马克广场大照片上，教堂门前戴圆顶礼帽的那个小人儿，说不定就是我呢），是在听到父亲叮嘱我的那一刻，父亲对我

1 引自拉斯金的《威尼斯之石》。

说："大运河上想必还挺冷，你还是在箱子里把冬天的大衣和那件厚外套都带上为好，以防万一嘛。"这几句话，让我兴奋得无以复加；以前我一直以为这是不可能的，可此刻我感到自己当真一头扎进了"宛如印度洋暗礁那般的紫晶岩"[1]中间；我使出浑身的力气，做了个高难度的体操动作，像挥去一个没有来由的保护层那样，挥去卧室里围绕在我身旁的空气，换上同等分量的威尼斯空气，其中我用想象注入威尼斯这个名字的大海气息，有如梦的氛围那般无法形容，那般独特别致，我体验到一种奇妙的魂不守舍的感觉；原先只是隐隐约约的想吐的感觉，顿时变得分明起来，就像喉咙非常难受时会恶心一样。我被扶到床上躺下，随后几天高烧连续不退，医嘱非但现在不能让我去佛罗伦萨和威尼斯，即使痊愈以后，至少一年以内不许外出旅行，而且要避免情绪激动。

唉，大人还严禁我到剧院去看拉贝玛演出的歌剧；这位被贝戈特视为天才的杰出女演员，原本说不定还可以让我领略一些非常重要、非常美的东西，聊作我没能去佛罗伦萨和威尼斯，没能去巴尔贝克的慰藉哪。大人想出的主意是让我每天由人陪着去香榭丽舍公园，这位以不让我累着为己任的陪伴就是弗朗索瓦兹，自从莱奥妮姑妈去世以后，她就专门服侍我们了。去香榭丽舍，让我觉得苦不堪言。要是贝戈特在他的哪本书里提到过它，大概我会愿意去亲近一下这个公园，就当它跟所有先在我的想象中有个复本，然后再慢慢熟悉起来的东西一样吧。这些东西会在我的想象中变得亲切、生动起来，会被赋予一种富有人情味的个性，我愿意在现实生活中与它们再度相遇；可是香榭丽舍公园，它在

1 意象来自拉斯金的《威尼斯之石》，文字有所不同。

我的梦中还了无痕迹呢。

有一天，我在旋转木马旁边的老地方待腻了，弗朗索瓦兹就带着我——越过卖麦芽糖的女商贩几步一岗守卫着的边境线——到邻近的陌生地区去玩儿，那儿见到的尽是些陌生的脸，还有山羊拉的小车经过；随后她又回去取她的东西，刚才她把它们搁在那张背靠着月桂树丛的椅子上了；等她的这会儿工夫，我在大草坪上往前走去，这草坪稀稀拉拉的，刚轧短过，被太阳晒得都泛黄了，草坪尽头有个喷水池，池子边上耸立着一尊雕像，只见在一条小径上，有个小姑娘一边套上外衣、装好球拍，一边朝着另一个正在水池跟前玩羽毛球的红棕色头发的小姑娘，脆声脆气地喊道："再见，吉尔贝特，我回去了，别忘了今儿晚上我们吃过晚饭要上你家去呢。"吉尔贝特这个名字从我的耳边掠过，因为它不是说一个不在场的人，而是直接招呼对方，所以更清楚地使我意识到了这个名字所代表的那个姑娘；它带着一种，不妨这么说吧，随着声波曲线延伸和目标趋近而变得更为强劲的力量，贴近我的耳边掠过——我觉得它挟带着正在喊它的那位女友（而不是我）对它所指的姑娘的熟识和了解在飞行，其中有她呼喊这个名字时在眼前看到的，或者至少是记忆中保留着的，她俩日常亲密交往、平时彼此串门的情景，有那一切在我是那么难以了解、那么令人痛苦，而在这位幸运的小姑娘却是那么熟悉、那么唾手可得的全部印象，这位幸运的小姑娘让这名字掠过了我的耳际，但我却没能参透它的含义，听任她的那声喊叫把它送上了半空——这个名字已经准确地命中了斯万小姐的某些外人无法看见的生活细节，包括晚饭后将在她家如期举行的晚会，让它们款款地散逸出来，荡漾在空中——它们形成了一朵色泽绚丽的云彩，在孩子和女仆们的头顶上空飘过，犹如普桑[1]的油画里一座花园上方鼓鼓囊囊的云彩，这朵满载骏马华车的绛红色的云彩，精细地反映了神祇们的某种生活场景——最后，它们在这片凋谢的草坪上，在这位金发小姑娘下午打过羽毛球的草地上（她不停地把球打出去又捡回来，直到一个帽子上插着蓝色翎毛的家庭女教师喊她时才歇手）投下了细细的一条碧绿底色上有着红色纹理的神奇的带子，犹如一道反光那样触不到摸不着，又如一块地毯那样叠放在草地上，我拖着沉重、忧伤而又渎神的脚步，在那上面不知疲倦地踱来踱去，直到弗朗索瓦兹冲我喊道："嗨，您还不赶紧把短大衣给扣上，咱们开路啦。"我第一次悻悻然地注意到，弗朗索瓦兹的语言居然这么粗俗，而且，唉！帽子上也没有蓝翎毛。

她会不会再上香榭丽舍公园来呢？第二天她没上那儿去；可是随后几天我都在那儿见着她了；我就那么一刻不停地围着她和伙伴们玩耍的地方转悠，结果终于有一次她们玩捉人游戏时缺个人，她就问我愿不愿意参加凑个数，从此以后，每回只要她在那儿，我总跟她一起玩。可是也并非天天都能如此；有时候她有课不能来，有时候是教理问答，或者是吃点心，所有这些生活仿佛都离我挺远的，只有两次我感觉到了她的整个生活好像浓缩在吉尔贝特这个名字里面，令人痛苦地从我身边掠过，一次是在贡布雷的斜坡上，另一次是在香榭丽舍的草坪上。碰到这些日子，她事先就告诉我们她到时候来不了；如果是读书的缘故，她就说："真没劲，明天我不能来了；你们自己玩吧。"说话的样子灰溜

1 普桑（Poussin，1594—1665）：法国古典主义绘画的奠基人。他的画风对大卫、德拉克洛瓦、安格尔、塞尚等人都有很大影响。

溜的，多少让我感到些许安慰；但如果那是因为有人邀请她下午去做客，而我不知道，还在问她来不来玩，那她就会回答我说："我就希望我来不了！我就希望妈妈能让我上我那位女朋友的家去。"碰到这种日子，我至少还能事先知道她不来，而有几次是她母亲临时决定带她去买东西，到第二天她就说"哎！可不是，我跟妈妈一起出去了"，仿佛那是一件再自然不过的事情，根本不是某个别人天大的不幸。也有时候是因为天气不好，她的家庭女教师怕淋着雨，所以就不带她上香榭丽舍来。

于是，遇到天气看上去不怎么好的日子，我从一大早起就老是朝天空看，注意着每一丝迹象。要是我瞧见对面的那位夫人在窗前戴帽子，我就在心里想："这位夫人要出门了；这就是说今天的天气是可以出门的；那吉尔贝特干吗不像这位夫人一样呢？"过一会儿，天色变得阴霾下来，妈妈说，只要一线阳光露出脸来，天色还是会放亮的，不过看上去多半是要下雨了；要真是下雨的话，上香榭丽舍去又有什么用呢，所以从午饭过后，我焦急的目光始终没离开这变幻叵测、云层低垂的天空。它始终是那么阴沉沉的。窗子跟前，阳台是灰蒙蒙的颜色。骤然间，在那片晦暗的磨石地面上，我虽然没有看见，却感觉到了一丝亮色在努力着要浮现出来，那是一缕犹豫的阳光在搏动，要想放出自己的光亮。片刻过后，整个阳台变得白蒙蒙、亮闪闪的，宛如清晨的河面，栏杆的铁饰投下了星星点点的影子。一阵风吹过，这些影子就随风消散，磨石地面又晦暗起来，但稍过一会儿它们又像养驯的小动物似的，重又钻了出来；磨石的地面不知不觉地又开始泛出白蒙蒙的亮光，而且这亮光在渐渐地不断增强，就像音乐中在一首序曲的结尾，一连串渐强奏出的经过乐句，带着一个音符迅速地掠过所有过渡的音区，一直到达最强的音位，我眼见这磨石地面终于洒满了大晴天才有的持久不变的金色阳光，精雕细镂的栏杆扶手的影子，黑黢黢的在地面上清晰地显现，犹如一层匪夷所思的植被，就连最精微的细部，轮廓也勾勒得纤毫毕现，让人仿佛能想见艺术家孜孜矻矻的匠心和志满意得的神气，而整个栏杆幽暗、祥和的影子静卧在阳台地面上，呈现出一种鲜明的立体感，又仿佛天鹅绒那般柔软，是啊，这些宽绰浑厚、棱角有如枝叶般伸展的倒影，看上去就像知道自己是宁静和幸福的保证。

这瞬间的常春藤，这短暂的墙草类植物啊！在许多人眼里，它在所有可以攀缘墙壁、用来装点窗台的植物中间是最平淡、最不起眼的；而对我来说，自从那天它如同吉尔贝特的影子出现在阳台上，让我知道她也许已经到了香榭丽舍大街，一等我到那儿就要对我说“咱们这就玩捉人游戏啦，您归我这边”，我就觉着尽管它柔弱，一阵风就能把它吹跑，但它同样不受季节影响，只和时间相干；它是允许得到那即刻的幸福的承诺，它是拒绝这幸福的谶语，而在那即刻的幸福之中，甚至有着爱情的幸福；它那么柔软，那么温暖地覆盖在石头的地面上，就连苔藓也没有如许的柔软和温暖；它充满着生机，即便是在严寒的冬天，只消有一缕阳光就能让它绽出欢乐之芽，开出欢乐之花。

后来就到了那样的日子，所有其他的植被都销匿了，苍老的树身上那层新绿的树皮，被积雪遮住了，这雪虽然消停了，但是天色还是阴沉沉的，这种天气甭指望吉尔贝特会出门，正在这时，太阳倏忽露出脸来，在披满阳台的积雪上，编织起万道金光，绣出无数黑黢黢的阴影，连母亲都不由得说了句：“瞧，天气都放晴了，你说不定还是可以上香榭丽舍去。”这种日子，我碰不到一个同伴，也没有一个准备回家的女孩能肯定地告诉我说吉尔贝特不来了。往日被神情凛然但又特别怕冷的家庭女教师们坐得满满的椅子，这会儿都空荡荡的。只有在草坪旁边还坐着一位上了点年岁的夫人，她每天都来，而且总穿同一套衣裳，款式挺好，颜色很深，在那段时间里，为了能跟她相识，倘若真能用什么东西来交换的话，我会愿意把未来所有最重要的利益全部奉献出来。因为吉尔贝特每天都去跟她问好；她向吉尔贝特打听她可爱的母亲的消息；我好像觉得，要是我跟她认识了，我在吉尔贝特眼里就会成为另一个不同的人，另一个认识她父母的亲戚的人。当这位夫人的外孙、外孙女远远地在玩要的时候，她一直在读《论坛报》。她管这报纸叫"我的老论坛报"，而且在提到警察或租椅子的女人时，挺有贵族气派地说"我那位警察老朋友"，"那位租椅子的女人，她和我是老朋友啦"。

弗朗索瓦兹老这么待着不动，冷得都受不住了，于是我们一起往前走，一直走到了协和广场桥上去看结冻的塞纳河，这会儿随便哪个人，就连孩子也一样，走近它时一点都不害怕，好像那是一条搁了浅的、任人宰割的大鲸鱼。然后我们又回到香榭丽舍大街，我在寂然不动的旋转木马和白皑皑的草坪中间，忍受着痛苦的煎熬，纵横阡陌的小径已经扫除了积雪，黑黝黝地镶嵌在冰冻的草地上，草坪的那尊雕像，手指上挂着一条冰凌，这条冰凌仿佛解释了它之所以保持这个姿势的原因。那位老妇人折好《论坛报》，问旁边经过的一个保姆几点钟了，然后向她道谢说："您可真好！"接着她又请那个养路工去叫她的孩子们回来，告诉他们说她冷了，她对他说："您实在是太好了。您知道我可真有点不好意思呢！"倏地，天空坼裂开来了：在木偶剧场和马戏场中间，在远处变得分外美丽的地平线上，在那有了条罅缝的天际，我竟然瞥见了那位小姐的蓝羽翎，这可真是个神话故事般的标记哟。正当此时，吉尔贝特飞快地朝我奔了过来，方顶的皮软帽下面，红扑扑的脸蛋放着光，因为冷，因为来晚了，因为盼着玩儿而非常兴奋；在离我还有一段路的地方，她纵身在冰上滑了起来，而且，也不知她是为了保持平衡，还是觉着那样更优美动人，或是在模仿哪一位滑冰好手的姿势，总之她是张大了双臂，笑吟吟地往前飞，仿佛是想来拥抱我似的。“好啊！好啊！真是太好了，我要不是跟你们隔了一个时代，脑子里还尽是些老规矩，也真要像你们那样说一声这真棒，真带劲啦。”老妇人这么喊道，她是在代表寂静的香榭丽舍感谢吉尔贝特在这种天气还跑来。“您也跟我一样，对咱们的老香榭丽舍忠贞不渝；咱们俩都是好样儿的。我多想告诉您啊，我爱香榭丽舍，就现在这样子也爱。这雪啊，您大概要笑我了，它让我想起了白鼬皮哪！”说着她自己哈哈大笑起来。

这些日子的第一天，——这些日子里，作为一种阻止我看见吉尔贝特的力量象征的雪，使人感到一个分离乃至诀别的日子的那种伤感，我们平时唯一的见面地点变了模样，仿佛罩上了一个套子，不能用作见面地点了——这一天却让我的爱情有了进展，因为这是她和我第一次分享忧愁。咱们那伙玩伴里就只来了我们俩，像这样的单独和她在一起，不仅意味着一种亲近的开始，而且从她那方面来说——仿佛她在这么个天气赶来，就单单是为了我似的——这就像哪天有人邀请她下午去做客，她却为了到香榭丽舍跟我碰头而放弃那个机会一样叫我感动；我对我俩友谊的生命力和美好前景更充满了信心，即使在这萧条、孤寂、一片颓唐的环境中，我俩的友谊依然是生气勃勃的；当她把雪球塞到我脖子里去的时候，我心中充满温情地笑了，既感激她允许我做她在这么个崭新的冬天王国的游伴，也敬重她在逆境中始终对我保持忠诚。不一会儿，她的那些女友就像一群犹犹豫豫的麻雀似的，一个接一个地来了，雪地上黑压压的都是她们的身影。我们又玩了起来，这个开头开得那么郁闷的一天，就像注定要在欢乐中结束似的。我在捉人的游戏分队的当儿，朝着我在第一天听见她喊吉尔贝特名字的那位说话利索的女伴走去，她对我说："不，不，我们知道您喜欢跟吉尔贝特在一队里，这不，您瞧她在对您做手势呢。"她果然在喊我上那片积雪的草坪去加入她的阵营，阳光给这营地染上玫瑰色，照得它古锦似的熠熠生辉，使它变成了一座金线锦缎之营[1]。

这个让我那么担心的一天，原来却是我难得才有的不算太不幸的一天。

因为，我一心只盼着天天都能见到吉尔贝特（以致有一次到吃晚饭的时候外婆还没回来，我忍不住会在心里对自己说，要是她给车子碾着了，我就得有好一阵不能上香榭丽舍去了；一个人只要有了爱情，就再也不爱任何别人了），然而我和她待在一起的这些时刻，尽管是我从前一晚起就焦急地期盼，让我担了那么些心，我甘愿为之牺牲一切的时刻，却全然并非是幸福的时刻；而且这一点我是清楚的，因为我有生以来，唯有对这些时刻完全投入地给予了细致而热切的关注，而这种关注并没有从中找到一丁半点的快乐。

1 1520年，法王法兰西斯一世与英王亨利八世在布洛涅会晤。双方极尽奢靡之能事，以金线锦缎装饰营帐，故有此称。

只要是没跟吉尔贝特在一起，我就感到需要看到她，因为我老是不停地想要让她的形象浮现在我眼前，弄到后来干脆就不知道我这爱情的对象到底是怎么个模样了。何况，她还从来没对我说过她爱我呢。她反而时常说什么有好些男孩都是她的朋友，他们跟我比起来，她还是更喜欢他们，说什么我是个好伙伴，她挺愿意和我一起玩儿，可是我太心不在焉，玩起来不在行；她还时常很明显地对我流露出冷淡的神色，我原先以为我对她来说是跟旁人不一样的，这个信念当初要是来自吉尔贝特对我的爱，而不是像实际上那样来自我对她的爱，那它早就该动摇了，但现在既然这种信念来自我对她的爱，从而仅仅取决于我想念吉尔贝特的方式，而这种想念在我有时是一种发自内心的需要，因此这一信念也就变得很牢固了。不过，我对她怀有的这些感情，我自己也还没有向她表白过。诚然，在我那些练习本的每一页上，我都没完没了地写着她的名字、她的地址，可是瞧着这些潦草的字迹，这些我再怎么写她也不会因此想我，这些让她在我身旁占据了那么明显的位置而她却并没因此进一步介入我生活的名字，我感到很泄气，因为从中可以看到的并不是吉尔贝特，她甚至根本不会见到它们，从中可以看到的只是我自己的想望，它们仿佛在向我显示，这种想望纯粹是些主观的、不现实的、很乏味的、一无所用的东西。当务之急是吉尔贝特和我，得让我们见着面，彼此能倾诉我们的爱情，可是那会儿哪，这爱情可以说还没开始呢。不用说，这些把我弄得心急火燎的各种各样的理由，在一个成熟的男子眼里，大概不至于会是这样紧迫的。过一段时间，我们就会对培养我们的乐趣达到得心应手的地步，到那时候我们会满足于想念一个女人，就像我想念吉尔贝特那样的乐趣，而根本无须费心知道这个女人的形象是否跟现实中的形象吻合，我们还会满足于只管我爱她，而无须管她是否爱我的那种乐趣；或者，我们甚至会放弃向她倾诉爱恋之情的乐趣，来让她对我们的爱恋永葆活力，这样做是在模仿那些日本的园艺匠，他们是牺牲了好多别的花儿，才得到最美的那朵花儿的。可是在我爱着吉尔贝特的那个时候，我还以为爱情真的存在于我们自身之外，以为至多只要我们去排除那些障碍，爱情就会按照一种由不得我们去做任何改变的顺序，把它的幸福逐一地给予我们；我似乎觉得，倘若我有意用假装的冷漠取代充满柔情的表白，我不仅要失去一种梦寐以求的快乐，而且还会很轻率地为自己炮制一种矫揉造作、毫无价值的爱情，它跟真正的爱情是无缘的，这条神秘的、早就存在着的路，我可不愿意去走。

然而等我到了香榭丽舍——这会儿，首先我可以把我的爱情跟它那活生生的、不依赖于我存在的对象做一番对照，对它做出必要的校正——当面看到了这个吉尔贝特·斯万，尽管我原指望一见到她，就能使我那麻木的记忆无法找到的种种形象重又变得鲜活，尽管我昨天才和她玩过，而且刚刚就有一种盲目的本能使我招呼了她、认出了她（我们走路的时候，正是这种本能使我们在连想都来不及想的一刹那，把一只脚先于另一只脚跨出去的），但是看到了这个吉尔贝特·斯万以后，顷刻间一切的一切都不复存在了，仿佛她和作为我梦想的对象的那个姑娘，本来就是不相同的两个人。举个例子来说吧，如果说从头天晚上起我记忆中的那张丰满红润的脸上安着一双炯炯发光的眼睛的话，那么此刻的吉尔贝特的脸，却非要把某种我恰好想不起来的东西呈现在我眼前，那是一个渐渐削尖的鼻子，这么个鼻子，一下子就和脸上其他的线条结合在一起，形成了一些鲜明的特征，这些特征在生物学里定义了一个种族，如今则把她变成了一个属于尖嘴猴腮那种类型的小姑娘。我打算利用这个我所想望的时刻，对我上这儿来以前在脑子里想好、这会儿却怎么也想不起来的那个吉尔贝特的形象，仔仔细细地做一番修正，好让我在一人独处的漫漫时光中确信自己思念的就是她本人，而我有如写一本书那样一点一点积聚起来的，也正是我对她的爱情，就在这时，冷不防她把一个球传给了我；就如一个理智上不承认外部世界现实性的唯心主义哲学家，其身体还是意识到了这个外部世界那样，我，正是方才在认出她以前就先跟她打招呼的那个我，这会儿连忙接住她递给我的球（仿佛她就是个我来跟她一起玩儿的同伴，而不是我来和她相聚的心灵中的姐妹），而且出于礼貌，直到她离开之前对她说了许许多多毫无意义的客气话，硬是不让自己有个安安静静的时间来考虑我急于修正而又老是抓不住的那个形象，也不让自己有机会对她说些能使我俩的爱情取得决定性进展的话，对于这种进展，我每次都只能指望下一天的下午。

但毕竟还是有所进展的。有一天我们和吉尔贝特一起走到一个女商贩的木棚那儿，这个女商贩对我们特别和善——因为斯万先生总让人到她的铺子来买香料蜜糖面包，他患有一种异族人的湿疹和先知们的便秘，出于保健的考虑，这种面包他吃得很多——吉尔贝特边笑边指给我看两个小男孩，他俩活像儿童读物里的小着色画师和小博物学家。这么说的原因是，其中一个不肯要一块红颜色的麦芽糖，因为他喜欢紫颜色的，而另一个眼泪汪汪的不肯拿女仆给他买的那个李子，临末了他才抽抽噎噎地说：“我要另外的那个李子，因为它上面有条虫！”我买了两颗一个苏[1]的弹子。我满心羡慕地望着仿玛瑙的弹子，这些亮晶晶的被囚禁在一只木碗里的弹子，在我眼里是挺珍贵的，因为它们看上去就像笑吟吟的金黄头发的姑娘，还因为它们开价是五十生丁一颗。吉尔贝特家里给她的钱要比我的多得多，她问我觉得哪一颗最好看。它们都有如人生那样是半透明的，里面融合着淡淡的色彩。我不想叫她放弃其中的任何一颗。我巴不得她能全买下，让它们都保释出去。可我还是朝一颗颜色跟她的眼睛一样的弹子指了指。吉尔贝特拿起这颗弹子，欣赏着它那金色的亮光，用手指摸摸它，付了它的赎金，但她很快又把她解救出来的这个俘虏交给我，说了句："拿着吧，它归您了，我把它送给您，留着做个纪念吧。"

我心心念念想听拉贝玛在一出古典歌剧中的演唱，有一回，我问吉尔贝特有没有贝戈特谈拉辛的那个小册子，它在市面上已经买不到了。她要知道确切的书名，当晚我就给她发了封蓝色急件，在信封写上吉尔贝特·斯万的名字，这个我一遍又一遍在练习本上写过无数遍的名字。第二天她把找到的小册子带来了，书用纸包好，扎着浅紫色的缎带，还盖了白蜡的封印。"您瞧，这就是您要的书吧。"她说着，从手笼里抽出我寄给她的气压信。这封气压信——昨天它还根本算不得什么，只不过是我写的一封短信而已，但经急件信差送交吉尔贝特家的看门人，再由一个仆人直接拿进她的卧室以后，它跻身于她昨天收到的蓝色快件之中，价值就变得无可估量了——信封上几乎已经看不清地址，我那微不足道、孤寂落寞的字迹上，邮局盖上了圆形的邮戳，某个

1 法国旧辅币名。一个苏相当于一法郎的二十分之一，即五生丁。

邮差又用铅笔批了说明，这些是标明投递过程的记号，是外部世界留下的印戳，是生活本身象征性的紫罗兰色飘带，这是它们第一次来圆我的梦，来首肯和激励我的梦，来为我的梦添加欢欣的色彩。

还有一天她对我说："您呢，叫我吉尔贝特就行，我呢就叫您的教名。否则太不方便了。"不过此后有一段时间，她仍然对我以您相称，我提醒她，她莞尔一笑，当即编出一个句子，以我的小名来结尾，这种句子就像外语语法练习中造的句子，仅有的意义就是拿个新词用一下。日后回想当时的感觉，我的印象是自己一度赤条条地被她衔在嘴里，毫无社会尊严可言，尽管这种尊严在她的其他同伴，或者当她说到我的姓时在我父母身上是理所当然具有的，而她的嘴唇——她努着嘴想强调某几个字时，会让人依稀想起她父亲——看上去像在剥去果皮似的剥去我的衣服，她的目光也如同她的话一样，含着前所未有的亲昵意味，伴着笑容径直（而又并不是无意识地）把欣喜乃至感激之情投向我的心间。

但当时，我没能珍视这些新的乐趣。它们并不是由我所爱的女孩给予我，给予一个爱着她的我，而是由另一个和我一起玩儿的女孩给予另一个我的，这另一个我，既没有对真正的吉尔贝特的印象，也没有一颗渴求幸福，因而懂得幸福来之不易的心。回到家里，我也没有感到这些乐趣，因为每天我都不得不克制自己的感情，把希望寄予下一天，心想第二天我会宁静而深情地久久凝视着吉尔贝特，而她就会向我表白她的爱情，向我解释她至今一直把这份爱藏在心里的原因，这种不得已的克制，迫使我不去回顾过去，一心只看以后的日子，对她给我的点点滴滴的好处，不是单纯地看作友好的表示，觉得这样就够了，而是视为新的阶梯，依凭这阶梯我就能往上登攀，最终得到从未有过的那份幸福。

虽说她有时对我挺友好，可还是会摆出一副不高兴见到我的样子让我难过，这种情形往往发生在我以为最有可能使希望变成现实的日子。那天我认定吉尔贝特会去香榭丽舍，心头洋溢着喜悦，在我这依稀是一种巨大幸福的前兆，何况早上——我走进客厅去吻妈妈，只见她早已盛装在身，黑发盘成发髻高耸着，那双美丽的手白皙、丰满，还闻得到肥皂的香味——我望见一个尘埃浮动的光柱孤零零地直立在钢琴上，又听见窗外传来手摇风琴演奏的《阅兵式归来》，不由得马上意识到，这个冬日将意外地迎来春光明媚的一天，直到傍晚前都会是光灿灿的。我们用午餐时，对面的那位夫人打开窗户，霎时间，从我椅子旁边——一下子跳过整个餐厅——一束原先在小憩的阳光倏忽不见，片刻过后重又返回依偎在我身旁。在学校上一点钟的那节课时，太阳拽着一绺闪烁的金光印在我的课桌上，弄得我焦急不安、心烦意乱，就像有人邀我去参加一个庆典，而我在三点钟以前去不了似的。好不容易等到三点钟，弗朗索瓦兹接我走出校门，两人一路沿着阳光灿烂、挤满人群的街道往香榭丽舍而去，临街房子的阳台，仿佛蒙着层薄雾飘浮在阳光之中，轻盈曼妙宛如金色的云朵。真可惜啊！我在香榭丽舍公园没找到吉尔贝特，她还没到呢。草坪上没有阳光直射，但仍受到阳光温泽的滋养，而且随处可见一点一点的草尖在闪闪发亮，栖息在草坪上的鸽群，宛如一组被园丁的十字镐从圣土下挖掘出来的古代雕像。我一动不动地站在那儿，眼睛直勾勾地望着远方，时时刻刻盼着看见吉尔贝特跟着家庭女教师的身影出现在那座雕像后面，雕像上的孩子沐浴在阳光中，好似被一双手托起来伸给阳光去祝福。那位上了年纪的《论坛报》女读者坐在老地方的椅子上，跟公园的一个工作人员打招呼，一边挥手致意一边大声对他说："天气多好啊！"租椅子的女工走过来收了费，老妇人拿着十生丁的座位券扭扭捏捏地往手套口子里塞，仿佛那是给她的花束，她要为它找一个最中看的位置，来表示对送花人的谢意。一旦找到以后，她就转了转脖子，拉齐长围巾，一边让那个女工看她露在手腕处的小半截黄色座位券，一边笑容可掬地盯着对方，在一个女人指着自己的胸口叫一个小伙子看的时候，她就会带着这种笑容对他说："您看，这就是您送我的玫瑰呀！"

我带着弗朗索瓦兹往前走，想在半路上迎到吉尔贝特，一直走到凯旋门还没遇见她，我原路回到草坪，心里对自己说，她大概不来了，正在这时，那个说话脆声脆气的女孩从公园木马那头朝我奔来："快，快，吉尔贝特已经到了一刻钟啦。再过会儿她就要走了。大家都等您来玩捉人游戏呢。"原来就在我沿香榭丽舍大街往前走的那会儿，吉尔贝特从布瓦西-当格拉街过来了；小姐是趁天好在给自己买东西哩；后来斯万先生又特地来找女儿。所以是我错了；我不该远离草坪的；因为谁也没法料定吉尔贝特会从哪条路来，会不会迟到，而这种等待最终会使我更为激动，不仅因为整个香榭丽舍公园以及整个下午的时间，犹如空间与时间的一种无限延伸，在其中的每个地点、每个时刻，吉尔贝特的身影都有可能出现，并且还由于她的这个身影本身，我感觉到许多原因都隐藏在这个身影后面：这个身影为什么不在两点半而是在四点钟突然出现在我眼前，为什么戴的是出客的帽子而不是贝雷帽，为什么这身影不是出现在两个木偶剧场中间，而是在使节剧场前面，我多少有点猜到了我没法和吉尔贝特在一起时，她做了些什么事情，哪些事情让她非得出门或留在家里不可，我接触到了她那陌生的生活的奥秘。而使我困惑的也正是这个奥秘，我听从那个说话利索的女孩的吩咐，奔来奔去玩起捉人游戏的当口，瞥见吉尔贝特，跟我们在一起那么活泼、说话那么随便的吉尔贝特，对着读《论坛报》的老妇人（她对吉尔贝特说：“太阳多好啊，亮晃晃的像团火球。”）行了个屈膝礼，含着羞涩的笑容，神情拘谨地在和她说话，我眼前立即浮现出吉尔贝特在家里，在朋友和父母长辈身边，在访客时，在所有我无从知晓的其他生活场景中的形象，那是一个跟吉尔贝特不同的姑娘。而我对那种生活的印象，大多来自随后来找女儿的斯万先生。他和斯万夫人，在我完全是一种无法了解的未知事物，一种令人心碎的诱惑；这一点上，他们和吉尔贝特一样，甚至或许比吉尔贝特更有过之——因为他们的女儿住在他们家里，因为她的学习、游戏、交友都离不开他们，他们于她不啻无所不能的神祇，而那种未知的神秘、诱惑的迷人，其源头正是这样的神祇。与他们有关的一切，在我都是萦绕于怀、挥之不去的心事，斯万先生（以前他和我父母来往时，我常见到他，可从没起过好奇心）到香榭丽舍公园，就像这次一样，来找吉尔贝特的时候，我一看见他那顶灰色礼帽和披风式大衣，心头就怦怦直跳，好不容易平静下来，我又觉得他的容貌举止活脱就是某个历史人物的模样，我刚在一套书里读到这个人物的故事，他浑身上下每个细小的特点都使我充满亲切之感。斯万先生和巴黎伯爵的过从，当初我在贡布雷听说时无动于衷，现在我却觉得这种关系简直叫人不可思议，似乎除了他，谁也甭想有幸结识奥尔良家族了；这种关系使他在香榭丽舍各色人等熙来攘往的凡俗背景中脱颖而出，而他却非常低调，对自己的身份深藏不露，全无要求人家对他另眼相看的意思——事实上确实也没有谁想到要对他另眼相看。

吉尔贝特的同伴们向斯万先生问好，他彬彬有礼地一一作答，对我也一视同人，虽说他和我们家有点过节，他却并没显出认得我的样子。（可我由此想起，他在乡间其实是常常见到我的；这段记忆我还保留着，但藏在了暗处，因为看见吉尔贝特以后，斯万在我眼里就是她的父亲，而不是贡布雷的那位斯万了；现在他的名字在我心目中引起的联想，跟它往日所属网络中的那些观念大不相同，我如今想起这个名字也不会再用到那些观念，因而他成了一个全新的人物；我满心想的尽是能让我的爱情受益的事情，此外的一切在我全无价值可言，因此一想到这会儿在香榭丽舍跟我面对面、幸好吉尔贝特大概没把我的名字告诉他的这位斯万，当初那些夜晚我在他眼里想必很可笑，因为我常常在妈妈跟他、父亲和外公外婆一起在花园里喝咖啡的时候，叫人下楼去请妈妈到我卧室来跟我说晚安，这个回忆使我羞愧难当，恨不能把那些场景全给抹去。）他对吉尔贝特说，她可以再玩一局，他等她一刻钟，说完就和其他人一样坐在铁椅上，伸出那只菲利浦七世常握的手付了钱，我们又在草坪上玩了起来，一群身子有如心形、羽毛彩虹般美丽的鸽子，宛似鸟类王国中的丁香，振翅而飞，寻找一个幽静的所在栖息下来，有的停在硕大的石钵上，看不见鸟嘴的身子动个不停，让人看得出钵里满满当当尽是它正在啄食的水果和谷粒，有的落在雕像的额头，好似一件彩釉饰物置于石雕之上，在某些古代的石雕上就有这类彩饰，用以调剂石雕灰蒙蒙的色调，当那是一座女神的雕像时，这彩饰又是一种象征，赋予女神一种特殊的修饰，犹如给凡人以另一个不同的姓氏，使这尊女神变成一个新的神祇。

又是一个阳光明媚的日子，可我还是没能实现那个愿望，我没有勇气向吉尔贝特掩饰自己的失望了。

“我还有好多话要跟您说呢，”我对她说，“我原指望今天会是对我俩友谊来说很重要的一天。可您刚一到，就又要走了！明天想法子早点来，给我个机会把话说出来好吗。”

她的脸顿时变得容光焕发，高兴地跳着回答我说：

“明天，您就别指望喽，我的小乖乖，我可来不了！明天下午有个茶话会；后天也不行，我要到一个女友家凭窗看迪奥多兹国王驾临的盛况，那场面一定气派极了，再后一天要去看《米歇尔·斯特洛戈夫》，再往后呢，马上就是圣诞节和新年了。也许家里会带我到南方去度假。那有多棒呵！即使少一棵圣诞树也值；反正我就算留在巴黎，也不会上这儿来，我得跟妈妈到朋友家去做客。再见啦，爸爸在叫我呢。”

我和弗朗索瓦兹一路往回走，夕阳斜照的街道犹如庆典散后阑珊的夜景。我浑身没劲，迈不开脚步。

“这没什么奇怪的，”弗朗索瓦兹说，“天时不对头，太热了。唉！我的主啊，这一来又该到处都是可怜的生病人了，敢情老天爷也出毛病嘞。”

我强忍呜咽，在心里重复吉尔贝特喜笑颜开地告诉我有好长一段时间她不会来香榭丽舍的那番话，然而她的魅力已然在那儿，我一想起她，它就自然而然地充满了我的心田，心理习惯的内在约束使我相对于吉尔贝特而言，势所必然地处于一种特殊而唯一的——尽管是痛苦的——境况，这种境况也已经开始给周围的一切，甚至给吉尔贝特无动于衷的表现也添上一层浪漫的色调，在我的泪水中间，漾起了一丝笑意，那是一个吻的羞涩的雏形。

当天傍晚邮差来送信的时候，我像往常一样心想："我会收到一封吉尔贝特的信，她会对我说她从来没有停止过对我的爱，还会向我解释她为什么要把这份爱一直瞒着我，装出不见到我也挺高兴的样子，为什么她要显得只是和我玩游戏的同伴，她会把其中原因都告诉我的。"

每天傍晚我都陶醉于想象这封信的乐趣之中，我觉得当真读了这封信，在心里默念信中的每字每句。蓦然间，我怔怔地停了下来。其实我明白，倘若我真的收到吉尔贝特的信，那封信无论如何也不会是这封信，要知道这封信是我刚才杜撰的呀。从此以后，我就尽量克制自己的思念，不再去想我盼着她给我写的那些话，生怕这么一挑明，反而会把这些话——我最珍贵、最渴望的话——逐出了有可能实现的范畴。即使退一万步说，纯然出于巧合，吉尔贝特写给我的信恰好就是我杜撰的那封信，那一旦认出这是自己炮制的东西，我的印象就不会像收到一件并非出于我的手的东西，一件实在而新鲜的东西时那么好，我也未必会感受到一种存在于我的意念之外、不依赖于我的意愿、确确实实由爱情赋予的幸福。

此刻我在重读一页文字，它不是吉尔贝特写给我的，但至少是她交给我的，这就是贝戈特评论激发过拉辛灵感的古老神话之美的文字，我一直珍藏着这本小册子，放在那颗仿玛瑙的弹子旁边。这位女友特地为我去找出这本书，这份情意使我感动；每个人都需要为自己的激情寻找缘由，他会为最终在他所爱的人儿身上发现某些品质而欣喜，因为他从文学作品或与别人的谈话中了解到，这些正是值得激发爱情的品质，他会通过模仿来领会它们，使之成为爱情的新缘由，哪怕这些品质跟爱情自发产生时所寻找的品质是截然对立的——正如以前斯万所寻找的奥黛特之美的美学特性——我从贡布雷那时起就爱上吉尔贝特，为的就是她那陌生的生活，我心心念念要置身其中，要让它变成我的生活，而我自己的生活无足轻重，弃之也不足惜；现在我觉得对自己这样的生活已经熟稔到了无视的地步，但想到吉尔贝特说不定有一天会成为我谦恭的仆人、随伺左右的助手，晚上帮我一起工作，查对引文的出处，若能这样那真是妙不可言。至于贝戈特，这位无比睿智近乎神明的老人，我起初是因他而在见到吉尔贝特之前就爱上她的，现在我却是因吉尔贝特而爱他了。读完他谈拉辛的那几页文字，我怀着同样欣喜的心情望着那张盖有硕大的白蜡封印、扎着浅紫色缎带的纸，当初吉尔贝特就是用它包装小册子的。我吻了吻那颗仿玛瑙的弹子，它是我这位女友心灵中最美好的部分，绝无轻浮唯有真诚的部分，它虽然有着吉尔贝特生活的神秘魅力，却留在了我的身边，住在我的卧室里，睡在我的床上。然而这颗弹子的美以及贝戈特这几页文字的美，我很高兴能和自己对吉尔贝特满怀爱情的思念联系在一起的这两种美，仿佛在我觉着这思念已化为乌有之时，给了这思念一种确定性，我意识到这两种美是先于我的爱情而存在的，与这爱情并无相似之处，它们的要素早在吉尔贝特认识我以前就已由作家的天才和矿物学的原理所决定，如果吉尔贝特不曾爱过我，这本小册子和这颗弹子也不会是别的样子，因而没有任何东西会让我在它们中间读到或看到幸福的信息。每天晚上，我的爱情一边苦苦等待下一天吉尔贝特的爱情表白，一边拆除白天所做活计的线脚，但与此同时，内心深处有一个我不认识的织补女工，就是不肯让这些针脚脱线的活计报废，既不管我乐意不乐意，也不为我的幸福想一想，径自把这些活计按她习惯的编排方式重织一通。她对我的爱情没有多少兴趣，也不从我被爱着这一前提出发，一个劲儿地搜集吉尔贝特种种在我看来无法解释的举动，以及我早已谅解的种种过错。这一来，这些举动和过错就别有一番意味了。这一新的编排似乎告诉我，倘若我看见吉尔贝特不来香榭丽舍，而去看下午的演出，跟家庭女教师一起去购物，为新年外出度假做准备，我不该在心里想："这是因为她轻浮，因为她听话。"那样想是错的。要是她真爱我，她就不会那么轻浮，也不会那么听话，要是她是出于无奈勉强服从的，她就该像我在见不到她的日子里那样，感到沮丧才是。这个新的编排还告诉我，既然我爱吉尔贝特，那就该懂得什么叫爱；它提醒我注意，我时时刻刻在操心，想在她眼里显得更有面子些，为此我劝说母亲给弗朗索瓦兹买一件胶布雨衣和一顶有蓝羽翎的帽子，要不干脆别让这个叫我脸红的女仆陪我去香榭丽舍（听到这儿，母亲对我说，我对弗朗索瓦兹不公平，她为人正直，对我们一直忠心耿耿），它还提醒我注意，看见吉尔贝特成了我唯一的心愿，否则我不会早在几个月前就急于打听她何时离开巴黎，去哪儿度假，哪怕最舒适宜人的旅游胜地，只要她不去，那儿就是个流放地而已，我只想永远留在巴黎，经常在香榭丽舍见到她；而且，这一新的编排轻而易举地说服了我，让我相信如此这般的操心，如此这般的心愿，从吉尔贝特的言谈举止中是休想找到的。她呀，只喜欢那个家庭女教师，对我想些什么根本没放在心上。在她看来，如果和小姐一起去买东西，不来香榭丽舍是挺自然的，如果是和母亲一起出门，那就更开心了。就算她允许我和她到同一个地点去度假，她至少会挑选一个既能顺着父母心意，又能享受听人说过的许许多多乐趣的地方，而那绝不可能是我家里打算送我去度假的地方。她有好几次对我说，她更爱的不是我，而是另外一个男生，或者她不像前一天那么爱我了，因为我随随便便地让她输了一局，我跟她说对不起，问她我该怎么做她才能重新爱我，才能爱我胜过爱别人；我希望她回答我说本来就是这样么，我在心里央求她这么说，仿佛她只要看我做坏了还是做好了，随便说上一句话，就能使她对我的感情顺她的意，或者顺我的意而改变，让我沮丧或者高兴。莫非我当时真的不知道，我对她的感觉是由不得她怎样做，也由不得我的意愿来决定的？

隐身缝补女工所构思的新编排最后告诉我，倘若我们能够指望一个始终在伤害我们的人的所作所为并非出于他或她的本意，在这些举动之后，自有一种理性的东西，那是我们的意愿奈何不得的，那么我们就应该向它，而不是向自己的意愿发问：明天他或她会如何举措？

这些前所未闻的话，我的爱情都听见了；这些话让它相信：下一天跟以前的那些日子不会有什么两样；吉尔贝特对我的感情已经积重难返，唯余冷漠而已；我和吉尔贝特的友情中，是我在单相思。“可不是，”我的爱情应答说，“对这样的友情没什么可指望的了，它改变不了啦。”所以，等到第二天（或者等个最近的节庆日，等个生日，或者新年，总之是个有些特殊的日子，到那会儿，时间会拒绝接受逝去岁月的遗产，把往昔的忧愁抛在一边，从头开始新的进程），我就会要求吉尔贝特放弃我俩旧的友谊，奠定一种新的友谊的基础。

我经常随身带一张巴黎地图，在图上可以清楚地认出斯万先生和夫人居住的那条街，因此我觉得它是份藏宝图。出于内心的愉悦，也出于骑士风度的忠诚，我见到谁都要提到这条街，结果父亲感到奇怪了，因为他不像母亲和外婆那样知道我的爱情秘密，有一天他问我：

“干吗你老要说到这条街，它没什么特别之处啊，没错，它离布洛涅树林很近，住那儿挺惬意，可是同样的街道总还有十来条吧。”

我想方设法逮住机会就对爸爸妈妈说起斯万的名字；诚然，我在自己心里无数遍地重复着这个名字，但是我还要听到这个优雅的名字的声音，奏响光靠默念无法聆听的美妙乐声。要说呢，斯万这个名字我是早就听说了的，可是它现在对我来说，就如那些最常用的词儿对失语症患者而言，完全是个新名字。它常在我的脑际，可是我的头脑还没习惯。我把这个名字一个一个字母拆开来，再拼写起来，它的拼写法会使我感到一种意外的惊喜。而就在熟悉的同时，它在我心目中不再是那么无邪了。我一听到这个名字就会感到的喜悦，这会儿让我觉得可耻，我想把话题往这上面引的时候，人家总会岔开去，仿佛大家都猜到了我的心思。我只好再把话头扯到吉尔贝特身上，就那么几句话，给我翻来覆去地讲个没完——在离她这么远的地方说这些话，她是听不见的，何况它们说来说去总是这些话，根本改变不了什么，所以无异于废话——但在我眼里，把一切跟吉尔贝特有关的东西这么捣腾来捣腾去，没准能捣腾出个让我心生欢喜的结果来也说不定呢。我一遍又一遍地对爸爸妈妈说，吉尔贝特很喜欢她的家庭女教师，仿佛这么说上五十遍，吉尔贝特就会突然降临，就此和我们生活在一起了。我一再吹捧那位读《论坛报》的老太太（我向父母暗示她也许是位大使夫人或亲王夫人），说她有多美，多慷慨，多高贵，直到有一天我说起听吉尔贝特对她的称呼，她大概叫布拉丹夫人，妈妈不由得嚷了起来：

“噢！我知道你说的是谁了。”妈妈刚说了这一句，我就羞得满脸通红。“当心啊！当心啊！你外公知道了准会这么说。你竟然觉得她很美！她长得够难看的，而且从来也没好看过。她死去的丈夫是个看门人。你大概记不得了，你小时候我费了好些劲儿才拦住她，没让她来看你上体操课，她不认识我，可总想找借口来跟我攀谈，说你‘一个男孩俊得像姑娘似的’。她一心一意就想结识上层社会的人，要是她当真认识斯万夫人，那我可算没想错，她准是神经出毛病了。因为她虽说出身低微，可以前倒从没做过什么招人非议的事来。她这人哪，一门心思就想攀高枝。她长得难看极了，而且俗气得要命，可还要装腔作势。”

至于斯万，我为了想让自己像他，整天坐在桌子旁边，一个劲地拽鼻子、揉眼睛。父亲说：“这孩子尽犯傻，再这么下去真要让人讨厌了。”我特别想像斯万一样脑门也谢顶。他在我心目中是那么了不起，所以看到有些我的熟人也认识他，而且居然随便哪天都有机会遇见他，我觉得真是不可思议。有一天吃晚饭时，母亲像平时一样讲她下午买东西的情况，顺便说了句：“哦，你们猜猜我在三区商场的雨伞柜台遇上谁了：斯万！”这句话顿时在原先我丝毫不感兴趣的叙述中催开了一朵神秘之花。得知这天下午，斯万神奇的身影出没于人群之中，就为去买把伞，这听上去真是令人既伤感又陶醉。在那么些无一与我相干的大事小事中间，这件事唤起了我心灵的震颤，那正是我对吉尔贝特的爱经常拨动的心弦啊。父亲说我对什么事情都漠不关心，因为大家都在谈论迪奥多兹国王此刻作为国宾和所谓盟友造访法国，可能对政治局势产生怎样的影响，我却根本没在听。其实，他不了解我是多么想知道，斯万当时有没有穿那件披风式的大衣！

“你们打招呼了？”我问。

“当然喽，”母亲回答说，她好像一直在担心，万一她承认了我们家对斯万很冷淡，别人就会设法来转圜，而由于她心里不想结识斯万夫人，人家出面只怕会把事情做过头，“是他过来招呼我的，我起先没瞧见他。”

“这么说，你们没有不和？”

“不和？你干吗要想我们不和呢。”她生气地回答说，仿佛我对着她和斯万关系和睦的说法戳了一枪，又仿佛我在试图让他俩重修旧好。

“你再也不邀请他，他不会不高兴吗。”

“我没有必要人人都邀请呀；他请我了吗？我又不认识他太太。”

“可在贡布雷的那会儿，他是常来的嘛。”

“没错！在贡布雷他常来，可后来到了巴黎，他有别的事情要做，我也一样。可是你放心，我们看上去完全不像两个心存芥蒂的人。趁店员给他打包的工夫，我们谈了一会儿。他问我你近来怎么样，他告诉我你是他女儿的玩伴。”母亲的最后两句话，大大出乎我的意料，斯万的心里有着我的存在，这在我已经是个奇迹了，何况他对我的情况了解得那么全面，我在香榭丽舍因对他女儿的爱而战战兢兢地站在他跟前时，他不仅知道我的名字，而且知道我母亲是谁，不仅了解我是他女儿的玩伴，而且了解我的外公外婆、他们的家族以及我们住的地方，其中有些我们家以前的情况，说不定连我都不知道呢。母亲是在三区商店的柜台邂逅斯万的，斯万看见她的那一刻，是把她作为一个和他有着共同回忆的明确对象，因而才迎上前去和她打招呼的，可是我母亲并没发觉这柜台有什么特殊的魔力。

而且，无论母亲还是父亲，好像都没发觉谈论斯万的祖父母，谈论名誉经纪人这个头衔是件最有兴味的事情。我的想象在作为社会的巴黎中把某个家庭单独抽出来，让它变得非常神圣，犹如在作为城市的巴黎中凭想象在某座宅邸宽敞的正门上精雕细刻，让所有的窗户变得华贵异常。不过这些装饰，只有我一个人能看见。在父亲和母亲眼里，斯万住的房子跟同一时期在布洛涅树林建造的房子都一个样，斯万家也跟别的证券经纪人的家没什么两样。他们对一个家庭有否好感，取决于它在公益事业中的参与程度，至于它独特与否，是全然不相干的。否则即使发现一样东西挺不错，他们也会另外找到一样东西，跟这样东西不相上下，甚至比它更好。所以在发现斯万的房子所处的位置不错以后，他们就会说起另外一座位置更佳却和吉尔贝特毫不相干的房子，或者一些实力比她祖父更胜一筹的金融家；倘若有某个时刻，他们的意见听上去跟我的意见是一致的，那肯定是个误会，而这误会很快就会澄清的。其中的原因在于，要穿透围绕着吉尔贝特周围的那些事物，得有一种在情感世界中类似于光色世界中红外线的不为人知的机能，爱情赋予了我的这种附加的、暂时的感官功能，我父母是不具备的。

吉尔贝特事先说过她不会到香榭丽舍去的那些日子，我总是往她家的方向散步，想离她稍稍近一些。有时我领着弗朗索瓦兹前去朝圣斯万家的住处。我不厌其烦地让她一遍又一遍给我讲，她从家庭女教师那儿听到哪些有关斯万夫人的事情。“看来她对圣牌还是挺相信的。倘若听见猫头鹰的叫声，或者觉得墙壁里有摆钟似的嘀嗒声，要不在半夜里瞧见一只猫，或者木器家具发出咯啦咯啦的响声，她就决不出门旅行。哦！她是位很虔诚的夫人！”我对吉尔贝特一往情深，即使瞥见她家的老总管在街上遛狗，我也会情不自禁地驻足观望，满怀柔情地瞅着他那雪白的髯须。弗朗索瓦兹对我说：

“您这是怎么啦？”

尔后我们再往前走，来到她家那扇马车可以进出的大门跟前，那儿的看门人也不同于一般的看门人，浑身从里到外，直到号衣的饰绦，全都浸透着我在吉尔贝特这个名字里所感受到的令人黯然神伤的魅力，他看上去像是知道我这种人天生就不配进入他奉命守护的神秘生活，而中二楼[1]的所有窗户仿佛有意紧闭着，瞧着那些细布窗帘下垂而成的典雅褶裥，我只觉得它们比任何窗户都更黯然，都更不像吉尔贝特的那双明眸。还有一次我们沿着林荫道走到迪福街，我在近路口处停了下来；有人告诉过我，在这儿常常可以看见斯万去看预约好的牙医；在我的想象里，吉尔贝特的父亲绝非常人可比，他置身于芸芸众生之中，真是一件不可思议的事情，所以还没走到玛德莱娜教堂，想到这就要走近一条随时可能出现奇迹的街了，我心头激动不已。

但是更经常的情形是——当我肯定见不着吉尔贝特时——

1 中二楼介于底楼与二楼之间，大多窗户朝街。

由于听说过斯万夫人差不多每天都要来布洛涅湖边的刺槐小道或玛格丽特王后小道散步，我就领着弗朗索瓦兹去布洛涅树林那边。在我眼里那儿就像个动物园，而且聚集着各种不同的植物群和风光迥异的景色；在一座小丘背面，映入眼帘的是一个岩洞，一片草地，几座岩石，一条河流，一道沟渠，另一座小丘，一片沼泽，然而我也知道，那儿为河马、斑马、鳄鱼、俄罗斯野兔、熊和鹭嬉戏玩耍提供了合适的环境和风景如画的背景；布洛涅树林本身，也是那么错综复杂，这儿汇集了形形色色相对封闭的小天地——走过几座种着红彤彤的美洲橡树，犹如弗吉尼亚庄园那般的农场，只见高大的松树挺立在湖边，间或在树林中会闪现几个裹在柔软的毛皮大衣里的身影，漂亮的眼睛炯炯发光，那是步履匆匆的女游客——这儿是女人的花园；而刺槐小道——犹如《埃涅阿斯纪》中的香桃木小道——为了她们的缘故，两旁只有刺槐这唯一的树种，这是一条巴黎有名的美人时常眷顾的小道。孩子们远远望见岩顶就欣喜若狂，他们知道就要看到海狮从那儿跳进水里了，而早在走到刺槐小道之前，四处飘散的芳香便隐隐传来，让我意识到自己是在走近一种有着独特个性的、坚韧而又柔和的植物；随后，走到近处了，可以瞥见顶端轻盈娇弱的簇叶显出一种轻佻的优雅，外形妖艳，纹理纤细，枝头的花儿光耀如泻，如同群蜂飞舞般发出美妙的嗡嗡声；它们阴柔、恬淡、悦耳的树名，在让我怦然心动的同时，使我萌生了一种世俗的欲念，一如戴着假发的仆人在舞会大厅门口朗声通报女宾美丽的名字时，华尔兹舞曲会惹得我们浮想联翩。我听人说过，在这条小道上，会有幸看见一些风雅的女性，她们虽然还没出嫁，人家提起她们时习惯说成是斯万夫人边上的某人某人，但是往往用的都是假名；假如她们用了个新的名字，那也还是一种隐匿真实身份的化名，别人谈起她们时，通常是心照不宣，不提这些化名的。当我想到美——就女性的优雅而言——是由一些神秘的法则所决定，而她们对此早已心领神会，而且得以身体力行的时候，我先自就把她们的穿着打扮、车辕鞍辔以及数不胜数的微末细节，全都看作一种启示，相信它们就如内心深处的灵魂，使这转瞬即逝、游移不定的一切赋有了一件艺术杰作的内聚力。可我想见的是斯万夫人呀，我等着她经过那儿，心情激动得好像她就是吉尔贝特，因为吉尔贝特的父母，就像所有在她周围的人与物一样，始终沐浴在她的魅力之中，他们在我心目中激起的是如同对她一般的爱，甚至是一种更为痛苦的激动不安（他们和她的接触，正是她的生活中我无由进入的核心部分啊），终于（由于我不久以后就知道了，读者下面也会看到，他们不喜欢我和吉尔贝特一起玩游戏）这种感情变成了一种敬畏，凡是对那些可以滥施淫威伤害我们的人，我们往往会有这样的敬畏之情。

我瞥见步行的斯万夫人时，就审美趣味和社交礼仪而言，我是把简朴放在首位的，那时的斯万夫人身穿镶有纽饰的呢外衣，头戴无边小帽，上面插着虹雉翎毛，胸前别着一束紫罗兰，步履匆匆地穿过刺槐小道，就像抄一条近路回家似的，坐着马车的男士们远远认出她的身影，一边向她打招呼，一边心想她真是个天生的尤物，她作为回答，朝他们眨眨眼睛。但是，在见到坐在马车上的斯万夫人后，我就以排场取代简朴作为最高准则了。那天，弗朗索瓦兹跟在我后面已经累得够呛，直嘀咕两条腿撑不住了，可我还是逼着她曳着脚步又走上一个小时，终于来到通往王太子妃城门的那条小道上，只见眼前——这等恢宏华贵的王家气派，是日后任何真正的王后留给我的印象所无法比拟的，因为我对她们的王权的概念并非如此朦胧，而是更为具体的——驶来两匹剽悍的辕马，体形有如我们在康斯坦丁·吉斯[1]的画作中看到的骏马，驭座上稳稳当当地坐着一个魁梧的车夫，装束得像哥萨克骑兵，旁边的那个小厮，相当于已故的博德诺尔的老虎[2]；接着就看见——更确切地说，是感觉到它的外形在我心头印上一道清晰鲜明、疼痛难当的创痕——一辆无与伦比的四轮敞篷马车，车身特地架高一些，因而从最时髦款式的豪华中，又透出那股古典式样的味道，车厢里潇洒地坐着斯万夫人，她的秀发那时还是金黄色的，只有一绺灰发用细细的花环，通常是紫罗兰花环绾住，由此垂下长长的面纱，手上拎着一把浅紫色的阳伞，唇边挂着一抹暧昧的笑容，含情脉脉地投向那些向她打招呼的人，尽管我从中只看见了母仪天下的王后的亲切和蔼，但别人看到的恐怕是一个轻佻女子的挑逗撩拨。其实这抹笑容是对有些人说："我记着呢，那真是美妙极了！"对另一些人说："我是想爱您来着！只能怪运气不好喽！"对还有一些人说："您愿意就行呗！我再随这些车驶一段路，然后抽个空子溜出来。"马车驶过一些陌生人跟前时，她唇边会漾起一丝悠然的笑容，仿佛在回应一位朋友的等候或忆旧，看到的人不禁赞叹："她可真美啊！"只有对某些男人，这丝笑容会变得尖酸、无奈、胆怯、冷漠，其中的含义是："哦，可恶的家伙，我知道你长着蝰蛇的舌头，管不住自己这张嘴！我

1 康斯坦丁·吉斯（Constantin Guys，1805—1892）：法国画家，诗人波德莱尔称他为"新潮生活画家"。

2 "已故的博德诺尔"是巴尔扎克小说《卡蒂尼昂亲王夫人的秘密》中的人物。"老虎"指年轻侍从，参见第390页脚注。

难道会在乎你不成？”柯克兰[1]在一群听他夸夸其谈的朋友簇拥下走过，不时向马车上的人以舞台上的夸张姿势扬手示意。可是我只想着斯万夫人一个人，我装作没瞧见她的样子，因为我知道她的马车驶到泥鸽射击场那儿，就会离开马车的行列停到路旁，让她下车走上小道。逢到我觉得自己有勇气和她迎面而过的日子，我就拉着弗朗索瓦兹往那个方向走去。果然不一会儿，就远远地看见斯万夫人沿着行人小道朝我们走来，浅紫色的裙裾长长地拖在身后，衣着打扮之雍容华贵，恰如老百姓想象中的王家气象，绝非寻常夫人小姐的穿戴可比，她不时垂下目光瞧瞧伞柄，对过往行人看也不看，仿佛她心心念念想着的事儿就是下车来活动活动，全然没想到大家都在注视着她，所有的脑袋都在转向她。不过她偶尔回过头去唤那条猎兔犬时，也会让人难以觉察地朝四下里扫上一眼。

即使那些不认识她的人，也觉得她身上有一种与众不同、颇为突出的东西——也许这是一种心灵感应的效果吧，正如拉贝玛唱到辉煌的高音时，一无乐感的观众也会掌声雷动——认定眼前的夫人是位头面人物。他们心里在纳闷："她是谁呢？"有时他们也向某个过路的行人打听，或者暗自记住她的装束打扮，日后咨询消息灵通的朋友时好有所依据，让对方一听就明白说的是谁。还有些正在散步的男士，不由得放慢了脚步，说道：

"您知道她是谁吗？斯万夫人！您不记得啦？奥黛特·德·克雷西！"

"奥黛特·德·克雷西？我是这么琢磨来着，瞧她那忧郁的

1　法兰西喜剧院演员，以演莫里哀喜剧中的人物著称。

眼神……可您知道，她毕竟不像当年那么年轻了！我记得我是在麦克马洪辞职那天和她睡的觉。”

“我想您还是别跟她提起为好。她现在是斯万夫人，她这位丈夫是骑师俱乐部的会员，威尔士亲王的朋友。再说她还很漂亮呢。”

“没错，可您不知道当年她是多么光彩照人啊！那会儿她住一幢非常特别的小宅子，里面有好些中国古玩。我记得街上的报童叫卖声把我们吵醒，然后她就催我起床了。”

我没有听见他们说些什么，但我感觉得到在她周围尽是些对名人叽叽喳喳的议论。我的心按捺不住地怦怦直跳，脑子里想着还得再过一会儿，所有这些人——使我感到遗憾的是，其中没有一个黑白混血种的银行家，我一向觉得自己是被这些人看不起的——才能看见那个他们从没注意过的陌生的年轻人，上前向这位以美貌、放荡、风雅著称的夫人致意（说实话，我并不认识她，但我自信我可以这么做，因为我父母认识她的丈夫，我又是她女儿的同伴）。正想着，不料已经走到斯万夫人跟前了，于是我高高举起帽子，深深躬下身去，把帽子划了老大半个圈儿，她看了不禁莞尔一笑。周围的人一齐哈哈大笑。她没看到过我和吉尔贝特在一起，也不知道我姓甚名谁，我在她眼里——犹如布洛涅树林的一个保安，湖上的船夫或者她扔面包给它们的鸭群——仅仅是她在布洛涅树林散步途中遇到的好些无关紧要、随随便便的陌生人中的一个孩子，就像舞台上的一个过场角色那么不起眼。有些日子我在刺槐小道没见着她，而在玛格丽特王后小道遇上她，那是想单独待一会儿，或者看上去想这么着的女士们常去的所在；她在那儿待不了多久，很快就会有位男士来找她，这位我不认识的先生经常戴着一顶灰色的大礼帽，他和她边走边谈，两辆马车缓缓地跟在他俩身后。

布洛涅树林作为一个人造景点，作为字面意义上的动物园或神话中的花园，确实具有一种错综复杂的意味，我在那年[1]经过这儿去特里阿农的时候，再次感觉到了这一点；那是十一月初的一个早晨，我在巴黎的卧室里，近在咫尺而无缘观赏的宜人秋色，转眼就变得萧条了，都没来得及等我看上一眼，却无端勾起我对凋落秋叶的一种怀念，一种无法排遣的强烈的渴念，我为之辗转反侧难以成眠。这一个月来，我在门窗紧闭的卧室里心心念念想要看看那些枯黄的落叶，它们盘桓在我的思维和我凝神专注的每一件物事之间，如同我们有时注视一个对象时眼前跳动的黄斑那样，不停地回旋飞舞。那天早晨，耳听得淅淅沥沥下了几天的雨停歇了，眼看着晴朗的天空在拉上的窗帘的一角绽出笑容，犹如一个人闭着嘴，但嘴角情不自禁地漾起一丝笑意，透露了心中幸福的秘密，我心里有一种预感，那些秋天的落叶，我能看见它们沐浴在明亮的阳光中，能领略它们令人心驰神往的美了；我就像以前那样，听着风声在壁炉烟囱里呼啸就忍不住想出发去海边了，我没法抑制想去看看那些树的冲动，出门经布洛涅树林往特里阿农而去。这也许正是布洛涅树林最多姿多彩的季节和时间，因为此时的树林犹如分成了一个个林区，而且每个林区都是风光各异的。即使在一无遮蔽的林间空地，与远处树叶凋落殆尽，或

1　据七星文库本注，1912年10月底，普鲁斯特在给斯特劳斯夫人的信中，曾提到打算去特里阿农。后虽未能成行，但研究者据此断定，“那年”当指1912年或至迟1913年（《去斯万家那边》于这一年出版），与前文所写的年月相距将近二十年。

尚留存夏日叶片的浓密幽暗的林丛遥遥相对，还是随处可以看见成双行排列的栗树橙红色鲜亮的身影，仿佛在一幅刚开始画的风景画上，画家还没来得及给其余的部位着色，洒满阳光的行径从那儿蜿蜒伸展，小径上间或会有几个散步的人物，但那得稍后再添上去了。

更远处，一片绿叶覆盖的树丛中，有一株矮小、粗壮、截去顶枝兀自挺立的小树，迎风摇晃着那头丑陋的红发。有好些地方，依然是五月树林苏醒、新叶初长的模样，灿烂似锦的五叶爬山虎一如冬日的红山楂树，笑嫣嫣的，恰从那天清晨起枝头绽满花朵。整个布洛涅树林，有一种类似苗圃或公园那样尚未完全定型、留有人工痕迹的风貌，人们或是出于研究植物特性的兴趣，或是出于装点节日气氛的需要，在尚未移株的同一品种树苗中间，刚栽下两三个名贵的树种，树叶的形状非常奇异，仿佛有意在周围留出些许间隙，供空气流通和接受光照。所以，这的确是布洛涅倾其所有地展示形形色色树种，生态各异的不同林区兼容并蓄的季节。而且我来得正是时候。在树木还保留着叶片的林区里，树叶仿佛从接触到阳光的那一刻起，就开始改变材质了，那是清晨，阳光几乎是水平射过来的，过了好几个小时，到了日落时分，斜晖又近乎平射了，它犹如点燃了一盏灯，暖融融的灯光远远地投射到树叶上，一棵大树顶端的叶片发出火焰般耀眼的光芒，而大树本身则像这支巨烛下一座不可燃的、黑黢黢的枝形大烛台。这儿，阳光厚得像砖，像绘有蓝色图案的黄色波斯砖，把栗树的树叶毛糙地砌在天空上，那儿却正相反，枝叶拳曲起金色的手指伸向天空，阳光把砌住的叶片从天空卸向它们。缠绕在树身上的五叶地锦，嫁接并催放出一大簇花儿，在炫目的阳光中看不清是什么花，但见红彤彤的一片，多半是石竹的一个变种吧。布洛涅树林的不同区域，在夏天清一色的浓密绿色中很容易混同，现在却显现出各自的特点了。在林间空地，几乎看得见每条通道的另一端，或者说一丛丛华丽的树叶如同一面面焰形装饰旗，标志着各条通道的方向。眼前宛如一幅彩色的地图，可以清楚地辨认出阿莫农维尔餐厅、卡特朗草地、马德里城堡、赛马场和布洛涅湖滨。时而还会出现一栋并无可观的建筑、一座假山或一座磨坊，它们因地制宜，筑在林间的小空地或柔软的草坪前面。我感到布洛涅树林不光是片树林，它还提供了一种与树木生长并不相干的用途，我此刻激动的心情并非仅由秋色之美而生，它还来源于一种欲念。那是一种内心喜悦用之不竭的源泉，而心灵在感受这份喜悦时却是不知它的来由，也不明白它是全然跟外界无涉的。我凝望这片树林，心中升起一种充满柔情的怅惘，它越过林梢，趁我出神之际飘向这片树林珍藏的杰作——每天到时候来散步的美丽的女性。我向刺槐小道走去，穿过沐浴在阳光中的乔木林时，只见阳光重新划分了树群，修剪了大树的枝条，把不同的幼树融合在一起，组成一个个树丛。阳光巧妙地让两棵大树合抱起来，用光和影这把锋利的剪刀将每棵树的树干和枝条裁去一半，将余下的两半拼合成一个整体，或形成一根黑黢黢的柱子，周围映衬着令人目眩的阳光，或形成一道幽幽的光束，颤颤悠悠、鬼魅似的轮廓被黑影张成的网团团围住。当一绺阳光把高高的顶枝染成金黄色时，这些吸满晶莹发亮的雾气的树枝，仿佛从整个乔木林如同海底森林那般浸沉其间的翠绿色的湿漉漉氛围中冒出头来。这些大树自身的生命仍在延续，树叶落尽之后，生命的活力在裹住树干的那层绿色茸毛上闪着光，或者在当初撒种在杨树顶上的槲寄生开出的瓷白色的花儿上欢快地跳动着，这些浑圆如球的花就像米开朗琪罗《创世记》中的太阳和月亮。但由于多少年来这些树木一直以某种类似嫁接的方式与散步的女性生活在一起、结合在一起，它们自然会让我联想起神话里的林中仙女，这些尘世间的仙女动作轻盈、脸色红润地显现在树林通道上，大树们用枝条遮蔽这些通道，并让仙女也像它们一样感受到这个季节蓬勃的生机；这些树木使我回想起满怀信念的美好的青春年代，当时在我眼里，那些叶丛在某些瞬间犹如体现女性优雅的杰作，我充满渴望地来到这儿，礼赞那些本身没有意识、却又分明参与其事的叶丛。布洛涅树林的冷杉和刺槐令我心驰神往的美，比我随后在特里阿农看见的栗树和丁香更撩拨得我心绪不宁，可是这种美并不附着于我身外的事物，既不附丽于某个历史时期的回忆，也不附丽于艺术作品或阶前积满金色掌状叶片的某座小小的爱神圣殿。我走过湖滨，一直走到泥鸽射击场。我当时心中所想的美轮美奂，全归于一辆四轮敞篷马车的高度以及两匹神骏奔马的剽悍了，这两匹辕马狂野轻捷犹如胡蜂，眼睛则像狄俄墨得斯[1]的凶马那般充着血；而现在，我满心渴望再能见到当时心爱的一切，这种激动和兴奋其实跟许多年前驱使我走在同样的路上的心情是一样的，我但愿能重回那一时刻，看着斯万夫人魁梧的车夫由圣乔治般稚气未脱的小不点儿仆从督车，勒住缰绳驾驭受惊狂挣的辕马，生怕骏勇的神驹振翅而去。唉！如今可只有留着小胡子的司机驾驶汽车喽，坐在旁边的是个子高高的跟班。我多想再亲眼看一看，那些低得就像花环的小巧女帽，是不是真

1 希腊神话中战神阿瑞斯之子，比斯托涅斯的国王，以豢养食人的凶马著称。

有我回忆中那么迷人啊。现在的女帽大而无当，上面又是果子，又是花儿，又是鸟儿，真是五花八门。当年斯万夫人穿上俨然像个王后的美丽长裙不复可见了，弥望的是希腊-撒克逊式的仿古紧身女装，打着塔纳格拉人的褶裥[1]，间或还有督政府时期式样的服饰，浅底碎花的衣料就像糊墙纸。那些早生十几年也许有幸陪斯万夫人在玛格丽特王后小道上散步的先生们，我根本看不见他们头上有灰色的礼帽或是别的什么帽子。他们就光着脑袋出门。对眼前这一幕幕场景，我对它们是否可靠，是否协调，甚至是否存在，都已毫无信念可言；它们只是偶尔散乱地从我眼前掠过，全然不像过去那样能让我在心中感受到它们的真实性和蕴含着的美。对这样的女人，我没法指望在她们身上看到优雅的风度，对她们的装束打扮我更是不敢恭维。然而，就在一种信念消失之时，接踵而至的——而且会变得愈来愈根深蒂固，从而遮掩一种现状，即我们业已丧失给新事物以现实意义的能力——是对曾由这种信念赋予活力的前尘往事的盲目崇拜，仿佛所有这些旧事都是神圣的，而我们身上只剩些凡俗的东西，仿佛我们现在的怀疑自有一个偶然的原因，那就是诸神死了。

多丑啊！我心想，在这些汽车身上难道能找到当年马车鞍辔的那份优雅吗？我大概真的已经老了——女人绷在身上的裙子竟然不是用上好衣料做的，这样的世界，我和它是格格不入了。既然玲珑剔透的红叶下早已物是人非，既然俗物蠢事取代了林间优美的景致，那何必再去那些大树下呢？多丑啊！我能安慰自己的，唯有对往年认识的那些女性的追想，如今已是无处可觅优雅

1　1872—1880年间在希腊塔纳格拉发掘出土一批陶俑，其中妇女和孩子都穿带有下垂褶裥的紧身衣服。巴黎人竞相仿效，一时蔚为时尚。

了。这些对帽子上顶着个鸟笼或菜圃的丑女人看得出神的男人，我怎么能指望他们有那份灵性，感觉得到斯万夫人戴一顶平常的浅紫色系带女帽或者仅仅竖插一朵鸢尾花的有檐小帽，那风采有多迷人啊。难道我真能让他们明白，我在冬日早晨遇见步行的斯万夫人时，为什么心情那么激动吗。——她穿着水獭皮短大衣，戴一顶普通的贝雷帽，上面笔直插着两根山鹑翎毛，然而扣在胸口的那束紫罗兰就足以发人遐思，让人感觉到家居时她周围温暖舒适的氛围，生意盎然的浅蓝花儿，在灰色的天空、冷冽的空气、枝头光秃秃的树林映衬下，如同窗外下着雪，室内兀自在丝织面料长沙发跟前、挨着烧得正旺的壁炉的花盆和花箱里绽放的花儿那般，自有一种只把季节时令当作背景，生活在富有人情味的氛围、亦即这位夫人身旁氛围之中的魅力。何况，令我心向往之的又何止是当年的装饰打扮呢。既然有关当年的回忆的不同片断是交织牵连的，我们现在的记忆亦然如此，它们已在一个整体中达到平衡，既不能从中抽取这个片断，也无法拒绝其中的那个片断，我就心心念念想在一位这样的夫人府上度过向晚时分，面前放着一杯茶，深色墙壁的套间让我想起斯万夫人的家（在这个故事的第一部分结束之后的那一年），夕阳的斜晖给墙壁抹上橙黄色，炉火红嫣嫣地蹿着火苗，菊花闪烁着粉红和白色的亮光，可在那些十一月的黄昏时刻（读者下面就会看到），我还不懂怎样去发现我所渴望的欢乐。现在，即使这样的时刻已不能为我带来任何欢乐，它们在我眼里依然有着自身的魅力。我多想能寻到和回忆中一样的那些时刻啊。唉！如今剩下的只有那些路易十六式样的雪白的套间，墙上点缀着蓝色绣球花图案。况且，如今人们回巴黎越来越迟了。倘若我写信给斯万夫人，请她就似乎变得非常遥远、属于我无从追溯的年代的回忆，就显得那么不可企及、有如它曾徒然追觅的欢乐一般付诸流水的向往提供一些细节，她想必会从某个城堡回信给我，说她要到二月份才能回巴黎。可到那时菊花都凋谢了啊。我怀念的只是当年遇见的那些女性，那些让我对她们的服饰感兴趣的女性，因为在我的信念尚未破灭之时，我在想象中为她们每人配上各自的特征，赋予她们每人一个传奇故事。可惜啊！在刺槐林荫道——就是那条香桃木小道呀——我重又见到了其中的几位，但她们都已老得不成样子，只是当年风姿绰约的女性的幽灵而已，她们步履蹒跚地走来走去，在维吉尔的树丛中无望而茫然地寻寻觅觅。她们早已消失了，可我还在空落落的道路上追怀旧事。太阳被云层遮蔽了。大自然重又君临布洛涅树林，这儿曾是妇女乐园的遐想早已风流云散；作为景点的磨坊上方，真实的天空是灰色的；风吹皱大湖的水面漾起涟漪，它这就有了湖的风致；大鸟振翅掠过树林，它这就有了树林的况味；鸟儿发出尖厉的鸣声，依次栖落在高大的橡树上，橡树的树冠形如德鲁伊特祭司[1]圆帽，树干有如在多多纳圣殿[2]那般庄严挺拔，它仿佛在宣告这座另有所用的森林已然杳无人迹，让我更清楚地意识到，在现实生活里寻找记忆中的景象，这本身就是矛盾的，记忆中的图景不可能再有来自记忆本身、不通过感官而被感知的那份魅力。我所熟悉的现实，现在不存在了。只要斯万夫人不在同样的时刻，和当年一模一样地来到这儿，这条林荫道就不复是昔日光景。我们一度熟悉的那些地方，都是我

1 古代克尔特人的祭司，据说他们生活在橡树林中。

2 供奉希腊主神宙斯的古圣殿，位于希腊的伊庇鲁斯。据荷马在《奥德赛》中称，圣殿中的祭司诠释圣橡树的树叶簌簌声来传达神谕。

们为方便起见，在广袤的空间标出的一些位置。它们只不过是我们有关当年生活的无数相邻的印象中的一个薄片；对某个场景的回忆，无非是对某个时刻的惋惜罢了；而那些房舍、大路、林荫道，亦如往日的岁月那般转瞬即逝。

（本卷完）

《去斯万家那边》故事梗概

第一部　贡布雷

I

醒来（003）。夜的黑暗（003）；梦的世界（004）。时空的混乱（005）。往日的房间相继浮现眼前：在贡布雷（007），在当松镇德·圣卢夫人家（007），冬天和夏天的房间（008），路易十六式的房间（008），巴尔贝克的房间（009）。习惯（009）。

贡布雷的睡眠悲剧。幻灯：戈洛与热纳维埃芙·德·布拉邦（010）。他俩神秘的身影（011）。家里的傍晚：外婆在雨中的花园小跑（012）。有鸢尾花香的小间（013）。睡前的吻（014）。斯万来访（015）。他的父亲（016）。我们对他的社交生涯一无所知（017）。社会阶层的稳定性（017）。姑婆逗弄斯万的话（018）。两个斯万：好邻居和社交场人物（019）。我们的社会形象是他人思维的产物（021）。德·维尔巴里西斯夫人的住宅：做背心的裁缝和他女儿。德·维尔巴里西斯夫人的侄子（022）。外公对秘闻逸事的好奇心（023）。赛里娜和弗洛拉姨婆不切实际的偏见（024）。睡前的吻被取消了（025）。赛里娜和弗洛拉表示谢意的方式（027）。忧伤无助地上楼（031）。写信给妈妈；弗朗索瓦兹的法典（032）。斯万有过像我一样的痛苦（034）。我下决心要在睡觉前见到妈妈（036）。我受的教育（037）。斯万走后父母的谈话（038）。妈妈在楼梯上见到我吃了一惊（039）。父亲随便说的一句话（040）。我的内疚（042）。外婆的礼物（043）；她对书和艺术的见解（044）。妈妈给我读乔治·桑的《弃儿弗朗沙》（046）。妈妈的声音（047）。

贡布雷在不由自主的回忆中浮现出来。贡布雷在自觉的回忆中的部分夜景（048）。往事隐匿在某个物质对象之中（049）。在茶里浸过的小玛德莱娜蛋糕（050）。我努力探索快感的秘密（050）。贡布雷在小玛德莱娜的味道中重现（052）。

II

贡布雷。贡布雷小城的外貌（054）。莱奥妮姑妈的两个房间（055）。她经常的自言自语（057）。她的椴花茶（058）。兼作药柜和祭坛的桌子（059）。弗朗索瓦兹（059）。妈妈和弗朗索瓦兹（060）。姑妈和弗朗索瓦兹在晨晤中议论当天发生的琐事（062）。在贡布雷大伙儿全都认识（065）。教堂：门廊，彩绘玻璃（067）。描绘以斯帖加冕场面的两幅挂毯（069）。珍迹（069）。教堂：一个四维空间（070）。地下室（070），后殿（071），钟楼（072）。与别的钟楼的比较（075）。贡布雷钟楼变幻的影像（076）。勒格朗丹（077）。他对附庸风雅的抨击

（078）。欧拉莉（079）。莱奥妮姑妈憎恨的两类人（079）。星期天的午餐（081）。花园的一隅，厨房后间和阿道夫叔公的起居室（082）。我对戏剧柏拉图式的爱：海报上的剧目（084）。我和同学谈论演员（085）。去叔公在巴黎的家（086）。在他家遇见粉衣女郎（087）。吻粉衣女郎的手（090）。阿道夫叔公与我家不和（091）。帮厨女工，怀孕（092）。乔托的博爱和妒忌（092）。从屋里看见外面阳光灿烂（095）。在花园的大栗树下看书（096）。看书时的内心状态（096）。小说中的人物（097）。书中浮现的景色（098）。旅行和爱情之梦（099）。园丁的女儿与胸甲骑兵的行进（101）。布洛克介绍我读贝戈特的书（102）。布洛克与我的家人（104）。布洛克吃闭门羹（107）。贝戈特的风格（108）。他的早期崇拜者：母亲的一位女友、迪·布尔邦大夫和我（109）。贝戈特与我（110）。斯万和贝戈特有过从（113）。拉贝玛（113）。斯万的口吻和性情（114）。斯万小姐和贝戈特的交情使她在我心目中平添无限魅力（115）。莱奥妮姑妈和胃蛋白酶（117）。雨；欧拉莉和本堂神甫同时来访（119）。教堂里的画（119）。神甫对彩绘玻璃的评论（120）。圣伊莱尔教堂的历史（122）。对钟楼的看法（122）。欧拉莉与弗朗索瓦兹（124）。神甫的唠叨把姑妈累坏了（126）。帮厨女工临产（127）。姑妈做的噩梦（127）。星期六的午餐（128）。“圣母月”教堂祭坛上的山楂花（129）。凡特伊（130）。拜访凡特伊家（130）。他女儿看上去像个男孩（131）。在月光下绕贡布雷步行回家（132）。姑妈期待发生灾祸（134）。她“在床上构想的场景”（135）。莱奥妮姑妈与路易十四（137）。勒格朗丹的奇怪举止（138）。弗朗索瓦兹在厨房（139）。芦笋（140）。弗朗索瓦兹杀鸡（141）。她的残忍和温存

（141）。勒格朗丹对一位夫人百般讨好地打招呼（144）。他请我吃晚饭（145）。勒格朗丹是个势利之徒（146）。他对巴尔贝克诗意的描述（150）。他不肯写信把我们介绍给他姐姐德·康布尔梅夫人（151）。

去斯万家那边。回家时分的夕阳（154）。两边：平原景色的极致和河畔风光的极致（155）。当松镇的丁香（156）。斯万的花园（157）。里面的水塘（158）。山楂树小路（159）。虞美人（160）。粉红山楂花（161）。斯万小姐的出现（162）。穿白裙的夫人和穿斜纹便装的先生（163）。吉尔贝特的名字（163）。莱奥妮姑妈想再去看看当松镇（165）。对吉尔贝特的爱情的萌生：斯万这名字的魅力（166）。告别山楂树（167）。贡布雷的风（167）。月亮（168）。凡特伊小姐的女友在蒙舒凡住下（169）。凡特伊的忧愁（170）。斯万对凡特伊的好意（171）。凡特伊有个亲戚吗？（172）梅泽格利兹那边多变的天气（172）。圣安德烈乡村教堂的门廊，弗朗索瓦兹和泰奥多尔（173）。大雨下的鲁森镇（175）。莱奥妮姑妈的去世（176）。弗朗索瓦兹的悲痛（176）。秋日在僻静处的激奋（178）。我们的印象与这些印象的表达不协调（178）。相同的情绪并不会同时产生在不同的人身上（179）。欲念的诞生（179）。在鲁森镇树林里拥抱农家姑娘的欲念（180）。闻得到鸢尾花香的小房间（181）。我在蒙舒凡看见凡特伊小姐（183）。凡特伊的照片（184）。凡特伊小姐和她的女友（184）。虐恋癖的场景（184）。关于邪恶和虐恋癖的思考（188）。

在盖尔芒特家那边（189）。从花园的小门出去，佩尔尚街（190）。河流的景色：维沃纳河（191）。老桥，不认识的钓鱼人，旧日城堡的残迹（192）。金盏花（192）。维沃纳河里的玻璃

瓶（193）。水生植物（193）。睡莲（194）。吃点心（196）。别墅里的少妇（196）。盖尔芒特公爵和公爵夫人；盖尔芒特家族的祖先热纳维埃芙·德·布拉邦（197）。作家梦及其幻灭（199）。德·盖尔芒特公爵夫人在坏东西吉尔贝的教堂后殿（200）。失望（200）。她的目光（201）。她的微笑（204）。无望企及的充满诗意的前景（205）。隐藏在感觉背后的印象（205）。马丁镇的钟楼（206）；初涉文学创作的喜悦（207）。一首散文诗（208）。遐想中的德·盖尔芒特夫人（209）。从喜悦到忧愁；两边的意义所在（209）。真实性只能在回忆中形成吗？（211）

醒来。曙光（213）。

第二部　斯万的爱情

韦尔迪兰夫妇的“小圈子”。信徒的信条（217）。晚会场景的展示（218）。奥黛特向韦尔迪兰夫妇引荐斯万（221）。斯万的社交生活和爱情生活（221）。斯万与奥黛特的初次相遇（227）。第二次相遇（228）。奥黛特的相貌（229）。斯万爱上奥黛特（230）。斯万与弗美尔（230）。斯万被带进韦尔迪兰府上（231）。

韦尔迪兰府晚会。戈达尔大夫（231）。斯万给他们的印象好极了（235）。萨尼埃特（236）。钢琴家的姑妈（237）。坐在高凳上的韦尔迪兰夫人（238）。升fa钢琴与小提琴奏鸣曲（239）。奥黛特和斯万在铺着博韦绒毯的长沙发上（241）。斯万去年已听过这首奏鸣曲的演奏（243）。小乐句（243）。凡特伊（247）。韦尔迪兰夫人欣赏斯万（251）。

斯万跟着韦尔迪兰夫妇从不临阵脱逃（251）。他的显贵朋友引起的敌意（253）。斯万先与娇小女工共度黄昏，然后去陪奥黛特（254）。凡特伊的小乐句，斯万和奥黛特的国歌（255）。菊花，奥黛特的午茶（256）。第二次拜访：奥黛特很像博蒂切利画的西坡拉（260）。奥黛特，佛罗伦萨画派杰作（261）。斯万如何竭力预防厌恶；他佯装失望的去信赢得充满柔情的回信：奥黛特在巴黎－穆尔西亚募捐日写的信（263）。

有一晚，斯万在韦尔迪兰夫妇家没找到奥黛特（265）。他连夜去找她（266）。他找到了她；卡特利兰（270）。她成了他的情妇（272）。理一下卡特利兰（273）。现在他每晚都去她家（274）。斯万的转变（274）。爱情遵循的恒定的自然规律（278）。斯万无意追究奥黛特的根底（279）。奥黛特的品味概念（283）。她的家具（285），她粗俗的趣味（286）。斯万与情妇都喜欢韦尔迪兰夫妇（288）；那对夫妇未必喜欢斯万（291）。一个新来的：德·福什维尔伯爵（292）。

韦尔迪兰府的一次晚宴（292）。布里肖（292）与布朗什·德·卡斯蒂利亚（293）。画家（296）。戈达尔夫人（299）。日本沙拉（299）；《塞日·巴尼纳》（300）。福什维尔透露斯万与贵族阶层时相过从（301）：给韦尔迪兰夫妇留下的坏印象（303）。聪明的定义（305）。萨尼埃特（306）。晚宴过后（307）。有关皮特比斯男爵夫人的影射（308）。斯万对福什维尔的担心，奥黛特怅惘地看着福什维尔远去（310）。斯万在韦尔迪兰府面临的灾祸（311）。

斯万爱情的进展，他给她送礼、送钱，赢得她的芳心（313）。

靠情人供养的女人（314）。斯万感到痛苦、忧郁（316），激动，焦虑不安（318）。妒意（319）。今晚不弄卡特利兰（319）。斯万去而复返奥黛特家窗前，敲错窗门（322）。他想象自己的情妇和别人在一起（323）。在众人对萨尼埃特行刑之际，斯万突然明白奥黛特和福什维尔是同谋（324）。斯万的造访：奥黛特的说谎（325）。斯万透过信封看奥黛特写给福什维尔的信（330）。他的妒意现在有了养料（331）。想带奥黛特去南方旅行（331）。韦尔迪兰夫妇没有邀请斯万去夏图（332），对晚会的想象（334）。斯万被逐出韦尔迪兰沙龙（338）。

韦尔迪兰沙龙现在成了斯万和奥黛特约会的障碍（338）。《克莱奥佩特拉之夜》（338）。斯万对奥黛特的责备（339）。奥黛特不如两年前漂亮了（341）；她常常不在巴黎（341）。斯万想去跟她会合（342）。内心痛苦的骚动（345）。奥黛特说的每句话，在他听来都可疑（347）。奥黛特温情脉脉地回家（348）。和福什维尔一起在她家的夜晚（348）。疑心消释了，痛苦却涌上心头（350）。去拜罗伊特看音乐季演出的计划（351）。奥黛特的两种形象（353）。温情与嫉妒（354）。斯万想减少见面次数（357）。但他的爱情已经到了无可救药的地步（359）。没让忧伤涉足的仅剩的一点空间：小斯万（361）。斯万、夏尔吕、阿道夫叔公和奥黛特（362）。奥黛特在巴登和尼斯的往事（365）。调查奥黛特的行迹（367）。斯万常有死的念头（370）。今天的奥黛特和过去的奥黛特（372），斯万在德·圣厄韦尔特夫人府晚会上不想把这两个形象放在一起加以比较（375）。

圣厄韦尔特府晚会。斯万让夏尔吕去奥黛特家（375）。对一切与奥黛特不相干的东西都抱着漠然的态度，他看着眼前的一幕幕场景：年轻侍从（376）；随从仆人（376）；单片眼镜（380）。演奏《俄耳甫斯》中的曲调和李斯特的《圣方济各对鸟儿说话》（382）；德·康布尔梅夫人与德·弗朗克托夫人（382）；德·加拉尔冬侯爵夫人（383）；德·洛姆亲王夫人（385）。肖邦的前奏曲（386）。盖尔芒特家族的智力精英圈子（389）。德·洛姆夫人与斯万（389）。沙龙的谈话（390）。德·洛姆夫人和斯万的谈话（396）。年轻的德·康布尔梅夫人（401）。听到凡特伊的那个小乐句，斯万感到失去的幸福时光重现在眼前（403）。小提琴（405）。凡特伊的音乐语言，在斯万眼里他是位不相识的卓越的兄长（406）。奏鸣曲的最后一个乐章（409）。斯万明白奥黛特对他的感情已一去不复返（412）。

爱情的式微。斯万很想去旅行（412）。贝利尼画的穆罕默德二世（414）。斯万对福什维尔的妒意（415）。一封匿名信（415）。心境平静时期妒意的发作：《大理石交际花》（420），布雷奥代（421），韦尔迪兰夫人（422）。盘问奥黛特与女人的暧昧关系（422）。奥黛特漏出别的情节（423）。福什维尔在巴黎－穆尔西亚募捐日去过她家；奥黛特一直瞒着斯万（431）。有些夜晚奥黛特变得很殷勤（434）。斯万去幽会屋打探消息（434）。奥黛特出门旅游使斯万感到暂时的宁静（435）。戈达尔夫人告诉斯万，奥黛特喜欢他（438），这加快了斯万心灵伤口的愈合。斯万爱情的衰退（439）。他在心里与这个给他带来痛苦的奥黛特道别：梦见拿破仑三世和奥黛特在一起，韦尔迪兰夫人，福什维尔（441）。他要去贡布雷和德·康布尔梅夫人见面（443）。出发前，又想起刚才的梦，奥黛特的形象浮现在眼前，那是一个不合他口味的女人（445）。

第三部　地方与地名：地名

地名引起的遐想。贡布雷的卧室（447）。巴尔贝克海滨大酒店的房间（447）。真实的巴尔贝克与想象中的巴尔贝克（447）。勒格朗丹和斯万描述的巴尔贝克（448）。一点二十二分那班特别够意思的列车（450）。对佛罗伦萨春天的憧憬（450）。语词与名字（452）。从佛罗伦萨到威尼斯的旅行计划（455）。佛罗伦萨的景象（456）。威尼斯的遐想（457）。医生不许我外出旅行；他还严禁我去看拉贝玛的歌剧（459）。

在香榭丽舍。红棕色头发的小姑娘（460）。吉尔贝特的名字（460）。捉人游戏（461）。天气（462）。我要去香榭丽舍吗？（462）下雪天（463）。读《论坛报》的女人（464）。吉尔贝特的出现，她飞快地奔来（465）。“不，不，我们知道您喜欢在吉尔贝特的那一队”（466）。盼望再见到她（467）。想念中的吉尔贝特和现实中的吉尔贝特像两个不同的人（468）。友情的表示：仿玛瑙的弹子（470）；贝戈特写拉辛的小册子（470）；“您呢，叫我吉尔贝特就行。”（471）为什么这些友情的表示没有给我带来期待中的幸福（472）。冬日里春光明媚的一天：喜悦与失望（472）。我们没法确准吉尔贝特从哪个方向来（473）。贡布雷的斯万变成了一个全新的人物：吉尔贝特的父亲（474）。吉尔贝特带着令我痛苦的喜悦告诉我，元旦之前她不来香榭丽舍了（476）。我的忧伤；我陶醉于吉尔贝特给我写信的想象中（476）。现在我是因吉尔贝特而爱贝戈特了（478）。我时时刻刻在操心，想在她眼里显得更有面子些（479）。我和吉尔贝特的友情中，是我在单相思（480）。斯万的名字（481）。斯万在三区商场遇见我母亲，对她提到了香榭丽舍（482）。我和弗朗索瓦兹去布洛涅树林附近朝圣斯万家的屋子（485）。

斯万夫人在布洛涅树林。刺槐小道（486）。女性的优雅（487）。斯万夫人与众不同的装束打扮（487）。奥黛特·德·克雷西（489）。1913年11月一个早晨穿越布洛涅树林之行（491）。时尚的改变（495）。人们无法在现实生活中寻找记忆中的景象（496）。一切都如往日的岁月那般转瞬即逝（498）。

时间在艺术中永存

英国文学评论家康诺利在《现代主义代表作100种》中，把《追寻逝去的时光》誉为“百年一遇的杰作”。

马塞尔·普鲁斯特（1871.7—1922.11）出生在巴黎一个艺术气氛浓厚的家庭，但从小就因哮喘病而被“逐出了童年时代的伊甸园”。他的气质是内向的，敏感到了近于病态的程度。他受外祖母和母亲的熏陶，喜欢塞维涅夫人、乔治·桑和英国维多利亚时代的一些作家；他又受中学老师的影响，推崇17世纪的法国古典作品。他倾心于圣西门、巴尔扎克、波德莱尔和福楼拜；一度还热衷于英国作家约翰·拉斯金论述建筑和艺术的作品。从中学毕业到父母去世的这段时间（1889—1905年），普鲁斯特经常出入上流社会的社交圈（对此他后来颇感愧疚，但这段经历毕竟让他有充裕的时间和很好的机会，对日后作品中的人物做了细致而独到的观察），为报刊撰写有关贵族沙龙生活的专栏文章，发表评论、小说和随笔，模仿心仪的作家写些习作，还按照母亲建议的直译原则，字斟句酌地翻译了拉斯金的两部著作《亚眠的圣经》和《芝麻与百合》。他周围的熟人都以为小普鲁斯特只是写着玩玩。然而，他不断地做笔记，积累素材，1896—1900年间断断续续在练习本上写下了自传体长篇小说《让·桑得伊》的草稿。直到1950年（作者去世二十八年以后）人们整理普鲁斯特留下的一大堆文件时，无意间发现了《让·桑得伊》的手稿，才于1952年汇集出版。在这部作品中，我们已经可以找到《追寻逝去的时光》中的不少特征。一些使普鲁斯特魂牵梦萦的场景，日后会以更为完美的形式写下，而在这里已经初露端倪。

《让·桑得伊》中的观察者已是一位大师。然而普鲁斯特并不满足于观察。他以时间作为主题，用生命的最后十五年写出了令人叹为观止的杰作《追寻逝去的时光》。这是一部“追根溯源重现法兰西思想的每个时期”（乔治·普莱语）的巨著，其意义是嗟叹韶光易逝、追怀个人遭际的感世之作所不能同日而语的。

他是柏格森的姻亲，并深受这位膺获诺贝尔文学奖的法国哲学家的影响。柏格森创造了“生命冲动”和“绵延”这两个哲学术语，来解释生命现象。他认为，生命冲动即绵延，亦即“真正的时间”或“实际时间”，它是唯一的实在，无法靠理性去认识，只能靠直觉来把握。普鲁斯特接受了柏格森的观点，认为“正像空间有几何学一样，时间有心理学”。每个人毕生都在与时间抗争。我们本想执着地眷恋一个爱人、一位朋友、一些信念；遗忘却从冥冥之中慢慢升起，湮没我们种种美好的记忆。但我们的自我毕竟不会完全消失；时间看起来好像完全消失了，其实并非如此，因为它在同我们自身融为一体。这就是普鲁斯特的主导动机：寻找似乎已经失去，而其实仍在那儿、随时准备再生的时间。普鲁斯特用了*À la recherche du temps perdu*（《追寻逝去的时光》）这么个哲学味道很浓、相当柏格森化的书名，就再清楚不过地点明了这部卷帙浩繁的作品的主题。

本书书名的翻译，1991年的中译本为《追忆似水年华》。英译本*Remembrance of Things Past*（意为“往事的回忆”）从20世纪20年代起开始问世，1992年企鹅出版社出版修订本时，易名为*In Search of Lost Time*（意为“追寻逝去的时光”）。德文译本*Auf der Suche nach der verlorenen Zeit*、西班牙文译本*En busca del tiempo perdido*、意大利文译本*Alla ricerca del tempo perduto*、日文译本《失われた時を求めて》，均意为“追寻逝去的时光”。

逝去的时光，怎样去寻找呢？普鲁斯特在1908年计划写作这部作品的同时，先着手写了另一部“关于小说的小说”《驳圣伯夫》。他在序言中写道：

对于智力，我越来越觉得没有什么值得重视的了。我认为作家只有摆脱智力，才能在我们获得的种种印象中将事物真正抓住，也就是说，真正达到事物的本身，得到艺术的内容。智力以过去的时间的名义提供给我们的东西，未必就是那样东西。我们生命中的每一时刻一经过去，立即寄寓并隐匿在某件物质对象之中，就像民间传说中的灵魂托生那样。生命的每一刻都囿于某一物质对象，只要这一对象没被我们发现，它就会永远寄寓其中。我们是通过这个对象来认识生命的那一时刻的；它也只有等到我们把它从中召唤出来之时，方能从这个物质对象中脱颖而出。而它囿于其间的对象——或者不如说感觉，因为对象是通过感觉与我们互相关联的，我们很可能无从与之相遇。因此，我们一生中有许多时间，很可能就此永远不复再现。

普鲁斯特的一大贡献，在于他出示给人们一种回忆过去的方式，那就是不由自主的回忆。自主的回忆借助于智力和推理，是不可能使我们感到过去再现的。只有不由自主的回忆，才能通过当时的感觉与某种记忆之间的偶合（无意识联想），使我们的过去存活于我们现在感受到的事物之中。

我曾在乡间一处住所度过许多个夏季。我不时在怀念这些夏季，……对我来说，它们很可能已经一去不复返，永远消逝了。就像任何失而复现的情形一样，它们的失而复现全凭一种偶合。有一天傍晚，天在下雪，我从外面回来，在屋里坐在灯下准备看书，但一时没法暖和过来。这时，上了年纪的女佣建议我喝杯热茶；而我平时是不大喝茶的。完全出于偶然，她还给我拿来几片烤面包。我把面包片放到茶水里浸了浸，放进嘴里；我嘴里感到它软软的浸过茶的味道，突然，我产生了一种异样的心绪，感到了天竺葵和香橙的芳香，一种无以名状的幸福充满了全身；我动也不敢动，唯恐在我身上发生的不可思议的一切会就此消失；我的思绪集中在这片唤起这一切奇妙感觉的浸过茶的面包上，骤然间，记忆中封闭的隔板受到震动松开了，以前在乡间住所度过的那些夏天，顿时涌现在我的意识之中，连同那些夏天美好的早晨，一一再现了。我想起来了：原来我那时清晨起来，下楼到外祖父屋里去喝早茶，外祖父总是把面包干先放进他的茶里蘸一蘸，然后拿给我吃。但是，这样的夏季清晨早已成了过去，而茶水泡软的面包干的感觉，却成了那逝去的时间——对智力来说，它已经成为死去的时间——躲藏隐匿的所在。

《驳圣伯夫》中的这段文字，后来扩展改写成了《追寻逝去的时光》中“玛德莱娜小蛋糕”那个有名的段落。普鲁斯特要告诉我们的是，逝去的时光就是这样寻找回来的，而它一旦被找了回来，也就被我们战胜了，因为属于过去的实际时间，已经转化成了心理时间，作家正是在此刻，才感到自己征服了永恒。任何事物只有以其永恒的面貌，亦即艺术的面貌，才能被真正领悟和保存：这就是《追寻逝去的时光》的写作主旨。而在普鲁斯特看来，这种偶合是可遇而不可求的，因而“一旦那一切是经过有意识的观察而得到的，诗意的再现就全部丧失了”。

鸿篇巨制《追寻逝去的时光》有如一部看似信手写来、不讲章法，实则结构严谨、气势恢宏的交响乐。

小说一开头，叙述者醒来后躺在床上。童年时代的回忆，在贡布雷姨婆家的生活情景，清晰地重现了出来。然后小说的时间倒退十多年，我们看到了他家的朋友斯万与奥黛特之间的一段恋情。斯万的女儿吉尔贝特，后来是叙述者在巴黎时单恋的对象（第一卷《去斯万家那边》）。他经常到斯万家去，可是吉尔贝特对他时冷时热，渐渐他也对她冷了下来。有一天，他在巴尔贝克海滨遇到一群少女，并结识了其中的阿尔贝蒂娜（第二卷《在少女们身旁》）。回到巴黎后，他对盖尔芒特公爵夫人产生了强烈的感情，并应邀去公爵夫人府上做客。外婆去世后，他与阿尔贝蒂娜关系亲密起来，在对蒙着神秘面纱的贵族生活有所了解以后，他感到怅然和失望（第三卷《盖尔芒特家那边》）。重返巴尔贝克，他意外地发现了阿尔贝蒂娜是同性恋者的隐情。他觉得到处都是罪孽和不幸（第四卷《索多姆和戈摩尔》）。阿尔贝蒂娜答应和他一起到巴黎同居。他感到自己负有文学使命，同时又无法摆脱由阿尔贝蒂娜引起的妒意（第五卷《女囚》）。他感觉到阿尔贝蒂娜似乎正从他身边离去。不料有一天，她当真不见了。他得知她死于骑马失事后，很想念她，想在别的少女身上找到她的影子（第六卷《失踪的阿尔贝蒂娜》）。第一次世界大战爆发，他伤感地看到社会的变化，觉得自己在文学上的使命感似乎幻灭了。然而在一次社交性的晚会上，发生了一连串偶然的事情，使他骤然间产生了一个意想不到的灵感：通过一部作品来重现过去的时光。于是他又回到全书的开头，成了那个醒着躺在床上的人（第七卷《找回的时间》）。因而，这部作品既是小说本身，同时又是叙述者（作者）完成这部小说的心灵历程的记录。

普鲁斯特曾把这部作品的结构比作大教堂："我曾经想过为我的书的每一卷分别选用如下标题：《大门》《后殿彩画玻璃窗》，等等。这部作品唯一的优点正在于它的整体，它的每个细小的组成部分都很结实……"确实如此，在这部作品里有那么多精心安排的对称结构，那么多在两翼相呼应的细部，又有那么多石块在开工伊始就码齐放正，准备承受日后的尖拱，所以当我们看到最后竣工的这座大教堂——厚厚七卷的《追寻逝去的时光》，看到"无形无色、不可捕捉"的时间凝固为物质的时候，我们会很自然地想起法国作家安德烈·莫洛亚那句精辟的论断："对于1900年到1950年这一历史时期而言，没有比《追寻逝去的时光》更值得纪念的长篇小说杰作了。"如果考虑到莫洛亚以后的小说创作状况，我们甚至不妨说，这一历史时期还可以再延长五十年。

杰作的命运常常是坎坷的。1912年，普鲁斯特将已写成的一千多页手稿（《去斯万家那边》《盖尔芒特家那边》和《找回的时间》）托人送交负责《新法兰西评论》的著名作家纪德，但纪德拒绝推荐出版这部小说。在其他几家出版社，普鲁斯特也都遭到冷遇。事隔两年以后，纪德意识到自己犯了一个极其严重的错误，他致信普鲁斯特，诚恳地表示愿意出版这部小说。纪德后来在文学评论集《偶感集》中这样写道："普鲁斯特的文章是我所见过的最讲究艺术的文章。艺术一词如果出自龚古尔兄弟之口，会让我觉得可厌。但是一想到普鲁斯特，我就对这个词丝毫也不反感了。"这位曾指斥罗曼·罗兰"没有风格"的文坛泰斗，对普鲁斯特的风格给予极高的评价："我在普鲁斯特的风格中寻找不到缺点。我寻找在风格中占主导地位的优点，也没有找到。他有的不是这样那样的优点，而是无所不备的一切优点……他的优点不是先后轮流出现，而是同时一齐出现的。他的风格灵动活泼，令人惊叹。任何另一种风格和他的风格相比，都显得黯然失色、矫揉造作、缺乏生气。"

确实如此，普鲁斯特的风格并非单一的一种风格，无论叙事状物还是人物的对话，他都有着不同的处理。曾经被人诟病为"臃肿冗长"的长句，在他的笔下不仅是必要的，而且是异常精彩的，因为他确实有那么多纷至沓来、极为丰赡的思想要表达，确实有那么些错综复杂、相当微妙的关系和因由要交代，而这一切，也只有他的笔才能写得如此从容，如此美妙。普鲁斯特的这种写法，是很少有人能够仿效的，因为，倘若要像他那样去写，首先就得有像他那样层次丰富而多变化的细腻感受才行。翻译他的作品，是一个既艰苦又愉悦的过程。每译几段，我总会预感到前面有美妙的东西在等着我；那些无比美妙的东西，往往有层坚壳裹着似的，要使劲（常常是使出浑身解数）打开壳，才会惊喜地发现里面闪光的内容。

普鲁斯特自小患有哮喘病，随着年岁的增长，病情愈来愈严重。从三十五岁起，他已无法像正常人那样生活，由于备受哮喘和失眠的折磨，他杜绝了一切社交活动，几乎足不出户地过着自我幽禁的生活。为了避免声音的干扰，房间的墙壁全都加上了软木贴面；为了避免植物气味对气管的刺激，窗户从早到晚关得严严实实。《追寻逝去的时光》正是普鲁斯特在生命的最后十五年，在这种常人几乎无法想象的境况中写成的。“幸福的岁月是失去的岁月，人们期待着痛苦以便工作。”普鲁斯特的这句话，有一种悲壮的美。

普鲁斯特以他的天赋和心血，使逝去的时光在他笔下得以重现，使时间在艺术中复活并永存。然而，要让他感受到的时间在使用另一种语言的读者心中复活，到今天为止还是一个相当艰难、尚未完成的使命。

在将近一年的犹豫和准备后，花了一年半时间译就的这部《去斯万家那边》，仅仅是全书七卷中的第一卷。这一卷的翻译过程中，凝聚着许多朋友的心血，其中张文江先生和涂卫群女士自始至终提灯照明般地披阅译文初稿并提出许多中肯的意见，王安忆女士也对部分译文做了仔细的修改，没有这些朋友的关心、鼓励和无私帮助，译稿是不可能有现在的面貌的。我感受到友情的可贵，也从另一个角度体会到了普鲁斯特小说的独特魅力。

周克希

2003年7月

图书在版编目（CIP）数据

追寻逝去的时光．第一卷，去斯万家那边 /（法）马塞尔·普鲁斯特著；周克希译．-- 南京：江苏凤凰文艺出版社，2020.3（2021.12 重印）
ISBN 978-7-5594-4377-9

Ⅰ．①追… Ⅱ．①马… ②周… Ⅲ．①长篇小说－法国－现代 Ⅳ．① I565.45

中国版本图书馆 CIP 数据核字 (2020) 第 002566 号

追寻逝去的时光．第一卷，去斯万家那边

［法］普鲁斯特 著　　周克希 译

责任编辑　丁小卉
特约编辑　张楚悦
装帧设计　刘小梅
内文插画　汪　芳
责任印制　刘　巍
出版发行　江苏凤凰文艺出版社
　　　　　南京市中央路 165 号，邮编：210009
网　　址　http://www.jswenyi.com
印　　刷　大厂回族自治县德诚印务有限公司
开　　本　890×1270 毫米 1/32
印　　张　16.5
字　　数　362 千字
版　　次　2020 年 3 月第 1 版
印　　次　2021 年 12 月第 2 次印刷
标准书号　ISBN 978-7-5594-4377-9
定　　价　50.00 元

三个圈独家文学手册

A la recherche du temps perdu

追寻逝去的时光

精华读本

三个圈经典文库

A la recherche du temps perdu

追寻逝去的时光

精华读本

本册摘录了《去斯万家那边》《在少女花影下》《女囚》中的一些主线情节段落和精华段落。为使读者快速了解《追寻逝去的时光》的主线剧情，体味其独特的语言风格，部分段落有删减。

去斯万家那边

有很长一段时间，我早早就上床了。有时，刚吹灭蜡烛，眼皮就合上了，甚至没来得及转一下念头："我要睡着了。"但过了半小时，我突然想起这是该睡觉的时候呀，于是就醒了。

当我像这样醒来的时候，我的思绪非常活跃，枉然地想弄清楚这是在哪儿，一切的一切，事物，地域，岁月，都在黑暗中围绕我旋转。压麻了的半边身子，试图猜出它所在的方位，比如说，想象这是冲着墙躺在一张有盖顶的大床上，于是我马上会想："这不，妈妈没来跟我说晚安，可我还是睡着了。"这是在外公乡下的家里，他已经死了好几年了；而我的身体，压在床上的一边，却把那些岁月忠实地保存在那儿，让我看见天花板上用细链悬着的、有波希米亚玻璃灯罩的壶状通宵灯的火苗，回想起我在贡布雷外公外婆家卧室里的那座锡耶纳大理石的壁炉，此刻浮现在我眼前的这些遥远的情景，一下子看不很真切，但待会儿我完全醒过来了，会看得清楚的。

我把夜的绝大部分时间，用来回想往日。

在贡布雷的时候，晚餐过去了，眼看快要下雨，所有的人就都回到小客厅。这所有的人中不包括外婆，她觉得“在乡下还关在屋子里，那真是可悲呀”。不管天气如何，哪怕外面下着倾盆大雨，她也要到花园里去。弗朗索瓦兹冒着雨，忙不迭地将那几把珍贵的柳条椅搬进屋，生怕它们淋湿，可外婆依然待在空空荡荡、骤雨抽打的花园里，撩起蓬乱、灰白的发绺，昂首接受风雨的洗礼。她大声说着：“啊，总算可以透口气了！”在泥泞的小径上一路小跑——按她的趣味，新来的园丁把这些小径安排得过于对称了；就这么个对大自然缺乏感觉的园丁，我父亲却从早晨起就开始向他咨询天气会不会转好——她兴致很高，连蹦带跳，节奏的律动取决于不同的心灵反应：狂风骤雨的刺激，健身锻炼的益处，我所受教育的愚蠢，花园布局的呆板；至于那条紫色的长裙，她可没想到应该当心别溅上泥浆，她的心思根本没在这上头，结果泥浆总是越溅越高，给她的女仆留下绝望和无奈。为了逗逗她，我姑婆朝她喊道：“芭蒂尔德！快来呀，你丈夫要喝白兰地了！”

到后来大家都没心没肺地当作了笑资，一个个开开心心地加入到作弄者的行列，还浑不以为是在作弄人；我当时气得要命，恨不得去打姑婆几下。可是，等我成了个男子汉，一听到“芭蒂尔德，快来呀，你丈夫要喝白兰地了！”的喊声，我反而变得懦怯了；也就是说，见到苦难和不平，我的做法就会跟每个成年男子一样：闭上眼不去看它们。我爬到屋子顶层，躲在书房隔壁的一个小间里暗自抽泣，里面有股鸢尾花香，还有一株野生的黑茶藨子树从石墙的缝隙里钻出来，将一条花枝探进半开的窗户，留下它的芬芳。

我上楼去睡觉时，心中感到的唯一安慰，就是躺上床以后，妈妈会来吻我跟我说晚安。可是这当口，尽管晚餐铃声还没响，外公却在无意中说了句很残忍的话：“小家伙看样子困了，该上去睡觉了。再说今晚开饭也晚喽。”父亲本来就不像外婆和母亲那样守信用，他也说：“对，去吧，睡觉去。”我想去亲亲妈妈，可就在这时候，开饭的铃声响了。“好啦，行了，别去缠妈妈了，你不是已经道过晚安了吗，再来一遍多可笑。行了，上楼去！”于是我只好孤苦无告地离开餐厅；每跨一级楼梯，我心里就像俗话说的那样，一百二十个不情愿，我多想回到妈妈身边去啊，因为她还没亲过我，还没让我的心得到随我上楼的许可。我写了封信给母亲，央求她上楼来一下，有件很要紧的事情不能在信上说。

我心头怦怦直跳，每一分钟都变得比前一分钟更痛苦，因为我越是要强迫自己平静下来接受这不幸，就越是激动和烦躁。突然间，我的焦虑消释了，一股幸福感向我袭来，就像一种强效的药剂开始起作用，很快祛除了我们的病痛：我下了决心，不见到妈妈不睡觉，等她上楼睡觉的时候，我无论如何要去吻她一下，哪怕事后她肯定会有好长一段时间不理我，我也要这么做。焦虑消除过后的这种平静，使我处于一种异常欣悦的状态，其强烈的程度，堪与先前的等待、渴求以及临危的恐惧感相比。我悄悄打开窗子，坐在床脚跟前，几乎不敢动，生怕下面听见我的声音。窗外的景物，仿佛也凝固在一种默默的等待之中，唯恐惊扰了月亮的清辉。

我悄没声儿地走进过道，心怦怦直跳，几乎连步子都迈不开，但至少这不再是焦躁不安的心跳，而是由于过于兴奋的缘故。我看见楼梯口射上来蜡烛的火光。随后我看见了妈妈，我扑上前去。她先是一愣，惊异地望着我，不明白这是怎么回事。而后她脸上显出怒容，一句话也不对我说，实际上她为了更小的事情，也会好几天不理我。要是妈妈对我说一句话，这固然是理我了，但也许是更可怕的征兆，预示着即将来临的惩罚异常严厉，跟它相比，不理也好，生气也好，都是无足轻重的了。她若说一句话，语气一定会像她已经决定辞退一个仆人，回答他的问话时那么冷静；一个母亲送儿子去服兵役时会跟他吻别，若她只想跟儿子怄两三天气，是不会吻他的。这时，妈妈听见爸爸换好衣服出更衣室上楼来了，她不想看我挨爸爸的训斥，又气又急地冲我说：“快跑，快跑，你像个疯子似的等在这儿，爸爸看见还了得！”可我一个劲儿地说：“来跟我说声晚安吧。”同时惊恐地看着父亲的烛光正在沿着墙壁升上来。这时，我不由得把父亲上楼当作一种要挟的手段，要让妈妈知道她再不答应我，父亲就会发现我待在过道上，指望她为了避免发生这种情况，会软下来对我说：“你先回卧室去，我待会儿来。”但是太晚了，父亲已经站在了我们面前。我脱口而出，嘀咕了谁也没听见的这么一句：“这下完了！”

那已经是好多年以前的事了，贡布雷，除了与我的睡觉有关的场景和细节之外，在我心中早已不复存在。但有一年冬天，我回到家里，妈妈见我浑身发冷，说还是让人给我煮点茶吧，虽说平时我没有喝茶的习惯。我起先不要，后来不知怎么一来改变了主意。她让人端上一块点心，这种名叫小玛德莱娜的、小小的、圆嘟嘟的甜点心，那模样就像用扇贝壳瓣的凹槽做模子烤出来的。天色阴沉，看上去第二天也放不了晴，我心情压抑，随手掰了一块小玛德莱娜浸在茶里，下意识地舀起一小匙茶送到嘴边。可就在这一匙混有点心屑的热茶碰到上颚的一瞬间，我冷不丁打了个颤，注意到自己身上正在发生奇异的变化。我感受到一种美妙的愉悦感，它无依无傍，倏然而至，其中的原由让人无法参透。这种愉悦感，顿时使我觉得人生的悲欢离合算不了什么，人生的苦难也无须萦怀，人生的短促更是幻觉而已。我就像坠入了情网，周身上下充盈着一股精气神：或者确切地说，这股精气神并非在我身上，它就是我，我不再觉得自己平庸、凡俗、微不足道了。如此强烈的快感，是从哪儿来的呢？我觉着它跟茶和点心的味道有关联，但又远远超越于这味道之上，两者是不能同日而语的。它究竟从何而来？它意味着什么？怎样才能把握它、领悟它？我喝了第二口，没觉得跟第一口有什么不同，再喝第三口，感觉就不如第二口了。该停一下了，这茶的美妙之处似乎在消减。很清楚，我要找的个中真谛并不在茶里面，而是在我自身里面。这热茶唤醒了它，但我还不认识它，于是只能一次又一次、劲道随之减弱地重复这一现象。我不知道怎么说明这一现象，只能希望同样的感觉至少再有一次毫不走样地重现，即刻被我攫住，得出一个明确的解释。我放下茶杯，让思绪转向自己的心灵。只有在内心才能找到真谛。可是怎么找呢？心灵是个探索者，同时又正是它所要探索的那片未知疆土本身，它的本领在那儿根本无法施展；我没有丝毫把握，总觉得心有余而力不足。只是探索吗？不仅如此：还得创造。它所面对的，是某种尚未成形、唯有它才能了解并阐明的东西。

贡布雷教堂的彩绘玻璃窗，愈是阳光不足的日子，愈是显得绚丽多彩，以致逢到外面天阴的时候，我总料定教堂里是光灿灿的。

有一扇彩绘大玻璃窗，整个儿只画了一个纸牌里国王模样的人物，他就在那上面待着，头上是教堂建筑的拱盖，一副顶天立地的架势；另一扇彩绘大玻璃窗上，画着一座粉红色的雪山，山下是打仗的场面，积雪仿佛把彩绘玻璃给冻住了，雾凇也似的雪子使彩绘玻璃变得胖鼓鼓的，宛如普通房舍的玻璃窗上结满雪花，被晨曦照得发亮的模样（想必也正是这晨曦，给祭坛后面的彩屏抹上了一层分外娇艳的颜色，看上去仿佛那色彩并不是石料装饰屏上所固有的，而是由教堂外面行将收敛的晨光临时染上的）。所有这些彩绘玻璃窗，都已年代悠远，随处可以见到历经世纪沧桑的积尘，在荧光烁烁地显示着它们的年岁，由一扇扇彩绘玻璃窗织成的这幅美妙的挂毯，的确光亮灿烂，但也磨勚到了经纬毕露的地步。

只见这排彩绘玻璃迸射出孔雀开屏般色彩缤纷的亮光，颤颤悠悠地波动起来，形成一道火红的奇异的雨帘，从幽暗的石头拱顶，沿着潮湿的墙壁往下流淌，仿佛我正置身于怪石嶙峋、虹光闪动的大岩洞里，跟随着手捧祈祷书的父母在洞穴的平地上往前走；俄顷，那些菱形小格玻璃都变得异样的清澈透明，有如并排镶嵌在一副硕大无朋的古罗马胸甲上的蓝宝石，显得坚硬无比，然而在它们背后，你又可以感觉到有一样比所有这些奇珍异宝更可爱的东西，那就是偶尔亮出的太阳的笑脸。

外婆让我别老待在屋里，哪怕天气燠热得眼看就要变天，哪怕暴风骤起或阵雨飘然降临，她总是劝我出去活动活动。我放不下手上的书，就是到了花园，也还继续往下读；大栗树下有个用草帘和帆布遮荫的凉棚，我捧着书坐在凉棚最里面，觉得这样一来，就会消失在那些拜访父母的来客眼皮底下了。我的思想难道不也像这样一个所在，我置身其中观察外界发生的事情，不也会感觉到自己仿佛消失了吗?

我发现了另一种乐趣，那就是安静地坐着吮吸空气中的馨香，不受任何来客打扰的乐趣；每当圣伊莱尔教堂钟敲整点，眼看着下午的时光在一声声钟响中流淌，最后听见那下可用以累计总数的钟声之时，我也总能感觉到这种乐趣，随后那段长长的静谧，仿佛标志着蓝天保留给我看书的那个时段的起始，它让我能把手中的书一直读下去，直到弗朗索瓦兹准备好可口的晚餐，把跟书中人物同命运共呼吸的我从紧张和疲劳中解脱出来。每小时钟响，我都觉得上次的钟声离此刻也才一会儿工夫；这次的钟声，在天空中紧挨在上次的钟声边上，我简直没法相信，这两根金色刻度之间小小的一角蓝弧，居然能容纳下整整六十分钟。有时候时间不知不觉地过去，钟声比上一次多敲了两下；这就是说，有一次敲钟我没有听见，一件明明发生过的事情，对我来说竟然没有发生；阅读的兴味，有如沉睡一般美妙，竟然把我的耳朵变得迷迷糊糊，把宁静的蓝空中金灿灿的大钟也抹去了。在贡布雷花园大栗树下度过的美好的星期天下午呵，我细心地摈除了所有的日常琐事，让自己置身于一个有活水流淌的异国他乡，用冒险的生活和奇妙的憧憬来充实你们这些下午。现在每当我想起你们，种种冒险生活就又浮现在眼前，原来你们保存着这些生活，一点一点地勾勒出它们的轮廓——在我一页页读着手边的书，夏日的炎热也渐渐消退之际——让它们慢慢地变幻，穿越树叶斑驳的光影，穿越你们静谧得唯有天籁可闻、芬芳而透明的一个又一个小时，相继凝聚在莹润的水晶里。

这时，厨房里已经开始打理晚餐，弗朗索瓦兹支配着自然之力，它们成了她的下手，犹如梦幻剧中的巨人装扮成了厨师，砸煤生火，给待煮的土豆提供蒸汽，让一道道主菜火候恰到好处，这些美味佳肴事先作过精心加工，在形形色色的大缸小缸、大锅小锅、长方形鱼锅、制糕点模具、炖野味罐钵乃至小巧玲珑的奶油壶里经受过洗礼，其间还使用过大大小小各种尺寸的整套平底锅。料理台前，帮厨女工刚剥出来的豌豆，小小的豆粒排在一起，好似台球桌上绿色的台球；那些云青似染、粉红如洇的芦笋，穗状花序纤细地描出浅紫和天蓝，而后色彩渐次呈现直至根部——根上还带有植株的泥土呢——犹如人间不应有的虹彩。这些来自天际的色彩变幻，依稀让人看见一群可爱的小精灵，为取乐而变成蔬菜。透过它们新鲜可口的茎叶的伪装，在晨曦微露、彩虹初现、夜色由蓝转黑的光色嬗变中，可以瞥见那珍贵的精华。这时弗朗索瓦兹正在一根铁扦上烤她的母鸡，只有她才知道怎样把母鸡烤得恰到好处，因此她的美名也就随着这些母鸡香飘贡布雷了。

在少女花影下

我放弃了外交官的前程，选择了文学，母亲很担心。“你就别管了，”父亲大声说，“干什么事都得有兴趣才行。再说，他已经不是小孩子。他知道自己的兴趣是什么，不会再改了，他应该明白怎样才能生活得舒心而有意义。”以后生活得舒心不舒心，先不去管它，反正父亲让我自己做主的这番话，当天晚上折腾得我不得安生。尽管这种出乎意外的亲切让我一时激动得想抱住他，吻他胡子上方红润的脸颊，只是怕他不高兴才忍住了。我就好比一个作者，眼看平时浮现脑际的种种思绪，因其尚未脱离自己而显得并无多大价值的种种遐想，竟然要让出版商费神挑选纸张，用说不定过于漂亮的字体来印刷，心里有些惴惴不安；我自问我的写作冲动是否真有那么重要，值得父亲给予这样的关爱。可是，他说我的爱好不会再改变，说我会让自己生活得舒心，却引起我忧心忡忡的两点猜疑。一是父亲这么说，言下之意是（尽管我每天都觉着还站在全新的生活的门槛前面，它将从明天才开始）我的生活已经开始，而且今后的生活不会再有多大改变。第二点其实只是上面一点换了个形式，那就是我已不再置身于时间之外，而是受它制约，有如小说中的人物一样，当我在贡布雷把身子埋在遮阳柳条椅里读小说，关注着那些人物的生活的那会儿，我曾为他们无法挣脱时间的摆布而伤心过。从道理上说，我们知道地球在转动，可事实上我们感觉不到这转动，我们行走时，脚下的地面看上去根本没在动，让人尽可放心。在生活中，时间也正是如此。小说家为了让读者感觉到时间的流逝，非得把时针拨得飞快，叫人在十分钟里过完十年、二十年、三十年不可。在这一页的开头，某人还是个充满憧憬的恋人，可到了下一页的末尾，我们看到他已是八十老翁，在一座养老院的院子里步履蹒跚地散步，往事已不记得，人家的问话也不搭理了。父亲说的我“已经不是孩子，兴趣不会再变”云云，让我一下子觉得自己置身在时间之中，虽然还不是养老院里智能衰退的老人，也已经是那些小说中的主人公，由着作者以漠然（因而更残忍）的口吻在书末告诉读者：“他离开乡间的次数愈来愈少，就在这儿终老了……”

一天邮差来过后，母亲拿来一封信放在我床上，我一看，信末的署名正是吉尔贝特。可我知道，我不可能收到她的信，所以即便看见她的签名，我还是不相信，也不感到喜悦。片刻间，我只觉得周围的一切都变得虚幻了。这个难以置信的签名，以令人眩晕的速度打着转，床啊，壁炉啊，墙壁啊，都跟着一起转圈。看出去所有的东西都在摇晃，就像一个人从马背上摔下时的感觉。我心想也许真有另外一种生活，和我熟悉的生活迥然不同、格格不入，但它是真实的，它蓦然显现在我眼前，将一种踌躇充塞我的脑际，当初雕塑家在《末日审判》中塑造置身天堂门口的死而复生的人时，曾赋予他们这种踌躇的表情。我读这封信时，巨大的幸福降临了。但是我的心灵，也就是我自己，总之这主要的当事人，却还一无所知。这幸福，由吉尔贝特给予的这幸福，是我心心念念想着、时时刻刻念着的东西，我的思想无法一下子吸收它。但从我读完信那一刻起，我就想着它，它成了我思念的对象，我对它充满爱恋，每隔五分钟就会情不自禁地再读一遍，再吻一次。这样，我认识了自己的幸福。

就这样，我随时可以见到吉尔贝特了 —— 心中怀着欣喜，但并不宁静。爱情中是无宁静可言的，原因在于你所得到的永远只是你的欲求的一个新起点而已。爱情中有一种永恒的痛苦，欢乐冲淡了它，使它显得虚缈、遥远，但是它随时有可能以本来的面目狰狞地出现在你面前——要不是你一度得到过你所想望的东西，你早就该看见它了。

我最后一次去看吉尔贝特，正好下雨。她眼里没有半点笑容，嘴角不再漾起一丝笑意，真让人说不出她那忧郁的眼神和阴沉的脸有多么单调，有多么让人扫兴。这张几乎变丑的脸，此刻犹如海水业已退去的落寞乏味的海滩，亘古不变的地平线匝住那片始终一模一样的反光，让你看得发腻。等了好几个钟头，吉尔贝特的脸色总也不见转晴。我一发狠劲，猝然决定以后不再见她。

后来，吉尔贝特带给我的忧伤早就消逝了，可每到五月，当我从那个日晷似的钟面上看到指针指在十二点一刻和一点之间的时候，我的心里充满快乐，斯万夫人站在伞下，宛如在紫藤棚架斑驳的光影中和我交谈的情景，依稀又浮现在眼前。

在那条铺着细沙的小路上，只见姗姗来迟的斯万夫人脚步轻缓地款款而行，犹如只在正午盛开的最美的花儿，周身繁丽的衣饰，色彩每次不同，但我记得最牢的是淡紫色；她举起长长的伞柄，在最为光彩动人的那一刹那，撑开一把宽幅阳伞的绸面，上面是跟长裙上的花瓣同样的颜色。在她周围是一队随从；其中有斯万，还有四五个上午去她府上或是她在路上碰到的俱乐部成员：这支黑灰相间的驯顺队伍，簇拥着奥黛特近乎机械地前行，仿佛一副没有生命的框架将她围在中央往前移动，让人觉得这个唯一目光炯炯的女人正越过这些男人，犹如越过面前的窗户注视着前方，她纤弱而无畏，浑身上下闪耀着柔和的色彩，就像是属于一个不同的、陌生的、尚武的种族，而她就凭此孤身与众多的随从相抗衡。

日出陪伴着我的旅途，就像煮鸡蛋、带插图的报纸、纸牌以及那些河流一样 —— 船在河里使劲往前却始终不动。就在这时，我从车窗看出去，只见黑黝黝的小树林上方，有几片凹形的云朵，柔和的云絮是粉红色的，那是一种凝定的、沉寂的粉红色，仿佛鸟翼羽毛的颜色，或者画家即兴涂在画布上的一抹色彩那样，就此不变了。但是我却感觉到，这片色彩既不呆滞，也不随意，它是势所必然的，充满生机的。不一会儿，只见云彩背后聚集起了大团的光亮。云彩变得鲜艳了，天空呈现出一种浅浅的肉红色，我把脸贴在车窗玻璃上，想看得更清楚些，因为我觉得它和大自然深邃的存在有着一种联系。但是铁路轨道转向了，列车拐了个弯，车窗中的拂晓景色不见了，取而代之的是月光下的村庄蓝蒙蒙的屋顶。在仍然缀满繁星的夜空下，污浊的洗衣池泛着乳白的珠光。我正为那片玫瑰色天空的隐没感到惋惜，却在铁路拐第二个弯，那片天空离弃对面车窗之际，蓦然又见到了它，不过这回是鲜红色的；这景色真是太美了，我禁不住从一边车窗奔到另一边车窗，想把这彤红而多变的清晨一幅又一幅相向而现的图景连缀起来，拼接成一幅完整的连续的图景。

我发着烧，真想好好睡一觉。周围的一切，这个房间，我这个人，仿佛都消失了，剩下的只是团团围住我的敌人，只是沦肌浃髓的热度，我感到孤独，我真想死了算了。这时，外婆进来了；我那颗压抑已久的心顿时绽放了开来，无限广阔的空间一下子敞开在我眼前。

她对我说："夜里你想要什么东西，就敲敲墙壁好了，我的床就靠着你的床，板壁很薄。待会儿你睡到床上，先敲两下，看看咱们是不是听得清楚。"

我鼓起勇气在墙上敲三下，怯生生的，轻悠悠的，同时又是很清晰的，因为虽然我生怕自己万一弄错，在她睡着的时候吵醒了她，可我也不想让她由于一开始没听清楚，而我又不敢再敲，就那么一直等着。我刚敲完三下，马上就听到了另外三下，音调和我的不同，其中自有一种安详的权威意味，敲完一遍又敲一遍，好让我听得更清楚，那意思是说："别急，我听见了；我马上就过来。"

一会儿工夫，外婆就来了。我告诉她我刚才挺怕她没听见，或者以为是哪个邻居在敲。她笑了起来："把我小宝贝的声音跟别人混起来，怎么会呢？就是有一千个人在敲，你外婆也分得出你的声音！你难道以为这世界上还有哪个人，会敲得这么傻呵呵，这么激动，这么既怕吵醒我又怕我听不见的吗？只要听见有轻轻的搔墙声，我马上就会认出这是我的小耗子，况且，这个小耗子又是这么与众不同，这么叫人可怜呢。你还在犹豫，还在床上挪动身子，折腾来折腾去的那会儿，我就已经听见了。"

几星期过后，我上楼时，太阳已经落下去了。就像我在贡布雷散步回家，准备下楼用晚餐时在耶稣受难像上方看到的景象一样，一抹红霞悬在大海上方，海面看上去有如肉冻那般浓稠，稍过一会儿，大海已经变得色泽冷峻，蓝得如同鲻鱼那样，天空则红得就像我们晚上会在里弗贝尔吃到的鲑鱼，我看着眼前的景色，想到一会儿要换装外出去用餐，心情好极了。在大海上面，紧靠着岸边，一层层黑得如烟炱，却又玛瑙般光亮而紧致的雾霭，正在使劲往上升腾，一层高过一层，越来越宽阔，但是这雾气看上去又显得很沉重，已经把它们托上半空的支架，仿佛再也承受不住，最上面的雾层压弯支柱，偏离了支架的重心，整个支架眼看就要倒塌下来，掉进大海。看着一艘轮船有如夜行的旅人那般渐渐远去，我回想起坐在火车车厢里，想要摆脱蒙眬的睡意、不愿被囚在一个房间里的感受。然而在现在的房间里，我并没有被囚禁的感觉，因为一个小时以后，我就要离开它去乘马车了。我合身扑到床上；我仿佛置身不远处驶过的轮船的卧铺上——让我感到惊奇的是，在沉沉的暮色中行驶得那么缓慢的轮船，就像天鹅幽暗的身影静静地在滑行——我只觉得大海的景象团团围住了我。

女　囚

阿尔贝蒂娜在巴黎和我住在同一幢房子里，她的房间跟我相隔不过二十步路，就在走廊尽头，我把她藏起来，不让她见任何人。

两间浴室的窗子，用的都不是光玻璃，而是一种老式的磨砂玻璃，为的是让人从外面瞧不见里面。阳光骤然照亮了蒙着薄纱似的玻璃，给它们抹上一层金黄色，沐浴在这舒适的阳光中的，仿佛不再是长久以来被雷同的生活节奏所湮没的我，而是一个更年轻的我，我陶醉在回忆之中，宛如置身于空旷的大自然，面对染成一片金黄的树丛，甚至耳边还依稀有一只鸟儿在鸣啭。这是因为我听见阿尔贝蒂娜在反复不停地哼着一支歌：

心中的忧伤本就疯疯癫癫，谁听它倾诉，谁就更加疯癫。

我会不由自主地回忆起认识阿尔贝蒂娜以前她在我身上激起的美丽的梦，这些梦，被以后的日常生活磨去了它们的光彩。

我想到了那些我们无从知晓的地方，她曾经在那儿生活过。她在那儿远离我们，不属于我们，比跟我们在一起时更快活。嫉妒的走马灯就是这样的转个不停。

阿尔贝蒂娜那双细细长长的蓝眼睛——现在更细更长了——有点变了模样；颜色依旧没变，但看上去就像是一汪清水。以致当她闭上眼睛时，你会觉得就像是合上了一道帘幕，遮蔽了你凝望大海的视线。在我脑子里留下最深印象的，大概就是她脸上的这个部位——当然这只是指每晚跟她分手时而言。因为，比如说吧，等到了第二天早晨，那头波浪起伏的秀发又会使我同样地感到惊叹不已，就像我瞧见的是一件从没见过的东西似的。不过，在一位年轻姑娘笑吟吟的目光之上，又有什么东西还能比紫黑光亮的华冠也似的一头秀发更美的呢？笑容平添了几份情意，而浓密秀发的末梢上的那些澄莹的小发卷，却更接近可爱的肌体，仿佛这就是从那儿传来的乍起的涟漪，叫人看得心旌飘摇。

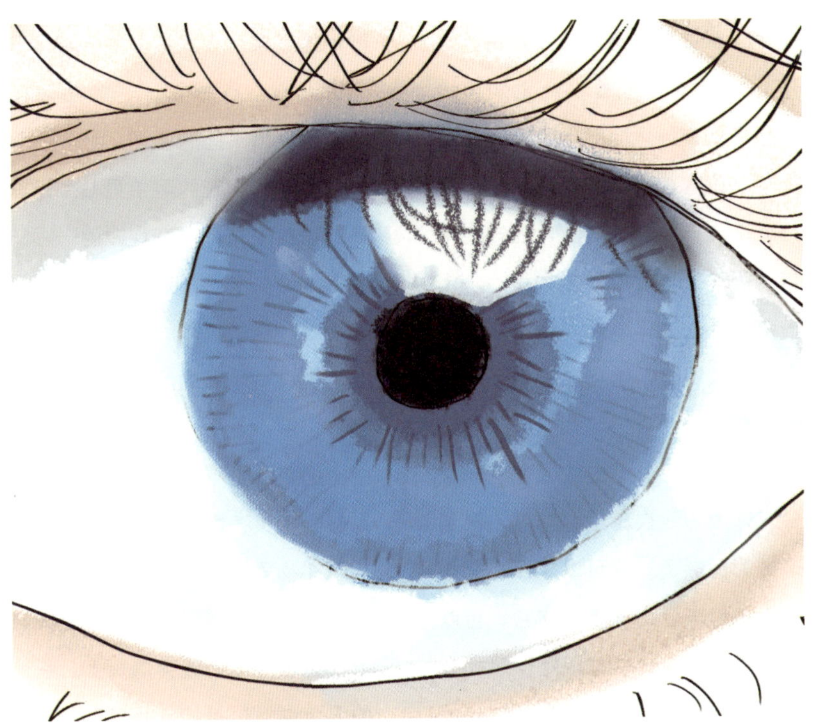

有时候，在这样的夜晚，我会使个小花招让阿尔贝蒂娜吻我。我知道，她一躺下，很快就会入睡（她也知道，所以一躺下就会自然而然地脱掉我买给她的拖鞋，还像在自己卧室里临睡前那样，把戒指褪下放在身边），还知道她睡得很深沉，醒来时显得挺香甜的，于是我借口说要去找样东西，让她躺在我的床上。等我回来，她已经睡着了，望见她此刻面对我的模样，我觉得眼前似乎是另一个女人了。不过她很快就又换了一个人，因为我挨着她躺躺下，看到的又是她的侧影了。我可以捧住她的脑袋，把它抱起来，用嘴唇去吻它，可以让她的手臂搂住我的颈脖，她依然那么睡着，犹如一只不会停摆的表，犹如一棵攀缘植物，一株兀自沿着你给它的那点支撑不断伸展枝叶的牵牛花。但我每碰她一下，她的呼吸都会有所变化，就像她是我拿在手里拨弄的一件乐器，我一会儿拨拨这根弦，一会儿拨拨那根弦，弹奏出不同的曲调。我的妒意减轻了，我觉得现在的阿尔贝蒂娜无非是个呼吸着的生物，很有规律的一呼一吸的纯粹生理功能，正好表明了这一点，呼出的气是轻轻流动的，既没有说话的深度，也没有静默的浓度，它一派天真无邪，仿佛不是从一个人体，而是从一根中空的芦苇里呼出来的，此时此刻我只觉得阿尔贝蒂娜空灵而无所依傍，不仅超脱在物质之上，而且摆脱了精神的羁绊，她的呼吸在我听来，就是天籁般的天使之歌。然而我突然想到，在这呼吸的溪流中，很可能会飘落有关人名的记忆碎屑。

要想让人爱你，既用不着真诚，甚至也用不着说谎的技巧。我说爱，其实是说一种相互间的折磨。

夜色深了；要想在阿尔贝蒂娜去睡觉之前跟她和解，相吻互道晚安，所剩的时间已经不多了。我俩谁都没跨出这一步。

第二天我醒得很早，还在睡眼惺忪的当口，喜悦的心情就告诉我，冬季里插进了一个春日。屋外，回响着为各种乐器精心谱写的市俗主题的旋律，瓷器铺掌柜的圆号，修椅子伙计的小号，还有牧羊人（在这晴朗的日子里，他就像西西里岛上的一个羊倌）的长笛，把清晨的曲调轻快地交织成一首《节日序曲》。听觉，这一令人愉快的感觉，把我们带到了街上，唤起我们对周围环境的记忆，向我们描述熙熙攘攘的街景，勾勒它它的线条，渲染它的色彩。肉店和乳品店的卷帘铁门，昨晚拉得低低的，遮蔽了所有那些女性的憧憬，如今它们高高卷起，犹如即将启航的船上轻盈的滑轮，随时准备放开缆绳，扬帆穿越透明的大海，驶入年轻女店员的梦境。倘若我住在另一个街区，倾听这卷帘铁门的声音或许就是我唯一的乐趣。但在这个街区，还有许许多多别的乐趣，让我不想睡过头而错失其中任何一种乐趣。这些街景和市声，在我眼里犹如她即将醒来的一个欢快的信号，它们在提醒我关注屋外生活场景的同时，让我越发感觉到，身边有个我愿意她待多久她就能待多久的亲爱的人儿，才是最能让我的心获得宁静的幸福。

我内心的骚动渐渐平息下来。阿尔贝蒂娜就要回来了。不一会儿我就会听到门铃声了。我感到像这样有了一个女人以后，生活不可能再像原来一样，她就要回来了，我自然得去等她，从今往后，我的全部精力，我的所有活动，都将日渐集中到让她变得更美的目标上去，这就使我有如一根茎秆，虽然在长壮，但吸取了所有积聚的养分的饱满果实沉甸甸地压在它身上。一小时前我还是满心焦虑，这会儿心头却是一片宁静，而且，阿尔贝蒂娜就要回来赋予我的这种宁静，比早晨她出门前我所感到的宁静更宽广。我依稀看见在未来的日子里，这位女友的顺从使我俨然像个主人，变得更强韧，仿佛她近在眼前的、不可避免的、恼人而又甜蜜的存在充实了我，使我变得更稳重重了，这种宁静（它使我们不必再从自身去寻找所谓的幸福）来自亲情和居家的幸福感。这种亲情和家庭的氛围，在我等待阿尔贝蒂娜时曾给我带来内心的安宁，而接下来，我在和她一起散步时又感受到了这种情感和氛围。有一小会儿，她摘下了手套，也许是要摸一下我的手，也许是要向我炫耀一下小指上的一枚戒指，在蓬当夫人送她的戒指边上的这枚戒指上，仿佛有着一片流光溢彩的晶莹的红宝石花瓣。

在我俩脚下，两人的影子平行、接近、交叠，构成一幅令人心醉神迷的图景。当然，想到阿尔贝蒂娜和我一起待在家里，想到是她躺在我身旁，我已经觉得很美妙了。但在我钟爱的布洛涅树林的大湖跟前，在树丛脚下，阳光把她的影子——她的腿和上半身轮廓纯净的影子投射到小径的细沙上，有如水彩画那般洇晕开来，就好比是把我俩在家的情景带到了室外，带到了大自然之中。我在两人影子的融合中感到一种魔力，它或许不如肉体的融合来得实际，但却是同样勾魂摄魄的。我们重又登上车子。车子调头驶上蜿蜒的小道，路旁攀满常春藤和黑莓的越冬的大树，看上去就像古老的遗迹，仿佛在将我们引向一座魔法师的住所。到了布洛涅树林的边缘，就在驶离参天大树的浓荫的当口，只见眼前豁然开朗，一片明亮，我真以为时间还早，在晚饭前还能做好些事呢，可是过了不多一会儿，当车子驶近凯旋门时，我突然间惊骇地发现，巴黎上方已升起早早露面的满月，犹如一口停摆的大钟悬在半空，提醒我们时间已经很晚了。

当天我俩在她的卧室里，面对面一起吃晚饭的时候，她那忧愁、倦怠的神情让我明白，她觉得这儿像个监狱，她心里赞成德·拉罗什富科夫人的说法，那位夫人在别人问她，住在利昂库尔这样一座漂亮的宅子里是否很开心时，回答说："一座监狱无所谓漂亮不漂亮。"起先我对此并无觉察；我还心存懊恼地在想，要没有阿尔贝蒂娜在身旁（和她在一起住旅馆，她整个白天都会跟形形色色的人交往，让我备尝嫉妒之苦），这会儿我说不定正在威尼斯的一家小餐厅里用餐呢——餐厅又低又矮，有如货轮的底舱，从镶有摩尔式边线的拱形小窗望出去，可以看见大运河。

我不知道说什么好，我不想显得很吃惊，不想让她看出她的不断撒谎已经弄得我心灰意冷。我感到恐惧，非但没想把阿尔贝蒂娜赶出去，而且有一种非常想哭的感觉。想哭，并不是因为她说谎，也不是因为我曾经确信无疑的东西，现在全都毁灭了——我仿佛置身于一座被夷为平地的城市里，没有一座房子能幸免于难，空旷的地面上只见一片片废墟。

“跟您分手让我感到非常难过。”

“我比您更难过一千倍。”阿尔贝蒂娜回答我说。

早已涌上眼眶的泪水，我觉得就要夺眶而出了。

轻微的声音传遍我的全身，使我心头乱跳，这情景就像我外婆在临终前那几天一样，当时她已经不能动弹，对任何事情都没有反应，进入了医生所说的昏迷状态，但事后我听说，当她听见我平时唤弗朗索瓦兹的三下铃声时，她像一片树叶那样颤抖了几下——尽管我在那一个星期里，生怕干扰病室的安静，揿铃的动作特别轻，但弗朗索瓦兹肯定地说，虽然我自己不知道，但我揿铃的手势跟别人不一样，所以一听就知道是我在揿铃，绝不会和别人相混。这么说，莫非现在我也到了弥留之际？莫非死亡已经在临近？

这天晚上，就像温度计的温度蹿了上去一样，晴暖的天气又往前跳了一下。春天的早晨催人早醒，我躺在床上，听见电车在馥郁的芬芳中穿行，空气中热量渐渐聚积，直至凝结得像南方地区那般致密浓郁。我的卧室里反倒比较凉快，稠腻的空气渗进以后，将盥洗室的气味、衣橱的气味和长沙发的气味隔离开来，形成三道泾渭分明的竖直的带子，相互并列而又彼此不同，半明半暗的珠光给窗帘和蓝缎扶手椅的折光平添一种清凉的意味，我从中依稀感到（这并非天马行空的想象，而是因为那确实是可能的）自己漫步在近郊某个新建的街区——有点像布洛克在巴尔贝克居住的街区，但在阳光照得人眼花的街道上，看见的不是了无生气的肉铺和白晃晃的方石，而是我兴许一会儿就要去造访的农舍餐厅，扑鼻而来的是高脚盘中的樱桃和杏子，以及苹果酒和格吕耶尔干酪的香味，各种各样的香味悬浮在凝冻般闪着幽光的阴影中，给它添上有如玛瑙那般精致的纹饰，餐桌上的棱柱形玻璃餐刀架，则在幽暗中呈现出彩虹的颜色，往桌布上投下孔雀羽饰那般美丽的斑点。

是的，到了该动身的时候了。

读客
三个圈
三个圈经典文库